ROMANZO CRIMINALE

GIANCARLO DE CATALDO

ROMANZO CRIMINALE

Roman criminel

Traduit de l'italien
par Catherine Siné et Serge Quadruppani

Éditions Métailié
5, rue de Savoie, 75006 Paris
www.editions-metailie.com
2006

Visuel : affiche du film *Romanzo criminale*
© Warner Bros. France / Conception graphique : Laurent Lufroy / Photo : Philippe Antonello

UNE CO-PRODUCTION FRANCE–ITALIE–ROYAUME-UNI UNE CO-PRODUCTION BABE FILMS–CATTLEYA–CRIME NOVEL FILMS (UK) EN COLLABORATION AVEC WARNER BROS. PICTURES UN FILM DE MICHELE PLACIDO "ROMANZO CRIMINALE" KIM ROSSI STUART ANNA MOUGLALIS PIERFRANCESCO FAVINO CLAUDIO SANTAMARIA ET AVEC STEFANO ACCORSI RICCARDO SCAMARCIO JASMINE TRINCA SUJET DE GIANCARLO DE CATALDO STEFANO RULLI SANDRO PETRAGLIA SCÉNARIO DE STEFANO RULLI SANDRO PETRAGLIA GIANCARLO DE CATALDO EN COLLABORATION AVEC MICHELE PLACIDO BASÉ SUR LE ROMAN "ROMANZO CRIMINALE" DE GIANCARLO DE CATALDO PUBLIÉ EN ITALIE PAR GIULIO EINAUDI EDITORE CHEF DÉCORATEUR PAOLA COMENCINI CHEF COSTUMES NICOLETTA TARANTA INGÉNIEUR DU SON MARIO IAQUONE CHEF OPÉRATEUR LUCA BIGAZZI CHEF MONTEUR ESMERALDA CALABRIA MUSIQUE PAOLO BUONVINO DIRECTEUR DE PRODUCTION BRUNO RIDOLFI CO-PRODUIT PAR FABIO CONVERSI TERENCE S. POTTER JACQUELINE QUELLA PRODUIT PAR RICCARDO TOZZI GIOVANNI STABILINI MARCO CHIMENZ

RÉALISÉ PAR MICHELE PLACIDO

cattleya babe films www.romanzo-lefilm.com Aquarius DOLBY DIGITAL WARNER BROS. PICTURES

Titre original : *Romanzo criminale*

ISBN : 2-86424-562-0

A Tiziana

Un remerciement particulier à Bruno Pari, *"er piú de li macellari"*, le meilleur des bouchers, pour les leçons de "romanité", et à Piergiorgio Di Cara pour la citation de Bernardo Provenzano* et la révision des dialogues en sicilien…

Merci à Paola De Luca pour l'aide précieuse apportée à Catherine Siné.

* Légendaire chef de la mafia sicilienne, dans la clandestinité depuis cinquante ans et mystérieusement imprenable. La citation page suivante est tirée d'une lettre, adressée par Provenzano à un de ses lieutenants, tombée entre les mains de la police. *(Toutes les notes sont des traducteurs.)*

"La limitation au minimum, la rationalisation de l'effusion de sang est un principe commercial."

Bertold Brecht, notes sur l'*Opéra des quatre sous*

"Je te prie d'être toujours calme et droit, correct et cohérent, sache tirer une expérience des expériences subies, ne rejette pas tout ce qu'on te dit, cherche toujours la vérité avant de parler, et souviens-toi qu'il ne suffit jamais d'avoir une preuve pour affronter un raisonnement. Pour être certain d'un raisonnement, il faut trois preuves, et de la correction et de la cohérence. Que le Seigneur vous bénisse et vous protège."

Bernardo Provenzano, juillet 1994

Les personnages

Du côté de la rue

Le Libanais : le fondateur

Le Froid, Dandy : les chefs

Le Buffle : un garçon particulièrement énervé

Nembo Kid (ancien nom italien de Superman dans une BD des années 60) : un type qui a les bons contacts

Le Sec : un type qui s'y entend à faire travailler le fric

Trentedeniers : un Napolitain à Rome

Le Rat : le goûteur

Botola, l'Echalas, Ricotta, Œil Fier, les jumeaux Bouffons, le Maigriot : les autres garçons

Mario le Sarde : chef sans charisme

Boucles d'Or : son ordonnance

Le Puma : malandrin de la vieille garde

Le Noir : un nazi

Le Minot, Sellerone : autres nazis

Oncle Carlo : chef mafieux

Le Maître : "homme d'honneur" (c'est-à-dire, membre de la mafia, *NdT*)

Turi Funciazza : autre mafieux

Raffele Cutolo : *O' prufessore* ("le professeur" en napolitain, grand chef mafieux)

Fabio Santini : policier corrompu

Sandra Belli : journaliste au passé révolutionnaire

La Salade, Ziccone, Brugli, le Sultan, Bonne Pâte : exécuteurs des basses œuvres

Le Comte Ugolino : tueur toscan

Le Docteur Mainardi : médecin avide

L'Allumette : ami taciturne

Le Crapaud : gay sensible

Alonzo : bébé puma

Le Terrible, la Poêle, le baron Rosellini, l'Anchois, Cochon Content, l'Angelot, Saverio Solfatara, les frères Gemito, le Pou, le Larinais, l'Embrouilleur, Satan, Gigio : les victimes

Du côté des femmes

Vallesi Cinzia, Patrizia de son nom d'artiste : la femme de Dandy (entre autres)
Roberta : la femme du Froid
Donatella : la femme de Nembo Kid
Vanessa : l'infirmière
Rossana : riche jeune fille paumée
Inès : une détenue
Palma : une terroriste

Du côté des palais

Nicola Scialoja : commissaire de police
Borgia : son juge de référence
Le Vieux : un homme qui n'existe pas
Z, X, le Velu : les barbouzes
Vasta, Miglianico : les avocats

Le Chœur

Psychiatres, criminologues, experts balistiques et toxicologues, procureurs, juges, néofascistes, adeptes des jeux de hasard, acteurs, chanteurs, greffiers, courriers, dealers, carabiniers, policiers, gardes du corps, trafiquants, mafieux, journalistes, membres des Brigades rouges, Turcs, producteurs cinématographiques, filles de joie, curés, épouses.

Prologue
Rome, aujourd'hui

Recroquevillé entre deux voitures garées, il attendait le coup suivant en essayant de se protéger le visage. Ils étaient quatre. Le plus méchant était le petit morpion, avec une cicatrice de coup de couteau en travers de la joue. Entre deux assauts, sur son portable, il échangeait des répliques avec sa nana: la chronique du tabassage. Par chance, ils cognaient à l'aveuglette. Pour eux, c'était juste une bonne partie de rigolade. Il pensa qu'ils auraient pu être ses fils. A part le black, bien sûr. Des petits loubards. Il pensa que, quelques années plus tôt, rien qu'à entendre son nom, ils se seraient tiré dessus eux-mêmes, plutôt que d'affronter la vengeance. Quelques années plus tôt. Quand les temps n'avaient pas encore changé. Un instant fatal de distraction. Le brodequin clouté le cueillit à la tempe. Il glissa dans le noir.

– On s'arrache, ordonna le morpion, me semble que çui-là, il se lèvera plus!

Mais il se leva, en fait. Il se leva qu'il faisait déjà sombre, le torse en feu et la tête confuse. A deux pas de là, il y avait une fontaine. Il lava son sang séché et but une longue gorgée d'eau ferrugineuse. Il était debout. Il pouvait marcher. Sur la route, des bagnoles avec la stéréo à plein volume et des groupes de jeunes qui tripotaient leurs portables et ricanaient de son pas claudicant. Aux fenêtres, les lueurs bleuâtres de mille téléviseurs. Un peu plus loin encore, une vitrine illuminée. Il se considéra dans le reflet du verre: un homme plié en deux, son pardessus déchiré et taché de sang, de rares cheveux gras, les dents pourries. Un vieux. Voilà ce qu'il était devenu. Une sirène passa. D'instinct, il s'aplatit contre un mur. Mais ce n'était pas lui qu'on cherchait. Personne ne le cherchait plus.

– Moi, j'étais avec le Libanais! murmura-t-il, presque incrédule, comme s'il venait à peine de s'approprier la mémoire d'un autre.

L'argent avait disparu, mais les gamins n'avaient pas remarqué le passeport ni le billet. Et pas même la Rolex, cousue dans une poche intérieure. Trop pris par leurs réjouissances pour le fouiller comme il faut! Un sourire lui échappa. Ils devraient en bouffer encore, du pain noir!

Trois heures le séparaient de l'embarquement. Il avait tout son temps. Le camp nomade était à moins d'un kilomètre.

Le premier à le remarquer, ce fut le black. Il s'approcha du morpion, en train de peloter sa nana, et lui dit que le papi était revenu.

– Mais l'était pas mort?

– Beh, j'en sais rien, moi. Le voilà!

Sans se presser, l'homme coupait à travers la place, en regardant autour de lui avec un sourire idiot, comme pour s'excuser de l'intrusion. Les autres gamins, après un coup d'œil distrait, retournaient à leurs propres affaires.

Le morpion envoya sa nana faire un tour et l'attendit, bras croisés. Le black et les deux autres, l'un très grand, le visage grêlé, et l'autre gros et tatoué, l'encadraient.

– Bonsoir, dit l'homme, vous avez quelque chose qui m'appartient. Je veux le récupérer!

Le morpion se tourna vers les autres.

– Ça lui a pas suffi!

Ils rirent. L'homme secoua la tête et sortit le flingue.

– Tout le monde à terre! dit-il sèchement.

Le black s'agita. Le morpion cracha par terre, nullement impressionné.

– Ouais, maintenant, on va se faire une petite sieste! Mais à qui tu veux foutre la trouille avec ce jouet!

L'homme observa d'un air contrit le petit semi-automatique calibre 22 qu'il avait eu du Gitan en échange de la Rolex.

– C'est vrai, il est petit... mais si on sait s'en servir...

Il tira sans viser et sans détacher le regard du morpion. Le black tomba avec un hurlement, en se tenant le genou. D'un coup s'installa un grand silence.

– Cassez-vous tous! ordonna-t-il sans se retourner. Tous, à part ces quatre-là.

Le morpion agita les mains, comme pour l'apaiser.

– C'est bon, c'est bon, là, ça va s'arranger... mais toi, reste calme, hein?

– Tout le monde par terre, j'ai dit, répéta-t-il, lentement.

Le morpion et les autres s'agenouillèrent. Le black se roulait au sol avec une plainte continue.

– Le fric, je l'ai donné à ma nana, geignit le morpion, alors là, je l'appelle sur le portable et je te le fais amener, hein ?

– Tais-toi. Je réfléchis…

Combien de temps avant l'embarquement ? Une heure ? Un peu plus ? En quelques minutes, la fille pouvait les rejoindre. Il aurait récupéré son argent. Le Venezuela l'attendait. Il aurait un peu de mal à s'intégrer, mais… dans ce coin, ça ne devait pas être si difficile… oui. Il aurait été sage de se replier, à ce point. Mais depuis quand était-il sage ? Depuis quand eux tous avaient-ils été sages ? Et puis, la peur du gosse… l'odeur de la rue… ce n'était pas pour des moments comme celui-là qu'eux tous avaient toujours vécu ?

Il se pencha sur le morpion et lui murmura son nom à l'oreille. L'autre commença à trembler.

– Tu as entendu parler de moi ? lui demanda-t-il d'une voix douce.

Le morpion hocha la tête. L'homme sourit. Délicatement, il plaça le canon sur le front du garçon et lui tira entre les yeux. Indifférent aux pleurs, aux bruits de pas, aux sirènes qui approchaient, il leur tourna le dos et, pointant l'arme contre cette putain de lune, hurla, avec tout le souffle qu'il avait dans le corps :

– Moi, j'étais avec le Libanais !

PREMIÈRE PARTIE

1977-1978

Genèse

1

Le Dandy était né là où Rome est encore aux Romains : dans les maisons de Tor di Nona.

A douze ans, on l'avait déporté à l'Infernetto, au Petit Enfer. Sur l'ordonnance du maire, était écrit "Rénovation des immeubles dégradés du centre historique". L'histoire durait depuis une éternité, mais le Dandy n'arrêtait pas de répéter que, un jour ou l'autre, il reviendrait dans le centre. En patron. Et tout le monde devrait s'incliner sur son passage.

Pour l'instant, il vivait avec sa femme dans un deux pièces avec vue sur le gazomètre.

Le Libanais s'y rendit à pied depuis le quartier du Testaccio. Ce n'était qu'à deux pas, mais la sueur d'août collait la chemise noire contre son torse velu. Plus il marchait et plus sa fureur montait contre le gamin.

Le Dandy lui ouvrit, la mine ahurie. Il portait une robe de chambre rouge à pompons. Une fois, par pur hasard, il avait lu quelques pages d'un livre sur Lord Brummell. Depuis lors, il tenait beaucoup à l'élégance. C'est pour cela qu'on l'appelait le Dandy.

– J'ai besoin de la moto.

– Doucement. Gina dort. Qu'est-ce qui se passe ?

– Y m'ont pris la Mini.

– Ah bon ?

– Dedans, il y avait la sacoche.

– On s'arrache.

Le sirocco était même plaisant, sur la Kawasaki. Ils s'avalèrent la route jusqu'aux pompes de drainage de la Magliana, se garèrent devant un rideau de fer rouillé et s'avancèrent dans la prairie. La baraque était entre une casse automobile et un entrepôt de ferraille. Porte barricadée, pas de lumières.

– Il n'est pas encore rentré, dit le Libanais.

– Qui c'est ?

– Un gamin. Le neveu de Franco, le barman.

Le Dandy hocha la tête. Ils se disposèrent autour d'un vieux tronc creux. Le Dandy sortit un joint. Le Libanais aspira deux taffes et le lui repassa. C'était pas le moment d'être pété. Un instant, ils gardèrent le silence. Les yeux fermés, le Dandy savourait la relaxation plaisante du haschisch.

– On perd du temps, dit le Libanais.

– Tôt ou tard, le con doit rentrer.

– C'est pas ça le problème. Je dis, en général : on perd du temps.

Le Dandy rouvrit les yeux. Son pote était inquiet.

Le Libanais était petit, brun, carré. Il était né place San Cosimato, au cœur du Trastevere, mais sa famille venait de Calabre. Ils se connaissaient depuis toujours. Ils avaient formé ensemble une bande de gosses, et maintenant ils étaient juste une petite équipe.

– Je pense au baron, Dandy.

– On en a parlé cent fois, Libanais. C'est pas le moment. On est trop peu. Et puis, y'a l'histoire du Terrible. Et lui, il nous la donnera jamais, la permission.

– C'est ça le problème, Da'. J'en ai plein le cul de demander la permission. On s'en passera.

– Peut-être. Mais on est toujours trop peu.

– Pour le moment, pour le moment, coupa, pensif, le Libanais.

Une grosse lune jaune avait pris possession de l'horizon. Le Libanais n'avait pas tort. Il fallait se mettre à penser en grand. Mais une équipe de quatre jeunes n'avait pas grand avenir. Une organisation. Combien de fois en avaient-ils discuté ? Mais comment bouger ? Et avec qui ? Un chien se mit à aboyer.

– T'as entendu ?

Des pas sur le pavé. Qui que ce fût, il ne se souciait pas de se cacher. Ils glissèrent doucement jusqu'à une pile de pneus de camion. Le garçon, sec et tordu, avançait d'un pas ondulant. Quand il fut à leur portée, sur un signe d'entente, ils s'élancèrent.

Le Libanais le prit par derrière, l'immobilisant. Le Dandy lui balança un coup de pied dans le bas-ventre. Le garçon s'effondra avec un gémissement. Le Libanais lui enfonça le visage dans la terre sèche, extirpa son revolver et lui plaça le canon sur la nuque.

– T'as compris qui je suis, abruti ?

Le garçon hocha furieusement la tête. Le Libanais déplaça l'arme.

– Lève-toi.

Le garçon se mit à genoux.

– Il pue comme un bouc, dit le Dandy, dégoûté.

– C'est la came. Il est défoncé jusqu'aux yeux. Lève-toi, j'ai dit.

Le garçon essayait de se mettre debout, tant bien que mal. Le Libanais sourit.

– J'ai promis à ton oncle de ne pas exagérer mais ne me fais pas perdre patience. Réponds seulement par oui ou par non.

Le garçon le fixait, hébété. Son visage était plein de boutons. Le Dandy lui balança un coup de pied à la mâchoire.

– Oui ou non ?

– Oui.

– Bien, reprit le Libanais, t'as pris la Mini à Testaccio, pas vrai ?

– Oui.

– T'as regardé dans le coffre ?

– Non.

– Sûr ?

– Oui.

– Ça vaut mieux pour toi. Où est la voiture, maintenant ?

– Je l'ai plus…

Le Dandy se limita à une gifle sur la nuque. Le jeune homme commença à pleurnicher. Le Libanais soupira.

– Tu l'as vendue ?

– Oui.

– A qui ?

Le jeune homme tomba à genoux. Il ne pouvait pas le dire. C'était des gens dangereux. Ils le tueraient.

– Sale situation, hein, garçon ? dit le Libanais. Si tu parles, eux, ils te flinguent. Et si tu parles pas, ça sera nous…

– Libanais, dit le Dandy, une fois, j'ai vu un western…

– Et quel rapport, là ?

– Y'a un rapport, y'a. Y avait un cheval blessé, le pauvre, il était vraiment sur le point de caner… et son maître ne savait pas quoi faire… pauvre bête, il le regardait avec de ces yeux… pourquoi je dois souffrir comme ça, il disait…

– Aaaah ! J'ai compris ! Et alors lui, il lui tire le coup de grâce… pan !

– Exactement !

– Mais… mais, Dandy, excuse, hein, mais faut que je te dise quelque chose.

– Eh ben, dis-le, Libanais !

– Mais ce cheval était blessé… et le garçon, là, en fait, il me semble encore bien sain…

Le Dandy lui tira dans une jambe. Le jeune s'agrippa le genou et commença à hurler.

– Regarde mieux, Libanais !

– T'as raison, Dandy. Il est vraiment mal foutu ! Et comme il souffre ! Qu'est-ce t'en dis, on le lui donne, ce coup de grâce ?

Le garçon parla.

2

La Mini, maintenant, c'était le Froid qui l'avait. Le Libanais ne savait rien de lui, mais le Dandy l'avait croisé deux ou trois fois. Un type sérieux, taciturne, avec une certaine expérience des bureaux de poste. Alpagué pour extorsion aux dépens d'un cuisinier, il s'en était tiré grâce à la rétractation de la victime. Un type à qui on pouvait se fier, en somme.

Mais dans l'entrepôt abandonné derrière le restaurant Le Champignon, ils entrèrent armes à la main, ouvrant la porte à coups de pied. Le Libanais trouva l'interrupteur. A part la puanteur d'essence, rien que la carcasse d'une 850 et, protégé par une vitre qui avait connu des temps meilleurs, une espèce de petit bureau de comptable.

Ils se fixèrent, déconcertés. Le garçon avait paru sincère, mais on ne peut jamais savoir. Le Libanais en était presque à se repentir de la quasi-bonté qu'il lui avait manifestée, quand ils les entendirent dans leur dos.

Ils se tournèrent lentement. Les autres étaient quatre. Ils avaient dû les attendre dans la rue, cachés quelque part, peut-être dans une voiture. Le Libanais les photographia d'un coup d'œil: deux bas-du-cul en short et tricot de corps, même tête sinistre de jumeaux mal nés, un barbu au physique de lutteur avec un œil qui disait merde à l'autre, et au centre le plus jeune. Le cheveu brun et crépu, très maigre. Le Froid. Presque un ado. Regard pénétrant. Concentré, décidé. Quant au Dandy, il étudiait l'arsenal: trois semi-automatiques, et pour le Froid un revolver à canon long. Colt calibre 38. Une belle bête: fiable, traditionnelle.

– Comment va, Froid?

– On vous attendait.

Situation critique. Net désavantage. Les autres ne montraient aucune nervosité. Sinon, ils auraient tiré tout de suite. Le Froid semblait en mesure de contrôler les siens. Le Libanais pensa que ce n'était pas par hasard si on l'avait affublé de ce surnom, et esquissa un sourire amical. Le Froid bougea à peine la tête et le bigleux se dirigea sans hâte vers le petit bureau, en veillant à ne pas se mettre dans la ligne de tir. Une minute après, un sac de sport était balancé aux pieds du Libanais. La sacoche.

– Vérifie. Y'a tout. Quatre Beretta, deux Tanfolio, les chargeurs et les cartouches, dit le Froid.

– Je fais confiance, Froid. J'ai entendu parler de toi.

– Tu dois être le Libanais. Pour la Mini, c'est trop tard, je suis désolé.

Il l'avait dit avec une espèce de ricanement. Ce devait être sa manière de sourire.

– Pas grave. Je suis assuré.

Le reste de tension se défit dans un éclat de rire collectif. Tout le monde déposa les armes. Le Dandy proposa d'aller boire un coup au Roi de Pique. Le Libanais demanda à utiliser le téléphone, s'il y en avait un. Le bigleux l'escorta jusqu'au bureau. De là, il appela Franco, le barman, et lui conseilla d'aller se récupérer son neveu.

– Il est entier, t'inquiète. Peut-être un peu boiteux, mais il s'en est tiré à bon compte.

Le Froid présenta les frères Bouffons et Œil Fier, le bigleux. Le tripot était en train de se vider, à part le barman à nœud papillon et deux putains aux cernes épouvantables. Ils se firent porter une bouteille de champagne et un paquet de cartes, et jusqu'à tard dans la nuit jouèrent sans enthousiasme à la séquinette*. Il y avait quelque chose dans l'air qui, tôt ou tard, serait dit. Mais ils ne savaient pas par où commencer. A l'aube, le Dandy et les Bouffons en eurent assez. Œil Fier s'était endormi sur la table de jeu. Le Froid s'offrit pour raccompagner le Libanais à Trastevere. Ils montèrent dans sa Golf noire à cinq portes, et le Libanais essaya de sonder le terrain.

– Ce Roi de Pique, je trouve que c'est pourri comme rade.

– Tu peux le dire.

– A qui c'est, c't'tapis ?

– Officiellement, à une certaine Rosa, une vieille pute. Mais le vrai patron, c'est le Terrible…

– Le Terrible par-ci, Le Terrible par-là… j'en ai marre de me prendre les pieds dans ce Terrible de mes deux… un vieux

---

* Jeux d'origine moyenâgeuse et napolitaine, qui ne réclame pas de gros efforts de concentration.

couillon sans un gramme de cervelle... si des gens comme nous l'avaient, un endroit pareil, on en ferait une mine d'or.

Le Froid ne répondit pas, apparemment concentré sur la conduite. Mais dans son regard, une lumière s'était allumée. Le Libanais décida d'y aller à fond.

– Pense un peu, Froid : quelques tables de poker, blindes et cave, mais seulement pour des clients triés sur le volet. Une atmosphère discrète. Un peu de greluches bonnardes, pas ces ravelures démolies... un barman qui connaît son affaire... combien ça rendrait, un endroit comme ça, hein ? T'y as pensé ? Combien par mois ? Combien par semaine ?

– Un paquet. Mais il en faut au moins autant pour démarrer.

– On peut tout faire. Suffit de trouver les gens qu'il faut.

Le Froid pila à l'angle de la viale Trastevere et de la via San Francesco a Ripa et lui planta dans les yeux son regard sourcilleux et indéchiffrable.

– Qu'est-ce que t'as en tête ?

– Un enlèvement.

– Qui ?

– Le baron Rosellini. Celui des chevaux.

– Pourquoi lui ?

– C'est un méthodique. Horaires fixes, habitudes inchangeables. Un travail facile.

– Ce genre de travail n'est jamais facile. Combien il faut d'hommes, d'après toi ?

– Une vingtaine... on peut peut-être s'en sortir avec quinze.

– Moi, j'ai ceux que tu as vus. Vous, vous êtes combien ?

– A part le Dandy et moi, Satan et l'Echalas...

– Quatre et quatre font huit. Moins de la moitié.

– Tu dis que les autres, on les trouve pas ?

– Donne-moi deux semaines.

Le Libanais s'abandonna contre le dossier, rasséréné. Enfin, on commençait à vivre.

3

Prendre le baron avait été un jeu d'enfants. Exactement comme il avait prévu. Le Libanais s'était réservé de ne communiquer que plus tard le nom du téléphoniste. Quelques-uns avaient grogné, mais le Froid avait fait peser toute son autorité. L'alliance commençait à marcher. Ils iraient loin, très loin. Quant au téléphoniste, il avait son idée. Quelque chose qui avait à voir avec la loyauté, la peur et la domination des faibles. A peine rentré chez lui, il appela Franco le barman et convoqua le gamin.

Il arriva moins d'une demi-heure plus tard, les yeux encore gonflés de sommeil. Il boitait de sa jambe blessée, mais au moins il s'était pris une douche et ne puait plus. Le Libanais l'invita à s'asseoir sur un des deux fauteuils couverts de drap noir. Le garçon hésitait, sa curiosité éveillée par le buste sur la commode récupérée aux puces de Porta Portese.

– C'est qui, lui ?

– Mussolini.

– Et qui c'est ?

– Un grand homme. Assieds-toi.

Le garçon obéit. Dans ses yeux brillait une peur sauvage.

– Comment va la jambe ?

– Comme ci, comme ça… je me soigne.

– Tu te shootes toujours ?

– Je suis clean, je le jure.

– Conneries. Tu veux travailler ?

– Quel genre de travail ?

– Répond par oui ou par non.

Le garçon tremblait de tout son corps. Le Libanais eut du mal à réprimer un sourire.

– Comment tu t'appelles ?

– Lorenzo.

– Tu m'as l'air d'un rat, tout tassé… exactement comme un rat… alors, oui ou non ?

– Oui.

– Réponse exacte. T'es enrôlé, le Rat. Maintenant, tu files à Florence, et jusqu'à ce que je t'autorise, pas de shoot. Quant au travail, il s'agit de passer deux ou trois coups de fil.

Le Froid aussi rentra à l'aube. Gigio l'attendait sur le seuil, recroquevillé dans l'atmosphère glacée.

– Qu'est-ce que tu fous là ?

– Je rentre plus à la maison, moi.

– Papa t'a encore cogné ?

Gigio secoua la tête.

– Et alors ?

– Alors, ça suffit ! A l'école, je foire complètement, et je n'ai plus un rond en poche. Prends-moi à travailler avec toi. Je t'en prie...

Gigio avait six ans de moins que lui. La polio lui avait touché une jambe, et le cerveau non plus n'était pas terrible. Le Froid éprouvait une affection étrange pour ce frère malheureux. Une vie différente, pourquoi pas ? Où est-il écrit que le destin est une obligation ? Dans un de ses rares rêves, il en était venu à se l'imaginer docteur en quelque chose. Il fouilla dans ses poches et lui tendit un billet de cent mille.

– Maintenant, tu rentres à la maison, tu te changes et tu vas à l'école. Ou je jure que je te casse la gueule. C'est clair ?

Gigio rentra la tête entre les épaules. Il obéirait, comme toujours. Et resterait hors de tout ça, comme toujours. Quand il fut seul, le Froid se laissa tomber sur le lit, sans même ôter ses bottes.

4

Rapport de synthèse sur l'enlèvement aux fins d'extorsion aux dépens du baron Valdemaro Rosellini (par le commissaire Nicola Scialoja).

Des enquêtes relatives à l'affaire ci-dessus énoncée, il est apparu ce qui suit :

Le baron Rosellini, au moment de l'enlèvement, voyageait à bord de sa voiture personnelle, une Mercedes turbo diesel couleur sable. L'agression fut commise aux abords de la via di Casale San Nicola, au lieu-dit la Storta. L'automobile de la victime fut contrainte de s'arrêter en travers de la route par deux véhicules. Selon ce qui a été rapporté par le témoin Oscar Marussi, qui, à bord de sa propre voiture, une Fiat 131, suivait la victime, il s'agissait d'une Citroën DS 21 et d'une Alfetta 1750 de couleur bleue. Le même Marussi nous a rapporté que les deux voitures ont serré des deux côtés la Mercedes du baron, contraignant ce dernier à s'arrêter. Ensuite, de l'Alfetta descendirent quatre personnes qui agrippèrent le baron et le traînèrent vers la Citroën, à bord de laquelle on fit entrer l'otage. La voiture repartit aussitôt en direction de Rome, tandis que les quatre malfaiteurs, après avoir menacé Marussi, repartaient à leur tour, trois à bord de l'Alfetta et le quatrième en s'emparant de la Mercedes du baron, qui fut retrouvée le jour suivant via Cristoforo Colombo, à la hauteur du n° 459.

Les contacts téléphoniques avec la famille furent effectués à partir d'une localité hors district (hors du Latium), afin d'empêcher le fonctionnement des écoutes du réseau établies par la compagnie du téléphone.

Cependant, des enregistrements effectués par le personnel surveillant l'appareil récepteur, il appert que le téléphoniste, toujours la même personne, doit être identifié comme un individu de sexe masculin, d'âge sans doute inférieur à vingt-cinq, vingt-huit ans, exempt d'accent particulier ou capable d'imiter des accents régionaux variés.

La famille a reçu des missives au nombre de cinq, avec demande de rançon. Elles avaient été composées suivant la technique du collage de différentes lettres prélevées dans divers quotidiens italiens (*Il Messaggero*, *Paese Sera* et, en une occasion, le *Secolo d'Italia*, journal d'extrême droite).

Les coups de fil demandaient initialement une rançon de dix milliards de lires, puis sont descendus à sept et enfin à trois. Des déclarations des parents du baron Rosellini, il apparaît que ce dernier chiffre soit celui qui a été effectivement payé.

Le premier message fut laissé le 29 décembre 1977 dans les parages de la place Cavour accompagné de trois photos polaroïd qui montraient la victime tenant en main un exemplaire du *Messaggero*.

Le 2 janvier 1978, à 16 heures, fut fixé un rendez-vous au bar Cubana, où le fils de la victime, Alessandro, attendit vainement un coup de téléphone qui ne fut passé qu'après son départ. Le même jour, un autre rendez-vous, au bar Georgia, fut également manqué.

Le 11 février est signalé un message dans une poubelle publique sur le quai du Tibre de Pietra Papa, mais sans résultat.

Le 15 février, Alessandro Rosellini est convoqué à la gare Termini, pour retirer un message à l'intérieur d'une cabine de photomaton. Réalisé suivant la même technique des lettres découpées, le message lui ordonne de se rendre à Torvajanica. Dans cette localité, le jeune homme retrouve un deuxième message qui fixe une nouvelle rencontre dans le snack de la station-service de Pontecorvo, sur l'Autoroute du soleil. Personne ne se présente.

Le téléphoniste reproche à Rosellini d'avoir été suivi par trois voitures de la police.

Le 23 février, nouveau rendez-vous au Champignon de l'EUR*, lui aussi désert.

De même que le suivant, au lieu-dit Piancastagnaio, près de Sienne.

Le 2 mars, enfin, sur la via Cassia, à la hauteur de la bifurcation de Monterosi près de Viterbe, la rançon est finalement

---

* L'EUR est un quartier périphérique, construit durant la période fasciste, dans lequel se dresse un immeuble en forme de champignon, qui a aussi donné son nom à un restaurant.

payée. Le témoin – qui, en ce cas, par disposition expresse de l'autorité judiciaire responsable, n'était pas contrôlé – a déclaré avoir jeté le sac contenant l'argent sur l'ordre de trois individus au visage déformé par des masques, qui stationnaient à bord d'un fourgon Fiat immatriculé à Viterbe.

Les billets de la rançon ont été retrouvés dans diverses localités italiennes, mais aucun élément d'enquête utile n'a pu en être tiré.

Il est superflu de signaler que l'absence de réapparition de l'otage, alors même que le paiement a été réalisé, laisse entendre que le délit a connu l'issue la plus tragique.

5

C'étaient les Catanais de Casal del Marmo qui avaient merdé. Ce qui s'était passé, c'était que le baron avait vu le visage de l'un d'eux. En conséquence, il devait être éliminé. Même s'ils en avaient eu la possibilité – et ce n'était pas le cas : ils avaient été mis devant le fait accompli –, ni le Libanais ni le Froid n'auraient levé le petit doigt. De toute façon, sans témoins, on courait moins de risques. Mais après qu'on eut remis sa part à la Lie, on avait décidé de couper les ponts avec ces dilettantes. Le Buffle, un grand et gros jeune homme d'Acilia qui avait procuré le chloroforme et l'Alfetta 1750, avait suggéré de les exterminer. Mais l'euphorie du gain l'avait emporté : une fois retirée la part des bras cassés de Casal del Marmo, il restait deux milliards et demi à répartir selon les règles déjà fixées durant la phase préparatoire. Deux milliards et demi à partager en dix.

Le Libanais les avait convoqués dans l'appartement de San Cosimato. Tout le monde était là. Avec le Dandy, il y avait Botola, un courtaud de la Pyramide très bon au pistolet ; Satan, un branque, mais un dur, avec quatre poils roux sur la tête et une combinaison noire à la Diabolik ; l'Echalas… bref, il ne manquait personne, hormis le Rat. A son sujet, le Libanais avait réservé son jugement : deux des coups de fil, il les avait passés envapé, au risque de foutre en l'air toute l'affaire. Mais dans l'ensemble, il ne s'en était pas mal tiré. De toute façon, le Libanais le paierait sur sa part.

Oui, l'argent. Même au cinéma, il n'en avait jamais vu autant. Et pourtant, ce qui le fascinait le plus, c'était d'observer les réactions des autres. Les jumeaux Bouffons, par exemple : Aldo – ou bien Ciro, on les distinguait avec peine – essayait de se faire un chapeau de papier avec les billets. Et Ciro – ou Aldo – expliquait :

– Et il l'a dans le cul, mon père qui voulait nous envoyer travailler dans la boutique.

Le Buffle s'était fait céder à crédit une dose de coke, et il restait hébété devant le butin, le nez enfariné, en se laissant aller de temps en temps à une espèce de soupir ricanant (eh ! ih ! eh eh !). Le Dandy feuilletait un catalogue de Ferragamo et le dépliant d'une exposition de tableaux. Œil Fier avait sorti de sa poche un bout de papier à carreaux froissé plein de numéros de téléphone.

– Les meilleures gonzesses de Rome !

Bière et joints circulaient, et, bref, tous songeaient à la façon de dépenser leur part le plus vite et le plus stupidement possible. Presque tous. Le Froid se tenait à l'écart. Et il observait par la fenêtre : une matinée grise sur le marché, une petite pluie bête qui te pénétrait les os.

– On fade ?

Buffle s'était arraché à sa torpeur.

– Alors : cinq cents, y sont allés aux merdeux. Amen. Restent deux et demi. Quatre cents chacun au Libanais et au Froid. C'est juste comme ça, l'idée était d'eux, non ? Reste un raide et sept cents. Nous, on est huit. A deux cents chacun, ça fait un raide six cents. Et les cent qui restent, on va les claquer dans les tapis. Qu'est-ce que vous en pensez, hein ?

Et pourquoi répondre ? Ils s'avancèrent vers le fade, y compris l'Echalas qui, maigre comme il était, d'un coup d'épaule, il se faisait virer. Seuls le Libanais et le Froid étaient restés immobiles, un la main sur la tronche du Duce et l'autre appuyé à la fenêtre, un chewing-gum sous la dent.

Le Libanais se décida à abattre ses cartes.

– Attendez, les copains !

– Et maintenant, qu'est-ce qui veut, çui-là ?

Ils se retournèrent pour le fixer comme on fixe les fous. Le Buffle, carrément la main à l'étui sous l'aisselle. Soupçonneux, flairant le piège. Le Libanais resta assis, ouvrant les bras dans un geste rassurant. Le Froid suivait le mouvement avec sa concentration habituelle.

– Je veux dire : maintenant, nous avons deux milliards et demi. C'est-à-dire un truc bien différent que d'avoir moi quatre cents millions et toi deux cents, et même les cent pour les clandés…

– Mais qu'est-ce qu'y raconte ? protesta Œil Fier.

– Tais-toi, intervint le Froid. Continue, Libanais.

– Toi, Dandy, je commence par toi parce qu'on est amis depuis toujours… toi, maintenant, tu te refais la garde-robe, parce que t'es Dandy… et sinon, quel genre de dandy tu serais ?

– En fait, la Kawa aussi est un peu rouillée…

Quelques rires. Le Buffle lâcha sa prise sur le holster. Le Libanais reprit son souffle.

– Et toi, Echalas…

– Je suis passé chez Bandiera & Bedetti, ce matin, j'ai vu deux-trois Rolex avec les contremachins…

– Œil Fier, toi… gonzesses, Coca et champagne?

– *Ahò*, et qu'est qu'y a de mieux dans la vie?

Nouveaux rires. Le Libanais s'échauffait. Même le Buffle commençait à se montrer intéressé.

– Je veux dire: on a tous des désirs, des ambitions…

– Ce qui est juste, c'est ce qui nous revient! s'écria Satan.

Quelques-uns hochèrent la tête. Le Libanais se déclara d'accord.

– Ce qui nous revient, c'est une seule chose: le meilleur.

– Et alors, qu'est-ce qu'on attend, putain, pour aller au fade?

Satan serait le plus dur à convaincre, devina le Libanais. C'était à lui qu'il s'adressait, maintenant. En le fixant dans ses petits yeux hallucinés.

– On partage, aujourd'hui. Et demain ou après-demain, on est de retour à la case départ. Les voitures vieillissent, la coke se consume, la chatte se dessèche par manque de liquide… et quand je dis liquide, je veux dire fric, Œil Fier… mais si au contraire, ces deux milliards et demi, on les partage pas… si on les garde ensemble… si on les garde ensemble, nous… vous avez idée de ce qu'on peut devenir? Au lieu d'avoir peu, nous avons beaucoup. Et plus nous avons, plus nous aurons… tu te rappelles le prêtre, Satan? Qui plus a, plus aura… et nous, on doit faire comme ça: avoir moins aujourd'hui pour avoir plus demain.

– Attends, fais-moi comprendre… hasarda le Buffle, décidément attiré.

Le Libanais lui sourit, mais du regard, il cherchait le Froid. Celui-là, va savoir de quel côté il était, raide, immobile, les yeux réduits à deux fentes.

– Buffle, moi, je pense ça: restons une équipe. On prend le peu qui nous sert pour les dépenses courantes… disons genre une cinquantaine de millions chacun…

– Toi aussi? s'ébahit le Buffle.

– Moi aussi. Part égale pour tous !

– Vraiment tous ? provoqua Satan, en lançant un coup d'œil perplexe au Froid.

C'était lui l'autre lion de la bande. Son tour était venu de se prononcer. Mais le Froid ne bougea pas un muscle, son regard errait du buste au vilain miroir avec la madone sous la cloche de verre, au fauteuil recouvert de drap noir, à la stéréo du receleur de la via Sannio.

– Cinquante millions par dix... en admettant que tout le monde marche... cela signifie qu'il reste deux milliards, souligna l'Echalas.

– Deux milliards, c'est une bonne base, insistait le Libanais, il nous faut des armes et un dépôt sûr pour les garder... disons que pour le projet commun, nous pourrons investir un milliard cinq, peut-être un milliard huit...

– Et ça serait quoi, ce projet ?

– T'as pas encore pigé, Satan ? Je veux ce que vous voulez tous !

– C'est-à-dire ?

– Rome.

– Boum ! Mussolini a parlé ! Et, bordel, comment tu la prends, Rome ?

– En douceur, et s'il le faut, sans douceur, petit con. Avec la drogue. Avec le jeu...

Alors le boxon se déchaîna. Tout le monde voulait dire son mot : paroles, menaces, gestes exaltés. Le Libanais se leva lentement et se rapprocha du Froid. Ils échangèrent un regard intense. Il régnait entre eux un silence qui les isolait du reste de la compagnie. Le Froid tira son revolver de la poche et le plaqua avec force sur la commode.

– Taisez-vous un peu.

Il n'avait pas besoin d'élever la voix.

– Le Libanais a raison. Si on divise l'argent, il est plus bon à rien. Si on se divise, on est plus bons à rien. Unis, on gagne. Tu m'as convaincu, Libanais. Part égale pour tous et le reste au fond commun. Peut-être qu'on mettra quelque chose de côté pour les nécessités urgentes... genre, quelqu'un finit en taule ou il a des emmerdes en famille...

– C'est raisonnable, dit le Libanais. Dans les périodes de vaches maigres, on pourra se financer avec cette… disons, cette réserve. Deux ou trois pacsons au mois, on les sortira toujours.

– Je suis avec vous, dit le Dandy.

La Kawasaki pouvait attendre, pas le centre historique.

– Collègues, c'est une belle idée, aboya le Buffle, et il alla donner une tape sur l'épaule du Libanais. Le fric, au fond, il sert uniquement à éviter les emmerdes. Mais rien ne vaut la rue !

Œil Fier dit oui : deux semaines de cul, il pouvait de toute façon se les offrir, même s'il n'avait que cinquante sacs.

L'Echalas dit oui : la Rolex, il se la procurerait d'une autre façon. La façon habituelle.

Botola dit oui, il vivait seul avec sa maman et lui avait promis machine à laver, lave-vaisselle, téléviseur couleur flambant neufs.

Aldo et Ciro dirent oui : l'ordre du Froid faisait loi, pour eux.

Quand ce fut son tour, Satan se mit à compter les deux cents millions d'un air provocateur.

– Je crois comprendre que t'es pas d'accord, le défia le Libanais.

– Je crois comprendre que vous avez perdu la tête.

– Oh, Satan, intervint le Dandy, c'est pas notre faute si la tienne, tu l'as oubliée à la paroisse !

Rires méchants. Et regard méchant de Satan.

– D'abord : on est là, à parler de jeu… mais on le sait tous, que le jeu, c'est Le Terrible qui l'a en main…

– On lui parlera, proposa Œil Fier, conciliant.

– Et si lui, y vous dit d'aller vous faire enculer ?

– On le fume, coupa le Buffle, séraphique.

– Le Terrible ? Et qui c'est qui le fume, Le Terrible ? Toi ?

– Oui, moi. Et si ça te va pas, je te fume toi aussi, oh hé, connard !

Le Buffle renaudait dur. Et Satan avait déjà la main à la poche. Le Libanais essaya de calmer le jeu. Manquait plus que le duel d'honneur à la montagnarde au-dessus du butin étalé.

– Mollo, mollo. Satan marche pas ? Tant pis, on s'en passera. Satan, prends-toi ton pèze et dégage où tu voudras. On reste amis comme avant.

Mais Satan ne se résignait pas.

– Deuxièmement, reprit-il, ignorant l'invite, on barjaque de drogue… ça, c'est le truc des Napolitains, c'est eux qui ont le marché. Qu'est-ce tu fais, Buffle, tu les fumes aussi, les Napolitains ?

– Là, tu te trompes, Satan, intervint le Dandy, ça fait des années que Puma importe de la came de la Chine et personne a jamais moufté contre.

– Mais qu'est-ce tu perds ton temps avec cet abruti ! marmonna le Buffle.

Satan n'entendit pas, ou fit semblant. Maintenant, il en avait après le Dandy.

– Puma paie l'impôt aux Calabrais. Tu le savais pas ?

– Nous, on paiera aucun impôt à personne, précisa le Libanais. Au maximum, on passera des accords d'égaux à égaux…

– Tu veux te prendre Rome, Libanais, mais cette ville personne se la prendra jamais. Et puis qu'est-ce t'en sais, toi, qu'es à moitié africain…

Tous les regards coururent de Satan au Libanais. Ce dernier soupira. Est-ce qu'ils y arriveraient jamais, le Froid et lui, à contrôler la nature de ces garçons ? Ces gars-là s'échauffaient pour un rien, alors que dans ce monde, pour faire son chemin, il fallait lucidité et froideur. Satan provoquait. S'il ne répondait pas à l'offense, le Libanais allait perdre l'estime des autres. Il esquissa un sourire, secoua la tête et laissa partir une mornifle qui s'imprima sur la joue de Satan.

– Je vais te tuer, bâtard !

Une réaction était prévisible, mais Satan avait été très rapide et l'avait pris par surprise. Déséquilibré par un coup de hanche digne d'une couleuvre, le Libanais se retrouva un pistolet sous la gorge. Heureusement, le Froid veillait : un coup de genou dans les reins et Satan s'effondrait comme un ballon dégonflé. Le Buffle s'était emparé de l'arme, qui avait glissé dans la chute.

– Maintenant, on va rigoler !

Mais le Froid la lui arracha des mains et aida Satan à se relever.

– Maintenant, prends ton fric et disparais, et remercie le ciel qu'on soit de si bonne humeur…

Satan hochait la tête, le regard torve. Avant de lever le camp, il embrassa d'un coup d'œil circulaire l'organisation nouveau-née.

– Ces deux cons vous ont mis dans la merde. Vous vous en apercevrez !

Il était à peine sorti, que le Buffle se lança derrière lui. Le Libanais lui barra le passage.

– Où tu crois aller ?

– Repasser cette salope, non ?

– Tu repasseras personne, Buffle.

Le ton du Froid n'admettait pas de réplique.

– Désormais, nous sommes une société, collègues, expliqua le Dandy, les décisions, on les prendra tous ensemble et personne ne jouera plus en solo.

Le Buffle baissa la tête.

1978, février

Accords

1

Satan n'avait pas tort. Qui voulait jouer un rôle dans le secteur de la drogue devait trouver un accord quelconque avec les Napolitains. Ce qui signifiait passer par Mario le Sarde. La rencontre fut organisée par Buffle, lequel, quand ça le prenait de raisonner, savait même se montrer malin. Le garant, c'était Trentedeniers, un de Forcella qui, à l'origine, marchait avec Giuliano. Puis il y avait eu une bagarre avec les Licciardiello, alliés des Giuliano, et deux porte-flingues du clan étaient restés sur le carreau. Trentedeniers avait cherché refuge auprès de Cutolo*, qui l'avait accueilli à bras ouverts dans la Nouvelle Camorra Organisée. Pour finir, à force de ripailles à base de *trenette*** aux supions et de grondin au court-bouillon, le tribunal des braves compères l'avait absous, et maintenant, Trentedeniers était considéré par les deux factions comme un interlocuteur fiable. Pas mal, pour un type qui avait retourné deux fois sa veste, se méritant le surnom de Judas.

Trentedeniers avait été au lycée des Genovesi, il venait d'une bonne famille et se vantait beaucoup de ses connaissances et de ses bonnes manières. C'était un sacré morceau d'un mètre quatre-vingt-dix, décoré de tatouages qui, disait-il, s'harmonisaient avec les cravates voyantes de Marinella qu'il adorait arborer même dans l'intimité. Avec les revenus de la cocaïne, il s'était meublé dans le style Portoghesi un appartement à l'EUR, près de la résidence de certains nobles.

– *'A* princesse est 'ne vraie dame, dit-il en montrant à ses invités la véranda qui donnait sur une cour de hauts magnolias et de massifs *italian garden.* Dommage qu'elle est communiste. Moi, franchement, ces riches qui font les rouges, je les comprends pas.

Le Libanais avait hoché la tête, convaincu. Il était fasciste depuis toujours : pour lui, la droite s'identifiait à l'ordre et à l'organisation. Et c'est ce qu'il essayait de faire avec la bande.

---

* Célèbre chef d'une des deux branches de la Camorra napolitaine qui se livraient une guerre sans merci.

** Sortes de tagliatelles, en plus minces.

Imposer l'ordre et l'organisation à une bande de têtes brûlées indisciplinées. Le pouvoir doit récompenser ceux qui ont les idées les plus claires et la force pour les affirmer.

Tandis que le Buffle et Trentedeniers s'embrassaient en échangeant de joyeuses insultes, le Froid et le Libanais inspectaient les lieux. Tout semblait tranquille. Le Dandy, lui, était anéanti par la magnificence de la demeure de Trentedeniers. Meubles design, tables basses de verre, stéréo avec baffles ultramodernes, écran pour le cinéma, immense salon avec de vastes canapés... ça oui, que c'était du style! Ça oui, ça pouvait s'appeler la vie!... Trentedeniers le prit par le bras, amical.

– Ça te plaît, hein? Si je te dis combien il m'a pompé, l'architecte... mais on voit la patte du professionnel, hein? Je mets un peu de musique.

Des énormes enceintes s'éleva une lugubre litanie d'église. Le Buffle se boucha les oreilles. Le Libanais demanda ironiquement si les disques aussi, c'était l'architecte qui les avait choisis. Trentedeniers expliqua que c'était la "musique d'ambiance" qu'il utilisait pour draguer des psychologues, des journalistes et quelques avocates.

– Les avocates, aussi?

– Celles-là, c'est les plus salopes!

Mario le Sarde se fit attendre jusqu'au soir, quand déjà ils commençaient à en avoir soupé de la musique et de la surabondante hilarité de Trentedeniers. Il avait amené avec lui Ricotta. Le Libanais s'étonna de revoir un vieux copain qu'il croyait désormais enterré sous les années de taule.

– L'avocat a été bon. Ils m'ont fait une bonne confusion des peines et maintenant, je suis là!

Mario le Sarde s'était évadé deux mois plus tôt du centre psychiatrique judiciaire d'Aversa en profitant d'un congé de mise à l'épreuve. Inculpé de tentative d'homicide, d'extorsion et de vol à main armée, il avait réussi à arracher l'infirmité mentale grâce à l'expertise psychiatrique. Et il s'était donné du mal pour l'avoir, pas de doute: à la première séance, il avait pissé sur les papiers du toubib, la deuxième fois, ce dernier s'était présenté avec quatre gardiens et Mario s'était enfermé dans le mutisme le plus absolu. Durant la troisième rencontre, il s'était mis à pleurer comme un enfant en réclamant une tétine et un biberon. Les vérifications avaient traîné pendant un an, dans le désarroi général. A la fin, Mario avait conquis la confiance de l'aumônier, et pour vaincre les dernières résistances du psychiatre, il avait mis en scène un faux suicide à base d'étouffement avec des hosties consacrées. Morale de la fable : cliniquement fou, juste un peu socialement dangereux, mais rien qu'un tout petit peu, hein ! L'évasion – en théorie une erreur, vu qu'il ne lui restait plus que trois mois avant le réexamen de la dangerosité – avait résulté d'un ordre précis de Cutolo. *'O Professore* et lui s'étaient justement connus à Aversa, et le Sarde l'avait tellement tanné qu'à la fin Cutolo avait décidé de le nommer chef de zone pour Rome. D'une certaine manière, dans la décision de renvoyer sur le territoire le nouveau lieutenant, intervenaient aussi le Libanais et les siens : sur Radio Zonzon avait circulé la nouvelle que l'enlèvement de Rosellini était l'œuvre des Napolitains, et Cutolo avait fait enquêter là-dessus.

– Et en fait, c'était vous !

– Et en fait, c'était nous.

– Ça s'est pas mal passé, pour des gens à leur premier coup, concéda le Sarde.

Presque dépourvu de cheveux, petit, trapu, il arborait au front une vieille cicatrice due à un coup de lame. Il commandait Ricotta à la baguette, et même Trentedeniers lui démontrait une grande déférence. Le Libanais l'eut immédiatement dans le pif. Impossible de dire ce qu'en pensait l'indéchiffrable Froid.

– On a un peu de blé à investir et on voudrait se mettre dans la came, expliqua le Dandy.

– Combien de blé ?

– Un, un et demi...

– Ça peut se faire. Trentedeniers a ouvert un bon canal avec les Sud-Américains. Je vous procure la coke et vous autorise à la placer sur le marché, hormis dans la zone du Terrible. Je prends soixante-cinq pour cent sur les bénéfices et dix pour cent sur le capital investi.

Même le Cravatier, l'usurier de Campo de' Fiori oserait pas, pensa instinctivement le Dandy. Le Libanais se caressa le menton. Le Froid gardait les yeux mi-clos. Le Buffle semblait suivre le dialogue en essayant de saisir les passages qui lui échappaient. Trentedeniers, feignant l'indifférence, roulait un joint. Ricotta se nouait et se dénouait une cravate voyante avec le soleil jaune et la lune noire.

– Peut-être que Dandy s'est mal expliqué, dit le Libanais calmement, nous ne demandons aucune autorisation, et le Terrible, on s'en branle. Nous, on est en train de te proposer une affaire. Cinquante-cinquante du début à la fin. Tu nous vends la came au prix qu'on fixe et on partage le bénèf. Sur tout Rome...

Le Sarde renauda sévère.

– Tu sais à qui tu causes, Libanais ?

– Si on le savait pas, on serait pas là, dit le Froid sèchement.

Le Sarde le fixa avec un certain étonnement. Le Froid, pensa le Libanais, a quelque chose qui en impose.

– Mettons que l'affaire se fasse. Pour couvrir Rome, faut un paquet de monde. De combien d'hommes vous disposez ?

– Une quinzaine, avança un peu vite le Dandy.

– Ça suffit pas.

– On peut en trouver d'autres facilement, insista le Dandy.

– C'est toujours pas beaucoup.

– Tu pourrais intervenir toi aussi, suggéra le Froid. Avec quelques-uns de tes types, je veux dire...

– Un accord, en somme.

– Je te l'avais dit, il me semble.

Le Sarde se tourna vers le Libanais.

– Comment tu penses procéder ?

– En organisant les réseaux par zone. Chaque zone, deux-trois quartiers. Chaque quartier, six-sept fourmis et un cheval. Les fourmis répondent au cheval, et les chevaux à nous. En considérant, disons, huit zones...

– Et la concurrence ?

– Avec le Puma, on peut trouver un accord. On se connaît depuis toujours... les autres, c'est du menu fretin...

– Et le Terrible ?

– Si ça lui va, tant mieux. Sinon...

Le Libanais n'avait pas terminé, mais le sens de la phrase ne laissait pas de place à l'équivoque. Le Sarde gratta sa balafre.

– Vous demandez un gros truc. A Rome, on a jamais vu un truc pareil...

– Tant mieux. Ça veut dire qu'on sera dans les premiers. Nous et vous. Ensemble.

Encore le Froid. D'acier trempé. Un chef.

– Ensemble ? Peut-être. Mais un seul chef. Moi, dit le Sarde.

– Je commence à avoir faim, hasarda le Dandy.

Un silence suivit. Le Buffle et Trentedeniers, après un échange de coups d'œil, se dirigèrent vers la sortie. Ricotta les suivit.

Dans la rue, signes d'hiver : des filles en maxi et un ciel très noir, avec des grondements de tonnerre. Le Buffle et Trentedeniers entraînèrent Ricotta dans un snack, où ils commandèrent du poulet, des patates au four et de la pizza pour tout le monde.

– D'après vous, ils vont se mettre d'accord ? demanda Trentedeniers.

Le Buffle écarta les bras. Et dit que le Sarde était vraiment con.

– Mais non, Mario est comme ça... tu verras qu'à la fin, ils se mettront d'accord.

– Con et ramenard, insista le Buffle.

Sur le chemin du retour, Ricotta les informa que la Cour de cassation avait décidé de brûler le dernier film de Pasolini. Ils s'en foutaient éperdument, mais ils le laissèrent dire par amitié. Ricotta, quand il était gamin, avait fait quelques incursions au pays des tantouses. On disait que c'était P.P.P. en personne qui lui avait appris à lire et à écrire. Il n'était pas devenu un intellectuel, mais à peine sorti du gnouf, il s'était rendu en pèlerinage à l'Idroscalo où ce givré de Pino le Crapaud avait massacré le poète pédé.

Ils rentrèrent juste à temps pour la phase des embrassades. Le Dandy les informa des termes de l'accord : cinquante pour cent pour tous, et cinq pour cent cash au Sarde pour "engager son nom et la garantie de la réussite de l'accord". Les bénéfices, ils les géreraient fifty-fifty. Trentedeniers et le Dandy, comme pour dire un par groupe. Quant à la question du chef, on était parvenu à un compromis : ils proposeraient ensemble au Puma de jouer le rôle de garant au-dessus des parties. Il va de soi que le Sarde était convaincu d'être de toute façon le numéro un. La première cargaison de coke arriverait d'ici quinze jours via Buenos Aires. Affaire conclue, donc. A observer les coups d'œil que le Libanais, le Froid et le Dandy échangeaient dans le dos du Sarde, le Buffle comprit que ça n'allait pas durer longtemps.

– Crois-moi, murmura-t-il à Ricotta, laisse-le tomber, çui-là. Toi, t'es un de nous autres.

2

Le Puma avait quarante-deux ans, et il en avait passé la moitié entre les hôtels Roma et Regina*. Depuis quelque temps, il s'était mis avec une Colombienne qui avait vingt ans de moins que lui, une mulâtresse avec une gueule d'Indienne, nièce d'un soldat du cartel de Cali. Ils vivaient dans une petite villa sur la via Cassia avec Rodomiro, leur nouveau-né. Ils se rendirent à quatre à la rencontre : le Dandy et le Froid d'un côté, Trentedeniers et Ricotta de l'autre.

Puma les reçut dans le jardin, l'enfant au bras et un gros chien de berger qui flairait, inquiet, en agitant sa longue queue en panache. La Colombienne servit des liqueurs et de la tarte. Trentedeniers, dans son habituel langage coloré, exposa les termes de la proposition. Puma le laissa causer sans broncher. Et à la fin, tous les yeux fixés sur lui, il répondit non.

– Oh Puma, qu'est-ce tu me racontes ? On t'offre la médaille d'or ! explosa Ricotta.

Le chien gronda. Le gamin se mit à pleurnicher. De l'intérieur de la maison, la Colombienne apparut. Puma lui remit l'enfant et s'alluma un demi-toscan.

– Je prends ma retraite, Ricotta. Dites-le au Libanais, au Sarde, dites-le à tous, surtout à la police…

Tout le monde rit. Puma aspira deux profondes bouffées.

– Suis fatigué. Là, maintenant, ce que j'ai me suffit… cette maison, un peu d'argent à la banque… Maria Dolores… le petit… vous avez vu comme il est beau ? Non, je suis fatigué. J'en ai assez de cette vie…

– Tu nous racontes des conneries. Dans quatre jours t'as un kilo du Chinois qui t'arrive via Palerme. Tout Rome le sait.

Puma se tourna lentement vers le Froid.

– Si vous me le laissez, ce kilo, vous me rendez service. A charge de revanche. Si vous voulez vous le prendre, allez-y. Pour moi, c'est le dernier coup. A vous de décider. Moi, je change d'air aussi. Je me tire carrément de Rome…

---

* Dans l'argot du milieu, les prisons de Rebibbia et de Regina Coeli. *(NdA)*

Son calme avait impressionné le Froid. Puma ne parlait jamais à tort et à travers. S'il avait dit qu'il larguait tout, il larguait tout. Question d'âge ? Il était vraiment aussi décrépit qu'il voulait le faire croire ? Le Froid n'arrivait pas à s'en persuader.

– Et puis, vous savez… moi, ça fait vingt-cinq ans que je suis dans le milieu… J'en ai vu de toutes les couleurs et j'en ai fait autant. Comment on dit aujourd'hui ? J'ai un CV tout à fait respectable… mais y'a deux choses que je peux pas avaler : l'enlèvement et le meurtre. Moi, j'ai jamais pris personne, et j'ai jamais non plus tué personne…

– Nous aussi, ça nous a pas plu, pour le baron… avança le Dandy. Mais qu'est-ce qu'on pouvait faire ?

– Je parle pas de ça, les gars. C'est pas le passé qui m'inquiète…

– Et c'est quoi, alors ? demanda le Froid.

– L'avenir. Ce qui va nous arriver à nous tous… c'est pour ça que je me retire du jeu, Froid…

– Pourquoi, qu'est-ce qui va se passer, d'après toi ?

Ricotta s'était gonflé tout entier : le gilet bombé et l'habituelle cravate flottante. Trentedeniers qui, pour l'occasion, s'était accordé un petit cachemire rouge de Cenci, le fixait avec un air de commisération.

– Il va se passer que vous allez vous dévorer entre vous comme des cochons. Que vous allez vous tuer l'un après l'autre comme des chiens. Et moi, je marche pas là-dedans.

Trentedeniers explosa :

– Allons-nous-en, les gars, le vieux, en plus, y nous jette le mauvais sort ! lança-t-il en napolitain.

Ils retournèrent à Rome muets et déçus. Le Froid, ça lui était resté sur l'estomac. Ce n'était pas tant le refus qui l'inquiétait : c'était comme si le Puma avait voulu indiquer, à eux tous, une autre route, une route différente. Mais quelle absurdité ! Autant finir expert-comptable et se mettre dans un boulot avec un patron. Finir comme son père : salaire et couilles molles. Le Puma n'était qu'un vieux gâteux.

Trentedeniers insistait pour l'emmener dîner avec l'avocate qu'il avait levée depuis deux semaines. Mais il avait envie de rester seul. De se torcher avec du vin devant le miroir qui, avec le lit et la table, était le seul meuble du studio de via Alessandro

Severo. Mais avant, il devait honorer une promesse ancienne. Il se fit déposer chez Mangione et commanda un scooter pour Gigio.

3

Patrizia ne devait pas avoir plus de vingt-deux, vingt-trois ans. Brune, peau douce et lisse, petits seins durs, aisselles parfaitement épilées, longues jambes, un cul à arracher le cœur. Quand elle lui ouvrit, en combinaison noire et micro soutien-gorge dont émergeait l'aréole d'un sein déjà turgescent, le Dandy ne regretta pas de s'être adressé à Œil Fier, le meilleur expert en putains de la bande. A côté de Gina, qui grossissait à vue d'œil et commençait à pousser sur la bière et les cachets, cette gamine était une déesse. L'endroit, en plus, était petit mais chaud et confortable. Sur le lit, refait de frais, étaient disposés quelques animaux en peluche.

– Je prends cent tickets pour un truc normal et cent cinquante pour les extras, annonça Patrizia d'une voix basse, rauque, indifférente.

Le Dandy exhiba le portefeuille gonflé de billets. Dans les yeux de la fille s'alluma un éclair avide. Le Dandy compta trois biftons de cinquante et les lui glissa dans le soutien-gorge. Patrizia commença à se déshabiller.

– Ça te plairait, un petit spectacle ?

Le Dandy ne répondit même pas. Ou il se l'envoyait dans les dix secondes ou bien il explosait. Il se jeta sur elle en l'agrippant de ses grosses mains. Il la retourna, sortit l'engin et la prit par derrière. En deux temps trois mouvements, il jouit avec un grognement de bête. Tandis qu'elle allait se laver, il s'étendit entre les peluches et alluma une cigarette. L'intensité de l'orgasme lui avait laissé une douleur diffuse et aiguë, et une certaine insatisfaction.

– T'es encore là ?

Sa froideur, le fond de dégoût dans le regard… Patrizia l'excitait. A mourir.

– T'as un patron ?

– Qu'est-ce que tu dis ?

– Un patron… un julot… un mac.

– Ça me regarde, non ?

– T'en as un ou pas ?

– Y'en a un qui a essayé et il en pleure encore.

– T'es avec quelqu'un ?

– T'es de la police, par hasard ?

Le Dandy éclata de rire. Elle gardait un air hautain, jouant avec l'ourlet de la culotte. Noire. Le Dandy se sentait déjà prêt pour le second round.

– Viens ici, dit-il, gentil.

– T'as payé, t'as fait, qu'est-ce que tu veux encore ?

Avec un soupir, il prit son portefeuille et le lui lança. Elle l'agrippa au vol.

– Combien ça vaut, d'après toi ?

– T'es sûr de pouvoir te le permettre ?

– Prends ce dont t'as besoin.

– J'ai besoin de tout.

– Alors, prend tout !

Pour la première fois, elle lui parut sincèrement indécise.

– Je veux me mettre avec toi, murmura-t-il.

– Je te l'ai dit : pas de mac.

– Et qui t'a parlé de mac ? Moi, je dis me mettre, pour de bon… on se voit, on sort dîner le soir, je viens te trouver quand j'en ai envie et tu es prête à me recevoir… je te présente mes amis… une histoire entre nous, quoi…

Patrizia rit. Le spectacle de ces seins qui s'agitaient le rendait dingue.

– Toi alors ! Tu viens, tu vas, tu disposes, tu proposes… mais pour qui tu te prends ? Je sais même pas comment tu t'appelles…

– Je suis Dandy. Et je suis un type qu'a de la classe…

– Et c'est quoi, cette classe ?

– Une belle maison meublée par un décorateur. Un tableau de Schifano… celui qui achète la came du Sarde… nous, on l'appelle *Schiffato*, "Dégoûté"… un secrétaire d'époque, des tapis orientaux, de la bonne musique, du champagne millésimé… la classe, quoi ! T'as déjà vu un défilé de mode ? C'est ça que j'ai dans la tête pour toi, ma chérie…

Elle se plia en deux.

– La classe ! Tu baises comme un animal, crac crac oooh que c'est bon. Voilà. Terminé. Et tu parles de classe !

– Apprends-moi, alors !

Elle lui décocha un long regard pénétrant. Ça valait le coup d'essayer ? Pourquoi pas ? Il n'était pas beau, il puait un peu et il savait pas y faire. Mais de l'énergie, il en avait à revendre. Et aussi du culot. Et surtout : qu'est-ce qu'elle avait à y perdre, elle ?

– Va prendre une douche, chéri, ordonna-t-elle d'une voix douce.

Le Dandy fila, très excité. Quand elle entendit couler l'eau, Patrizia vida le portefeuille et plaça les billets dans le tiroir de la table de nuit.

A son retour, il la trouva étendue sur le lit, jambes ouvertes.

4

Le Libanais n'en croyait pas ses yeux. Il lança un regard inquiet au Buffle, qui se dandinait autour de lui comme un ours maladroit, et demanda pour la énième fois si ce n'était pas une blague.

– Oh, allez, le Libanais ! C'est le truc le plus sérieux du monde !

– Sérieux mais incroyable quand même !

– Justement. Qui pourrait y penser ?

Eh oui. Qui pourrait y penser, au ministère ? Et pourtant, c'était justement là qu'ils se trouvaient. Devant le ministère, à l'EUR, à deux pas du commissariat, à trois cents mètres de la station de métro. Dans le fond, les tours du Champignon, dans les oreilles, le bruissement du trafic sur la via Colombo. Au ministère. Le Buffle siffla et des ombres du portique émergea un homme grand, grisonnant, en veste et cravate. Il s'appelait Ziccone. Huissier de profession. C'était un personnage parfumé et un peu doucereux, avec la voix rauque des grands sniffeurs de coke. Entre le Buffle et lui régnait une grande familiarité. Ziccone dirigeait une affaire de paris à l'hippodrome et, à l'occasion, il pouvait mettre sur pied de petites sociétés financières. Un type disponible pour les investissements à court terme et les services un peu particuliers. Comme de procurer des locaux pour installer un dépôt d'armes. Dans les souterrains du ministère.

En passant par une porte recouverte de graffitis de petits branleurs, Ziccone les conduisit au sous-sol. Là habitait, leur dit-il, le gardien adjoint. C'était un homme couleur muraille à l'air hébété, qui devait recevoir six cent mille par mois pour faire bonne garde sur le matériel. Le petit homme – Bruli, comme il se présenta dans un souffle plaintif – remit au Libanais deux trousseaux de clés, et montra le fonctionnement des serrures et le parcours le plus pratique. Il n'y avait pas de danger de mauvaise surprise : cette aile du palais était abandonnée depuis des années. Pourtant, observa le Libanais, on continuait à payer un gardien.

– Parce que là, autrefois, il y avait un passage vers le secrétariat particulier du ministre, expliqua Ziccone, et puis on l'a muré mais personne ne s'en est encore aperçu, comme ça Bruli conserve son poste.

Ils revinrent à la voiture, en bénissant la sainte bureaucratie qui leur permettrait de s'occuper de leur petit business sous l'œil bienveillant de l'État. Ziccone fut récompensé par deux grammes de coke qu'il s'envoya aussitôt. Avec une avidité telle que le Buffle lui-même lui conseilla d'y aller mollo. Puis le Libanais laissa les deux hommes dans un tapis sur la via Aurelia et partit à la recherche du Froid. Mais au bar de Franco, on ne l'avait pas vu – il n'y avait que le Rat qui, le regard perdu, se grattait les boutons dans le cou – et chez lui, le téléphone sonnait à vide. Un peu tendu, à force de téléphoner, il réussit à se faire dire par Œil Fier où se trouvait peut-être le Dandy, et il s'y rendit aussitôt.

Il lui fallut attendre trois quarts d'heure sous le porche de la via Cavour, et encore heureux qu'il avait une voiture nickel et qu'il était sorti sans flingue. Le Dandy se présenta vacillant sur ses jambes et fut étonné de le voir surgir devant lui. Le Libanais alla droit au but et lui demanda des nouvelles de la rencontre avec le Puma. Quand il sut que ça s'était mal passé, il poussa un soupir. Mais bon, tant pis. Ils s'arrangeraient autrement. A son tour, il le mit au courant du dépôt au ministère. Ils se marrèrent puis le Dandy, redevenant brusquement sérieux, lui dit qu'il était amoureux.

– De cette putain ? dit le Libanais, ébahi. Mais tu sais même pas qui c'est…

– Eh bè ? Comment on dit : le coup de foudre…

– Ça me plaît pas. Tu fermes ton clapet, hé !

– D'ici deux mois, je vais vivre avec elle.

– Et Gina ?

– Oh Libanais, fais pas chier ! J'ai pas envie d'y penser maintenant. Et puis, toi, qu'est-ce que t'en sais ? A propos, comment ça se fait que t'as pas de femme ? Tu serais pas pédé, par hasard ? Attention, que moi, ça me pose pas de problème… mon coco…

Non, il n'était pas pédé. Les femmes lui plaisaient, et pas qu'un peu. Mais comment l'expliquer au Dandy ? C'est un problème militaire, aurait-il dû lui dire. C'est une guerre, qu'on mène. Et quand t'es en guerre, tu peux pas te permettre de distractions. Non qu'une partie de baise aurait pu lui faire du mal mais…

s'engager, ça non. Il fallait rester propre... comment dire? Chaste, voilà, d'une certaine manière, chaste. Comme les prêtres. D'abord, il fallait qu'ils la gagnent, cette guerre. Qu'ils se prennent la ville.

Le Dandy comprit qu'il n'était pas d'humeur et s'en retourna à sa moto. Il avait envie de parler de Patrizia à tout le monde. Il décida de commencer par Trentedeniers. Lui, il pouvait même lui soutirer quelques conseils. Le Napolitain, il en avait à revendre, de la classe.

Trentedeniers, ce soir-là, était en trop bonne compagnie pour l'écouter. Il vint lui ouvrir en robe de chambre, le nez blanchi de dope et les yeux fous, précédé par des flots de musique d'ambiance.

– Viens, viens, mon ami, il nous manquait qu'un quatrième pour faire le nombre!

Le Dandy jeta un coup d'œil. Sur le grand canapé blanc, deux formes féminines s'agitaient. Du grouillement émergea une tête blonde et bouclée. Le Dandy croisa le regard de l'avocate Mariano. L'autre était une inconnue, avec un air de toxico. L'avocate le salua de la main puis plongea entre les jambes de sa partenaire.

– Alors, tu veux venir, Dandy? Tu sais, ça en vaut la peine...

Il refusa sans même y penser. Il n'avait que Patrizia en tête.

5

Le commissaire Nicola Scialoja était un garçon mal dans sa peau. Il avait demandé deux fois son transfert à l'Antiterrorisme et deux fois, on le lui avait refusé. Politiquement suspect. Quelques mois auparavant, il avait eu une histoire avec une nana de l'Autonomie, fille d'un ponte de la Banca d'Italia. Elle vivait dans l'appartement au dernier étage d'un immeuble avec vue sur la Villa Pamphili. Elle collectait des fonds pour les détenus politiques. Un soir, elle lui avait demandé pourquoi il n'était pas resté dans son bled, au lieu de venir tenter sa chance à Rome. Fin de l'histoire. Les collègues le jugeaient soit comme un fils à papa soit comme un type bizarre, ou bien les deux ensemble. En théorie, c'était un enquêteur, en pratique, un bouche-trou. Le soir où on avait enlevé le baron Rosellini, il remplaçait un collègue plus expert occupé – inutile de le dire – à la recherche d'une planque de brigadistes. Il s'était retrouvé aux côtés du substitut du procureur Borgia. D'instinct, ils s'étaient plu. Tous deux grands et dégingandés, tous deux sans protections politiques, tous deux en marge de la grande scène. Borgia avait réussi à le faire entrer dans l'équipe de police judiciaire. Le rapport final sur l'enlèvement du baron avait été apprécié. Borgia l'avait complimenté devant les dirigeants de la brigade criminelle. Ils avaient fini par boire une bière à la pause déjeuner. Le café en haut de la via Golametto, devant l'entrée du tribunal, grouillait d'avocats excités, de magistrats empaquetés dans leurs robes et de policiers aux voix arrogantes. Odeurs de tabac froid, fonds de café, grill incandescent cuisant hamburgers et fines tranches de fromage. Le substitut était fatigué. Sa femme attendait un enfant. Le climat domestique était tendu.

– J'ai presque trente ans, dit-il, et la vie va changer.

Scialoja lui parla de Sandra, la fille de l'Autonomie. Il ne s'était pas encore tout à fait remis. Borgia le consola avec une pointe d'envie : il avait de la chance, d'être encore un homme libre. Un vieux des Mœurs fit son entrée. Ils échangèrent un geste de salut. Le vieux murmura quelque chose à l'oreille de la caissière. Scialoja la vit rougir. Le vieux lui fit un clin d'œil.

Classement du dossier. L'identité des auteurs du crime restant inconnue.

Le substitut était en train de lui dire que, même si le rapport était bon, ils n'avaient pas réussi à dénicher quoi que ce soit. Le baron avait disparu. Des kidnappeurs, pas la moindre trace.

– Le procureur soutient que mon équipe est un peu... comment dire... surdimensionnée, murmura Borgia.

Ainsi donc, il s'apprêtait à le renvoyer d'où il était venu. Faire de la paperasse. Se chercher une autre occasion. Il n'y avait pas eu de résultats. Le succès ne s'était pas trouvé au rendez-vous. Pas d'arrestations. Sans arrestations, on ne va nulle part. C'est la règle numéro un. Scialoja décida de sauter les étapes intermédiaires.

– J'ai besoin d'un peu de temps, dit-il, direct.

– Si ça dépendait de moi... nous avons bien travaillé, ensemble... mais le fait est que l'égalité n'est pas à la mode au parquet... le fait est que je suis le dernier arrivé... ça se passerait autrement si on était après les brigadistes... mais j'ai peur que, le pauvre baron, en ce moment...

Borgia était embarrassé. Il consulta sa montre. C'était l'heure de revenir au bureau. Le policier insista pour offrir le verre. Le substitut accepta. Resté seul, Scialoja commanda une autre bière. Le vieux des Mœurs, deux tables plus loin, feuilletait le *Corriere dello Sport*. De temps en temps, il baissait les feuilles du journal et cherchait le regard de la caissière, mais elle se dérobait. Elle pouvait avoir au maximum vingt-deux, vingt-trois ans. Petite, le cheveux clair, les yeux gris, poitrine plate, l'air abruti, aucun attrait apparent. Scialoja paya sa consommation. Le vieux des Mœurs le rejoignit à l'entrée du tribunal.

– J'ai entendu dire que tu repars.

– Il paraît.

– Tu pourrais venir travailler avec nous...

– Merci. Je crois pas avoir le genre à putasser.

– Toujours gentil, hein, *dotto'*[*]. Beh, c'est dommage, tu sais pas ce que tu rates...

– Genre ?

---

[*] *Dotto' : Dottore.* En italien, on appelle « docteur » quiconque est censé avoir un titre d'études supérieures.

– J'ai vu que tu regardais la petite blonde au bar ?

– Quelle petite blonde ?

– La caissière…

– C'était toi qui la regardais…

– Bravo. Observation exacte. Elle prend cinquante mille la passe. Si tu veux, je te donne l'adresse.

– Mais qu'est-ce que tu racontes ?

– On dirait une minette comme il y en a tant, hein ? Rien de particulier, hein ? Ben, c'est une pute occasionnelle. Elle débauche à six heures et elle va se vendre dans un studio derrière le Vatican. Rome est pleine de filles comme elle. Elles mettent un peu d'argent de côté et se marient avec le premier naïf qui les prend pour des saintes. Les occasionnelles sont une mine d'informations. Si tu me permets le jeu de mots, elles vivent dans la terreur de l'occasion, celle où elles seraient découvertes. Les hommes aiment se confier aux putains. Un bon policier peut se magouiller là-dedans toute sa carrière. Et faire un paquet d'arrestations. Penses-y, gamin !

Il dit qu'il y penserait. Il le regarda s'éloigner avec l'allure caracolante du quadragénaire qu'a des couilles. Avec un frisson, il considéra les cheveux huileux, les dents pourries, la peau grasse. Magouiller dans la corruption. Se réduire à ça. Un jour. Un jour très proche. Il retourna au café. Droit à la caisse. Il acheta des cigarettes, de la réglisse, deux tablettes de chocolat fondant. Rien que pour la regarder dans les yeux. Pour chercher des signes qui lui échappaient. Mais il n'y avait aucun signe.

Tout l'après-midi, il traîna dans le deux pièces d'un immeuble des années de guerre, dans le quartier universitaire, entre le minuscule réfrigérateur toujours plus vide, un amas de vieux livres poussiéreux et le téléviseur en noir et blanc qui ne prenait que la RAI. Il se posait des questions sur les frontières entre le bien et le mal, sur sa place dans le monde. Il désirait la gloire, il désirait les filles qu'il n'avait pas le courage d'affronter, il désirait un changement. Il ne fallait pas qu'on le vire de l'enquête. Ils n'allaient pas l'envoyer faire de la paperasse.

Il se plongea dans le dossier Rosellini. Communications sans résultats. Tuyaux crevés. Interrogatoires non concluants. Fausses alertes. Mythomanes hallucinés. Le vide. Il se demanda si quelques indications pouvaient sortir du recyclage. Une petite part de la rançon était composée de coupures marquées. Moins de cinq pour cent. Glissées à l'insu de la famille. On avait retrouvé quelques billets. Quelqu'un avait dressé une liste. Trois en Sardaigne. Les carabiniers avaient mis la pression sur les Sardes. Chou blanc. Une dizaine en Calabre. La Financière avait frotté les oreilles à quelques seconds couteaux de la *'ndrangheta*. Nouveau chou blanc. Des coupures à Rome. On avait retrouvé des billets à Rome. Sept de cinquante, quatre de cent. Onze billets à Rome sur un total de vingt-quatre. Scialoja prit du papier et un stylo et traça un diagramme. A Monteverde : deux. A l'Esquilin : neuf. Neuf dans le même quartier. Un tabac. Une boutique de vêtements. Une parfumerie. Un autre tabac. Un magasin de sous-vêtements féminins. Une autre parfumerie. Un coiffeur pour dames. Une boutique de chaussures. Un autre magasin de sous-vêtements féminins. Tout cela entre via Urbana, via Paolina, via di Santa Maria Maggiore, via Cavour. Un quadrilatère de quelques centaines de mètres. Les gérants des magasins avaient été entendus sur procès-verbal : je ne me souviens pas, je ne sais pas, peut-être des clients occasionnels. Des clients toujours dans la même zone. Et si ça avait été un seul client ? Tabac. Sous-vêtements féminins. Coiffeur pour dames. Parfumerie. C'était une femme. Une femme. Scialoja explora le minuscule réfrigérateur. Il le referma accablé. Il descendit dîner dans un bistrot d'étudiants. Les étudiants s'égosillaient. Les étudiants s'embrassaient. Lui, il avait arrêté depuis quelques années d'être étudiant. Il vivait comme un étudiant. Il ne lui manquait que sa brave étudiante. Il repensa à la caissière de via Golametto. Des scènes de sexe lui transperçaient la tête. Lui et la fille du bar. La fille du bar et le vieux collègue des Mœurs. Elle et Borgia. La solitude lui portait sur le ciboulot. Il termina le poulet cramé et la chicorée au vinaigre et retourna au dossier. Une femme. Une femme de l'Esquilin. Combien de possibilités ? Dix mille ? Vingt mille ? Il délirait. Il n'y avait rien qui justifie un rapport supplétif. Il perdait son temps. Il finirait aux Mœurs. Ou dans un bureau administratif. A tamponner des passeports. Il alla dormir. Rêva de la fille du bar. Se réveilla au milieu d'un rêve humide. Contrôla les dates. Les billets n'avaient pas tous été dépensés le même jour. Neuf visites aux boutiques en vingt jours. Des boutiques féminines. Une femme. Une femme qui fume. Une putain. Une bande enlève le baron. Les parents paient la rançon mais l'otage ne revient pas. Les bandits se partagent le butin. Un bandit paie une femme avec l'argent de la rançon. La femme dépense une coupure, deux coupures. Le bandit retourne la voir. La paie encore. Autres coupures. Elle exerce à l'Esquilin. Le bandit est un client fidèle. Scialoja se sentit proche d'un résultat. Le sommeil avait disparu, les visions changeaient de sens. Une arrestation. Une chaîne d'arrestations. Un jeune fonctionnaire résout l'affaire Rosellini. Maintenant, il fallait convaincre Borgia. Il avait besoin d'hommes. De moyens. De temps, surtout. Le lendemain matin, le substitut ne lui laissa même pas ouvrir la bouche. On avait mis fin à son détachement dans l'équipe de police judiciaire. Il retournait à la disposition du commissaire principal de la Brigade criminelle. Avec effet immédiat. Scialoja avait une vingtaine de jours de congé à récupérer. Il décida de les investir dans un pari sur son avenir. Il fêta ça avec un Campari au bar de via Golametto. A la place de la caissière, il y avait un barbu qui, durant les pauses, soulignait Wittgenstein.

1978, mars-avril

Affaires, politique

1

C'était Trentedeniers qui devait réceptionner les courriers à l'escale de Fiumicino. Seul. Le Libanais avait insisté pour qu'un d'entre eux l'accompagne. Le Sarde avait fait une scène : on remarque moins un homme que deux, ça commençait mal si on se fiait pas à lui. Le Froid avait coupé court : ou on fait comme on dit nous, ou l'affaire est annulée. Le Sarde s'était rendu. Le Buffle était le deuxième homme. Le Napolitain lui était sympathique : il balançait des conneries en rafales et avec lui, on ne risquait pas de s'ennuyer. Le Buffle redoutait l'ennui plus que tout au monde : l'ennui t'avale comme un trou noir, pour échapper à l'ennui on fait des choses qu'on ne pense pas sur le moment, puis pour les rattraper, c'est salement dur.

Quand, au poste de contrôle, débouchèrent les deux métis qui trimbalaient avec peine deux grosses valises, le Buffle comprit pourquoi le Libanais avait insisté, et son admiration s'accrut. Le Libanais, c'est un type qui a les idées claires. Le Libanais, c'est un type qui sait lire les cartes : on avait parlé d'une cargaison, mais le Sarde en attendait deux. T'as saisi, le salopard ? On est même pas encore associés et déjà il veut nous arnaquer !

Trentedeniers aussi s'était rendu compte des implications. Le Buffle le vit pâlir et il lui balança une claque dans le dos.

– J'en savais que dalle, je te jure !

– J'te crois, j'te crois. Mais ton chef, faut qu'il fasse gaffe !

Ils rentrèrent à Rome avec deux taxis. Autre mesure de sécurité étudiée par le Libanais. Le Buffle se retrouva dans la voiture avec la femme, une Indienne grêlée qui sentait la sueur et le parfum à deux sous. Elle regardait par la fenêtre et lui souriait d'un air hébété. Le Buffle pensa qu'il se la serait pas baisée même si ça avait été la dernière femme au monde. Trentedeniers était monté dans l'autre voiture avec le grand type qui semblait la mauvaise copie de Tomas Milian dans son feuilleton série B, le commissaire Poubelle. L'homme était effrayé et souffrait : il regardait sans cesse derrière lui et de temps en temps contractait les mâchoires dans une grimace de douleur. Si ça se trouve, il s'est avalé une quarantaine d'ovules, pensa

Trentedeniers et ça va salement merder s'il y en a un qui se déchire maintenant.

Il ne se passa rien et une heure plus tard ils étaient tous chez le Libanais, qui se trouvait avachi dans son fauteuil à compulser les pages des courses de chevaux. Le Sarde, le Froid, Ricotta et le Dandy se faisaient un petit poker en jurant contre ces putains de cartes ; et il y avait, qui l'eût cru, le Rat, diaphane au point qu'il semblait près de se dissoudre, et secoué d'un tremblement maladif.

Le Buffle et Trentedeniers se saluèrent d'un signe de tête et remirent les valises au Sarde. Le Sarde fit une scène à tout casser : il ne savait pas qu'il y avait une double cargaison, ça, c'était un tour des Chiliens, en affaires, il faut bien qu'il y ait une morale, et des trucs de ce genre. Le Froid l'arrêta d'un ton décidé.

– Laisse tomber. Double cargaison, double affaire. Aux mêmes règles.

Le Buffle rit. Le Sarde lui balança un coup d'œil mauvais. Ricotta se curait le nez sous le regard dégoûté du Dandy. Le Libanais s'arracha à sa torpeur et présenta les valises d'argent. L'Indienne demanda à aller aux toilettes : c'était elle qui avait les ovules dans le corps et le moment de les lâcher était arrivé.

Le Rat s'était approché du Libanais et le fixait d'un regard implorant. Le Libanais tira de sa poche une blague à tabac, ouvrit une des valises avec la came, écarta vêtements, paquets et ballots, souleva le double-fond et tâta les paquets gonflés de neige. Il en agrippa un, le déchira avec les dents, en veillant à ne pas perdre ne fût-ce qu'une trace de farine, fit glisser dans la blague une dizaine de grammes et la lança au Rat.

– Merci, Libanais ! T'es super !

– Ça, c'est sur votre compte, précisa sèchement le Sarde.

– Donnez-lui la pièce, qu'il s'énerve, commenta le Dandy, acide.

Le Rat était allé à la cuisine se faire une pompe comme il faut. Le Sarde fit sauter la serrure des valises d'argent et appela Ricotta : qu'il l'aide à compter, quatre yeux valaient mieux que deux. Le Froid et le Libanais se mirent à peser la dope.

Poubelle, le Chilien, pendant tout ce temps, était resté figé une main sur la tronche du Duce. Il était pâle à faire peur. Trentedeniers, pris de pitié, lui tendit un grand verre de whisky.

– Mon garçon, tout va bien... tout baigne, t'as compris ?

L'Indienne apparut sur la porte des toilettes. Maintenant, il fallait repêcher les ovules et les nettoyer. Un travail de merde. Pas un travail d'hommes. Un travail de rats.

– Le Rat ! hurla le Libanais.

Le garçon revint de la cuisine en traînant les pieds, les yeux tranquillisés par le bon shoot. Le Libanais lui montra les chiottes. Le Rat en prit la direction, tête basse.

Et tout le monde comprit, enfin, pourquoi on l'avait appelé : une fois encore, le Libanais avait pensé à tout, vraiment à tout.

2

Patrizia avait une amie. Daniela ne se teignait pas les cheveux et ne s'épilait pas les aisselles, mais avait déjà fait deux ou trois pornos. Le numéro à trois laissa le Dandy insatisfait : avec Patrizia, c'était différent. Même le rail de blanche ne l'avait pas mis en forme comme il aurait fallu, après un demi-gramme à peine, il avait senti s'abattre sur lui une mélancolie pire que ce qu'il éprouvait quand, gamin, le dimanche après-midi, ils partaient en quête de pneus et de mobylettes à piquer et qu'ils se retrouvaient à fixer la mer à Ostie sans savoir ce qui allait se passer, je ne dis pas le lendemain, mais une minute plus tard…

Pour finir, ils renvoyèrent l'amie et restèrent à regarder la télévision. Patrizia aurait voulu sortir : un petit dîner, puis aller danser ou au cinéma. Mais le Dandy s'était mis en tête qu'ils devaient faire l'amour comme il se doit, et donc, ils ne firent rien. Ils s'endormirent devant un vieux sketch d'Alighiero Noschese*. Au milieu de la nuit, elle fut prise d'une fringale de morte de faim. Le Dandy la surprit devant une glace au chocolat et de la voir ainsi nue, il lui revint enfin un désir sain. L'envie de sa Patrizia ! Elle le laissa faire sans participer plus que ça : quand même, le Dandy apprenait vite, il s'était déjà dégrossi. Quant au plaisir, Patrizia avait appris depuis un bon moment qu'on peut le trouver partout, sauf entre les jambes.

Le coup de fil du Libanais surprit le Dandy au cœur d'un cauchemar western où il était le shérif à l'étoile d'argent et Patrizia une squaw qui se faisait enculer par le chef des méchants.

– Ils ont enlevé Moro.

– Qui ?

– Moro, le chef de la DC…

– On en parlera plus tard, hein ?

Le Dandy raccrocha et se tourna de l'autre côté. Patrizia dormait encore, ou feignait de dormir. Il lui glissa une main entre les cuisses, comme ça, juste pour essayer. Elle se dégagea avec un gémissement furieux. Le téléphone sonna encore.

---

* Célèbre imitateur de l'époque.

– Écoute-moi un peu, idiot : les Brigades rouges ont enlevé Aldo Moro, le chef des démocrates-chrétiens, et ils ont aussi tué cinq agents de l'escorte…

– Oh Libanais, c'est leurs oignons, non ?

– Non. C'est nos oignons aussi. On se voit dans une heure au monument.

Patrizia mit tout de suite les choses au clair : à la douche tout de suite ou alors pas de sexe. Le Dandy obéit à contrecœur : mais il réussit à tout faire à temps, et à dix heures et demie, il se présenta, ponctuel, au rendez-vous.

Le Libanais, en revanche, était en retard. Le Dandy échangea un salut de la main avec le Cravatier, l'usurier, qui passait retirer les intérêts sur les étals du marché, et s'alluma une cigarette sous la statue du moine que les prêtres avaient brûlé un jour. Le Campo de' Fiori sentait la pourriture et le smog. Il y avait des vendeurs à la criée qui passaient et repassaient avec les éditions spéciales de *Paese Sera* et du *Messagero*. Tout le monde chuchotait à propos de ce Moro. Pour le Dandy les terroristes étaient juste synonymes d'emmerdes : barrages, contrôles incessants, signalement des suspects. Moins de coudées franches, en somme, et augmentation des dangers. Mais c'était des gens qui connaissaient leur affaire. Des types couillus. Dommage qu'ils perdaient leur temps avec la politique !

Giordano Bruno, recouvert de pigeons chieurs, s'en foutait. Il les regardait tous de haut, lui. Dandy pensa que ce devait être horrible de mourir brûlé. Quelques années plus tôt, il avait lu un truc sur un étudiant qui s'était immolé en signe de protestation. Quel couillon. Quand viendrait son heure, il se souhaitait une balle froide et soudaine. Et amen.

Le Libanais arriva à moto et lui fit signe de monter derrière lui. Ils s'enfoncèrent dans les ruelles en passant par la via del Pellegrino, débouchèrent sur la Moretta et prirent le quai du Tibre. Le Libanais était concentré, sombre.

Mario le Sarde les attendait sous le pont de la Magliana. Il portait une grosse veste blanche, des lunettes polaroïd, une cravate tricolore et tenait une mallette de crocodile.

– Et ça, ça serait quoi ? L'imitation d'un homme d'affaires ?

Le Sarde ignora la mauvaise blague du Dandy et les mit au courant de la situation.

– Cutolo m'a appelé. On doit faire quelque chose pour Moro.

– Quoi ? demanda le Libanais.

– Il n'a rien dit de précis. Je crois qu'on doit trouver la prison, le libérer, un truc comme ça…

– Nous ? dit le Dandy, ébahi.

– Ou nous ou la police. Suffit qu'on lui passe l'information.

– Oh Sarde, c'est quoi, ça, y'a une levée de troupes extraordinaire ? On est devenus les bons ?

– Possible, Dandy, possible. Essaie de voir les choses comme ça : les cadors de la police ne savent pas où aller pêcher. Alors, ils ont demandé de l'aide à Cutolo. Cutolo, ici, à Rome, il sait qu'il peut compter sur moi. Et moi, je compte sur vous !

– Et nous, qu'est-ce qu'on y gagne ? insista le Dandy.

Le Libanais intervint.

– Ça serait une espèce d'échange, non, Sarde ? Moi, aujourd'hui, je te donne un truc et toi demain, tu m'en donnes un à moi…

Le Sarde hocha la tête.

– Ça peut se faire, conclut le Libanais. On commence par où ?

– Je vous ferai savoir, dit le Sarde.

3

Le Puma avait quelques problèmes avec le kilo de coke. Une moitié, il l'avait passée au prix de gros à un groupe de Calabrais en partance pour Buccinasco : le produit servirait à conclure un accord entre Turatello et les Catanais d'Epaminondas le Thébain, là-haut, à Milan. Mais ça, Puma ne voulait même pas le savoir. Il avait décidé de lever le camp, et basta. C'est pourquoi le demi-kilo qui risquait de lui rester sur les bras, il l'avait liquidé à prix coûtant au Froid, qui y avait investi tout ce qui lui restait de sa part sur l'enlèvement. Ainsi, au partage, en plus du kilo trois cents de brown sugar apporté par les courriers chiliens, ils ajoutèrent le demi-kilo de colombienne rose que Puma avait déjà fourni, à couper avec les amphés et la lidocaïne.

Ils s'étaient tous réunis dans la baraque du Rat. Les frères Bouffons étaient préposés au coupage : à trente pour cent, parce que jeter sur le marché du produit trop pur signifiait faire un massacre et donc se couper les couilles. Et trois kilos neuf cents d'héroïne au détail, c'était une bonne affaire.

Le Buffle, Trentedeniers et Ricotta avaient fait un bon travail de recrutement. Il y avait les hommes du Sarde et il y avait tous les jeunes qu'ils avaient réussi à rassembler. Le Libanais avait sorti un carnet avec la division en zones. Au fur et à mesure que les sachets avec la came coupée étaient prêts, il les remettait à un cheval et enregistrait le poids et le lieu. Tout devait être tenu à l'œil. Tout serait minutieusement décrit et réglementé.

– M'a tout l'air d'une chaîne de montage ! observa le Dandy. Mais tu le croyais, toi, qu'on devait finir ouvrier !

– Des établissements primés Héro, Coke et fils ! rigola le Buffle.

– C'est juste pour commencer, le tranquillisa le Libanais, après, avec le temps, les choses se feront toutes seules…

Notes de distribution. 17 mars 1978.

ZONE	QUANTITÉ	CHEF DE ZONE	CHEVAUX
Magliana Monteverde Portuense	700 gr.	Trentedeniers, Buffle	Orgebébé, Poisson frais
Trullo	700 gr.	Frères Bouffons	Grosvié, Boule de Neige
Garbatella Tormarancia	700 gr.	Echalas, Œil Fier	Jèmessebonde, le Marocain
Trastevere Torpignattara Centocelle	1 500 gr.	Dandy, Libanais, Botola, Froid	le Rat, L'Ennuyeux
Ostie Acilia	150 gr.	Sarde	Brigantin
Viale Marconi	150 gr.	Ricotta	Sadique

A Testaccio, il n'y avait pas de marché : ils avaient décidé d'accepter la requête de Botola. La faute à sa maman, qui n'aurait pas accepté de voir la place de son enfance prolétarienne envahie par une horde de camés galeux. Quant au demi-kilo de cocaïne, la proposition de Trentedeniers avait été acceptée. On l'échangerait avec deux collègues de Naples contre une même quantité d'héroïne déjà coupée à vingt-cinq pour cent. Les cinq cents grammes de thaïlandaise devaient ensuite être subdivisés entre les groupes d'Ostie-Acilia et de la viale Marconi (deux cents grammes par groupe), et les cent restants entre la Garbatella et le Trulo.

Le dernier à sortir fut le Sadique, un boiteux de la via Oderisi da Gubbio qui devait son surnom à son habitude de frapper les prostituées avec lesquelles il claquait tout son argent.

Ne restèrent que le Rat – qui avait réussi à gratter un autre shoot en rab –, le Froid et le Libanais. Ce dernier alluma deux Marlboro et en passa une au Froid. Il souriait. Le sourire d'un ami vrai.

– Tu sais, Froid, ce demi-kilo de coke…

– Eh bè?

– C'est toi qui as eu l'idée, toi qui as mis le fric… si tu te l'étais vendu pour ton propre compte, personne y trouvait à redire…

– C'était plus juste de le mettre au pot…

– Combien y'en a, des autres, qui l'auraient fait, d'après toi?

– Et qu'est-ce que j'en sais? Toi, le Buffle… peut-être Œil Fier…

– Le Dandy.

– Le Dandy, oui, bien sûr…

– Mais les autres non, hein?

– Non, les autres non.

– Ben, et nous, on doit arriver au point où pour les autres, ça devient facile de le faire… pour tous les autres… même pour Ricotta… même pour le Sarde…

– Et pourquoi?

– Parce que le jour où nous arriverons à raisonner tous pareil… ce jour-là, plus personne ne nous arrêtera…

– Et si quelqu'un marche pas?

– Alors, on le dégage!

Mais le Froid restait sur son quant-à-soi. Toujours aussi fermé, impénétrable. Le Libanais lui donna une tape sur l'épaule.

– On les aura, associé.

– Ouais.

– Et on va ouvrir ce tapis.

– Peut-être.

– A soixante-dix, quatre-vingts le gramme, ça fait un pacson de blé. Une partie, on la met dans la caisse commune, une partie, on la réinvestit et une partie on la distribue aux gars… et nous, on ouvrira la boîte.

– Ça peut se faire.

– Nom de Dieu, quel enthousiasme!

– J'ai entendu dire qu'on doit s'occuper de Moro.

Le Libanais écrasa sa cigarette et s'en alluma une autre.

– C'est une bonne chose.

– La politique, c'est jamais une bonne chose. Pour moi, ça pue le piège.

– Mais qu'est-ce que tu racontes ! Imagine qu'on trouve vraiment ce pauvre type : on fait une faveur à l'État et l'État ferme un œil… c'est de ça qu'il s'agit, Froid : on joue gros jeu !

Le Froid haussa les épaules. Il était fait comme ça, le Froid. Il s'attendait toujours à un sale coup, d'un moment à l'autre. C'est justement quand les choses ont l'air de tourner au mieux que le diable pointe sa corne.

4

Scialoja avait dû mettre dans le coup son collègue des Mœurs. Il lui fallait une liste des putains de l'Esquilin. Pas d'irrégulières ni de tapineuses des trottoirs : rien que des call-girls d'un certain niveau. Il avait dû exposer sa théorie. Je suis un malfrat qui vient de mettre la main sur un gros butin. J'ai envie de tirer un coup. Je cherche ce qu'il y a de mieux. Le collègue était sceptique. A la fin, il sortit cinq noms et autant de photographies. En échange, il dut s'engager à associer le collègue aux arrestations. S'il devait y en avoir. Scialoja montra les photographies aux commerçants. Un des deux buralistes les connaissait toutes. Des fumeuses enragées. L'homme avait les mains moites de sueur. Il avait bien dû passer dans le lit de quelques-unes. La parfumeuse n'en reconnut aucune. La vendeuse de sous-vêtements reconnut la numéro trois. Scialoja contrôla la fiche : Vallesi Cinzia, vingt-quatre ans. Nom de scène : Patrizia. Interdite de séjour à Vicence et à Catane. Jamais condamnée. Scialoja retourna chez la parfumeuse et la contraignit à fouiller sa mémoire. "Peut-être" ce visage me dit quelque chose, mais je ne suis pas sûre à cent pour cent. "Il est possible" que la demoiselle ait acheté quelques pièces. "Peut-être" avait-elle payé au comptant. La trace était ténue, mais c'était la seule.

Tôt le lendemain matin, Scialoja chercha Borgia. Il lui raconta tout, ou presque. Il suggéra de mettre la jeune femme sous pression. De la suivre. Elle les conduirait au kidnappeur. Il fallait des hommes, des véhicules. Le substitut était de très mauvaise humeur. Il avait la mine livide de quelqu'un qui n'a pas dormi en supportant les paranoïas d'une femme enceinte. Des hommes, des véhicules ? Avec tous les uniformes d'Italie en quête du pauvre Moro ? Pure folie ! Ils se quittèrent sur un salut crispé.

Scialoja avait une adresse. Il consacra deux de ses précieuses journées de liberté à planquer devant le vieux porche de la via Santa Maria Maggiore. Elle arrivait vers onze heures et ne s'en allait pas avant sept heures du soir. A la voir, pour ainsi dire, en civil, elle n'était pas dépourvue d'une certaine classe. Impossible de la distinguer d'une jeune secrétaire ou d'une étudiante, de l'espèce dépourvue de lubies. Dans l'immeuble, il n'y avait pas de concierge. Des hommes allaient et venaient. C'était un travail inutile, une pure perte de temps. Scialoja cherchait un malfrat. Mais impossible de distinguer le père de famille qui rentrait chez lui du client en quête de cul. Patrizia avait une vieille Fiat 500 catarrheuse. Le troisième soir, il la suivit. Comme toutes les putes d'un certain niveau, elle avait une maison et une boutique. La maison était dans le faubourg Giardinetti, là où la ville meurt dans l'étreinte de la via Casilina et du superpériphérique. Elle monta se changer, descendit en robe de soirée, monta dans la Fiat en pliant avec soin la longue jupe à vertigineuse fente latérale, un coup d'œil rapide à son maquillage et en avant. Scialoja lui donna un quart d'heure d'avance pour éviter le danger de changements d'idées imprévus. Puis il bougea. La rue était déserte. La porte de l'immeuble ouverte. Sur l'interphone, il y avait son vrai nom. L'appartement était au deuxième étage. La serrure, une Yale ordinaire sans verrou ni plaques de renfort, céda au passe-partout. Il ne savait pas lui-même ce qu'il cherchait. Il ne savait pas non plus si Patrizia était la femme qu'il cherchait. Mais il devait entrer. Il allait commettre un certain nombre de délits. Il était en train de compromettre l'enquête de manière irrémédiable. Juste un petit coup d'œil. Une histoire de cinq minutes. Il ferma délicatement la porte dans son dos. Alluma la lumière. Un petit logement bien tenu. Odeur de cire. Tapisserie décorée de chiots. Un canapé, un téléviseur. Dans l'autre pièce, un lit d'une place et demie, un petit miroir de mauvais goût, une armoire pleine de robes avec une incroyable collection de chaussures. Beaucoup de sacs à main. Trois tiroirs pleins à ras bord de lingerie féminine: le tout raffiné, rien de voyant. Ah, mais c'est clair, ici, elle ne reçoit pas. Ici, elle n'est que la sympathique Mlle Cinzia, la gentille voisine du deuxième étage... Des sous-vêtements émanait un parfum ténu, matinal. Féminin, sans aucun doute, mais cela ne faisait pas penser au sexe: plutôt à un réveil prolongé, à une oisiveté de petite fille encore dans la tiédeur du lit. Cinzia: la brave petite. Dans le quatrième tiroir, il y avait des photographies et des cahiers d'école. Cinzia à sept ans. Sur le fond, la plage de Capocotta. Déchets et grands gaillards suants en maillots remontant sur le ventre. Un homme aux moustaches épaisses la tenait par la main. Elle fixait l'objectif d'un air renfrogné. Cinzia à sa première communion. L'homme aux moustaches avait quelques cheveux gris en plus et elle était plus grande. Il portait l'uniforme de sous-officier de la Marine. Son regard à elle : perdu quelque part ailleurs. Pas de mère tremblante d'émotion. Cinzia était orpheline. Cinzia ne venait pas de la rue. Cinzia déjà plus qu'adolescente. Sous la lumière du flash, dans une discothèque. Embrassée par un gonze à la chemise ouverte jusqu'au nombril. Air d'un fils de bonne famille. Cinzia en minijupe. Son regard à elle : concentré, avec une pointe de rapacité. Scialoja remit tout en place et perquisitionna sommairement le reste de la maison. Aucune trace d'une présence masculine. Patrizia n'a pas de protecteurs. Dans le lave-vaisselle, il trouva une clé. Le coffret était dans la chasse d'eau. Une ingénuité qui le fit sourire. Il commençait à se faire une idée d'elle. Dans le coffret : un peu de monnaie, quelques bagues, des boucles d'oreilles en or, un livret au porteur sur lequel une écriture ordonnée et un peu incertaine notait des versements périodiques. La caisse de Patrizia, la brave petite épargnante. Trois feuillets repliés. Une photo de Raquel Welch en maillot de bain tirée d'une feuille à scandale avec une légende qui annonçait *L'amour secret de la plus belle femme du monde.* Une manchette publicitaire sur les derniers bijoux de Bulgari. Avec le dépliant d'un *Voyage de rêve dans les mers du Sud.* Les rêves de Cinzia. Bien, voilà en quatre lignes le monde d'une nana qui vend son cul. Scialoja savait qu'il aurait été sage de s'en aller en toute hâte. Il décida de rester. Violer cette intimité étrangère l'avait excité. Il éteignit toutes les lumières, vérifia que le pistolet d'ordonnance était à sa place avec le cran d'arrêt, s'installa confortablement sur le canapé. N'importe qui pouvait avoir Patrizia, lui, il prendrait Cinzia. L'attente risquait d'être longue.

5

Ils avaient chopé le Rat pendant qu'il remettait un paquet de sachets à deux fourmis de Cinecittà. Les fourmis avaient filé comme le vent en laissant la came par terre. Ils étaient six : les quatre frères Gemito, Checco Bonaventura, de Spinaceto, et Saverio Solfatara, un Sicilien qui s'était fait sept ans d'hôpital psychiatrique pénitentiaire. Ils avaient traîné le Rat sur un terrain vague et l'avaient contraint à avaler un gramme de dope. Puis, après lui avoir cassé un bras, ils l'avaient abandonné au milieu de son vomi. Le garçon s'en était tiré par miracle, et maintenant il était en garde à vue sous surveillance policière à l'hôpital San Camillo. Le déroulement des faits avait été raconté par Franco le barman. Le Libanais et le Froid avaient décidé qu'aucun d'eux n'irait le voir : trop risqué. Le Libanais, avant de congédier Franco, lui avait allongé une dizaine de sacs pour les soins et le reste.

Ainsi, le Terrible avait frappé. Il s'en était pris au plus inoffensif d'entre eux, ce malheureux Rat. C'était une déclaration de guerre en règle. Impossible de passer par-dessus. Le Buffle, présent avec le Dandy, Trentedeniers et Ricotta au grand conseil, avait proposé de récupérer les armes au ministère et d'aller faire un bon petit massacre.

– Je sais où il est, ce con, hurlait-il, allons-y tout de suite. Il s'y attend pas ! On le prend par surprise et on le dessoude. Allons-y tout de suite !

– Je le sais aussi, où il est ce fumier, dit calmement le Libanais, il est dans un bunker à la Garbatella. Vitres blindées et gardes du corps partout. Et s'il y a un moment où il nous attend, c'est bien celui-là…

– Alors, on doit le laisser courir ? On se met ça dans la poche avec le mouchoir par-dessus ?

– Manquerait plus que ça. On remet à plus tard, voilà tout.

– On remet à plus tard ! Et c'est quand, plus tard ?

Le Libanais chercha la solidarité du Froid. Le Froid lui fit signe qu'il pouvait poursuivre.

– On est pas encore assez forts. Les gars ont peur du Terrible.

– On le tue et c'est marre !

– On peut pas y aller maintenant. Il est sur ses gardes, tu comprends, Buffle ? Imagine même qu'on réussisse à entifler là-dedans. Combien de nous vont rester sur le carreau ? Un ? Deux ? On peut se permettre de perdre personne !

Le Buffle se tourna vers le Froid. Le Froid hocha lentement la tête.

– Une fusillade maintenant serait un suicide.

– Et alors, qu'est-ce qu'on fait ?

– La première chose à laquelle nous devons penser, c'est de placer la cargaison. Toute. Sans autres pertes. Pour y réussir, il n'y a qu'un moyen : on doit traiter avec le Terrible.

Il s'ensuivit un tapage de tous les diables. Le Buffle bourrait de coups de poing le buste de Mussolini. Le Dandy essayait de calmer Trentedeniers, qui hurlait des menaces en dialecte. Ricotta cherchait le contact avec le téléphone sûr de Mario le Sarde, qui était allé consulter Cutolo sur l'affaire Moro. Le Froid attendit que le calme revienne. Puis il demanda au Libanais d'exposer sa proposition.

– On lui offre dix pour cent en échange de la voie libre à nos ventes…

– Tu avais dit qu'on payait pas l'impôt ! se récria le Buffle, les yeux ensanglantés.

– Ferme-la, murmura le Froid.

– On fait semblant… seulement semblant de reconnaître son autorité, reprit le Libanais, on lui dit que le numéro un c'est toujours lui… on le tient tranquille le temps nécessaire… deux… trois mois… quand la marchandise est distribuée… toute… on en fait venir d'autres… on lui offre vingt… à ce point, lui, il se sent en sécurité, complètement… il dort sur ses deux oreilles… et alors, on vient le choper. Calmement. Quand on le décide. Comme on le décide. Où on le décide !

Le Puma se mit en mouvement pour organiser la rencontre. Un homme de parole, le Puma : sa villa, il se l'était vendue tambour battant et maintenant, il profitait de son marmot et de la métisse dans la fraîcheur de Acquapendente. Il ne fut pas facile à convaincre, mais à la fin, le Dandy y parvint, entre une blague et une petite caresse au bambin. Le Terrible fixa les règles : pas d'armes, rien que deux hommes du groupe, alors que lui avait le droit d'amener tous ceux qu'il avait envie. Le décor : les ruines d'Ostie antique. Le Puma comme garant. Tandis qu'ils y allaient, le Froid percevait à fleur de peau la tension du Libanais.

– C'est parce qu'on joue notre va-tout, expliqua l'associé, nous avons besoin de temps, mais si le Terrible ne marche pas, les gars, on les contrôle plus. On joue notre va-tout.

Ce n'était qu'une partie de la vérité. Maintenant qu'il apprenait à le connaître, le Froid percevait clairement qu'il y avait quelque chose d'autre en dessous. Quelque chose de différent, de plus personnel. Une pointe de curiosité lui vint : mais ce n'était pas le moment de poser des questions. Le Terrible et les quatre frères Gemito l'attendaient, les mains sur les hanches. Le Puma, qui était avec eux, se détacha et alla à leur rencontre. Sous le prétexte de les saluer, il fit comprendre que le Terrible était fumasse à mort.

– Ah, Libanais. Comment va le garçon ? Comment c'est qu'on l'appelle ? Le Rat ?

– Il va bien, Terrible. Tu as son bonjour…

– Ah, bon, tant mieux, ça veut dire que j'économise le flouze de la couronne !

Le Libanais exhiba son sourire le plus rassurant et prit tout de suite les devants : ils venaient en paix, pour trouver un accord et empêcher une guerre qui pouvait apporter des emmerdes à tout le monde.

– Des emmerdes, à moi, personne n'en apporte, petit con. C'est toi qui dois faire gaffe à ton ombre !

Le Puma essaya de ramener le calme : si on commençait comme ça, on n'irait nulle part. Au fond, les garçons étaient venus s'excuser d'avoir envahi la zone du Terrible, et il devait prendre acte de tant de disponibilité et se montrer plus raisonnable. Le Terrible parut y réfléchir un peu puis s'adressa au Froid.

– Et toi, qu'esse-t'en dis, bordel ?

Le Froid feignit de ne pas avoir entendu et alluma une cigarette. Mais le Terrible insista : et bordel t'es qui toi, là, et bordel qu'esse-tu cherches, là, et donna même une bourrade au pauvre Puma qui essayait de raccommoder les choses. C'était la première fois que le Froid voyait le Terrible. Tout le monde savait qu'il avait commencé par des vols de voitures, puis il était passé au racket des bordels et de là aux paris. Le Terrible était le roi des courses de chiens et de chevaux. Avec l'argent de ses trafics, il avait acheté deux ou trois boucheries et un magasin de matériel de chantier à Primavalle. Il entretenait une quinzaine de gros bras, recelait le butin des casseurs. Les Gemito étaient sa garde prétorienne : il leur avait concédé d'exercer eux-mêmes l'extorsion et l'usure. Le Froid l'évalua : cerveau de poulet et lard de bœuf oriental. S'il avait eu un revolver, il l'aurait fumé séance tenante. Mais le Libanais le bloqua d'un coup d'œil. Quand un ami appelle, on doit répondre.

– On est venus s'excuser, Terrible. On a fait une erreur et maintenant, on veut réparer.

– Ah, maintenant, on commence à raisonner !

Bouffi d'orgueil et couillon : tandis que les Gemito se détendaient et que le Puma poussait un soupir de soulagement, le Libanais formula sa proposition. Le Terrible balança sa contre-proposition. Vingt-cinq pour cent tout de suite, et trente à la prochaine cargaison. Aucune implication directe dans le trafic de drogue et le quartier de Centocelle *off limits*. Le Libanais joua une dizaine de minutes la comédie du groupe de jeunes en train de s'imposer mais qui restent suspendus aux lèvres du vieux leader plein d'autorité. Ils s'accordèrent sur vingt pour cent et vingt-cinq à la deuxième cargaison. Ils durent céder sur Centocelle : tant pis, ils le reprendraient au prochain tour. Le Terrible et les siens décarrèrent sans même saluer le Puma. Quand ils se retrouvèrent seuls, le Froid remarqua la demi-lune qui éclairait le ciel glacial de la nuit de mars et le tremblement du Libanais : poings serrés et mâchoires contractées, il fixait l'horizon de l'amphithéâtre. Il voulut rentrer à Rome seul. Le Puma s'offrit à raccompagner le Froid. Ce fut de lui qu'il apprit, chemin faisant, la raison de la vieille haine que le Libanais nourrissait envers le Terrible.

– Une histoire de gamins, c'est vieux, qu'est-ce que tu veux… mais le Libanais est pas près de l'oublier…

Il avait seize ans, à l'époque. Et il avait le béguin pour une nana du vicolo del Bologna, dans le Trastevere, une petite brune, fille d'un brigadier de la Sécurité publique. Ils en étaient aux baisers et elle s'était déjà laissé toucher les nichons le soir où le

Libanais avait décidé, pour l'impressionner, de se présenter avec une grosse bagnole. Sauf qu'il avait pris la mauvaise Lancia : et un des gars du Terrible l'avait même vu farfouiller dans les fils du démarreur. Ils furent chopés à la sortie de la pizzeria et traînés en présence du grand chef. Dans l'arrière-boutique d'un tripot près des Pompes de la Magliana, le Terrible lui pissa dessus pendant que deux des siens se faisaient sucer par la brunette. On les laissa partir, et ils eurent même la chance qu'elle ne soit pas violée. Le Libanais ne la revit plus.

– Moi, je dis que le Terrible, tôt ou tard, il paiera tout, parce qu'il en a trop fait, conclut Puma, mais c'est justement pour ça que je me suis couché. Qu'esse-tu veux que je te dise, oh, Froid, le sang me dégoûte vraiment !

Le Froid décida que l'honneur de la première balle devait revenir au Libanais. Mais la seconde, à cette grosse limace, il la lui balancerait lui-même dans le corps.

6

Ils attendaient le Dandy en planque dans la campagne autour du gazomètre. Ils attendaient et fumaient. Il y avait même Scialoja. Il voulait se trouver face à face avec l'homme que Patrizia avait trahi. Deux heures auparavant, le substitut Borgia avait signé les mandats d'arrêt. L'enlèvement du baron Rosellini était l'œuvre d'une bande composée de petits malfaiteurs romains. Leurs noms : le Dandy, le Libanais, le Froid, le Buffle, Satan, Botola et d'autres en cours d'identification. Le témoin oculaire Marussi avait reconnu sur photo le Dandy. Tout était écrit dans le rapport supplétif de Scialoja. L'information venait de "sources confidentielles". La reconnaissance photographique était une confirmation idéale. Il allait tous les prendre. Et tous ensemble. Scialoja savait qu'il ne serait pas facile de les accrocher au procès. Les magistrats n'aimaient pas les "tuyautages". Le témoin de l'enlèvement pouvait avoir une défaillance. Ils avaient besoin d'un peu de chance. Quelque nouveauté utile pouvait venir des perquisitions. Quelques-uns d'entre eux pouvaient se mettre à table. En tout cas, la bataille en était à peine à ses prémices. Il fallait qu'ils aient chaud aux fesses. Qu'ils se sachent repérés. Qu'ils tremblent. Qu'ils commettent une erreur. On attendait et on fumait. Scialoja pensait à Patrizia. Il pensait à l'enquête. Une fois obtenu le premier tuyau, le reste était venu tout seul. En se servant de son cerveau. De son cœur. Patrizia avait parlé. Si on lui avait seulement garanti un minimum de couverture, une ombre de collaboration, il aurait collé six hommes aux basques du Dandy et en quatre jours, il aurait tout su de lui, vie, mort et miracles. Mais il était seul. Il avait dû improviser une stratégie différente. Cœur et cerveau. Il s'était présenté à la Brigade criminelle. Il avait posé des questions naïves. Offert des dîners à de vieux collègues qui ne lui avaient jamais accordé un regard. Il les avait flattés, adulés, caressés, il avait renforcé leur morgue : j'ai tout à apprendre de vous autres. Je suis un bleu, donnez-moi un coup de main. Les anciens avaient abandonné leur méfiance. Scialoja avait accumulé des informations. A Rome, il n'y avait jamais eu un groupe plus fort que les autres. Les bandes naissent et meurent l'espace d'un matin. Les pactes, ici, ne résistent pas au premier blizzard. Ils se haïssent tous et s'ils peuvent se baiser l'un l'autre, ils le font avec grand plaisir. C'est pourquoi, à Rome, n'importe qui débarque pour y faire ses petites affaires : Sardes, Marseillais, Calabrais, gens des Pouilles, et même de la Ciociaria, comme ceux de Lallo le Boiteux, un type qui donnait ses victimes en pâture aux cochons. Ils vont et viennent, et personne ne vit assez longtemps pour le raconter à ses petits enfants. En ce moment, l'homme fort est un certain Terrible. Spécialiste en extorsion et jeux de hasard. Scialoja avait prudemment abordé le sujet qui lui tenait à cœur : si le Terrible est le chef, est-il possible qu'une histoire aussi sensationnelle que l'enlèvement du baron Rosellini ait échappé à sa juridiction ? Il s'était entendu répondre par un franc éclat de rire. Le Terrible tient son terrain et n'en sort pas. Le Terrible sait qu'à Rome, il faut s'adapter. Le Terrible n'est pas du genre à faire des enlèvements.

– Et le Dandy ? avait-il laissé tomber là, distraitement.

– Ce type-là ? Un mec bidon, du menu fretin, un zéro.

Il avait repris le service huit jours avant la fin de son congé. Le chef avait écarté les bras : et maintenant, qu'est-ce qu'on va en faire de notre petit diplômé ? Il s'était fait affecter aux jeux de hasard. C'était le territoire du Terrible, non ? Si le Dandy et lui étaient associés dans l'enlèvement, il le découvrirait. Il avait étudié la question. Déterré de vieilles plaintes, sondé des rapports oubliés. Le Terrible avait des propriétés, des hommes, des réseaux. Scialoja avait repéré un truand de base submergé de plaintes. Ce Pino Gemito était une espèce de garde du corps, un gros tas de muscles sans cervelle payé pour se retrouver en taule à la place du chef. Scialoja lui hurla dans les oreilles que ses amis et lui étaient soupçonnés de l'enlèvement et du meurtre du baron. Il laissa tomber le nom du Dandy. Les preuves s'entassaient. Ce n'était qu'une question de temps et il allait tous les baiser. Le marlou s'étonna, changea de couleur, frôla la crise cardiaque. Il était clair qu'il ne savait rien, mais une seule chose intéressait Scialoja : que la nouvelle arrive à l'oreille de son chef. Les vieux collègues disaient qu'il n'y avait pas de solidarité dans la pègre romaine. Peut-être que sous l'effet de la peur, quelqu'un parlerait. Gemito était depuis des années l'informateur principal de l'un des vieux.

Ce dernier fit irruption dans le bureau de Scialoja et le colla au mur.

– Si tu veux faire de vieux os ici, t'as intérêt à apprendre les règles, petit con. C'est quoi, cette histoire d'enlèvement? Tu penses que si c'était un truc au Terrible, moi je le saurais pas avant tous les autres? J'ai comme l'impression qu'ici, chez nous, tu vas pas durer…

Le collègue alla en personne trouver le Terrible pour le rassurer. Toute cette histoire n'était qu'une bouffonnerie. Un petit branleur de carriériste qui se la jouait et qui n'allait pas durer. Il n'y avait rien contre le Terrible et les siens. Le Terrible remercia et promit un convenable renvoi d'ascenseur en temps voulu. Mais en attendant, "le petit branleur qui se la jouait" lui avait mis une idée dans le crâne. Le Libanais et ses merdeux la ramenaient un peu trop. L'occasion était bonne: pourquoi la laisser échapper? Le policier était sur les traces du Dandy. Pourquoi ne pas lui faire cadeau des autres? Quand il se l'était vu surgir dans l'ombre du porche, Scialoja avait cherché furieusement son Beretta d'ordonnance. Mais Pino Gemito, mains levées en signe de reddition, venait en paix. Il apportait des noms, des dates, des détails, des informations précieuses. La seule condition était l'anonymat. Scialoja avait accepté l'accord. L'autre avait déballé sa marchandise. Le risque avait été gros. Il l'avait couru à fond. Il avait gagné. Pour le moment. Scialoja fumait et attendait le pigeon gras. En cet instant, il n'arrivait toujours pas à comprendre pourquoi Patrizia avait décidé de parler.

Et Patrizia non plus n'arrivait pas à en saisir la raison. Ça s'était passé comme ça, voilà tout. Elle se rappelait le moindre détail de ce soir-là. Elle était rentrée peu avant l'aube. En le voyant, elle avait poussé un hurlement. Sa première pensée avait été: un psychopathe. Mais il avait brandi sa carte, l'air ironique.

– Salut, Cinzia. Je t'attendais.

D'instinct, elle s'était précipitée vers la porte.

– Laisse tomber. Je suis plus gros que toi et je sais ce que je veux.

Quelque chose dans son ton l'avait convaincue de se résigner. Elle s'était débarrassée de ses chaussures et de son sac à main.

– Il faut que j'aille pisser.

Elle avait été délibérément désagréable, vulgaire. Elle voulait lui faire sentir tout le poids de son mépris. Mais en passant devant lui, elle avait senti l'odeur d'excitation. Il l'avait prise par un bras.

– Laisse la porte ouverte.

– Qu'est-ce qu'y a, t'aime les trucs dégueus ?

– Je veux pas de surprises.

– Je te donne ma parole.

– Celle de Cinzia ou celle de Patrizia ?

Elle s'était enfermée à clé, et il n'avait pas essayé de l'en empêcher. Peut-être n'était-ce qu'un flic en chaleur. Peut-être qu'elle s'en tirerait avec une petite prestation rapide.

Elle revint vers lui dans un kimono de trois sous, un sourire mauvais aux lèvres. Prête à s'en tircr seule, comme toujours. Elle avait allumé un bâtonnet d'encens.

– Ça pue le flic.

Il lui avait tendu deux coupures de cent.

– Ici, je travaille pas.

– Ah, oui, j'oubliais… ici, c'est la tanière de la petite Cinzia…

Mais il continuait à brandir les billets. A la fin, elle les prit, mécaniquement. Et défit son kimono. Il considéra les petits seins, traversa d'un regard indéchiffrable sa nudité, s'arrêta sur la fourrure châtain du ventre.

– T'aimes regarder ?

Elle s'était rapprochée. Pourvu qu'il se dépêche. Elle était fatiguée. Les Arabes du Hilton l'avaient épuisée. Elle lui avait défait le nœud de sa cravate. Son odeur était discrète, tabac et eau de Cologne amère. L'odeur du mâle à sa première expérience morbide. Il l'avait éloignée avec une espèce de ricanement.

– T'aimes faire ça habillé, chéri ?

Il avait effleuré son long cou, caressé un sein.

– Enfin, on se lâche, hein ?

Il l'avait encore éloignée. Elle était revenue à la charge. Il l'avait repoussée avec plus de fermeté. Elle s'était irritée. A quoi jouait ce type ? Il s'était allumé une cigarette. Il souriait. Il rayonnait d'assurance. Un jeune flic. Grand, maigre, pas mal, excité. Et pourtant il s'était rétracté au meilleur moment. Patrizia avait remis son kimono.

– Alors, qu'est-ce qu'y a ?
– Viens là. Il faut qu'on parle.
– Je n'ai rien à dire aux flics, moi.
– Tu veux une cigarette ?
– Va te faire foutre !
– Je pouvais te convoquer. Je pouvais t'arrêter…
– Pourquoi ? Je ne fais rien de mal. C'est chez moi, ici !
– Oh, un motif, on le trouve toujours. Il suffit de vouloir. En tout cas, je suis là…
– Et alors ?
– T'es curieuse, hein ?
– Je suis fatiguée. J'ai sommeil. J'ai eu une soirée crevante.
– Ah, oui, le travail… les clients… tous ces hommes qui vont et viennent…
– T'es qui, toi ? Une espèce de sadique ? Un de ces cinglés qui s'excitent à tourmenter les filles ? Attention que si c'est ça que tu cherches, tu t'es trompé d'adresse. Moi, certains trucs, ça me va pas de les faire. Mais je peux t'indiquer deux de mes amies…
– Ferme-la, Cinzia. Je suis juste quelqu'un qui cherche à te rendre un service.
– Ne m'appelle pas Cinzia ! T'as payé, non ? Appelle-moi Patrizia.
– Un grand service… Patrizia.
– Un service ? A moi ? Ah, j'ai compris ! Encore un aspirant protecteur ! Non, mon coco, ça marche pas. Je veux pas de patrons. Aujourd'hui, je suis là et demain, va savoir où. Si tu penses qu'il suffit de faire la grosse voix pour me flanquer la frousse…
– Tu as un client qui te paie avec de l'argent sale. Des billets qui viennent de l'enlèvement d'une personne. Il t'en a donné au moins trois. La victime est morte. Une affaire qui vaut perpète.

Elle s'était pris la tête entre les mains. Elle avait compris tout de suite. Il n'y en avait qu'un qui pouvait lui avoir fait une blague pareille. Cet animal qui lui tournait autour. Le fanfaron. Le cacou crétin, comment on l'appelait, le Dandy. Le flic avait soupiré, compréhensif.

– Je vois que tu commences à comprendre. Viens là.

Elle était venue s'asseoir à côté de lui. Il l'avait attirée à lui. Le flic gentil. Le flic à la voix chaude et convaincante.

– Je suis sûr que tu sais de qui il s'agit. Il me faut juste ce nom. Je te tiendrai en dehors de tout. Je te le jure. Donne-moi seulement ce nom…

– Moi, je sais rien de cette histoire. Ils viennent, ils paient, je ne peux pas contrôler…

– Je le sais, t'es clean. Le nom, et je te ficherai la paix.

Patrizia s'était sentie complètement paumée. L'offre semblait raisonnable. Mais si tu balances une fois à un flic, t'es pour toujours une balance. Tu passes automatiquement sous sa protection. Et elle ne voulait pas de protecteur. Il n'y avait pas de place pour un protecteur dans sa vie. Elle l'avait juré sur le visage balafré du Russe. Le Russe l'avait violée. Le Russe avait payé. Le Russe n'était pas allé le raconter partout.

– Alors ?

– Donne-moi une cigarette.

Elle s'était penchée pour allumer. Un petit sein avait surgi du kimono. Elle l'avait surpris en train de mater du coin de l'œil. Elle l'avait senti se raidir. Elle l'avait fixé, en lançant de petits anneaux de fumée. Il lui avait rendu son regard. Leurs têtes s'effleurèrent, dangereusement proches. Patrizia avait croisé les jambes, révélant un éclair de cuisses bronzées. Le policier avait dégluti. Patrizia avait compris que cette vision dérobée l'excitait alors que la nudité, l'instant d'avant, l'avait laissé indifférent. Il la regardait comme une pute, maintenant. Elle avait compris que le flic était un homme comme les autres. Un type qui la désirait. Si elle avait cédé, si elle lui avait donné le nom, elle aurait eu un patron. Le kimono avait glissé. Elle s'était passé une main entre les jambes, l'avait imprégnée de son odeur, lui avait caressé le visage. Sa langue avait commencé à lui travailler une oreille. Le policier l'avait serrée contre lui, incapable de se contrôler. Elle avait commencé à farfouiller dans la ceinture du pantalon.

– Le nom ! avait-il râlé.

– Je le connais pas, avait-elle ri, sa bouche enfoncée dans l'oreille, et même si je le savais, je te le dirais jamais !

Il l'avait secouée avec force.

– Ne me fais pas perdre patience !

Elle s'était libérée de son étreinte. Lui avait planté deux ongles longs dans le cou. Sur la peau, deux traînées rosâtres étaient apparues. Puis elle avait roulé à l'extrémité opposée du canapé. Prête à affronter les insultes. Prête à se défendre de la violence prévisible. Le flic s'était passé une main sur les blessures. Comme incrédule. Il l'avait fixée, brûlant de désir. Patrizia avait senti croître son envie. Il avait rampé sur elle. Elle avait commencé à lui lécher le sang qui coulait des écorchures. Il avait fermé les yeux. Elle l'avait déshabillé. Les ongles enfoncés dans son dos. Quand elle s'était assise sur lui, il était déjà prêt. J'ai vaincu, disaient ses yeux à elle, après. Tu as payé, tu as joui, je n'ai pas parlé. Il lui avait bloqué les bras, l'avait poussée contre le mur, l'avait obligée à le regarder dans les yeux.

– Tu es une tourterelle.

– Ah bon ?

– Les tourterelles partent de la branche la plus basse et arrivent à la cime en tuant leurs compagnes. Une après l'autre. D'abord, elles les approchent, puis font une brève danse de soumission et, à la fin, quand elles ont gagné leur confiance, tchac, un petit coup de bec à la base du cou. Nos chères, nos petites, nos très gracieuses tourterelles !

C'est à ce moment qu'elle avait décidé de le lui dire.

– Ce fric, il m'a été donné par un type qu'on appelle le Dandy.

Scialoja alluma la énième cigarette. Le collègue en avant-poste sur la via Portuense annonça par radio l'arrivée d'une grosse cylindrée.

– On y est, chuchota le chef d'équipe.

Ils contrôlèrent leurs armes. Ils firent glisser les balles dans le canon. Une voiture tournait dans la ruelle, phares éteints. Le véhicule s'arrêta. Un homme robuste, trapu, descendit. Le Dandy. Le chef d'équipe ordonna l'attaque. Scialoja fut le premier à arriver sur la cible. Le Dandy n'opposa pas de résistance. Il n'était pas armé. Tandis qu'on lui passait les menottes, Scialoja pensait à son dernier entretien avec Borgia.

– Cette prostituée… comment elle s'appelle ?

– Vallesi Cinzia… nom de scène, Patrizia…

– Ouais. Patrizia. Pourquoi est-ce qu'on n'en parle pas, là ?

– C'est inutile. Elle nierait tout et nous ferait seulement perdre du temps.

– Scialoja…

– Je vous écoute, *dottore.*

– Vous n'auriez pas, par hasard… profitant de l'occasion… avec cette femme…

– Vous plaisantez, *dottore*?

– Excusez-moi, je disais ça comme ça.

Il avait menti. Il avait été convaincant. Bizarre : il n'avait éprouvé aucune émotion. Bizarre : il s'était senti léger, réconcilié.

7

Cette histoire de Moro était en train de devenir une vraie calamité : exactement comme l'avait prévu le Dandy. Barrages dans toutes les rues, contrôles étouffants, milliers d'uniformes en circulation partout. Le risque de tomber sur une patrouille de gros durs était très élevé. Le Froid était devenu, si possible, encore plus taciturne ; s'il ouvrait la bouche, c'était seulement pour maudire la politique qui les empêchait de se concentrer sur les choses sérieuses. Presque tout le monde pensait comme lui.

Le Libanais, en revanche, était de bonne humeur. La vente de la came marchait à fond la caisse. Dans les zones chaudes, les têtes d'œuf du ministère avaient trouvé malin de poster des petits conscrits. Peut-être bons à repérer un terroriste – mais comment, au fait ? A la tignasse ? A la puanteur ? – mais capables de se laisser passer sous le nez un hecto de dope comme un rien. Les flics avaient les yeux injectés de sang comme après une sniffette comme le Christ commande, mais ils étaient tellement affamés de gibier brigadiste qu'ils ne s'inquiétaient pratiquement pas de tout le reste. Personne ne s'était donné la peine d'enquêter sérieusement sur la disparition d'un fourgon chargé de fourrures de luxe : œuvre du Buffle, qui, fatigué de garder les bras ballants, s'était mis sur le coup grâce au tuyau d'un policier endetté jusqu'au cou dans les paris sur les courses de chiens. La chose faite, la dette avait été annulée, et le Buffle, discipliné, avait apporté le butin à la caisse commune. De temps en temps, le Libanais avait laissé aux gars les mains libres. Tout le monde s'était vu accorder la possibilité de prélever une ou deux pièces pour les épouses, mères, sœurs, maîtresses et poules diverses. Il était bon de commencer à faire savoir autour d'eux que le travail rapporte.

Et tout cela grâce à Moro : ne fût-ce que pour cela, il méritait qu'on se donne du mal pour sa libération. Le Sarde était certain de la réussite. A part la contrepartie attendue, en plus, le Libanais ne détestait pas l'idée de baiser les rouges.

A la fin, un matin d'avril, le Libanais dit au Froid qu'il fallait aller dans un certain coin de la Maremma.

– Le Sarde a trouvé Moro.

– Il est en Toscane ?

– Non. Là-bas, il y a Cutolo. On va lui parler.

Le Froid dit qu'il n'en était pas question : ses idées sur le sujet étaient bien connues, et il n'avait pas l'intention de se laisser entraîner. Le Libanais lui demanda de l'accompagner : un service personnel à un ami et collègue. Impossible de se dérober. Le Froid le punit en observant pendant toute la durée du voyage un silence obstiné.

L'endroit était une fermette au milieu d'une campagne qui se préparait au réveil du printemps. Deux ou trois gars à l'air décidé, armés de mitraillettes tchécoslovaques, surveillaient l'allée d'accès. Le Libanais se présenta. Les types demandèrent des consignes par talkie-walkie, puis les laissèrent passer.

Mouches, moustiques et un petit élevage de brebis grasses entourées d'une nichée d'agneaux. Sur l'esplanade de l'édifice étaient garées cinq ou six voitures. D'une BMW blindée, avec des glaces miroirs et une plaque provisoire, descendirent deux personnages qui puaient l'État. Le Sarde se tenait sur le seuil, les invitant à se dépêcher à grands gestes du bras.

– J'entre pas, dit le Froid avec fermeté.

Exaspéré, le Libanais avança sans répondre.

Le Froid alluma une cigarette et se plongea dans la contemplation des agneaux. Soudain, sans raison, ils se lançaient en bande dans une course désordonnée. Tout aussi brusquement, ils s'immobilisaient et couraient se réfugier entre les tétons de maman brebis. Un bruit de pas l'obligea à se retourner. Les deux gardiens le fixaient d'un air absorbé. La puanteur d'État devenait très forte, insupportable. Ils lui demandèrent une cigarette. Il offrit le paquet. Ils remercièrent d'un signe de tête, puis le plus grand des deux enjamba la palissade et entra dans l'enclos. Les agneaux reprirent leur course forcenée. Un animal plus lent alla buter contre les jambes de l'homme. Celui-ci le bloqua d'un mouvement rapide, lui brisa le cou sans le moindre effort et le chargea sur ses épaules. En repassant devant lui, il esquissa un salut avec la main.

Le Froid eut un frisson. Un instant, dans cet agneau, il avait vu le visage de Gigio. Puis le Libanais et le Sarde, le visage sombre, revinrent et s'installèrent dans la voiture.

Comment les choses s'étaient passées, le Froid l'apprit durant le voyage de retour. Cutolo avait présenté son collaborateur Pino le beau, un type super élégant qui aurait fait crever le Dandy d'envie, et deux autres en veste et cravate dont il valait mieux ignorer l'identité : Z et X, ça suffisait. Mais entre tous régnait un grand respect. Le Sarde était impatient de parler : il avait eu un tuyau sur la prison de Moro. Source : un ex-autonome passé à la droite. Un garçon un peu chaud, mais fiable. Selon lui, Moro était dans un appartement près de l'hôpital San Camillo. Le détail des informations ne dépendait que de la quantité de fric qu'on était disposé à dépenser. Mais ils avaient parlé de tout, sauf de Moro. De l'évasion de don Rafele de l'asile de fous, qu'il appelait “mon bruyant éloignement” (la porte avait été abattue avec trois kilos de tolite), du train des affaires de l'organisation à Naples, de l'enlèvement du fils de De Martino (un truc de petits voyous, selon le Professeur), d'un prochain voyage en Amérique, et même du dîner à base d'agneau et d'herbes aromatiques qu'on allait consommer en l'honneur de Pâques toutes proches. Mais toutes les fois que le Sarde essayait d'ouvrir la bouche, on passait immédiatement à autre chose. Au point qu'à la fin, le Libanais s'était permis une petite phrase acide.

– Don Rafe', vous nous avez appelés et nous sommes venus. Mais on pourrait savoir pourquoi vous nous avez appelés ?

Et don Rafele l'avait regardé de derrière ses lunettes, avec ce demi-sourire qui disait tout et rien, et il avait prononcé la phrase :

– Mon garçon, tu veux le comprendre, oui ou non, que cette créature de Dieu, ils veulent le voir mort ?

Et c'est ainsi que ça s'était passé. Mais le Libanais ne voulait pas se résigner : maintenant qu'ils l'avaient, l'information, autant la vendre. Peut-être aux démocrates-chrétiens : il devait bien y avoir au milieu de ces gens quelqu'un qui voulait lui sauver la peau, à Moro. Suffisait de trouver la personne adéquate et la chose pouvait encore se faire.

– Tu n'as pas compris, dit le Sarde. Les ordres de Cutolo, ça se discute pas.

– Je ne prends d'ordres de personne, le provoqua le Libanais.

Le Sarde laissa tomber et ajouta que le moment était venu pour lui de solder ses propres comptes avec la justice.

– Deux ou trois jours pour régler les derniers détails, et puis je vais me rendre à l'hôpital psychiatrique de Sant'Efremo. Ici, ça sent mauvais. Les brigadistes vont tuer Moro, tôt ou tard, et on va plus rien comprendre.

Ils l'accompagnèrent chez Trentedeniers. Tandis que le Libanais essayait de le convaincre d'une dernière tentative, le Froid continuait à penser à cette tête d'agneau avec le visage de Gigio.

Quand ils se séparèrent, en pleine nuit, il ne lui avait encore dit ni oui ni non.

La Criminelle les cueillit à l'aube.

1978, avril-juillet

Dedans et dehors

1

Le premier à entrer fut le Libanais. Tout de suite après le Froid. Et au bout de quelques minutes, l'un à la suite de l'autre, l'Echalas, les frères Bouffons, Œil Fier, le Dandy et Botola, et en dernier Satan, qui alla se placer dans un petit coin, tête baissée et regard sombre : que tous sachent qu'avec certaines personnes, il n'avait rien à voir.

Seul le Buffle manquait à l'appel.

Au fur et à mesure des nouvelles arrivées, ils échangeaient des saluts, des poignées de main et des claques dans le dos. Personne à Rome n'ignorait qu'ils se fréquentaient depuis des années. Feindre de ne pas se connaître aurait été comme agiter le drapeau devant le taureau : et il n'y avait pas de motif pour provoquer les poulets avant de comprendre comment ça se présentait. S'ils savaient ou s'ils donnaient juste un coup de pied dans la fourmilière. L'importance de ce qu'ils savaient. Si une balance s'était déboutonnée.

Et donc, dans l'attente du procureur de la République, échange de cigarettes à grande échelle, jeu continu de signes et de coups d'œil, mais pour le reste, silence le plus absolu. Si on les avait mis ensemble, il y avait sûrement une raison : ils étaient certainement en train de les observer derrière le miroir sans tain, prêts à cueillir l'expression effrayée, la phrase révélatrice. Peine perdue : à présent, même les minots marchaient plus au jeu de l'aquarium.

Sans compter que la balance pouvait être l'un d'entre eux.

Pendant deux jours, ils les avaient gardés au bain-marie de l'isolement. La loi le permettait, ils en avaient profité. Deux journées pleines de pensées et de paranos pour le Libanais. Impossible d'extorquer des informations au balayeur, un perpète des Marches – il avait égorgé sa femme avant de la découper en morceaux et de la jeter dans un puits – et il n'avait même pas essayé avec les gardiens. La commission rogatoire laissait deviner quelque chose. On leur avait collé l'enlèvement aux fins d'extorsion sur la personne du baron, mais on ne parlait pas d'homicide. Ils n'avaient pas osé aller plus loin. *Ergo*, comme disait l'oncle, prêtre de l'église de Saint François d'Assises quand il s'apercevait qu'ils avaient forcé le tronc, *ergo*, ils n'avaient pas trouvé le corps. *Ergo*, ils savaient quelque chose mais pas tout. *Ergo*, l'affaire puait le balançage. Ça ne serait pas la première fois. Ni la dernière. Quelqu'un disposé à trahir, par peur ou pour l'argent, on finit toujours par le trouver, à Rome. En Sicile, c'était autre chose. Là-bas, on ne trahissait pas. Là-bas, il y avait du respect. Mais patience : ils allaient changer Rome. Il fallait seulement un peu de temps. Tandis qu'il fumait nerveusement sa cigarette, le Libanais essayait d'étudier les autres.

La plupart manifestaient de l'ennui, de l'indifférence, de l'arrogance, de l'assurance. Il croisa le regard du Froid. Ils hochèrent la tête, comme si chacun réussissait à lire dans la pensée de l'autre. Le Froid lui aussi pensait à un traître. Il n'y avait qu'eux deux, dans le groupe, capables de penser une perspective. Sans leur direction, les autres se disperseraient en un éclair. Et tout finirait avant de commencer. Le Dandy aussi se tenait à l'écart, portant encore le survêtement et la robe de chambre griffés qu'il avait quand on l'avait emmené. Perplexe et déconcerté lui aussi. Le Libanais pensa que le Dandy était en train de grandir. Peut-être était-ce aussi le mérite de Patrizia : une femme solide. Une putain, mais solide. Ce ne serait pas un mal si aux côtés de chaque garçon, on réussissait à placer une femme avec des couilles. Mais c'était peut-être trop demander, conclut le Libanais : en tout cas, maintenant, il fallait réfléchir au moyen de sortir de ce merdier.

Pour l'instant, les avocats commençaient à arriver, discrètement. Du Buffle, aucune trace. C'était le seul qui manquait à l'appel. Une mauvaise pensée commençait à s'insinuer dans la tête du Froid.

Les avocats qu'ils avaient désignés au greffe de Regina Coeli étaient ceux de toujours : Terenzi, Piancastelli, Biancolillo, Domineddò et divers porte-serviettes et stagiaires. Gens de frontière, dignes artisans qui n'avaient jamais poussé au-delà du racket et du braquage, petits rapaces en marge de la grande forêt. Le Libanais était justement en train de se demander si ce n'était pas le moment de se fier à quelque réputation plus assurée quand, escorté par un brigadier à trois barrettes, se présenta Me Vasta. Avec lui venait une jeune femme en tailleur blonde et bouclée. Le

Dandy la reconnut et lui décocha un sourire fourbe : c'était la Mariano, la petite amie de Trentedeniers. Elle rougit et un éclair de panique traversa ses yeux bleus. Le Dandy la rassura d'un imperceptible signe de tête et fit au Libanais, avec les doigts, le signe de la victoire.

Les confrères moins éminents, pendant ce temps, faisaient cercle autour de Vasta. On décida que chacun des prévenus serait assisté par deux défenseurs : celui qui était déjà désigné, et Vasta, qui ainsi, suivrait en même temps tous les dossiers.

Le substitut du procureur Borgia entra et informa les défenseurs qu'avant l'interrogatoire, ils avaient droit à un entretien avec leurs clients. Avec lui, il y avait une nouvelle tête. Un jeune policier, l'air d'un gamin. Le Libanais en rigolait. C'est avec ces minots sortis de l'université qu'ils voulaient faire triompher la Loi et l'Ordre ? Ils étaient mal barrés, avec ça !

– On peut continuer, *dottor* Borgia. Mes clients entendent se prévaloir de la faculté de ne pas répondre.

Vasta avait parlé pour tout le monde. Les autres avocats hochèrent la tête. Borgia laissa échapper un ricanement mauvais. Mais il n'y avait rien à faire. L'interrogatoire se transforma en pure formalité. L'un après l'autre, ils furent informés de leur inculpation, se déclarèrent décidés à garder le silence et furent raccompagnés à l'isolement. L'un après l'autre, à l'isolement, ils furent ramenés dans le parloir avocat, où les attendaient Vasta et sa consœur Mariano.

Avant l'après-midi, tous savaient ce qui s'était passé : le Buffle se trouvait au cercle en bas de chez lui, en train de jouer à la séquinette, quand s'étaient présentées deux voitures de police sur le pied de guerre. S'ils n'avaient pas essayé de jouer aux cow-boys et aux indiens, ils l'auraient sûrement pris. Mais le Buffle s'était tiré tranquillement. Du bar, il était allé chez Trentedeniers, qui avait appelé la Mariano, et celle-ci, Vasta. Maintenant le Buffle était en sécurité, et quant aux frais, il n'y avait pas à s'inquiéter : Trentedeniers avait versé une avance substantielle. Le système du Libanais commençait à fonctionner. Le rapport de Vasta avait été encourageant.

– Toutes les perquisitions ont donné un résultat négatif. Le procès s'annonce sans preuves matérielles. Je ne crois pas que le proc' ait des témoins sérieux. Au maximum, des sources confidentielles. Mais ça, on ne peut pas s'en servir dans les débats. Vous serez soumis à des confrontations, des séances de tapissage, des examens d'empreintes. On demandera à chacun de vous de réciter une phrase dans un magnétophone. Cela servira à l'identification du téléphoniste. Donc, si quelqu'un a quelque chose à craindre, il vaut mieux qu'il pense à un gros rhume ou quelque chose de ce genre. Pour le reste, nous présenterons des demandes de mise en liberté conditionnelle au juge d'instruction, et si ça ne marche pas, il y a toujours la Cassation. S'il ne se passe rien, d'ici deux-trois mois, vous êtes dehors avec de plates excuses.

2

On les tira de l'isolement au bout d'une semaine. Dans la cour, il y avait un soleil qui faisait du bien aux os et à l'âme, après l'humidité de la cellule. Le Libanais et le Froid évitèrent les demi-sel occupés à leur sempiternelle partie de ballon et, appuyés à la muraille sous la tour centrale de garde, se mirent à étudier la commission rogatoire.

– C'est plus ce qui manque que ce qu'il y a, dit le Libanais.

– Ils connaissent le fait, mais il leur manque le tour et l'alentour, confirma le Froid.

– Ils savent rien de la Lie et des quatre autres de Casal del Marmo.

– C'est pour ça qu'ils nous ont mis seulement l'enlèvement et pas l'homicide en plus. Ils pensent que le baron est encore vivant…

– Non. Ils l'ont compris eux aussi, qu'il est mort et enterré. C'est qu'il leur manque les preuves.

– Ils ont rien.

– Rien de rien. Pas le moindre mot sur la came…

– Ils ont rien.

– Pas une ligne sur le Sarde ou sur Trentedeniers…

– Rien de rien.

Un balançage, donc. Maintenant, c'était sûr. Mais qui ne venait pas de leur groupe. Même Satan, qui était dedans comme tous les autres, on pouvait le considérer au-dessus de tout soupçon. Quelqu'un de dehors, alors ; certainement informé mais ça, ce n'était pas un problème. Dans le milieu, tout le monde le savait, qui s'était fait le baron. Un type en marge de l'affaire, ou quelqu'un qui en avait après eux, donc.

– Le Rat ? hasarda le Froid.

– Je ne crois pas. Vasta a dit qu'ils cherchent le téléphoniste… S'ils l'avaient déjà, ils nous casseraient pas les couilles avec les essais phoniques.

– Ça pourrait être un rideau de fumée…

– Exclu. Mais tu l'as vu, Borgia ? C'est… comment on dit ? Un idéaliste… Ça se voit à un kilomètre, à quelle race il appartient. Non. Là, on encaisse le coup de quelqu'un qui a juré de nous avoir…

– Vasta dit que tous les rapports ont été écrits par ce policier qui était avec lui, le nouveau…

– Oui, j'ai entendu. J'ai pas l'impression qu'il a inventé le fil à couper le beurre, mais peut-être que je me trompe…

– C'est lui qui a eu l'information.

– Le balançage, c'est lui qui l'a eu…

– La balance est dans son milieu.

– Il me vient un nom, ricana le Froid, après une brève pause.

– Dis-moi, camarade, tu penses toi aussi à ce que je pense?

– Ça dépend. Toi, qu'est-ce que tu penses?

– Moi, je pense à quelqu'un qui a salement les boules contre certains jeunes qui sont en train de faire leur chemin dans la vie…

– Un type qui a fait son temps…

– Ouais. Et au lieu de se retirer en bon ordre, il va bavasser un peu avec les flics…

– Un truc terrible!

– Tu l'as dit, camarade. Un truc vraiment terrible…

Et qui d'autre que le Terrible pouvait avoir balancé? S'il pouvait exister encore quelques perplexités sur le destin du Terrible, ces arrestations qui tombaient si bien étaient destinées à les effacer. Et pour le Terrible, le compte à rebours avait commencé.

Le Dandy, qui s'était arrêté pour s'entretenir avec don Pepe Albanese et deux hommes de main de sa *'ndrina**, essayait d'attirer leur attention avec de grands gestes. Le Froid et le Libanais s'approchèrent, l'air indolent, du trio. Les deux fantassins se détachèrent pour laisser l'espace au boss. Ils échangèrent un salut réciproque en inclinant plusieurs fois la tête. Comme les Japonais dans les films, pensa ironiquement le Libanais. Puis don Pepe fit un signe à l'homme à sa droite et celui-ci se précipita pour lui placer une cigarette entre les dents. L'autre, avec une sollicitude semblable, fournit le feu.

– J'ai su que vous vous débrouillez bien.

Ils encaissèrent le compliment sans bouger un muscle.

* Clan de *n'drangheta*, la mafia calabraise.

– Passez me trouver un de ces jours. J'aime les jeunes qui sont vifs. J'ai besoin de gens comme vous à Rome.

– Nous, on paie pas l'impôt comme le Puma, don Pepe, précisa le Froid.

Les deux nervis, petits, trapus, très sombres de peau, s'agitèrent. Albanese les calma d'une grimace bonhomme. C'était un vieux aux longs cheveux blancs, aux ongles très soignés, le menton parfaitement glabre embaumant l'après-rasage au pin sylvestre.

– On m'a dit que le Sarde s'est livré, reprit le Calabrais, changeant de sujet.

Le Libanais hocha la tête.

– Pourquoi il est si pressé de se retirer de la circulation ?

– Qu'esse-tu veux que je te dise, intervint le Dandy, quand on est pas habitué à l'air pur… à un certain moment, y te vient 'ne nostalgie…

Don Pepe sourit. Ses hommes sourirent.

– Vous avez bien fait de laisser tomber l'histoire de Moro, dit Albanese, devenant sérieux d'un coup, le service, ils nous l'ont demandé à nous aussi et puis à nous aussi, ils dirent que c'était plus à l'ordre du jour. Et une autre chose, je vais te dire, ajouta-t-il en fixant intensément le Froid. T'imagine pas que je t'ai pas compris, tout à l'heure. T'imagine pas que la vie, c'est toi qui l'as inventée aujourd'hui, peut-être parssque tu t'es pris les trois sous du baron Merdouillou et que tu te crois devenu le roi sur terre… peut-être que demain, je sortirai, moi, et tu sortiras, toi, et dehors, on verra ce qui se passe…

Le Libanais secoua la tête.

– Moi aussi, je vais te dire une chose, Calabrais : si j'étais toi, cette nuit, je dormirais inquiet…

Les deux nervis étaient prêts à bondir. Mais au fur et à mesure que la discussion tournait à l'aigre, Botola, les Bouffons, l'Echalas et quelques autres nouvelles têtes s'étaient placés à côté du Dandy. Don Pepe évalua la situation avec un vague sourire.

– Ça vaut pas le coup de se monter la tête, Libanais. Moi, je suis venu en ami. On aura l'occasion d'en reparler, non ?

– Peut-être… concéda le Libanais, puis il laissa tomber une phrase d'un coin de sa bouche : et peut-être que demain tu te fais ton ballot pour San Vittore et ici, on respirera mieux…

Don Pepe se tourna, cracha par terre, claqua deux doigts. Les hommes de main se placèrent à ses côtés.

Le Froid suivit du regard le rite du retour du boss : la partie de ballon s'était interrompue et les demi-sel, disposés sur deux rangs, s'inclinaient au passage du trio.

– C'est un défi, observa Botola, j'ai comme l'impression qu'on a fait une connerie.

– Nooon ! Qu'est-ce que tu dis là ! plaisanta sombrement le Dandy. On vient juste de refuser une juteuse offre de travail et de balancer des coups de pied au cul à un chef de gang très puissant ! Cette nuit, c'est nous qui allons devoir dormir inquiets !

– Ne dis pas de bêtises, coupa le Libanais, il n'y a aucun défi. Ils s'en vont. Il a compris que c'est nous les plus forts. Si on veut, cette nuit, on leur découpe les couilles en tranches.

– Tu veux faire la guerre aux Calabrais ? reprit le Dandy, sidéré.

– C'est pas nécessaire. Ils s'en vont. Puis, même si c'était ça... tu le sais pas que, beaucoup d'ennemis, beaucoup d'honneur ?

– Et qui l'a fait ce sermon ?

– Mussolini ! gronda le Libanais, qui ne transigeait pas sur la politique.

– Oh Libanais, t'es vraiment obsédé ! dit le Dandy en riant.

3

Les jours passaient. La chambre d'instruction avait démoli la requête de Vasta, mais l'avocat continuait d'être sûr de la victoire en Cassation. Et Vasta n'était pas du genre habitué à perdre. Le témoin oculaire de l'enlèvement avait foutu un bordel noir : d'abord, il avait reconnu le Dandy, puis un policier, puis un autre détenu qui n'avait aucun rapport, un malheureux Yougoslave qui s'était fait prendre à la frontière avec un poids lourd chargé d'héroïne.

Les jours passaient. Les Calabrais avaient déménagé, comme prévu, au lendemain de la rencontre. Radio Zonzon confirmait la fureur épique de don Pepe, mais aussi la clairvoyance du Libanais : le prestige du groupe croissait à vue d'œil. Tonino Lessiveuse et deux ou trois gars du quartier de la Maranella s'étaient "mis à sa disposition". S'étaient approchés aussi Pino Passeleau, un Sicilien qui contrôlait deux tapis à Primavalle, un type décidé et pas causant, un peu genre le Froid, et le Crapaud, un pédé qui s'était fait sa pelote en procurant des femmes aux Marseillais de Bergamelli et qui était maintenant considéré comme le numéro un de l'organisation des bordels hors classe. Pour parler avec le Libanais et avec le Froid, il fallait faire la queue. Venaient s'offrir des paumés de banlieue que les aiguilles avaient plus troués que le gruyère et des vieux casseurs tuberculeux : attirés, les uns, par le mirage de la dope, les autres par le désir d'un nouveau départ. Le Libanais restait à écouter avec patience les bêtises qu'ils lui déversaient : un mot d'espoir pour tous, des ordres d'assistance concrète pour la veuve accablée et l'orphelin malheureux, parce que l'espoir sans pain fructifie peu, et jour après jour, la base s'élargissait. Tous réunis dans le rêve de compter enfin pour quelque chose, tous fatigués des vieux chefs et des étrangers qui venaient jouer les chefs chez nous. Tous excités par le fantasme de se prendre une bonne fois la vieille pute éternelle avec sa louve et ses jumeaux. Les matons eux-mêmes voyaient leur influence et leur pouvoir augmenter chaque jour : les gentillesses se multipliaient, les emmerdes diminuaient. Quelques sous-fifres du Terrible, c'est vrai, marmonnaient : mais pour ces mecs, la loi qui avait brisé les Calabrais valait aussi. Les comptes ? Plus tard, dehors. Là où le premier qui bougeait se prenait la caisse avec toute la cagnotte.

Le Dandy observait et apprenait : le Libanais était un chef-né. Il savait comment tenir en respect les sanguinaires et revigorer les faiblards.

Le Libanais avait décidé, par exemple, d'éviter tout contact avec le Sarde et avec Trentedeniers. Même sur les parloirs s'était imposée une règle de fer : seuls les membres de la famille étaient admis, et avec eux aussi, bouche cousue. Ainsi Botola voyait-il sa maman, qui le tiendrait toujours et en toute occasion comme une victime de quelque épouvantable machination de la magistrature. Le Froid passait de longues demi-heures à écouter les plaintes de Gigio, en répliquant par les bons conseils banals du frangin moyen. Des autres, seuls les Bouffons avaient des épouses régulières : deux sœurs, évidemment, mais du genre juste bonnes à encaisser le chèque en fin de mois et à se lamenter sur les factures et le petit. Le Libanais, lui, il semblait être seul au monde : personne ne demandait jamais à le voir, et il ne demandait jamais de contact avec personne.

Comme canal pour communiquer avec l'extérieur, ils utilisaient Me Mariano. Rien d'étrange à ce qu'une avocate ait des entretiens avec son client. Entre autres, on ne peut pas fouiller les avocats. Ainsi, quand ils avaient quelque chose à faire savoir, ils préparaient un message et elle le transmettait à Trentedeniers. Système qui fonctionnait. Argent, paquets, assistance aux familles ne faisaient pas défaut. Tout cela grâce à l'organisation pensée par le Libanais.

Le seul à faire un peu de rébecca, c'était le Dandy, qui avait masqué quand on lui avait interdit de chercher à voir Patrizia. Pour lui, il n'y avait qu'elle qui comptait, mais le Libanais lui avait déchiré sous le nez le formulaire 80 avec la déclaration de concubinage.

– Ne te fie pas à elle ! Tu ne m'as pas écouté depuis le début !

– On s'est donné une règle, et elle vaut pour tout le monde : pas d'étrangers.

C'est ainsi que le Dandy avait eu droit à la ration hebdomadaire de supplice avec sa Gina. Et pourtant, elle était belle,

Gina, ou elle l'avait été. Une belle plante pleine de courbes avec un délicieux sourire ingénu, mais avec quelque chose qui ne tournait pas rond dans sa tête. Non qu'elle fît rien d'étrange : sauf que, de plus en plus souvent, elle sombrait dans la catatonie. Il lui suffisait d'une bière et d'un écran à contempler. Ou d'une image sacrée, parce que, entre autres lubies, elle s'était mise aussi à délirer sur le père Pio. Elle grossissait, puis maigrissait soudain. La faute à son mari, qui depuis un moment avait cessé de la traiter comme une femme. Du reste, si elle avait été bien dans sa tête, elle ne se serait pas fait baiser par un type comme le Dandy. Pervers, au fond, le type : il fallait quelqu'un comme lui pour trouver l'idée d'utiliser la pauvre Gina pour envoyer des messages amoureux à Patrizia ! Mais elle se laissait entraîner à tout, elle disait oui à tout, même à la lourde tâche d'intermédiaire avec cette pute ennuyée qui la faisait attendre une heure entière devant la porte de son immeuble et lui concédait trente secondes d'attention distraite avant de s'en débarrasser en toute hâte. Et elle, au Dandy :

– Elle a dit que tu lui manques et qu'elle pense toujours à toi.

Sur un seul point, elle s'était imposée, Gina : il voulait un service d'entremetteuse ? Qu'il sauve d'abord son âme ! Et le Dandy avait été contraint de promettre qu'il ne perdrait pas une messe, qu'il boufferait même l'hostie consacrée après confession. Promesse tenue grâce au Libanais, qui avait subodoré l'avantage à en tirer.

– Vas-y, plutôt, tu te pends aux basques de l'aumônier et tu lui dis que t'as la crise mystique.

– Moi ? Mais t'as perdu la boule, oh, Libanais ?

– Toi, oui, toi. Comme ça, t'es pas là à nous casser les couilles sans arrêt avec cette Patrizia et peut-être aussi si on a besoin de quelques nouvelles, de quelques petits services… la paroisse est une grande mère, et don Dante est un brave homme…

Morale : le Dandy, en pleine rédemption, servait la messe et passait de longues heures à la bibliothèque à s'endoctriner sur les fondements de Notre Sainte Mère l'Église. Quelques billets sortaient pour une destination réservée – un cousin, un père, si malheureux, le pauvret, mais si convenable ; un brave jeune, ce Napolitain, diplômé même – et les nouvelles sérieuses pleuvaient en avant-première. L'information est l'âme du commerce. Parole de Libanais.

4

Mai s'était abattu sur Rome avec toute la violence de son printemps incandescent. Mais c'était un étrange mois de mai. Triste. Dans une ville suspendue au milieu d'une angoisse insonorisée, comme sous une neige de polystyrène. Dans une ville finie sous un de ces reliquaires de verre où les vieux conservent l'image de la Madone. Ou d'un Christ au cœur sanglant et au visage d'Aldo Moro. Scialoja rêvait d'Aldo Moro. Des millions d'Italiens rêvaient d'Aldo Moro. Les collègues rêvaient d'Aldo Moro. Ils rêvaient de connaître la même fin que les cinq martyrs de la via Fani*. Les collègues haïssaient les communistes bellicistes, parce que les brigadistes tuaient au nom du communisme. Les collègues haïssaient les socialistes, partisans de la négociation, du "geste humanitaire unilatéral", parce qu'avec la canaille, on ne traite pas. Les collègues haïssaient les chrétiens-démocrates, leur expérience millénaire en matière de martyre : ils priaient lèvres tremblantes et paupières baissées et se lavaient les mains comme au temps de Ponce Pilate. Les collègues n'avaient de respect que pour le vieux pape qui avait prié à genoux "les hommes des Brigades rouges". Pendant ce temps, ils graissaient leurs armes. Si je dois aller dans l'autre monde, je veux en emmener avec moi un bon paquet, de ces connards de rouges. Il y avait une atmosphère de guerre. Une atmosphère de défaite. Les juges s'essoufflaient. Les intellectuels tournaient à vide. Le "mouvement", à partir des radios libres, faisait de la dialectique avec les "camarades qui se trompent". Il était incroyable qu'on n'arrive pas à localiser la prison du peuple. En attendant, le prisonnier écrivait des lettres que les destinataires s'empressaient de désavouer. Les petits télégraphistes des BR déambulaient allégrement entre poubelles et cabines téléphoniques. Les fausses dénonciations pleuvaient. On avait cherché Moro dans des maisons de banlieue et dans un lac glacé. Les brigadistes menaient le jeu, et eux tous de jouer la cible, furieux,

* La rue où Aldo Moro a été enlevé et cinq hommes de son escorte abattus par les Brigades rouges.

déprimés, inoffensifs. Suspendus au participe présent d'un communiqué des prisonniers : nous terminerons le procès en exécutant la sentence. Ça veut dire qu'ils ne l'ont pas encore exécutée. Tant qu'il y a de la vie, il y a de l'espoir. L'enquête sur l'enlèvement du baron était oubliée. Tout le monde à la poursuite des insaisissables guerriers. Même Borgia, chargé de s'occuper de quelques courants marginaux de la vaste aire antagoniste "à gauche de la gauche extra-parlementaire". Même Scialoja, qui était désormais de manière stable avec son procureur. Au fond, vu qu'on disait qu'il avait un passé de gauche, pourquoi ne pas l'exploiter ? Scialoja s'était laissé pousser la barbe. L'entrée dans l'Antiterrorisme, longtemps rêvée, s'était avérée une profonde déception. Les journées passaient entre une réunion d'enquête et l'analyse des très verbeux documents des collectifs qui poussaient comme des champignons dans le quartier universitaire. Et le soir, déguisé en ex-jeune, dans les assemblées, où il devait se mêler à une bande de gamins démangés par des envies de lutte armée, d'artistes à l'élocution obscure qui coupaient en quatre le cheveu de j'adhère/je n'adhère pas. Velléitaires, romantiques attardés, involontairement comiques parfois, avec cette manie des sigles et des accusations du genre IIIème Internationale. *Avanguardia operaia*, AO, ("Avant-garde ouvrière") accusait le Mouvement étudiant d'être la "nouvelle police". *Lotta continua*, LC, accusait AO d'être la "nouvelle nouvelle police". *Autonomia operia* ("Autonomie ouvrière") accusait LC d'être la "nouvelle nouvelle nouvelle police". Le tout sous les yeux de la seule, vraie police, stratégiquement disséminée aux points cardinaux du salon, de l'amphi, du sous-sol du jour. Scialoja, qui avait même lu le Che, réussissait à comprendre quelques-unes de leurs raisons. Mais il ne pouvait pas oublier le sang des morts de la via Fani. Quand on verse le sang, on passe du mauvais côté. Sciajola imaginait les brigadistes durs, carrés, froids, méticuleux, banals dans le quotidien, comptables méthodiques de la terreur. S'il y avait quelque chose à pêcher, ce n'était pas dans la mer des barbes, des discours furieux et du rite collectif. Ces gens-là pouvaient s'assassiner à coups de citations de Marx, Deleuze et Guattari. Les autres, ils avaient au maximum le petit diplôme des cours du soir et les mains calleuses, mais ils démontaient une mitraillette en quarante-cinq secondes. Ceux là, c'était un fleuve de mots. Les autres, un crachin de plomb.

Un soir parmi tant d'autres, expédié à une assemblée élargie du Cercle de contre-culture ouvrière de la via Luigi Luiggi dans le quartier de la Garbatella, Scialoja s'entendit demander du feu. Il fouilla dans ses poches et, machinalement, tendit son briquet.

– Merci, camarade!

Il saisit une intonation railleuse. Fixa son interlocuteur avec attention. Celui-ci lui fit un clin d'œil. Tagliaferri, dit "Epingle". Service des interventions des carabiniers. Un collègue, si on peut dire ça entre carabinier et policier.

– De rien, camarade.

– Toi aussi, ce soir, camarade?

– C'est ce qui a été décidé, camarade.

Tagliaferri était un Livournais grivois. Il se vantait d'avoir trois encoches sur son Beretta d'ordonnance: trois échanges de coups de feu, deux avec les Catanais transplantés à Versilia et un avec des gonzes de Prima Linea de Verbania. Jamais de blessure, pas même une éraflure. Ils se déplacèrent jusque sous une glycine en pergola sur la façade d'une maison voisine. L'entrée du cercle était surveillée par deux types à l'air pas particulièrement éveillé. Les camarades entraient par petits groupes. Personne ne semblait faire attention à eux. Tagliaferri expliqua que le groupe était connu depuis longtemps. Il n'y avait pas de clandestins. Ils ne faisaient pas attention à la sécurité. Néanmoins, on prévoyait des arrestations. Le pandore était plus que disposé aux confidences. Scialoja ne l'encourageait pas. Lui aussi fumait sa cigarette, en observant avec indolence l'afflux des militants, et il humait l'arôme un peu alcoolisé de la glycine. Au ciné-club de la via Benaco, on donnait *La Soif du mal*. Il l'aurait volontiers revu pour la onzième, non, la douzième fois. Chaque fois, l'histoire le mettait dans tous ses états. Charlton Heston était un policier démocratique et respectueux du droit, comme il aspirait à l'être. Orson Welles un bandit en uniforme, pourri, cupide, corrompu. Un fasciste, comme la plus grande partie de ses collègues. Mais Heston était aussi un couillon capable de se faire mener par le bout du nez à cause des larmes d'un poseur de bombes. Et Welles un génie de l'enquête qui sentait la puanteur du coupable quand le cadavre était encore tiède. Comment ne pas l'admirer? Il allait se mettre d'accord avec Tagliaferri pour se défiler quand il la vit. Jean étroit, tricot blanc, petit blouson noir. Elle lui était passée à moins d'un mètre. Elle ne l'avait pas remarqué. Un des innombrables camarades prêts à lancer des discours enflammés contre les patrons et le bourgeois. S'il avait pu lui aussi éprouver cette indifférence souveraine! En fait, il avait sursauté. Tagliaferri s'en était aperçu.

– Tu la connais?

– Mais non!

– J'ai cru… super gonzesse, hein?

– Ouais.

– Sandra Belli. La camarade Sandra. Une dure. Quand les chefs nous donneront le feu vert, elle sera la première à finir au trou. J'aimerais bien être celui qui procédera à l'arrestation. J'aimerais bien une arrestation mouvementée. De celles où le suspect réagit et où tu es contraint, je dis bien contraint, de lui mettre la main dessus!

Scialoja s'alluma une autre cigarette.

Des arrestations, reprit le pandore. Deux, trois peut-être. Sûrement cette Belli. Le petit groupe du cercle ouvrier, en lui-même, il cassait pas trois pattes à un canard. Mais ces crétins étaient en train de chercher un contact avec un type recherché de la colonne romaine. Le camarade Nardo. Un dur. Deux homicides sûrs. Cette Belli pouvait conduire jusqu'à lui. Il y avait une opération en cours. Le temps pressait.

– Peut-être demain, peut-être d'ici une semaine, qui sait.

– Peut-être jamais, hasarda Scialoja.

– C'est exclu. Tôt ou tard, on les serre.

Les deux gros bras au portail du cercle ouvrier lancèrent un sifflement aigu. Tagliaferri répondit par un autre sifflement.

– Tout va bien. On arrive.

Les deux types entrèrent. Tagliaferri balança une claque dans le dos de Sciajola.

– Ils sont tellement cons qu'ils m'ont pris dans le service d'ordre. Je ne sais pas si tu l'as compris, mais ils m'avaient envoyé pour te contrôler! On y va?

Tagliaferri s'était mis en mouvement, sûr d'être suivi. Mais Scialoja ne pouvait pas y aller. Sandra l'aurait reconnu au premier coup d'œil. Il risquait de faire sauter l'infiltration du carabinier. Il le rattrapa en courant un peu et lui refila la plus classique des calembredaines. Tagliaferri manifesta abondamment sa compréhension.

– Une nana ? Eh oui, vu qu'ici, y'a pas moyen de s'envoyer en l'air… *vaya con Dios, compañero*! Mais rappelle-toi : tu me dois un service !

Scialoja déplaça sa vieille Mini Minor couleur aubergine sous les glycines et se mit à attendre. Trois heures et cinquante cigarettes plus tard, elle sortit, regarda autour d'elle et se mit à marcher d'un air décidé, en se retournant tous les cinq ou six pas. Dans un manuel d'antiguérilla qui circulait au bureau, il avait lu que, au temps de la guerre des partisans, quand il y avait une réunion, le leader du groupe s'éloignait le premier. Scialoja lui donna une cinquantaine de mètres d'avance puis démarra. Les autres commençaient à sortir par groupes. Scialoja roulait au pas, phares éteints. Sandra s'arrêta à la hauteur de sa vieille Vespa, fouilla dans ses poches à la recherche des clés. Scialoja alluma les phares. Elle se mit sur le côté de la chaussée. Il descendit, marcha vers elle.

– Salut, Sandra.

– Nico ? C'est vraiment toi ? Comment tu t'es attifé ?

Il la fouilla sans lui donner le temps de se remettre de sa surprise. Elle n'était pas armée. Sans prendre garde à ses protestations, il l'agrippa, la poussa dans la voiture. Et repartit sur les chapeaux de roues. Les camarades, là-bas, ne s'étaient aperçus de rien : bravo pour la surveillance !

Le rade de la via del Mattonato était une espèce de temple de l'alternative. Quatre tables, lumières basses, tisanes, thé et biscuits macrobiotiques. L'odeur des joints prenait à la gorge. En fond musical, Claudio Rocchi et Ravi Shankar. Aux murs, des batiks décolorés avec des divinités à trompe d'éléphant.

– Ganesh, qui réalise les désirs impossibles, dit Sandra, railleuse.

– Comme notre Sainte Rita de Cascia.

– Je ne savais pas que tu étais devenu bigot.

– Et toi spiritualiste.

– Moi, je les déteste, les spiritualistes. On dirait que pour eux, il ne s'est rien passé.

– Je suis d'accord. Mais c'est un endroit tranquille. C'est bien pour parler.

– Parler ? Je pensais qu'il s'agissait d'un enlèvement !

– Excuse-moi, mais je devais être sûr que tu n'étais pas armée.

Sandra haussa les épaules. Une gamine à l'air apeuré prit les commandes. Ils demandèrent une bouteille de vin. La fillette expliqua qu'ils n'avaient pas la licence pour les alcools. Ils se rabattirent sur une tisane. Sandra alluma une cigarette.

– T'habites toujours dans ce deux pièces crasseux de via Pavia ?

– Et toi, tu craches toujours sur les tapis persans de la famille ?

– T'as l'air d'aller bien, Nicola. T'as même pas l'air d'un flic.

– C'est quoi, ça, une proposition ?

La gamine apporta deux tasses fumantes sur un plateau d'osier.

– Tchin tchin, dit Scialoja.

Elle rit. Il lui prit une main entre les siennes. Elle la retira. Il la fixa dans les yeux.

– Jusqu'à quel point tu es là-dedans ?

– Qu'est-ce que ça peut te faire ?

– Je veux comprendre. Tu es une bourgeoise. Pourquoi est-ce que tu hais tes pareils ?

– Parce que je les connais. Je sais de quoi ils sont capables. Il faut les arrêter, avant qu'il soit trop tard...

– Et comment ? Avec des balles ?

– Pourquoi pas ? Mais au moment opportun...

– Il va venir, ce moment opportun ?

– Tôt ou tard. Pas maintenant, en tout cas...

La tisane avait une saveur acidulée, à moins que ce ne soient toutes les cigarettes fumées qui lui gâtaient le goût. Scialoja lui reprit la main. Cette fois, elle ne la retira pas.

– Tu as déjà tiré ?

– Non.

– Je te crois. Mais tu dois partir, Sandra.

– Tu me crois ? Merci beaucoup ! Tu penses vraiment que j'en ai quelque chose à foutre de ton opinion ?

– Tu dois partir, Sandra. Tout de suite.

Il lui raconta tout. Elle l'écoutait en silence. Quand il eut fini, elle se passa une main dans les cheveux et lui sourit. Puis, à l'improviste, le gifla. On se retourna pour les regarder. Un spiritualiste joignit les mains et dit “Oooohm”. La gamine à l'air apeuré se mit à trembler. Sandra se leva et se dirigea résolument vers la sortie. Il la regarda s'en aller, fasciné par l'ondulation de ses hanches. Il y avait en elle quelque chose de l'autre, de cette Patrizia ? Ou c'était seulement son imagination ? Une onde de désir l'envahit. La suivre. L'affronter. Répéter toute cette maudite histoire, de A à Z. L'obliger à l'écouter. L'enlever, si nécessaire. Il resta immobile. Il l'avait attendue. Lui avait parlé. Elle, maintenant, elle savait. Elle déciderait. Sa vie lui appartenait. Scialoja alluma la dernière cigarette et commanda une autre tisane.

Le lendemain après-midi, on retrouva Moro dans la via Caetani. Certains dirent qu'on l'avait abandonné exprès à mi-chemin entre les Botteghe Oscure et la piazza del Gesú.* Tout le monde devait comprendre que c'était la fin du compromis historique entre catholiques et communistes. En brandissant sa carte, Scialoja se fraya un chemin au milieu de la détresse, de la rage, de la douleur. Dans le coffre de la Renault rouge, un corps était recroquevillé. Ça, c'est un parricide, pensa Scialoja. Ils ont tiré sur le vieux père, ils l'ont regardé dans les yeux pendant qu'il mourait. Le sang des pères retombe toujours sur les enfants. Ce visage amaigri, osseux, d'oisillon, cette barbe grise pas rasée lui avaient rappelé son père dans le cercueil. Le vieux qui était mort en invoquant son fils lointain. Le vieux malade qu'il n'avait pas eu le temps d'embrasser pour la dernière fois.

* Via delle Botteghe Oscure (rue des Boutiques obscures) et piazza del Gesú (place de Jésus) sont respectivement (ça ne s'invente pas) l'adresse des sièges du parti communiste et de la démocratie chrétienne.

5

Quand le bruit courut qu'ils avaient retrouvé le cadavre de Moro, l'Echalas qui riait et battait des mains se prit une baffe d'un Libanais au visage sombre.

– Mais qu'est-ce qui te prend ?

– Non, c'est toi, merde, qu'est-ce qui te fait rire ?

– Beh, qu'est-ce que j'en sais, y'en a un d'eux qui est mort, non ? L'ennemi, comme tu dis…

– Mais qu'est-ce que tu racontes ! S'ils nous avaient pas tous chopés, on l'aurait sauvé et on aurait en plus fait les héros !

– Quoi, maintenant, on veut devenir des héros ?

– Tu sais, les héros, on leur perquisitionne pas la maison à l'aube en recherchant la came… les héros sont au-dessus de tout soupçon… mais qu'est-ce que je vais te le raconter à toi, que tu comprends rien !

Deux mois après, la Cassation annula les mandats d'arrêt pour “défaut absolu d'indices”.

A la porte, le Buffle les attendait, le visage illuminé comme le soleil.

Le Dandy, il n'y eut pas moyen de le retenir. A peine sorti, il avait foncé chez Trentedeniers prélever une vingtaine de patates dans la caisse commune : avance sur les frais, les comptes, on les fera plus tard, je te laisse un reçu, qu'est-ce que c'est, tu fais pas confiance à un vieux collègue, ce genre de choses. Tout ça pour le mémorable retour auprès de Patrizia dont il avait rêvé durant ces longs, ces interminables mois. C'est Trentedeniers, encore, qui l'avait conseillé sur les garnitures, indispensables, avait-il ajouté, avec une femme de la classe de ta Patrizia.

Après un passage au sauna et quelques coups de ciseaux à ses cheveux desséchés par la taule, le Dandy avait essayé de se refaire une garde-robe dans un magasin élégant du centre, où l'employé l'avait traité comme une merde, au point que l'idée l'avait effleuré de revenir enfouraillé et de tout foutre en l'air. Mais Patrizia, c'était plus urgent : aussi s'était-il replié sur les plus rassurants magasins Clarke, qu'on venait d'inaugurer sur l'allée Marconi. Veste, pantalon, six paires de chaussettes et caleçons de soie, trois cravates peu voyantes à son goût, pardessus : durant les essayages, il s'était retrouvé voisin de cabine d'un substitut du parquet général qu'il avait vu passer plusieurs fois à l'hôtel Regina pour les interrogatoires. Situation comique, le magistrat et le malfrat en train de se saper à deux mètres l'un de l'autre : et bien sûr, l'autre aussi l'avait reconnu. Mais entre hommes du monde, on ne tient pas compte de ces détails. Des chaussures, ensuite, quatre paires, deux de mocassins, deux avec lacets, chez Boccanera, à Testaccio. Pour finir en beauté, un magnum de champagne et, en avançant cinq sacs cash, une nouvelle Kawa 1300 avec encore la plaque provisoire. Pas tombée d'un camion, en règle.

Patrizia lui ouvrit en grande tenue de soirée. Elle détailla l'assortiment de couleurs, huma l'après-rasage Metal Atkinson's, fronça le nez, lui glaça son sourire d'une grimace acide.

– Ah, c'est toi. Tu aurais pu au moins téléphoner. Tu me trouves par miracle. Viens, allons-y.

Elle lui enleva des mains le magnum en le laissant planté à la porte, réapparut après avoir rangé la bouteille au frigo, le prit sous le bras et l'entraîna, impériale.

Patrizia était encore plus belle et désirable que ce qu'il se rappelait. Au-delà de l'imagination la plus déchaînée. Mais froide, distante, indisponible. D'aller au lit, même pas question d'en parler. Tout ce qui lui fut concédé : un tripotage des petits seins pointus, le contact parfumé de ses bras nus, après, pendant qu'ils rejoignaient le Climax Seven.

C'était un piano-bar restaurant derrière la via Veneto. Paillettes et putains, il en connaissait quelques-unes de vue, les autres, Patrizia les lui indiquait. A une table près du pianiste, deux ou trois joueurs de l'équipe du Lazio. Et : journalistes, commandeurs, maquereaux, Arabes, une princesse de sang royal avec petit chien dans les bras, un politicien de second plan, le directeur général d'un ministère, une actrice fanée aux prises avec les bavures d'un lifting qui avait mal tourné.

Le pianiste attaqua *La Bambola*. Le Dandy buvait. Patrizia lui disait ceci et cela : excitée, bandante à en crever, intouchable. Sur la fine dentelle de *Questo piccolo grande amore* de Claudio Baglioni, il se sentit au bord des larmes : mais qu'est-ce qu'ils faisaient dans cet endroit de merde? Quel rapport entre ces connards et son petit grand amour?

Puis les lumières baissèrent, un projecteur éclaira un rideau au fond de la salle et Franco Califano apparut. Le Dandy éprouva une secousse électrique. Le Calife était un mythe. Il serra fort la main de Patrizia et lui murmura un tendre remerciement. Le Calife démarra avec *Una ragione di piú*. Alors le Dandy ne put plus contenir les larmes, larmes de champagne et de libération. A la fin du morceau, il bondit sur ses pieds, en applaudissant follement. Tout le monde le regardait. Quand il cria: "T'es le meilleur, Calife!", ce dernier lui sourit. Le Dandy retomba sur son siège, le cœur de plomb. Patrizia était partie. Il fouilla la salle de regards enflammés. Ah, la voilà: elle était en train de bavarder avec un couple distingué, lui l'air d'un intellectuel, avec des petites lunettes, et elle… elle, Daniela, l'amie de Patrizia. Un pressentiment le saisit. Le Calife chantait *Dammeli per piú tardi quesgli attimi d'amore*, "Donne-les-moi pour plus tard, ces instants d'amour". Patrizia revint à la table en ondulant des hanches.

– Je dois y aller.

– Quoi?

– Un travail, murmura-t-elle en indiquant l'intellectuel qui tenait Daniela par la main.

– Toi, tu ne vas nulle part.

Il avait élevé la voix, peut-être sans s'en rendre compte. Il croisa un regard courroucé du Calife. L'alcool palpitait dans ses veines.

– Tu ne vas nulle part, répéta-t-il, plus bas.

Patrizia accueillit la déclaration d'un haussement d'épaules et se dirigea vers le couple qui attendait. Ils disparurent derrière le rideau rouge. Le Dandy se mit péniblement debout. Ses jambes tremblaient. Il renversa deux tables. Des regards indignés suivirent son avancée chancelante. Merde, quelle cuite! Le Calife semblait s'en prendre directement à lui: *"parce que demain ou Dieu sait quand, les choses pourraient changer et les baisers que tu ne me donneras pas…"*

Au-dehors, l'air de la nuit, une gifle. Le trio était en train de monter dans une Porsche Carrera. Dans un effort terrible, il réussit à agripper Patrizia avant qu'elle monte à bord. L'intellectuel leur envoya un regard angoissé.

– Laisse-moi ! Je travaille !

– Toi, tu ne travailles pas. Tu es ma femme !

Course rapide des videurs. Claquement des portières. Dans un vrombissement, la Porsche se rua en avant. Les videurs l'entouraient. L'un d'eux le connaissait, il avait été en taule avec son frère.

– C'est bon, les gars ! dit-il pour tenir les autres à l'écart et puis, à mi-voix : s'il te plaît, Dandy, ne fais pas d'histoires, je risque ma place…

Ce fut Patrizia qui l'entraîna. Les talons hauts claquaient furieusement sur les pavés.

– Avec moi, c'est terminé, connard !

– Ma femme ne travaille pas. Ma femme ne fait pas la putain !

Voix déchirée, goût de vomi sur les papilles.

– Toi, t'en as plus, de femme, animal !

Il leva la main pour la frapper. Lut dans son regard quelque chose qui lui fit renoncer à la violence. Il l'aurait perdue pour toujours. Patrizia n'était pas domesticable. L'image du Libanais, lueur de consolation. Le Libanais aurait su lui donner le bon conseil.

– Patrizia, je…

Paroles dans le vide. Patrizia rentrait dans la boîte. On allait lui appeler un taxi. Le Dandy s'appuya contre le mur et vomit son âme.

6

Les autres, pendant ce temps, faisaient la fête chez Trentedeniers.

La cargaison avait été complètement vendue. Une fois les dépenses judiciaires réglées, il restait un bénéfice net à donner le vertige. Cette fois, le Libanais ne fut pas radin avec les gonzes : deux cents millions à chacun. Six cents pour la caisse commune, qui fonctionnait à merveille. Puis, réinvestissement : un quart dans le secteur de l'usure, qui fut confié à Ziccone, celui qui avait procuré le dépôt d'armes au ministère. Le reste pour une nouvelle cargaison d'héro, de la came thaï, cette fois, déjà arrivée et stockée dans le ministère habituel.

Trentedeniers avait préparé le *sartú* de riz* et procuré deux ou trois caissettes de mozzarella de bufflonne venues des ateliers d'un de ses collègues de Casal di Principe : le meilleur fromage du monde. On mangeait, on buvait et on fumait des joints. Seuls le Libanais et le Froid conservaient, comme toujours, leur lucidité.

Il y avait un nouveau visage. Vanessa. Une infirmière d'une trentaine d'années que le Rat, encore abîmé par le tabassage, avait levée, on ne sait comment, durant son séjour à l'hôpital. Trentedeniers fut impressionné : une femme blonde, sous le sourire embarrassé on devinait la salope. Pas le genre du Rat. Mais elle avait fait du bien au Rat. Le gamin semblait refait à neuf : il continuait à se shooter, mais avait diminué les doses, et maintenant il pouvait se permettre une seringue propre à chaque shoot. Elle, Vanessa, n'avait pas l'air d'une toxico. Intelligente, surtout : elle n'était pas arrivée les mains vides, elle avait apporté une boîte de morphine et quelques flacons de méthadone parce qu'on sait jamais. Et son Rat, elle le câlinait comme une petite maman empressée. Le Libanais nomma séance tenante le Rat responsable du secteur méthadone et médicaments légaux : on pouvait les revendre à prix élevés aux camés en cure de désintoxication. Ça ferait une petite source de revenus pour le garçon

---

* Timbale de riz au four (contenant des boulettes de viande, de l'œuf dur, de la mozzarella et des champignons), spécialité napolitaine.

et pour Vanessa, disons quinze-vingt pour cent du bénéfice. Le reste, bien sûr, à la caisse commune.

Une fois la distribution du liquide terminée, le Libanais renvoya tout le monde à la maison. Ne restèrent que lui, Trentedeniers, le Buffle et le Froid.

Trentedeniers dit que le Terrible, pour le moment, avait respecté les accords. Aucune fourmi et aucun cheval n'avaient plus été dérangés. Maintenant, il s'agissait de régler les comptes en suspens. Le Libanais glissa et demanda au Buffle de répéter devant tout le monde ce qu'il lui avait dit cet après-midi. Le Buffle éclaircit sa grosse voix.

– Un type d'Aversa raconte partout que le Sarde est en colère contre nous.

– C'est vrai ?

Le Froid avait soulevé un sourcil. Le Buffle rit et s'adressa à Trentedeniers.

– Ton chef dit que depuis qu'il est au trou, il lui arrive pas beaucoup de blé. Il dit que sa part est montée à soixante. A partir de la nouvelle cargaison. Ou bien on ne fait rien.

Trentedeniers tombait des nues. Mais puisque tous les versements avaient été effectués régulièrement ! Mais puisqu'ils avaient acheté à sa sœur une voiture neuve ! Mais puisqu'ils avaient donné trois cent millions au courrier qui les avait emportés en Suisse ! Mais puisque même les Napolitains n'avaient pas moufté sur le fade !

– J'ai l'impression que tôt ou tard, va falloir qu'on cause un peu avec le Sarde, observa le Froid.

– Quand il sortira, prophétisa le Buffle en caressant la crosse de son revolver.

– Une chose à la fois, le calma le Libanais, disons que le Sarde est en colère parce que le juge a décidé qu'au lieu des trois mois résiduels, il doit faire ses deux ans d'asile… comment on dit ? *Ex novo !*

– Et alors ? demanda le Buffle, un peu déçu.

Des fois, le Libanais, avec sa manie de faire la paix à tout prix, il devenait énervant.

– Et alors, Trentedeniers lui écrit une belle lettre pour lui expliquer que tout va bien, mais que nous avons besoin d'encore un peu de temps pour nous installer. Qu'il prenne patience, et tout s'arrangera. Une lettre amicale, hein ?

Trentedeniers était d'accord. Une fois décidée cette histoire de lettre, on passa à la question de la cargaison. Un truc à faire peur, dit Trentedeniers : treize kilos de brown sugar à couper au minimum à trente-cinq pour cent. S'ils se mettaient au travail tout de suite, d'ici trois-quatre jours, l'héro pouvait déjà être dans la rue.

– Et au contraire, nous on la garde en dépôt pendant un mois, un mois et demi, dit sèchement le Libanais.

Les autres le fixèrent, perplexes.

– Attention que les toxicos, déjà, y z'en peuvent plus !

– Dans la rue, ils courent après la dope…

– Libanais, cette fois, je te suis pas.

Le Libanais les laissa s'exprimer. Puis il alluma une cigarette et expliqua son idée. Tranquillement, comme toujours.

– C'est la loi de la demande, camarades. On les garde à sec pendant trente-quarante jours. Pendant ce temps, on coupe non pas à trente-cinq pour cent mais à cinquante-soixante pour cent. Quand ils sont tous, mais vraiment tous, à tirer la langue, on balance dans la rue toute la cargaison. A double prix.

– Putain ! siffla le Buffle.

Le Froid réfléchissait.

– L'idée n'est pas mauvaise. Mais qu'est-ce qui se passe si entre-temps quelqu'un nous fauche le marché ?

– Et qui ? rétorqua le Libanais. Les Napolitains sont avec nous. Le Puma est hors du coup. De qui on doit avoir peur, Froid ?

Trentedeniers s'était convaincu rien qu'à l'entendre parler. Le Froid opposait encore un peu de résistance.

– Je sais pas, Libanais. Un mois et demi, ça me semble trop…

– Beh, concéda le Libanais, on peut les faire rester sages avec le haschich.

– La fumette, c'est bon pour les demi-sel, protesta le Buffle, indigné.

– Mais quand il n'y a pas d'héro, le corrigea le Libanais, ça devient de l'or !

Tout le monde rit. Le Froid donna son feu vert.

– Et maintenant, passons aux choses sérieuses, annonça le Libanais. A quand est fixée la rencontre avec le Terrible ?

1978, août-septembre

Régler les comptes

1

Au dernier moment, le Sarde s'était joint à eux. On ne sait comment, le juge d'application des peines lui avait accordé une permission. Peut-être pour dorer la pilule, peut-être parce qu'il avait été convaincu par les larmes de Barbarella, sa sœur adorée. C'était lui qui lui avait présenté Boucles d'Or, son compagnon actuel. Et Boucles d'Or avait suivi aussi le Sarde dans sa permission. Jusque dans la 131 volée par le Rat avec le Froid au volant. L'autre équipage était composé des Bouffons, d'Œil Fier et du Buffle, dans une 132 bleu nuit conduite par l'Echalas. Il n'y avait pas Ricotta, qu'ils avaient laissé en train de répartir les réserves de haschich ; il n'y avait pas le Dandy ni Trentedeniers parce que, au cas où ça tournerait mal, il fallait bien que quelqu'un reste dehors. Et le Libanais aussi manquait. Ça avait été une idée du Froid.

– Tout le monde le sait, que t'en as après le Terrible. Tu seras le premier qu'ils vont venir chercher. Fais-toi l'alibi et le reste, on s'en occupe, nous.

Ainsi Trentedeniers était allé dîner via Garibaldi avec le Dandy et l'avocate Mariano qui ne s'inquiétait même plus de se montrer partout avec lui et qui durant toute la soirée avait dû se taper les lamentations sur Patrizia. Et le Libanais, vu qu'à la fin, il avait accepté la suggestion du Froid, était allé s'entifler dans un tapis de Monte Mario. Bien sûr, il maronnait de jouer les fugitifs quand les autres risquaient gros dans une action si grave. Mais le Froid, cette fois, lui avait infligé une leçon solennelle. Le Froid avait raisonné à sa place. Quand t'es trop impliqué, ça finit que le cœur ramollit la cervelle, alors qu'il faut toujours raisonner. Un minimum de quarante mecs le virent perdre un wagon de millions au baccara. Parce que, malgré tout, les cartes passaient devant lui, mais sa tête était ailleurs : avec la balle qui effacerait le Terrible, en quête d'une vengeance qu'il rêvait depuis qu'il était gosse, depuis ce moment qui lui avait changé la vie.

Le Terrible, après avoir encaissé un beau bouquet sur la cargaison, avait baissé la garde. Il sortit de chez lui tranquillement, sans escorte ni précaution, et se dirigea, arrogant et paisible, vers sa Mercedes. Le Buffle et le Froid démarrèrent en même temps, et des deux côtés de l'étroite ruelle au cœur de Garbatella, ils s'approchèrent de lui. Le Terrible avait dû entendre quelque chose dans le grondement des moteurs, car il flaira l'embrouille et chercha à se réfugier derrière une camionnette, tandis qu'il farfouillait dans son gilet pour sortir le calibre. Le Froid fut le premier à lui arriver dessus. Un petit coup de pare-chocs, et le Terrible voltigea jambes en l'air. Aussitôt, le Buffle et le Sarde se précipitèrent, une balle déjà dans le canon et lui balancèrent dans la poitrine trois, quatre, cinq bastos. Le Terrible se contorsionnait comme une vipère. Le Buffle et le Sarde remontèrent à bord, criant d'y aller, vite, c'était fait. Le Froid mit au point mort, tira le frein à main, descendit, très calme, sans se soucier des insultes de ses collègues, et s'approcha du corps. Le Terrible râlait. Le Froid se pencha sur lui, sortit le revolver et lui tira le coup de grâce dans la nuque. Le Terrible sursauta puis tout fut fini. L'action avait peut-être duré quarante, cinquante secondes, une minute tout au plus. Au-dehors, il faisait nuit, un vent du ponant soufflait son haleine, on ne voyait pas âme qui vive. Le Buffle, avant de repartir, tira sur le seul lampadaire qui marchait : peut-être lui déplaisait-il de laisser la seule cartouche dans la chambre, à moins que ce ne fût une manière d'exprimer l'enthousiasme de son premier meurtre.

Oui, parce qu'aucun d'entre eux ne l'avait encore jamais franchi, ce pas. Même du sang du baron, à bien regarder, ils avaient les mains propres : ça avait été un coup des types de Casal del Marmo, si ça n'avait dépendu que d'eux, une fois le blé encaissé, ils ne lui auraient pas touché un cheveu.

Le Buffle criait comme un fou : "On est forts, allez Rome ! Terrible, Terrible, va te faire enculer !", au point qu'Œil Fier dut lui ôter le pistolet de la main et qu'il fallut une halte au bar pour ramener le calme, avant d'arroser d'essence la 132, à Sacrofano, où les attendaient pour le retour des voitures clean.

Le Froid roulait avec sûreté, en respectant le code. Ç'aurait été un truc à faire rire, de se faire alpaguer encore chauds. Mais personne ne semblait leur prêter attention.

– Pute borgne, on l'a effacé !

Ce fut Boucles d'Or qui donna l'alarme. Le Sarde perdait du sang d'une jambe. Mais l'excitation du moment lui avait étouffé la douleur.

– Tu t'es tiré dessus, commenta sèchement le Froid.

Plus tard, quand ils retrouvèrent les autres à Sacrofano, on vérifia qu'un coup tiré par le Buffle avait rebondi sur le pavé, effleurant la cuisse du Sarde. Une bricole, mais il perdait du sang et il fallait en tout cas soigner ça. L'Echalas s'en chargea : par le Rat, il contacterait Vanessa, en espérant qu'elle serait de service à l'hôpital. Une infirmière pouvait assurer, sans dossier, inscription, questions inopportunes. Boucles d'Or les accompagna.

Les Bouffons s'arrêtèrent pour brûler les voitures. Œil Fier se chargea de ramener les armes au ministère. Le Buffle mourait d'envie d'aller porter la nouvelle au Libanais.

Le Froid resta seul. Sur la route du retour, il s'efforça de lire en lui-même. Éprouvait-il quelque chose ? Dans un certain sens, il s'était agi de légitime défense. Bon, oui, l'élimination du Terrible était programmée, mais après la saloperie du balançage, c'était devenu une nécessité. Légitime défense, oui : préventive, peut-être, mais légitime. Il ne ressentait aucune peine pour le mort, n'avait pas peur des conséquences, ne ressentait que dalle. Et le coup de grâce était un cadeau d'ami au Libanais : c'était comme si c'était lui qui avait pressé la détente.

Les types de la Brigade judiciaire l'attendaient en bas de chez lui. Le Froid se demanda comment ils avaient pu arriver là si vite, si on n'avait pas commis une erreur irréparable, et un instant, il fut tenté de fuir. Mais il les vit armés et prêts, et finit par les suivre sans broncher : c'est sûr, si on lui avait fait les tests balistiques à ce moment-là, à tous les coups, il se serait pris perpète.

2

Il n'y eut aucun test balistique, et aucun interrogatoire. La fin du Terrible n'y était pour rien du tout. L'idée de tenir le Libanais à l'écart s'était avérée gagnante. Pour le meurtre, disait Radio Zonzon, on avait accusé trois vieux chevaux de retour du racket de l'usure : ils n'y étaient pour rien, mais va leur expliquer si t'as envie, et pour le moment, *raus*, au placard.

Quant à l'arrestation, tout dépendait d'un vieux mandat d'arrêt resté suspendu après un recours. Une histoire qui lui était complètement sortie de la tête, au Froid : comme si ça avait appartenu à une autre vie, à un Froid différent. Il s'agissait de tentative d'extorsion de fonds sur la Poêle, un patron de casse automobile de Vitinia, une grosse limace qui au lieu de rester à sa place s'était salement entêté pour une minable poignée de millions. Ils lui en avaient fait voir de toutes les couleurs : coups de fil, pneus crevés, jerrycans d'essence et têtes de moutons accrochées devant le dépôt. Ça n'avait servi à rien, ou plutôt, le type l'avait dénoncé, et avec lui Œil Fier et les Bouffons.

Maintenant, ils se retrouvaient tous dedans : à Rebibbia, cette fois. Tous conscients que le truc ne tiendrait pas longtemps : au point que, personnellement, le Froid inclinait à laisser courir. Une histoire d'une autre vie, voilà. Inutile de remuer ça. Et puis Vasta, qui était accouru quelques minutes après le coup de fil, fleurant encore l'après-rasage, après avoir examiné les petits papiers et entendu le récit des garçons, avait laissé percer un petit sourire.

– Tu le sais, de quand date cette affaire ? De novembre 1977. Voilà presque un an. Borgia n'a pas avalé le coup du baron, et il veut vous tenir par les couilles. Mais ça tient pas. Il n'y a pas de témoins. Il n'y a que sa parole. Et la Poêle est un repris de justice dont le casier est pire que le vôtre. Ça finira comme l'autre fois, vous avez ma parole. Sauf que cette fois, ça finira plus vite : en somme, d'ici vingt jours maximum, vous serez dehors.

Le Libanais était avec le Buffle quand on lui annonça l'arrestation. Le Libanais fit une sale tronche. Ils traversaient une phase dangereuse, pleine d'inconnues. Ils ne pouvaient pas se permettre la moindre erreur. La mort du Terrible risquait d'ouvrir un gouffre d'anarchie. D'autres groupes allaient penser à se mettre en avant pour occuper l'espace laissé libre par le vieux boss. On commençait à les craindre, mais on n'avait pas encore assez peur autour d'eux. Il fallait affirmer de manière indiscutable une souveraineté destinée à durer pour toujours sur la Vieille Pute. Une embrouille avec l'un d'entre eux signifiait une embrouille avec tous.

– C'est-à-dire : un pour tous, tous pour un, le Buffle, synthétisa le Libanais, avant de passer aux conclusions.

On ne pouvait pas permettre à un quelconque la Poêle d'envoyer en taule quelqu'un comme le Froid et de s'en sortir comme ça. Ça méritait une punition exemplaire. La Poêle devait mourir.

– Bon, bon, coupa le Buffle, les yeux brillants de son ironie particulière, macabre. Quand tu parles latin, je te suis pas beaucoup, Libanais. Qu'est-ce qu'on attend ? On se prend deux calibres, et on y va, zou !

Le Libanais comprit que l'autre l'avait coincé. Attention à ne pas sous-évaluer le Buffle. Il avait grandi dans la rue, il n'avait pas la moindre idée de ce que signifiait une stratégie mais en lui-même, il couvait une espèce d'instinct, une espèce de double vue. Il avait compris que le Libanais parlait pour se convaincre lui-même.

Ils prirent deux revolvers au ministère, une moto qu'un crétin avait laissée sur le quai de Pietra Papa, foncèrent vers Vitinia sans dire un mot, se présentèrent vers le soir devant le bar où la Poêle allait se descendre son Sportino Borghetti en salopette encore imprégnée de graisse, lui balancèrent un bon paquet de bastos et repartirent. Avec une certaine classe, le Buffle ramena la moto à cent mètres d'où il l'avait prise.

– Bon, là, tu t'es calmé, Libanais ? fut son salut.

Le Libanais descendit à pied sous le pont Marconi. Ses jambes tremblaient, l'adrénaline s'en allait doucement. Peut-être y avait-il une raison concrète pour éliminer la Poêle. Peut-être que toutes les belles paroles qu'il avait déversées sur le Buffle avaient un sens. Peut-être. Mais la vérité était qu'il se devait quelque chose à lui-même. A lui-même et au Froid. Avec l'histoire du Terrible, il avait passé un pacte d'amitié. Un pacte sacré. Définitif. Le sacrifice de la Poêle avait été sa manière de l'honorer.

Mais ça non plus, ce n'était pas du tout vrai.

Au-delà de tous les programmes, bien au-delà de la raison, le ciment de tout était l'action.

Aucune stratégie, si sophistiquée soit-elle, n'aurait jamais fait de lui un chef. Rien ne pouvait compenser l'action. Il fallait se salir les mains. Comme les autres. La Poêle ou n'importe qui d'autre, peu importait. Ils n'étaient rien, ils n'étaient personne. L'action. Apprendre au Buffle à être comme lui. Et devenir lui-même comme le Buffle. Le Buffle qui avait l'action en lui, sans que personne n'ait besoin de lui expliquer comment on faisait.

Ce fut en respirant l'haleine boueuse du fleuve qu'il reprit possession de lui-même. Et une sensation de puissance indomptable le transporta à des hauteurs stratosphériques : il sentit que ce mort lui avait fait du bien, il éprouva l'impact gigantesque du rite qu'il avait célébré, avec le Buffle, au nom du groupe entier. Parce qu'enfin, maintenant, ils étaient devenus un groupe. Unis. Invincibles.

Il s'était passé quatre jours depuis la fin du Terrible.

3

“Ce n’est pas à la magistrature, mais aux forces de l’ordre, de combattre le terrorisme. Les magistrats doivent contrôler, vérifier scrupuleusement la légalité de l’action de police. Protéger les droits du citoyen, surtout, protéger !”

“Mais quand la démocratie est en danger, certains excès de protections juridiques sont un luxe. Il faut donc renverser la règle de la présomption d’innocence. Ce doit être au présumé terroriste de la démontrer, et non pas le contraire.”

“Préserver les protections de l’État de droit : voilà la première valeur.”

“Décapiter la mauvaise herbe des sanguinaires : voilà la priorité.”

“Nous sommes en guerre, mais ce n’est pas une bonne raison pour renoncer à notre propre tradition légaliste.”

“Nous sommes en guerre, c’est la guerre elle-même qui est la raison : à la guerre comme à la guerre !”

Les interventions se succédaient à un rythme soutenu. Le climat de l’assemblée s’échauffait chaque instant davantage. Juges, hommes politiques, avocats, beaucoup d’étudiants, de simples citoyens. On devait faire “le point de la situation” sur le terrorisme. Le prétexte : le lancement de nouvelles lois d’exception destinées, dans l’intention de leurs promoteurs, à “assécher la mer dans laquelle nagent habituellement les poissons brigadistes”. L’opposition entre les répressifs et les défenseurs des protections était radicale, inconciliable. Borgia, qui écoutait avec un embarras croissant, fondu parmi les étudiants des dernières rangées, se concentrait en particulier sur les orateurs qui affrontaient la question Moro. Là aussi, il y avait deux lignes. Nous n’avons pas réussi à le sauver parce ce qu’il était plus commode qu’il meure. Chaque fois que nous avons été à un pas d’un progrès significatif, l’enquête a été bloquée par de mystérieux appareils intervenus pour boycotter, interrompre, assoupir. Ou bien : les brigadistes sont invincibles parce que juges et policiers ont les mains liées par des lois excessivement permissives. Borgia tournait entre ses doigts la feuille sur laquelle il avait noté une phrase de Leonardo Sciascia :

"On peut échapper à la police italienne – à la police italienne telle qu'elle est instruite, organisée et dirigée – mais pas au calcul des probabilités. Et en se fiant aux statistiques rendues publiques par le ministère de l'Intérieur, relatives aux opérations conduites par la police durant la période qui va de l'enlèvement de Moro à la découverte des cadavres, les Brigades rouges ont justement échappé au calcul des probabilités. Ce qui est vraisemblable *mais ne peut être vrai et réel*[*]*."*

La réflexion du maître de Racalmuto était au bout de ses pensées. Entre défenseurs des droits et répressifs, il se trouvait au milieu d'un gué inconfortable. Nous sommes en guerre, oui, mais dans toute guerre les moyens comptent autant que les fins. Et surtout, nous sommes au centre d'un champ de bataille aux limites pour le moins incertaines. C'est-à-dire : on a tort de tirer et l'État, en tout cas, doit être défendu. Mais quel sens donner aux ambiguïtés, aux réticences, aux mystères qui grouillaient dans l'enquête sur la via Fani ? Quand, durant une opération militaire, après un passage au peigne fin de toute la zone, on se retrouve devant une porte et qu'on ne la défonce pas ; quand on apprend ensuite que derrière cette porte, justement celle-là, et non pas une autre, derrière l'unique porte qu'on n'a pas défoncée, pouvaient se trouver les geôliers de la victime… quand on vit, pour ainsi dire en direct, une telle énormité, on se demande si l'improvisation, les ordres contradictoires, l'impréparation face aux forces de l'ennemi et la naïveté d'un fonctionnaire particulier suffisent à tout expliquer. Ou si, plutôt, la grossièreté proclamée des enquêteurs n'est pas le énième mauvais tour d'un esprit très raffiné, si, à l'origine de tout, il n'y a pas l'un de ces imaginatifs illusionnistes qui avancent avec le talent d'un magicien du cinéma sur le fil du rasoir qui sépare l'allié de l'adversaire, la victime du bourreau. Et même en admettant, comme le soutenait Scialoja, le pragmatique Scialoja, que, s'il y avait eu une intervention occulte, celle-ci n'avait eu lieu que dans la seconde phase… à savoir, si quelqu'un, par ses calculs, avait donné un coup de main aux brigadistes après l'enlèvement de Moro… en les protégeant… en les avertissant… en gênant la capture, cela ne signifiait-il donc pas que les bons étaient d'une certaine manière

[*] Sciascia, *L'Affaire Moro* (édition française : Grasset, 1978).

coresponsables, en ayant collaboré, de manière décisive, à la fin cruelle ? C'était peut-être ce que Sciascia entendait dire quand il avait écrit que quelque chose de "littéraire" animait les cinquante-cinq jours de l'après-16 mars. Le vraisemblable, l'apparent, mais pas le vrai. Au pays de Pirandello et de Machiavel. C'est ce que pensait le substitut Borgia tandis qu'il abandonnait la bruyante assemblée qui ne soulagerait en rien ses doutes tourmentés.

La majeure partie de ceux qui pensaient comme lui – et ils n'étaient pas peu – restait en première ligne, peut-être pour éviter de pires dégâts. Borgia se défila en raison de cette façon de voir sans aucun doute dangereuse pour un substitut du procureur de la République. Il demanda à retourner s'occuper de criminalité commune. Il ne rencontra pas de résistances. Scialoja décida de le suivre le matin où il reçut la carte postale de la tour Eiffel. Il n'y avait pas de signature, mais le message était clair : Sandra était en sécurité à Paris. La circonstance lui fut confirmée par le brigadier Tagliaferri, dit "Epingle", devant une tranche de pastèque glacée, au coin du pont où l'année précédente on avait tué l'étudiante Giorgiana Masi.

– Tu te souviens de cette grande gonzesse ? Elle a réussi à se tirer. Un hasard, au mieux. Ces révolutionnaires de bonne famille trouvent toujours un moyen de se tirer de la merde !

Les camarades de son groupe végétaient à Rebibbia. Aucun ne s'était déclaré prisonnier politique. De leurs demi-aveux émergeait le fait que oui, il y avait eu une tentative pour entrer en contact avec un type recherché suspecté d'avoir participé au guet-apens de la via Fani. Mais exclusivement pour des raisons humanitaires : ils espéraient, les gamins, convaincre le "camarade Nardo" de relâcher Moro. Non parce que, par principe, ils étaient opposés à l'idée de répandre le sang au nom de la Cause. Mais sur la base d'un calcul politique plus "pointu" et "stratégique" que celui des brigadistes.

Dire assez au royaume de la politique fut un soulagement pour les deux hommes. Et l'annonce du meurtre, pour ainsi dire, ordinaire, du Terrible et de la Poêle les mit presque de bonne humeur. Ils avaient au moins quelque chose de concret sur quoi se concentrer. Ils savaient, ou ils s'imaginaient savoir, où passait la frontière entre eux et le Mal.

Deux homicides en quatre jours, donc. Un caïd redouté et respecté comme le Terrible, du menu fretin comme la Poêle. Aussi bien Borgia que Scialoja subodoraient un lien. Manquaient, comme trop souvent, les preuves. Mais si, pour supprimer le Terrible, il y avait dix mille raisons, l'assassinat du pauvre type de Vitinia semblait sortir du schéma. Les bénéficiaires directs de l'élimination du seul témoin d'accusation étaient sous leurs yeux, ils possédaient l'alibi le plus inattaquable du monde. La chose, n'était son caractère tragique, aurait eu ses bons côtés humoristiques. C'était comme si quelqu'un, du dehors, avait voulu rendre un service au Froid. Un lien, certes. Mais de là aux preuves... et puis, quelque chose était en train de changer rapidement dans le Milieu. Une substitution de personnes ? Pas seulement. Un projet différent, plutôt. Comme une stratégie militaire. Le prélude à un changement de forces déjà en acte. Et eux, comme toujours, ils seraient les derniers à s'en apercevoir. Borgia ébaucha un organigramme.

– Nous avons : le Froid, les Bouffons et Œil Fier au trou... et ceux qui sont impliqués d'après vos... sources confidentielles... nous avons le Buffle, le Dandy et le Libanais dehors.

Scialoja hocha la tête. Il y avait deux groupes. Ils se sont unis. Ils sont devenus une bande. Ils font place nette.

Ils entendirent le Froid, Œil Fier, ils entendirent les Bouffons, ils entendirent le Buffle, ils entendirent le Libanais. Ils les entendirent deux, trois, quatre fois. Les confrontèrent. Rien. Zéro absolu. Eux, ils étaient méprisants et sûrs de soi, et quelquefois d'une soumission soudaine. Ils mentaient toujours, en tous les cas. Dans les rares occasions où ils se retrouvaient coincés, ils échangeaient un coup d'œil avec le glacial Me Vasta et invoquaient leur droit de ne pas répondre. Scialoja commença à se faire une idée des caractères. Œil Fier et les Bouffons hurlaient, braillaient, faisaient du tapage, crachaient et balançaient des injures et des insultes dans le registre sexuel. Des voyous. La main-d'œuvre. Zéro moralité. Et pourtant, ils ne trahissaient pas. Le Libanais avait un sourire oblique qu'aucune pression ne parvenait à effacer. Dur et froid. En prison, il avait envoyé se faire foutre un caïd de la'ndrangheta. Il avait du charisme. Un chef-né. L'idée de l'enlèvement ne pouvait venir que de lui. Œil Fier et les

Bouffons le regardaient comme les enfants au catéchisme regardent le Sacré Cœur de Jésus. C'était lui qui les tenait unis, lui le ciment. Le Libanais était une piste morte, d'un point de vue d'enquêteur. Trop dur. Le Froid parlait le minimum indispensable. Il n'insultait pas. Il ne révélait rien de lui. On ne comprenait jamais ce qu'il était en train de penser réellement. Comme certains enfants qui ont trop souffert et qui n'ont jamais développé leur capacité de l'exprimer, cette grande souffrance. Le Libanais et lui se traitaient sur un pied d'égalité. Comme si chacun des deux cherchait dans l'autre les qualités qui lui manquaient pour devenir parfait. C'était peut-être une question de quantité ou de qualité du courage ? De mépris du danger ? De capacité à concevoir des projets ? Les biographies étaient singulièrement différentes. Le Libanais naissait dans la rue, le Froid dans une famille bien sous tous rapports. A un certain moment de la vie, leurs méchancetés s'étaient rencontrées. Il en était né une force effrayante. Scialoja la sentait croître comme un organisme monstrueux. En tout cas, le Froid restait une énigme. Aux yeux de Scialoja, d'instinct, il était moins déplaisant que les autres. Le Buffle, grand et gros, jouait au dingue énervé, entre silences et explosions de colère. Mais il n'était pas idiot : cela apparaissait dans certains accès soudains de camaraderie grossière pour les Bouffons aux personnalités plus faibles, ou à travers la bienveillante considération dont il bénéficiait auprès du Libanais lui-même. Comme on fait avec les jeunes doués mais qui risquent à chaque instant de glisser dans quelque abîme sans issue. Le Buffle était un type qu'il fallait tenir à l'œil. Périlleux, imprévisible. Et puis, il y avait le Dandy. Scialoja l'entendit deux-trois fois. Le Dandy était le plus arrogant de tous. D'une arrogance subtile : étudiée et consciente, mais en même temps instinctive. Toujours parfaitement rasé, avec des vêtements de bonne coupe, respectueux avec le substitut. Coupant seulement à l'occasion : mais si on lui en donnait la possibilité, langue longue et blague facile. Il faisait des efforts inouïs pour se comporter en gentleman. Scialoja se demanda si derrière ces apparences d'aspirant bourgeois, il y avait une femme. Peut-être Patrizia, justement. Peut-être le rapport entre eux deux était-il plus complexe que celui entre une pute et un client de passage. Le Dandy ne possédait pas l'intelligence aiguë du Libanais, le caractère imprévisible du Buffle et même pas la force obscure qui émanait des silences du Froid. Mais c'était comme si, à force d'être avec les autres, un peu de chacune de ces qualités lui était restée collée à la peau. Si le Libanais était né-chef, le Dandy était l'élève qui dépasserait bientôt le maître. C'était avec des gens de ce calibre qu'ils devaient se confronter. Scialoja vint à Canossa auprès du vieux collègue de la Criminelle qui avait un rapport confidentiel ancien avec Pino Gemito, le gorille du pauvre Terrible. Mais Pino Gemito n'était pas là, et s'il était là, il dormait si profondément que le bruit des coups ne l'avait pas réveillé. Les trois singes, en somme.

– Et ça, c'est la vraie preuve finale, conclut Scialoja, c'est eux qui l'ont fait !

Borgia hocha la tête.

– Si à un type comme Pino Gemito, on lui tue son chef et qu'il la boucle…

– Ça veut dire que désormais, c'est ceux-là qui commandent !

Scialoja rédigea un petit rapport plein d'allusions et d'équations à trois inconnues : on formule l'hypothèse que… on peut fondamentalement avancer la thèse d'une relation entre… Vasta éclata de rire et demanda la mise en liberté générale. Borgia émit un avis contraire. Mais juste pour ne pas lâcher : l'avocat avait raison. Cette fois, ils arriveraient même pas en Cassation. Cette fois, c'est le juge d'instruction qui les sortirait. Tandis qu'il signait les quatre feuillets officiels qui n'obtiendraient, comme seul effet, que de faire perdre quelques jours de liberté aux présumés coupables, le substitut laissa échapper une pensée à voix haute.

– Et pourtant, je me demande… mais de tout cet argent de l'enlèvement, qu'est-ce qu'ils en font ? Serait-il possible qu'ils dépensent tout en coke et bonnes femmes ?

Scialoja se débarrassa de son déguisement de castriste et retourna chez Patrizia. Au téléphone, la voix dure, elle expliqua qu'elle ne recevait que sur rendez-vous. Seulement des gens très aisés. Et l'adresse ne serait fournie que si l'interlocuteur fournissait de solides garanties : comment l'avait-il eu, le numéro, alors qu'il n'apparaissait pas sur la putanothèque officielle du *Messagero* ? Qui lui avait parlé de Patrizia ? Scialoja se prétendit homme d'affaires de passage en ville. C'était le concierge de l'hôtel qui lui avait suggéré un moyen agréable de passer les temps morts d'avant le départ. Patrizia lui donna l'adresse. On était samedi soir. Dans une boutique du centre, Scialoja acheta un petit tigre en peluche. Il s'était rappelé certaines photos entrevues chez Cinzia. Devant la porte de chez elle, il se demandait encore pourquoi ce geste et ne savait pas quelle réponse se donner. Patrizia le reconnut tout de suite. Elle essaya de lui refermer la porte au nez. Il fut plus rapide et la bloqua avec le pied. Patrizia se mit de côté. Il entra et laissa tomber sur le canapé le sac de plastique avec le petit animal empaqueté. Elle croisa les bras.

– Va-t'en, j'attends quelqu'un.

– Un homme d'affaires de passage à Rome?

Elle écarta les bras, exaspérée. Elle portait une guêpière rouge, des bas noirs, un bracelet à la cheville. Scialoja lui fit salut salut avec la main.

– Attention, les prix ont augmenté, dit-elle durement.

– Cette fois, on paie pas.

– Cette fois, on baise pas.

– Tu es en dette avec moi.

– Ça va pas la tête!

Il tourna autour d'elle. S'avança dans l'appartement. Gagna la chambre à coucher. Vit le grand lit parfaitement rangé. La collection de fouets. Les peluches sur le lit. Le téléviseur allumé, son coupé, sur des scènes de violence métropolitaine. Il aspira le parfum de Patrizia, si différent de celui qu'il avait respiré chez Cinzia. Il revint dans l'autre pièce. Elle s'était mis un pull à col roulé. Fumait, jambes croisées sur le canapé. Fermée, le sourcil froncé. Lui aussi alluma une cigarette. Il s'assit à côté d'elle, déplaçant le sac avec le petit tigre empaqueté. Il lui dit que son ami le Dandy était un assassin. Elle répondit qu'elle n'en avait rien à foutre. Ce n'était pas son problème. On naît, on meurt, certains vivent mieux, d'autres moins bien: où est la différence? Il la menaça: il dirait au Dandy que c'était elle qui l'avait trahi. Elle rit à gorge déployée.

– Il ne te croira pas. Et même s'il devait te croire, je m'en occuperais moi, de lui changer les idées!

Il lui dit que tôt ou tard, le Dandy commettrait une erreur. Tous les malfrats, un jour ou l'autre, commettent une erreur. On le prendrait. On lui filerait perpète. Il ne sortirait jamais plus de prison. Elle lui répondit que comme homme, il était nul et comme flic, il était encore pire.

– Tu voulais un nom ? Tu l'as eu. Et qu'est-ce que t'en as fait ? Rien. Mais c'est pas mon problème. Moi, je travaille, c'est clair ? Et tu me fais seulement perdre du temps. C'est clair ? Donc, soit tu sors le fric…

– Soit on baise pas, j'ai compris, conclut-il, ironique.

Il se leva. Alla jeter un coup d'œil par la fenêtre. Une chaude, lumineuse soirée d'été. Des touristes. Des petites familles affairées et indifférentes. Scialoja se sentit soudain triste, vidé.

– Ou bien, un jour, on le tuera, dit-il doucement.

– Qui ? Le Dandy ? Si tu savais ce que je m'en fous ! Tu veux te le fourrer dans la tête, oui ou non, que j'en ai rien à foutre du Dandy, de toi, de tous les hommes qui passent, qui viennent et qui s'en vont… tu le comprends, oui ou non, que j'en ai rien à foutre de rien ?

Elle était belle, dans la pénombre qui montait. Elle était belle tandis qu'elle s'énervait et frappait de ses petits poings les accoudoirs du canapé. Elle était belle tandis qu'il la regardait comme on regarde une femme, et pas une putain, et il sentait monter en lui une fureur dont il ignorait le motif et un regret qu'il ne réussissait pas, pas même confusément, à relier à une perte, un sentiment, une souffrance. Scialoja ramassa le sac avec le tigre de peluche et le lui tendit.

– C'est pour toi, dit-il doucement, avant de s'en aller.

Patrizia ouvrit le paquet. Le tigre de peluche avait des yeux bleus et de longues moustaches, et un sourire doux et résigné. Il était très beau. Patrizia le serra contre son cœur et commença à le bercer comme un enfant. Elle gagna la chambre et le posa à côté des autres jouets. Visiblement, ils étaient heureux ensemble. Ils se tenaient compagnie. Patrizia se sentit envahie d'une rage sourde. Elle agrippa le tigre et lui arracha un œil. Prit un couteau et l'enfonça dans le ventre d'étoffe. Le calme revint, instantané. Elle retira le couteau. S'efforça d'arranger au mieux la déchirure. Remit l'œil en place. Plaça le tigre sur le coussin. Maintenant ça allait mieux, beaucoup mieux. Dans la pièce était restée l'odeur du flic. Tabac et mièvrerie. Patrizia regarda la pendule au mur.

Dans une demi-heure, elle avait le rendez-vous avec les trois joueurs de foot. Daniela devait déjà être prête. Patrizia gagna la salle de bain. Laissa couler l'eau de la douche. Se savonna entre les jambes. Prit un rasoir. A certains clients, c'était comme ça que ça plaisait.

4

Au-dehors, en attendant, s'était répandu le bruit de la vengeance de la nouvelle bande. Et si le Sarde et Boucles d'Or se prélassaient à l'asile, où ils s'étaient dépêchés de rentrer bien clean – l'écorchure à la jambe ? Une chute à moto, M. le juge – chez le Libanais, c'était une procession de quémandeurs. La soudaine punition infligée à la Poêle avait fait clairement comprendre à l'univers à qui ils avaient à faire.

Le Cravatier de Campo de' Fiori fit savoir au Dandy qu'il y avait des gens qui voulaient les voir. Ainsi, un matin, le Libanais et lui firent la connaissance de Nembo Kid.

C'était un grand gars du Pigneto. On disait qu'il avait fréquenté, en d'autres temps, la bande de Lallo le bancal, mais le bruit était démenti sèchement par l'intéressé.

– Moi, avec ces zoulous ? Vous rigolez !

Ce qui était certain, c'est qu'il avait eu affaire avec les Marseillais de Berenguer et de Bergamelli, il avait été quelque temps en France pour des braquages itinérants, et une petite année à Milan, à la cour de Turatello.

– Puis, il y a eu une embrouille et la vie est devenue difficile… vous le savez qu'Epaminondas le Thébain a offert un lion à un homme politique ?

D'après le Cravatier, Nembo Kid était un type "avec les bons contacts". Le Dandy le trouva tout de suite sympathique. Il se vantait de savoir se débrouiller dans le beau monde, se baladait en combinaison de cuir sur une grosse moto carénée et était gentil avec les femmes. Quelque temps plus tard, dans l'arrière-salle discrète d'un restaurant de poissons du Nomentano, Nembo Kid présenta ses "contacts" : le Maître et l'oncle Carlo.

Le Maître avait commencé à faire ses preuves dans l'usure, puis il était passé aux investissements immobiliers dans le Sud et en Sardaigne. L'oncle Carlo, un vieux distingué qui parlait très peu et saluait tout le monde respectueusement, fut présenté comme "un ami de Sicile".

Le Dandy et le Libanais échangèrent un coup d'œil éloquent. Mafia. Et pourtant, tout le monde le savait qu'eux, ils ne voulaient pas en entendre parler, de prendre des ordres auprès de quiconque.

Le Maître proposa pour tout le monde des *linguine** aux calmars et petits poulpes, arrosées d'un robuste Regaleali glacé, et pour deuxième plat, le gérant obséquieux exhiba une daurade qui devait faire dans les deux kilos avec une grosse blessure de harpon sur le dos. Dans la petite salle, ils étaient seuls. Deux garçons veillaient à ce que personne ne les dérange.

– Cet endroit est sûr, expliqua le Maître. Le poisson est procuré par les cousins de l'oncle Carlo, à Mazara.

Mais le Dandy et le Libanais, hommes de terre, se rabattirent sur les *bucatini all'amatriciana*** et l'agneau de lait à la brûle-doigts. Le Maître grimaça et leur fit porter une bouteille de Barolo.

L'oncle Carlo dit qu'il avait entendu parler d'eux par don Pepe Albanese et, pour la première fois depuis qu'ils s'étaient rencontrés, il sourit.

– En bref, nous pourrions avoir besoin de collaboration sur Rome et il me semble qu'on peut compter sur des gens comme vous.

Une proposition comme celle de l'oncle Carlo, mise ainsi sur la table avec tant d'éducation, avait un goût bien différent des offres grossières du plouc calabrais. Le Maître expliqua qu'il n'était pas dans les habitudes d'un groupe sérieux, tel que celui au nom duquel parlait l'oncle Carlo, d'envahir en force le territoire des autres. Ce qui signifiait la reconnaissance explicite que cette ville éternelle où tout le monde immanquablement aboutissait quand il y avait des affaires sérieuses en vue… ces antiques pierres impériales… jusqu'à ce plat de *bucatini* que le Libanais laissait refroidir devant la constatation évidente que son rêve prenait corps… tout, en somme, était "leur territoire".

– Depuis un moment, on a ouvert un canal avec la Turquie, expliqua le Maître, c'est le parcours balkanique. Les Hongrois, comme vous savez, disent qu'ils sont communistes mais en réalité

---

* Sorte de spaghettis plats.

** Recette romaine traditionnelle de gros spathettis assaisonnés d'une sauce tomate aux oignons et joue de porc salé, et saupoudrés de pecorino (fromage de brebis) râpé.

ils s'en foutent, et donc leurs banques et leurs routes sont très sûres.

– Pendant quelque temps, précisa l'oncle Carlo, nous nous sommes appuyés sur une famille proche de don Pepe Albanese (autre sourire) mais dernièrement, ces vieux amis à nous se sont avérés un peu…

– Pas à la hauteur du progrès, intervint Nembo Kid.

– Disons-le comme ça, concéda l'oncle Carlo.

La mafia les avait choisis. Mais pas comme sous-fifres, ainsi que l'auraient voulu les Calabrais. Ce qu'ils leur proposaient, c'était un rapport entre égaux : une *joint-venture*, comme la définit l'oncle Carlo qui se vantait de son expérience dans le domaine financier et de temps en temps ne dédaignait pas s'accorder une bonne lecture.

– Les arrivages devraient être de l'ordre de dix quinze kilos de matière première tous les vingt, vingt-cinq jours, précisa le Maître.

Le Dandy et le Libanais pâlirent. Nembo Kid sourit. L'oncle Carlo souleva un sourcil.

– Vous êtes sûrs de pouvoir vous permettre un travail de ce genre ?

– On va essayer, dit le Libanais, très sérieux.

L'oncle Carlo parut apprécier la modestie.

– Le Maître et Nembo Kid sont vos points de référence. Adressez-vous à eux pour tout problème. Les cargaisons devront être payées au comptant au moment de la remise, au prix du marché. Coupage, revente et profits vous reviennent entièrement. Pour nous, il s'agit d'une opération de déflation, et en même temps, nous avons une base sur Rome. En cas de nécessité, nous demanderons un appui logistique et, si cela s'avérait utile, le prêt de quelques hommes. Des observations ?

Aucune observation, ça va sans dire. Plus qu'un partenariat, c'était une manne. Le Dandy et le Libanais prirent congé les yeux brillants. Nembo Kid partit avec eux. L'oncle Carlo les regarda s'éloigner avec des gestes excités.

– Qu'est-ce que vous en dites, oncle Carlo ? demanda le Maître.

– Ça m'a l'air d'être de braves garçons. Mais un peu… vulgaires… Ils devraient mieux s'habiller, se refaire une apparence… un peu de classe ne ferait pas de mal, en somme.

– Ils sont jeunes, ils apprendront.

– Il serait bon que Nembo Kid entre dans le groupe.

– Nous sommes déjà d'accord.

– Affaire faite, conclut l'oncle Carlo. Et comme il était vraiment satisfait, il se garda bien de sourire.

Deux jours plus tard, don Pepe Albanese, ayant atteint les limites de la détention provisoire, venait de sortir de Palmi quand un tireur d'élite lui fit sauter la cervelle d'un seul coup de feu tiré à trois cents mètres.

– C'était prévisible, commenta Nembo Kid, qui était allé les trouver pour essayer un échantillon de la coke des Napolitains, et quand le Dandy lui demanda comment il pouvait dire une chose pareille, Nembo expliqua qu'en nommant le plouc calabrais, l'oncle Carlo avait souri. Au moins à deux reprises.

– Cet homme ne rit jamais, Dandy. Seulement quand il est sur le point de tuer quelqu'un ou qu'il l'a déjà fait.

5

Après l'accord avec les Siciliens, les canaux de l'héro s'étaient multipliés, et le petit jeu à la hausse imaginé par le Libanais avait suffi, à lui seul, pour quintupler le rendement. Les Napolitains s'étaient congratulés, et la cocaïne commençait à affluer régulièrement. Pour la vente directe de la coke, on avait donné mandat à Trentedeniers d'explorer la disponibilité de personnages du monde du spectacle. Il était assisté de Nembo Kid, qui s'était intégré sans qu'on ait besoin d'user de la salive.

Même pour les frères Gemito, écrasés par la disparition prématurée du Terrible, il restait quelques miettes. La queue entre les jambes, les Gemito avaient demandé et obtenu de pouvoir continuer à gérer les clandés et deux ou trois tapis. Contre versement, entendons-nous, de cinquante pour cent des profits, et préalable imposition de directives par le nouvel organisme. Décision du Libanais, âprement discutée par le Buffle :

– Te fie pas à eux. C'est des vipères.

– Ce sont de pauvres orphelins. Et ils ont déjà une clientèle. Ils peuvent servir.

Et quant au problème entre le Dandy et Patrizia, le Libanais avait aussi trouvé une solution. Vu que le mal d'amour le consumait, le Libanais avait attaqué le Dandy bille en tête : ou il la laissait tomber une fois pour toutes, cette grande pute, ou bien il se décidait à la garder comme elle était, parce qu'il n'y avait pas moyen de lui changer la tête.

– Fais bien attention avec elle, les systèmes habituels ne marchent pas. Tu le sais pourquoi elle y tient, à faire la pute, ta Patrizia ? Parce qu'elle n'a pas envie de se faire commander par personne !

– Et alors ? Qu'est-ce je dois faire ?

– Achète-lui un bordel.

– Quoi ? Faire le mac ? Moi ?

– Toi, t'as rien à y voir. C'est elle qui fait tout. Comme ça, elle se gagne son fric et vous nous faites plus chier !

Aussitôt dit, aussitôt fait. Le Libanais s'occupa en personne du bordel. Par l'intermédiaire du Crapaud, le grand expert du secteur sexe payant, on repéra et acheta, avec acte notarié, un vieux petit immeuble de trois étages, place des Marchands, dans le Trastevere. A Patrizia, le Libanais expliqua qu'il s'agissait d'un prêt à fonds perdus : elle devrait seulement rembourser l'investissement initial. Sans intérêts. Pour le reste, tout bénef pour elle et bonne chance. Elle, maintenant, elle devenait la femme du Dandy. Et pour toujours. Jusqu'à ce que la mort vous sépare, aurait dit l'oncle prêtre. Et amen. Pour le décor, ce fut un ami architecte de Trentedeniers qui s'en occupa. Patrizia eut carte blanche pour le recrutement des filles, les tarifs, les horaires de travail, les prestations. Pour lui donner un coup de main, outre Daniela, s'était proposée Donatella, la femme de Nembo Kid, une belle brune aux yeux verts avec un passé de danseuse de corps de ballet à l'Ambra Jovinelli.

Comme l'avait prévu Me Vasta, le Froid et associés furent relâchés début octobre. Le Froid sortit discrètement, sans même attendre les collègues qui avaient sûrement préparé de dignes retrouvailles. La première soirée de liberté, il la passa avec Gigio. Sa mère – avec laquelle il ne parlait que par téléphone – lui avait dit qu'à l'école, son frère avait des résultats désastreux. Le gosse avait maigri et tremblait de froid. Le Froid le soupçonnait de se droguer. Gigio protesta qu'il ne touchait pas à la merde.

– Ça vaut mieux pour toi. Si je te surprends à déconner, je te démolis.

Le lendemain soir, ils se retrouvèrent avec le Libanais devant le bar de Franco. A l'intérieur, il y avait, entre autres, le Buffle et Trentedeniers : champagne gratis pour tout le monde et gare à ne pas refuser !

Le Libanais et le Froid s'embrassèrent.

– Merci.

– Merci à toi, répondit le Froid, après une brève pause.

Puis le Libanais l'entraîna dans sa nouvelle Alfetta spider rouge, et de là ils filèrent jusqu'à une grosse villa à deux étages sur l'Olgiata.

– Voilà l'endroit.

Le Froid contempla le jardin pelé, les yeux vides des fenêtres, l'apparence solide et lugubre de l'édifice, la pancarte A VENDRE plantée sur le fil de fer délabré de l'enceinte.

– Quel endroit ?

– Le club. Mille trois cents mètres carrés sur deux niveaux, et dans le sous-sol salle de billard et, si on veut, la piscine. Le propriétaire ne peut pas dire non. Avec cinq cents patates, on prend tout. Si ça te va, on signe demain.

Le Froid alluma deux cigarettes et en passa une au Libanais. Il semblait avoir du mal à tenir sur ses jambes.

– Pourquoi moi ?

– Écoute, Froid, cette histoire du Terrible, je…

– Tu m'as déjà remercié, coupa le Froid et il se dirigea vers l'Alfetta.

Le Libanais le suivit en secouant la tête.

– Ça te dit rien, hein ?

Le Froid s'immobilisa.

– Non, ça me dit rien.

– Pourquoi ?

– Il est trop tôt.

– Mais trop tôt pour quoi ? Qu'est-ce qu'on doit encore attendre ? Les affaires marchent du tonnerre… Rome est à nos pieds… on achète cette baraque et on en fait le club le plus élégant de la ville… au rez-de-chaussée, bar, spectacles de classe, gens distingués. Et dans les petites salles de l'étage, roulettes, tapis verts…

– Ils nous donneront jamais les permis. Ils savent qui on est.

– On utilisera un prête-nom.

– Ça me dit rien.

– Mais pourquoi ?

– Je ne sais pas, mais ça me dit rien.

Certaines fois, le Froid était exaspérant. Le Libanais lui demanda s'il avait peur. Puis il se rappela la scène du Terrible : comme l'avait raconté le Buffle, le Froid était un type qui avait des couilles à revendre. La peur était exclue. Mais alors, quoi ?

– C'est notre rêve, Froid. On passe au niveau supérieur. Tout bien pesé, ça nous a pas coûté gros d'y arriver : il a suffi d'avoir des idées, un peu de décision… ce monde est plus que mûr, cette ville est plus que mûre… ils étaient tous là à attendre que quelqu'un se décide… quelqu'un comme nous… quelqu'un avec notre cœur et notre cerveau…

– Pourquoi moi en particulier ? Demande au Dandy…

– Il n'est pas encore prêt !

– Demande au Buffle, à l'Echalas, à Trentedeniers, au Sarde…

– Ils ne sont pas prêts… ils ne sont pas bons pour ça… cœur et cerveau, Froid… il n'y a que toi et moi…

– Ça me dit rien, Libanais. Désolé.

Le lendemain matin, le Froid versa une avance pour une villa à Casalpalocco. Il y avait assez de place pour les parents et pour Gigio et aussi, s'il décidait de s'en servir, une chambre pour lui. Comme voisins, il y avait un médecin et un avocat. Son père ne voulait pas entendre parler d'accepter quoi que ce soit de lui, il dut donc se mettre d'accord seulement avec sa maman. Toujours par téléphone. Et quant à l'offre du Libanais, il l'avait laissée définitivement tomber avec le énième “ça me dit rien”. Mais il n'aurait pas été capable d'expliquer pourquoi. Il sentait que ce n'était pas un bon truc, voilà tout. De toute façon, cela faisait un moment qu'il avait renoncé à toute espèce d'explication.

6

Patrizia, elle aimait bien le Crapaud. C'était son ami, son confident. Il était toujours joyeux, le Crapaud. Il savait toujours comment la prendre quand elle était mal lunée. Il savait la calmer quand elle était en fureur. Elle aimait bien, par-dessus tout, la manière dont il racontait ses rêves.

– Je suis blonde, je fais un mètre quatre-vingts et j'ai deux nichons comac'. Je suis au sommet d'un escalier avec un tapis violet et j'ai en main un bouquet d'iris blancs. Au-dessous de moi, il y a une tripotée de très beaux garçons, tous en smoking. L'orchestre attaque *I wanna be loved by you* et dans mes très longues mains immaculées apparaît comme par miracle un petit banjo. Le projecteur m'illumine. Je commence à descendre, une marche après l'autre. Les garçons sont déjà en plein délire… je les sens… je sens leur chaleur animale… je suis leur proie préférée… je suis Norma Jean Baker…

– Qui ?

– Marilyn Monroe, petite idiote !

Voilà, il suffisait de peu. Et les vilaines pensées s'envolaient. Et Patrizia riait. Le Crapaud était haut comme un pot à tabac et avait la peau verdâtre.

– Je suis dans le désert de Sonora, là-bas en bas, en Arizona… Je suis Nénéaha, la reine des squaws. Les chasseurs de scalps m'ont capturée. Je suis attachée à un arbre, éclairée par le clair de lune. Les chasseurs vont me tuer. Mais avant, ils doivent me violer, l'un après l'autre. Moi, je sais que quelque part, derrière un rocher ou un cactus, Serpent d'Or, mon homme, est aux aguets, avec son arc et ses flèches, prêt à me sauver. Moi, je le sais, et je suis toute trempée. J'espère seulement qu'il arrive assez tard pour pouvoir m'envoyer en l'air comme il faut avec ces vilains !

– Mais où tu vas les chercher, tous ces rêves, Crapaud ?

– Au cinéma, ma chérie. Dans le grand cinéma d'autrefois. Et toi ? Qu'est-ce que tu rêves, toi ?

– Moi, je ne rêve jamais.

– Oh, ma pauvre chérie ! Mais c'est terrible ! Personne ne peut vivre sans rêver, personne ! Même… même le diable, voilà, même le diable, de temps en temps, il rêve… et il se voit comme un beau petit ange.

– Moi, je ne rêve jamais.

– C'est parce qu'il y a quelque chose à l'intérieur de ta petite tête qui t'empêche de le faire, ma chérie. C'est comme un poids. Un poids qui t'opprime. Si seulement tu te forçais un peu à le sortir, ce maudit poids…

– Ça me vient pas à l'idée!

– Oh, mon Dieu, Patrizia! T'es une catastrophe! Tu ne sais pas rêver… et tu ne sais pas pleurer! Et pourtant… mon Dieu, comme ça t'irait bien, un peu de larmes sur ce petit visage fin et malin…

Et là, le jeu finissait. Patrizia coupait court, n'importe quelle excuse et allez. Cela arrivait immanquablement quand elle sentait que le Crapaud s'approchait de quelque chose de dangereux. Être contrainte de regarder en elle-même: voilà la seule chose qui lui faisait vraiment peur.

Le Crapaud avait une cicatrice de coup de couteau qui lui traversait la joue gauche.

– Un amant fougueux, aimait-il répéter, allusif, en clignant ses petits yeux lumineux entourés d'un réseau serré de rides réfractaires à toutes les crèmes de beauté. Et il ajoutait, en chantonnant le refrain de cette vieille chanson de Tony Renis, *Quando dico che ti amo*: "C'est la pure, la sainte vérité!"

Le Crapaud aimait les jeux dangereux. Il était né riche, avait étudié, avait toujours été bizarre. Pour Patrizia, il se serait fait couper une main, et peut-être les deux. C'était lui qui l'avait convaincue que dans un bordel digne de ce nom, on ne pouvait se passer de quelques garçonnets bien chauds.

– Pour la clientèle raffinée qui pourrait avoir des goûts un peu particuliers…

Dans un premier temps, Patrizia ne voulut pas en entendre parler: ni de pédés, ni, surtout, de mineurs. Tôt ou tard, on aurait beau garder la chose confidentielle, le bordel se ferait une certaine réputation. Les emmerdes commenceraient. Patrizia savait qu'avec les Mœurs, on peut se mettre d'accord sur tout, sauf sur les mineurs. Les mineurs sont tabous. Tu fais une seule fois passer le seuil à un gamin et tu es foutu pour la vie. A force de larmes, de plaisanteries et d'orchidées, le Crapaud arracha un accord : il gérerait personnellement une pièce au deuxième étage ; mais, à la différence des jeunes filles, dont certaines seraient des hôtes permanentes, les garçons, tous rigoureusement garantis de plus vingt et un ans, devaient être recrutés au coup par coup, suivant les besoins, et il leur était interdit de dormir dans le bordel. Quand il apprit l'histoire des pédés, le Dandy s'empressa d'aller se foutre de la gueule de Ricotta.

– Eh, Rico', toi qui t'envoyais en l'air avec Pasolini : t'aurais pas sous la main deux-trois culs bien frais ?

Et Ricotta, ravalant son amertume, maudit la fois où il s'était laissé aller à raconter que lui, une fois, mais une seule, hein, avec le poète…

Le Crapaud, s'il avait aimé les femmes, il les aurait épousées. Patrizia était son genre. Peut-être en était-il même un peu amoureux. Ce fut pourquoi, quand se présentèrent les agents Z et X, il les conjura de laisser tomber. Mais pour Z et X, c'était le boulot. C'étaient les ordres. Ordres du Vieux en personne.

– Elle va vous envoyer promener, implora le Crapaud.

– Et nous, on lui fait fermer sa baraque, répliqua Z.

– C'est pas comme vous pensez.

– Et qui a parlé de pensée ? Je me trompe, ou il s'agit d'un baisodrome ?

– Mais pourquoi vous êtes aussi affreusement vulgaires ?

– Et toi, pourquoi t'es aussi affreusement pédé ?

– Bah, en somme, trouvez-vous quelqu'un d'autre. Moi, ce service, je vous le rends pas. Plutôt crever.

– Crever, non, mais se retrouver au placard pour une quinzaine d'années, peut-être bien…

C'était le boulot. C'était un chantage. Le Vieux disait toujours que les tantes sont un excellent terrain à moissonner. Les tantes sont de fragiles girouettes en proie aux passions. Toutes les tantes, tôt ou tard, finissent par commettre une erreur plus ou moins irréparable. Et finissent sur le registre des employés du Vieux. C'était et ce serait toujours comme ça. Et donc, le Crapaud eut beau crier et jurer, il finit par les présenter à Patrizia comme deux clients absolument sûrs. Elle les évalua du premier coup d'œil : des flics, sinon pire. Mais d'un tout autre genre que ce type curieux qui l'avait tourmentée avant qu'elle se mette en ménage avec le Dandy. Scialoja. Celui-là, il sentait… qu'est-ce qu'il sentait ? Ah, oui, le tabac et les minauderies, il sentait. Ceux-ci, ils puaient le cuir et le métal. Des sales types. Patrizia renvoya d'un coup d'œil foudroyant le pauvre Crapaud.

– Vous n'êtes pas venus le bon jour. Aujourd'hui, les filles se reposent. Mais si vous me donnez une demi-heure, je vous appelle Milly la rousse et Ketty la blonde…

– Comme on est pressée ! répondit le plus grand des deux, yeux gris, cheveux en brosse, costume de bonne coupe, eau de Cologne amère.

– Eh oui, on n'est pas pressés, non ? fit l'autre, trapu, massif, onctueux, le genre filet à cheveux, brillantine et mèche sur la calvitie.

Le Chat et le Renard, pensa Patrizia. Ils voulaient jeter un coup d'œil sur les lieux. Elle commença par le rez-de-chaussée. Z et X louèrent la sobriété du décor.

– Un confortable petit salon pour accueillir les clients avec le maximum de discrétion… mais un bar, ça n'irait pas bien, là ?

– Il y a à boire dans toutes les chambres, répondit-elle, glaciale.

– A boire et peut-être un peu de coke, hein ?

– Aucune drogue, ici.

– Dommage.

– Oui, c'est vraiment dommage !

Au premier et au second étages, il y avait les chambres d'amour.

– Au premier, il y a les filles permanentes. Au second, les autres.

– Et cette porte là, qu'est-ce que c'est ?

– Celle-là est pour ceux qui aiment les petits jeunes.

– Seigneur ! Tu nous as pris pour des pédés ?

– Allez, tu nous as pas vraiment pris pour des pédés ?

Z et X inspectèrent deux chambres au hasard. Tout avait été calculé. Du grand lit circulaire au frigo-bar, aux estampes érotiques sur les murs, des projecteurs 16 mm avec ample provision de films porno, aux armoires remplies d'instruments divers. Chaque pièce avait une petite salle de bain. Dieu sait ce qu'avaient coûté les travaux. Le Vieux, comme toujours, ne s'était pas trompé : la situation était prometteuse.

– Vraiment admirable !

– Oui, vraiment !

– Mais peut-être un petit peu froid, tu trouves pas ?

– Oui, on dirait un hôtel... mais peut-être que ça plaît à certains !

– Peut-être.

– Puis, dit Patrizia, en essayant de les piloter vers le salon de l'entrée, à la cave, il y a la chambre noire...

– Ouh ! Ça a un parfum de péché !

– Oui, ça sent fort le péché !

Z et X exigèrent de la voir. La chambre noire sentait le désinfectant. Au centre, il y avait une table de marbre. Accrochés au mur, fouets, combinaisons de latex, masques, chaînes. A un mur pendaient deux anneaux. Z ouvrit une armoire. Elle contenait une réserve de clystères.

– Vous avez compris à quoi ça sert, non ?

– C'est dégueulasse !

– Ah oui, c'est vraiment dégueu !

– Les hommes sont dégueulasses, dit Patrizia.

– Si c'est toi qui le dis... laissa tomber Z.

X rit. Ils remontèrent. Patrizia essaya de reparler des filles. Z s'installa sur un petit canapé rouge. X, debout, s'alluma une cigarette. Patrizia lui tendit à contrecœur un cendrier.

– Une belle entreprise, sérieusement. Ce serait vraiment dommage s'il devait se passer quelque chose de déplaisant...

– Eh oui, ce serait terrible. Tout cet argent, ces biens immobiliers...

– C'est une offre de protection ?

– Disons une proposition que tu pourrais prendre en considération... à condition que tu en aies envie...

– Qu'est-ce qu'il vous faut ?

– Une chambre, murmura Z.

– Deux, ce serait mieux, hasarda X.

– J'ai dit une ! le foudroya Z.

– Prenons le cas où débarquent au bordel des clients éminents. Des clients très spéciaux. Des hommes importants qui, entre deux affaires de leur tumultueuse existence, ressentent la nécessité d'une pause. Une petite, une innocente bouffée d'oxygène dans l'océan de l'adversité quotidienne. Il pourrait arriver que ces hommes ressentent le besoin de se débarrasser du poids d'une amertume. Ou de fêter un succès longtemps recherché et enfin obtenu. Il serait intéressant, en ces moments d'abandon, de se trouver sur les lieux. D'observer. D'écouter.

– J'ai compris, vous voulez les faire chanter.

Z éclata de rire.

– Faire chanter pour des vices sexuels ? Mais quelle idée absurde ! On n'est pas en Amérique, ma chère. Nous sommes en Italie. Dans la chère, vieille Italie. Chez nous, plus un homme est puissant et plus il est baiseur. Et plus il est baiseur, plus il plaît aux gens !

– Nous sommes catholiques, nous !

– Vous me proposez d'espionner ?

– Mais qu'est-ce que tu racontes ! Tu nous loues une chambre… une chambre de laquelle on peut observer sans être observé… écouter sans être écouté… et nous, en échange, nous te garantissons que personne… je dis personne… jamais… pour aucun motif… ne viendra te déranger !

– Pour être précis, deux chambres, précisa X, ignorant le regard noir de son collègue.

– Mais tu n'es pas obligée de te décider tout de suite, la rassura Z.

– On reviendra.

– En attendant, vu que nous avons fait connaissance et que l'endroit nous paraît assez accueillant…

– Je vous appelle les deux filles, soupira Patrizia.

Z secoua la tête. X sourit.

– Avec une belle femme comme toi sous la main…

– Les deux ensemble ou l'un après l'autre ? demanda-t-elle, glaciale, en enlevant son chandail.

Z admira sa froideur.

– Va faire un tour, ordonna-t-il au collègue.

Quand les deux agents eurent fini, Patrizia appela le Dandy et lui raconta la visite. Le Dandy lui demanda s'ils avaient baisé. Patrizia l'envoya promener. Le Dandy se retourna vers le Libanais. Le Libanais dit que ces deux étaient des types à prendre avec des pincettes. De vieilles connaissances de Nembo Kid. Il lui expliquerait tout au moment opportun. Quant à l'accord, il avait besoin d'un peu de temps pour y penser. Il s'occuperait en tout cas d'arranger ça. Patrizia ne pardonna pas au Crapaud. Elle se sentait trahie. Elle réclama sa tête. Le Crapaud avoua, en pleurant, que les deux salopards le faisaient chanter. Parce que la seule fois de sa vie où, dans le jeu je-te-donne-tu-prends, il avait voulu ressentir l'émotion de donner, un pauvre garçon… mais par malheur… par accident… sans aucune volonté… il ne s'était plus relevé. Patrizia fut inébranlable. Le Crapaud se retrouva à la rue, les poches remplies de l'argent qui lui revenait et au cœur un vide qui le désespérait. Il dragua un Arabe place Navone et le conduisit dans une petite pension derrière la gare. L'Arabe avait une espèce de couteau, un ridicule poinçon. Tandis qu'il commençait à le taillader, le Crapaud ferma les yeux et s'imagina en saint Sébastien.

1979, janvier-juin

L'Idée

1

La patrie est menacée par la racaille rouge. Les crocs écarlates des bolcheviques s'apprêtent à dépecer la Nation. La démocratie chrétienne fricote avec les cosaques, qui trépignent d'envie d'aller s'abreuver dans les fontaines de saint Pierre : visiblement la leçon de Moro n'a pas suffi. La rue est aux mains d'une horde de jeunes à l'esprit exalté par les déviations marxistes. L'université est une tanière de la subversion. Les forces armées sont anéanties. L'économie est à la dérive, à la grande satisfaction des banquiers juifs. L'Amérique est trop lointaine pour intervenir. Ici, on n'est pas au Chili, et pas un Pinochet à l'horizon. Il faut bouger de l'intérieur. Comme en Grèce. Quand un système est pourri, il faut l'abattre et en mettre un autre à sa place. Quand un membre est gangrené, il faut l'amputer. Inutile, et suicidaire, d'attendre que l'infection se propage. Voilà pourquoi est venu le moment de fusionner les forces anti-système autour d'un grand projet de purification. Appeler au rassemblement ceux qui, dans les forces armées, dans la police, dans la magistrature, dans l'Église, dans l'université et aussi dans la politique, ne veulent pas se résigner à manger du riz et à se faire mettre les pieds sur la tête par des Mongols et des moujiks. Les fusionner tous, mais surtout ne pas oublier l'homme de la rue. Militants idéalistes, mafieux, demi-soldes et aussi voleurs, assassins, ceux que, en bref, les pleurnicheries communistoïdes définissent comme des “criminels”. Tous unis dans la bataille commune contre l'État corrompu de l'Étoile rouge à cinq pointes. Parce que c'est seulement en détruisant tout aujourd'hui qu'on pourra reconstruire demain. Parce que ce n'est qu'en anéantissant le vieil ordre d'aujourd'hui qu'on pourra instaurer l'Ordre nouveau de demain.

Quand il devait reprendre son souffle, et cela arrivait rarement, entre deux philippiques, le professeur Grosse Tête se passait un foulard à ses initiales sur son front spacieux, une main entre les cuisses et le paquet bien souligné par le pantalon collant, et il les regardait les uns après les autres dans les yeux, en décochant des regards hallucinés.

Eux, ils répondaient par des coups d'œil distraits et de petits sourires polis, juste ce qu'il fallait pour simuler un minimum d'intérêt; en quoi le Professeur – totalement ignorant des signaux qu'ils essayaient discrètement de lui lancer – trouvait une nouvelle ardeur pour s'embarquer dans une autre tirade. Alors, son regard recommençait à errer sur les murs de l'atelier – des scènes de chasse gravées, un gribouillis surréaliste, une photo format géant de ce célèbre écrivain japonais qui s'était fait hara-kiri, des petits braves de Salò, une autre avec une dédicace autographe du prince Junio Valerio Borghèse, "aux valeureux de la X MAS – EIA EIA EIA ALALA"* – pour ensuite s'arrêter fugitivement, d'un air de reproche, sur le Dandy entièrement concentré dans le limage de ses ongles.

– Comme je disais… comme je disais… il s'agit de mettre sur pied une coalition de déviants. Il faut semer la panique. Déchaîner une campagne de terreur à faire pâlir Robespierre. Personne ne devra plus se sentir en sécurité dans la rue, au stade, dans les trains et jusque dans sa propre maison. Les gens devront se demander, bouleversés: mais où sommes-nous? Mais en quel monde vivons-nous? Et la question suivante sera: qui pourra nous sauver? Alors, ils se précipiteront vers nous, ils se jetteront dans nos bras. Et nous serons prêts à les accueillir! C'est à cela que je pense quand je parle de "coalition des déviants". Aux bras et aux jambes qui devront faire marcher notre Ordre nouveau!

Ça veut dire, traduisit le Froid, que d'après le Professeur, eux, ils devraient poser quelques bombes et faire sauter la cervelle à quelques rouges, tandis qu'en échange… eh oui, ce qu'ils avaient en échange, c'était le point le plus obscur. Le Professeur jurait sur tous les saints que l'Ordre nouveau allait prendre le pouvoir dans de très brefs délais. Eux-mêmes resteraient étonnés s'ils savaient combien de personnalités de premier plan étaient au courant du projet et en partageaient les finalités. S'il ne révélait pas les noms, c'était pour des raisons compréhensibles de prudence et aussi parce qu'il ne voulait pas courir le risque de passer pour un dingue. Mais quand l'Ordre nouveau serait instauré, leurs péchés seraient amnistiés et leurs mérites récompensés.

---

* La X Mas était une unité fasciste célèbre pour ses exactions contre les partisans, son nom est ici suivi du cri de guerre fasciste.

– Il faudra organiser une armée… on aura besoin d'un service d'espionnage efficace… l'expérience de gens comme vous se révélera précieuse… et ce que vous aurez fait pour l'avènement de l'Ordre nouveau ne sera jamais oublié.

Déjà qu'au Froid, rien qu'à entendre prononcer le mot "politique", il lui venait l'envie de faire un carnage, cette perspective de finir général ou espion en chef semblait plus irrésistible qu'un film du grand Alberto Sordi. Ouais, c'est ça, et ministre aussi ! Mesdames et messieurs, j'ai l'honneur de vous présenter son excellence le Froid, grand comte de Spinaceto, ambassadeur de l'Infernetto !

– Vous n'êtes pas des criminels, mais d'authentiques soldats de la révolution nationale ! Vous volez et tuez pour des fins plus élevées ! Vos vies représentent le plus impitoyable acte d'accusation contre l'avachissement dégénéré de la horde rouge… quel autre choix a devant lui, au jour d'aujourd'hui, un jeune homme intelligent, un talent forgé par la Tradition, sinon une pratique quotidienne, consciente du Mal ?

Mais qu'est-ce qu'il en savait !

Le Libanais aussi, avec tout son fascisme, était en train de perdre patience. L'affaire Moro lui avait déplu. Sur la politique, il y avait de quoi donner raison au scepticisme du Froid. La proposition en soi, en plus, ne présentait rien d'exceptionnel. Il fallait prendre plutôt des leçons de gens comme l'oncle Carlo : que ce soit les rouges ou les fachos qui gagnent, l'important était de rester sur la crête de la vague. Tout le reste n'était qu'une représentation au Volturno.

Quant au Dandy, après avoir remis sa lime en poche, il s'était mis à regarder le triste coucher de soleil sur la Ciociaria qui laissait présager de la pluie, sinon de la neige. La soirée au Climax Seven risquait d'être perdue. Écouter ce raté de Mazzocchio avait été une connerie.

Mazzocchio, qui avait organisé la rencontre, voyait lui glisser entre les doigts le magnifique projet en la réussite duquel il avait investi ses dernières miettes de crédibilité. Après une série de coups particulièrement foireux, il avait été accepté de nouveau dans le milieu sur intercession du Puma. La combinaison avec le Professeur devait être le passeport pour son grand retour. Mais tout partait en couilles. Tout laissait prévoir qu'il lui faudrait continuer de se contenter des miettes.

Pendant ce temps, le Professeur brandissait un vieil exemplaire d'un petit livre avec un svastika étalé sur la couverture.

– Là, tout est écrit, hurlait-il, gesticulant, hors de lui. Lisez! Documentez-vous! Lisez les *Protocoles des Sages de Sion*! La conspiration judaïque! Le projet sioniste de conquête du monde! Lisez! Faites-vous une culture…

– Oh, le prof! Maintenant, tu nous les casses!

C'était dans l'air. Il avait tellement tiré sur la corde, le Professeur, qu'à la fin, le Froid l'avait envoyé chier. Ils remirent leurs blousons, prêts à lever le camp, quand Mazzocchio les arrêta avec un gémissement plein d'espoir.

– Mais attendez! Le Professeur peut nous aider pour les expertises…

Le Libanais haussa les épaules et fila sans lui prêter attention.

Quand même, le Dandy, il l'avait pris, le livre. Dans une revue, il avait vu les photographies d'une de ces nombreuses maisons qu'il aurait voulu avoir. Elle était pleine de livres. Ça pouvait être de bon augure.

2

Mᵉ Mariano avorta à la mi-février. Vanessa s'occupa de tout, elle devenait de jour en jour un élément précieux. Le soir suivant, Trentedeniers l'emmena dîner. L'avocate était déjà à Udine, chez des parents. Ils échangèrent deux ou trois lettres déchirantes, mais elle ne reviendrait plus. C'était mieux ainsi : à part le fait que, quelque part en Campanie, Trentedeniers avait déjà une femme régulière et deux enfants, il n'y avait aucune certitude que cet autre soit le sien. Avec tout ce qui lui était passé entre les jambes, à la Mariano, va savoir qui c'est qu'a mis le polichinelle dans le tiroir. Or donc : tant qu'il s'agissait de partouzer et baisouiller, sniffer et se faire des petites soirées, tout allait bien. Mais l'amour, c'est autre chose, alors ne parlons pas enfants, qui, comme le dit le grand Eduardo, sont des "rustines au cœur".

Vanessa, en revanche, un genre complètement différent de cette super-salope, et à moitié lesbienne en plus, d'avocate. Une petite personne distinguée, élégante, classieuse, une vague ressemblance avec l'actrice au visage de fillette un peu boudeuse qui se le faisait beurrer dans le *Dernier Tango à Paris* : comment dire, on comprenait, à la voir sourire et croiser les jambes qu'à l'intérieur, il y avait le feu. Mais un feu qu'il fallait dompter. Comme pour toutes les vraies femmes, comme dans toutes les histoires sérieuses, il n'y avait pas moyen de se l'envoyer vite fait. Mᵉ Mariano, elle… celle-là, elle lui avait ouvert la braguette la première fois qu'ils s'étaient croisés au cabinet de Nino Vasta… une vraie pute…

– Une autre goutte de champagne ?

– Merci.

Vraiment du gaspillage, une nana pareille, pour un clodo dégueu comme le Rat, que quand il était pas défoncé à l'héro, c'était aux médocs, et s'il manquait de matière première, il était capable de se sniffer le gaz du briquet. Mais ce n'était qu'une question de patience, et à la fin… En attendant, ils profitaient de la soirée au Climax Seven. Une petite boîte pas mal du tout. Fréquentée par des gens en vue. Bien sous tous rapports, en apparence. Mais le Dandy avait su que Nembo Kid avait le gérant à sa pogne : dettes de jeu, usure, une pincée de photos compromettantes avec des minettes mineures et bref, d'ici trois quatre mois, le type serait contraint de céder sa licence. Depuis le soir où il s'était couvert de merde devant Patrizia, le Dandy avait juré que cet endroit, tôt ou tard, lui appartiendrait. Nembo Kid et lui en avaient parlé au Libanais, qui tergiversait. Le Libanais était toujours après le Froid pour la villa sur l'Olgiata. Mais le Froid, en cette période comme toujours, n'était jamais après personne. Trentedeniers, quand il avait appris le mouvement, s'était empressé d'informer le Sarde, qui rongeait son frein à l'hôtel des barges. Le Sarde lui avait ordonné d'observer et de veiller. Donc, à part le plaisir de la compagnie, ce soir-là, il était en mission.

– Salut, Vanessa !

Trentedeniers leva les yeux et croisa le sourire d'un jeune homme de haute taille, avec une belle veste de drap foncé et une cravate bien comme il faut. Vanessa, qui lui avait rendu son salut, le lui présenta :

– Fabio Santini, un vieux copain de classe.

Avant d'avoir le temps de s'inquiéter, Trentedeniers s'aperçut que ce Fabio Santini était avec une mulâtresse canon aux cuisses interminables et une minijupe spectaculaire qui faisait bouillir le sang. Donc, pas de jalousie, pas d'inquiétude. Il se leva courtoisement et invita les nouveaux venus à se joindre à eux.

Fabio avait une conversation agréable, un type comme il faut ; la mulâtresse, qui s'appelait Desy, ne comprenait pas un traître mot d'italien et continuait à se frotter contre le jeune type en lui susurrant des conneries dans un mélange d'espagnol et de dialecte de pétaouchnock. Vanessa était détendue, à son aise avec le "vieux copain d'école". Sans doute se l'était-il tapée, en d'autres temps. C'était sûr, à en juger par la mulâtresse, il s'y entendait, en femmes. Ça pouvait être un jeune avocat ou carrément un bourge. En tout cas, le garçon ne déplaisait pas à Trentedeniers et puis l'atmosphère se réchauffait, donc il proposa à tout le monde de finir la soirée chez lui, où deux ou trois rails de coke auraient peut-être pu débloquer aussi la situation avec l'infirmière.

Chez lui, le temps que Trentedeniers mette une de ces pleurnicheries américaines qui plaisent aux gonzesses, Fabio et sa Desy firent disparaître trois rails de bolivienne rose. Furieux comme des chats sauvages, le nez encore enfariné, ils se catapultèrent sur le canapé blanc qui, en d'autres temps, avait accueilli les prouesses de Miss Mariano. Vanessa ne crachait pas sur la dope mais elle ne lui concéda que deux ou trois baisers et un palpage des nichons avant d'annoncer qu'elle était trop fatiguée, que la journée avait été dure et qu'à l'aube, elle prenait son service. Trentedeniers, gentleman jusqu'au bout des ongles, s'offrit de la raccompagner. Vanessa opta pour un taxi. Les deux pigeons avaient trouvé d'eux-mêmes le chemin de la chambre à coucher. Resté seul, Trentendeniers se découvrit incapable de dominer le désir que Vanessa – vraiment, une femelle de classe, un baba au rhum – avait allumé et déçu, et il allait demander à Œil Fier une de ses gagneuses, quand son regard tomba sur la veste de Fabio Santini, glissée au pied du canapé durant le transport amoureux. Trentedeniers s'approcha pour mieux voir. Si ça avait été un pistolet normal, pas de problème. Mais ce qui pointait hors de la poche intérieure, c'était un Beretta 92S bifilaire "en dotation aux forces de l'orde". Pour commencer, Trentedeniers empocha l'arme, alla entrouvrir la porte coulissante de l'alcôve, où le couple se la donnait avec entrain et la petite négresse criait comme un aigle, puis il procéda à une perquisition méticuleuse. Quand il trouva la carte avec photo et numéro matricule, il comprit enfin qu'il s'était emmené un flic à la maison.

Et là, c'était la merde. Il pouvait les flinguer tout de suite, lui et la mulâtresse, mais il y avait le problème des taches de sang, pour ne pas parler des corps, et surtout d'un quelconque voisin voyeur qui pouvait les avoir vus monter ensemble. Il pouvait les emmener avec l'excuse de faire un petit tour au bord du fleuve, mais le risque d'un plan improvisé comme ça au débotté l'atterrait. Et pourtant, il fallait bien prendre une décision. Non que la perspective d'une paire de morts l'inquiétât : ça lui était déjà arrivé à Naples, et il s'en était sorti. Mais là, la question était différente. Là, on était chez lui. Et il n'avait pas l'ombre d'une idée. Alors, quand le grand gars sortit, nu et suant, devant son sourire franc et un peu abruti, Trentedeniers se laissa gagner par la colère. Il lui balança un premier coup de pied dans les couilles, pendant que l'autre tombait, le visage vraiment étonné, il doubla d'une manchette sur la nuque. Puis il lui fonça dessus et commença à lui serrer la gorge.

– Fumier! Flic de merde! Mais qu'est-ce tu te croyais faire, hein? Tu viens chez moi, tu baises, t'es rien qu'un flic de merde!

L'autre se débattait, en râlant des phrases incompréhensibles. Trentedeniers ne relâchait pas la prise. Le policier devenait cyanosé. La mulâtresse pointa le nez. Elle vit la scène, poussa un hurlement, essayant de se précipiter vers la sortie. Trentedeniers fut sur elle, l'agrippa par la taille et la balança sur le canapé.

– Maintenant, je vais m'occuper de toi aussi, pute!

Mais le policier avait eu le temps de se reprendre ou du moins de se traîner derrière un meuble style anglais que Trentedeniers avait payé deux patates à un antiquaire de la via dei Coronari. Il laissait derrière lui une bave de sang, comme un escargot trempé. Manquait plus qu'il lui abîme le décor!

– Attends, je vais t'expliquer...

– Qu'est-ce tu veux m'expliquer, connard? T'es mort, t'as compris?

– Non, je t'en prie, attends, je suis à la Criminalpol, je peux t'aider...

Trentedeniers, qui avait déjà armé le Beretta, le baissa.

– Moi, je sniffe, ami. Et je dois entretenir Desy... c'est pas une vie facile... quand on s'est vus à la boîte, ça faisait deux jours que j'avais plus de dope... je suis dans le rouge, ami. On peut s'entraider... toi et moi...

Il semblait sincère. Mais qui ne semble pas sincère quand il est nu et désarmé devant l'âme d'un semi-automatique à onze coups?

– Et Vanessa? Qu'est-ce qu'elle sait de toi, Vanessa?

– Rien, je te le jure! On était vraiment copains de classe. Elle pense que je fais le journaliste... allez, baisse le pistolet... parlons-en.

Pour finir, ils trouvèrent un accord. Fabio passerait des informations sur les procès, au cas où il y en aurait, et il le préviendrait d'éventuelles arrestations. En échange, Trentedeniers le fournirait en coke. Fabio promit de lui présenter deux ou trois autres collègues intéressés à se mettre en affaires. Trentedeniers l'autorisa à se rhabiller et garda en gage le Beretta.

– Mais comment je fais? Qu'est-ce que je leur raconte, à mes supérieurs?

– Invente-toi une histoire. Et maintenant, lâche-moi la grappe!

Après tout, ça avait tourné à la bonne affaire. A Naples, on payait, à Rome, il faudrait bien commencer, tôt ou tard. Maintenant, il savait quoi dire aux autres : j'ai engagé deux-trois flics et je les tiens avec la coke. Ils peuvent nous servir. Et si c'était pas toute la vérité, tant pis. Bon, il les avait pas épousés, les collègues : on faisait des affaires ensemble mais comme on dit, aujourd'hui ici, demain va savoir ?

3

Même si avec le professeur Grosse Tête, ça s'était terminé comme on sait, le bruit qu'ils penchaient vers la droite s'était répandu dans les quartiers. Aussi, du soir au matin, ils se retrouvèrent assiégés par une foule de cour de récré, des grands gamins aux cheveux très courts, aux chandails griffés et aux paroles sanguinaires dans des bouches qui sentaient encore le lait. Ils faisaient semblant de les rencontrer par hasard au bar de Franco et dans les autres lieux où ils avaient l'habitude de se réunir, comme à l'EUR ou à Fiumicino. Ils saisissaient n'importe quel prétexte pour s'immiscer dans la conversation, exhibaient comme des trophées de guerre des armes volées à la Brigade politique ou aux pandores, se lançaient dans des descriptions sanglantes d'entreprises vraies ou présumées. Quelques-uns avaient déjà vraiment connu le baptême du feu : à l'heure de la gueule de bois, s'ils s'en tiraient, ils s'empresseraient de retourner en courant dans les jupes de maman.

Quelques autres, comme Sellerone, s'étaient pointés avec la belle idée d'endoctriner les voyous, sur le modèle du Professeur. Le Libanais lui avait concédé une demi-heure d'audience un après-midi où il était particulièrement de bonne humeur : deux heures auparavant, avec le Dandy et Nembo Kid, ils avaient enfin décidé de prendre en location la fameuse villa de l'Olgiata. Et paix au Froid, à force de se laisser trop aller à suivre ses états d'âme, on risquait de poireauter jusqu'à, genre, “Pâques ou à la Trinité”. Sellerone, une espèce de sous-intello un peu teigneux qui venait des Castelli et déblatérait sur les Maîtres et la Tradition, s'efforçait de leur expliquer que “tous les hommes qu'il avait supprimés” avaient été “justement sacrifiés à l'Idée”. A part que le Libanais doutait sérieusement que ce minable ait jamais “supprimé” qui que ce soit, cette histoire de l'Idée commençait à faire vraiment chier.

– Mais bon, l'Idée, l'Idée… mais qu'est-ce que t'as gagné, à cette Idée ?

– L'Idée n'est pas un bénéfice, Libanais. L'Idée est exactement le contraire du bénéfice. L'Idée abhorre le bénéfice. Chaque bénéfice est de l'usure, et l'usure est un truc des Juifs…

– 'Tends un peu que je comprenne : tu veux être pauvre ?

– Pauvre d'argent, peut-être, mais riche de gloire. Et de Tradition !

A les entendre discuter, un groupe s'était formé. Et quand le Libanais balança sa vanne, il y eut un grand gros rire :

– Mais alors, t'es communiste !

Sellerone s'empourpra, il semblait sur le point d'exploser. Le Libanais appela près de lui Œil Fier et se fit donner sa montre. Puis il tira de sa poche un trousseau de clés et posa le tout sur le comptoir du bar.

– Ça, c'est une Rolex, Sellero'. Et ça, c'est les clés de l'Alfetta. Tu sais comment on les fait, ces trucs ? Avec le cœur et avec la cervelle. Pas avec l'Idée ! J'peux te donner un conseil ? Plutôt, plus qu'un conseil, c'est, comme on dit, une occasion… demain matin arrive un ami de Sicile. Un type à la coule. Il faut aller le prendre à la gare, l'aider à décharger ses bagages, le trimbaler un peu dans Rome et lui faire voir les beautés de la ville éternelle… le pauvre, il a pas beaucoup de temps, il doit reprendre le train le soir même… ah, j'oubliais : lui, il amène un truc, et il doit en ramener un autre… tu prends ta voiture et tu me rends ce service, tu prends son truc et tu lui donnes en échange un truc que moi, je te donnerai… puis, quand tu as fini, tu le raccompagnes à la gare, tu vérifies qu'il monte dans le train et que le train part… c'est seulement quand le train sifflera… tu vois comment c'est, le sifflement ? Buffle, comment c'est, le sifflement du train ?

– Tuuuuu… tuuuuu…

– Voilà, bravo. Tututu… tututu… alors seulement, tu reprends ta voiture et tu viens ici. Tu me donnes le petit paquet du Sicilien et, en échange, tu te prends l'Alfetta et une Rolex comme celle-là. Et je t'assure qu'après tu vas au dodo et que de l'Idée, t'en as rien à foutre… Alors, qu'est-ce que t'en dis ? Ça te va, ce petit plan ?

Le teint de Sellerone était passé du rouge au terreux. Et les rires, autour, étaient des ricanements non dissimulés. Le Libanais ordonna le silence. Les rires s'étouffèrent.

– Alors, Sellero', accouche !

– Tu… tu ne crois à rien, Libanais !

– Mais qu'est-ce que tu racontes ? Moi, j'étais fasciste que t'étais pas encore né !

– Tu parles d'un fascisme ! explosa Sellerone. Ça, c'est... c'est...

– Ça, c'est... ? le provoqua le Libanais.

Les mots lui manquaient, à Sellerone. Ou bien, c'était le courage qui lui manquait, pour dire ce qu'il pensait. Que l'histoire de la "coalition des déviants", pour le suivi de laquelle le Professeur l'avait "infiltré" parmi eux, n'était qu'une colossale connerie. Il recula et s'en alla, poursuivi par la vanne du Buffle :

– Et quand tu verras l'Idée... dis-lui bien le bonjour !

Mais il y en avait un différent des autres, un type qui ne gaspillait pas sa salive et qui finit par devenir vraiment l'un d'eux, un bon. Il se faisait appeler le Noir*, il était grand et sec, comme le Froid, et de caractère aussi tous deux se ressemblaient. Ils devinrent amis sans trop de préambules. Quand ils étaient ensemble, ils n'avaient besoin, pour se sentir proches, que de la compagnie de l'autre. C'était comme si tout ce que l'un tenait bien enfermé en soi entrait en résonance avec tout ce que l'autre cachait. Mais qu'est-ce qu'ils avaient en eux, de si dur, qui ne réussissait pas à sortir ? Une fureur, quelque chose de non dit et qui ne pouvait se dire ? Eh ben, ça ne pouvait pas se dire, justement. Entre eux, ils se comprenaient.

Un soir que le Froid était en train de goûter un échantillon de la coke des Napolitains, le Noir vint à passer. Ils sniffèrent ensemble et le Noir, à la fin, avoua que pour lui, c'était la première fois.

Il fallait le faire. Pour essayer. On doit tout essayer, dans la vie.

Cela lui avait été enseigné par son unique, son authentique maître : Julius Evola. Un génie cloué sur une chaise roulante par un obus de la guerre. Mort depuis quelques années, très vieux. Il vivait dans une baraque à deux ronds et aimait s'entourer de jeunes gens. Dans sa jeunesse, il avait été peintre. Il ne parlait pas de politique : seulement de la vie. Le Noir l'avait connu et fréquenté quand il était encore mineur. Il ne l'oublierait jamais.

– Tout, tout, tu comprends ? Avec lui, tu saisis vraiment le sens de l'Idée. L'Idée, c'est pas des mots. L'Idée, ce sont des gens sans paroles. Tout. Le fleuve de la vie. Et quand c'est fini, c'est fini.

* Noir, couleur du fascisme (rien à voir avec celle de la peau !).

Le Froid se les sentait descendre en lui comme une coulée de chaleur blanche, ces paroles. Et il voulut lui révéler une chose qu'il n'avait jamais dite à personne, qu'il ne dirait jamais plus à personne.

– Moi, j'ai pensé une seule fois à la fin, Noir. J'avais cinq ans, j'étais chez les sœurs. Elles m'avaient donné une soupe dégueulasse, et je l'avais jetée par la fenêtre. Mais la mère supérieure s'en est aperçue et alors, elle nous a fait descendre tous en bas dans la cour, et à moi, elle m'a dit de ramasser la soupe à la cuillère et de la manger. Là, devant tout le monde. Jusqu'à la dernière cuillère. Ç'a été le seul moment où j'aurais voulu mourir. Et j'ai décidé que je ne devais jamais plus me sentir comme ça…

– Si tu veux, je vais la tuer, cette bonne sœur.

Le Froid sourit.

– Elle a eu un cancer avant.

– Ça doit être tes prières. Ces choses marchent, Froid.

– Tu y crois ?

– Ça fait partie de la vie, non ? Alors, j'y crois.

De grands amis, en somme. Au point que quand le Noir lui demanda un ou deux calibres pour une affaire personnelle, le Froid lui passa sans poser de question le sac avec deux revolvers, un semi-automatique et une mitraillette tchécoslovaque qu'ils avaient pris à un balourd de l'Autonomie.

4

Enfin, le tripot ouvrit. Au même moment, l'équipe d'ouvriers engagés par Ziccone terminait la rénovation de la villa du Froid à Palocco. A l'inauguration du Full' 80, tout le monde était là. Le Libanais, l'Echalas, le Dandy, Nembo Kid, les Bouffons, Botola et même Ricotta en veste et cravate : tellement ridicule et déplacé qu'on lui avait ordonné de se montrer le moins possible et lui, brave garçon au fond, ne l'avait pas trop mal pris et était allé tenir compagnie au Buffle. Ils montaient la garde à l'extérieur, pour le cas où devrait surgir une surprise déplaisante : joint entre les dents et main sur le calibre, et leurs pensées tournées vers toute cette splendeur de chagattes rutilant à deux pas de là, avec prière de leur en laisser un peu à eux aussi, pauvres petits.

Œil Fier, éternellement en chasse, donnait un coup de main, c'est le cas de le dire, aux filles engagées par le trio Patrizia-Daniela-Donatella, en faisant la navette entre le salon et l'étage. Le Froid se tenait à l'écart avec le Noir. Quant au Rat, toujours plus défoncé, c'était seulement Vanessa qui s'occupait de le faire tenir tranquille. Trentedeniers, qui la trouvait très bandante dans un fourreau de voiles sans soutien-gorge, manœuvrait avec sa discrétion habituelle. Sans hâte, puisque de toute façon, il était écrit que tôt ou tard, avec l'infirmière, ça finirait comme ça devait finir. Il y avait le Cravatier avec sa femme croulant sous l'or. Le Maître passa pour saluer et apporter les meilleurs vœux de l'oncle Carlo.

– J'espère qu'il ne l'a pas dit en souriant, hasarda le Dandy.

– Il était très sérieux, le tranquillisa le Maître.

Se pointèrent aussi le Puma et sa Dolores, grossie au point qu'on ne la reconnaissait plus, et Mazzocchio avec ses manières onctueuses.

En somme, c'était la fête. A part eux, le public était essentiellement composé des invités d'honneur. Du beau linge. Dans un certain sens, du moins. Califano et Fred Bongusto avaient posé un lapin. Au nom de Lando Fiorini, proposé par le Buffle, tout le monde avait froncé le nez. Ils avaient dû se replier sur un demi-inconnu, Mimino Vitiello, un type qui se prenait pour

Buscaglione et qui, dans son anglais approximatif, estropiait les chansons de Frank Sinatra. Ils le supportèrent un quart d'heure puis décidèrent de se passer de musique et il fut congédié avec un chèque en bois, de toute façon il ne protesterait pas.

Mais entre acteurs, joueurs de foot et gros commerçants avec leurs dames, le niveau de la soirée restait quand même élevé. Il y avait aussi une tête jamais vue, un gras du bide parfumé aux yeux porcins accompagné de deux gardes du corps : habillé avec beaucoup de goût, et s'empiffrant avec beaucoup de goût aussi. Et il y avait aussi, présentés par Fabio Santini qui échangeait de grandes claques dans le dos avec Trentedeniers deux flics authentiques : un du commissariat de la zone, l'autre de via Genova*. En pareille compagnie, on se sentait blindé.

Le Libanais dit au Froid que le gras du bide, on l'appelait le Sec.

– Je te le présente tout à l'heure. Il faut qu'on parle.

Mais le Froid était concentré sur deux amis de Nembo Kid. De drôles de têtes, qui lui rappelaient quelque chose. Ils s'entretenaient avec Nembo, Botola et le Dandy.

– Tu les as déjà vus, ces deux-là ? demanda-t-il au Noir.

– Parfaits inconnus.

En répondant, le Noir avait détourné le regard.

Le Froid s'approcha du petit groupe de Nembo Kid. Le Dandy lui présenta les étrangers : ils avaient donné un coup de main pour les autorisations et la licence du local, dit-il. Le Froid ne prit pas la main que le plus grand lui tendait. Il l'avait reconnu. La première et dernière fois qu'ils s'étaient vus, c'était chez Cutolo.

– Il était bon, l'agneau ?

L'homme sourit et écarta les bras, comme pour dire : mais qu'est-ce que tu vas chercher ? Nembo Kid et le Dandy échangèrent un regard inquiet. Le Froid salua de deux doigts et s'en alla tenir compagnie au Buffle et à Ricotta.

Le Noir fumait nerveusement. Il n'aimait pas mentir à un ami. Mais la situation l'exigeait. Voir les agents X et Z en joyeuse conversation avec Nembo Kid, le Dandy et Botola ne l'avait pas surpris plus que ça. Ces gens sont toujours à la recherche de quelque chose. Ils l'avaient approché un matin, trois mois auparavant.

* Adresse de la préfecture de police de Rome.

– Il y a des choses que l'État ne peut ni faire ni admettre avoir ordonné de faire. C'est à ça que servent les gars éveillés comme toi, lui avait dit X.

Et le Noir, faussement humble, avait demandé combien. X avait balancé un chiffre. Le Noir s'était retourné pour s'en aller. Z l'avait rappelé en lui offrant le double.

– La moitié tout de suite, le reste quand c'est fait.

Le Noir avait accepté et encaissé. Avant de le quitter, Z lui avait dit qu'ils étaient "du même bord".

Les deux espions pensaient l'avoir recruté. Mais ils étaient très loin de la réalité. L'idéologie qu'ils lui attribuaient n'était pas la vraie Idée. Pour lui, ce n'était qu'une expérience. Une parmi tant d'autres. Voilà pourquoi il avait menti au Froid. Il aimait garder séparées les différentes sphères de son existence. Peut-être un jour lui dirait-il tout, peut-être jamais. En justification partielle de sa conduite, il fallait dire que le contrat avait été stipulé avant qu'il fasse la connaissance du Froid. Il s'agissait d'une mission ouverte : il devait se tenir prêt.

Le Libanais dénicha le Froid qui contemplait la lune, un peu largué, et l'emmena à l'étage où on avait installé la salle de jeux. On y entrait par une petite porte ornée de l'inscription "Privé". Un des Bouffons était de garde. A l'intérieur, quatre tables de poker, une table de chemin de fer et une autre de roulette escamotable, un petit bar bien fourni et, dans le rôle du maître d'hôtel, l'acteur Bontempi. Quelques années auparavant, il avait été une des gueules préférées du cinéma italien. Puis la coke, le jeu et le whisky l'avaient démoli. Maintenant, on l'engageait au coup par coup comme chaperon de parties milliardaires. Une larve : sur son visage marqué, il n'y avait plus qu'une ombre du charme ancien. Le Sec, assis à une des tables de poker, observait le décor. Le Libanais lui présenta le Froid et exposa son projet.

– Voilà de quoi il s'agit. Le Sec est un artiste pour faire circuler l'argent. Il nous a déjà donné un coup de main pour... la boîte de Patrizia. Ce qu'on propose, c'est de lui confier la caisse. Ou plutôt : une partie de la caisse. Lui, il nous garantit dès le premier semestre un bénéfice de quarante, cinquante-cinq pour cent du capital investi.

Le Froid fixa l'onctueux aspirant partenaire.

– Qu'est-ce que tu sais faire que nous, on puisse pas faire? L'usure? La récupération des crédits? L'immobilier? On a besoin d'un autre associé?

Ce soir, manifestement, le Froid était mal luné, pensa le Libanais, parce qu'avant même de comprendre, il attaquait. Le Sec ne se démonta pas et répliqua par un large sourire.

– Vous avez déjà beaucoup à faire, un tas d'activités… moi, au contraire, je ne m'occupe que de ça: comment faire circuler l'argent. C'est ma spécialité. Je veux parler des banques, des gros crédits, de la bourse… je veux parler de capital… je prends dix et je vous rends quarante-cinq, peut-être même cinquante… moi, je ne m'occupe que de ça…

Cet homme ne lui plaisait pas. Pas plus que les flics en bas. Toute cette situation lui déplaisait. Tout ça était trop confus. Le Froid avait besoin de temps pour réfléchir.

– C'est comme le corps humain, Froid, poursuivait le Sec, il y a les jambes pour marcher, le cerveau pour penser, le cœur pour les décisions…

– Cœur et cerveau! s'exclama le Froid avec un rire amer et il ajouta en regardant fixement le Libanais: nous, on en manque pas, Libanais. En quoi on a besoin de lui?

Le Libanais s'échauffa.

– Mais on ne peut pas tout faire tout seuls! Ici, le volume des affaires se multiplie de jour en jour… et nous, on ne peut pas passer tout notre temps à faire les comptes… bientôt, il va falloir redescendre dans la rue…

– Comment tu le sais?

– Je le sens! Est-ce que je me suis déjà gouré? Je le sens! Bon, soyons clairs: toi et moi, et peut-être le Dandy et Nembo Kid… on est du genre à réfléchir… mais les autres? Combien de temps tu crois qu'on va réussir à les freiner? D'un moment à l'autre, le Buffle ou l'Echalas ou Trentedeniers peuvent faire une connerie, et nous, on sera obligés d'arranger ça… il faut de l'argent, des hommes, des idées… on peut pas tout faire tout seuls, Froid! Nom de Dieu, crois-moi!

Le Libanais n'avait pas tort. Le Libanais n'avait jamais tort. Le Froid dit qu'il approuverait le projet seulement s'il était permis à chacun d'eux de continuer à investir en son nom personnel une part des profits.

– Et qui a jamais proposé le contraire? dit le Libanais en souriant. Mettons qu'on ait à partager deux-trois milliards: un seul, un misérable milliard, on le met de côté pour le Sec et lui le fait circuler. Ça devient un milliard et demi...

– Un milliard sept cents, même, précisa le Sec.

– Un milliard sept cents, reprit le Libanais, et alors, un milliard, on se le prend nous, et les sept cents, c'est le Sec qui les fait circuler, qui les fait devenir...

– Un autre milliard, parce que tu dois calculer le taux du premier investissement...

– Bon, bon, vous m'avez convaincu, coupa le Froid qui commençait à perdre patience.

Puis il prit le Libanais par le bras et s'éloigna de quelques pas.

– En bas, j'ai vu deux tronches de merde...

– J'ai compris, j'ai compris. Mais y'a pas de quoi s'inquiéter. Ce sont des amis de Nembo Kid. Ils peuvent nous aider. Une protection, tu comprends? Pour nous, et aussi pour Patrizia... je te raconterai plus tard... Combien de temps tu crois qu'ils vont nous laisser en paix, Borgia, les flics et compagnie? Maintenant, on est célèbres, mon ami. Et la protection, on en a autant besoin que de pain!

Le Froid allait répliquer quand d'en bas s'élevèrent des hurlements excités. Le Sec bondit sur ses pieds en marmonnant quelque chose à propos de ses gardes du corps. Le Libanais et le Froid se précipitèrent en bas.

Le Sarde avait arraché une autre permission: cet asile était vraiment une passoire. A présent, il criait vengeance parce que, non content d'avoir organisé tout ce bordel sans l'en informer, on ne l'avait même pas invité à l'inauguration.

Trentedeniers, qui, pendant que le Rat se shootait aux chiottes, avait réussi à coincer Vanessa dans un recoin, laissa tomber dans le silence chargé de tension une blague heureuse:

– Le cul-terreux est arrivé!

Et le Sarde dut se mettre ça dans la poche avec le mouchoir par-dessus: contre les rires, les pistolets ne servent à rien.

5

Devant ce masque ensanglanté qui continuait à implorer encore, un autre petit coup, encore, mon amour, le garçon arabe avait pris peur. Il s'était rhabillé à toute vitesse, avait ramassé le portefeuille du Crapaud et décarré sans demander son reste. Le réceptionniste de nuit avait été pris de soupçon en le voyant passer l'air halluciné, il était monté jeter un coup d'œil à son vieil ami le Crapaud, pédé, mais gentil et généreux. Avec son passe-partout, il avait ouvert la chambre 216, avait vomi, avait téléphoné à l'ambulance. Mais le Crapaud était du genre à pas mourir même quand on le tuait. Et, avec tout le sang qu'il avait perdu, il lui en resterait toujours assez pour une autre dizaine de jeux extrêmes. Il avait fallu une double anesthésie pour le mettre hors de combat. Avant de perdre connaissance, il avait eu le temps de déverser un torrent de malédictions sur ses sauveurs: parce que lui, il ne voulait pas être sauvé. Il voulait mourir, et mourir heureux. Et le simple fait qu'il soit différent, ce n'était pas une bonne raison pour lui refuser le réconfort de la mort désirée. Maintenant, dans une chambre miniaturisée du Policlinico, couvert de bandages comme une momie obscène, les bras immobilisés par les perfusions, encore abruti de sédatifs et maintenu en éveil par la brûlure des blessures, il essayait de convaincre ce beau policier à l'air sombre que tout ce bordel n'avait été qu'une tentative de suicide.

– Et l'Arabe?

– Il n'y avait aucun Arabe.

– Le réceptionniste vous a vus.

– Le réceptionniste se trompe.

– Vous êtes montés ensemble.

– Pure coïncidence.

– Je vais être obligé de vous poursuivre pour complicité.

– Faites comme vous voulez.

Scialoja le considéra avec un sourire plein de compassion. Une des créatures les plus laides qu'il eût jamais vues. Il avait un casier de délits sexuels long comme le bras. Les collègues des Mœurs disaient que c'était un tenancier de bordels connu. Un repris de justice sans rémission possible. Sa famille d'origine – le père professeur universitaire, la mère architecte – l'avait renié. Scialoja ne parvenait à voir qu'un vieil homosexuel désespéré. Et ça n'avait pas grand-chose à voir avec ses blessures.

– Vous voulez un verre d'eau ?

– Vous ne voyez pas les perfusions ? Je ne peux pas boire.

Le policier soupira. Le Crapaud se repentit d'avoir été aussi désagréable. Au fond, ce type ne faisait que son métier. Au fond, il avait essayé d'être gentil. Au fond, c'était un bien beau mec.

– Excusez-moi, murmura-t-il, ces saletés de blessures…

– Laissons tomber. Parlez-moi de vous, plutôt. Alors, vous vouliez mourir. Je pourrais savoir pourquoi ?

– Et vous, pourquoi vous vivez ?

Scialoja referma son carnet.

– Je reviendrai demain. J'espère vous trouver mieux disposé.

– Ne partez pas ! râla le Crapaud. Ne partez pas…

Ce corps chaud, à deux pas de sa propre déconfiture, lui redonnait une dangereuse envie de vivre. Scialoja resta debout, près de la porte.

– Vous ne me croirez pas, mais tout est parti d'une femme…

– Vous en êtes amoureux ?

– Bizarre, pas vrai ? Mais c'est exactement ça. Patrizia est une femme unique… Si je vous en parlais, vous la jugeriez juste comme une putain.

Scialoja ne broncha pas. Mais en lui-même, il savoura son triomphe. Enfin cette triste visite commençait à avoir un sens. Parce que le Crapaud signifiait Patrizia : c'était là l'unique motif de son intérêt pour ce crime de troisième ordre. C'était le réceptionniste de la pension qui l'avait lancé sur la piste, la langue miraculeusement déliée par le binôme homicide/complicité que les types de la Criminelle lui avaient hurlé dans les oreilles. Le Crapaud ? Il habite place des Marchands. Les gars de la Criminelle s'y étaient précipités, place des Marchands, et ils y avaient trouvé "Mme Vallesi Cinzia, une connaissance de la victime, absolument étrangère aux faits". Le rapport avait échoué dans le dossier contre X sur le bureau de Borgia, devenu désormais le cuisinier des restes que les gourmets du parquet dédaignaient comme du fromage moisi. Borgia avait lu, avait bien ri et fait passer les papiers à Scialoja. A présent, le Crapaud parlait de cette impossible amante qu'il ne posséderait jamais et son langage devenait toujours plus élevé, presque poétique. Scialoja l'écoutait, fasciné, tendu. Le Crapaud lui demanda de lui arranger les oreillers. Ce n'était qu'une excuse pour sentir plus près ce corps chaud. Le policier se pencha vers lui. Il sentait le tabac et la résignation. Mais il avait les sens éveillés, en alerte. Le Crapaud soupçonna que Patrizia commençait à l'intéresser un peu trop. Le Crapaud était fier de son talent naturel d'entremetteur. Sur son visage lacéré apparut un sourire mielleux. Scialoja saisit le signal. Il se réfugia dans l'assurance du commissaire.

– Vous ne m'avez toujours pas dit pourquoi vous voulez mourir… parce que vous ne pouvez pas l'avoir?

– Mais moi, je ne veux pas l'avoir! Ce n'est pas possible d'avoir Patrizia, personne ne peut l'avoir, pas même ceux qui croient la tenir dans leur poing…

– Pas même vous…

– Disons qu'elle a décidé de me refuser sa compagnie…

– Elle s'est fatiguée de vous?

– Je lui ai présenté des personnes qu'il ne fallait pas… mais je devais le faire…

– Pourquoi?

– Là-dessus, si vous permettez, j'invoquerai la faculté de ne pas répondre.

Scialoja comprit que le moment magique s'éloignait.

– Je vous remercie. Vous m'avez été très utile. Maintenant, je m'en vais, je vous laisse tranquille…

Le Crapaud éclata de rire. Une douleur aiguë lui coupa la respiration. Il toussa. Fit signe à Scialoja de s'approcher.

– Moi, je déteste qu'on me laisse tranquille! Vous, plutôt…

– Moi?

– Vous, murmura-t-il, vous vous en foutez, de moi… et vous vous en foutez aussi, de l'enquête… vous, ce qui vous intéresse, c'est Patrizia… vous voulez la connaître… ou peut-être… peut-être que vous la connaissez déjà, hein?

Scialoja recula. Le Crapaud lui agrippa la main.

– Revenez me voir… je vous parlerai d'elle… je vous dirai quels sont ses points faibles… mais ne vous faites pas d'illusions… vous finirez comme tous les autres…

Scialoja passa la porte, suivi par le petit rire venimeux de la tantouse, et fonça directement place des Marchands. Il vit l'immeuble, vit les voitures de grosse cylindrée garées devant l'entrée, vit deux tronches avec des airs de videurs qui gardaient l'entrée. Fit un saut au cadastre et découvrit que l'immeuble appartenait à Vallesi Cinzia, dite Patrizia dans sa partie. Il avait été acquis au comptant pour une somme certainement bidon. Le précédent propriétaire, un certain Luciani, était indiqué comme habitant via Aurelio Saffi. Mais dans cette rue, il n'y avait pas de maison. Rien qu'une vieille roulotte garée sous le surplomb de murs croulants. Luciani était un vieil obèse tatoué qui puait le vin à deux ronds et menaça de lancer contre lui un chien méchant de mille races qui sentait l'égout et qui n'aurait pas bougé même sous les coups de bâton. Un prête-nom. Scialoja revint avec une fiasque d'Olevano doux et lui fit cracher le nom.

– Le Sec. C'est cette charogne qui a fait l'affaire. Putain de merde, qu'est-ce y m'est passé entre les mains comme blé ! Mais juste passé, hein ! Passqu'avec le Sec, j'avais des dettes… y m'a pris la voiture et même la maison… et maintenant, ch'uis là !

Dans les archives de la Criminelle, sur le Sec, il y avait un dossier épais comme ça. Le Sec possédait des propriétés immobilières. Le Sec faisait circuler l'argent. Mais ce n'était que des “il paraît” : personne n'avait jamais réussi à le coincer. Le Sec était un malin. Il avait piqué l'immeuble à Luciani et en bout de chaîne, Patrizia s'était retrouvée propriétaire unique et absolue. Le Sec ne faisait jamais rien pour rien. Le Sec était avec Patrizia ? C'était son homme ? Et le Dandy ? Où était passé le Dandy ? Scialoja reprit ses planques. Il vit Patrizia le troisième jour. Elle sortit le matin, en compagnie d'une amie. Elles restèrent dehors deux ou trois heures, revinrent chargées de paquets et de cabas. De son observatoire, Scialoja reconnut les marques des grandes boutiques de mode. Avant de rentrer, Patrizia retira ses lunettes noires et sembla regarder dans sa direction. D'instinct, Scialoja essaya de se cacher. Mais quel idiot ! Elle ne pouvait pas le voir ! Et pourtant, ce regard lui était allé droit au cœur. A certaines heures du jour, entraient des jeunes femmes, à d'autres moments d'autres femmes sortaient. Les hommes étaient peu nombreux, et tous avaient une allure très distinguée : un présentateur de la télé, un célèbre journaliste, un joueur de foot. Deux trentenaires à l'air décidé, politiciens ou bien militaires, se présentèrent ensemble et furent admis. Le quatrième jour, le Dandy se présenta. Il descendit d'une moto monstrueuse, prit sur le porte-bagages un sac portant la griffe Valentino et passa la porte salué avec déférence par les gardiens. Le même après-midi, apparut le Buffle, un garçon grand et maigre qui semblait nerveux et Œil Fier que tenait par la taille une super-gonzesse à la moue ennuyée. Scialoja prépara un rapport informel pour Borgia : le Sec avait acheté un bordel à Patrizia. Parmi ceux qui le fréquentent, il y a "nos" gars. Le Sec ne fait rien pour rien. Le Sec est lié aux garçons. Le bordel est un investissement.

– Vous vous rappelez quand vous m'avez demandé ce qu'ils en faisaient de tout cet argent… l'argent de l'enlèvement ? Ben, voilà la réponse : ils achètent, ils investissent. Ils sont en train de s'enraciner sur le territoire… exactement comme l'a toujours fait la mafia…

Borgia trouva appréciable ce point de départ pour des investigations, mais relança avec un argument de bon sens.

– Et ils auraient dépensé tout cet argent pour faire un cadeau à cette…

– Vallesi Cinzia… Patrizia.

– Parce que, au fond, c'est elle, la propriétaire !

– C'est la femme du Dandy.

Le substitut ordonna une enquête fiscale. Scialoja lui arracha une poignée d'hommes et retourna place des Marchands. Deux agents demandèrent leurs papiers aux videurs et les emmenèrent à la Questure pour vérification d'identité. Quatre autres restèrent de garde pour dissuader d'éventuels clients. Scialoja entra en toute tranquillité. Il avait besoin d'un peu de temps. Patrizia, en tailleur, les cheveux à peine sortis des mains d'un grand coiffeur, paraissait une directrice d'usine.

– Salut, tourterelle. Tu en as fait, du chemin. Tu es pratiquement au sommet !

– Salut, flic. Je ne me fais pas d'illusions. On a vite fait de tomber.

Si elle était surprise par cette visite, elle ne le laissa pas voir. Et il n'y avait pas trace de peur en elle. Scialoja pensa qu'il aurait été bien agréable de boire ensemble un Negroni glacé. Au bord de la mer, ou alors place Navonne. Patrizia lui demanda s'il voulait voir les lieux ou s'il préférait entrer tout de suite dans le vif du sujet. Scialoja alluma une cigarette.

– Quelle hâte !

– Certains pourraient trouver ta présence peu agréable.

– Le Dandy, par exemple ?

Elle haussa les épaules. Il lui dit qu'il n'y avait pas de danger qu'ils soient dérangés. Dans les yeux de la femme flamboya un éclair ironique.

– C'est une visite... officielle ?

– On offre pas à boire, chez toi ?

– Il n'y a que le service en chambre, mon cher. Je t'appelle une fille ?

Il secoua la tête. Et la regarda intensément. Elle esquissa un léger sourire et répondit aussi en secouant la tête. Scialoja soupira. Patrizia s'assit, croisant ses longues jambes.

Une chatte très forte avec ses griffes... qui laisse sa marque là où elle passe...

Il écrasa rageusement sa cigarette. Elle ne perdait pas le contrôle. La situation devenait paradoxale. Toutes les fois qu'il se retrouvait devant cette femme, le paradoxe le submergeait. Il repensa au Crapaud, à son avertissement venimeux. Cinzia avait grandi. Même son parfum avait changé. Plus amer, plus net. Elle était plus sûre d'elle. Chaque minute passée avec elle était une épreuve. Scialoja avait envie de plier cette volonté indifférente. Il avait envie de fouiller sous ses vêtements. De descendre plus bas, plus bas, jusqu'au fond. Jusque dans l'âme. S'il y avait une âme.

– On fait un pari, Cinzia ?

– Seulement si c'est moi qui gagne, à la fin.

– On parie que cet endroit, je le fais fermer en... disons... une semaine ?

Elle éclata de rire. De son rire de gorge, profond, ambigu.

– Fais-le, et je t'épouse !

Scialoja prépara un rapport détaillé pour Borgia. Il fallait les frapper dans ce qu'ils avaient de plus cher : l'argent, les propriétés. Il fallait partir du bordel. Faire une descente, ficher tous les présents, confisquer le matériel, poursuivre Mme Vallesi pour proxénétisme immobilier. Des preuves, il y en avait des montagnes. Il fallait redresser le tir. Leur faire mal. Tout le mal possible. Borgia se laissa gagner par les scrupules.

– C'est une affaire pour les Mœurs.

– Ils sont pourris. Prenons-les de vitesse.

– Il n'y a aucun lien direct entre le Dandy et les autres… Ils vont m'accuser d'empiéter sur leur domaine.

– Et laissez-les causer. Allons-y, avant qu'il soit trop tard.

Mais la décision revenait au juge. L'instruction finit entre les mains des Mœurs. Scialoja n'aima pas du tout le sourire oblique avec lequel, trois jours après avoir transmis les pièces, le chefaillon des putaniers lui communiqua que les enquêtes étaient encore en cours.

1979, juillet-décembre

Vivre avec son temps

1

L'Angelot, du menu fretin, fut effacé le soir du 15 août par deux tueurs inconnus. Du boulot bien fait : sept balles de semi-automatique, peut-être un Smith & Wesson calibre 357 et, pour plus de sûreté, le coup de grâce dans la nuque, derrière la masse de boucles blondes qui lui avait valu son surnom céleste. Dans la vie, l'Angelot n'avait pas eu grand-chose d'angélique : en tout cas, un honorable passé de braquages et quelques transports de coke d'Amérique du Sud ne semblaient pas des motifs suffisants pour justifier pareil acharnement. A moins que tout s'explique par sa parenté avec le Puma, parce que l'Angelot avait été, et en fait aurait continué longtemps à être, n'était cette importune indigestion de plomb, le mec de la sœur du Puma.

Aussi, tandis que Giuliana se désespérait sur le cadavre encore chaud, au milieu des policiers de la Scientifique et du substitut de service disséminés, l'air faussement affairé, sur la grève en bas du pont Blanc où le malheur était arrivé, le Puma était déjà en train de répandre ses griefs au bar de Franco.

– Je te l'avais dit, moi, comment ça finirait, Froid. Et je l'avais dit à toi aussi, Libanais. Mais quoi… vous êtes en train de perdre la tête ! Quoi, pour trois minables hectos de came, on efface un garçon si brave… qu'est-ce ça vous coûtait de venir me chercher ? On se mettait autour d'une table et c'était résolu ! Et pourtant, à lui, le pauvre Angelot, j'y avais dit : laisse tomber, c'est des gens qui rigolent pas… et maintenant, faites comme ça vous chante, moi ch'uis de la vieille école, moi je parle pas, mais pour moi, vous êtes tous devenus des merdes !

– Puma, dit sérieusement le Froid, moi je te respecte passque t'as les cheveux blancs. Même si au moment où il aurait fallu, t'as pas marché. Mais c'est une vieille histoire. S'il y avait eu des problèmes, on serait venus te chercher, on aurait parlé. Nous, on a rien à voir avec l'Angelot !

Non seulement ils n'avaient rien à y voir, mais ils n'en avaient même jamais entendu parler, de ce monsieur. Et une fois faites les condoléances qui s'imposaient au Puma, ils se creusèrent le ciboulot pour percer à jour cette histoire. Le Puma, une fois calmé, raconta que l'Angelot, devant s'approprier un lot de came qui avait glissé des mains de certaines personnes hors de Rome, et dans la nécessité de le faire tout de suite, avant que quelqu'un d'autre n'y pense, s'était endetté pour soixante millions. Il comptait les rendre une fois la revente faite, mais ces types étaient pressés, il y avait déjà eu des engueulades et bon, ils l'avaient puni. La came, il la tenait lui, le Puma, en lieu sûr. Il avait fait deux plus deux et l'accusation lui était venue :

– A Rome, maintenant, la came, c'est vous qui la contrôlez. A l'histoire des gens du dehors de Rome qui se laissent échapper trois hectos, moi, j'y ai jamais cru. Vous le savez comment il était, l'Angelot, s'il savait tenir les secrets. Mais moi, j'y avais dit : je vais leur parler, moi, on trouvera un accord. Mais lui, rien. Maintenant, vous me dites que vous y êtes pour rien, et moi je peux même vous croire. Et alors, qui c'est ?

Eh oui. Bonne question. L'histoire inquiétait le Libanais. La disparition d'un lot de dope qu'ils n'étaient pas en mesure de contrôler l'inquiétait. De deux choses l'une : ou c'était une organisation rivale, ou un judas du groupe qui essayait de faire ses petites affaires comme au bon vieux temps. Sans compter que le meurtre risquait de leur recoller aux basques le juge Borgia : dernièrement, les seuls à tirer dans la rue, à part les terroristes, ç'avait été eux. Tout portait à penser que l'Angelot avait été flingué par un d'entre eux ou par quelqu'un qui les imitait. Le Froid demanda à voir la came.

Le Puma le conduisit chez un garagiste sur l'Ostiense. La coke se trouvait dans un coffre-fort creusé dans un vide entre deux cloisons, fermé par l'extincteur dont la présence était imposée par la loi. Le gérant était le Blême, un demi-sel avec un pied d'un côté et l'autre de l'autre, balance occasionnelle autant qu'associé occasionnel. Le Froid admira le dispositif mais ne put s'empêcher de se demander si le Puma lui avait bien raconté toute la vérité. Le Libanais eut la même pensée : depuis qu'il avait refusé de s'intégrer dans le groupe, le Puma ne jouait pas franc jeu. Mais la came ne venait pas d'eux, ça c'était sûr, une coke pourrie, coupée et recoupée qui piquait le nez et te gonflait d'un coup la gorge. Du produit pour merdeux en balade dans quelque barrio chilien. L'Angelot était fou, s'il pensait se lancer avec une affaire aussi minable. Et pourtant, quelqu'un l'avait repassé bien comme il faut.

– On te tient au courant, Puma. Mais je te le répète : nous, on y est pour rien.

De retour au bar de Franco, le Libanais et le Froid se mirent à l'œuvre. Ils appelèrent les chefs de zone et ordonnèrent une vérification générale sur les entrées et les sorties de la came. Ils informèrent les collègues et le lendemain soir, chez Trentedeniers, ils firent le bilan. Chacun son tour, le Dandy, Trentedeniers, Botola, les Bouffons, Œil Fier, l'Echalas et les autres chantèrent la même chanson : pour chaque gramme de dope sortie, il y avait un équivalent précis en monnaie sonnante et trébuchante rentré. Toutes les fourmis et tous les chevaux étaient en règle pour les paiements. Aucun mouvement suspect signalé nulle part. Le Libanais vérifia personnellement les comptes. Tout collait. Donc, à moins d'une improbable volte-face des camarades les plus fiables, aucun d'eux n'était responsable du meurtre de l'Angelot. Et alors, qui était-ce ?

Œil Fier hasarda une théorie.

– C'est les flics qui l'ont tué. La coke vient d'une saisie et lui, il s'était mis en affaire avec un ripoux en uniforme.

Le Libanais chargea Trentedeniers de lancer Fabio Santini sur la piste : s'il y avait derrière cette histoire un policier corrompu, qui mieux que lui pouvait le découvrir ?

Œil Fier dit que, d'après une pute de ses amies, quelqu'un – mais il ne savait pas qui – avait vu traîner dans le coin, les jours précédents, les frères Bordini.

Le Dandy rigola : il connaissait les Bordini depuis la maternelle. C'étaient deux loubards, d'accord, mais des nuls, genre voleur à la tire. Impossible de les imaginer en auteurs d'un crime si bien étudié et si parfaitement réussi. Le Froid objecta que, de toute façon, ça valait la peine d'enquêter aussi dans cette direction. Botola se porta volontaire.

Ricotta proposa d'informer le Sarde de ce qui se passait puisque après tout, dit-il, il restait son chef. S'ensuivit un silence lourd de sous-entendus. Le Sarde, surtout depuis la scène au Full' 80, perdait décidément des points. Il avait même commencé à les accabler de lettres hargneuses du fond de son asile : et il demandait ci et il demandait ça, et jamais rien ne lui allait, et bon, bref, tôt ou tard, il leur faudrait affronter ce problème. Mais Ricotta, qui était un cœur d'or, il n'y avait pas de raison de l'entraîner dans la haine générale. Pas encore, du moins. Le moment venu, il devrait choisir son camp.

– Bon, d'accord, écris-lui une lettre et demande s'il sait quelque chose, concéda le Libanais, ambigu.

Tout le monde éclata de rire : l'absence de familiarité de Ricotta avec l'alphabet était légendaire.

Ce fut à ce point que Nembo Kid regarda autour de lui et demanda pourquoi le Buffle n'était pas venu.

2

Dans l'après-midi, le Buffle avait rencontré Trentedeniers et lui avait dit que dans sa zone aussi tout était ok. Il avait ajouté qu'il était désolé pour l'Angelot, mais qu'au fond, il se l'était cherché. Il semblait normal, peut-être un peu en surrégime, le Buffle de toujours, quoi. La crise lui viendrait deux-trois heures plus tard. Il y avait déjà un moment, quand même, qu'il traînait dans les quartiers, en proie à une agitation qu'il n'aurait su définir. Peut-être était-ce la faute de l'été, des murs suants et du mélange puant de canicule et de gaz d'échappement. Peut-être était-ce à cause de l'épisode du bordel : il s'était choisi une fille mise à sa disposition par Patrizia, mais celle-là, elle n'avait pas voulu entendre parler de se laisser éteindre une cigarette sur le sein. En réalité, le Buffle n'en avait rien à cirer de la cramer un peu. Il cherchait juste un moyen de s'exciter, et il lui était venu à l'esprit la photographie d'une revue porno, un truc d'avant, quand, comme tous les gamins, il fréquentait la veuve Poignet. A bien y regarder, le coup aurait pu s'écraser sans drame : si la fille ne s'était pas mise à hurler qu'il était un fou dangereux, un sadique et ce genre de truc, lui, il se serait contenté de tirer un coup vite fait et tout se serait terminé comme une bulle de savon. Mais la fille arrêtait pas de gueuler ; pour la calmer, le Buffle lui avait fermé sa gueule d'une mornifle. Une tarte très légère, pas grand-chose. La situation s'était précipitée. Patrizia avait fait irruption dans le souterrain, l'avait pris par le col – elle en avait, de la force, la salope ! – et le Buffle s'était retrouvé dans la rue. S'en prendre aux femmes, ce n'était pas possible et son envie de tout brûler, il avait bien fallu qu'il se la garde : Patrizia, on ne pouvait pas la toucher, le Dandy ne l'aurait jamais pardonné. Il fallait rester calme, aurait dit le Libanais. Calme ! Facile à dire ! Il ne savait même pas comment il s'était retrouvé dans cette porcherie de buvette derrière la vieille usine de MiraLanza. Mais quand Javel, l'albinos, un barbeau de merde, un zéro, un nullard absolu, lui avait balancé à la figure une vieille histoire de récupération de crédit, toute l'agitation qu'il portait en lui avait explosé. Il avait chopé une bouteille et la lui avait cassée sur la tête. Javel, masque de sang, avait fait deux pas en arrière. Et le Buffle, tête baissée, lui était rentré dans la panse. Javel était tombé. Le Buffle, sur lui, les mains sur la gorge, l'aurait étranglé sur-le-champ, devant un minimum de quinze personnes, si on ne l'avait pas tiré en arrière.

– Celle-là, tu me la paieras, connard !

Au Buffle, la colère lui était déjà passée. Il était fait comme ça. Il recommençait à y voir clair, la brume qu'il avait en lui se dissipait. Il ne tremblait même plus.

– Laisser tomber, va, dit-il en secouant sa grosse tronche.

Mais Javel, tandis qu'il se nettoyait la gueule, s'entêtait.

– Qu'esse-tu te crois ? Moi, j'ai pas peur de toi… j'ai peur de personne, moi… fumier, je vais te démolir !

– Laisse tomber, va, ça vaut mieux.

– T'aimerais bien ! Tu m'as démoli la gueule, tu m'as… qu'est-ce tu te crois, Buffle ? Que passque t'as deux-trois amis, tout Rome se cague dans le froc quand tu passes ? Moi, à toi, au Froid et à cet autre enculé de Libanais, je leur pisse à la raie… t'as compris ?

– Laisse tomber le Libanais, que c'est mieux pour toi…

– Je vous chie dessus, connards !

Et maintenant, que faire ? Crevé comme il était, le Buffle n'en pouvait plus d'envie de rentrer à la maison, et tranquille. Les quinze types de la buvette, en plus, ils commençaient à le regarder de travers. S'il leur donnait le temps de s'organiser, il se ramassait une trempe. Mais l'animal avait insulté les amis, et donc, il devrait payer. Mais dans le calme, comme aurait dit le Libanais.

– On se reverra, dit le Buffle et il se dirigea vers la sortie.

Personne n'osa l'arrêter. Javel continuait à le couvrir d'insultes.

Ses exploits de la soirée parvinrent aux oreilles du Libanais. Le Buffle subit l'engueulade furieuse la queue basse. Avec tout ce qu'ils avaient en jeu, lui, il se mettait à emmerder les filles. Et chez Patrizia, en plus. Le Dandy, s'il ne s'était pas agi du Buffle, un vieux copain, il l'aurait découpé en morceaux de ses propres mains. Comment il lui était venu à l'esprit d'insulter cette pauvre fille ! Quoi, c'était un comportement d'homme, ça ? Les cigarettes !

– Tu sais comment c'est, Libanais, des fois, ça me prend et je sais pas moi-même…

Et cette connerie de la buvette ! Maintenant, il fallait aller donner une leçon à un barbillon de quatre sous. Se salir les mains sur une sous-merde quand ils avaient Rome à leurs pieds !

– Chez Javel, j'y vais moi, Libanais !

– Eh non, mon vieux. On y va tous !

Ils y allèrent tous. Ou presque. Une belle troupe, en tout cas. A part le Dandy, qu'il valait mieux tenir un peu à l'écart, à cause de l'histoire de Patrizia, y allèrent le Libanais, le Froid, l'Echalas, qui avait apporté les passe-montagnes, les frères Bouffons, Œil Fier et, évidemment, le Buffle, que tout le monde avait couvert de malédictions et qui gardait un silence coupable. Il faisait nuit noire, mais chez Javel, ils gardaient les fenêtres ouvertes. On crevait de chaud, les chemises collaient au torse et les jeans étaient une torture. La baraque sur le littoral était plongée dans le silence. Une heure auparavant, Œil Fier et le Froid s'étaient salement disputés sur la question des armes. Œil Fier s'était entêté sur la mitraillette tchécoslovaque, celle prise à l'autonome. Froid lui avait expliqué qu'il l'avait prêtée au Noir.

– Et qui te l'a permis ? Maintenant, fais-toi-la rendre.

Vu que les armes appartenaient au groupe, mais que le prêt était une initiative personnelle, le Froid appela le Noir. Celui-ci lui dit que pour le moment, il ne pouvait procéder à la restitution.

– Je t'expliquerai demain.

Et Œil Fier dut se contenter d'un Colt six coups à canon court. Le Froid choisit une Bernardelli long rifle. Les autres avaient carabines et revolvers.

Mais l'engueulade pesait encore, et ils étaient nerveux quand ils défoncèrent à coups de pied la porte de la baraque, et le Buffle, en se frayant du coude un chemin, entra en tirant dans tous les sens sans prendre la peine de viser. Tout était très sombre. Les flammes des coups éclairaient de lueurs des corps qui cherchaient désespérément à se réfugier sous les draps et derrière les meubles. Ils devinèrent, plus qu'ils ne virent, deux hommes et deux femmes, et le Libanais cria de viser les jambes. La puanteur âcre de la poudre se mêlait à la sueur rance de la nuit d'été. Ceux qui étaient là-dedans criaient, imploraient. Le Froid pensa que s'ils avaient voulu les tuer, il aurait suffi de trois ou quatre coups bien dirigés. Tout ce gaspillage de balles était une chorégraphie imposée par le Libanais. Cette expédition contre des miteux était un peu gerbante. Mais il fallait le faire, connard de Buffle.

– Allez ! On s'arrache ! ordonna le Libanais.

Ils se replièrent en laissant derrière eux un sillage de sang, et les lumières qui s'allumaient dans les baraques voisines, et les gémissements des blessés. Si personne n'avait déconné, il n'y aurait pas de morts. Le Libanais avait été catégorique :

– Chaque offense a sa valeur. On doit jamais exagérer. Si on commence à exagérer, on meurt vite.

3

Le Noir et le Froid se promenaient au bord du Tibre, sur le quai della Vittoria.

– Je ne peux pas te rendre les armes.

– C'est un problème.

– Eh oui. Je n'y peux rien. Je ne les ai plus.

– Tu les as données à quelqu'un ?

– Oui.

– Qui est-ce ?

– Sellerone.

Le Froid alluma une cigarette.

Le Noir devait avoir eu de bonnes raisons pour le faire. Mais ce transfert, c'était comme une trahison de la confiance.

– Sellerone est un crétin, Noir.

– Son Idée ne coïncide pas avec la mienne, même si c'est pas si mal, après tout…

– Les armes doivent revenir.

– Elles vont revenir. C'est une question de temps.

– Je peux te couvrir un petit moment. Les autres sont furieux.

– Tu n'as pas confiance ?

– Pas en Sellerone.

– Et en moi ?

– Les yeux fermés.

Le Noir hocha la tête. Ça ne se passait pas mal. Même ce problème serait résolu. Quand même, une erreur avait été commise. D'une manière ou d'une autre, le Froid et ses amis devaient être dédommagés. Le Noir décida de lui parler du braquage à la Caisse de Crédit.

– C'était toi ?

– Moi et quelques autres gars.

– Une histoire politique ?

– Aussi, oui.

– Un joli coup, le complimenta le Froid.

– Organisation, préparation, étude méticuleuse… mais les billets étaient marqués.

– Il faut les laver.
– J'avais pensé m'adresser à certaines personnes à Milan…
– Pourquoi aller si loin ? On peut en parler au Sec…
– Ça peut se faire.
– Tu devras le dire aux autres.
– Chacun son rôle. Je réponds seulement du mien.
– Et l'Idée ?
– Chacun son Idée, Froid.

C'était comme ça que ça devait se passer entre hommes, pensa le Froid en lui passant la cigarette. Peu de paroles, beaucoup d'entente. Le Noir tira une taffe sans enthousiasme et s'arrêta pour regarder deux filles très blondes qui se hâtaient vers l'auberge de jeunesse du Flaminio. Des touristes à moitié nues. Gros nichons et longues jambes de héron.

– Tu aimes les femmes, Noir ?
– Et toi ?
– Comme tout le monde.
– Tu vas souvent chez Patrizia ?
– Jamais. J'ai dit les femmes, pas les putains.
– Les putains, les femmes… quelle différence ? L'acte est toujours le même !
– Tu le penses vraiment ?
– Pas toujours. Mais les femmes peuvent poser un problème. Il ne faut pas se laisser dominer.
– Suffit de trouver la bonne.
– Tu crois qu'elle existe ?
– Moi, je l'ai pas encore trouvée.
– Moi, je pense même pas à la chercher. Les femmes vont et viennent, Froid. Comme tout, dans la vie.
– A part l'amitié.
– Eh oui. A part l'amitié.

Trentedeniers aussi pensait que l'amitié était une bien belle chose. Surtout, il était important d'avoir les amis qu'il fallait à l'endroit et au moment qu'il fallait. Ce Fabio Santini, par exemple. Au début, il l'avait évalué comme un type à trois ronds mais, en fait, tu vas voir qu'à la longue, il va se révéler comme un élément précieux ! Pour l'heure, après une rapide enquête, il lui avait garanti que dans l'affaire de l'Angelot, il n'y avait aucun uniforme.

Puis, un soir qu'ils étaient au Climax Seven, le policier avait lancé sa bombe.

– Cinquante kilos de Peshawar très pure. Confisqués à un Indien en transit à Fiumicino. C'était pas de la came destinée à notre marché. Le con allait à Londres mais les chiens l'ont repéré. La dope est au dépôt des pièces à conviction. J'ai un ami qui y travaille, un employé civil. Entrer, ça sera un jeu d'enfant. L'ami, on le fait tenir tranquille avec quelques miettes. Pour moi, je veux deux kilos de coke et un peu de fric pour mes dettes.

Trentedeniers informa le Libanais et les autres. Le coup semblait alléchant, du cousu main, si les informations du flic étaient exactes. Trentedeniers et Botola se chargèrent de vérifier la faisabilité de la chose. Le Buffle, désireux de se racheter rapidement, aurait voulu participer à l'action. Mais il n'en eut pas la possibilité, vu que la Criminelle vint l'alpaguer chez lui fin août. Dans le mandat d'arrêt, on parlait – carrément – de tentative de massacre. Et dire que Javel, un beau-frère et leurs pouffiasses s'en étaient tirés avec quelques égratignures aux jambes ! Trentedeniers, par l'intermédiaire du sempiternel Santini, réussit à se procurer un procès-verbal protégé par le secret de l'instruction qu'il transmit à Me Vasta. Il apparut que Javel avait nommé le Buffle parmi les agresseurs probables. L'enquête était dirigée par Borgia. Carlo Bouffons proposa de l'effacer une fois pour toutes. Le Froid, au contraire, suggéra une offre solide et une rétractation pleine de conviction : s'ils l'avaient tué comme ça, sur-le-champ, même un plus con que Borgia aurait compris. Le Libanais lui prêta main forte. Le Froid rendit visite à Javel à l'hôpital. Ce dernier accepta l'offre et promit que, dès qu'il sortirait, il se présenterait chez le juge pour se rétracter.

Début septembre, vu que le Noir avait disparu de la circulation et que les armes n'étaient pas rentrées, le Froid, Œil Fier et deux chevaux désireux de faire carrière prirent Sellerone devant la gare du Trastevere et l'emmenèrent dans une maison sûre procurée par Ziccone, du côté de la via dell'Imbrecciata.

– T'as une semaine, expliqua le Froid, ou tu nous donnes les armes, ou nous, on te donne à bouffer aux cochons.

4

Place des Marchands, il n'y a pas, il n'y a jamais eu aucun bordel. Les contrôles répétés, les incursions, les perquisitions et les planques n'avaient produit aucun "élément pénalement pertinent". Tout était le fruit de l'aveuglement d'un policier aussi zélé que malavisé. Le commissaire Scialoja avait pris une baffe colossale.

– C'est une honte ! C'est vous qui aviez raison ! Je n'aurais pas dû me fier aux types des Mœurs… j'ai eu tort de ne pas suivre vos conseils…

Borgia agitait avec fureur le rapport par lequel les Mœurs avaient posé un couvercle de plomb sur l'enquête. Scialoja ne l'avait jamais vu aussi enragé. Borgia voulait qu'il le réconforte. Scialoja évita le regard brillant et indigné du substitut et se réfugia dans la énième cigarette. Borgia continuait à répandre son indignation légitime. Scialoja cherchait les mots justes pour le désillusionner. Le soir précédent, Z et X l'avaient chopé à la sortie du ciné-club où on donnait *John McCabe* d'Altman. Il ne les avait pas vus arriver. Il était sorti dernier de la salle, mis à la porte par le projectionniste épuisé. Une cigarette éteinte au coin de la bouche, avec encore dans les yeux et le cœur le regard perdu de Julie Christie défoncée à l'opium et dans les oreilles la voix profonde de Leonard Cohen, il avait aperçu avec une fraction de seconde de retard des types surgis de derrière le tronc d'un gros tilleul. D'instinct, il avait cherché son pistolet, mais les deux hommes avaient été plus lestes. Le petit trapu l'avait balancé à terre d'un coup de genou dans les reins. La cigarette s'était émiettée entre ses dents, lui laissant un sillage amer sur le palais. L'autre, grand et distingué, en costume de lin blanc luisant sous les étoiles de la nuit d'été, lui avait subtilisé son Beretta avec un sourire ironique. Puis il avait été pris sous le bras comme le classique noceur bourré et traîné dans les jardinets voisins de la place des Quiriti. La fontaine chantonnait, l'air sentait le jasmin et l'abandon. Le type distingué lui avait offert une cigarette. Scialoja, encore étourdi par le coup reçu, avait accepté d'un geste fatigué. Z et X s'étaient présentés et avaient fait brièvement jaillir leurs cartes.

– Qui me dit qu'elles sont vraies ?

– Elles sont vraies, elles sont vraies, avait philosophé Z.

– Elles sont vraies, et toi, t'as des ennuis, avait rajouté l'autre.

Ils s'étaient assis au bord de la fontaine. Les derniers amoureux avaient abandonné le dernier banc. Un oiseau noctambule avait lancé son cri strident. Z se passait une lime sur les ongles. Scialoja avait déjà vu ces deux-là. Mais il ne se rappelait plus ni où ni quand.

– Soutien au terrorisme.

– Complicité.

– Association subversive.

– Bande armée.

Scialoja s'était senti prendre à l'estomac par une morsure lancinante.

– Je ne sais pas de quoi vous parlez.

– Sandra Belli. En cavale en France. Tu l'as fait fuir.

– Tu l'as prévenue de la rafle.

– Tu as protégé une brigadiste.

– T'es dans la merde.

– Dans la merde jusqu'au cou.

– Avec le terrorisme, on rigole pas.

– Tu es passé de l'autre côté de la barricade.

– Tu es un policier vendu.

– T'es dans la merde.

Ils s'étaient tus. Ils l'avaient fixé. Sarcastiques, moqueurs.

– Sandra n'est pas une terroriste.

Z avait ri. X avait ri.

– Eh oui. Sandra n'est pas une terroriste. Et Patrizia n'est pas une putain !

Scialoja s'était souvenu. C'était durant la planque place des Marchands qu'il les avait vus. Ils fréquentaient le bordel. Ils protégeaient le bordel.

– Qu'est-ce vous voulez de moi ?

– Un accord, avait soupiré Z.

– Au fond, on est du même côté.

– Au fond, tu n'es pas un mauvais bougre.

– Juste malavisé.

– Juste un peu arrogant.

– Disons que tu t'es monté la tête.

– Disons qu'entre personnes raisonnables, on trouve toujours un accord.

– Disons que pour nous, l'histoire de la brigadiste est close.

– Disons que tu te prends des vacances et que t'oublies Patrizia et son…

– … activité commerciale ?

– Disons comme ça : activité commerciale.

Scialoja s'était allumé une cigarette.

– Alors ? Qu'est-ce que t'en dis ? Ça me semble une offre correcte, non… collègue ?

Scialoja avait aspiré avec fureur une bouffée de fumée.

– Écoutez-moi. Peut-être qu'avec Sandra, j'ai fait une connerie. Si c'est le cas, je suis prêt à en payer les conséquences Mais tout ça n'a aucun rapport avec le bordel. Ce truc-là, ce n'est qu'une activité de couverture. Un investissement pour une grosse organisation criminelle. La plus grosse qui ait jamais opéré à Rome. Je vous parle de mafia, collègues !

Z avait reposé sa lime d'un air dégoûté. X avait écarté les bras.

– Tu l'entends ? Il ne comprend pas.

– Il ne comprend pas !

– Nous, on vient en messagers de la paix…

– Et il nous sort la mafia !

– Quel con !

– C'est vraiment un con !

– Peut-être qu'on a pas été assez clairs…

– Peut-être qu'on est trop gentils…

– Peut-être…

Scialoja avait eu envie de déterrer la ceinture noire qui reposait quelque part dans son armoire. X avait fait une tête féroce.

– Écoute un peu, petit con : t'es foutu. Un point, c'est tout. Foutu. C'est clair ? Un mot de trop et demain tu te retrouves au fort Boccea avec un mandat d'arrêt long d'un kilomètre !

– En d'autres termes, on te tient par les couilles !

Avant de s'en aller, Z lui avait rendu le pistolet.

Borgia arpentait son bureau.

– Mais on va pas en rester là ! Je vais foutre le bordel ! On va foutre le bordel ! J'ai déjà demandé à rencontrer le procureur général. Je continue. S'ils croient qu'il suffit d'un rapport bien lisse pour... mais, bon, dites quelque chose ! Rendez-vous compte, ils vous accusent d'être un crétin, un idiot ! Dites quelque chose, Scialoja !

Scialoja baissa la tête.

– Je crois que c'est eux qui ont raison, murmura-t-il, incapable de fixer l'autre dans les yeux.

– Quoi ? Mais qu'est-ce que vous racontez ?

– Ils ont raison. Je me suis trompé. Voilà tout.

Voilà tout. Scialoja fit marche arrière. Il abandonna à leur destin la colère des justes et sa mauvaise conscience. Pendant une semaine, il fut absent sans permission, puis le principal le fit ramasser par une patrouille et lui passa l'ordre de transfert avec effet immédiat. Scialoja partit pour Modène avec une valise pleine de livres et le foie mariné dans l'alcool.

5

Les deux filles choisies par Patrizia, une brune, une blonde naturelle, s'activaient avec le phallus de caoutchouc. Le Noir, assis dans la position du lotus, observait directement leurs évolutions sur le grand lit à baldaquin rouge. Son esprit suivait le fil des souvenirs. Il était revenu à la dernière soirée avec Evola. Le Maître, diminué comme une bougie qui va s'éteindre, leur racontait l'histoire de l'apparition de Krishna à Arjuna. Avatar : le dieu se manifestait dans les moments de crise pour rappeler l'homme à l'ordre. A Arjuna, Krishna avait expliqué que toute action est en soi inutile mais que s'il n'y avait pas l'action, les hommes penseraient que toute chose est inutile et s'abîmeraient dans un ennui mortel. L'ennui de l'inaction, qui fatalement conduirait le genre humain à l'extinction. C'est pourquoi il fallait agir mais en maintenant le détachement envers les résultats de ses propres actions. Agir, mais sans jouir de l'action : telle est l'essence. Tandis que tous écoutaient, fascinés, la voix âpre du Maître, il l'avait interrompu, violant une règle sacrée.

– Mais tout cela ne signifie-t-il pas une seule chose : que l'action est belle en soi ?

Un frémissement scandalisé avait marqué son intervention. Le Maître l'avait invité à préciser son concept.

– Je veux dire : peut-être que Krishna lance un message occulte. Lui, un dieu, a devant lui Arjuna, un homme. Krishna sait que l'action est la seule valeur que l'homme peut comprendre. Et il la lui offre sur un plateau d'argent…

– Dans quel but ?

– Pour qu'Arjuna mène à bien la mission que lui-même, le dieu, lui a confiée… pour qu'il se décide une bonne fois à le faire sans trop se poser de questions…

– D'après vous, donc, il s'agirait d'une vulgaire technique de contrôle ? Une pure question de pouvoir, en définitive ?

– Précisément, Maître.

– Revenez quand vous serez capable de comprendre, avait dit le Maître en souriant.

Il n'était plus revenu. Il n'avait plus besoin de maîtres. Zarathoustra avait été clair, sur ce point : on fait du tort aux maîtres en restant disciples à vie. Il ne lui restait plus, de cette portion de sa vie, que la beauté du geste. Les filles haletaient. La brune s'était aperçue du rire qui effleurait ses lèvres fuyantes.

– Ne ris pas ! On travaille.

– Excusez-moi. Continuez donc.

Il se concentra sur elles. Elles faisaient l'impossible pour l'exciter, et elles y réussissaient. Il se laissa lentement entraîner, avec une conviction qui ne cessait de croître. L'orgasme commença à monter : une marée rageuse qui s'élevait du fond de ses viscères. Quand il fut sur le point de jouir, il la renvoya en arrière en se mordant les lèvres. L'énergie ne devait pas fuir. Il en aurait besoin bientôt. Très bientôt.

– Ça suffit.

Les filles se laissèrent tomber sur le drap de soie. La blonde se passa avec une grimace la main entre les jambes. La brune détacha le phallus artificiel et le jeta sur la table de nuit. Bien qu'elles fussent l'une et l'autre un cadeau de Patrizia, il les paya généreusement. Après leur avoir fait la bise, le Noir se rhabilla, prit le sac avec les armes et récupéra la Honda aux fausses plaques qu'il avait garée sur le quai du Tibre.

De l'homme qu'il devait éliminer, il savait seulement qu'il écrivait dans une feuille à scandales et qu'il avait dérangé des gens qu'il n'aurait pas dû déranger. Pour lui, ce n'était même pas un homme, mais une cible. La cible de l'action. On l'appelait le Pou. En lui donnant le feu vert, Z lui avait raconté l'origine du surnom. Il en avait été affublé par le politicien qui lui en voulait. Cela s'était passé durant un des nombreux dîners de puissants. Z rapporta en riant la phrase exacte :

– Un jour ou l'autre, s'il n'arrête pas de foutre le bordel, ce salopard, je vais l'écraser comme un pou.

Le Pou entretenait une femme dans le quartier Nomentano. Il lui rendait régulièrement visite deux fois par semaine. Il ne s'en allait pas avant dix heures. Le Noir arriva quinze minutes avant l'heure limite. Le Sicilien était déjà sur les lieux. Ils échangèrent un signe de salut. Un petit gars au teint sombre, avec de grands yeux dans lesquels flamboyaient des éclairs de terreur soudaine.

Semi-analphabète. Un enfant de la campagne : Z lui avait dit que, petit, il avait été violé par des bergers. Sa présence scellait un accord dont les détails étaient connus d'un petit nombre de gens. Le Noir n'en faisait pas partie : mais ce n'était pas bien difficile à comprendre. Il suffisait de fixer des points, de tracer des lignes, de voir où elles se croisaient. Dans cette zone grise où État et Anti-État se donnaient la main, il se trouvait à son aise. Le secret, c'était que tout ça le dégoûtait et c'est pourquoi, chaque fois, il en sortait plus propre qu'avant. C'était l'Action qui, paradoxalement, lui conservait sa chasteté.

Une légère bruine commença de tomber. Le Sicilien, auquel avaient été confiées les tâches de couverture, avait l'ordre d'intervenir, si nécessaire, seulement en deuxième choix. Ce qui signifiait que si quelque chose tournait mal, le Sicilien aurait dû finir le Pou et éliminer aussi le Noir. Lequel ne se frappait pas pour autant. Ça faisait partie d'une technique militaire qui ne lui était pas étrangère. Et puis, la réciproque était vraie : si le Sicilien était mal barré, ce serait à lui de l'éliminer. Il ne devait pas y avoir de témoins de l'affaire. En tout cas, avant de prendre position, il inspecta la longue rue bordée d'arbres, en se forçant à atteindre les toits en pente et les fenêtres des solides et élégants édifices. Il ne semblait pas y avoir de témoin gênant : à toutes fins utiles, comme mesure défensive extrême, il avait une petite grenade.

Le Noir alla s'abriter sous une grande corniche. Il avait emmené un livre qu'il feignait de lire. Alors que le Sicilien pouvait éveiller une certaine curiosité, lui, il ressemblait en tout point à un des nombreux jeunes habitués de l'Officina, le ciné-club de gauche voisin qu'ils avaient déjà brûlé deux fois. En attendant, la pluie devenait plus impétueuse et la rue était déserte. Le Noir remonta le col du blouson, arma le pistolet et vissa le silencieux artisanal, un tube de métal avec un disque de bois et un peu d'étoupe. L'arme était un Tanfolio : pas très neuf, mais d'une précision maximale. Dans le chargeur, il y avait cinq cartouches Fiocchi et quatre Winchester modifiées. Les experts balistiques allaient s'arracher les cheveux. A dix heures pile, la porte de l'immeuble s'ouvrit. La cible, encadrée par la faible lumière d'un haut lampadaire, avait l'aspect sordide d'un métro-boulot-dodo écrasé par sa misérable condition. Il regarda autour de lui, jeta d'un geste agacé la cigarette qu'il tenait entre deux doigts et se mit en route. Le Noir sortit de l'ombre et, en deux ou trois pas, fut dans son dos. La cible ne s'était aperçue de rien. La rue était déserte. Le Noir sortit le pistolet et tira trois coups très vite. Bruit d'une boîte de bière écrasée. La cible se retourna sur elle-même, haleta, tomba sans un cri. Le Noir se pencha sur lui. Il semblait y être, mais il fallait être sûr. Il plaqua le silencieux contre le front et tira une dernière fois. Le crâne explosa, projetant des fragments de sang, d'os, de matière grise. Le Noir s'était opportunément mis sur le côté pour éviter les éclaboussures. C'est fait, communiqua-t-il au complice, en agitant le Tanfolio. Le Sicilien leva le bras en signe de salut et se mit à courir vers la place Verbano. Le Noir se dirigea sans hâte vers le ciné-club. L'idée de passer une heure dans ce repaire de rouges lui semblait une délicieuse touche classieuse. Le problème fondamental des rouges est qu'ils se sentaient "masse". Et ils croyaient en l'homme. Une masse, peut-être, mais d'idiots. A la caisse, il y avait une paumée avec des cheveux bouclés et deux petits nichons inquiétants qui le regarda de travers. Il prit la carte d'adhérent sous un faux nom, paya, elle détacha le ticket et le lui tendit de mauvaise grâce. Tandis qu'il entrait dans la salle, il entendit les premières sirènes. On donnait un film des Marx Brothers : des Juifs, mais marrants. Le Noir avait besoin de se détendre. L'action l'avait vidé. L'énergie qu'il avait créée grâce aux deux putes, l'énergie qu'il avait gardée en lui s'était évaporée dans la flamme des coups de feu. Demain serait une journée importante. Il devait encaisser le reste des honoraires. Il devait résoudre l'histoire de Sellerone.

X lui remit la mallette avec le cash dans le hall de la Bibliothèque nationale, en le complimentant pour la parfaite réussite de la mission. Le Noir encaissa avec un petit sourire méprisant. L'histoire du Pou était en première page de tous les journaux. Des accusations brûlantes étaient lancées sur les commanditaires présumés. Ce connard risquait de devenir plus dangereux mort que vivant. Z, X et celui qui leur donnait des ordres avaient peut-être bien l'État à leur botte, mais ils se comportaient comme des amateurs à leurs premiers coups.

Au coucher de soleil, il rencontra le Froid devant la gare du Trastevere, où ils avaient pris Sellerone, et il lui remit le sac avec deux pistolets et un fusil-mitrailleur de l'armée.

– C'est pas exactement les mêmes que celles que tu m'as données, mais c'est du matériel sûr.

– Bien. Je vais là-haut et je te renvoie Sellerone.

– Je suis content que tout soit réglé.

– Moi aussi. Sellerone parle trop, mais au fond, tu avais raison, c'est un bon diable…

Ils se saluèrent en se serrant la main. Le Froid était monté dans sa Golf quand le Noir le rappela.

– Le Tanfolio est chaud.

Le Froid le dévisagea. Un coup d'œil perplexe, une phrase sèche.

– Le Pou.

– Eh oui.

– Fais gaffe aux politiciens, l'avertit le Froid, et il démarra.

6

Malgré la rétractation, le Buffle resta à Regina Coeli, et Javel se retrouva inculpé de complicité. Depuis qu'il avait perdu son fidèle Scialoja, Borgia grinçait des dents. Et apparemment, ses idées commençaient à se répandre, vu que le juge d'instruction, dans l'ordonnance par laquelle il rejetait la demande de mise en liberté, avait défini le Buffle comme un "membre important d'une nouvelle criminalité qui se caractérise par l'extrême décision des moyens employés et l'absolu mépris de la vie humaine".

– Je vais le tuer ! avait-il menacé, durant une visite de Me Vasta.

Celui-ci l'avait calmé avec un petit sourire suffisant.

– Pour si peu ? A Noël, t'es à la maison. Je te le garantis.

Peut-être. Mais en attendant, les journées s'accumulaient, très longues et très ennuyeuses. Pour la première fois, la prison lui pesait, au Buffle. Il lui revenait à l'esprit les scènes du dehors, surtout de ce maudit après-midi d'idiot. Il risquait de tout démolir. Mais il avait beau se forcer à chercher une raison, ou une justification, il finissait toujours, immanquablement, sur le même point : je suis fait comme ça, je n'y peux rien. Ça s'est passé comme ça, et voilà tout.

Heureusement que du dehors, outre les colis et les mandats de la caisse commune, lui arrivaient de bonnes nouvelles. Le coup de la drogue avait marché comme sur des roulettes. Trentedeniers, le Froid et Botola, avec le Noir en couverture, avaient fait un petit tour en plein jour au dépôt des scellés, en passant les contrôles grâce aux cartes procurées par l'ami de Santini. Les cinquante kilos de Peshawar pure avaient été répartis dans deux mallettes de métal et transportés sous le nez du corps de garde. Et peut-être pour ça aussi, parce qu'il pensait aux autres qui se marraient bien dehors, le temps, au placard, ne passait jamais.

A Noël, sur la décision d'un gardien-chef armé d'un remarquable sens de l'humour, on lui assigna un compagnon de cellule : le Minot, dix-huit ans à peine échus, tout juste sorti du quartier des mineurs.

Le Minot commença du bon pied : en entrant, il dit bonjour poliment et se présenta sous son vrai nom, demanda au Buffle la permission d'installer sa couchette et s'enquit si ça ne le dérangeait pas qu'il fume. C'était un petit gars mince, propre sur lui, avec un museau malin, le regard droit et une veste en tweed d'acteur de cinéma. Le Buffle, qui flairait le minet, lui demanda de quel quartier il venait.

– Je suis né place Euclide, répondit le Minot.

– Les gens des Parioli*, je peux pas les sentir. Qu'est-ce que t'as fabriqué ? T'as fumé des joints ?

– Homicide.

Ça devenait intéressant. Le Minot ne se fit pas prier pour raconter son histoire. Il dit qu'il appartenait à une organisation révolutionnaire nationale-socialiste et qu'il avait été décidé d'éliminer un traître, un avocat qui les avait vendus au MSI d'Almirante**. Avec quatre camarades, ils avaient préparé le guet-apens et la cible avait été touchée et effacée à coups de mitraillette. Mais quelque chose avait mal tourné dans la phase de la retraite : une voiture des pandores les avait interceptés, il s'en était suivi un échange de coups de feu et trois d'entre eux avaient été capturés.

– En plus, on a pas flingué le bon. Un type qui ressemblait à l'avocat, mais c'était pas lui.

– Et maintenant, qu'est-ce tu fais ? Tu bats à Niort ?

– J'ai été pratiquement pris en flagrant délit.

– Et alors ?

– Je me suis déjà déclaré prisonnier politique.

– Ouh ! Un autre idéaliste ! Faites chier avec c'te politique !

En tout cas, le minet semblait correct. Aux juges qui venaient l'interroger, il opposait des silences dédaigneux ou les forçait à déguerpir à force de répliques au vitriol. A l'heure des parloirs venaient le trouver une dame élégante et une fillette à l'air apeuré : la maman et la sœur, toujours chargées de linge propre, cachemires à la mode, gâteaux au chocolat que le Minot partageait généreusement. C'était un gars qui, en prison, savait se tenir : très jeune, mais avec l'assurance d'un vétéran. En cellule, il

---

* Quartier bourgeois de Rome.

** Mouvement social italien, héritier officiel du fascisme mussolinien, contesté à l'époque par une myriade d'autres groupes plus radicaux. De sa mue est sorti l'Alliance nationale qui fait aujourd'hui partie de la majorité berlusconienne.

passait deux heures à soulever des poids, ses affaires étaient toujours en ordre et le Buffle ne l'avait jamais vu avec un poil de travers ou des chaussettes qui n'allaient pas avec le reste.

Peu à peu, le Buffle aussi se laissa aller aux confidences. Il lui raconta une partie – juste une partie, hein – de ses entreprises, lui parla du Libanais et du Froid, de Trentedeniers, du Sarde et du Dandy, de Patrizia et de ses filles, de la came, des tapis francs, de la rue quoi, et de son pouvoir d'attraction électrique et antique. Le Minot écoutait d'un air concentré, enregistrait les informations, interrompait peu et jamais hors de propos, au point que, pour la première fois de sa vie, le Buffle se sentit le grand frère de quelqu'un. Une espèce de Libanais ou de Froid, en somme : c'était une sensation nouvelle et même exaltante. Le Buffle avait toujours été un solitaire. L'affection qu'il commençait à sentir pour ce gamin lui faisait du bien à l'âme. Elle le contraignait même à utiliser sa cervelle : ce n'est pas qu'il en manquait, comme l'avait déjà deviné le Libanais, c'est seulement que, plus souvent qu'à son tour, il l'oubliait. Ce fut ainsi que le Buffle eut une bonne idée : il raconta l'histoire du jeune homme à Me Vasta. Le bavard en avait entendu parler : une bonne famille, des parents haut placés, un paquet de fric. Bien sûr, c'était bien dommage de se sacrifier ainsi à une idée qui était peut-être bien juste mais qui, en l'absence de soutien, restait une utopie. Évidemment, si le minot avait été conseillé… dans la procédure judiciaire, bien entendu… par la personne qu'il fallait…

– C'est bon, maître, j'ai saisi le blot. Mais moi, maintenant, qu'est-ce j'y dis, à ce gosse ?

Vasta offrit un conseil préliminaire. Le soir même, le Buffle affronta le Minot.

– Écoute-moi bien : si tu continues comme ça avec ton histoire de prisonnier politique, tu sortiras d'ici que les pieds devant !

– Et qu'est-ce que je devrais faire ?

– Avoue.

Le Minot réagit durement.

– Tu penses que la prison me fait peur ?

– Non, je t'ai compris, toi. T'as pas peur. Mais tôt ou tard, t'en auras plein le cul. Pense plutôt à toutes les belles choses que tu pourrais faire dehors. Avec des amis bien choisis, je veux dire…

Le Minot réfléchit là-dessus, souffla, secoua négativement la tête.

– Pourquoi non ? insista le Buffle.

– Si je parle, je trahis les camarades…

– Et t'as pas à dire les noms, couillon ! Suffit que tu leur donnes un os… Oui, monsieur le juge, c'était moi. J'admets mes responsabilités. Je me suis sincèrement repenti de mon geste et je veux remédier aux conséquences. Mais des noms, je n'en donne pas…

– Tu dis qu'ils s'en contenteront ?

– Oh, Minot, regarde-toi ! T'es un type qu'a étudié, ça se voit… de bonne famille… on t'a bien dit aussi que le crime, tu l'as fait quand t'étais mineur… avec un bon avocat… avoue, t'auras les atténuantes, dis à papa de lâcher un bon petit chèque à la famille de la victime… et d'ici dix ans, t'es libre ! Et fais gaffe que sinon, tu te prends perpète…

Le Minot passa deux jours à s'abrutir à coups d'haltères et de pompes. Muet comme un mort. Visiblement, il pensait sérieusement à la proposition. Et ne disait mot. Il gardait tout en lui. Un vrai testard. Le Buffle, qui ne savait même pas ce que c'était que l'attente et la patience, au cœur de la troisième nuit le réveilla avec l'excuse qu'il ronflait.

– Minot, dis-moi un truc, par curiosité : comment ça se fait que vous êtes fascistes et qu'entre vous, vous vous appelez camarades comme les autres ?

– Camarade, c'est un beau mot.

– T'as réfléchi à ce que je t'ai dit ?

– Bon, d'accord, j'avoue et je vends personne. Bien, ils me croient. Mais comme ça, je sors du milieu…

– Quel milieu ?

– Mon milieu.

– En quel sens ?

– Beh, ils penseront toujours que je suis un renégat…

– Ah, fit le Buffle en soupirant de soulagement. Si c'est que ça, je m'en occuperai, moi. Deux mots au Noir et tout se résoudra…

– Tu connais le Noir ?

– Le Noir est avec nous.

En somme, après quelques hésitations supplémentaires, le Minot se sépara de l'avocat d'office, nomma Vasta et écrivit une longue lettre au ministère public.

A la mi-janvier, la Cassation jugea recevable l'appel de Me Vasta et le Buffle fut relâché. Il sortit de taule avec la conviction d'avoir fait une bonne action : le Minot devenait homme, et lui, il l'avait fait grandir. En lui, quelque chose lui disait qu'un jour, ils se reverraient.

1980

Tenir la rue

1

L'après-midi du 7 février, Donatella chopa Nembo Kid avec une Colombienne. Ils étaient dans la garçonnière d'Œil Fier derrière la basilique Saint Paul. Nembo essaya de l'embrouiller.

– C'est pas ce que tu crois… elle travaille à l'ambassade… je suis en train d'organiser une affaire…

Après l'avoir invitée à remballer son soutif 130 G et ses collants turquoise, Donatella attendit patiemment que la basanée ait débarrassé le plancher puis sortit le poinçon et laissa à son homme un petit souvenir sur l'épaule.

Le soir, quand Nembo Kid se présenta au Full' 80 la gueule de travers et le bras en écharpe, il fut accueilli par un éclat de rire colossal. Le détail qui amusait le plus était celui-ci : le poinçon, c'était Nembo qui l'avait offert à Donatella, une semaine auparavant. Pour sa défense personnelle, en ajoutant : avec tous les voyous qui traînent…

Ils étaient encore en train de fêter ce coup mémorable quand Ricotta présenta les quatre hommes : jeunes, distingués, bien habillés, ils avaient donné le mot de passe exact et donc semblaient en règle. Pris pour des amis de l'acteur Bontempi, ils furent invités à boire un verre avec eux. Avec tout ce que ces pigeons allaient laisser sur les tables, on pouvait bien se permettre d'être généreux.

Mais les quatre hommes refusèrent poliment puis, l'un après l'autre, sortirent leur carte et se présentèrent. Carabiniers. Le Buffle, qui avait sur lui son revolver, réussit à gagner discrètement la sortie. Le Libanais eut l'impression que les pandores s'étaient aperçus de la manœuvre et pourtant, ils le laissèrent partir. Seconde bizarrerie, si on comptait le mot de passe. Troisième bizarrerie : dédaignant le salon de réception, qui était en règle et avait toutes les licences, avant qu'on ait pu organiser une réplique, les militaires se dirigèrent tout droit vers l'étage, firent irruption dans la salle de jeux, relevèrent l'identité des présents et saisirent cartes, fiches, dés, chèques, liquide et reconnaissances de dette. Et, quatrième et dernière bizarrerie, vraiment inquiétante celle-là, tout le monde fut laissé en liberté à l'exception du Dandy, du

Libanais, de Nembo Kid et de Ricotta qui, dès l'aube, avaient déjà reçu chacun drap, couverture et confortable logement à l'hôtel du pont Mammolo. Ainsi qu'un mandat d'arrêt pour association de malfaiteurs aux fins d'escroquerie et d'exercice de jeux de hasard. Une histoire à faire rire, d'accord, mais ces allers et retours en taule commençaient à être vraiment chiants.

Et puis, Rebibbia n'était pas Regina Coeli : il y avait plus d'espace et ça puait moins le fauve, c'est vrai, mais les règlements étaient plus sévères, et avant qu'ils se retrouvent hors de l'isolement, une bonne semaine passa. Quand enfin ils se revirent à la promenade, ils étaient tous les quatre furieux, déçus et soupçonneux.

Dans les jours précédents, avec chacun d'entre eux, Vasta avait fait montre de son optimisme habituel.

– L'inculpation est techniquement erronée pour ce qui concerne le jeu de hasard. Le proc', c'est Sciancarelli, un crétin. Vous pouvez être tranquilles. Au pire, ensuite, quand vous serez en liberté provisoire, on lui dira que vous, au Full' 80, vous y alliez pour jouer et vous vous en tirerez avec une amende. Malheureusement, le local est sous séquestre et je crains fort que vous soyez obligés de l'oublier. Quant à l'escroquerie, il faut encore que les joueurs déclarent que vous trichiez. Ce qui me semble improbable, et en tout cas pour l'instant, dans les pièces, rien de ce genre n'apparaît. Haut les cœurs, au pire début avril, vous êtes dehors !

Ainsi, le tapis était mort. Pas une grosse perte mais… tant pis. Dès qu'ils seraient sortis, ils en monteraient un autre. Encore plus grand et plus rentable. L'argent ne manquait pas. La première chose à faire était de choper le salopard qui cherchait à les baiser et de le lui faire payer.

D'où venait l'attaque, cette fois ?

Nembo Kid, auquel, après tout, Donatella avait rendu un joli service, avait été admis à l'infirmerie. Là, par l'intermédiaire d'un maton imprégné de coke, il avait réussi à avoir un peu de dope à fumer et un message de Trentedeniers : Fabio Santini jurait ses grands dieux que la Criminelle n'était au courant de rien dans l'affaire. Ils avaient été mis hors du coup, en somme ; et, pire encore, certains de ses amis carabiniers lui avaient fait comprendre que l'opération Full' 80 avait été conduite "sous le sceau de la plus grande confidentialité" et "sur la base d'ordres venus de haut". De quelle hauteur exactement, pas moyen de savoir.

Le Libanais qui, au fond, était resté admiratif devant cette action foudroyante, chirurgicale, se demandait le pourquoi des arrestations sélectives. Pourquoi eux quatre et pas tout le monde. Ils visaient les chefs, ou ceux qu'ils considéraient comme tels ? Et alors, pourquoi ignorer le Froid ? Pourquoi alpaguer Ricotta, qui était un brave gars mais quant à l'autorité... Ou bien visaient-ils à les diviser ? A faire croire que parmi eux un traître se planquait ? Ils connaissaient le mot de passe, qui était changé deux fois par semaine. Bien sûr, beaucoup de joueurs aussi étaient au courant. Donc, n'importe qui pouvait...

Pour une fois, au moins, ils n'avaient pas Borgia contre eux. Mais ça aussi, ça pouvait être le signal d'un problème : un autre indice qu'il y avait d'autres ennemis dont il fallait se protéger. Le Libanais ne doutait pas de réussir à se dépatouiller de cette histoire. Ses craintes, comme toujours, étaient liées au maintien du groupe. Bon, d'accord, dehors il y avait le Froid et Trentedeniers : donc avec lui et le Dandy au trou, les têtes froides en liberté se réduisaient de moitié. On pouvait peut-être hypothéquer une implication plus décisive du Noir : mais jusqu'à quel point pouvait-on se fier à lui ? Ce type, il allait, il venait, il disparaissait, il restait autonome, en somme. Et il n'y avait que le Froid qui réussissait à lui parler. Oui, ce nouveau tour en tôle faisait vraiment chier. A l'avenir, il fallait être plus prudent. Diversifier les alliances. Au point où ils étaient arrivés, payer quelques flics ripoux n'offrait plus assez de garanties. Et c'était peut-être ça, le message...

Un soir – on était début mars –, ils furent convoqués au bureau du directeur. Mais le gardien-chef chargé de les escorter, au lieu de se diriger vers le bâtiment des bureaux, les accompagna dans un petit édifice en rénovation destiné à abriter les terroristes, vrais et bidons, qui déboulaient par wagons en cette période. Et sans daigner répondre à leurs questions pressantes, il les planta dans une petite salle de parloir éclairée par un néon souffreteux.

– J'aime pas ça, dit Ricotta.

– T'excite pas, philosopha le Libanais qui, à force de ruminer, avait deviné quelque chose.

Et quand il les vit surgir de derrière la porte blindée que le maton avait laissée entrouverte, il s'y attendait presque, à revoir ses vieilles connaissances Z et X.

– Alors, c'est vous qui avez combiné cette petite blague !

Le Dandy et Nembo Kid allaient se jeter sur eux. Z leva les mains en signe de paix. X renversa sur la table un pacson de coke.

Nembo Kid s'approcha de la dope, y plongea la pointe de l'auriculaire, goûta.

– Elle a l'air bonne.

– Allez-y mollo, avertit X, elle est à quatre-vingt-cinq pour cent.

– Vous êtes pas obligés de vous la finir ce soir, précisa Z, nous on va s'en aller, mais ça, ça reste...

Le Dandy fut le premier à sniffer, suivi par Ricotta et Nembo Kid. Z et X prirent deux chaises et s'installèrent.

– Et toi, tu te sers pas, Libanais ? demanda Z.

– Les affaires d'abord. C'est pour ça que vous êtes venus, non ?

– Et peut-être que tu t'attendais à notre visite... t'es un gars fortiche, Libanais. C'est pour ça que nous sommes là...

Le Libanais s'approcha rapidement de la table, prit la coke, referma le pacson et l'empocha. Ricotta le regardait sans comprendre. Le Libanais s'alluma une cigarette. Z attaqua le sermon.

Il était désolé pour l'histoire du clandé, mais ils n'allaient pas tarder à se refaire. Ils devaient considérer l'événement comme une petite démonstration de leur pouvoir. De toute façon, si cette conversation devait donner les résultats espérés, l'affaire se résoudrait rapidement comme une bulle de savon. Et tout le monde en tirerait un grand profit. Une fois déjà, ils avaient dû intervenir pour sauver le bordel des initiatives de ce policier barjo, ce Scialoja qui croyait pouvoir leur marcher sur les pieds gratis. Ça avait marché, oui ou non ? Alors, qu'ils écoutent leurs conditions. Z parla longtemps. Alentour, la nuit tombait, marquée par les pas cadencés de la ronde. Il parlait, Z, et tandis que le Dandy, Nembo Kid et Ricotta hochaient la tête, toujours plus convaincus, presque exaltés, le Libanais restait appuyé à la cloison. Impassible. Impénétrable. A la fin, quand X, qui n'avait jamais ouvert la bouche, demanda si on pouvait considérer que le pacte était scellé, avant que les autres s'abandonnent à l'enthousiasme, le Libanais planta un regard méchant sur Z.

– Pourquoi vous n'avez pas pris aussi le Froid ?

Z sourit.

– Peut-être que ce n'était pas nécessaire…

– Vous n'avez rien compris !

Z et X échangèrent un coup d'œil inquiet.

– Écoute-moi, Libanais…

– Non, écoute-moi, toi : peut-être que nous, nous avons besoin de vous, mais pas autant que vous, vous avez besoin de nous. Vous avez les palais, nous la rue. C'est ça qui vous intéresse : la rue. Parce que, sans la rue, vos palais valent que dalle ! Eh beh, il n'y a personne qui sait tenir la rue aussi bien que le Froid. Personne. Le Froid, c'est la rue. Donc… sans le Froid, on passe aucun accord !

– T'as raison, nom de Dieu ! Ou tout le monde, ou personne ! hurla Ricotta, en abattant son poing sur la table.

Le Libanais chercha l'approbation des autres collègues. Mais le Dandy marmonnait quelque chose d'indéchiffrable. Et Nembo Kid fixait le carrelage, mains enfoncées dans les poches. Le Libanais flaira une ambiance d'opportunisme. Qu'est-ce qu'ils deviendraient, tous, s'il lui arrivait quelque chose ?

– Sans le Froid, répéta-t-il décidé, on passe aucun accord !

– Il faudra qu'on en parle avec le Vieux.

– Qui c'est, le Vieux ?

– Le Vieux, c'est le Vieux.

– Beh, alors, à ce Vieux, vous lui dites comme ça : que sans le Froid, on passe aucun accord !

Z soupira. D'autre part, les ordres, en un tel cas du moins, avaient été assez élastiques. Il fallait ramener un résultat au Vieux, et eux, un résultat, ils l'avaient ; et puis, en toute négociation, il fallait bien céder quelque chose.

– Fais comme tu veux, concéda-t-il, mais c'est toi le garant.

Le Libanais hocha la tête. Il tira de sa poche le pacson de coke et le renversa sur la table.

– Affaire faite, alors.

Plus tard, tandis que le gardien-chef, sans s'occuper le moins du monde de la coke, les ramenait en cellule, le Dandy dit au

Libanais qu'avec ces deux-là, il s'était comporté en vrai chef. Le Libanais voulut le fixer dans les yeux. Le Dandy détourna le regard. Le Libanais s'en alla dormir avec un sourire ironique et inquiet sur ses lèvres minces.

2

Patrizia aimait la mer l'hiver. Elle s'accordait à sa solitude. A son ennui. Avec le Dandy au placard et l'usine qui tournait à fond la caisse, sa présence à Rome n'était pas plus nécessaire que ça. Le Crapaud, qui avait fini par être pardonné, avait mis à sa disposition une vieille maison sur le littoral entre Terracina et Sperlonga. Il faisait froid, il y avait un peu de pluie. Patrizia feuilletait une revue de voyage devant la cheminée. Le Crapaud n'était plus ce qu'il avait été. Il avait commencé à prendre de la morphine pour calmer la douleur des blessures et maintenant, il carburait à un demi-gramme d'héro par jour. Il gardait sa provision dans un secrétaire en même temps qu'un collier de perles et la montre qu'il avait volée à son père avant de prendre le chemin de la rue. Même ses rêves étaient moins extravagants et colorés qu'autrefois.

– Je suis dans une chambre toute noire. Je suis Ida Lupino, je suis maigriotte et masculine. J'ai une robe grise. Je suis attachée au mur, de gros anneaux m'emprisonnent les poignets. Par terre, il y a une écuelle à chien pleine d'eau. Les gangsters qui m'ont pris veulent savoir où se cache Johnny Ray. Mais je ne le leur dirai pas. Je suis prête à mourir, mais je ne révélerai pas mon secret…

– C'est tout ?

– Une seconde de patience, ma chérie ! Le reste, je l'ai pas encore rêvé !

Le Crapaud était devenu triste. Le coucher de soleil était triste. Le monde était triste. Patrizia ne s'amusait pas. Patrizia se sentait vide comme quand elle était seulement Cinzia et qu'avant de défaire son soutien-gorge, elle devait passer des accords clairs avec les hommes trop impatients. Le Crapaud cuisait du poisson sur le barbecue.

– Qu'est-ce que t'en dis, du Maroc, Crapaud ?

– Bonne idée. Même en cette saison, il y a une tiédeur qui réchauffe le cœur… je connais quelques garçons à Casablanca… on pourrait y aller ensemble…

– N'y pense même pas !

– Tu pourrais y aller avec le Dandy.

– Parle pas de malheur !

– Alors avec le Libanais.

– Le Libanais ? Celui-là, jamais de la vie tu pourrais le sortir du Trastevere. Il a peur que s'il s'éloigne, on lui retire sa chaise de sous le cul !

– Œil Fier ?

– Il pue.

– Ricotta ?

– Beurk !

– Nembo Kid ?

– Tu vas lui raconter, toi, à Donatella ?

– Le Noir !

– Tu parles d'un rigolo !

– Alors, vas-y avec le Froid.

– Le Froid ne me regarde jamais dans les yeux.

– C'est parce qu'il te respecte. Tu es la femme d'un ami et lui veut te faire comprendre qu'il t'approche pas !

– Non, tu te trompes. Le Froid me méprise. Il me méprise moi et toutes les autres filles.

– Il aime les hommes ?

– Mais qu'est-ce que tu racontes ! Il cherche le grand amour…

– Ah, j'ai compris : c'est un romantique ! Je les ai jamais compris, les romantiques. Aimer une seule personne à la fois, quelle folie ! Se lier pour toujours. Les promesses éternelles et toutes ces autres conneries ! L'amour ne devrait pas avoir de limites. C'est comme ça que je le vois.

– L'amour ne devrait pas exister. C'est comme ça que je le vois.

Le Crapaud tourna les daurades, huma le fumet, hocha la tête.

– Elles sont presque prêtes. Patrizia, est-ce que tu serais amoureuse, par hasard ?

– Dis pas de conneries.

– Une fois, quand j'étais à l'hôpital, un policier est venu me trouver… un beau morceau… genre passionné, modèle Monty Clift avec un peu du James Bond jeune, mais moins névrosé, plus du genre bon garçon… d'après moi, si tu lui demandais de venir avec toi au Maroc, il dirait oui en courant…

– Tu parles trop, Crapaud.

Ils gagnèrent le patio. Crapaud servit le poisson et déboucha une bouteille de petit blanc glacé. Dans la cage au fond du jardin, maman lapine tremblait, en proie aux douleurs de l'accouchement.

– Elle va faire des petits ! Je veux voir quand ils sortent !

– C'est pas un beau spectacle. C'est d'horribles petits monstres roses et sans peau, avec les yeux fermés et couverts d'un liquide dégueu…

– Je veux les voir quand même.

– Beh, d'ici une dizaine de minutes, ça sera fait. Un peu de patience !

– Je n'aime pas la patience, Crapaud.

– Ce flic, comment il s'appelait…

– Tu vas la fermer, oui ou non ?

Le Crapaud s'excusa et entra dans la maison. Donnez-nous notre shoot quotidien. Patrizia but un peu de vin. Le Crapaud la mettait mal à l'aise. Elle avait eu tort de s'en aller de Rome. Elle avait eu tort de s'isoler avec cette tante à moitié folle. Elle n'avait jamais pensé au flic. Ou peut-être que oui. Quand Z et X lui avaient dit qu'ils lui avaient fait sa fête. Elle s'était imaginée ce qui serait arrivé s'ils avaient fermé le bordel. La prison. Le procès. Recommencer tout depuis le début. Elle avait assez d'argent de côté pour s'en foutre. Le Dandy observait et laissait faire. De temps en temps, il se laissait gagner par la jalousie : tu vas encore avec les hommes ? Qu'est-ce qu'ils veulent de toi ? Tu le fais ? Comment tu le fais ? Le Crapaud s'arracha, fatigué, à son fauteuil. Il avait les yeux troubles.

– Un jour, je ferai ton portrait, Patrizia.

– Tu sais encore peindre ?

– Je m'en sors. J'ai fait deux ans aux Beaux-Arts. Je te ferai voir comment t'es. Comment je te vois. Comment t'imagines même pas que tu es.

– Ah oui ? Et comment ?

– Géométrique. Pointue. Slave. Tu n'as pas une tête romaine. Les têtes romaines sont rondes et douces, elles tendent à se fondre dans la langueur, elles inspirent la luxure. Tu donnes l'envie de te défier. Tu es une femme inachevée, Patrizia. Des visages comme le tien, on n'en voit pas beaucoup.

Le Crapaud délirait sous l'effet de l'héro. Patrizia s'approcha du clapier. Maman lapine était en train d'expulser les petits, un après l'autre. Chaque fois qu'il lui en sortait un, elle se dépêchait de le lécher doucement. Voilà la maternité. Un truc dégueu. C'était Crapaud qui avait raison. Ces horribles petits monstres étaient répugnants. La voix du Crapaud était un doux murmure halluciné.

– Tu es une femme sur le seuil, Patrizia. Tu es là parce que tu ne sais pas quoi faire. Tu te sens prisonnière et tu voudrais te libérer. Mais la liberté est la chose la plus coûteuse qui existe au monde. Même avec tout le fric du Dandy, tu n'arriverais pas à te la payer. Tu n'en ferais rien. C'est trop difficile pour toi. Comme pour n'importe qui, d'ailleurs.

– Je vais te faire démolir, Crapaud. T'es un pédé mort.

Mais le Crapaud ne l'avait pas entendue. L'héroïne l'avait écrasé. Il ronflait doucement, la bouche béante, les bras croisés sur son corps rabougri. Un bruit du côté du clapier l'alarma. Dieu sait comment, un chien, un petit bâtard à l'air malin, avait réussi à entrer dans la cage. Maman lapine soufflait, menaçante. Le chien ne lui prêta pas la moindre attention. Il s'approcha des lapereaux, les renifla, les engloutit l'un après l'autre. Maman lapine lança un faible gémissement. Le chien l'ignora et disparut dans la nuit. Patrizia rentra, fourra ses affaires dans la valise. La BMW l'attendait sous les canisses. Dans une heure et demie, elle pouvait être chez elle. Elle se changerait. Elle irait danser. Seule. Ou bien, elle pouvait téléphoner à l'Alitalia et réserver le premier vol pour où ça lui chanterait. Elle n'avait de compte à rendre à personne. Le monde était triste. Le monde était dégueu.

3

Le Vieux est le Vieux. Le Vieux ordonne et Dieu dispose. Le Vieux commandait une unité de renseignement au nom neutre dont le pouvoir n'était connu que de quelques élus.

Entouré de ses jouets mécaniques, pièces authentiques du XVIIIe autrichien, prototypes des modernes automates, le Vieux combattait l'insomnie en jouant à désorganiser le monde.

Le Vieux avait repéré depuis longtemps ce groupe de malfrats qui commençait à se faire un nom en ville. Il avait ordonné d'exploiter le bordel. L'investissement s'était avéré rentable. Les informations commençaient à affluer. Mao se trompait : le pouvoir n'est pas au bout du fusil, il repose sur les informations.

Ensuite, il avait ordonné à Z et à X de resserrer les contacts en se servant de la vieille méthode. Les Américains, dans leur infinie présomption, pensaient être les premiers à l'avoir mise en œuvre... comme si n'avaient jamais existé Sun Tzu et Von Clausewitz... les Américains appelaient ça *sting operation*, "opération aiguillon". Vous prenez un déviant ou supposé tel, vous le faites dévier, vous l'attrapez pendant qu'il est en train de dévier et vous lui posez une alternative brutale : ou tu dévies pour mon compte, ou t'es fini. Ça fonctionnait presque toujours. Et maintenant, il tenait le Libanais et ses gars. Pour en faire quoi ? Pour jouer avec, naturellement.

Le Vieux avait beaucoup apprécié le discours du Libanais à propos de la rue. Entre ce voyou et lui, il pressentait une façon de voir commune. En rapport avec le jeu et le désordre. Le Libanais n'était-il pas un joueur acharné ? Bien sûr, le Libanais était aussi un amateur. Pour le moment, il cultivait encore le rêve de mettre de l'ordre dans le chaos. Alors qu'en fait, le jeu exigeait de faire l'inverse : mettre du chaos dans l'ordre. Désorganiser le monde.

Le Vieux éprouvait un profond mépris pour les prétendus Grands de la Terre. Il considérait les banquiers, les trafiquants, les politiciens et les têtes couronnées qui s'imaginaient tirer les ficelles du jeu comme une bande d'aventuriers médiocres et sots. Des gens incapables de percevoir la trame dans son ensemble. Des apprentis qui se démenaient autour d'objectifs risibles : conquérir un État, subvertir un gouvernement, éliminer une mauvaise herbe subversive. A une époque, lui aussi avait été séduit par ces sirènes. Quand on lui avait remis le premier insigne du ministère, il avait eu un frémissement d'orgueil. Et quand les Américains l'avaient choisi comme homme de confiance, l'admettant dans la plus sélecte, cosmique élite du XXe siècle, il s'était senti envahi d'une joie infinie. Ah ! Les Américains ! Les gardiens de la Liberté ! Les protecteurs de la Démocratie ! *With God on my side !* Si simples, si directs, si aimablement, intimement, innocemment fascistes ! Si fiers de leur tradition WASP et de leur atavique prognathisme, mais si t'allais fouiller dans leur pedigree, affleuraient les Hispaniques, les Grecs, les Arméniens et les Turcomans… les races inférieures, les races maudites… le Vieux ne haïssait pas les Américains : il avait pour eux de la commisération, comme un père pour un fils crétin.

Tout cela s'était passé voilà bien longtemps. Maintenant, le Vieux savait. Dans l'océan d'idioties qui lui avait servi à abrutir son peuple, Mao Tsé-toung avait glissé une grandiose vérité : grand est le désordre sous le ciel, donc l'époque est excellente. La seule ressource d'un esprit supérieur : jouer à désorganiser le monde pour préparer un chaos toujours plus neuf. Si on avait pu lire dans ses pensées les plus secrètes, on aurait découvert ce grand scandale : l'homme d'ordre est le plus déchaîné des anarchistes, comme son héros préféré, le Professeur de Conrad qui erre par les rues avec sa charge secrète de haine et de mort.

Avec un soupir exténué et un fond de légère excitation dans les flancs, le Vieux termina son whisky, arrêta le mécanisme de l'automate joueur d'échecs et s'arracha péniblement à l'immense fauteuil noir. Demain, 9h30, audition chez le ministre. Rapport sur les progrès de l'activité antiterroriste. A 11h15, rencontre avec les homologues sud-africains. A 13 heures, déjeuner au Trastevere avec le représentant de l'OLP. Faire prendre dispositions par Z pour le bordel. 16h30 : rencontre secrète avec le délégué du Mossad. Faire prendre dispositions par Z pour le bordel. Éviter la rencontre entre les ennemis historiques. Ou bien la favoriser. Il se réservait de réfléchir un peu là-dessus. 20h40 : réunion de loge chez Me Considinis. Devant lui, de longues heures d'éloignement de ses automates bien-aimés.

D'ici la fin de l'année, il devait programmer un rendez-vous avec le Libanais.

4

Grand, gros, déplumé, au temps des Marseillais, on utilisait le Hareng pour récupérer les dettes de jeu. Suffisait qu'il se présente avec sa tronche de pirate à moitié débile et même le plus dur des tricheurs faisait dans son froc. Touché par une enquête sur deux ou trois enlèvements, de ceux où les victimes avaient fini mangées par les cochons, après une ordonnance de non-lieu si généreuse que même lui ne s'y attendait pas, il s'était recyclé dans l'usure et le recel. Les derniers temps était née une amitié avec l'Echalas : rapprochés par la passion des chevaux, les deux hommes avaient fait quelques virées à Agnano, où les compères de Trentedeniers avaient donné un coup de main pour faire gagner certaines carnes qui n'avaient pas même les quatre pattes réglementaires.

Le Hareng, en somme, était un type tranquille : peut-être un peu trop souvent bourré, mais personne n'avait jamais rien trouvé à redire sur son compte. Aussi en restèrent-ils tous comme deux ronds de flan quand Pajuca, un des chevaux de Villa Gordiani, fit savoir que depuis deux semaines le Hareng s'était mis à emmerder les vendeurs de la zone. A une nana qu'ils avaient engagée depuis peu, Silva, une fille qui tenait à peine debout et qui en était à se fixer autour des nichons, vu qu'elle ne trouvait plus d'autres veines, le Hareng avait carrément pété la mâchoire à coups de pied.

L'Echalas fut envoyé en avant-garde avec la mission de convoquer le Hareng au bar de Franco. Mais il s'en revint les mains vides et très tendu : non content d'avoir refusé de le suivre, non content de lui avoir mal parlé, à lui, un vieux copain, il s'était en plus mis à l'insulter devant tout le monde, et à la fin l'Echalas avait dû se retirer pour éviter le pire. Et en tout cas, une phrase avait été prononcée, extrêmement outrageante :

– Dis-y à ces quatre têtes de nœud qui veulent me parler qu'y savent où me trouver !

– Il a perdu la boule ! commenta Trentedeniers. Bon, mais un défi, c'est un défi !

Le Buffle piétinait d'impatience.

– Et alors, on y va, non ? Je vais chez Ziccone et je me fais donner deux-trois flingues…

– Attends. Il faut d'abord comprendre comment ça se présente… dit le Froid.

– Mais qu'esse-tu veux comprendre ! C'est clair : on a été offensés et on se venge. Qu'est-ce qui te faut d'autre ?

– Les preuves.

– Les preuves de quoi ?

Depuis que le Libanais était dedans, le Froid avait assumé la tâche de garder la compagnie unie. Et il s'inquiétait, expliqua-t-il aux autres, qu'un nullard comme le Hareng relève la tête. Ça l'inquiétait autant que l'arrestation, encore enveloppée de mystère, d'une partie d'entre eux. Si on additionnait deux plus deux, le résultat sentait le roussi et le tour de con. Le Hareng n'était peut-être bien qu'un fou, comme tout le monde le pensait ; les deux faits, la rébellion et l'arrestation, n'étaient peut-être pas pures coïncidences mais fruits d'un même dessein. Avant de décider une action quelconque, ils devaient éclaircir la situation. Ensuite, fixer une peine correspondant à la violation des règles.

– Oh, s'étonna le Buffle, c'est quoi, ça, on est devenus des juges ? La peine par-ci… la peine par-là… la peine de mort, un point c'est tout !

A la fin, lui aussi fut convaincu : il avait confiance dans le Froid.

Quelques jours plus tard, un soir, le Froid, le Buffle, Botola et l'Echalas débusquèrent le Hareng dans un clandé de la rue dei Gelsomini. Il était ivre mort et les accueillit d'un rot sonore. Il puait de loin, sa barbe était encroûtée de saletés. Avec lui, deux vieilles connaissances, les frères Bordini. Un instant, le Froid songea que peut-être, derrière l'histoire jamais éclaircie de l'Angelot et du lot de coke non payé, il pourrait y avoir justement le Hareng. Il y avait toujours ces bruits sur les Bordini, sur lesquels pourtant Botola avait enquêté sans aboutir à rien. Mais à l'entrée du quatuor, les Bordini s'étaient écartés après avoir échangé un salut avec Botola. C'était une manière élégante de se mettre hors du coup. Quant au Hareng, le Froid, d'un air dur, lui demanda raison de l'insulte. Et l'autre de balancer un autre rot et un rire mauvais.

– Tu veux savoir ce que j'ai contre vous ? Maintenant, je vais te le dire !

Depuis qu'ils étaient arrivés dans le milieu, les affaires allaient mal pour tout le monde. Ou t'étais avec eux ou t'étais pas. Ils profitaient d'un moment particulier, mais ça ne durerait pas longtemps. Rome n'était pas disposée à se faire mettre à genoux par une bande de mange-merde. Le vent tournait. Toujours plus nombreux étaient ceux qui n'avaient pas peur de leurs méthodes. Inutile de continuer à jouer les cacous : leur sort était scellé. Ils allaient bientôt rejoindre les quatre autres connards en taule. Ou pire, sous terre. Là où ils avaient envoyé ce pauvre Terrible : tout Rome le savait, que c'était eux. Y'avait que les juges qui ne s'en étaient pas aperçus. Mais on s'en branlait, des juges ! D'autres allaient y penser, à leur donner ce qu'ils méritaient !

– Oh, eh, faut encore l'écouter longtemps comme ça, cet imbécile ?

Le Buffle s'était avancé, menaçant. Le Hareng le considéra avec un grand mépris à travers ses yeux embrumés et rougis par le vin, puis lui cracha dessus. Le Buffle s'élança. Sous le choc, le Hareng vacilla, se plia en deux, tomba sur la table de billard. Avec le Buffle sur lui. L'Echalas essaya de les séparer, et se prit une châtaigne du Buffle. Celui-ci lâcha le Hareng et se précipita sur son ami : l'Echalas était un oisillon à deux pattes et avec la violence qui bouillait en lui, le Buffle risquait de l'envoyer dans le coma. Le Froid ordonna la retraite. Quelques minutes plus tard, en voiture, le Buffle revint à la charge. Le Hareng devait mourir. Tout de suite.

– Il n'en est pas question, dit sèchement le Froid.

– Oh, eh, Froid, maintenant tu me les casses ! Si tu te sens pas, j'y vais moi. Seul !

– Bravo, Buffle, bravo. Va prendre le pistolet, reviens au bar et efface-le, peut-être devant les mêmes témoins qui t'ont vu une heure plus tôt te chicorer avec lui…

Le Buffle rentra sa grosse tronche entre ses épaules. Echalas, la joue encore douloureuse de la mornifle, pria et implora pour obtenir qu'on réfléchisse. Le Hareng avait toujours été correct. Visiblement, il avait perdu la tête. Il allait se repentir. Il présenterait ses excuses. Il se chargeait lui-même de la négociation. Le Froid prit son temps avant de répondre. Pendant que le Hareng débagoulait, il s'était aperçu que quelque chose ne tournait pas rond. C'était un autre petit signal qui s'ajoutait à tant d'autres qu'il collectait ces derniers temps.

– Pour le moment, on bouge pas. Quand le Libanais sortira, on verra.

5

Nembo Kid, le Libanais et Ricotta furent relâchés fin mars, avec des excuses. Le Dandy, lui, était resté coincé par une condamnation définitive à vingt-cinq jours : un vieil article 80 du code de la route, conduite sans permis, presque une offense pour un type de son calibre. Mais permis, passeports et papiers en général ne présenteraient plus de problème après l'accord avec Z et X. Les barbouzes étaient revenus les voir deux ou trois fois à Rebibbia. Nembo Kid avait demandé de l'aide pour son vieux copain Turatello qui, à Milan, était mal barré. Z lui avait suggéré à qui s'adresser. Nembo Kid et Donatella prirent un avion pour Milan. Aucun des deux n'avait encore volé. A la boutique de Fiumicino, Donatella rhabilla son homme des pieds à la tête. Ainsi habillé haute couture et cravaté, Nembo Kid, qui était grand et musculeux, se sentait comme un mannequin embaumé. Mais il ne déparait pas sur cette placette peuplée de minets aux airs décidés, genre le Noir, sur laquelle donnait l'hôtel à quatre étoiles.

– Prends exemple sur le Dandy, l'admonestait-elle.

– Le Dandy est un fanatique.

– Tu sais même pas qui on va voir, au moins fais-toi élégant.

– Comment ça, qui *on* va voir ? Toi, tu vas nulle part. C'est pas des affaires de femme, ça.

Mais Donatella, qui se méfiait depuis l'histoire de la Colombienne, le suivit pas à pas dans les maisons, les bureaux, les restaurants, les cercles et les galeries. Arpenter Milan quelquefois l'exaltait, d'autres fois la déprimait. Elle vit des boutiques d'un luxe effréné, et il lui vint l'idée d'ouvrir quelque chose de semblable à Rome. Elle vit des bars étincelants et pensa avec déception au Full' 80, qui lui avait paru si génial et qui, en comparaison, faisait pâle figure. Elle vit des femmes maigrichonnes et très dignes, et remarqua avec quelle avidité le porc qu'elles se trimbalaient les tripotait. Elle décida de fréquenter un gymnase, espéra entraîner aussi Patrizia dans l'entreprise. Elle assista à une engueulade furieuse entre Nembo Kid et un monsieur d'âge moyen aux manières onctueuses qui l'appelait "mon cher ami" ou "très cher" et qui se disait "désolé" de ne pas pouvoir "se prodiguer davantage" pour résoudre les ennuis judiciaires du "cher Francis". Elle vit aussi Turatello, ou plutôt, l'entrevit en se faufilant au parloir de San Vittore avec les permis de visite procurés par l'inévitable Z. Un grand gars exubérant, un peu loubard mais beau et, ça se devinait, déchaîné comme un animal. Exactement comme son Nembo Kid, mais avec plus de style. Tout bien considéré, elle se dit qu'il valait mieux se garder celui qu'elle avait, libre et en chair et en os, que soupirer pour l'amant perdu derrière les barreaux. Il n'y eut qu'une réunion où elle ne fut pas admise. Une cérémonie exclusivement réservée aux mâles, de laquelle Nembo revint en pleine nuit la mine sombre et l'air mauvais. Il ne lui raconta rien et, comme elle insistait, il lui balança une tarte. Elle n'était pas du genre à se la mettre dans la poche avec le mouchoir par-dessus et elle répliqua en lui balançant une lampe qui alla s'écraser sur la tapisserie de la suite luxueuse. Il y eut des criailleries et des pleurs, puis ils firent sauvagement l'amour et, avant de s'endormir, tandis que Nembo ronflait bouche ouverte, tête posée dans son giron, Donatella pensa que la vie qu'elle s'était choisie était la meilleure possible.

A Rome, pendant ce temps, tandis que le Libanais cherchait la meilleure manière d'expliquer l'histoire des deux barbouzes au Froid, ils rencontrèrent le Hareng devant le ciné porno de la via Macerata.

Il s'était réveillé de sa biture, le couillon, et maintenant, il faisait son petit saint. Agenouillé aux pieds du Buffle, il implorait sa grâce. Il avait été fou de dire ces choses. Il ne les pensait pas sérieusement. Tout était la faute du vin, et d'une femme qui ne voulait pas de lui, et des chevaux qui ne lui avaient pas réussi. Bref, des excuses, ou pour le dire comme un bavard, des circonstances atténuantes. Il se disait disposé à subir n'importe quelle humiliation, à faire la route à quatre pattes en léchant la merde de chien jusqu'au Divino amore*, à tuer pour leur compte qui ils voulaient et quand ils voulaient, et à leur donner sa maison, sa femme et ses enfants. Le visage couvert de larmes, il brandissait une photo format carte de deux minots au sourire édenté et se mouchait pire qu'un cocaïnomane acharné et au

* Sanctuaire situé à la périphérie de Rome.

milieu des sanglots affleuraient d'antiques prières : et maintenant, pensait le Buffle furieux, en plus de juge, faut que je devienne aussi un saint.

– Ça va, on a compris. Barre-toi et laissons tomber.

Le Buffle n'en croyait pas ses yeux. Mais vraiment, on le laissait partir comme ça, ce pourri ? Le Hareng lui-même n'y croyait pas plus que ça, et l'Echalas dut le lui répéter cinquante fois, jusqu'à ce que l'idée fasse son chemin dans sa tête, et des larmes de désespoir il passa aux pleurs de soulagement. A la fin, pour qu'il leur lâche la grappe, ils le refilèrent à l'Echalas, lui aussi heureux comme un pape de la manière dont ça tournait. Et comme ils avaient envie de rester un peu seuls, le Libanais et le Froid se débarrassèrent aussi du Buffle, qui continuait à marmonner, incrédule, et s'en allèrent fumer en paix sur le lido de Castelporziano.

Même quand ils furent étendus devant l'haleine glacée de la mer, le Libanais ne trouva pas la force de faire allusion aux barbouzes. Ils parlèrent un peu de tout, mais pas de ça. Ils parlèrent des affaires de came, qui roulaient toutes seules. Du clandé, qui était désormais perdu, mais qu'ils remettraient sûrement en route ailleurs. Le Froid confia le projet du Noir pour le recyclage du braquage et informa qu'avaient déjà été pris les contacts avec le Sec. Le Libanais insista sur l'idée de remonter le Climax Seven pour donner une substance aux investissements. Puis le Froid alluma un joint, tira deux taffes profondes et tandis qu'il passait le pétard, dit que le Hareng devait être rapidement éliminé.

– Mais c'est un minable ! Comme les frères Gemito ! Tu lui fais bou bou et il se chie dessus… ce serait gaspiller le plomb !

– Je te l'ai déjà dit : t'as mal fait de faire confiance aux Gemito. Et le Hareng, c'est une autre histoire…

– C'est-à-dire ?

– Pour la comprendre complètement, tu aurais dû te trouver au bar ce soir-là, quand il débagoulait. Si t'y avais été, tu aurais pensé comme moi.

– Bon, beh, j'y étais pas. Alors, tu m'expliques, non ?

C'était les regards des autres qui avaient convaincu le Froid. Six ou sept marlous, tous concentrés sur la scène. Deux ou trois avaient déjà été utilisés par le Rat comme fourmis. Des gars qu'on pouvait former ou perdre comme un rien. Le Hareng était un fou, d'accord. Derrière, ou à côté de lui, il n'avait personne. D'accord. Mais quand il parlait d'eux, et de Rome, et du fait qu'ils devenaient une espèce de dictature, que tous ceux qui étaient en dessous, tôt ou tard, se rebelleraient… eh beh, le Hareng, il avait vu juste.

– Ces types, ils étaient là, à l'écouter, et petit à petit ils se persuadaient. Ça se voyait dans leurs yeux, Libanais. Ils étaient avec lui, avec le Hareng, et s'ils bougeaient pas, c'était juste par peur…

– La peur est une bonne amie, Froid, philosopha le Libanais.

Le joint avait bien fait effet, et les piqûres d'épingle des étoiles qui se dilataient lui donnaient envie de rire. Il ne savait pas pourquoi, mais il se sentait heureux.

– Oui, la peur. C'est justement pour ça qu'il faut se faire le Hareng. Pour faire sentir la peur aux autres… parce que sinon, aujourd'hui, c'est le Hareng et demain ce sera Machin-de-mes-deux ou Trouduc ou n'importe qui… et on va pas leur pardonner à tous, non ?

– Et alors, allons-y, effaçons-le, le Hareng… ça sera pas le dernier, non ?

– Non, rétorqua durement le Froid, mais après ça, faudra qu'on se calme un peu.

– Et pourquoi ça ? Ça marche du feu de Dieu…

– Y'a dans l'air quelque chose de pas clair qui me plaît pas, Libanais. C'est comme si quelqu'un chez nous était avec les autres mais pensait déjà à passer d'un autre côté… comme ça, la rue, on la tient plus… on peut pas pardonner à tout le monde, mais on peut pas non plus tuer tout Rome !

– Ouais, t'as raison. On doit se faire le Hareng.

Ainsi, pensait le Libanais, le Froid, tout seul, était arrivé aux mêmes conclusions. S'il y avait un moment pour parler, c'était bien celui-là. Mais le shit avait trop monté et les étoiles étaient des étincelles insupportables à la vue et après le Hareng, il viendrait un moment pour les discours et bref, il ne se sentait pas. Un point, c'est tout. Et ce soir-là non plus, le Libanais ne libéra pas son cœur auprès de l'ami de toujours.

6

Pour éliminer le Hareng, ils attendirent le retour de Nembo Kid et la libération du Dandy. Parce qu'aucun de ceux qui étaient impliqués dans la rixe de la via dei Gelsomini ne devait apparaître et même, chacun d'eux était tenu d'étudier et de mettre en pratique un alibi inattaquable. Quand on lui dit que l'action devait être menée par lui, Ricotta, Œil Fier et Nembo Kid, le Dandy fit la grimace. Et puis quoi encore! Il venait à peine de sortir de cet enfer de Rebibbia, il n'avait même pas eu le temps de passer quarante-huit heures comme il fallait avec Patrizia et déjà on le renvoyait dans la rue! Mais pourquoi est-ce que les Bouffons ou Trentedeniers n'y allaient pas, ou alors un de ces nouveaux gars qui essayaient de se faire un nom et qui lui collaient sans arrêt aux basques, désireux de se pousser du col? Surtout, Nembo lui avait apporté en cadeau de Milan un petit de puma du nom d'Alonzo. Depuis qu'il avait su cette histoire du lion qu'Epaminondas le Thébain avait offert au politicien, le Dandy s'était fourré dans la tête que posséder un animal sauvage faisait raffiné. Nembo s'était fait offrir le bébé par la femme d'un banquier, une de ces radasses milanaises en fourrure que Donatella se promettait de donner à bouffer à la bête quand elle aurait grandi. Patrizia, à qui le bébé avait été confié, avait craché feu et flammes quand, à force de se faire les griffes, Alonzo avait lacéré deux ou trois alcôves, semant la panique chez les filles. Le puma avait ainsi fini chez Gina, qui en le voyant, l'avait serré contre son cœur en éclatant en sanglots: il lui rappelait tellement, Alonzo, le fils qu'elle désirait désespérément et qu'elle n'aurait jamais.

– Mais chez moi, se justifia le Dandy, je peux pas le garder. C'est pas possible…

Parce que, depuis que le professeur Grosse Tête lui avait mis entre les mains le *Protocole des Sages de Sion*, le Dandy était devenu un passionné de livres. Pas pour les lire, bien entendu. Mais il s'était entiché des choses rares et anciennes: c'était du dernier chic de se remplir la maison de vieux tomes, et encore mieux avec des miniatures ou quelques cartes nautiques pâlies en latin. Et donc, comme le puma rongeait, rongeait et rongeait, et que ces livres, surtout, valaient une fortune, le Dandy ne pouvait se joindre au commando parce qu'il était trop occupé à trouver un nouveau logement pour Alonzo !

Quand il apprit l'histoire, le Buffle ricana :

– Le Dandy s'est embourgeoisé. Tu vas voir qu'il va tourner pédé !

Le Libanais n'avait pas envie de plaisanter. Il le prit à part et, le fixant dans les yeux, lui dit :

– Mais si c'étaient ces deux autres, là… les deux de Rebibbia qui te l'ordonnaient… t'irais en courant, non ?

Le Dandy déglutit, visiblement embarrassé.

– Bon, alors, ça veut dire que j'irai, moi.

Le Dandy se fit humble et sans rien ajouter alla retirer les armes.

Pour convoquer le Hareng, ils utilisèrent l'Echalas qui, quoique intimement en désaccord, ne s'opposa pas à la volonté commune. L'Echalas embarqua le Hareng pendant qu'il marchait dans la rue, en veillant à éviter les témoins. L'excuse était celle de faire un petit boulot bien propre. Le pauvre Hareng se fit trimbaler sans rien soupçonner. Et même quand il vit Œil Fier, le Dandy, Nembo Kid et Ricotta installés à fumer sous le trente-cinquième pont du Laurentino, il alla vers eux en souriant. Le premier coup fut tiré par le Dandy et le Hareng tomba à genoux avec une expression incrédule : mais comment ça ? C'était pas fini ? Ils étaient pas devenus amis ? Puis, d'une balle chacun, les collègues le finirent. Le corps fut abandonné sous le pont.

Quant aux autres, le Buffle se présenta chez Trentedeniers tout content avec une paire de pizzas et une bouteille de blanc glacé. Il resta pétrifié quand il vit que Vanessa avait choisi justement ce soir-là pour mettre les cornes au Rat, et que Trentedeniers lui ouvrait avec une grimace furieuse, et que dans le salon-saloir l'air était saturé de fumée de joints et de femmes en chaleur. Ça finit qu'ils se firent envoyer une fille par Patrizia et que le Buffle partagea les pizzas avec elle. Le Libanais, personne ne savait où il était passé. Le Froid, lui, alla débusquer Gigio dans une petite trattoria collée au marché de San Giovanni di Dio. Il avait entendu dire que son frère avait trouvé une fille, et il était curieux de la voir. Roberta avait les cheveux blonds et bouclés et étudiait à l'université, son père était employé à la mairie. Elle lui dit qu'elle allait aider Gigio à passer le bac et lui demanda quel travail il faisait.

– Je suis dans les affaires, répondit le Froid, restant dans le vague.

Elle ne le crut pas, c'était clair. Durant toute la soirée, Roberta parla d'elle, de ses projets, de sa vie, en s'adressant presque exclusivement au Froid. Gigio, pâle satellite de son frère, la couvait d'un regard de chien et ne se rendait pas compte que quelque chose était en train de se passer. L'ennui c'était que le Froid, au premier coup d'œil, avait été comme foudroyé par les impertinents yeux bleus. Il lui venait à l'esprit, tandis qu'elle déroulait une blague après l'autre, une cigarette après l'autre, des paysages de campagne et de mer, et d'autres images qu'il ne pensait pas avoir jamais possédées dans son imagination limitée. Et quelque chose de chaud et de tendu le prenait au creux de l'estomac et descendait jusqu'au sexe quand elle lui décochait un sourire furtif ou laissait tomber une caresse distraite sur sa cuisse. Et Gigio, affectueux, amoureux fou, qui n'en pouvait plus de répéter comme il était fort son frère, quel mec malin c'était, comment il résolvait tous les ennuis de famille, comment il avait construit pratiquement de ses mains cette villa immense.

– Mais lui, il y habite pas, c'est un solitaire !

– Peut-être, insinua Roberta, provocante, qu'il n'a pas encore trouvé la femme qu'il lui faut !

– Allez ! s'enthousiasmait Gigio. Il est couvert de femmes, le grand frère !

– Oui, insista Roberta, mais celle qu'il lui faut ?

Le Froid en eut assez de jouer la comédie, il paya le dîner et se libéra avec une excuse quelconque.

Avant de le laisser partir, Roberta lui retint longtemps une main entre les siennes. Ainsi le Froid se retrouva-t-il avec un petit billet sur lequel un numéro de téléphone était inscrit dans un petit cœur.

1980

Mort d'un chef

1

Maintenant, le Froid habitait, au Pigneto, un grand appartement dans les anciens immeubles des Chemins de fer, à deux pas du viaduc sur la vieille Casilina. L'équipe du Ziccone le lui avait rénové, et si un jour le Froid devait se décider à s'occuper aussi des meubles, l'endroit prendrait un air vraiment royal. Mais le Froid ne s'occupait pas de ces trucs : il se contentait d'un canapé, d'un lit, de deux fauteuils et de quelques lampes hétéroclites.

Le Libanais alla le trouver un soir de fin juin. Le Froid regardait la télévision en compagnie d'une fille blonde. Il lui dit qu'elle s'appelait Roberta. Elle s'en alla au bout de quelques minutes, quand le Libanais eut fait comprendre qu'ils devaient rester seuls.

Le Libanais s'installa confortablement. Sur l'écran couraient les images des morts d'Ustica : il fut particulièrement frappé par un cadavre auquel manquait une jambe et qui flottait dans les eaux très bleues de la mer Tyrrhénienne. Le Froid éteignit.

– Si, nous, on mérite perpète, à ceux-là, qu'esse y doivent leur filer ?

– On dit que c'est un accident.

– Ouais, un accident… c'était qui, celle-là ?

– Une fille.

– Une sérieuse ou juste comme ça ?

– Sérieuse.

Le Libanais pensa qu'elle avait un petit sourire qui ne présageait rien de bon, genre pute maligne. Mais il se le garda pour lui.

– Il faut qu'on parle, dit-il, décidé.

– Des emmerdes ?

Le Libanais ouvrit un des diagrammes qu'il dressait périodiquement pour se tenir à jour sur la situation du groupe.

INVESTISSEUR	RECYCLEUR	RÉSULTATS
Le Libanais	Le Sec	Parts sur le Climax Seven, sur la boutique Sandy, via dei Giubonnari, sur la boutique Cameo' 700, via dei Coronari ; appart. Torretta (2) ; immeuble Prenestina, villa et terrain La Storta (1).
Dandy	Le Sec (par le Libanais)	Parts sur le Climax Seven, sur la boutique Sandy, sur Cameo' 700, sur la boutique Femme Chic, via dei Santi Quattro. Appartement Torretta (2) ; villa Olgiata (1).
Frères Bouffons	Ziccone	Usure ; appartements Vitina (2, un pour chacun).
Œil Fier	Ziccone	Usure ; appartement Casalbruciato.
Buffle	Ziccone	Fonderie La Malana (à Grottarossa), usure, parts dans le salon de coiffure Sabrina (Ostie). Fonderie au bilan passif.
Nembo Kid	Le Sec (par le Libanais)	Parts sur le Climax Seven, parts Cameo' 700, parts Sandy, parts Femme Chic, appartement via della Bufalotta, appartements via Pellegrino (2). Pourcentage maison (Donatella).
Botola	Le Sec (par le Libanais)	Parts sur le Climax Seven, parts Cameo, parts Sandy, parts bar Franco, parts Lavauto Equal's (Santa Maria Libératrice), usure, immeuble via Bianchi, appartements via dall'Ongaro (3).
Echalas	Le Sec (par le Libanais)	Parts sur le Climax Seven, parts Cameo, parts Sandy, parts bar Franco, usure, appartements sur le quai du Tibre de Pietra Papa (3), villa Olgiata.
Trentedeniers	Napolitains	Appartement via Como ?
Le Sarde	Napolitains	?
Le Froid	Le Sec	Recyclage Noir, appartement parents, appartement Pigneto.
Le Noir	Le Sec	Recyclage Froid ?

Le Froid lui rendit la feuille avec un regard interrogateur.

– Quand il y a eu l'histoire du Hareng, tu m'as dit que tu trouvais que ça sentait mauvais… qu'on devait se calmer, dit le Libanais, eh bè, tu avais raison !

Il suffisait de lire le tableau, expliqua-t-il, pour se rendre compte que, parmi eux, s'était produit une vilaine fracture. La came entrait et sortait que c'était une pure merveille : tout marchait comme sur des roulettes, comme s'ils avaient mis sur pilotage automatique. Le fade était pareil pour tous, et à chacun, ça faisait un beau paquet. La différence venait après, quand on passait au chapitre "investissements". Le Sec faisait tourner l'argent à sa manière. Il avait en main un directeur de banque et après l'heure de la fermeture il occupait son bureau et prêtait à usure aux interdits bancaires. Ceux qui ne payaient pas voyaient disparaître rapidement voitures, maisons, terrains, entreprises. Quant aux désespérés, c'était l'affaire des frères Bouffons et de quelques gitans auxquels le Sec était très lié. Il n'existe personne qui n'ait vraiment rien à perdre, disait le Sec : à la fin, on tire toujours quelque chose de tout le monde. A force d'accumuler maisons et crédits, le Dandy, Nembo, Botola, le Libanais et l'Echalas étaient en train de devenir une puissance économique. Mais les autres ! D'Œil Fier aux Bouffons et autres acolytes… les autres, un désastre ! Ils foutaient plus de fric par la fenêtre, entre les femmes et la came, qu'ils en avaient en poche à la fin de la journée. Ils claquaient leur pognon sans s'inquiéter du lendemain et bientôt, ils se feraient bouffer par l'envie. Désormais, ils voyageaient à deux vitesses.

– Ça pue les emmerdes, Froid. Il faut qu'on fasse quelque chose.

– Quoi ?

Le Libanais sortit la proposition qu'il avait élaborée durant de longues soirées solitaires. Le problème principal était d'aplanir les différences. Ou bien, à long terme, cette division entre riches et pauvres finirait par provoquer des haines, des antagonismes, des vengeances. Et un jour, le sang coulerait.

– Le fade égal pour tous, on peut pas le toucher : à chaque livraison, on prend chacun notre part et allez en paix. Mais qui a dit qu'on pouvait pas agir sur les investissements ?

– Explique-toi mieux…

C'était vite fait. Le fade serait remis mais aussitôt après, une partie consistante, disons soixante, soixante-cinq pour cent, devait être retirée par le Libanais et confiée au Sec pour investissement. Des revenus de l'investissement devait résulter un autre fade, qui subirait le même sort. Pour donner un exemple : les parts du Climax qui n'appartenaient qu'à quelques-uns seraient redistribuées à tous. Tout le monde participerait aux dépenses et aux frais dans une égale mesure. Et ainsi de suite. Au Sec revenait la tâche de repérer les investissements les plus rentables et de cultiver sa spécialité : faire tourner le fric. Chaque nouvelle affaire serait proposée et discutée et, si elle était acceptée, serait gérée suivant les règles.

– Mais qu'est-ce que c'est, tu veux nous salarier, Libanais ?

– C'est le seul moyen pour nous garder unis ! Au lieu de décider chacun pour son compte, on centralise les mouvements…

– Et si quelqu'un veut se retirer ?

– Il vend ses parts, se prend le liquide et les claque comme ça lui chante… mais dans ce cas, les obligations du groupe envers lui sont finies !

– Les autres, qu'est-ce qu'ils en pensent ?

– Tu es le premier, Froid.

– Pourquoi moi, justement ?

– Parce que toi et moi, on a la même tête. Parce que toi et moi, on pense plus au groupe qu'à nous-mêmes. Parce que sans nous, tout est foutu…

Le Froid servit deux whiskies et commença à rouler un joint. Depuis quelques jours, il s'était mis avec Roberta. Et il lui avait tout raconté de sa vie. Elle n'avait ni critiqué ni soutenu. Ça lui allait comme c'était. Il n'avait pas encore parlé avec Gigio mais sa conscience le tourmentait à mort. Le Libanais était convaincu par son projet. Le Froid lui dit que ça ne pouvait pas fonctionner.

– Les autres ne marcheront pas. Un truc de ce genre ne s'est jamais fait, à Rome.

– Un groupe comme le nôtre, non plus, ça ne s'était jamais vu… et pourtant, on est là, et on est très forts !

– Tant que ça dure…

– Si on fait à ma manière, ça durera toujours…

Le Froid secoua la tête.

– Et si on ne fait pas à ma manière, insista le Libanais, un de ces jours, tout se défait… Le Buffle, pour donner un exemple, commence à se demander comment ça se fait que le Dandy a la belle vie alors que lui, il a pas un rond en poche… il devrait admettre que ce type, c'est un bon, alors que lui, c'est un con mais il le fera jamais… et comme il doit s'en prendre à quelqu'un…

– Il y aurait une autre route, laissa tomber le Froid. On s'arrête là.

– C'est pas possible, rétorqua vivement le Libanais.

Et il lui parla des deux barbouzes.

– Ceux-là, ils savent tout, et ils sont très puissants. Si on se retire, ils nous baisent !

Le Froid envoya valdinguer la carafe de whisky. Poings serrés et les yeux réduits à deux fentes mauvaises. Le Libanais ne l'avait jamais vu aussi enlaidi.

– Alors, comme ça, on a des patrons ! Et quels patrons, en plus ! L'État ! L'État ripoux ! Putain, Libanais, tu nous as vendus pour un plat de lentilles !

Le Libanais essaya de lui expliquer que les choses ne se présentaient pas comme ça. Il n'y avait pas de patrons et de serviteurs, que des alliés. Des alliés d'autant plus précieux que le volume d'affaires augmentait. Plus elles s'élargissaient et plus ils avaient besoin de contacts, d'assurances, d'entrées. Désormais, il ne s'agissait pas de payer un flic corrompu pour entrer en possession d'un PV d'interpellation. On était dans la cour des grands. Et cet accord avec les espions était un accord entre égaux. Comme avec l'oncle Carlo. Moi, je te donne une chose et toi, tu m'en donnes une. Eux, ils nous donnent les palais, et nous, on leur donne la rue. Voilà tout. Qu'est-ce qu'il y a de mal à ça ?

Le Froid retrouvait lentement son calme. Il revint s'asseoir et roula un autre joint. Mais il l'alluma et tira sans offrir au collègue.

– Ah, bravo, Libanais ! Comme ça, t'as mis ensemble une bande, les fascistes, les Napolitains, la Cosa Nostra et maintenant aussi les barbouzes… mais où tu veux arriver ?

Pris à contre-pied par le sarcasme du Froid, le Libanais agita les bras, en soufflant. Et avec ce geste, il semblait vouloir dire deux choses, ou du moins le Froid le comprit ainsi : qu'on pouvait embrasser tout ce putain de monde de merde et que demander “jusqu'où” était une question stupide et inutile.

– Si tu marches, dit-il enfin, moi, cette affaire, je la fais devenir une Ferrari !

– Moi ? dit le Froid avec un rire amer. Mais putain, tu t'es vraiment monté la tête, Libanais !

Et vint le tour du Libanais de sortir de ses gonds. Qu'il rigole, qu'il rigole tant qu'il voulait, le Froid ! Mais qu'est-ce qu'il croyait ? Que toute cette affaire, lui, le Libanais, il l'avait montée juste pour faire la fin minable d'un banlieusard de merde, d'un loubard de quatre sous ? S'il voulait rester un cave à vie, il serait allé en usine ou, pire, il finissait les écoles, et un travail fixe merdique, avec son intelligence, il aurait bien fini par le trouver. Mais lui, il voulait tout, il voulait ce qu'il y avait de mieux, et c'était le bon moment pour se le prendre ! S'arrêter ! Quelle idiotie ! S'arrêter et vivoter comme n'importe quel petit truand de banlieue ! S'arrêter et peut-être se choper un pruneau d'un barbillon à la sortie d'un tapis de minables ! Qu'il se les garde, le Froid, ces délices ! Ou peut-être qu'il était devenu gâteux avec cette Roberta ? C'était elle qui lui avait mis dans la tronche ces idées de renoncer ? De se retirer ?

– Laisse tomber Roberta, menaça le Froid.

– Et qui c'est qui va te la toucher ! hurla le Libanais et il sortit en claquant la porte, dans une colère noire.

Le Froid était perdu ? Tant mieux : il continuerait seul.

2

A Modène, Scialoja était en léthargie. A Modène, il y avait plus de communistes que dans le reste de l'Italie. A Modène, il y avait plus de Ferrari que dans le reste de l'Italie. A Modène, il y avait plus de toxicos que dans le reste de l'Italie. Des toxicos sur l'avenue delle Rimembranze, des toxicos devant le théâtre Storchi, des toxicos tout autour de l'anneau du vieux terrain communal, des toxicos décavés et malodorants, des toxicos style hippies avec guitare et longue barbe, des toxicos qui vendaient leur cul pour vingt sacs, des toxicos qui s'endormaient pour toujours avec l'aiguille dans la veine sur un carton sale et restaient au milieu de la foule du matin dans l'attente de la police des morts. Des tox', des tox', des tox', partout des tox'. Scialoja en rêvait la nuit. La drogue était la clé de tout. La drogue était le fleuve d'argent qui alimentait le crime. La drogue était la forme contemporaine parfaite d'accumulation du capital. Scialoja devait remercier les toxicos de Modène. Parce que c'était eux qui lui avaient ouvert les yeux. Maintenant, il savait où était passé le fric de l'enlèvement du baron. Les gars du Libanais s'en étaient servis pour s'emparer du marché de la drogue. Qui contrôlait le marché de la drogue contrôlait la ville. Les gars du Libanais contrôlaient la ville. Maintenant, il savait. Mais Rome restait *off limits*. Avec Borgia, ils ne se parlaient plus depuis ce malheureux matin où il avait détourné la tête et dit "à vos ordres". Scialoja nettoyait de ses toxicos les rues de l'opulente Émilie rouge et, dans sa léthargie, apprenait à oublier. Il ne changerait jamais le monde. Il ne reverrait plus jamais cette putain qui lui avait fait tourner la tête. Scialoja glissait dans une bienheureuse narcose. Il dévorait du jambon de Langhirano, des rillons frits et de l'*erbazzone*, la tourte aux épinards et au saindoux des collines au-dessus de Reggio. Entre deux interventions d'urgence, il grossissait et somnolait. Il avait acheté une vieille Ducati carénée d'occasion. Un collègue de Formiggine lui avait débridé le moteur. Il se faisait la via Emilia en direction de Bologne en dix-sept minutes. La brume, il s'en foutait. Il grossissait, somnolait. Logeait à la caserne. Sur la place, il y avait des peupliers. Ils avaient commencé à larguer leurs spores au printemps. La cour était tapissée de duvet. Scialoja se réveillait les yeux gonflés et la tête en morceaux. Il avait fait la connaissance d'une fille. C'était elle qui l'avait abordé à la sortie d'un cinéma. On projetait *Atlantic City* de Louis Malle. Elle s'appelait Marinela et enseignait dans un institut technique. Elle se disait démocrate-chrétienne. Elle disait que quiconque était né à Modène ou y avait vécu plus de six mois finissait par haïr les communistes. Elle disait que quiconque a un peu de cervelle finissait soit à la paroisse soit dans la montagne, comme les vieux partisans. Elle disait qu'il suffisait de jeter un coup d'œil alentour pour comprendre pourquoi les Brigades rouges étaient nées précisément ici. En fin de semaine, ils allaient en boîte. Ils faisaient l'amour chez elle, dans la vieille ville. Elle considérait comme antinaturel tout ce que lui estimait imaginatif. Il n'y avait pas de transports, pas de passion entre eux. Le sexe devenait une espèce d'exercice gymnique. Scialoja commença à prendre en considération l'idée d'un avenir gras et incolore. Il ne changerait jamais le monde parce que le monde ne voulait pas être changé. Une compagne arrangeante, un travail de routine : c'est ce que le destin avait décrété pour lui. Mieux valait se résigner. Scialoja était mort à l'intérieur quand, le 2 août, le commissaire principal lui ordonna d'organiser une petite équipe avec trois hommes solides et deux ambulances.

– A la gare de Bologne, une chaudière à gaz a explosé. Il y a un grand bordel. Mobilisation générale.

L'histoire de la chaudière à gaz tint le coup jusqu'au soir, mais déjà, vers midi, les choses avaient changé. Dans l'équipe de Scialoja, il y avait un sous-officier qui avait été artificier dans l'armée. Il lui avait suffi de donner un coup d'œil au ravin pour secouer la tête et rendre son jugement :

– Le gaz, mon cul. C'est une bombe.

La gare était éventrée. Les sirènes hululaient. Militaires et bénévoles, côte à côte avec les masques sur le nez, creusaient les décombres à la recherche d'un signe de vie. Quelques-uns pleuraient, la plupart multipliaient les efforts pour repousser le rendez-vous avec la rage et le désarroi. Les troupes télévisées débarquèrent. Une foule de parents angoissés assiégeait les quais. Un mot maudit et révélateur circulait : attentat-massacre. Les aiguilles de la grande horloge de l'esplanade ouest étaient arrêtées à 10h25. L'heure à laquelle le cœur de l'Italie avait commencé à saigner. Scialoja s'était accordé une cigarette. Une journaliste fouineuse lui fut tout de suite dessus. Scialoja l'envoya promener et se remit le masque. De dessous deux poutres déchirées qui s'étaient miraculeusement encastrées, formant une sorte de cavité naturelle, provenait une faible plainte. Scialoja se précipita. Il vit une petite main couverte d'écorchures, la serra, tira. Les poutres résistèrent. La fillette était en état de choc. Mais elle respirait. Elle le regardait de ses énormes yeux étonnés et respirait. Scialoja la prit dans ses bras et la remit à une infirmière. La fillette était très blonde et ne comprenait pas l'italien. Un officier des carabiniers en grand uniforme le bloqua net.

– Vous ! Allez immédiatement au quai numéro un. Il faut organiser un service de protection pour les autorités !

Scialoja l'envoya lui aussi promener et retourna à son travail. Ses habits étaient déchirés, il transpirait, il puait. Mais il ne sentait pas la fatigue, il ne sentait pas l'inconfort. Il avait dormi trop longtemps. La léthargie était finie. Scialoja suivait comme un animal le sillage d'un âcre mélange de poudre et de sang. Scialoja suivait l'assourdissante odeur de la mort, dans l'absurde conviction qu'il y aurait encore des victimes à soustraire à la chimie de la décomposition, des fillettes à restituer à leur mère, des corps déchiquetés à remettre en un seul morceau. Il sauva une vieille qui tenait serré contre sa poitrine un chapelet brûlé. Récupéra un cadavre démembré en le recomposant soigneusement. Ferma les yeux d'une jeune fille sans bras aux lèvres exsangues. Chassa un chien errant qui s'était approché pour regarder. A la nuit, il continua de creuser, espérant contre toute espérance. Les projecteurs du génie militaire éclairaient l'acier torturé, les pierres lunaires du ballast projetées à l'intérieur des wagons détruits, les vitres défoncées des entrepôts, l'herbe brûlée que les techniciens de la Scientifique arpentaient avec leurs lampes à acétylène d'une froideur pathétique. A minuit, vaincu par la pitié, il s'assit sur un quai et alluma la dernière cigarette. La nuit était sereine. La nuit était étoilée. Scialoja se sentit secoué par une main rude.

– On peut pas rester ici. Papiers.

Scialoja se redressa et sortit de sa poche sa carte froissée. Le type de la police ferroviaire se gratta la tête.

– Excusez-moi, commissaire. Mais j'ai l'ordre d'éloigner tout le monde de cette zone.

– Qu'est-ce qu'il y a ? Pertini arrive ?

– Je ne sais pas. On m'a dit de faire comme ça et moi, je fais comme ça.

Scialoja s'éloigna de quelques pas, en faisant perdre ses traces dans l'obscurité. Mais il resta dans le coin, sa curiosité éveillée. Les trois hommes arrivèrent au bout de quelques minutes. Scialoja reconnut tout de suite Z et X. Avec eux, il y avait un homme âgé et corpulent. Un ponte, à en juger par le respect que lui manifestaient les deux espions en s'adressant à lui. Scialoja était trop loin pour pouvoir capter la conversation. Mais le sens était assez clair. Z faisait de grands gestes de bras. Le vieux hochait la tête, peu convaincu. X jetait autour de lui des coups d'œil inquiets. Le vieux ne se laissait pas convaincre. Z se justifiait. Z était en difficulté. Scialoja pensa qu'il aurait été amusant de s'avancer. De sortir le pistolet et de leur lancer le halte là. Demander aux inconnus de s'identifier. Savourer leur surprise et leur irritation. Mais les affronter n'aurait été qu'une bravade. La présence des hommes des Services sur la scène du massacre était plus que justifiée. Ils enquêtaient, c'était leur métier. Et pourtant, il savait qui étaient ces hommes. Il savait qui ils protégeaient à Rome. Ils enquêtaient pour savoir ou ils enquêtaient pour éviter que les autres sachent ? Scialoja devinait des liaisons, des routes principales, des déviations par des venelles obscures et malsaines. L'énormité du panorama qui s'ouvrait devant ses yeux le faisait trembler. Scialoja recula, se perdit dans la nuit. Il aurait voulu ne pas avoir vu, mais il avait vu. La léthargie était finie. Quelques jours plus tard, alors que toutes les polices d'Europe donnaient la chasse à un fantomatique groupe néo-nazi bavarois que les notes des Services accusaient du massacre, Scialoja mit noir sur blanc sa confession et expédia le tout au juge Borgia. Il était prêt à rentrer à Rome. Prêt à reprendre à partir du point où sa lâcheté l'avait arrêté. Prêt à en affronter les conséquences. Il avait confiance en Borgia. Il était juste que l'autre sache. Scialoja expédia la missive et attendit.

3

Le Libanais n'était pas du genre à renoncer à une idée. Avec le Dandy, Nembo, Botola et l'Echalas, il n'y eut pas de problèmes, parce qu'ils étaient déjà synchrones. Il parla un à la fois avec les autres, moins clairement qu'avec le Froid, en taisant l'histoire des espions et en essayant d'adapter le sermon à la psychologie de chacun. Trentedeniers prit son temps. Le Buffle, après avoir secoué sa grosse tronche, prit tout son fade du mois et alla le consigner au Sec. Œil Fier et les Bouffons discutaillèrent. Ricotta éclata de rire et l'envoya promener : son argent, c'était son argent et il en faisait ce qu'il voulait ! Le Noir prit la proposition au sérieux et lui assura qu'il entrerait dans l'affaire des boîtes et des boutiques dès qu'il aurait résolu certains "tracas", c'est-à-dire sans doute à l'automne. Le Libanais commençait à apprécier le Noir, sa discrétion, ses manières décidées et jamais arrogantes. Il lui demanda de dire un mot au Froid.

– J'essaierai. Mais le Froid, c'est quelqu'un qui ne revient jamais en arrière.

Au Froid s'adressèrent aussi les indécis, y compris Ricotta, qui une fois de plus se mit en tête d'écrire une lettre au Sarde. Et le Froid, loyal jusqu'à plus soif, répondit que le Libanais était un type qui en avait, mais que chacun devait décider avec sa propre tête. Le Libanais vint à l'apprendre de Trentedeniers qui avait aussi deviné la mésentente entre les deux hommes :

– Mon garçon, ça, c'est vraiment un ami !

Oui, ils étaient amis et ils le resteraient quoi qu'il arrive. Ils ne se parlaient pas, mais l'envie en était forte. Aucun des deux ne se décidait à faire le premier pas. De rediscuter de l'affaire, il n'en était pas question, évidemment. Mais la séparation, après tout ce qui les avait unis, ils la vivaient mal l'un et l'autre.

Le Froid avait mis les choses au clair avec Gigio. Son frère avait fondu en larmes dans ses bras, puis il s'était enfui après l'avoir regardé avec les yeux de l'agneau. Un désespoir que le Froid ne pouvait supporter. Il se sentait une ordure, voilà tout. Il était allé chercher Roberta pour lui dire qu'ils ne devaient plus se revoir. Ça s'était terminé au lit. Rien à faire : le destin avait décidé pour tout le monde.

Quant au Libanais, plus il essayait de rester lucide dans les affaires, plus il se comportait en salopard avec le reste du monde. Les barbouzes avaient mis dans son lit une réfugiée cubaine qui avait résolu ses problèmes de chasteté. Mais lui, il ne s'était pas attaché à elle et il s'en désintéressait : le temps de tirer un coup et puis salut. Surtout, pas de confidences : parce qu'il était clair que la petite pute était une informatrice, donc braguette ouverte et bouche close.

Le démon du jeu l'avait repris et chaque soir, il perdait gros. On aurait dit que les cartes les premières sentaient le manque d'un ami comme le Froid.

Fin juillet, au Roi de Pique, où tout avait commencé, ce fameux soir où ils avaient projeté d'enlever le baron Rosellini, il laissa, sur un brelan d'as, trente-cinq millions à Nicolino Gemito. Mais comme il n'avait pas aimé le sourire moqueur avec lequel l'autre avait sorti son jeu, il dit qu'il ne paierait pas.

– Bon, beh, Liban, ç'a été une mauvaise soirée… c'est des trucs qu'on dit…

– Non, vraiment, je ne paierai pas. Ni ce soir, ni jamais !

Parce que lui, il était le Libanais, le Numéro un. Parce qu'aucun minable comme Nicolino Gemito ne pouvait lui dire quoi faire et comment le faire. Parce que si les Gemito étaient encore vivants et en circulation, ils le devaient à lui, à lui seul. A sa générosité. Donc, qu'ils ne l'énervent pas, ou sa générosité finirait bientôt. Et qu'il n'entende pas un mot dans Rome sur cette malheureuse soirée, ou le tapis serait rasé jusqu'au sol, un incendie pire qu'au temps de Néron. Parce que lui, il était le Libanais. Lui, il pouvait tout. Un mot de lui ouvrait toutes les portes, un signe de lui et les Gemito, leurs putains et leurs moutards se retrouvaient tout droit à la morgue.

Si ce soir-là, après s'être laissé aller, il avait eu la chance de rencontrer le Froid, peut-être se serait-il arrêté pour réfléchir. Il aurait trouvé un arrangement avec les Gemito. Il aurait peut-être même honoré sa dette : s'il y avait une chose qui avait un poids, à Rome, c'était bien la parole du Libanais. Mais après avoir tenu le coup, éclairci tant d'idées et calculé le moment, les mouvements, les risques, il avait tout à coup pété les plombs. Et il n'y avait personne, mais personne avec qui partager le poids énorme de tout ce bordel qu'il avait monté ! Et qui oserait dire un mot au Libanais ? Et pourtant, ça, il fallait le lui dire : arrête-toi !

Si ce soir-là, il avait rencontré le Froid…

Mais le Froid était depuis une semaine à Regina Coeli. Il était en voiture avec le Noir quand un banal excès de vitesse sur le périphérique Clodia avait attiré l'attention d'une patrouille de la police de la route. Le contrôle des papiers avait fait sortir les antécédents, et la Golf avait été fouillée. Dans une mallette, il y avait de l'argent sale à faire recycler par le Sec. Le juge Borgia se précipita pour les interroger le soir même. Le Froid et le Noir admirent la possession des billets marqués : ils dirent que c'était un Espagnol qui les leur avait donnés et qu'ils étaient en train de chercher quelqu'un pour les placer. Ils admirent le recel et furent inculpés de vol à main armée. Vasta, avec son sourire habituel, garantit qu'ils seraient libérés d'ici septembre. Sans preuves, l'accusation de braquage ne pouvait tenir.

En prison, ils trouvèrent le Minot qui, à force d'haltères, s'était fait des épaules comac' et qui attendait d'une heure à l'autre une permission spéciale pour le mariage de sa sœur qui allait épouser un jeune journaliste. En première instance, on lui avait donné neuf ans : la stratégie défensive du Buffle avait eu du succès.

Le 2 août, quand se répandit la nouvelle de l'explosion de Bologne, le Noir réagit avec une expression furieuse.

– Alors, ils l'ont fait !

Le Froid ne posa pas de questions. Pour pouvoir obtenir des parloirs réguliers avec lui, Roberta fit une déclaration de concubinage. Quand ils l'apprirent, ses parents la chassèrent de la maison. Patrizia s'était offerte pour l'héberger. Le Froid lui fit parvenir un message : si tu t'avises seulement de t'approcher de ma femme, t'es une pute morte.

Ils furent ponctuellement libérés le 14 septembre. Quand il était au trou, le Froid avait pensé à écrire une lettre au Libanais, mais il n'avait pas réussi à mettre deux phrases l'une derrière l'autre. Mais il avait décidé qu'il irait de toute façon le voir.

Il n'y arriva pas à temps.

Ils effacèrent le Libanais le soir du 15 à la sortie du bar de Franco. Le coup fut tiré par un type à l'arrière d'une moto volée. Une femme conduisait : on saurait plus tard qu'il s'agissait d'un homme avec une perruque. La première balle lui arriva dans le dos : un déchirement en étoile, l'odeur âcre d'une mare, et le Libanais comprit que c'était fini. Avant que le coup de grâce lui fasse exploser la carotide, des larmes lui montèrent aux yeux, des larmes de rire et de douleur à la fois. Sa dernière pensée fut pour les collègues : qu'allaient-ils devenir, sans lui ?

DEUXIÈME PARTIE

1980-1981

Hubris, dike, oikos

1

Vengeance, décidèrent-ils le soir même dans la baraque du Noir. Vengeance impitoyable, absolue. Mais vengeance lucide, de la même lucidité qu'avait eue le Libanais. Parce que tout le monde, y compris le Buffle qui tenait sa grosse tronche entre ses mains, y compris Ricotta pour lequel ce jour, avec le 2 novembre de Pasolini, était le plus mauvais de sa vie, tout le monde s'efforçait de raisonner comme si le Libanais était encore là. Plus encore: chacun d'eux se sentait un peu Libanais. Ils parlaient à voix basse, un désespoir contenu dans les gestes, comme hiératiques. Même Nembo Kid, dans sa combinaison brillante et noire, semblait moins vulgos que d'habitude. Et plein de retenue était Trentedeniers, ses envies de blaguer disparues d'un coup. Et l'Echalas, qui quand il était minot avait servi la messe à Donna Olimpia, avait emmené avec lui un vieux chapelet et l'égrenait en marmonnant des phrases dépourvues de sens, une prière des morts que si le prêtre l'avait entendue, il l'aurait maudit *in aeternis.* Et les frères Bouffons pleuraient en silence.

Il fallait une enquête. On décida de la confier au Froid. Mais le Froid était déjà au courant et Dieu sait où il s'en était allé digérer la nouvelle.

Le Sec passa, avec deux gorilles qui restèrent dehors. Le Sec passa faire ses condoléances et il mit à disposition de leur deuil des yeux, des oreilles et des informations: la Lie, ce type qui avait foutu la merde au temps du baron Rosellini, on l'avait revu dans les parages. Et vous savez avec qui? Satan, ce renégat!

– On verra, coupa Nembo Kid.

Le Buffle cracha par terre. L'information était sûrement bidon. Il a dû avoir des embrouilles avec la Lie et Satan, et il cherche une excuse pour s'en débarrasser. Le Sec ne se salissait pas les mains. Il n'en avait rien à foutre de la mort du Libanais. Cette boule de suif, il avait dans les yeux le $ du dollar, comme l'onc' Picsou. Tout le monde pensait comme lui. Le Sec prit Botola à part: le plus raisonnable. Après le Dandy, bien entendu.

– Beh, bon, y'a un problème…

– Quel problème?

– Je veux dire… peut-être c'est pas le moment mais… pour ce qui concerne la part du Libanais… la société, je veux dire, nos investissements…

Botola le repoussa brutalement et s'en revint au milieu des autres. Raisonnable ! Il était comme tous les autres, celui-là aussi. Ceux-là, devant le sang, ils comprenaient plus rien ! Raisonnable ! Comme s'il y avait encore moyen de ramener en vie le Libanais, paix à son âme ! Le Sec s'enfourna dans la BMW tandis qu'un gorille lui tenait avec empressement la portière et que l'autre se précipitait au volant. Il alluma un cigare, s'accorda un sourire détendu. Beh, lui, il avait essayé. Personne ne pourrait l'accuser de réticence. Mais c'était mieux ainsi. Il le leur dirait au moment opportun. Avec les mots adaptés. Le Sec savait y faire, avec les mots. Presque aussi bien qu'avec les comptes. Il se répéta le petit discours qu'il tiendrait aux autres. La vérité est que le Libanais, les derniers temps, n'avait plus la tête à rien. Il était en train de tout envoyer au diable. Lui, il avait dû intervenir pour sauver la baraque. Et ça n'avait pas été de la tarte de le convaincre parce que, disons-le, à la fin le Libanais avait vraiment perdu la boule ! En tout cas, on était arrivé à un accord… Le Sec imaginait à l'avance leurs têtes abasourdies. Le final était réservé au grand coup : la vérité est que le Libanais était mort pauvre. Tout ce qu'il avait, depuis ses parts dans les affaires jusqu'aux comptes bancaires, tout, tout, tout, vraiment tout est à moi. Le Sec ne se faisait pas d'illusions. Il n'était pas encore assez fort pour pouvoir se passer d'eux. Ce n'était pas le moment de se montrer avide. Il voulait qu'ils sachent, et qu'ils apprécient. Son discours serait ferme et loyal. Voilà les livres de comptes. Allez-y, contrôlez. Tout ce qui est inscrit ici sera redistribué jusqu'au dernier centime. Moins, bien entendu, les habituels dix pour cent de provision. Le Sec se vantait de connaître les hommes. Le Sec était certain que le Libanais, s'il était vivant, lui aurait posé la seule question à laquelle il ne pouvait y avoir de réponse :

– Et qu'est-ce que t'as à me dire de tout ce qui n'est pas écrit dans le livre ?

Mais le Libanais n'était plus. Et aucun des autres, du moins pour le moment, n'était en mesure d'y arriver, à une demande pareille. Aucun ne saurait que la moitié du trésor du Libanais ne figurait pas sur ces livres.

– Arrête-toi là, j'ai soif!

Le Sec entra au Harry's Bar en essuyant la sueur de son front. Un maître d'hôtel, ou quelque chose dans ce genre, haussa un sourcil. Le Sec nota mentalement: acheter ce rade pourri, préparer pour ce con une chemise en ciment armé.

Pendant ce temps, le Froid avait emmené le Noir au même endroit, à Castelporziano où, au printemps, ils s'étaient dit leurs premières quatre vérités, avec le Libanais. Ils fumaient un joint après l'autre et buvaient une bouteille de champagne. Mais ni la dope ni l'alcool ne se décidaient à faire de l'effet. Cette lucidité, sous ces étoiles, était effrayante, hallucinante.

– Y'a deux ans, ici, y'a eu un festival de poètes, dit le Noir. Un truc de babas.

– Ah oui? Et toi, qu'est-ce que t'en sais?

– J'y étais.

– Rien à foutre, Noir.

En un autre moment, le Noir l'aurait fermé. Mais dans l'humeur sombre du Froid, il y avait quelque chose de malsain. Le Froid se sentait coupable. Il devait lui faire sentir que le Libanais s'était fabriqué tout seul son destin. Qu'il avait été un vrai homme jusqu'à l'heure de sa mort.

– J'ai eu une histoire avec une fille de gauche... juive en plus, tu te rends compte? Elle savait tout sur le karma, même si elle n'avait rien compris... au fond, on est pas très différents... une bonne baise, en tout cas...

– J'ai pas envie de parler.

– Les babas fumaient et baisaient. Et jusque-là... On dirait qu'ils s'amusent beaucoup. Mais au fond, c'est des gens tristes. S'ils crèvent pas avant, papa leur trouvera un bon boulot et... comment on dit... ils se rangent. Voilà la différence. Nous, en revanche, on va jusqu'au bout. Nous, on meurt pas dans notre lit. On meurt comme le Libanais. Mais il y a différentes façons de mourir. Le Libanais a fait une erreur!

– Laisse tomber, va, Noir.

Le Noir soupira.

– Le Libanais l'a bien cherché, Froid.

Le Froid allait se révolter, mais il vit le sourire sombre sur les lèvres minces du Noir et fut démonté.

– C'est les Gemito qui l'ont fait. Pour une dette de deux ronds. Le Libanais avait perdu la tête, Froid…

Le Froid ramassa une poignée de sable humide et la balança vers la mer. Le vent la lui rejeta au visage. Le Froid avait envie de pleurer.

– Les larmes du guerrier blessent les étoiles, murmura le Noir qui semblait avoir lu dans ses pensées, et reviennent sous forme de stylets de sang.

Le Dandy arriva à la baraque à deux heures du matin. Il embrassa chacun un à un et dit que chez le Libanais tout était nettoyé. Les traces qui auraient pu exciter la flicaille avaient été effacées. Nembo Kid lui lança un message muet du regard et le Dandy hocha la tête imperceptiblement : Z et X avaient été informés.

2

Le Vieux se débarrassa de Z en deux phrases sèches, rendit l'appareil au maître d'hôtel et s'excusa vivement auprès du camarade Solomonov.

– Des problèmes ? demanda le Russe, affable.

– Hubris, soupira le Vieux.

– Pardon ?

– La folie. La folie que les dieux mettent dans la tête des hommes qu'ils veulent perdre. Une histoire aussi vieille que l'homme. Rien de sérieux, en tout cas. On commande ?

– Avec plaisir, *tovarisch* !

Mais dans son cœur, le Vieux était furieux contre le Libanais. Il ne tolérait pas les défaites, et les déceptions encore moins. L'accord devait sauter. Avec tout son charisme, le Libanais n'avait pas été capable de tenir sous son talon quatre tauliers de clandé merdique comme les frères Gemito. Les autres ne l'intéressaient pas le moins du monde. Rien que du temps perdu. Déplaisant.

Le résident du KGB, un Arménien aux petits yeux très malins, avait murmuré une question qu'il n'avait pu percevoir.

– Oui, certainement, répondit-il mécaniquement comme ses automates.

Le Russe le fixa, étonné.

– Vraiment, pour vous le scénario de l'attentat à la gare est déjà clair ?

Non, bien sûr que non. Ou oui, ça dépendait du point de vue. Il n'aurait pas dû se montrer trop sûr de soi, cela pouvait être une erreur. Ou peut-être un avantage. Vu que le Russe était tellement excité, qu'il y croie donc, au énième mystère embourbé-de-la-démocratie-philoyankee-pourrie-et-corrompue. Le fait est qu'il était pensif. Hubris. Péché typique des humains. Les dieux y échappaient. Voilà pourquoi lui, il ne lui arriverait jamais de glisser.

– Et de toute façon, de cette affaire nous sommes absolument ignorants !

Il hocha la tête. Dès qu'il aurait passé son accord avec l'Arménien, il examinerait la situation avec calme. Peut-être, après tout, y avait-il un ou deux sujets récupérables. Cela dépendait de l'issue de la guerre prévisible qui maintenant allait se déchaîner. Mais quel gaspillage irritant : de temps, d'énergies !

Le juge Borgia fut au courant vingt-quatre heures plus tard. Jusque-là, l'affaire avait été sous-évaluée : belle ironie, s'agissant d'un ambitieux comme le Libanais ! Le fait est que le soir précédent, il y avait en service au parquet un collègue lambineur qui fuyait les ennuis. Chez lui, comme chez le jeune lieutenant de réserve frioulan qui commandait la petite équipe de pandores, ce mort de Testaccio n'activa aucune synapse. Ayant lu la notule à la dérobée sur le *Messagero* pendant une pause des audiences, Borgia se précipita auprès du procureur de la République et demanda des hommes, des véhicules, des écoutes, des mandats, carte blanche.

– A Rome, il y a une bande dangereuse. Le Libanais était un des chefs, peut-être le chef. Vu qu'ils l'ont descendu devant chez lui, de deux choses l'une : ou c'est un règlement de comptes interne, ou une bande rivale est en train de s'organiser !

Le procureur, en le fixant à travers ses épaisses lunettes de juriste, lui demanda "des preuves, des preuves solides". Borgia, plutôt stupéfait, lui rappela que le travail du parquet consistait justement en cela : les chercher, les preuves. Le procureur lui offrit une cigarette et un sourire parthénopéen.

– Et d'après vous, qu'est-ce qu'on devrait faire ?

– J'ai une liste de noms. Certains sont certainement liés au Libanais, d'autres pourraient l'être. Faisons des perquisitions partout. Mettons deux ou trois hommes pour surveiller chacun d'eux, jour et nuit, et vous verrez que…

– Ouais, deux ou trois hommes ! Et on se les fait donner par le FBI ! D'après moi, là-dedans, y'a pas grand-chose !

– Mais c'est une mafia, M. le procureur !

– Mafia, mafia… A Rome ! Avec tous les problèmes qu'on a avec le terrorisme, çui-là, y me sort la mafia !

– A propos de terrorisme : vous le saviez que le Froid et le Noir ont été arrêtés ensemble ? Un de la bande et un terroriste…

– Terroriste pour de bon ?

– Extrémiste soupçonné de liens avec des franges terroristes, admit Borgia.

– Quel genre de frange ?

– Nazi-fasciste.

– Ah, ouais, bon... les rouges et les fachos sont un danger pour les institutions, mais si tu veux savoir comment je vois les choses, moi... le fascisme est mort et enterré ! Et les BR sont cent fois plus fumiers ! En tout cas, ça, c'est notre objectif prioritaire : la défense des institutions !

– Le Libanais était un caïd. J'ai peur qu'on ait droit à une boucherie !

Le procureur haussa les épaules.

– Soyons clair, si maintenant quatre salopards veulent se tirer dessus...

Borgia revint au bureau en proie à une rage sourde. Sous-évaluation. Indifférence. Des enquêteurs comme des taureaux : ils ne s'agitent que quand ils voient le rouge. De tout le reste, ils s'en foutent. D'un élan brusque, il agrippa le combiné et fit ce qu'il aurait dû faire depuis longtemps, en se traitant d'idiot pour ne pas l'avoir fait avant. Trois jours plus tard, Scialoja entra dans son bureau. Il regardait autour de lui avec beaucoup de circonspection. Borgia remarqua la pâleur, la bouffissure des traits, l'air battu, et réprima un rire méchant. Peut-être s'attendait-il à deux carabiniers en tenue de guerre avec un mandat d'arrêt ? Sans l'inviter à s'asseoir, il lui jeta un pli froissé. Scialoja reconnut sa propre écriture et lança un coup d'œil inquiet.

– Déchirez cette connerie, commissaire.

– Mais qu'est-ce que vous dites ?

– Votre petite amie... Sandra Belli... elle a eu un non-lieu. Insuffisance de preuves. Pas d'appel. Les types des Services ne peuvent plus vous ennuyer.

– Je suis libre !

– Exactement. Libre et sans tache, mon cher cœur tendre !

Scialoja passa de l'exaltation à la colère quand Borgia, ricanant sous la moustache clairsemée qu'il s'obstinait à laisser pousser pour obéir à un caprice de sa femme, lui dit qu'il était au courant du classement de l'affaire depuis un bon mois.

– Et vous m'avez laissé tout ce temps sur des charbons ardents !

Borgia ne répondit pas. Il devait y arriver tout seul, Scialoja. Il devait comprendre qu'il n'avait aucun droit à se décharger sur son juge de ce bon Dieu de conflit de conscience. Et il lui devait, Scialoja, un minimum de dédommagement pour les journées de merde qu'il lui avait fait passer à partir du moment où il avait lu sa confession. Journées de doutes et de cauchemars, journées à oublier, passées dans une lutte déchirante entre la fidélité à l'Institution, qui imposait d'inculper Scialoja, et la ferme conviction que cette Belli n'était qu'une idiote qui jouait à des jeux trop grands pour elle, les espions deux fils de pute ambigus et Scialoja un type intelligent avec un seul gros défaut: l'excès de testostérone. Enfin, il s'était décidé à téléphoner au collègue chargé de l'enquête. Pour justifier l'absolution de la suspecte, le type avait invoqué la faiblesse intrinsèque des investigations. Dans une période où, en matière de terroristes rouges, le soupçon était déjà en soi certitude, Borgia était fondé à imaginer que la décision avait été dans une certaine mesure influencée par la présence d'un ténor du barreau et par les pressions d'une puissante famille de la haute bourgeoisie très bien introduite au Vatican. Mais bon: puisque Mlle Belli était sauvée, sa première idée avait été de téléphoner à Scialoja. Puis il avait reconsidéré la question. Le policier avait quand même commis une erreur. Était-ce une erreur impardonnable? Avait-il encore besoin de lui? Comme on dit dans le jargon de la besace, le magistrat "s'était réservé". C'était la mort du Libanais qui avait dissous ses derniers doutes. Et maintenant, ils se retrouvaient. Côte à côte. Scialoja essayait de s'excuser. Borgia l'interrompit d'un geste sec, en lui fourrant entre les mains les "actes relatifs à l'assassinat" du Libanais.

3

Le Cravatier vivait dans un hôtel particulier sur l'Ardeatina: mille six cents mètres carrés sur trois niveaux et un parc de quarante hectares. Il ne lui avait pas fallu huit mois pour l'arracher à un ex-riche fourreur juif, incapable de faire face à un taux de deux cent soixante-cinq pour cent à trente jours. A peine installé dans sa nouvelle propriété, il avait fait graver sur le portail une plaque: "Villa Candy". Souvenir de l'époque où, avant d'entrer dans les milieux qui comptent, il vendait des machines à laver à Monteverde-le-vieux. Le Cravatier était ainsi fait: un sentimental. Deux jours après l'histoire du Libanais, il invita le Dandy et Nembo Kid à une fête Villa Candy.

– Il y a la moitié de la Rome qui compte, dit-il en les accueillant, et ceux qui sont pas là, ils font la gueule!

Entre les actrices, requins de l'immobilier, conseillers, curés et même deux ou trois juges, tous les mâles avec leur escorte putanière de règle, se promenait, hôte d'honneur, le Maître. Il venait d'avoir un fils. Il se pavanait au milieu d'un groupe en brandissant un instantané de l'heureuse maman. Le nourrisson avait un visage rougeaud et bosselé.

– Danilo, il s'appelle. Comme mon père. Vous le savez que mon père, en bas, en Sicile, il était si pauvre que certaines semaines on devait manger l'omelette de figues de Barbarie? Sérieux, je vous jure! Vous savez comment on fait? On prend les épluchures de figues de Barbarie… oui, oui, celles avec les épines… et on les fait bouillir, pour que les épines tombent. Ensuite, on les découpe en lamelles très fines, et on les passe dans la farine et dans l'œuf… panées, quoi. A ce point, on les frit. Et quand c'est bien frit, on met dessus une petite sauce faite d'huile, vinaigre, sucre, câpres, et si vous en avez, des sardines. Mais mon père, il était si pauvre que les sardines, on pouvait se brosser! Dandy… Nembo! Mes amis! Venez, venez…

L'oncle Carlo arriva un peu avant minuit, escorté par trois gars en costume sombre, et le Cravatier se hâta de lui offrir son bureau privé.

Le Dandy et Nembo Kid furent introduits dans une vaste pièce avec bureau d'acajou et bibliothèque assortie pleine de têtes de César sur socle, tapis persans, tableaux de l'école napolitaine de Salvator Rosa, miroirs encadrés d'or lourd et in-folio éparpillés sur d'austères pupitres. Le Dandy, qui progressait dans l'esthétique, fronça le nez. En soi, rien que des pièces uniques, et aussi de valeur : entassées sans fil conducteur dans cet espace étroit, elles révélaient la vulgarité profonde du Cravatier, milliardaire avec une âme de receleur de banlieue. L'oncle Carlo apprécia le dégoût de Dandy autant que sa tenue sobre. Le garçon se formait rapidement. Pourvu qu'à vivre en gentleman, il ne se débilite pas trop ! Nembo Kid, en revanche, il était né cacou, il mourrait cacou. Oncle Carlo embrassa le Maître et lui présenta ses vœux pour le pitchounet.

– Mon père était analphabète. Moi, j'ai juste le brevet. Mon fils Danilo étudiera en Amérique et un jour, il deviendra un grand homme !

Oncle Carlo présenta ses condoléances pour le Libanais. Le Cravatier déboucha une bouteille de Krug millésimée et tous burent à la mémoire de l'ami disparu. Le Maître dit qu'ils étaient contents de voir comment les affaires avançaient.

– Mais maintenant, nous devons nous occuper d'autre chose. Il y a la possibilité d'investir en Sardaigne. Des terrains sûrs, à très haut rendement. Un réseau complexe de sociétés. On a besoin de capitaux de soutien frais. L'oncle Carlo pense que vous devriez vous unir à l'affaire. Au début, vous serez à découvert mais en six-sept mois, vos rentrées seront consistantes. Vraiment consistantes !

– Combien ? demanda le Dandy.

Le Maître lâcha un chiffre. Le Dandy répondit que ça pouvait se faire. Le Maître dit qu'il serait utile d'aller faire un repérage. On pouvait partir pour l'île dès le lendemain.

– On peut pas bouger de Rome maintenant, murmura Nembo Kid, il faut venger le Libanais !

L'oncle Carlo hocha la tête.

– La vengeance est un sentiment noble. C'est une chose à vous. Les terrains sont une affaire importante. Moi, j'y tiens beaucoup. Essayez de suivre les deux choses en même temps. Et suivez-les bien ! conclut-il, en fixant le Dandy dans les yeux.

Mais pour les autres, il n'y avait que la vengeance. Du point de vue du Froid, la vengeance devait être le ciment que le Libanais avait recherché avec tant de ténacité. Pour la vengeance, on devait agir, penser, respirer comme un organisme unique.

Au bout de dix jours, ils avaient le tableau complet de la situation.

L'élimination du Libanais avait été décidée au cours d'une réunion au Roi de Pique. Les frères Gemito étaient tous quatre présents. Les exécuteurs matériels avaient été tirés au sort. L'un – celui déguisé en femme – était "presque certainement" Nicolino Gemito. L'identification était confortée par la structure physique et par la cause immédiate : c'était lui le créditeur direct du pauvre Libanais. L'autre homme du commando devait être Saverio Solfatara, le Sicilien fou. La description correspondait et il y avait un détail à ne pas sous-évaluer : Solfatara était "sur le papier" interné à l'asile de Castiglione delle Stiviere. Officiellement fou, ou à moitié, comme le Sarde. Mais en ces jours de septembre – l'information avait été fournie par un nouveau contrat de Trentedeniers, un secrétaire tox' du Palais de justice – Saverio le Fou avait bénéficié d'une quinzaine de jours de permission pour graves motifs familiaux. Mais si tel était le noyau exécutif, la condamnation à mort était pacifiquement étendue à toute la fratrie Gemito et à leurs acolytes.

Le premier problème, et le plus sérieux, avait été de les trouver, les fumiers. Les tapis que le Libanais, dans son excessive, suicidaire générosité, leur avait permis de contrôler étaient fermés. Les appartements déserts, comme les garçonnières des différentes amantes. Les Gemito semblaient s'être volatilisés. Et pourtant, il fallait bien qu'ils sortent la tête, un jour ou l'autre. Nembo Kid suggéra des remèdes extrêmes.

– Eux, y se sont cassés, mais pas leurs enfants. On prend les gamins et on voit s'ils sortent de leur trou, ces rats !

Le Buffle se gratta sa grosse tronche. Prendre les enfants... Ça lui aurait plu, au Libanais, une idée pareille ? Lui, il le sentait pas, ce truc, mais il n'avait qu'une voix. Si les autres devaient décider autrement... Nembo Kid insistait, soutenu par Botola. Vittorio Gemito, par exemple, le plus jeune et le moins dur des quatre, avait des jumeaux qui fréquentaient une piscine au Trastevere.

Suffisait de les attendre à la sortie, de les embarquer dans une voiture et de faire savoir à qui de droit : “Les minots, c’est nous qui les avons.”

– Et si quelque chose tourne mal ? intervint Œil Fier. Qu’est-ce qu’on fait ? On les bute ? Des gamins ?

– C’est toujours leur sale race, rétorqua sèchement Nembo Kid.

Tous les regards se tournèrent vers le Froid.

– C’est pas une bonne idée. Les gamins, on peut bien les prendre, mais les rats resteront cachés. On fera que perdre du temps. Mieux vaut attendre…

Le Noir, qui n’était pas à la réunion, se mit d’instinct du côté du Froid. Il existe des règles sacrées : pas de femmes et pas d’enfants, quand on combat.

Une période d’attente et de patience, donc. Entre-temps, les affaires devaient avancer. Le Libanais en aurait décidé ainsi. Le Froid détacha Trentedeniers et le Dandy à la gestion de l’ordinaire. Les autres se divisèrent en petits groupes. Quiconque intercepterait un des Gemito ou bien le Sicilien fou aurait les mains libres.

4

Scialoja avait mis deux semaines à exclure l'hypothèse d'un règlement de comptes interne à la bande. Quinze jours de planques, de tuyaux et d'une utilisation sagace du raisonnement : à la fin avait affleuré l'histoire de la dette envers les Gemito, et il était apparu clairement même au procureur que le plomb était venu de là. Mais, comme d'habitude, les témoins manquaient et les indices étaient introuvables. Borgia était angoissé par l'inévitable effusion de sang. Scialoja regardait au-delà. Ils vont chercher à se venger, c'est évident. Mais ici, on n'est pas en Calabre ou à Palerme. Les vengeances ne durent pas, à Rome. Ici, la tragédie a peu d'espace pour manœuvrer. Cette ville est celle de l'éternelle comédie. Les orphelins du Libanais, tôt ou tard, se remettraient aux affaires. Peut-être quelques-uns d'entre eux y pensent déjà et considèrent la vengeance avec un certain détachement. Désormais, il croyait les connaître. S'il y avait une âme de la vengeance, elle ne pouvait appartenir qu'au Froid. Mais le Dandy ? Jusqu'où irait-il, le Dandy, lui qu'il étudiait depuis le début ? Scialoja rêvait de les monter l'un contre l'autre. Et entre-temps, il se demandait où était passé le fric du Libanais. Qui était mort à peu près pauvre comme Job.

– Visiblement, il s'est dévêtu comme saint François, ironisa Borgia.

– J'aimerais trouver le pauvre qui s'est enrichi de son manteau.

Eh oui. Où était passé le trésor du Libanais ? Et quel rapport entre tout ça et les services secrets ? Et comment expliquer le lien entre le Froid et le Noir ? De quelque côté qu'il l'observe, le jeu était tissé de variantes imprévisibles. Une chose était sûre : la mort du Libanais les avait dispersés. Il fallait frapper fort. Tout de suite. Scialoja revint à la charge pour une intervention au bordel. Borgia "se réserva" avec un sourire sarcastique et une exhortation à ne pas se laisser égarer par les hormones. Scialoja n'en fut pas trop affecté. A la fin, Borgia céderait.

En attendant, la tragédie se mêlait de mauvaise comédie, se transformait en farce. Alors quoi, d'un coup, les Gemito étaient devenus invulnérables ? Quoi, Lucifer en personne avait tendu une aile protectrice sur ce clan de bras cassés ? Ricotta en avait même rêvé du diable en chef. Il causait avec le Libanais, et en dessous d'eux Rome la Cheffaillonne, éternelle et immortelle, et Lucifer déployait les ailes et se gondolait :

– Oh, le Libanais, y te plaisent les fayots ?

C'est-à-dire : t'aimerais que ça se passe différemment mais voilà...

Le premier tuyau, un mois après les funérailles, arriva de Sciancato, un toxico que le Rat utilisait comme goûteur d'héro : s'il se faisait une overdose – c'était déjà arrivé deux fois –, la dope était trop pure et il fallait revoir le coupage.

– Ils cherchent de la coke pour une fête à Grottaferrata. Ce soir, ils seront tous là.

Dans l'après-midi, le Froid et le Noir effectuèrent un repérage. La villa était isolée, protégée par un portail électrique avec caméras en circuit fermé et dans le parc on entendait aboyer les chiens. Impossible d'entrer. Devant, il y avait un chantier. Le Froid décida qu'ils se posteraient avec deux voitures du côté des palissades. Tous phares éteints. Pour les prendre à la sortie. On savait que Nicolino roulait en coupé rouge feu. A l'expédition participèrent le Froid, le Noir, les Bouffons et le Buffle ; Ricotta, Nembo Kid, Œil Fier, Botola et l'Echalas. La première voiture qu'ils virent se pointer au portail, ils la truffèrent de plomb. Ils criaient, dansaient, avec mitraillettes et revolvers, exaltés, le Buffle avec les larmes aux yeux et un bandeau de Ninja au front, tellement hors d'eux et fous de sang que c'est seulement quand le Noir, le seul à garder son sang-froid, arracha matériellement le Mab des mains de Nembo qu'ils s'aperçurent que dans la Volkswagen, il n'y avait pas les frères haïs, mais deux pauvres malheureux de fiancés qui n'avaient rien à voir et que seul ce salaud de hasard avait mis sur leur ligne de tir.

Les deux frères s'échappèrent, et s'échappa aussi, dix jours plus tard, Pino Gemito, chopé via Laurentino, après planque dans les règles, par Botola et Ricotta : la faute au Beretta de Ricotta qui avait choisi le pire moment pour se mettre en grève et à l'agilité de la cible qui sauva sa peau puante et la ramena à la maison grâce à un tête-à-queue de pilote de rallye.

Quarante-huit heures plus tard, à Vigna Murata, Nembo Kid, Botola et le Dandy ne parvinrent qu'à blesser Vittorio Gemito à un bras : Botola, trop pressé, l'avait visé de loin.

Trop de balles gaspillées sans résultats. Le temps passait et les résultats ne venaient pas. La vengeance risquait de s'étioler. Le Buffle recommençait à se sentir oppressé par la basse continue du mal de tête. Certains soirs, il lui venait l'envie de prendre le pistolet et de le décharger dans la cervelle du premier passant. Rien que pour démontrer qu'il n'était pas complètement gaga. Mais ça ne pouvait pas aller toujours aussi mal !

Le Froid était tendu, préoccupé. La rue le trahissait ! Le Maître avait fait savoir que l'oncle Carlo était d'humeur fraîche. Le Sarde les bombardait de lettres blessantes : sans le Libanais, ils n'étaient plus qu'un troupeau de débiles. Heureusement, il allait bientôt revenir parmi eux. Et alors, on allait entendre une autre musique !

En plus, les autres affaires enflaient. Et cela aussi faisait pâlir la vengeance.

Le 23 novembre, le tremblement de terre emporta la moitié du Midi. Trentedeniers se frottait les mains. Le gâteau de la reconstruction faisait saliver : paix aux morts, mais il y avait à s'empiffrer pour au moins vingt ans, si les politiques le permettaient. Trentedeniers s'entretint avec le Dandy, Nembo et le Sec et partit en exploration. Il serait utile de prendre contact avec un type à la coule des familles historiques : un kilo de cocaïne pouvait servir comme cadeau de bon augure. Cutolo avait fait son temps. Il disait être "rentré" : en réalité, on l'avait pris, et sa sœur Rosetta, introduite dans les affaires de famille, se faisait haïr de toute la camorra, ancienne et nouvelle.

Quelques jours plus tard, Sultan, un jeune de bonne famille qui avait perdu au jeu son patrimoine aux temps de l'acteur Bontempi, vendit Tommaso Gemito en échange de l'annulation d'une dette de quarante patates : le gonze jouait dans un tapis là-haut, à Mont Mario, tous les vendredis, vers les quatre heures passées. Cette fois, ils firent les choses en grand : trois voitures, carambolage en pleine course, mitraillette et grenade, et ils laissèrent Tommaso pour mort dans une mare de sang.

Mais même ce déploiement de forces ne suffit pas. C'était le destin. Au journal télévisé, ils expliquèrent que le "membre connu d'un clan de la capitale" avait "miraculeusement échappé au guet-apens probablement tendu par un groupe rival".

Un soir de décembre, le Dandy les invita tous dans sa nouvelle maison au Campo de' Fiori. Patrizia avait engagé un décorateur en vogue. On naviguait entre petites femmes de Guttuso, tapis boukhara, bustes métaphysiques et livres anciens. Le Buffle errait, plein de respect et un peu perplexe, au milieu de tout ce luxe. Le petit Alonzo, qui grandissait, repu et grognon, avait droit à une cage avec tout le confort. Le Froid gagna la sortie à minuit. Le Dandy venait juste de proposer un toast à la mémoire de John Lennon. S'il était resté une minute de plus, il lui aurait brisé sur la tête toute sa collection de tableaux de maîtres. Ça ne pouvait pas continuer comme ça. Tout était en train de mourir. Le Froid sentait le poids de la faillite, la morsure de l'isolement, la caresse glacée de l'indifférence. C'était comme s'ils avaient déjà oublié le Libanais. Ce n'était pas la rue qui les trahissait : c'étaient eux qui trahissaient la rue.

Cette nuit-là, une petite équipe aux ordres de Scialoja fit irruption dans le bordel de la place des Marchands. Patrizia n'y était pas. Ils la prirent le lendemain matin tandis qu'elle sortait chargée de ses courses chez Nazareno Gabrielli. Avec un sourire moqueur, elle demanda à l'agent qui lui notifiait son mandat d'arrêt de lui tenir le lourd sac.

5

La matonne lui ordonna de se déshabiller. Patrizia retira son tailleur de Basile et resta en combinaison. L'autre s'impatienta.

– Tout, j'ai dit.

Patrizia resta nue. La surveillante lui ordonna de se pencher en avant. Patrizia obéit. La matonne enfila les gants et procéda à la fouille intime. Patrizia ferma les yeux et pensa qu'au fond, ce n'était pas très différent de quand elle travaillait avec ses clients. La femme fit son travail avec conscience, mais sans exagérer.

– Elle est clean, dit-elle, à la fin, à quelqu'un qui les observait derrière le miroir sans tain, vous pouvez vous rhabiller, maintenant, ajouta-t-elle sur un ton gentil.

Patrizia rouvrit les yeux et la remercia d'un bref signe de tête. Les clients ne la vouvoyaient pas.

Ils lui attribuèrent une couverture et la mirent en cellule avec deux toxicos et une fausse blonde couverte d'une toile d'araignée serrée de tatouages. Elle entra sans saluer personne et approcha de la couchette qui lui avait été assignée : un vieux et dur sommier métallique cloué au sol, à deux pas du réduit microscopique faisant fonction de cabinet. La cellule sentait le sous-vêtement sale, le marc de café, le lait caillé. Les toxicos gémissaient doucement. Patrizia s'étendit sur la couchette, tourna la tête vers le mur et s'endormit. Le contact grossier d'une main qui s'était insinuée entre ses cuisses la réveilla. Patrizia repoussa l'intruse et bondit sur son séant. Le sourire de la fausse blonde révélait des dents pourries et dégageait une forte odeur d'ail.

– Si t'essaies encore une fois, je te crève les yeux.

L'autre rit. Dans sa main était apparu un petit morceau de verre aiguisé. Patrizia lui balança un coup de pied. La fausse blonde perdit l'équilibre. Le verre voltigea. Patrizia se précipita pour le ramasser. La fausse blonde se relevait avec difficulté. Patrizia pensa qu'il aurait été facile de la prendre par derrière. De lui soulever la tête. De lui ouvrir la gorge d'un côté à l'autre. Elle avait grande envie de le faire. Les deux toxicos se serrèrent l'une contre l'autre, tremblant de peur. La fausse blonde cracha par terre.

– T'es morte. Dis-moi comment tu t'appelles, qu'avant de te tuer, je veux savoir ton nom.

Patrizia le lui dit. La fausse blonde blêmit. Elle cracha par terre. Se prit la tête entre les mains.

– Merde, la femme du Dandy !

– Ça change quelque chose ? demanda Patrizia, brandissant le verre.

La fausse blonde demanda pardon.

– Je ne le savais pas ! Seigneur Dieu, je jure que je savais pas qui tu étais. Cet endroit te joue des sales tours, Patrizia... je peux t'appeler Patrizia, pas vrai ? Pardonne-moi, pardonne-moi ! Fais gaffe à ces deux-là... c'est des mouches du directeur... tu viens juste d'arriver, pas vrai ? Ben, fais-toi mettre à l'isolement. Même, maintenant que j'y pense, tu devrais même pas être ici. Tu dois être à l'isolement ! Ils t'ont mise ici parce qu'ils espéraient...

– Tais-toi. Je veux dormir.

Elle se replia vers la couchette. Se tourna à nouveau vers le mur. Mais le sommeil ne voulait pas revenir. Patrizia serrait le bout de verre comme si c'était un de ses petits animaux en peluche. Elle n'arrivait pas à s'endormir sans eux. S'il y avait un homme à côté d'elle... même le Dandy... elle devait se tourner de l'autre côté et ne pas penser. Serrer sa peluche et ne pas penser. Dans son dos, les toxicos bavardaient à voix basse. La fausse blonde ronflait. Dans les couloirs, les gardiennes passaient et repassaient. De temps en temps, l'une d'elles ouvrait l'œilleton et lançait un regard à l'intérieur. Les sadiques cognaient contre les barreaux, à seule fin de réveiller les prisonnières endormies. Peu avant l'aube, ils amenèrent une nouvelle. Une autre toxico. Défoncée jusqu'aux yeux. Presque une fillette, le visage doux et rond, les pupilles hallucinées. Chose incroyable, ils lui avaient laissé ses bijoux. La nouvelle pleurait et se démenait. Elle s'agrippa à une matonne, elle ne voulait pas qu'elle s'en aille, elle criait qu'on appelle son père. La surveillante l'écarta brutalement et referma la porte. La toxico continuait à crier. La fausse blonde bougea. Patrizia la bloqua d'un regard décidé. Puis elle s'approcha de la fille et lui caressa les cheveux. Elle cessa de pleurer. Maintenant, elle tremblait tout entière. Elle sentait la sueur acide et un parfum trop intense. Peu à peu, elle se calma. Patrizia l'accompagna à sa couchette et attendit qu'elle s'endorme. La fausse blonde et les deux autres regardaient, incrédules. Patrizia demanda une cigarette. La fausse blonde se précipita pour lui offrir un paquet froissé de Marlboro.

– Comment tu t'appelles ?

– Inès. Inès Rapino. Mais tout le monde me connaît comme Inès du Trullo.

– Écoute-moi, Inès : tu la vois celle-là, la nouvelle ?

– Oui.

– S'il lui arrive quelque chose, je t'ouvre la gorge. C'est clair ?

Au matin, le directeur lui communiqua qu'elle se trouvait en état d'isolement. Il demanda si elle avait été molestée par les autres détenues. Patrizia exhiba son sourire le plus séduisant, croisa les jambes et répondit qu'elle s'était trouvée très bien avec ses nouvelles amies. Le directeur la congédia, déconcerté par sa froideur. On la garda un moment au bain-marie puis, sur la fin des quarante-huit heures suivant l'arrestation, elle se retrouva au parloir avec le juge et Me Vasta. Il y avait aussi le flic, naturellement. Pâle comme un mort. Patrizia pensa qu'il aurait été amusant de s'approcher de lui. De lui demander sur un ton de grande dame : “Salut, chéri, comment ça va ? Elles te sont passées, ces vilaines marques que je t'ai laissées, la dernière fois qu'on a baisé ?” Puis, pour compléter l'effet, il aurait fallu un baiser sur la bouche. Mais il y avait un miroir, dans ce parloir. Patrizia nota les taches de gras sur la veste, la jupe froissée, les collants filés. Ses cheveux étaient dégueulasses. Elle avait besoin d'une bonne douche et d'un bain de déodorant. Elle risquait de ressembler à une pute de rue pathétique et amaigrie. Elle serra la main de Vasta et s'assit avec un soupir à côté de l'avocat. On voyait qu'elle était démolie. Scialoja ressentait de la pitié et du remords. Il l'utilisait pour arriver au Dandy et aux autres. Il l'avait toujours utilisée. C'était ça, depuis le début, son projet. Mais maintenant ? Borgia s'éclaircit la voix.

– Je vous préviens que vous avez la faculté de ne pas répondre.

– Je réponds, je réponds, dit-elle, à mi-voix, avant que Vasta puisse intervenir, je n'ai rien à cacher…

– C'est ce que nous verrons, répliqua le juge.

Dur, mais gentil, Borgia. Inflexible, mais avec un fond d'ironie. Imperméable à toute forme de séduction, et encore moins avec

Patrizia dans l'état où elle était après deux jours de violon. Il posait des questions sur le bordel, le juge, mais il était clair que le sexe, il s'en contrefichait. Tous ici se trouvaient réunis par une sorte de fiction sarcastique. Par personne interposée. Borgia parce que derrière lui, il y avait le flic. Elle parce qu'elle était la femme du Dandy. Vasta s'opposait, dissertait, élevait des obstacles : indifférent, comme les autres, au destin de Patrizia. Vasta était les yeux et les oreilles du Dandy. Borgia mit une bonne heure avant d'arriver à la question qui lui tenait le plus à cœur.

– Vous êtes propriétaire d'un immeuble transformé en maison de rendez-vous. Le parquet aimerait savoir comment vous avez fait pour entrer en possession de l'immeuble. Où avez-vous pris l'argent ? Qui vous l'a donné ?

– Une jeune femme a beaucoup de ressources.

– Je n'en doute pas, Mlle Vallesi. Le fait est que, même en calculant... en étant généreux... une douzaine de prestations quotidiennes que généralement, dans de tels cas...

– Vous voulez dire des passes ?

– Bref, nous nous sommes compris ! Je veux dire que même si vous aviez toute... toute l'activité humainement possible, cela ne justifierait pas l'investissement initial...

Vasta protesta : les questions du procureur sortaient du chef d'inculpation. Encore une fois, il estimait de son devoir de conseiller le silence à sa cliente. Patrizia l'ignora.

– Disons que j'ai été aidée par quelques amis.

– Quels amis ?

– Des amis généreux.

– Comme le Dandy ? Comme le Libanais ? Comme le Froid ? Comme le Sec ? Comme les agents des services secrets qui fréquentaient habituellement la place des Marchands ?

Vasta éleva la voix. Patrizia le calma d'un geste décidé.

– Agents des services secrets ? Et alors, même si c'était le cas ? Quand je couche avec quelqu'un, je ne lui demande pas ses papiers. En tout cas, si c'est ça qui vous intéresse, j'ai été avec des politiciens, des journalistes, des joueurs de foot, des écrivains... et même des policiers ! conclut-elle avec un sourire moqueur.

Vasta farfouilla dans les papiers qu'il avait devant lui, abattit un poing sur la table, attaqua l'incipit d'une des scènes qui l'avaient rendu célèbre au Palais de justice. Maintenant, on exagérait! On violait avec une extrême désinvolture les principes constitutionnels, et pas seulement de sa cliente! Il était contraint de rappeler au magistrat que la loi Merlin ne punit pas les habitués des maisons de rendez-vous, ni les femmes qui exercent librement la prostitution. La loi ne punit que ceux qui profitent indûment de la prostitution des autres. Ce qui n'apparaissait pas dans les faits en examen. Donc…

– Donc, on va aller faire un petit tour, comme ça nous allons tous retrouver notre calme! s'exclama Borgia.

Il prit Vasta sous le bras et, sans se soucier de ses protestations, le tira hors du parloir. Scialoja et Patrizia restèrent seuls. Elle croisa les jambes.

– Je suis désolé, murmura-t-il.

– Donne-moi une cigarette.

– Tu tombes mal. Je suis passé à ça, répondit-il en tirant de sa poche un paquet de cigarillos toscans.

– Je m'en contenterai. Donne-m'en un.

Scialoja alluma le Toscanelli et le lui passa. Elle tira deux bouffées, devint toute rouge, réprima un accès de toux en avalant la fumée, serra les poings, aspira encore.

– Je peux te faire sortir dès demain, insinua-t-il.

– Conneries. Ton juge ne me lâchera pas si facilement.

– Crois-moi. J'avais promis que je fermerais le bordel. J'y ai réussi, non?

– Qu'est-ce que je devrais faire?

– Parler.

– Et de quoi? Du temps? Du foot? De ce que les hommes aiment se faire faire par les filles de la place des Marchands?

– On pourrait commencer par la pièce avec les microphones cachés et les miroirs sans tain…

– Il y a des types qui aiment regarder, d'autres écouter…

– Oui, comme les deux barbouzes Z et X! C'est la cour des grands, Patrizia. Tu n'imagines même pas…

– Non, c'est toi qui n'imagines même pas, mon cher petit con!

– Parle-moi de l'organisation. Des gars. Du Dandy. De la vengeance pour la mort du Libanais. Tu as l'occasion de te libérer d'eux tous. Tous d'un coup, Patrizia!

– Et qui te dit que j'ai envie de m'en libérer ?

– Un jour, tu m'as dit que si je réussissais à faire fermer cet endroit, tu m'épouserais…

– Je devais être soûle !

– Ou peut-être que tu étais sincère.

– Je suis toujours sincère.

Elle écrasa le cigarillo sous son talon et se leva. Lui aussi se leva. Ils étaient proches, maintenant. L'odeur du tabac couvrait à peine celle de sa fatigue à elle. Scialoja la sentit affaiblie, mais pas résignée. Il tendit une main pour la caresser. Elle la lui agrippa. Une étreinte forte. Ses ongles s'enfoncèrent dans le poignet de l'homme. De la main gauche, Patrizia lui balança une gifle violente. Scialoja recula. Elle se précipita contre la porte de la pièce.

– Gardien ! Je veux retourner en cellule ! Gardien ! Gardien !

Scialoja était resté hébété. Quelqu'un ouvrit la porte. Vasta et Borgia s'approchaient à petits pas. Patrizia se retourna pour le fixer et lui adressa, à lui seul, son rire le plus méchant.

6

Quand le Dandy, les yeux hors des orbites, alla leur jeter à la gueule qu'ils étaient deux couilles molles, deux têtes de nœud, deux sous-merdes, Z et X encaissèrent en haussant les épaules.

– Qu'est-ce que tu veux y faire ? Ce flic est fou !

– On a essayé de le contrôler, mais il nous a glissé entre les doigts !

– Protection, protection… protection, mon cul ! L'accord ne tient plus, mes cocos.

– Fais comme tu veux.

– Oui, comme tu veux.

S'il avait pensé les faire chanter, ou au moins les faire sentir un peu dans la merde, le Dandy tombait mal. Certes, X et Z trouvaient bien aussi la pilule dure à avaler. Mais la vérité était que le Vieux avait ordonné de couper et d'enterrer. La mort du Libanais avait été une déception pour lui aussi. C'était le Froid qui semblait avoir repris les rênes du groupe, mais celui-ci était un chien des rues, un chien errant obsédé par la vengeance. Certaines sophistications alchimiques permettant de jouer le grand jeu lui échappaient. Le Froid, c'était du temps perdu. Peut-être un jour serait-il possible de récupérer Nembo Kid et le Dandy. Tant pis pour le bordel : on recommencerait ailleurs. L'important était que Patrizia ne laisse pas échapper des révélations déplaisantes. Le Vieux était certain que la putain n'ouvrirait pas la bouche. L'instinct lui disait qu'elle tiendrait le coup. Elle serait récompensée au moment opportun. Le grand jeu était tout entier une affaire de moment opportun. Le Vieux, quelquefois, pensait que tout avait été écrit dans un grand livre gardé on ne sait où par on ne sait quelle divinité. Tout, vraiment tout. Même la mort du Libanais. Même l'entêtement d'un policier idéaliste. Tout, et surtout le fait qu'il y avait des individus destinés à ne jamais rencontrer leur moment opportun. Couper, enterrer, replier.

Le Dandy ne fut pas plus heureux avec les garçons. Le Froid, le Noir et les autres, ils s'en foutaient éperdument, du sort de Patrizia. Le Froid lui jeta même à la face ses fréquentations avec les barbouzes.

– Ces types, c'étaient des fréquentations du Libanais, se défendit le Dandy.

– C'est pas d'aujourd'hui qu'on découvre que le Libanais se fiait à tort à certaines personnes.

– Ç'a été une erreur, Froid, ça peut arriver à tout le monde.

– Ça n'a pas été une erreur. Ces deux-là, c'était un boulet. La politique est un boulet. Suffit d'un flic qu'a des couilles et on se retrouve tous le cul par terre. Et où ils sont, alors, tes protecteurs, hein, où ils sont ?

Non, avec le Froid, c'était comme pisser dans un violon. Celui-là, il n'avait qu'une idée en tête : la vengeance. La vengeance, c'est tout. Mais le discours sur le flic "qu'avait des couilles" avait mis dans le mille. Ce Scialoja : mais à quoi ils jouent, Borgia et lui ? Ils s'étaient mis en tête de sauver Rome ! On pouvait pas les approcher comme les secrétaires sniffeurs du tribunal. On pouvait pas les payer comme le bon Fabio Santini. Des gens d'une autre trempe. En un mot : des types qui en avaient. Le Froid avait raison. Le Dandy avait perçu une certaine admiration dans son ton. Mais admirer l'adversaire n'est qu'une manière tordue d'admettre ses propres déficiences.

Le raisonnement semblait au Dandy d'une évidence éclatante : Scialoja avait fermé le bordel. Le bordel était la chose du Dandy. Scialoja bat Dandy un à zéro. Scialoja ricane. Le Dandy maronne. Le Dandy descend. C'était une question d'estime et de prestige, en somme. Le Dandy se demanda si ce n'était pas le moment de passer à la manière forte. Il en parla avec l'oncle Carlo, un soir que le Maître et lui faisaient rôtir un chevreau dans le jardin de la nouvelle villa à Zagarolo que l'oncle Carlo avait achetée cash en se faisant passer pour un riche ingénieur à la retraite. L'oncle Carlo démarra sur une sentence : l'affaire regardait le Dandy et lui, il ne pouvait ni ne voulait s'en mêler. Mais comme il était particulièrement de bonne humeur en raison de la réussite du meurtre, commis en personne, de certaines bordilles de la Porte Neuve à Palerme, il pouvait bien gaspiller quelques conseils. Rien que pour lui faire comprendre qu'il était temps qu'il apprenne comment raisonne un homme d'honneur.

– Primo : une histoire de poule, c'est. Et les hommes d'honneur, ils doivent pas se mêler des poules, à part se les troncher.

Exploiter les femmes, c'est les bordilles qui font ça. Et nous, on est pas des bordilles, on est des personnes honnêtes !

– Tu peux coucher avec, traduisit le Maître qui avait intercepté le coup d'œil interrogatif du Dandy, mais pas les exploiter.

– Secondo : aux condés, on leur tire pas dessus. Et pas parce qu'ils se le méritent pas, parce que c'est des cornards et des flicards, et qu'ils restent toujours des cornards et des flicards, mais parce qu'un condé mort, ça amène plus d'emmerdes qu'un vivant...

– On tire pas sur les policiers, à moins d'avoir les épaules larges et bien protégées, synthétisa le Maître.

– Juste ! poursuivit l'oncle Carlo. C'est des engatses emmerdatoires du genre hallucinantes. Aussi, vaut mieux les acheter que les effacer...

– Tu pourrais essayer de le corrompre, suggéra le Maître.

– Exclu. C'est un type clean, expliqua le Dandy.

L'oncle Carlo hocha la tête.

– Dans ce cas... le raisonnement du bon chrétien, de la personne sérieuse, c'est : mettre la tragédie dans la vie du condé, genre qu'il voulait des sous de la radasse, et y perdre famille et travail. Comme ça, y se lève le vice et y va faire chier le monde en Sardaigne !

– Couvre-le de merde, traduisit le Maître.

– Il est cul et chemise avec le magistrat... se lamenta le Dandy.

Pour l'oncle Carlo, qui se délectait du chevreau et du lourd rouge de l'Etna, la question était close. Mais le Dandy ne se résignait pas.

– Pour moi, c'est une question de principe !

L'oncle Carlo s'irrita.

– Mais qu'est-ce qu'il veut, celui-là ? La guerre de Troie ?

La conversation prenait mauvaise tournure. Le Maître s'entremit. Rome n'était pas la Sicile. Il fallait tenir compte d'autres variantes.

– Qu'est-ce tu racontes, putain ?

– Le poids spécifique du Dandy dans son organisation. S'il ne fait rien, il risque de passer pour un pédé.

– Aaaah ! Une histoire de sauver la face, c'est ! Maintenant, je comprends !

L'oncle Carlo réexamina la question. Mieux valait donner un peu de satisfaction. On ne devait pas permettre à cette histoire d'interférer avec les affaires.

– Tirer, c'est exclu. Nous autres, des chrétiens on est, pas question qu'on touche au fromage, on est pas… comment vous dites, par ici… des barbeaux. Les vrais chrétiens, ces discussions, ils les laissent débagouler aux péquenauds, des gens qui parlent et déparlent, qui roulent les mécaniques, mais qui sont juste bons à nettoyer les cellules des gens comme y faut. Et depuis que le monde est monde, un type qui s'y entend, il entre pas dans ces discours, dans ces tragédies, y s'en mêle pas, des histoires de femmes c'est, et les femmes sont bonnes seulement couchées, ou les jambes écartées, ou debout, devant le feu ! Plutôt… le patron du bordel, c'est qui ? Toi ?

– Non. La propriétaire, c'est Patrizia.

– De l'argent à toi, il y en a dedans ?

– Non. La dette initiale a été remboursée.

– Et putain, alors, qu'est-ce t'en as à foutre ! Toute façon, on le sait bien, t'as qu'à t'en prendre une autre, vu que les radasses, elles ont la chatte froide et c'est tout !

Cette fois, il ne fut pas besoin de traduire. Il fallait larguer Patrizia, c'était la seule chose à faire. Le Dandy poussa un soupir de soulagement. Le conseil autorisé de l'oncle Carlo le blindait de partout. Patrizia comprendrait. C'était une femme intelligente. Et pourtant, dans les oreilles lui vibrait sourdement un bruit de fond inquiétant. Aussi intelligente qu'elle fût, Patrizia était quand même une femme. Un entretien était urgent. Mais Vasta avait interdit tout contact. Ils seraient bientôt interrogés. Qu'ils disent le minimum indispensable et bientôt l'affaire se dégonflerait spectaculairement. Seul avertissement : ne pas exagérer dans le sarcasme. Cette fois, après tout, ils n'étaient que témoins.

L'avocat avait vu juste. Borgia était déprimé. Scialoja se donnait un mal de chien, mais quant à relier le baisodrome et la truanderie, même Torquemada n'y serait pas arrivé. On entendit le Noir, qui infligea une philippique sur les nécessités physiologiques du guerrier et sur la technique kundalini du reflux de la semence. Le Buffle grogna une désolante séquence de je me souviens pas, j'ai mal à la tête, assisté d'un médecin et muni de certificats surchargés de tampons de grands patrons. Le Sec laissa entendre qu'il avait aidé une amie en difficulté, sur la demande d'un autre ami, ami, à son tour d'un troisième ami : et en tout cas, son intervention s'était limitée à apporter sa caution. Qu'est-ce qu'il y pouvait si le nom du Sec était estimé, à Rome, si tant de pauvres gens, aujourd'hui, recouraient à lui... Œil Fier se vanta de s'en faire six sans débander et se hâta de préciser : mais seulement comme client, eh, seulement comme client ! Le Froid considérait le simple voisinage de son nom avec une histoire de putes comme une honte mortelle. Scialoja le provoqua : savait-il que, place des Marchands, des barbouzes traînaient ? Qu'est-ce qu'il en aurait dit, le Libanais, de cette misère ? En entendant nommer son ami mort, le Froid se domina à grand-peine. Scialoja se sentit proche du cœur du Froid. La fidélité, la loyauté étaient tout pour lui. Scialoja essaya désespérément de se glisser dans la brèche.

– Les gens de ce genre, ils se servent de toi avant de te laisser tomber. Si tu t'en sors bien, tu finis au trou, dans le cas contraire, ils se servent de toi comme cible de tir... ils promettent, ils promettent mais ils ne sont bons qu'à encaisser...

Le Froid le fixa de son regard intense, revêche. Autrefois, ce gars était honnête, pensa Scialoja. Va savoir ce qui l'a gâté. Va savoir s'il reviendra jamais en arrière. Le Froid, à la fin, s'en sortit d'un haussement d'épaules. Le moment magique était passé. Ou peut-être était-il venu trop tôt.

Scialoja entendit aussi, naturellement, le Dandy. Et celui-ci, trois fois Judas, admit une "fréquentation sporadique avec la dénommée Vallesi Cinzia", et pria, conjura : que la chose, la relation, ne vienne pas aux oreilles de ma très dévote conjointe... elle en mourrait, la pauvrette... Il était clair que le Froid et le Dandy n'étaient pas de la même pâte. Que bientôt, il y aurait une fracture. Mais Patrizia ? De quel côté était Patrizia ?

– Ils t'ont larguée, lui communiqua Scialoja, en lui passant le procès-verbal d'audition du Dandy.

Sur le recto de la photocopie, elle dessina un obscène pénis avec de belles rondeurs et des moustaches, fabriqua un avion, le lui envoya au visage.

– Tu paieras pour tout le monde, se désola Scialoja.

Elle se fit raccompagner en cellule.

Il se garda les espions en dernier. A l'intérieur de l'établissement avait été installée une pièce insonorisée pleine de micros. De la pièce voisine, on pouvait regarder sans être vus, écouter sans être écoutés. Dans un réduit dont la propriétaire avait déclaré avoir perdu les clés avaient été retrouvés des films en super-huit et une boîte pleine de cassettes audio. Scialoja était certain que Z et X avaient utilisé le bordel comme base pour la collecte d'informations réservées. Borgia hésitait : ils allaient se défendre en soutenant être d'insatiables satyres, et voyeurs en plus. En tout cas, il fallait attendre le développement des films et la transcription des enregistrements.

Devant la notification des faits, les agents secrets feignirent un étonnement poli.

– On nous épiait !

– Incroyable !

– On va passer un après-midi de détente dans un établissement de classe...

– Parce que ça, cher collègue, je te l'assure, c'est un établissement de classe...

– Il y avait de ces filles...

– Mais tu devrais le savoir, pas vrai ?

– En somme, on va s'amuser un peu et on finit dans un film porno !

Même si intérieurement, il bouillait, Scialoja affecta un détachement courtois. Souriant, et même gentleman, il les congédia sans même verbaliser la dernière connerie qu'ils lui avaient balancée. Mieux valait attendre les développements, renvoyer à la prochaine occasion les questions sérieuses : qu'est-ce que vous faisiez, à Bologne ? Qui est ce vieux gros devant lequel vous tremblez comme deux bâtards à leurs premières armes ? Qu'est-ce qu'on éprouve à fréquenter la face sale de l'État ?

Le rapport de l'expert sur le matériel séquestré place des Marchands arriva.

“En raison d'un fâcheux accident de laboratoire, imputable à l'incurie du personnel employé au nettoyage”, la plus grande partie des petits films avait été irrémédiablement détruite, rongée par une coulée d'acide qui, à entendre l'expert, faisait pâlir le souvenir de l'éruption de Pompéi. En avaient réchappé, si on peut dire, seulement deux bouts. Le contenu: “films du genre cinématographique qui montrent l'accouplement de personnages, parmi lesquels une actrice connue dans la partie, avec de nombreux partenaires des deux sexes et d'autres pratiques contre-nature”. Quant aux cassettes, quelques-unes apparaissaient comme un ramassis de bruits de fond incompréhensibles, d'autres étaient “des compilations artisanales de morceaux de musique légère”. En conclusion, “le matériel audio enregistré est sans incidence sur les enquêtes. Le matériel audiovisuel servait sans doute à exciter les appétits sexuels des habitués de l'établissement, comme l'attestent les six projecteurs sous séquestre judiciaire”.

Scialoja et Borgia écartèrent les bras, vaincus par la déception. L'ennemi avait de nombreux visages. L'ennemi se riait de leurs efforts. Les méchants étaient plus forts que les bons.

– Je pense à cette femme, hasarda Scialoja, elle va payer pour tout le monde…

– Et alors?

– Ça vous semble juste? Je veux dire… peut-être que vous pourriez réexaminer sa situation procédurale…

– Vous êtes en train de me demander de la libérer?

– Après tout…

– Un mot de plus et je vous réexpédie à Modène!

Borgia était capable de le faire. Scialoja se sentait toujours plus écrasé par son inadaptation. Il n'avalait pas le petit sourire de Z et de X. Il se fit transmettre des dossiers réservés de Bologne. Il fourra son nez où il ne devait pas. Il cherchait quelque chose qu'il n'arrivait pas encore bien à saisir. Du matériel pour une autre information, et tôt ou tard, il y serait arrivé. Le Dandy, quand les eaux se furent apaisées, arracha un permis de visite. Il se présenta à Rebibbia avec un gros bouquet de roses et dut le remettre au greffe. On le fouilla. On l'escorta jusqu'au parloir. Mais à la place de Patrizia, il se trouva face à cette vieille grosse gouine d'Inès du Trullo.

– Patrizia s'excuse, mais aujourd'hui, elle ne se sent vraiment pas bien. Je suis désolée, Dandy…

Le Dandy alla se reprendre ses fleurs et sortit furieux de la prison. Qu'il aille se faire enculer, le Froid. Qu'elle aille se faire enculer, Patrizia. Le Dandy téléphona à Z et à X : mais un petit truc, un tout petit truc, on ne pouvait vraiment pas le lui faire au flic ? Z dit qu'il y penserait. Fin janvier, Botola croisa par hasard Saverio Solfatara. Le Sicilien fou, celui qui avait tiré sur le Libanais, s'était glissé dans une salle de courses au Prati. Botola téléphona au bar de Franco. Aldo Bouffons répondit. La nouvelle fit le tour des lieux en un éclair. Les préparatifs du guet-apens commencèrent. Le Froid prit un pistolet et un bonnet, et partit seul, à moto. Il arriva à la salle de courses en vingt minutes, après avoir brûlé tous les feux de Rome. Il entra en tirant son bonnet sur son front, la balle déjà dans le canon, l'arme dans la poche du trench. Il prit le Sicilien par derrière et lui tira trois coups devant tout le monde. Puis il sortit d'un pas tranquille et remonta en selle. A son retour au bar de Franco, ils étaient encore en train de décider qui allait faire l'expédition.

– Ramène-le au dépôt, ordonna-t-il en remettant le pistolet au Dandy.

Le Noir l'embrassa. Le Dandy évita son regard.

1981, hiver-printemps

Fleuves de sang

1

A peine sorti en permission, le Sarde les convoqua chez sa sœur, un petit appartement sous les toits avec vue sur la Basilique Saint Paul qui sentait le rôti et l'*amatriciana.* Le Froid, le Dandy et Nembo Kid s'y rendirent. Le Sarde était plus furieux et malotru que jamais. Il fit la liste de ses doléances tandis que Boucles d'Or et Barbarella s'envoyaient en l'air dans la chambre à coucher et qu'un chat tigré avec un œil de verre montait la garde, dos bombé.

– Mais qu'est-ce que vous vous êtes mis en tête ? Vous achetez ci, vous envoyez ça, vous voyez celui-là, vous voyez l'autre, vous tirez, vous organisez, vous programmez... mais qu'est-ce que vous vous êtes mis en tête ? Vous vous êtes fait des milliards et en deux ans d'asile vous m'avez juste fait avoir des miettes... A Naples, ils sont fous de rage pour l'histoire du tremblement de terre, et je dois apprendre par don Rafele en personne que cette bordille de Trentedeniers s'est retourné encore vers les vieilles familles... et c'est quoi, cette histoire de mafia ? Et ces boîtes, ces hôtels, ces restaurants, ces "boutiques" dans le centre ? Et les cinquante kilos de drogue ? Mais vous le savez, que le dernier mois, à Castiglione, le pauvre Boucles d'Or, il a dû se taper la bouffe de la cantine ?

– On a toujours payé avec régularité, protesta le Dandy.

– Moi, le double fade, je l'ai jamais vu...

– Pourquoi, ça te revenait ?

– Oui, ça me revenait. Moi, je suis le chef, oublie-le pas, petit con...

– Oh, Mario, écoute, ta dope est toute en réserve... avança Nembo Kid.

– Conneries ! Jusqu'à maintenant... on parle... je dis *on parle* du flouze... mais le voir... nada ! Ah mais maintenant, la musique change, mes chers enfants ! Rappelez-vous que sans le Sarde, à Rome, on bouge pas le petit doigt ! Et qui chante hors du chœur... pan, pan ! Et toi, qu'est-ce tu dis, Froid ? On t'a coupé la langue ?

– Tout va s'arranger, Mario, sois tranquille.

Le Sarde se versa à boire et se garda bien d'en offrir aux autres. Même les chaises, ils avaient dû les prendre eux-mêmes.

– Le Libanais a compris que dalle. Y voulait tout faire tout seul, et on a vu comment il a fini. Mais la musique change, chères têtes de nœud ! Il me revient double fade, plus un dédommagement pour ces deux années de merde à l'asile… Demain, on se voit tous chez ce Judas de Trentedeniers, que s'il a pas une explication bien comme y faut, je m'en occuperai, moi, de lui. Demain, on fait les comptes. Et alors, quoi, les souris ont beaucoup trop dansé, le chat est de retour ! En attendant, j'ai besoin tout de suite de cent patates. Et d'un kilo de coke pour certains amis… Encore là, vous êtes ? *Raus*, dégagez !

Le Dandy regarda Nembo et Nembo regarda le Froid. Il y a des gens qui apprennent à vivre et d'autres qui se gâtent pour toujours. Le Sarde était en train de gaspiller allégrement toutes les possibilités pour lui de rester à la verticale quelques années encore.

– Cent, tu as dit ? demanda le Froid, faussement impressionné. Demain, tu les auras.

La réunion de travail, ils la tinrent chez Trentedeniers. C'était sûr, le Sarde avait vraiment choisi le mauvais moment pour abandonner le refuge commode de l'asile. Après la prouesse de la salle des courses, la confiance réciproque avait recommencé à circuler. Ils recommençaient à se sentir invincibles et, ce qui compte encore plus, unis. Le Froid demanda à Trentedeniers un contrôle. Le Napolitain qui, depuis la mort du Libanais, tenait les cahiers, dit que tout était en règle.

– Il a été payé jusqu'à la dernière lire. Il y a même la part sur les affaires qu'il avait même pas rêvée… celui-là, il a perdu la tête pour de bon ! s'exclama-t-il en napolitain.

Quant à la prétention à un double fade, même le Libanais, dont pourtant personne ne discutait l'autorité, n'avait jamais pensé la demander. Bref, aucune raison de marchander. Peut-être que si le Sarde s'était présenté de manière moins grossière, il y aurait eu encore une marge de discussion. Mais au point où en étaient les choses, toute hésitation supplémentaire était exclue.

Le Froid dressa le plan. Le juge Borgia en savait trop. Dès que la chose serait faite, il s'en prendrait à eux. Donc, le Sarde devait littéralement disparaître.

– Les Siciliens dissolvent les corps dans l'acide, informa Nembo Kid.

– Pas le temps, coupa le Froid. On creuse une fosse et on le met dedans.

Ricotta s'en chargea : il connaissait l'endroit qu'il fallait, une grotte sur la Salaria où d'ici trois-quatre jours, la commune avait l'intention de faire sauter des mines.

Ils arrêtèrent une rencontre à la Pyramide.

– Le travail, on le fait à la baraque du Rat. Au rendez-vous, on ira tous. Il faut deux voitures et trois motos. Les Bouffons s'en occuperont. Et puis, il faut des alibis. Femmes, maîtresses, fiancées, joueurs, tout peut aller… suffit que les choses soient bien faites… c'est tout, au boulot !

– Et Boucles d'Or ? demanda le Buffle.

– C'est un petit poisson, s'exclama le Dandy. Laissons tomber…

– Non, dit le Froid, il nous a vus aujourd'hui. Il en sait trop. Lui aussi doit venir chez le Rat.

– Alors, va falloir que je creuse deux trous ! conclut Ricotta, résigné.

Le Buffle rigola

2

Les longs doigts parfumés de Roberta parcouraient le visage creusé du Froid.

– T'es en train de changer.

– Qu'est-ce tu veux dire ?

– Tu deviens… plus homme…

– Pourquoi, ça te suffit pas ? essaya-t-il de plaisanter.

Roberta le fixait, tendre et sévère.

– L'humour n'est pas ton fort, chéri.

– T'as raison, excuse-moi…

Le Froid avait rougi. Elle sourit. Un après-midi d'amour, les premiers moments de paix après ces mois d'enfer. Comme si le sang de Saverio Solfatara, enfin versé, avait calmé l'ombre inquiète du Libanais. Roberta, maintenant, contrôlait ses petits seins reflétés dans le grand miroir qui se dressait devant le lit. Depuis qu'elle avait déménagé chez lui, la maison du Pigneto semblait presque une vraie maison. Avec des meubles, de l'électroménager, une grande salle de bain toujours étincelante. Rien à voir avec le royaume de ce fanatique de Dandy, mais une maison : quelquefois même accueillante, quelquefois chaude.

– J'ai grossi ?

– Mais qu'est-ce que tu racontes !

– Je voudrais grossir.

– Mais tu es très bien comme ça…

– Tu n'as pas compris. Je veux un enfant.

– Avec la vie que je mène ? Pas question !

– Tu ne veux rien laisser derrière toi, hein ?

Ce n'était pas la première fois qu'ils abordaient ce sujet. Roberta n'était jamais agressive. Même quand elle voulait lui faire comprendre que quelque chose n'allait pas… peut-être quelque chose dans les profondeurs… elle réussissait toujours à le dire à sa manière gentille.

– L'autre jour, une terroriste, en prison, a accouché de jumeaux. Elle et son camarade, on les avait arrêtés il y a trois ans… pour faire l'amour, ils ont profité d'un procès… tu sais, quand ils les mettent tous dans la même cage… alors, leurs camarades se sont mis autour de ces deux-là… et maintenant, il y a les enfants…

– Sous le nez des juges ! Pas mal, quand même…

– Fuis, fuis, mon amour. Un jour, tu devras bien t'arrêter. Et tu sais ce que tu trouveras au bout de la route ?

– Deux balles.

– Non. Tu me trouveras moi…

Quelquefois, il y pensait lui aussi. Se retirer. Prendre une autre route avant que tout se précipite. Mais si même le Puma n'avait pas réussi à se défiler et restait toujours dans les parages à trafiquer, un pied dedans et l'autre dehors… et tôt ou tard, le moment de payer ne devait-il pas venir ? Et alors : ne valait-il pas mieux continuer jusqu'à ce que le rideau tombe ? Le Froid se releva d'un bond et alla se fourrer sous la douche. Roberta resta entre les couvertures à fumer une cigarette. Elle le vit s'habiller avec soin, chemise blanche, jean, chandail, blouson de cuir. Cet étrange garçon taciturne et gentil m'a volé le cœur. Un assassin.

– Si on te demande, murmura le Froid en saisissant une boîte de chocolats assortis, tu diras qu'on est restés ensemble toute la journée.

– C'est pour qui, ça ?

Le Froid souleva le couvercle et rangea dans la boîte le Smith & Wesson .357 Magnum.

– Pour un ami.

A la Pyramide, le Sarde et Boucles d'Or trouvèrent le Froid, les Bouffons et Œil Fier. Botola, le Buffle et l'Echalas sur une Golf, et le Dandy et Nembo Kid, à moto, étaient postés sur le côté de l'avenue Giotto. Ils voyaient sans être vus. Le Froid dit que la police lui collait aux basques et que la remise de l'argent et de la dope se passerait en lieu sûr. Pour éviter malentendus et pertes de temps, tout le monde ouvrit son blouson pour montrer qu'ils étaient désarmés. Le Sarde cracha par terre et dit qu'il les suivrait dans sa Lancia blindée.

– Toi, va signer et attends-moi à la maison, ordonna-t-il à Boucles d'Or.

Le Froid et Œil Fier échangèrent un coup d'œil entendu. Le Sarde se croyait très malin : pour éviter les surprises, il s'était amené un témoin.

– Allons-y.

Boucles d'Or monta dans la Mini aubergine et fit demi-tour. Le Dandy et Nembo Kid lui laissèrent une centaine de mètres d'avance et se mirent dans son sillage. Botola, le Buffle et l'Echalas se dirigèrent directement vers la baraque du Rat, où Ricotta attendait, impatient.

Quand il le vit devant lui, grand, gros et embarrassé, le Sarde exhiba un grand ricanement suffisant.

– Ah, toi aussi, t'es avec ceux-là ! T'as vraiment fait une fin de merde !

– Pas autant que celle que tu vas faire toi, Sarde !

Le Froid, qui s'était attardé sous le prétexte de récupérer son blouson, était en train de sortir quelque chose d'une boîte de chocolats. Peut-être le Sarde comprit-il enfin qu'il était tombé dans un piège. Peut-être n'en eut-il pas même le temps.

Presque au même instant, à l'autre bout de la ville, Boucles d'Or, après avoir mis son gribouillis sur le registre du contrôle judiciaire, saluait le planton du commissariat.

3

Rapport de synthèse sur les meurtres de Puddu Natale Mario, dit "Mario le Sarde" et de Magnanti Flavio, dit "Boucles d'Or" (rédigé par le commissaire Nicola Scialoja, police judiciaire, daté du 17 février 1981).

Des enquêtes relatives aux faits en cause est ressorti ce qui suit:

Le 17/02/81, vers 18 heures, via dei Campani, à peine sorti du commissariat de police de la zone, où il était venu signer le registre du contrôle judiciaire auquel il est assigné, le repris de justice notoire Magnanti Flavio, dit "Boucles d'Or", était atteint par cinq coups de pistolet calibre 38 tirés par deux ou trois individus qui disparaissaient ensuite à bord d'une moto Kawasaki de grosse cylindrée. Quoique secouru sur-le-champ, Magnanti était décédé à son arrivée à l'hôpital polyclinique Umberto I.

Des premières constatations, il ressortait que Magnanti avait des liens de parenté avec Puddu Natale Mario, dit "Mario le Sarde", puisqu'il avait épousé sa sœur, Barbara.

Dans la soirée de ce même jour du 17/02/81, deux heures après le décès constaté de Magnanti, quelques proches de Puddu se présentèrent au commissariat de Saint Paul en se disant inquiets parce que depuis quelques heures leur parent ne donnait plus de ses nouvelles.

Puddu, interné dans l'hôpital psychiatrique judiciaire de Castiglione delle Stiviere, bénéficiait de six mois de congé expérimentaux à partir du 4 février 1981.

Il s'avérait que le soir du 6 février 1981, Puddu, alors qu'il se trouvait en compagnie de Magnanti, avait reçu la visite de trois individus, repris de justice romains connus comme le Dandy, le Froid et Nembo Kid.

On avait fixé, pour le lendemain, un rendez-vous entre Puddu et Magnanti et les susnommés Dandy, Froid et Nembo Kid.

En effet, dans l'après-midi du 7 février 1981, Puddu et Magnanti étaient sortis ensemble en disant à leur famille qu'ils allaient retrouver des amis. Puddu avait ajouté qu'il devait recevoir des susdits une somme consistante.

Dans la nuit entre le 7 et le 8 février, Mme Barbara Magnanti se rendit chez le susnommé Dandy en lui demandant des nouvelles de son frère et en l'accusant de l'assassinat de son mari. Le susnommé Dandy, aux dires de la femme, "tombait des nues" mais "en simulant manifestement".

Les fonctionnaires du présent service s'employaient à entendre aux fins d'informations sommaires les susdits Dandy et sa femme, laquelle affirmait que son mari était resté à la maison tout l'après-midi en raison d'une colique rénale qui l'affectait. Était alors exhibé un certificat médical, remontant à la soirée précédant le meurtre de Magnanti, duquel il apparaissait qu'en effet avaient été prescrits au susnommé Dandy trois jours d'ITT pour colique néphrétique.

Était entendu aussi l'individu surnommé le Froid, lequel affirmait avoir passé l'après-midi et la soirée avec Mlle Roberta de Santis, sa concubine. La demoiselle en question confirmait la circonstance.

Quant à Nembo Kid, il semblait avoir été en compagnie d'une certaine Morai Donatella, sa concubine, pour la durée entière de l'après-midi et de la soirée.

A ce jour (17 février), il n'y a aucune trace du disparu Puddu Natale Mario.

Le rédacteur considère que Puddu a été victime d'un meurtre avec occultation du cadavre et que les deux faits (les meurtres Puddu et Magnanti) sont étroitement liés entre eux. Les raisons du double crime doivent être recherchées dans les rapports que le défunt Puddu entretenait avec des éléments importants du milieu romain, dont le Libanais, assassiné par des inconnus en septembre dernier, Nembo Kid, le Dandy, le Froid, le Buffle et d'autres. Tous ces individus semblent constituer une vaste organisation de délinquants, aguerrie et ramifiée, qui se consacre au trafic d'armes et de stupéfiants. Les raisons de l'élimination de Puddu doivent être recherchées dans un règlement de comptes interne à l'association, alors que Magnanti n'a été tué que parce qu'il était un témoin gênant des derniers événements.

En complément du présent rapport, on soulignera le fait que les alibis fournis par les trois suspects n'apparaissent pas convaincants: ils se basent sur les déclarations complaisantes de compagnes et de maîtresses, et ne doivent pas être le moins du monde pris en considération.

Il y avait bien d'autres choses, dans le rapport original de Scialoja. Par exemple, que Mario le Sarde signifiait Cutolo, et que Cutolo signifiait camorra. Que la "vaste organisation ramifiée", en plus de se consacrer au trafic d'armes et de stupéfiants, traficotait avec les salopards des Services. Que des extrémistes de droite étaient impliqués. Que le Libanais avait mis sur pied un monstre à plusieurs têtes dont ils étaient encore bien loin de pouvoir évaluer la force. Borgia l'avait convaincu de rédiger une version plus comestible.

– Je connais mon monde. Il ne faut pas abattre tout de suite toutes les cartes. Restons sur les deux meurtres. Pour le procureur, ça suffit largement !

Erreur tragique, pauvre Borgia. Le procureur lut, secoua la tête, offrit une cigarette, sortit son sourire de grand frère.

– Je sais que je te déçois, mais avec ça, on va pas loin…

Le tableau ne reposait que sur des hypothèses. Les témoins manquaient. Et que dire des alibis ? Les compagnes des truands ne sont pas fiables, c'est vite dit ! Mais va l'expliquer à un jury populaire ! Et puis ces femmes, toutes sans antécédents… étrangères au milieu, à ce qu'on savait… la femme de… comment il s'appelait ? Le Dandy ! La femme du Dandy : une femme pieuse, engagée dans une série d'œuvres de bienfaisance, carrément amie de monseigneur… non, non, cher Borgia : je suis désolé, pas de mandat d'arrêt. Et puis, en ce moment, avec les défenseurs des droits qui nous accusent de vouloir un État policier… il fallait rappeler à chaque instant l'antique sagesse : mieux vaut cent coupables en liberté qu'un innocent en taule…

Fabio Santini, auquel, par de mystérieuses voies, on avait donné deux ou trois grades de plus et une nouvelle charge au Palais de justice, fit savoir à Trentedeniers que le juge Borgia était hors de lui. Comme il quittait le bureau du procureur, on l'avait entendu murmurer entre ses dents une litanie de malédictions et une phrase, plus claire que les autres, avait été perçue par tous :

– Défense des droits, mon cul ! Si c'étaient des rouges, il les collait au mur, tu parles d'alibis fiables !

Eux-mêmes, de leur côté, ne s'étaient pas attendus à une réaction si douce de l'État. Abandonnant en hâte leurs cachettes, ils s'étaient précipités dans la rue pour recueillir les applaudissements qui leur étaient dus par la Rome du mal. Ils savaient que tout ce qui les attendait, c'était une série de salves à blanc : interrogatoires de routine, le sourcil sévère de Vasta, l'air très sombre de Borgia, la nonchalance livide de Scialoja. Voilà tout. La paranoïa des bombes les avait placés dans une espèce de niche protégée. Ceux d'en haut étaient trop occupés à garer leurs miches sacrées pour s'occuper des taches de sang dans la rue. Comme à l'hôpital Fornalini – épisode raconté par Vanessa au dîner de fête chez Trentedeniers – où des bandes de chiens errants se déchaînaient. Tant que les chiens s'en prenaient aux malades et aux parents, personne n'en avait rien à foutre. Puis, un soir, un corniaud à trois pattes avait osé mordre l'adjoint à la Santé : en vingt-quatre heures, toutes les sales bêtes avaient été exterminées.

– Qu'esse ça veut dire ? Qu'y faut qu'on s'écrase ou on fait la fin des chiens ? demanda le Buffle en s'interrogeant sur le sens de l'apologue.

– Ou qu'on doit devenir adjoints au maire, conclut le Dandy.

Bref, c'était une période où tout marchait comme sur des roulettes. Qui ne devait pas durer trop longtemps.

A mi-mars, Sultan passa à l'Echalas un tuyau sur Nicolino Gemito : le salopard s'était transféré avec armes et bagages dans un appartement sous les toits sur la colline Fleming. Ils y allèrent deux après-midi après le repérage. Le Froid et Botola, dans une Mercedes volée par le Rat, attendaient à cinq cents mètres pour le dégagement. Le Dandy, avec un fusil-mitrailleur Mab, était en couverture sur une Kawasaki. Le Buffle et Ricotta s'étaient garés dans la rue à côté de la DS du Buffle et attendaient devant la porte de l'immeuble. Ils formaient le groupe de feu.

Nicolino Gemito, son frère Vittorio et deux femmes rentrèrent à la maison vers six heures. Le Buffle et Ricotta attendirent qu'ils aient ouvert la porte puis se lancèrent. Ils bousculèrent les femmes et s'élancèrent dans l'escalier, derrière les hommes. Le Buffle descendit Nicolino au premier coup de feu. Ricotta chopa Vittorio, qui tentait en vain de répondre au tir. Les femmes hurlaient. Le Buffle et Ricotta déchargèrent une autre paire de cartouches et se replièrent vers la porte.

Mais au-dehors passait, par pur hasard, la voiture de patrouille en fin de service des agents Bernardi et Dazieri : ils avaient choisi cette rue parce qu'elle était normalement tranquille et à l'écart de la circulation.

Détonations sèches, cris de femmes, bruits de vitres cassées : les agents barrèrent la rue avec l'Alfetta et se précipitèrent, armes au poing, à la hauteur du numéro 90. Du coin de l'œil, Bernardi vit une grosse moto qui faisait demi-tour et s'éloignait à toute vitesse.

– Attention !

Le Buffle et Ricotta arrivaient en courant vers eux. Bernardi cria : "Halte !" Les deux hommes tirèrent. Les agents ripostèrent. Touché au bras, Ricotta laissa tomber le pistolet en poussant un cri de douleur. Son copain le soutint. Les agents s'approchaient. Le Buffle essaya de s'ouvrir un chemin en tirant dans tous les sens, le Colt bouillait dans ses mains. Les agents se jetèrent derrière l'Alfetta. S'il avait été seul, le Buffle s'en serait peut-être sorti ; mais Ricotta avait du mal à tenir debout et perdait du sang par giclées. De leur cachette, en attendant, les agents ajustaient le tir : le Buffle se sentit effleurer une jambe et regarda autour de lui, désespéré. Où était ce couillon de Dandy ? Pourquoi ne prenait-il pas les flics à revers ? Et les autres ? Trop loin pour intervenir ! Un autre sifflement : heureusement, les policiers étaient mauvais tireurs, mais ça ne pouvait pas durer éternellement. Ricotta pesait comme un bœuf, et il avait commencé à gémir. Il y avait une porte d'immeuble, à deux, peut-être trois mètres. Le Buffle se jeta à l'intérieur avec la force du désespoir.

L'agent Dazieri donna l'alarme par radio. Bernardi arracha de sa loge un concierge terrorisé.

– Où ils sont allés ?

– En haut... dans l'escalier...

– Il y a d'autres sorties ?

– Non.

Ils étaient pris au piège. Quand la Mercedes du Froid se présenta en amont, la rue pullulait d'uniformes. Il y avait même un commissaire principal avec un mégaphone.

– On se tire, ordonna le Froid, ça a mal tourné… allez, allez!

Ils étaient pris au piège. La vieille dont ils avaient occupé de force l'appartement au quatrième étage pleurnichait agrippée à son chapelet. L'endroit puait le chat. Le Buffle était surexcité.

– Moi, je me fais pas prendre vivant!

– Ne dis pas de conneries, Buffle, et passe-moi le téléphone.

Étendu sur le canapé, le bras bandé, Ricotta récupérait rapidement. Il appela Me Vasta.

– Qu'est-ce que je fais? Je leur demande une voiture et cinquante millions et je dis que s'ils me les donnent pas, je me fais la vieille? Eh, qu'est-ce que je fais, bavard?

– Tu te rends.

– Comment ça, je me rends?

– T'as très bien compris. On est pas dans un film américain. Tu te rends, on verra après.

– Qu'est-ce qu'il a dit? Qu'est-ce qu'il dit, l'avocat? Qu'est-ce qu'on doit faire, merde, Ricotta?

Ricotta l'ignora et composa un autre numéro.

– Trentedeniers? C'est Ricotta… eh, comme ci, comme ça… disons qu'on se reverra d'ici une trentaine d'années…

Des coups violents contre la porte. Les pleurs de la vieille.

– On sort, tirez pas! hurla Ricotta en se soulevant à grand-peine.

Il avait une grande envie de rire. C'était fini. Mais ils s'étaient bien marrés. Nicolino avait été allongé, et cette fois, il s'en sortirait pas. En tout cas, ç'a avait été une belle aventure. Avec un magicien du code comme Vasta, tout n'était pas perdu. Mais, s'il lui tombait entre les mains, le Dandy était un homme mort.

– Allez, va, Buffle, *anamo*, allons-y!

Le Buffle jeta le pistolet par terre et le suivit, les mains bien en l'air.

4

"Rome calibre 39", "Boucherie dans la capitale", "Western au Fleming". La presse s'était déchaînée. D'un coup, ils s'étaient retrouvés dans un film avec Maurizio Merli.

Le procureur revendiqua le mérite d'avoir, le premier et au milieu du scepticisme général, signalé "l'inquiétant bond en avant du milieu romain traditionnel". Mais les forces de l'ordre, quoique durement éprouvées par l'urgence antiterroriste "n'étaient pas impréparées" à affronter l'offensive. Cela dit, avant de parler de "bande" ou, pire encore, de mafia, comme on s'était déjà improprement hasardé à le faire, il valait mieux y réfléchir cent fois.

Borgia avait dépoussiéré le rapport original de Scialoja. Ce mot – Mafia –, c'était lui qui l'avait prononcé, à voix forte et claire, devant une horde de journalistes excités. Les vantardises du procureur ne le troublaient pas outre mesure. Seuls les résultats comptaient. Les résultats, et le climat qui changeait. Les gens devaient se rendre compte qu'il n'y a pas que le terrorisme, en ce bas monde. Le terrorisme passe. La mafia reste. C'était cela, le point de départ.

La bataille légale s'annonçait âpre. Le Buffle et Ricotta savaient avoir peu d'espoir. Mais ce qui importait le plus, c'était que l'arrière-plan n'apparaisse pas. Il revenait à Vasta de limiter les dégâts.

L'avocat eut une heureuse intuition. Il fallait diversifier les stratégies procédurières. Il fallait faire passer pour fou l'un des deux : naturellement, le Buffle, déjà signalé pour de précédentes et, à ce qui semblait, irrationnelles explosions de violence. Quant à Ricotta, il passerait pour soumis à l'influence du copain et comme, pour que la stratégie ait du succès, on devait effacer tout soupçon d'artifice, Vasta renonça à défendre Ricotta, refilé à un collègue.

– Comme ça, si ça se passe comme ça doit se passer, Buffle s'en tire avec dix ans d'asile !

– Et moi ?

– Moins de vingt-six vingt-sept ans, sors-toi-le de la tête. En tout cas, c'est pas perpète, hein !

C'est ainsi que le Buffle, aidé du Minot, qui en le voyant dans la cour s'était mis à sa disposition avec une chaude embrassade de petit frère, écrivit une lettre et la fit parvenir à Borgia.

Cher Monsieur le juge,

J'ai tué Nicolino Gemito parce que ce salopard avait tué mon ami, mon frère, le Libanais. Depuis la mort du Libanais, ma vie était devenue un enfer. Au début je le rêvais la nuit, blanc comme un linge, qui m'appelait et m'invoquait, et moi je suais et je cherchais à lui dire, tu es mort, repose en paix, qu'est-ce que je peux faire pour toi, mais lui, il insistait et disait que son âme ne trouverait pas la paix tant que l'infâme n'aurait pas payé... puis les voix ont commencé: je l'entendais à toute heure du jour ou de la nuit, là, dans ma cervelle, c'était le Libanais, il criait un mot: "Vengeance! Vengeance!" J'avais perdu le sommeil, les amis, la joie de vivre... puis, comme je ne me décidais pas, lui, il a commencé à apparaître. La première fois, il est sorti de la télévision, on passait un film, et je me le suis vu devant moi le visage éclaté, tout couvert de sang et de matière cérébrale... et toujours avec ce mot, vengeance, vengeance... j'étais devenu une larve humaine, monsieur le juge, vous ne pouvez pas comprendre... le Libanais, je le voyais au bar, au marché, au cinéma, en voiture, dans la rue... il était triste et furieux, c'était une âme en peine... est-ce que je pouvais rester indifférent à son cri de douleur? Autant le tuer une seconde fois! Puis, ce maudit après-midi... j'étais sorti avec Ricotta, mon pauvre ami, il essayait de me consoler, tu dois aller chez le médecin, il me disait, tu dois te soigner... cet après-midi, je les ai vus devant mes yeux, lui et son frère, et derrière eux est apparu le Libanais. Il me fixait d'un air indigné. Il semblait dire: mais comment? Moi, je me tourmente et eux, ils sont encore là? Alors, j'ai attrapé Ricotta et on les a suivis, et puis il est arrivé ce qui est arrivé. Je suis désolé, mais c'est la vérité!

Et Ricotta, se présentant spontanément avec son nouveau défenseur, confirma la version. Ce damné après-midi, quand il avait vu les Gemito, le Buffle était parti comme un fou. Vraiment comme un fou. Et lui, Ricotta, il l'avait suivi en essayant de le faire renoncer à ses desseins. Mais il était trop tard: le Buffle avait commencé à tirer, les Gemito avaient répondu au feu... que devait-il faire ? Il avait tiré lui aussi, et maintenant, il était prêt à payer.

Borgia rencontra Vasta au bar et le complimenta pour l'habile mise en scène défensive. L'avocat esquiva : avec Ricotta, il avait interrompu tout rapport, et quant au Buffle, c'était un pauvre dément. Borgia rigola, les inculpa d'homicide avec préméditation et transmit les actes au juge instructeur. Vasta demanda une expertise psychiatrique. Le juge nomma deux experts. Maintenant, c'était à ceux du dehors de bouger.

5

Patrizia humait le vent chaud du printemps. De la section des terroristes parvint un éclat de rire. Patrizia suivit la direction des voix à travers le jardin en fleurs de Rebibbia-femmes. Une vieille perpète, une paysanne qui trente ans auparavant avait tué à coups de serpe un mari violent, souleva la tête des roses grimpantes et lui sourit de sa bouche édentée. Patrizia lui rendit son salut. Cette femme ne demandait pas à sortir parce qu'au-dehors, elle n'aurait pas su où aller. La prison, désormais, c'était toute sa vie. Est-ce que ça lui arriverait à elle, aussi ? Au début, elle avait fait des plans d'avenir. C'étaient des plans confus. Partir, rester, recommencer, renoncer. Elle avait laissé tomber. La prison savait même être confortable, à sa manière. Palma lui avait fait le Yi King.

– Curieux, Patrizia. Ça dit que tu t'es trompée de vie.

– Tu parles d'une nouveauté !

– Ça dit que tu devais faire maîtresse d'école. Ou bonne sœur.

Elle ne répondait plus aux interrogatoires. Elle savait que son attitude faisait empirer la situation mais la vérité était qu'elle n'avait rien à dire à personne. A personne. Pas même au Dandy. Pas même à cet animal de policier qui continuait à la fixer avec des yeux sombres et hallucinés, toujours à se demander : "Qui es-tu, Patrizia ? Qu'est-ce qu'il y a en toi ?" Mais c'était si difficile que ça, de comprendre qu'il n'y avait rien à découvrir, rien de rien, sinon un vide fait de fureur et de résignation ? Patrizia continuait d'avancer, caressée par le soleil impétueux de mai. Elle pénétra sans problème dans l'enceinte des "camarades". C'était rigoureusement interdit. Mais les gardiennes fermaient volontiers les deux yeux pour la femme du Dandy. Les matonnes ne savaient pas, ou feignaient de ne pas savoir que depuis des mois elle refusait de le voir au parloir. Les terroristes prenaient le soleil en maillot deux-pièces. Le fameux soleil de Rebibbia. Il y avait dans l'air des odeurs de roses et d'ambre solaire. Les terroristes lisaient des livres très ennuyeux aux titres incompréhensibles et ricanaient à propos des perpètes que des juges teigneux déversaient sur leurs têtes bourgeoises. Palma se détacha du petit groupe et vint à sa rencontre avec un sourire. Palma venait d'une bonne famille sicilienne, elle avait vingt-quatre ans et deux meurtres en procès. La première fois qu'elle s'était pointée dans le jardin de la "section spéciale", Palma s'était portée garante pour elle auprès des autres camarades. Confiance instinctive: elle n'avait rien fait pour la mériter. C'était seulement la curiosité qui l'avait poussée à passer le seuil interdit. La curiosité, et le désir féroce de se soustraire au milieu des droits communs. La méfiance du groupe n'avait jamais été vaincue. Palma était la seule qui ne la traitait pas comme une pestiférée. Elle n'avait jamais non plus essayé de l'utiliser comme courrier ou, comme elles disaient, "messagère". C'était, dans toute sa vie, ce qui se rapprochait le plus d'une amie. Une fois, Patrizia l'avait provoquée.

– Vous dites vouloir la révolution, tous égaux, et vous me considérez comme une merde parce que je suis pas de votre milieu!

Palma s'était lancée dans une longue dissertation sur les relations entre bourgeoisie, avant-garde et sous-prolétariat. Patrizia avait perdu patience.

– La vérité, c'est que toi tu es une fille bien et les autres une bande de connes!

Patrizia tira de la poche du jean le paquet de Marlboro, en extirpa une sèche pour elle et le passa à Palma.

– Mais comme ça, il va pas t'en rester.

– Pas de problème. Mais fume-les-toi toute seule, hein? Aux connes, même pas une taffe!

Palma rit. Elle avait de longs cheveux noirs et le regard serein. Le genre à la fois agressif et doux qui rend les hommes dingues. Elles allumèrent les cigarettes. Palma était en train de rédiger une thèse en psychologie. Thème: l'évolution des modèles de femme criminelle. Patrizia s'étendit dans l'herbe. Palma lui demanda de parler de ses rêves.

– Mes rêves? répliqua Patrizia.

– Les tiens, ceux des autres… comme tu veux.

– Les putes rêvent toujours de la même chose: une maison avec une grosse télé, deux enfants, un homme qui les cogne pas tous les soirs mais peut-être juste en fin de semaine. Elles rêvent d'être appelées "madame" quand elles vont faire les courses. De beaux habits, quelques bijoux, une ou deux bagnoles… Elles rêvent d'être comme toi et tes amies, et ce truc de la révolution, vraiment, elles n'arrivent pas à le comprendre!

– Et toi?

– Moi, quoi?

– Tu le comprends?

– On en a déjà parlé, non?

– Dis-moi quelque chose d'autre.

– Inès du Trullo me fait mon lit tous les jours et cuisine pour toute la chambrée. Elle met de côté pour moi les meilleurs morceaux. Elle se fait un vieux cumul de peines et elle espère que quand elle sortira, je la prendrai avec moi.

– Tu le feras?

– J'y pense même pas! Inès est une conne. Tu te rappelles cette fille que je t'avais dit... celle qu'ils ont mis au trou le soir de mon arrivée?

– Comment elle s'appelle...

– Adele.

– Oui, Adele... ben?

– Inès, elle voulait se la faire à la seconde où elle l'a vue. Et à la fin, elle a réussi.

Palma ricana pour masquer son embarras. Terroriste et moraliste!

– Mais pour se la faire, elle a joué un sale jeu, reprit Patrizia, elle lui a procuré deux ou trois doses d'héro...

– Ici? En prison?

– Mais où tu vis, sur la lune? Ici, en prison? Ouvre les yeux, camarade! Bref, je l'ai su, je suis allée voir Adele et je lui ai dit que si je la chopais encore une fois, je la faisais mettre en cellule avec la Matrone.

– Et c'est qui, c'te Matrone?

– Une bonne femme de cent vingt kilos, elle pue comme un égout et se fait lécher les pieds par les gamines...

– Oh, Seigneur!

– Eh oui. Et Inès, je lui ai enflé la gueule de baffes.

– Mais pourquoi?

– Ça me plaît pas, voilà tout. Y'a besoin d'un pourquoi?

Palma éclata de rire. Patrizia l'envoya promener. Palma lui demanda pardon.

– Mais tu sais, c'est drôle… c'est pas ton homme, le Dandy, celui qui vend la came ?

– Eh beh ?

– Eh beh, eh beh, c'est vraiment drôle ! Lui, dehors, il se fait du fric avec les toxicos et toi, dedans, tu lui enlèves la matière première !

Patrizia regagna sa cellule d'une humeur de chien. Palma ne comprenait pas. Mais en fait, elle non plus ne comprenait pas bien pourquoi elle faisait certaines choses. Ça lui venait, et voilà. Elle pouvait les faire, et voilà. Et ce qui l'énervait le plus, c'était qu'elle pouvait se permettre tout ça parce qu'elle était la femme du Dandy. Inès vint à sa rencontre en brandissant un papier froissé.

– Du courrier ! Du courrier pour la belle Patrizia !

– Donne ça !

C'était une lettre du Crapaud. Patrizia s'étendit sur la couchette et s'efforça de déchiffrer l'écriture minuscule et irrégulière de la vieille tantouze.

Je t'écris de l'aéroport de Casablanca, Maroc. C'était pas au Maroc que tu voulais aller, la dernière fois qu'on s'est vus ? Je suis Ingrid, la divine Ingrid aux tailleurs impeccables et aux yeux humides de chiot blessé. Le petit avion est en train de chauffer ses moteurs ridicules. L'homme que j'aime vient de m'embrasser, et d'après le scénario, il devrait me remettre à l'homme que je n'aime pas mais qui a un besoin désespéré de moi. Pour ce rêve qui, entre autres, à la différence de l'original, est en technicolor et non pas en noir et blanc, j'ai programmé une fin différente, plus heureuse. Ce sera Rick qui partira avec moi. Le généreux, fascinant, enchanteur Rick. Pas ce poulpe bouilli de Victor Laszlo. Moi, je m'en fous de Victor Laszlo. Qu'ils aillent se faire enculer, ce petit pédé, lui et sa révolution d'opérette. Rick, Rick, oh Rick ! Tu n'entends pas la sirène d'alarme ? Tu n'entends pas le grondement des moteurs ? Que Laszlo se débrouille, lui, avec les nazis ! Toi et moi, on s'en va. Toi et moi, on fuit. Toi et moi, nous serons heureux. On ne se reverra plus, Patrizia. Je n'entendrai plus tes douces lèvres prononcer les mots moqueurs que j'adorais tant. Même les silences enflés de vide allaient bien à ton dur ovale slave. Tu me manqueras, mais le destin a décidé, et quand le destin décide, on n'y peut rien ! Rien, tu comprends ? Oups : on m'appelle. C'est Rick. Il est déjà à bord. Le pilote fait de grands gestes. Je dois me dépêcher. Je dois courir. Mais avant l'inscription The End, je veux te donner un conseil. Pars toi aussi, Patrizia. Pars avec ton Rick. Quel qu'il soit. Où qu'il veuille t'emmener, suis-le. Suis-le, et ne t'arrête pas. Saisis l'instant qui fuit. Ne te laisse pas baiser par la saloperie du monde. Laisse-les tomber. Laisse-les tous tomber. Et pense de temps en temps à ton dévoué Crapaud.

Patrizia laissa échapper un sourire. Vieux fou ! Vieux fou pédé et gentil ! Il lui manquerait ! Pourvu au moins qu'il soit heureux ! Patrizia glissa dans un sommeil léger. Et elle rêva. Comme il ne lui arrivait plus depuis l'enfance. Elle rêva de quelque chose dont elle ne garderait plus, ensuite, qu'un souvenir confus : des images en mouvement, des odeurs chaudes, des eaux qui coulaient doucement et des museaux tendres d'animaux.

1981

Rien ne va plus

1

Tous les dix-quinze jours, le Rat allait chez Trentedeniers ou chez le Froid pour goûter la came. Si c'était de la coke, il la léchait sur la pointe des doigts. L'héro, il se l'injectait à doses très faibles, pour éviter le risque d'overdose. Comme goûteur, personne ne l'égalait. Ses jugements sur le degré de pureté et sur les produits utilisés pour couper pouvaient défier n'importe quelle analyse chimique. Sur la base de la qualité de la dope, on établissait ensuite le coupage et le prix, pour les grossistes et pour les détaillants, et le revenu à en attendre. Il n'était jamais arrivé que la cargaison entière n'ait pas été placée avant la rencontre suivante. Sur le bénéfice net, il lui revenait un pourcentage misérable qui inévitablement était réinvesti dans de la dope. Le Rat carburait à un gramme-un gramme deux par jour. La tentation de profiter de toute cette manne était forte mais le Rat savait que sa survie dépendait de sa correction commerciale. Depuis que Vanessa l'avait largué pour se mettre avec Trentedeniers, sa cote dans le groupe s'était écroulée. A bien y regarder, il ne pouvait même pas se considérer comme l'un d'entre eux. A part pour la came, personne ne le cherchait jamais, sinon pour quelque affaire de pas grand-chose, genre voler une moto ou bidouiller une voiture. Et même dans de tels cas, on se gardait bien de l'informer de l'usage qui en serait fait. Il était à peine un degré au-dessus du dernier toxico. Il ne pouvait se permettre le moindre faux pas. C'est pourquoi, dès qu'il s'était aperçu des mouvements d'Aldo Bouffons, il avait couru se confier à Trentedeniers. Il y avait aussi Vanessa, ce soir-là, languide et faussement douce. Mais sous les minauderies se lisait clairement le mépris dans lequel elle le tenait. Un autre, à sa place, l'un d'eux, l'histoire avec Aldo, il l'aurait résolue tout seul, en tête à tête, d'homme à homme. Lui, il n'était même pas un homme. S'il l'avait été, il n'aurait pas perdu Vanessa. Et il ne se serait pas précipité pour pleurer sur l'épaule de l'homme qui lui avait volé Vanessa. Lui, il était le Rat. Et il raconta tout à Trentedeniers, et Trentedeniers le laissa repartir avec une tape dans le dos et se dépêcha d'en référer au Froid, et maintenant le Froid le cherchait. Le

Rat aurait voulu fuir, à mille kilomètres de cette merde, de cette vie mal barrée. Mais on va pas loin avec les poches vides et le singe dans la tête, et ils l'auraient retrouvé n'importe où. Ainsi, précédé d'un coup de fil exploratif, il alla chez le Froid un samedi après-midi.

Le Froid le pria de parler à voix basse parce que Roberta, ce matin-là, se sentait mal, et maintenant elle dormait. Le Rat, pour se donner du courage, s'était fait deux seringues en une heure, il avait les jambes molles et les phrases lui sortaient par bribes. Il puait, comme au bon vieux temps. Le Froid ouvrit la fenêtre. L'air gelé de l'hiver le fit frissonner. Le Rat avait envie de vomir, et plus que raconter, il fit comprendre. Le Froid mit quelques minutes à réaliser. Ses questions insistaient toujours sur le même point : mais il était sûr, vraiment sûr à cent pour cent de ça ? Quand la pression devint insoutenable, le Rat se mit à pleurer. Roberta, pâle, apparut en pyjama, les cheveux en désordre. Le Froid la tranquillisa, la raccompagna au lit en la soutenant par le bras. Le Rat avait la gorge sèche. Le Froid le colla au mur. Il prit un revolver dans un tiroir et en fit tourner le barillet. Puis il le lui braqua sur le front et lui ordonna de répéter encore toute l'histoire, du début à la fin, de la première confidence de la fourmi de Torpignara à quand il avait refait les comptes. Et le Rat, dans un filet de voix, répéta.

– Aldo se fait donner la dope par les chevaux sans payer, puis il la taille avec de la mannite, la revend à bas prix et se garde le fric. L'histoire dure depuis six, sept mois. Les chevaux ont peur de lui parce qu'il a cassé la tête à l'un d'entre eux. Jusqu'à présent, avec ce système, il a bouffé un kilo de came.

Le Froid reposa l'arme et, soudain gentil, lui demanda s'il avait envie de se prendre une douche. Le Rat se fit une parano.

– Tu veux me tuer ! Tu veux me tuer ! Tue-moi tout de suite ! Fais-le tout de suite… Seigneur Dieu, il me tue ! Jésus, il me tue…

Il lui était venu une voix stridente, altérée, de bête coincée. Roberta lança une protestation étouffée. Le Froid le gifla, puis lui versa dans la gorge un verre de whisky et le mit poliment à la porte. Le Rat resta une heure à trembler dans la rue en se répétant “je suis vivant, je suis vivant”. Le soir, il se fit un autre shoot, et tandis qu'il se calmait, il jura qu'il allait en finir avec cette vie. Il jura que cette dose était la dernière, que demain était un autre jour, jura tout ce qu'il pouvait avant d'être terrassé par un sommeil de plomb.

Quand Roberta se sentit mieux, trois ou quatre jours après la rencontre avec le Rat, le Froid la conduisit dans un restaurant de poisson au Trastevere, un établissement de Calabrais couverts de dettes, sur lequel, disait-on, le Dandy avait des vues. Il avait invité aussi Aldo Bouffons, qui avait emmené avec lui une fille maigre et paumée avec une jupe longue et des perles dans les cheveux. Elle s'appelait Dorotea, faisait des études artistiques mais, disait-elle, seulement pour suivre son karma. Roberta se prit de sympathie pour elle et bientôt les deux filles commencèrent à parler exclusivement entre elles. Le Froid étudiait Aldo. Il était nerveux, toucha à peine les spaghettis aux fruits de mer, se descendit une demi-bouteille de blanc et, entre deux verres, alla trois ou quatre fois aux toilettes. Ils commandèrent de l'espadon grillé. Aldo fit une scène au garçon qui, d'après lui, l'avait regardé de travers. Aux tables voisines, on protesta. Dorotea et Roberta, perdues dans leurs bavardages, semblaient indifférentes à tout. Quand Aldo se leva pour la énième fois, le Froid le suivit aux toilettes.

– Oh, Froid, on va nous prendre pour des pédés ! dit Aldo, tandis qu'il pissait.

Le Froid sourit, passa dans son dos et le fit tomber à terre d'un coup de genou dans le dos. Puis il lui agrippa le cou dans une prise d'acier et lui enfonça la tête dans la cuvette des chiottes.

– Pourquoi tu m'as fait ça, Aldo ? Pourquoi toi ?

Aldo se débattait comme un forcené. Le Froid relâcha sa prise et le releva.

– Mais t'es devenu dingue ?

– Pourquoi tu m'as fait ça ?

– Moi, j'ai rien fait…

– Attention, je sais tout. Me dis pas de conneries, Aldo, parce que s'il y a quelqu'un qui peut te sauver, c'est moi…

– Tu es fou…

Le Froid lui balança une mornifle. Aldo perdit l'équilibre. Le Froid lui prit la tête et commença à la lui battre contre le carrelage.

– Si tu fais pas comme je te dis moi, t'es foutu, t'as compris? Foutu…

On frappa à la porte. Le Froid cria que son ami se sentait mal mais qu'il s'en occupait. Aldo s'était mis à pleurer. Le Froid mouilla une serviette et essaya de tamponner larmes et blessures. Il l'aida à se relever et l'installa sur la cuvette. Aldo commença à geindre.

– Je sais pas ce qui m'a pris… maintenant, tout le monde joue pour son compte… Oh, Froid, je sais pas ce qui m'a pris.

– Écoute-moi, Aldo. Maintenant, tu prends une vingtaine de patates et tu vas les déposer dans la caisse commune…

– J'ai pas un rond, Froid!

– Je t'aide moi, calme! Pendant six mois, on te suspend ton fade. Durant toute cette période, tu continues ta vie habituelle: tu prends la came, tu la fais vendre dans ta zone mais tu ramasses pas une lire. Marche droit, et tout s'arrangera…

– Et les autres?

– Les autres, je m'en occuperai, moi. Mais ne fais plus de conneries, hein? Pas une lire en moins, pas un gramme de dope en moins…

Ils sortirent des chiottes, le Froid le soutenant aux épaules. Aldo avait arrêté de pleurer mais il avait des marques au visage et il était pâle, et de toutes les tables on les regardait de travers. Le Froid paya l'addition et emmena Roberta. En voiture, elle fondit en larmes. Le Froid se gara et la prit dans ses bras.

– J'ai avorté.

– Tu as tout fait toute seule…

– Pourquoi? Ça t'intéresse? Tu ne t'en es même pas aperçu… Y'a qu'à cette fille que je l'ai dit… Dorotea… elle m'a compris…

Le Froid ne sut que répondre. A la maison, elle lui dit que pendant quelques jours, ils ne dormiraient pas dans le même lit. Le Froid se mit à regarder une vieille cassette de *Mamma Roma.* Dans le cœur de la nuit, elle le chercha.

– S'il te plaît, ne lui fais pas de mal!

A l'aube, le Froid appela le Noir. Mais le téléphone sonnait dans le vide.

2

Disparaître. Telle avait été la suggestion de Z. Après la bombe de Bologne, il y avait un tour de vis sans précédent sur la droite. Et certains juges fouille-merde commençaient à poser des questions bizarres sur la mystérieuse fin du Pou. Le Noir avait chargé sur son Audi une valise d'argent et un sac d'armes. Z avait procuré les papiers. Un séjour de six-sept mois dans le canton du Tessin était au programme. Tandis qu'il s'approchait de la frontière, le Noir chantonnait *Addio Lugano bella*. Il éprouvait de la sympathie pour les anarchistes, surtout pour ceux qui parmi eux se construisaient jour après jour un destin de refus et de défaites. Des guerriers, à leur manière. Il ne laissait pas grand-chose derrière lui : rien que son monde. Mais ce n'était qu'un éloignement provisoire. Il écrirait au Froid. Peut-être l'inviterait-il à le rejoindre dans son exil temporaire. Il avait de la peine pour le Buffle, un combattant de race. Mais il fallait honnêtement reconnaître que l'action, du point de vue militaire, avait été un désastre. Trop de guets-apens improvisés : la qualité s'en était ressentie. Ils s'étaient épris du sang et avaient cessé de penser. Les Sioux n'abattaient pas trop de bisons : l'extermination de masse, c'était un truc de staliniens. Ou d'hommes blancs.

Et maintenant ? Un barrage ? Le carabinier lui ordonna de s'arrêter. Le Noir se gara tranquillement au bord de la voie et tendit le passeport flambant neuf.

– Olivier Benson, hein ?

– *Oui*, dit-il en français.

– Je dois fouiller le véhicule. Je suis désolé, M. Benson. A moins que vous préfériez que je vous appelle…

Quand il l'entendit prononcer son vrai nom, le Noir comprit qu'on l'avait trahi. Z, bâtard sans honneur. Le Froid avait raison : il ne devait pas faire confiance. Il voulut lever les bras mais l'autre se méprit sur son geste, ou bien il avait reçu des ordres. De la mitraillette partit une rafale. Le Noir sentit la morsure du plomb dans ses jambes et se recroquevilla en hurlant :

– Ne tirez pas ! Je ne suis pas armé !

Le carabinier tira encore. Au fond, il fait son devoir, pensa le Noir tandis qu'il perdait connaissance : les ordres ne se discutent pas.

Quand il sut que le Noir avait survécu, le Vieux fut pris d'une telle fureur que, sans s'en apercevoir, il cassa un bras à la Danseuse de Düsseldorf, un modèle inspiré de la Coppélia hoffmanienne. Et quand il se rendit compte où l'avait entraîné sa colère incontrôlée, en même temps qu'un remord déchirant, il ressentit un désir violent de jeter Z en pâture aux cochons.

– Vous vous rendez compte des conséquences auxquelles on pourrait s'exposer si cet homme devait…

Z reprit son souffle. Le Vieux commençait à exagérer. Au lieu d'insulter, il aurait dû se préoccuper des conséquences auxquelles lui-même s'exposait. Il décida quand même de le rassurer.

– Le Noir ne parlera pas. C'est un homme loyal. Peut-être ce… cet incident déplaisant va-t-il nous coûter un gros paquet d'argent…

– C'est une opinion qui émane d'un sommet de sagesse reconnu ! ironisa le Vieux.

Z en eut assez. Il salua militairement et tourna les talons.

Que faire ? Le Vieux ordonna à son secrétaire de lui trouver le plus grand restaurateur de bois de Rome, et même d'Italie, et même, maintenant qu'il y pensait, il s'adresserait aux communistes tchécoslovaques : après tout, la Danseuse avait été imaginée et construite en Bohême. Et même si en cent vingt-cinq années, les choses tendent à changer… et même si chaque variation tend à la détérioration… quelques traces du talent ancien avait bien dû survivre… que faire ? Se débarrasser de Z ? Et s'infliger la rude peine de former un autre idiot utile ? Il ne restait que deux voies : une action rapide à l'intérieur du pénitencier où le Noir était enfermé, ou accorder sa confiance à ce petit-fils dégénéré de Nietzsche. Il allait y réfléchir. Mais pourquoi le secrétaire tardait-il ? Le regard triste de la Danseuse manchote était une vision qui déchirait le cœur.

3

Quand ils lui demandèrent de leur procurer un expert à la hauteur des enjeux, Mazzocchio, encore mécontent de l'histoire du professeur Grosse Tête, se fit plaisir. S'ils l'avaient écouté quand c'était le moment ! S'ils n'avaient pas été aussi présomptueux ! S'ils avaient eu un peu de confiance en lui ! Mais Mazzocchio discutaillait : les conditions n'étaient plus aussi propices que deux ans auparavant. A force d'insister sur ses théories de la "coalition des déviants", le Professeur avait trouvé des gens pour le prendre au sérieux : les juges. Qui l'avaient fourré au trou sous l'accusation d'être l'un des metteurs en scène occultes de la stratégie des bombes de la droite. A la fin, tout de même, après de longues tractations et avoir arraché la promesse de deux hectos de coke, Mazzocchio lâcha le nom.

C'est ainsi qu'ils se confièrent au professeur Cortina, un grand et gros bonhomme à la voix tonitruante et aux manières brusques qui réclama quatre-vingts millions d'avance au noir.

– Le juge a choisi deux collègues de valeur. Des types mauvais. Je ne promets rien.

On va faire, on va voir : le Froid ne se sentait pas rassuré, et il chargea Trentedeniers de suivre d'autres pistes.

Le problème le plus gênant, pourtant, c'était le Dandy. Le Buffle ne s'était pas prononcé mais Ricotta, de sa prison, réclamait à grands cris une punition exemplaire.

– Si ce con s'était pas chié dessus de trouille, nous, ils nous prenaient pas. Sûr comme la mort !

Œil Fier, l'Echalas et les Bouffons prirent ouvertement partie. Le Dandy avait fait une saloperie. Par peur, ou pour quelque autre raison, peu importait. Deux collègues étaient tombés aux mains des flics par sa faute. Il fallait le punir. Les propositions allaient de l'expulsion du groupe à une balle dans la nuque. Mais le Dandy n'était pas n'importe qui. Nembo Kid et Botola firent savoir que celui qui touchait au Dandy les touchait eux. Le Froid ne s'était jamais senti aussi désespérément seul. La sagesse du Libanais et le réconfort du Noir lui manquaient plus que tout au monde. Œil Fier et les Bouffons étaient une partie de son passé.

Le Dandy, le présent. Le Dandy avait fauté, pas de doute. Mais le toucher signifiait déclencher une guerre.

Trentedeniers organisa un dîner de réconciliation. On décida que tout le monde viendrait désarmé. Les voix se chevauchaient, sèches, décidées du côté des accusateurs ; arrogantes et par moments sarcastiques du côté du Dandy et de ses hommes.

– T'as eu la trouille !

– Je n'ai pas eu le temps d'intervenir !

– L'action était mal organisée.

– C'était juste la faute à pas de pot.

– C'était plus facile de tirer que de se barrer !

Dans le salon du Napolitain, rien qu'à la répartition des places à table, on voyait qu'ils étaient en train de devenir deux entités différentes. Et le Froid au milieu, à pleurer les morts.

Ils finirent par arriver à un compromis. Ce fut Trentedeniers le médiateur : le Dandy assumerait personnellement la charge des frais judiciaires, expertise comprise, et durant toute la période de détention, la part des deux prisonniers serait payée par lui. Cela ressemblait à un aveu de culpabilité, mais on évitait des conséquences plus graves. Ils se saluèrent dans une atmosphère saturée de tensions : une poignée de main esquissée, des signes de la tête en hâte, des coups d'œil en biais.

Le Dandy était conscient que quelque chose s'était rompu, peut-être pour toujours. Mais, à la différence du Froid, il s'en tapait. Il n'avait pas tiré dans le dos des policiers. Il y a des choses qu'on peut faire et il y en a qu'on ne peut pas. C'était la leçon de l'oncle Carlo. Le Libanais lui-même ne se serait pas comporté différemment de lui. Les règles. Les règles du jeu. On ne tire pas dans le dos des flics ! S'il avait tiré, deux heures plus tard, ils auraient eu tous les uniformes d'Italie aux trousses. Un truc pire que les Brigades rouges !

Alors qu'il fallait penser à l'avenir ! Aux affaires ! L'ennui, avec le Froid et les autres gars, c'est qu'ils continuaient à vivre dans le souvenir. Et puis, cette histoire de vengeance… qu'est-ce qu'ils la faisaient durer ! Mais vraiment, ils pensaient qu'il existait un "là-haut", d'où le Libanais les regardait et les bénissait ? Le Libanais… qui pouvait prétendre l'avoir mieux connu que lui ? Qu'est-ce qu'ils en avaient passé ensemble ! Et maintenant, il n'était plus qu'un bout de chair pourrie. Ni plus ni moins que le Sarde, que Boucles d'Or et que cet autre… comment il s'appelait ? Ah, le Terrible ! Qu'est-ce qu'ils en avaient eu peur du Terrible ! Et maintenant Dieu sait comment il se débrouillait, en compagnie des asticots… Oui, il aurait pu tirer, et il s'en était délibérément abstenu. Il tirerait encore, mais seulement au moment opportun. Il avait bien parlé, l'oncle Carlo : la vengeance est noble, mais les affaires sont importantes. Si possible, il fallait mener les deux de front. Et sinon, paix aux morts.

4

“La plus haute branche de la flamme antique / se mit à tressaillir en murmurant / pareille à celle que le vent tourmente. / Puis agitant sa pointe çà et là / comme si c’était la langue qui parlait, / elle jeta au-dehors une voix et dit : ‘Quand…’”

Protégé par la silhouette massive de son collègue Bulgarelli, Scialoja avait réussi à se faufiler au pied des Deux Tours. Minuscule en haut du minaret encadré par une lune mauresque, la voix amplifiée par une formidable batterie de puissants haut-parleurs, Carmelo Bene déclamait le chant XXVI de *L’Enfer* de Dante, surplombant la foule immense telle une antique divinité solitaire et ombrageuse.

“Ni la douceur de mon enfant, ni la piété / pour mon vieux père, ni le devoir d’amour / qui aurait dû donner la joie à Pénélope / ne purent vaincre en moi l’ardeur / que j’eus à devenir expert du monde / et des vices des hommes et de leur valeur…”

Bulgarelli lui avait expliqué que l’anniversaire de l’attentat avait été précédé par des polémiques. Quand on avait décidé d’organiser la manifestation, *Stop terror now !*, et de transformer la douleur en mémoire et le deuil en fête, de vibrantes protestations s’étaient élevées. Beaucoup auraient préféré une célébration plus posée, sans doute avec les habituels discours de circonstance des politiciens de service. L’idée de commémorer la tragédie par des chansons et des danses était apparue à certains comme une profanation. Les bien-pensants avaient tonné contre l’extravagance de livrer la ville aux saltimbanques et aux croque-notes. Bulgarelli lui avait expliqué que *Stop terror now !* signifiait rappeler la vie par un grand cri contre la mort obscure. Cela voulait dire : nous sommes là, malgré tout, nous sommes vivants et nous n’oublions pas. Bologne était là, toute là, un fleuve en crue. Le sorcier là en haut prêtait sa voix au défi de la douleur.

"'Ô frères, dis-je, qui par cent mille/périls êtes venus à l'occident/et à cette veille si petite/de nos sens, qui leur reste seule;/ne refusez pas l'expérience'..."

C'était la mémoire qui l'avait ramené à Bologne, un an plus tard. La mémoire, oui, et une prise de conscience qui faisait son chemin. Scialoja avait appris à se méfier des coïncidences. La capture du Noir avait été le dernier coup. Scialoja ne voyait pas un pro, un dur comme le Noir, se faire cribler de plomb comme un couillon par une patrouille effarouchée lors d'un contrôle de routine. Le Noir n'ouvrait la bouche que pour confirmer la version officielle: je tentais de m'échapper, on m'a surpris, j'avais une arme, ils ont été plus rapides que moi, maintenant, me voilà. Scialoja n'y croyait pas. La bombe était fasciste. Le Noir était fasciste. Le Noir ne pouvait pas avoir mis la bombe parce que le 2 août 1980, il était en prison. Mais le Noir faisait partie de l'organisation que Borgia et lui combattaient. Z et X protégeaient l'organisation. Z et X étaient à la gare quelques heures après l'explosion. Leur protection entrait dans un échange de bons procédés. C'était là-dessus qu'ils devaient se concentrer. Un échange de services. Mais quels services? Jusqu'où étaient-ils disposés à aller? Pour Z et X, cela peut être commode d'avoir sous la main des gens prêts à tout. Échange de services. Mais quels services?

"Considérez votre semence:/vous ne fûtes pas faits pour vivre comme des bêtes/mais pour suivre vertu et connaissance..."

Scialoja avait parlé de son hypothèse à Borgia. Borgia l'avait mis en contact avec un juge d'instruction de Bologne. Bulgarelli était cet homme de confiance. Il l'avait écouté avec une grande attention. Le Noir fait ou sait quelque chose. Z et X décident de lui clouer le bec. Qu'a fait le Noir? Que sait le Noir? Quelque chose de très, très sérieux, s'ils avaient réellement décidé de s'en débarrasser. Scialoja n'arrivait à rien imaginer de plus terrible que ce carnage. Bulgarelli lui avait ouvert de nouveaux horizons. A Bologne, ils enquêtaient depuis longtemps sur les connexions Services/fachos/pègre organisée. A Bologne, certaines choses étaient prises très au sérieux. On considérait sa collaboration comme “un précieux stimulant pour les investigations”. Pourquoi, à Rome, étaient-ils aussi distraits? N’était-ce que de la distraction? A Bologne, on respirait un certain optimisme. Il se murmurait, à mi-voix, qu’un gros bonnet de la droite était sur le point de vider son sac, brisé par une dure incarcération. A Bologne, on ne pensait pas que les Services avaient mis la bombe. Au pire, ils étaient intervenus après. Pour protéger, égarer, tronquer, apaiser. Et quand Scialoja avait demandé pourquoi, Bulgarelli l’avait traîné dans la rue. Regarde ces gens, avait-il dit, regarde cette ville. La capitale rouge d’Italie. S’ils font plier Bologne, ils font plier l’Italie. Tout était là, donc: arrêter les rouges. A n’importe quel prix.

*“Je rendis, par ce bref discours, mes compagnons / si ardents à poursuivre la route, / que j’aurais eu peine, ensuite, à les retenir; / et tournant notre poupe vers l’orient / des rames nous fîmes des ailes pour ce vol fou.”**

Le cri de Bene. Sa voix qui perforait les étoiles. La place muette, les rues alentour muettes. Cent, deux cent mille visages anonymes, abandonnés au vertige, le cœur en feu, refaisaient, tels les officiants d’un antique rite, le dernier voyage d’Ulysse. Bene chantait pour Bologne. Bene chantait pour le monde des vivants. Bene chantait pour lui. Il n’y avait rien à comprendre. Certaines choses, il faut les vivre. Scialoja sentit qu’on lui pressait le bras. Bulgarelli avait les yeux remplis de larmes. Ils n’y étaient pas arrivés, à faire plier Bologne. La gare avait été reconstruite. Là-haut, la lune rivalisait avec les projecteurs qui zébraient les Tours peuplées d’autorités en train de féliciter l’acteur. Scialoja et Borgia n’étaient pas les seuls à voir des liens, à deviner des connexions. Même si les preuves s’évaporaient, même si les certitudes s’effritaient, il fallait aller de l’avant.

* Traduction de Jacqueline Risset pour Flammarion (1985).

5

Le professeur Cortina fit savoir que l'expertise du Buffle se présentait mal.

– Aux tests, votre ami a fait le malin et mes collègues l'ont épinglé. Maintenant, on a noir sur blanc une belle et bonne "simulation". Il faudrait un coup de théâtre. Le fait est que nous n'avons pas le plus petit bout de document à notre avantage. Et en plus, ce garçon paraît jouir d'une santé de fer !

Le mot "santé" fit venir une idée à Trentedeniers, qui consulta Vanessa et revint quelques jours plus tard chez Cortina avec un volumineux dossier.

– Professeur, d'après vous, ça peut être utile, ce truc ?

Le professeur jeta un rapide coup d'œil au dossier.

– Et c'est seulement maintenant que vous me le dites ?

– Ben, on avait oublié…

– Et lui aussi, il avait oublié ?

– Lui le premier, professeur… On sait bien qu'il a pas toute sa tête, non ?

Ils échangèrent un regard éloquent. Le professeur se fit laisser une autre quinzaine de millions et congédia Trentedeniers avec un sourire rassurant.

– Avec cette bombe qu'on va leur planter, on joue sur du velours !

Le lendemain, Cortina étala les papiers devant les experts. Le Buffle, né prématurément, avait été victime au moment de l'accouchement d'une hypoxie transitoire avec traumatisme neurologique conséquent. La fonctionnalité de certains secteurs cérébraux était gravement compromise. A l'âge de quinze ans, consécutivement à l'émergence de bizarreries comportementales, il avait été retiré de l'école et placé en observation dans une clinique connue de la capitale. Le dossier, diligemment mis à disposition de ses collègues, attestait la présence de foyers épileptiques et d'une vaste zone malacique au siège cortical. Le Buffle était de façon sûre, complètement malade. Les experts encaissèrent le coup. Cortina était une sommité à la compétence indiscutable. Les documents étaient parfaitement en règle, y compris les tampons, dates et signatures.

Tout le mérite revient à ma bonne intuition, expliqua Trente-deniers aux autres, et à l'habileté de Vanessa, qui avait subtilisé le dossier d'un malheureux mort depuis dix ans et l'avait assemblé grâce à l'aide d'un petit docteur au nez enfariné. L'histoire avait coûté un paquet d'oseille : de toute façon, c'est le Dandy qui raquait !

Il raquait, le Dandy, parce qu'il n'y avait pas de problèmes de fric. L'affaire des terrains sardes carburait à merveille. Le Maître était ponctuel dans les paiements et le capital initial commençait à rendre de solides bénéfices que, d'un commun accord, Nembo Kid et lui avaient décidé de ne pas partager avec les autres. Comme disait l'oncle Carlo, c'était leurs affaires, et rien que les leurs. L'oncle Carlo avait apprécié sa conduite à l'occasion du meurtre de Nicolo Gemito, et il n'avait pas manqué de le lui faire savoir.

– Le discours que je t'ai fait sur les condés a porté. Tu es vivant, libre et dehors, et pour les autres, c'est les risques du métier !

Le Vieux aussi avait approuvé son sens tactique et l'avait fait savoir par l'intermédiaire de Z et X. Les barbouzes s'étaient proposés pour concocter "un petit quelque chose" au policier. Le Dandy, le nouveau Dandy, avait laissé glisser. Les choses filaient leur petit bonhomme de chemin. Les enquêtes mouraient l'une après l'autre. Inutile d'asticoter le chien qui dort. Et puis le policier l'obligeait à penser à Patrizia. C'était une question ouverte, et il fallait la jouer finement. Il avait cessé de chercher cette rencontre qu'elle s'obstinait à lui refuser. Elle était certainement blessée et on ne pouvait pas lui donner tort. Il fallait inventer une stratégie pour la récupérer. Vasta s'était résigné à attendre la fin des délais d'incarcération préventive : autant dire un petit mois de patience. Le Dandy était en train de découvrir la valeur de la patience, le plaisir de jouer avec le temps. Les paroles de l'oncle Carlo lui avaient ouvert de vastes perspectives. Des hommes d'honneur, il y avait tout à apprendre. Le Dandy étudiait. Il envoyait régulièrement au Sec une part des profits de l'affaire des terrains et ce canal donnait aussi de grandes satisfactions. C'est pourquoi, lorsqu'à l'automne Gina le tapa, le Dandy lui allongea trente patates sans sourciller. Si ça se trouvait, sa femme s'était fait un copain ; si ça se trouvait, on allait pouvoir commencer à parler divorce. Si ça se trouvait, une fois Patrizia libérée, il allait lui offrir un beau mariage. Et puis, un matin où il était passé à leur ancien domicile pour y reprendre un tableau futuriste qu'il avait envie de mettre dans le nouveau salon, il se retrouva nez à nez avec rien moins que don Dante. L'aumônier de la prison avait fait carrière : il dirigeait à présent une paroisse au Corso, repaire d'antique noblesse, d'acteurs et de politiciens. Tout sourire, don Dante lui dit qu'il venait à peine de donner la communion à son "irremplaçable madame Gina, une créature au sentiment très pieux". Et il le remercia aussi au nom de l'évêque, pour sa très chrétienne générosité. Le Dandy fit des yeux ronds comme des soucoupes. Le prêtre lui assura qu'en cas de problème quelconque, il trouverait en lui et dans l'habit qu'il portait "son meilleur allié". Le Dandy interrogea Gina. Sur les trente millions, dix avaient fini dans des messes votives pour le pape, blessé quelques mois plus tôt par cette espèce de criminel turc. Le reste de la somme avait été consacré aux bonnes œuvres pour les pauvres de la paroisse : signe tangible de réjouissance pour la miraculeuse survie du Saint-Père et juste tribut à la divinité pour son intervention, à coup sûr décisive. Le Dandy vit rouge. Est-ce que c'était une façon de jeter son argent ? Mais pourquoi elle se payait pas une belle fourrure, comme elles faisaient toutes, ou un beau petit voyage !

– Je le fais aussi pour toi, pour ton âme maudite ! fut la réponse durement assénée.

Les bras lui en tombèrent, au Dandy, et il décida de laisser courir : après tout, si elle voulait se faire bonne sœur… pourvu qu'elle lui lâche la grappe, ce cadavre de bonne femme !

Durant cette période, Trentedeniers fit un petit tour à Naples, où il rencontra Bacchantes-en-fonte. Ils étaient cousins. Comme lui, Bacchantes était quelqu'un qui tournait sa veste plus souvent qu'à son tour : d'abord proche des Giuliano de Forcella, puis de Cutolo, après un rapide passage au clan Mariano, il était revenu avec le Professeur, jusqu'à ce que, à la suite d'une tuerie de cinq malfrats du côté de Toledo, il s'enfuie en Uruguay, pays notoirement accueillant et sans extradition. A présent, il jouait les grands seigneurs, entouré de *chicas* dans une hacienda de rêve, et retournait en Italie deux-trois fois l'an avec quelques kilos de coke à placer, juste pour ne pas perdre la forme. Trentedeniers lui raconta les dernières nouvelles et, lorsqu'il en arriva au délicat sujet des expertises, Bacchantes-en-fonte lui conseilla de laisser tomber le professeur Grosse Tête et consorts.

– Primo : tous ces professeurs sont des mouchards...

– Comment ça, des mouchards ?

– Mais oui, des mouchards, des espions, des barbouzes, comment vous les appelez à Rome ? Ils récoltent des secrets et ils se les vendent...

– Mais qu'est-ce que tu me racontes !

– Eh, ce que je te raconte... Deuzio : Grosse Tête, ou ils le tuent d'abord au gnouf, ou c'est les collègues qui se le font quand il sort...

– Mais pourquoi ?

– Parce qu'il joue un double jeu, pardi !

Ainsi, un beau matin, Trentedeniers emmena le Froid dans un bureau du côté du Parlement. Ils furent reçus par un homme d'une cinquantaine d'années, affecté et élégant, qui se dit "grand ami" du juge d'instruction, celui qui avait entre les mains le sort du Buffle. Avec vingt millions, l'issue du procès était assurée. Le Froid aurait volontiers laissé tomber – tout, en cet homme, de l'odeur de sacristie au sourire onctueux, dénonçait la fausseté – mais Trentedeniers était tellement sûr de son fait qu'à la fin, le pacson changea de mains.

En attendant, la prophétie de Bacchantes-en-fonte prenait corps. Ils se firent d'abord à coups de mitraillette un assistant de Grosse Tête. Radio Zonzon, qui attribuait l'action aux Napolitains, va savoir si c'était des vieilles familles ou de la nouvelle, fit courir le bruit que le Professeur était terré dans sa cellule, prêt à se déboutonner. C'était probablement un bobard, mais Grosse Tête en avait trop fait. Aussi, lorsqu'un peu plus tard, la Cour de cass' annula tous les mandats et qu'il fut libre, les collègues, toujours un poil en avance sur la justice de l'État, le chopèrent et lui firent la fin de saint Jean le décollé.

Patrizia fut libérée fin octobre. Quelques jours avant de sortir, elle avait sauvé la vie à Palma, la terroriste. Le bruit avait couru que son compagnon était sur le point de se repentir. La délation devait être punie. Les rouges l'isolèrent. Palma aurait pu demander son transfert. Elle ne le fit pas. Elle défia les autres : elle était prête à se soumettre au jugement du "tribunal du peuple". Ses copines la prirent au mot, elles se réunirent et la condamnèrent à mort : elles considéraient qu'elle était sous la coupe de son mec, elles craignaient une éventuelle trahison. Elles l'attrapèrent pendant la promenade de l'après-midi, elles lui tombèrent dessus à six, deux la tenaient par les bras, deux par les jambes, les deux autres serraient autour de sa gorge la corde patiemment faite avec les bandes d'un blue-jeans mis en pièces. Patrizia avait flairé le coup. Elle se rua en hurlant sur le petit groupe. Palma râlait déjà. Patrizia se démena à coups de pied, d'ongles et de morsures, elle s'accrocha aux cheveux d'une petite féroce, elle tordit des nichons, balança des coups de pied aux culs, enfonça ses pouces dans des globes oculaires. Le barouf réveilla finalement les gardiennes. Patrizia s'était suspendue à l'une des deux exécutrices et lui avait plongé les ongles dans la gorge. Mais rien : la fille et sa copine continuaient à serrer la corde et Palma devenait cyanosée, les jambes secouées par un tremblement incontrôlable. Même sous la matraque, les deux nanas ne lâchaient pas prise. On voyait qu'elles y tenaient vraiment, à achever cette pauvre fille ! Il fallut six agents et deux gradés à poigne pour la leur tirer des pattes. Elle fut transportée en réanimation à l'hôpital. Le jour où Patrizia reçut son ordre de remise en liberté, Palma, désormais hors de danger, revenait à l'infirmerie. Patrizia s'y rendit. Palma avait une minerve et, quand elle la vit, elle se borna à un petit salut glacial. De son point de vue révolutionnaire, le procès avait été juste, la condamnation équitable. Elle semblait presque en vouloir à Patrizia de lui avoir sauvé la vie. Celle-ci se mit en colère.

– Tu as vingt-quatre ans ! Tu es belle, tu as fait des études... et t'en es encore à perdre ton temps avec ces connasses. Je te l'avais pourtant dit, non, que c'était des connes ? Tu devrais faire comme ton mec : toutes les dénoncer et qu'elles aillent se faire foutre, camarade !

– Va te faire foutre toi-même, voyoute !

Patrizia s'attendrit. Elle a peut-être tué deux mecs, cette Palma, mais là-dedans, au milieu de ces loups, on dirait vraiment une mioche.

– J'ai laissé une cartouche de cigarettes à l'infirmière en chef, ici. J'ai fait circuler le bruit que tu es sous la protection du Dandy. Ils vont peut-être te donner une cellule pour toi toute seule. Je pouvais pas faire plus…

Palma soupira, puis un léger sourire plissa ses lèvres gercées.

– Bon, je m'en vais, coupa court Patrizia. Vu que je suis sortante, je voudrais pas m'éterniser. Tu sais ce que c'est… des fois qu'ils se mettraient dans le crâne que j'aimerais rester ici et qu'ils m'envoient la note ! Comme à l'hôtel !

Palma rit. Patrizia était déjà sur le pas de la porte quand son amie la rappela.

– Patri'…

– Aah, t'as retrouvé ta voix ! A la bonne heure !

– Te fous pas en l'air !

Devant le portail se tenait le Dandy avec sa nouvelle Porsche et une corbeille d'orchidées. Patrizia se dirigea vers lui tout sourire, l'embrassa et tout à coup lui flanqua une terrible mornifle qui le fit chanceler. Elle monta prestement à bord, mit le contact et partit en frôlant le Dandy qui pourrissait tous les saints du calendrier, y compris ceux que personne ne connaissait puisqu'ils ne sortaient que de ses burettes.

6

Scialoja dormait enlacé à son oreiller. Patrizia le veillait. Elle suivait des yeux la courbe de son nez, caressait l'ample torse musclé, descendait vers les jambes en longeant le profil d'un bras marqué des petites blessures de leurs jeux amoureux. Amour! Patrizia se glissa hors du lit, le recouvrit, alla dans la salle de bains et s'alluma une cigarette. Elle était pâle sous la lumière du miroir. Elle se vit défaite, inquiète, et sentit à nouveau qu'elle n'était pas à sa place. Mais s'était-elle jamais sentie autrement? Peut-être seulement en prison. En taule, tu ne dois rendre de comptes à personne de ce que tu fais de ton temps. Juste à toi-même. C'est peut-être uniquement ça que je cherche, songea-t-elle. C'est peut-être juste l'ennui. Patrizia enfila une lourde robe de chambre, mit dans la poche cigarettes et briquet, et alla vers la porte-fenêtre qui donnait sur le balcon de la suite du Marina Grande. En passant devant le lit, elle constata qu'il était encore endormi. Un vague sourire flottait sur ses lèvres. Patrizia ouvrit et referma doucement la porte-fenêtre. Un souffle glacé la fit frissonner. Il y avait une mince lune, là-haut dans le ciel. La mer battait la fragile digue de rochers. Au centre de la vaste étendue noire, on devinait les lumières de Capri. Elle lui avait dit: j'ai toujours voulu voir Capri. Lui, il s'était précipité pour réserver un bateau. Au dernier moment, sous un prétexte quelconque, elle avait annulé la balade. Elle y était déjà allée tant de fois, à Capri... Avec des hommes, avec des femmes, avec des femmes et des hommes dont elle avait oublié le visage. Mais elle se souvenait de leurs rires. Les vannes lourdingues. La raillerie perpétuelle. L'argent passant de main en main. Elle n'était pas malheureuse, à l'époque, ni heureuse non plus. Si on va par là, même maintenant, elle n'était ni l'un ni l'autre. Patrizia alluma la deuxième cigarette avec le mégot de la première, qu'elle jeta au loin. Elle aurait aimé suivre son sillage jusque sur le sable de la plage, en bas. Mais le feu mourut à mi-chemin. Puis elle entendit le bruit de la porte-fenêtre et le retrouva derrière elle. D'instinct, elle posa sa tête contre sa poitrine. Scialoja lui entoura les épaules et l'embrassa dans le cou.

– Rentre, il fait un froid de canard !

Il était torse nu, le macho. Patrizia se laissa piloter avec un sourire.

– Des soucis ? demanda-t-il en sortant deux petites bouteilles de champagne du minibar.

– Pas du tout.

– Tu veux qu'on en parle ?

– Plus tard, murmura-t-elle.

C'étaient les mots qu'elle prononçait le plus souvent, ces temps-ci. Plus tard. Elle l'avait intercepté à la sortie du commissariat, lui coupant la route avec la Porsche du Dandy.

– Allons chez toi, lui avait-elle dit, je veux voir où tu habites.

Dans son petit appartement proche de l'université, elle avait froncé le nez. Le frigidaire à moitié vide l'avait remplie de tristesse. Elle l'avait empêché de prendre une douche.

– Je te veux aussi sale que moi. Je veux te faire sentir le goût de la prison.

Ils avaient fait l'amour comme un homme et une femme. Il lui avait longuement embrassé le cou et les seins. Ils s'étaient pris avec fureur.

– Parle-moi de toi, avait-il demandé.

– Plus tard.

– On va rester ensemble… au moins un peu ?

– Plus tard.

– J'ai beaucoup de choses à te dire…

– Plus tard.

Le matin, elle l'avait emmené à Positano. Il avait pâli en voyant la Porsche. Mais il l'avait suivie. Il avait décommandé tout et tout le monde par un coup de téléphone. Il était avec elle, maintenant. Il était heureux.

– Aux amours impossibles, proposa-t-il.

Patrizia vida son verre d'un trait.

– Viens ici, intima-t-elle.

Il se jeta à ses pieds. Elle lui griffa la joue. Il grogna de plaisir. Elle lui agrippa le cou et le serra. Il la renversa comme si c'était une gamine, un panier de plumes. Les yeux ouverts, Patrizia fixait le plafond. Depuis cette nuit en taule, elle n'avait plus rêvé. Palma disait : te fous pas en l'air. Le Crapaud disait : baise-les tous. Patrizia était en train de tenter d'être une femme, sa femme. Patrizia ferma les yeux. Lui, il lui murmurait des mots doux, il lui chuchotait des insultes. Patrizia ouvrit les yeux. Elle découvrit un visage déformé par la tension du plaisir, des veines en relief, les gouttes de sueur qui luisaient sur les muscles tendus par l'effort de retarder l'orgasme. Elle l'écarta avec un frémissement d'horreur. Il ne comprit pas. Comment aurait-il pu ? Elle avait vu un autre homme. Un parmi tant d'autres.

– Faisons-le par derrière, le rassura-t-elle dans un chuchotement rauque.

Scialoja l'attrapa par les seins. Il se glissa en elle. Patrizia ferma à nouveau les yeux.

– Viens, soupira-t-elle, jouissons ensemble… mon amour…

Peu avant l'aube, Patrizia écrivit un bref mot d'adieu, récupéra le sac qu'elle avait préparé la veille au soir, régla l'addition et recommanda au taulier, un vieil ami du Crapaud, de tenir sa langue. Dans le garage, la Porsche du Dandy l'attendait.

Au réveil, Scialoja comprit tout. Pour vaincre ses larmes, il se fourra sous une douche glacée. Il trouva le message tandis qu'il bourrait son sac pêle-mêle. Un mot était écrit, “armes”, et une adresse.

7

Ils dînaient dans leur restaurant habituel quand l'oncle Carlo demanda au Dandy et à Nembo Kid s'ils étaient disposés à lui "rendre un service".

Le Dandy dit aussitôt oui, les yeux fermés. Ce gamin lui plaisait de plus en plus, à l'oncle Carlo. Nembo Kid, postillonnant de la sauce du homard, demanda de quel genre de service il s'agissait. Écœuré, l'oncle Carlo laissa la parole au Maître.

– Nous avons un problème avec le Cravatier.

– Quel problème ?

– Il est un peu stressé dernièrement… Il ne se comporte plus aussi bien qu'autrefois… Il ne respecte plus les accords…

L'oncle Carlo approuva d'un large sourire. Le Dandy comprit que le sort du Cravatier était réglé.

– Pourquoi nous ?

– Chacun est maître chez soi, précisa l'oncle Carlo sans cesser de sourire, et chez les autres, les gens bien ne se servent pas à boire tout seuls. Pas vrai ?

L'oncle Carlo savait très bien que le Cravatier était un vieil ami. Leur confier le boulot à eux deux était une marque d'estime, mais aussi un test.

Le Dandy et Nembo Kid donnèrent leur parole et, avec Botola, trois soirs après ce dîner, ils flinguèrent le Cravatier à la sortie de Villa Candy.

Ce fut soudain et anormal. Le Cravatier était dans le milieu depuis vingt ans. Il était considéré comme intouchable. Les nécrologies s'interrogeaient sur la fin violente d'un "entrepreneur habile et sans scrupules" qui, après "des débuts aux contours obscurs", vivait dans le luxe, entouré de la considération de la haute société romaine. Borgia lui-même songea à un délit d'ordre privé, éventuellement une histoire de cocufiage, ou, au pire, la vengeance d'un débiteur excédé. Il ne vint à l'esprit de personne qu'ils y soient pour quelque chose. On n'avait jamais vu un meurtre si propre et net.

Seul le Froid pigea au vol. Il avait reconnu le style. Durant cette période, on l'avait mis en taule pour un résidu de peine de

1976. Il envoya le message à ses compagnons par Roberta, et ceux de l'extérieur convoquèrent le Dandy. Le Dandy nia sans vergogne : pendant qu'on descendait le Cravatier, ce pauvre homme, il assistait avec une nouvelle petite amie au concert de Franco Califano. Il avait même décroché deux autographes. Alors, le Calife aussi, il était suspect ?

L'Echalas et Œil Fier ne gobaient pas l'histoire.

– C'est eux.

– Sûr. Qui sait les embrouilles qu'y z'avaient, avec ce malheureux !

– Ces gonzes, y jouent perso.

– J'aimerais bien y jeter un œil, à leurs comptes, ça me plairait bien !

– Les comptes, c'est Trentedeniers qui s'en occupe...

– Et t'as confiance, toi ?

Ben non, cette fois, on pouvait pas passer outre. Le Froid sentit que le moment de la décision approchait. Il fit savoir aux autres que des mesures seraient prises. On ne pouvait plus remettre à plus tard.

Et pourtant, c'est ce qu'on fit.

Quelque temps avant Noël, l'Antiterrorisme mit sous scellés le dépôt du ministère.

1982, janvier-avril

L'odeur du sang

1

Lors d'une conférence de presse, le préfet expliqua que la police politique était arrivée jusqu'aux armes par pur hasard. Le surveillant Brugli traînait un vieux signalement d'extrémiste de gauche. Un fonctionnaire zélé avait eu la brillante idée d'un contrôle de routine, l'une de leurs nombreuses perquisitions à l'eau de rose. Sauf qu'il avait suffi à ce misérable de se retrouver avec quatre costauds en tenue de combat devant lui pour s'écrouler.

– C'est la faute à Ziccone !

Et Ziccone par-ci et Ziccone par-là, et des larmes et des coups de tête dans le mur, finalement, il les avait amenés au sous-sol, où, face à cet arsenal, les types n'en croyaient pas leurs yeux.

Quelques journalistes osèrent demander si, derrière cette éclatante opération de police, ne se cachait pas la patte d'un informateur. Pendant que le préfet manifestait *urbi et orbi* son dédain, Scialoja se faufila dehors en réprimant un petit sourire moqueur. Il s'était mis d'accord avec ses supérieurs pour ne pas apparaître de manière officielle. Le préfet n'en revenait pas : durant toutes ses années de carrière, il avait vu des policiers moins doués que lui s'entr'égorger pour un gros article dans les faits divers d'un canard romain et maintenant que Scialoja avait l'occasion de faire la une… Mais Scialoja avait été inflexible : cela fait partie d'une stratégie, lui avait-il expliqué, et en tout cas je ne veux pas me griller mes sources. Le préfet avait haussé les épaules : si ça le chantait ! Borgia ne s'était fendu que d'un mot d'esprit.

– Je vois que vos relations avec Mme Vallesi marchent du tonnerre, commissaire.

Scialoja avait répondu par un sourire amer. Borgia s'était autorisé un sursaut d'humanité et avait laissé tomber la raillerie.

Oui, le tuyau avait été le cadeau d'adieu de Patrizia. Scialoja l'avait cherchée partout. Elle ne voulait pas qu'il la trouve. Scialoja ne se résignait pas à l'idée d'une histoire sans avenir. Il allait la chercher encore. Il devait la trouver. Elle devait céder. Ils avaient fait l'amour comme un homme et une femme. Elle s'était abandonnée. Mais était-ce un véritable abandon ? A présent, il s'expliquait certains silences, certains sourires vagues, son éternel plus tard. Il l'avait tenue dans ses bras, et il l'avait laissée partir ! Il n'avait pas été capable de se l'attacher ! Existait-il quelqu'un qui puisse l'attacher ? Scialoja avait du mal à calmer le tumulte qui régnait dans son cœur de ses réveils fourbus à ses nuits tourmentées. Il devait s'en remettre à la raison. L'oublier. Se concentrer sur l'enquête. Scialoja se ruait au bureau dès l'aube et en refermait la porte à la nuit tombée. Et la nuit était noire. La nuit était dure.

En attendant, eux, ils étaient dans un sacré merdier. Cet animal de Brugli (va faire confiance aux rouges !) n'avait même pas eu le temps de s'asseoir devant le dirigeant de l'Ucigos qu'il avait déjà proprement égrené tous les noms. En plus de Ziccone, Trentedeniers, l'Echalas et Nembo Kid furent donc alpagués nuitamment, alors que le Buffle, qui était déjà dans de beaux draps, et le Froid, sur le point d'être libéré, écopaient d'une belle inculpation toute neuve. Eux, et nul autre, accusa ce débile. Pourquoi manquait-il à ce catalogue certains assidus du ministère, comme le Noir, Œil Fier et le Dandy lui-même, ça resterait à jamais un mystère.

Le fait est que Borgia se frotta les mains et rédigea aussi sec une inculpation pour détention d'armes, plus le 416 du code pénal : association de malfaiteurs.

– Ça devient une manie, plaisanta Vasta. Chaque fois que l'un de mes clients est injustement accusé de quelque chose, il y a un délit d'association qui pointe son nez… Toujours sur la piste de votre "bande" fantôme, *dottor* Borgia ?

– Je suis curieux de voir comment vous allez vous en sortir, cette fois. L'accusation tient bien la route !

– Comme toujours, à la fin j'arriverai à démontrer l'innocence de mes clients.

Ça, c'était pour la galerie et pour ce couillon de procureur. Mais au parloir, quittant son air aimable, Vasta leur sortit la tronche renfrognée qui annonçait les grosses emmerdes.

– L'accusation de complicité de Brugli est inattaquable. Heureusement que Ziccone s'est comporté en homme, sinon on était cuits. Il faudrait trouver un moyen de redimensionner les faits…

– Le problème, c'est que là-dedans, il y a des flingues qui sont chauds, fit remarquer le Froid.

Vasta devint rigide et professionnel.

– Ce genre de chose ne me regarde pas.

Le Froid en fut médusé: ça faisait un moment qu'avec l'avocat, les petits jeux de con n'étaient plus de mise. Les choses, entre eux, étaient plus que claires.

– Qu'esse-t'as, le bavard, tu te déballonnes?

– Il y a des choses qu'il vaudrait mieux taire, même à son avocat, coupa Vasta en ramassant notes et mallette. On se voit dans quelques jours.

Les choses se présentaient mal, si Vasta aussi se débinait. Et en tout cas, le problème des armes demeurait. Dans le dépôt, il y avait le pistolet de la Poêle, celui du Hareng, les mitraillettes du Terrible, une paire de revolvers du Sarde, et, surtout, le Tanfolio que le Noir avait utilisé pour étendre le Pou. Qui était resté en liberté? Le Dandy, Œil Fier, les Bouffons, Botola… et le Rat aussi, même s'il comptait pour rien, ce pauvre cornard. C'était à eux de trouver une solution. Vanessa sortit le message de la prison. Sur le billet que l'infirmière avait caché là où on ne fouille pas, le Froid avait noté: *à Dandy-œil-Tanf.-Pou-Noir.*

Le Dandy se mit sérieusement au charbon. Ne serait-ce que parce que l'histoire le touchait de près. Brugli, qui les avait tous croisés un jour ou l'autre au ministère, pouvait les balancer d'un moment à l'autre. Le danger d'une vague d'arrestations était réel. Les conséquences pouvaient être désastreuses. Première mesure, ils disparurent tous de la circulation. Les uns se terrèrent dans un hôtel avec des faux papiers, et d'autres, comme Œil Fier, allèrent passer l'hiver chez des parents, dans les Marches. Pour gérer la drogue, ne resta – sous la menace – que le Rat: une fois la bourrasque passée, il devrait rendre compte du moindre centime, ou il était fini. La caisse commune fut confiée à Donatella, avec la tâche de s'occuper des détenus: double portion pour le Buffle et Ricotta, qui n'arrêtaient pas de faire chier.

Le Dandy demanda de l'aide à Z et X. Les barbouzes haussèrent les épaules: c'était pas leurs oignons.

– Ah, c'est comme ça? Quand vous avez besoin d'un service, on fait ami-ami… et là, quel ami tu fais?

– C'est pas notre faute si vous vous êtes fait serrer. Maintenant, débrouillez-vous.

– Fais gaffe qu'au dépôt, le Noir y allait aussi…

– Et alors ? Qu'est-ce que j'en ai à foutre du Noir ?

– Là-dedans, y'a aussi le calibre du Pou !

Z sortit de ses gonds, mais qu'est-ce qu'il y pouvait ? Il le tenait par les couilles ! Si la chose venait aux oreilles du Vieux, lui et son associé, ils étaient foutus. Au minimum, il allait les coffrer dans un de ses joujoux mécaniques. Z fonça chez l'oncle Carlo : le Sicilien était lui aussi impliqué dans l'affaire du Pou, il valait donc mieux l'informer et chercher ensemble une solution. L'oncle Carlo, sans se démonter plus que ça, dit qu'il y songerait et invita le Dandy à dîner.

– Une fois, à Palerme, ils ont pris deux gars. Il y avait trois témoins et, eux, ils étaient devant le mort avec un fusil encore chaud. On l'a fait expertiser, et le fusil s'est avéré *fasano.*

– Qu'est-ce que ça veut dire *fasano* ?

– Ça veut dire qu'il était comme *favuso*, comment on dit… faux. Il marchait pas. Un morceau de bois, que c'était. Il avait jamais tiré et jamais il aurait pu. Nos deux gars furent libérés avec de plates excuses.

– J'ai compris, oncle Carlo. Mais avec les témoins, comment on a fait ? Poum poum ?

– Ri'n. Y s'étaient trompés, et mille pardons !

Il n'y avait rien à ajouter. Avant de congédier le Dandy, l'oncle Carlo lui reprocha affectueusement son piètre rasage.

– Les temps sont durs, mon oncle.

– Eh, fiston, t'as pas encore fini de manger ton pain noir !

2

Le Dandy vit la Porsche garée en bas de chez lui, il leva les yeux, remarqua les fenêtres éclairées de l'appartement et comprit que Patrizia était revenue. Il monta l'escalier quatre à quatre, haletant sous l'effort, car dernièrement il avait pris quelques kilos. Inga, l'Autrichienne qu'il se trimbalait depuis un petit mois et à laquelle il avait promis une éblouissante carrière dans le monde des boîtes de nuit, le suivait en pestant sur ses talons aiguilles. Patrizia était assise sur le canapé, sous le Tamburi, un verre à la main et les jambes croisées. Elle s'était teinte en blonde. Le Dandy, déjà sur le seuil, fit la grosse voix.

– Comment t'as fait pour entrer, toi ?

– Avec les clés, répondit-elle sans se décontenancer.

– Qui c'est, celle-là ?

Inga s'était plantée au milieu du salon, les mains sur les hanches, l'air excédée. Patrizia toisa ce mètre quatre-vingts de pute, parcourut d'un œil dégoûté le spencer qui peinait à contenir un copieux 100 C de nichons, stigmatisa le maquillage lourd, huma d'un air affligé le parfum outrancier et laissa percer un sourire vachard.

– Vire-moi cette salope. Faut qu'on parle.

– Quelle salope ?

Le Dandy bloqua l'Autrichienne, lui fit faire volte-face et parvint à s'en débarrasser par quelques petits mots doux et un gros chèque. Lorsqu'il revint au salon, Patrizia fumait béatement une cigarette. Le Dandy avait décidé de jouer les durs.

– On peut savoir où t'étais pendant tous ces mois ?

– Chez le coiffeur. Ça se voit pas ?

Le Dandy s'approcha, le bras levé. Cette femme avait le don de lui mettre les nerfs en boule.

– Si tu m'effleures ne serait-ce que d'un doigt, tu me vois plus.

Le Dandy écarta les bras et passa à la diplomatie du sourire. Après tout, elle était revenue. Après tout, dès qu'il l'avait vue, il n'avait pensé qu'à une chose : la troncher, comme aurait dit l'oncle Carlo.

– D'accord, d'accord. Je peux m'asseoir, au moins ?

Dieu, comme elle sentait bon. Le Dandy brûlait de l'intérieur. Il tenta gauchement une approche. Patrizia le repoussa.

– On peut savoir pourquoi t'es revenue, bordel !

– J'ai perdu ma baraque. J'en veux une autre… (Patrizia se leva, regarda autour d'elle et parut apprécier)… celle-là !

– T'as déjà les clés. Tu entres et tu sors quand tu veux…

– Je parle de propriété, chéri. Murs. Contrat. Acte notarié. Tu vois l'idée ?

Patrizia fit voler d'abord une chaussure et puis l'autre. Elle se massa délicatement le talon, puis, d'un geste brusque, déboutonna sa veste. Dessous, elle portait un soutien-gorge à balconnet. Rouge feu. Dandy soupira.

– Tu veux l'appart ? Il est à toi !

Patrizia sourit et s'approcha de lui. Le Dandy tendit une main et la posa sur un sein. Elle recula.

– Maintenant que j'y pense, coco… un appart, c'est bien pour y vivre, mais pour travailler…

– Comment ça travailler ?

– Travailler pour vivre, je veux dire…

– Tu veux remettre le clandé sur pied ?

– Plus question de clandé. Plus question d'espions de merde et de mecs à la gâchette facile. Une petite baraque, discrète, classe. A moi, et rien qu'à moi.

– Faut pas charrier maintenant, hein !

Patrizia retira sa jupe. Elle portait un slip minuscule, de la même couleur que le soutien-gorge. Elle se mit devant lui. Elle attrapa sa tête bouclée et la fourra entre ses jambes. Elle commença à bouger doucement.

– C'est tout ou rien !

Enivré par son odeur, le Dandy oscillait entre désir et réflexion. Il se battait pour devenir un chef. Et devenir un chef signifiait pouvoir se permettre les caprices d'un chef. Dandy savait qu'il ne trouverait pas une autre femme comme elle, même si on l'avait sacré huitième roi de cette garce de Rome. Le Dandy décida. J'emmerde l'oncle Carlo, j'emmerde les potes et j'emmerde les scrupules. Ils étaient faits l'un pour l'autre. C'était une chose qui se sentait de l'intérieur. Patrizia voulait une baraque ? Deux baraques ? Il lui aurait acheté un immeuble.

Une rue. Une ville. C'est à ça que servait le fric. A vivre. La vie, c'était ça.

– Tout, grogna-t-il en cherchant à s'insinuer dans les plis de l'étoffe rouge.

Patrizia lui écarta délicatement les mains et appuya l'une de ses longues jambes sur son torse.

– Je t'ai pas encore entendu téléphoner au notaire, beau Dandy !

Au cœur de la nuit, quand chaque chose était redevenue comme au bon vieux temps, y compris la prétention de Patrizia de l'obliger à prendre une douche avant chaque sacro-sainte partie de jambes en l'air, au cœur de la nuit, alors que le Dandy ronflait épuisé avec sa queue qui lui faisait mal de s'en être trop servi, elle alluma toutes les lumières et le tira du lit.

– Qu'est-ce qu'y a encore, putain ?

– Cette bête, intima Patrizia en indiquant Alonzo qui virevoltait, inquiet, dans la cage devenue trop petite pour son adolescence de puma, je veux plus l'avoir dans les jambes !

3

Z mena la négociation avec les experts nommés par le juge d'instruction. L'un de ceux de la balistique était depuis longtemps sur le livre de paie des Services et il ne put se dérober. Puisque de toute façon il y trouverait aussi son compte. L'autre, un Lombard à l'air franc, était un dur à cuire. Trop propre pour pouvoir lui causer. Soit on l'éliminait – chose contre-productive et anti-économique –, soit on trouvait une autre solution. Borgia avait imposé une expertise comparée en exhumant les douilles et projectiles des cinq dernières années de fusillades. L'expert ami convainquit son collègue de se partager les tâches. Pendant que le Lombard bossait tranquillement sur les armes neutres, l'autre, entre acides, coups de marteau et corrosifs, neutralisait les armes compromettantes. Têtes, rayures et canons furent nivelés, poinçonnés et bousillés. Toute comparaison avec les homicides précédents devint impossible. Ce fut une brillante façon de limiter les dégâts. Ça ne coûta que neuf briques.

Botola et Œil Fier s'occupèrent du reste. Lorsque Brugli, au titre de récompense pour son petit balançage, obtint la liberté provisoire, ils allèrent le trouver et lui offrirent juste deux lires pour se rétracter. Quant à l'autre option – une balle dans la nuque et un plongeon au fond du fleuve blond –, il fut même inutile d'en parler. Comme preuve de bonne volonté, Brugli remit un sac avec trois semi-automatiques et un fusil-mitrailleur qui, pour des raisons inconnues de lui, avaient échappé à la perquisition. Le lendemain à la première heure, Borgia le retrouva dans son bureau avec tout le bataclan d'avocats et de dépositions. Ziccone était étranger à l'affaire et avait eu pour unique tort de lui présenter le Buffle. Celui-ci, redoutable personnage, effrayant et à moitié fou, allait et venait à sa guise et amenait parfois un ami, au demeurant inconnu de lui. Brugli, terrorisé par la perquisition, angoissé par les méthodes d'intimidation violentes employées par les policiers de l'Antiterrorisme, fort peu respectueux de ses droits, avait été poussé à lancer des noms au petit bonheur.

– Je les avais lus dans les journaux, monsieur le juge, c'est pour ça que je les ai accusés. Mais je vous jure sur la tête de mes enfants que je ne les ai jamais vus de ma vie !

Lorsqu'il sut qu'il avait été choisi comme bouc émissaire, le Buffle cassa la télé, arracha les chiottes et parvint même à plier deux barreaux de la fenêtre. Pour calmer l'incroyable Hulk en action, il fallut un escadron spécial et le Buffle atterrit à l'infirmerie avec deux côtes cassées. Le Froid alla le trouver avec le Minot et lui expliqua qu'ils l'avaient choisi lui parce qu'il était déjà chargé dans l'affaire de la rue Fleming.

– Qu'après, si ça roule pour l'histoire des expertises, pour les armes aussi, tu t'en tires avec l'irresponsabilité !

Le Buffle ne l'entendait pas de cette oreille et, n'eussent été les paroles persuasives du Minot – ce gamin avait un pouvoir magique sur ses nerfs –, il aurait mangé le Froid tout cru séance tenante. Finalement, ils parvinrent à le convaincre. Mais dans son for intérieur, la rancœur grandissait.

Malgré les fanfaronnades de Borgia, Trentedeniers, Nembo Kid, Ziccone et l'Echalas furent libérés. Lorsque l'avocat Vasta se présenta pour encaisser, il s'en fallut de peu que Trentedeniers lui flanque une raclée.

– Hé, dis donc, c'est nous qui avons tout fait !

– Ce n'est pas exact, insista le ténor du barreau, glacial. L'idée de redimensionner les faits a marché… et c'était *mon* idée !

Le Froid, en revanche, ils le gardèrent au trou. Borgia avait réussi à décrocher un nouveau mandat : l'accusation était cette fois d'avoir suborné et intimidé ce pauvre Brugli. Personne ne doutait que l'affaire allait se résoudre rapidement. Mais en attendant, en restant au ballon, le Froid rata la fête en l'honneur de Cochon Content.

Ce Cochon Content, une grande et grosse brute poilue, pratiquement plus gorille qu'humain, avait collaboré avec la Lie à l'époque du baron Rosellini. C'était justement lui, disait-on, que l'otage avait vu de face, signant ainsi sa condamnation à mort. Ça allait mal pour les types de la Lie : les cinq cent millions encaissés pour le rapt, en bons malfrats ils se les étaient claqués, en femmes, virées, coke et champagne. Deux étaient restés sur le pavé lors d'un cambriolage foireux. Les autres étaient dispersés entre prison et héroïne. Quant à Cochon Content, il vivotait d'extorsions dans la zone nord-est, et il ne pouvait guère espérer mieux que ça, vu l'embargo qui avait été décidé après son plantage lamentable avec le pauvre baron. Après une période d'allers et retours au placard, il avait pété les plombs. Tout d'abord, il s'était présenté chez Trentedeniers récemment libéré et l'avait roué de coups de poing sans raison apparente. Puis il avait demandé quinze briques à fonds perdu, menaçant dans le cas contraire de les dénoncer pour l'enlèvement. Au Dandy et aux autres, quinze misérables millions, ça leur faisait ni chaud ni froid. Ils auraient pu lui faire cette aumône et s'en débarrasser facilement, mais Cochon Content avait fait preuve de trop d'arrogance, aussi l'avaient-ils envoyé se faire voir, avec la tronche au carré. Cochon Content l'avait mauvaise et, comme il était isolé, lâche et sans principes, il s'en était pris aux femmes. Il s'était tout d'abord présenté à la nouvelle maison de Patrizia, avec la complicité involontaire de ce con d'Œil Fier qui avait laissé échapper l'adresse. Et quand Patrizia lui avait fait clairement comprendre qu'il n'y avait rien à faire, il avait tenté de la sauter, et heureusement que Patrizia était une véritable artiste avec ses ongles, ça s'était donc arrêté là. Mais Cochon Content s'était attaqué à Barbarella, la veuve de Boucles d'Or. Patrizia l'avait prise en amitié, mais Barbarella avait beaucoup moins de défenses qu'elle. Ça avait tourné au viol pur et simple, et la pauvre fille portait encore sur le visage les marques de la bestialité de Cochon Content. Et même comme ça, ils l'auraient pourtant laissé partir : parce que Cochon Content était moins qu'une chiure de mouche, moins que la Poêle, moins que le Hareng, moins que rien. Moins que rien, c'était.

Mais Nembo Kid, depuis qu'ils l'avaient relâché, semblait avoir perdu les pédales. C'était la faute à ses problèmes avec Donatella, à l'absurde jalousie de celle-ci ; ou à un lot de "bolivienne rose" qui avait fini tout droit dans son pif, sans transiter ni par la rue ni par la caisse commune. Ou peut-être simplement, son bref séjour au ballon lui avait déglingué les rouages. Le fait est que Nembo Kid cherchait l'accrochage physique, il avait la nostalgie d'un ennemi et envie de humer l'odeur du sang.

– Je vais descendre Cochon Content !

Le Dandy se retira du jeu. De prison, le Buffle lui fit dire que s'il tenait tellement à tenir un fusil, alors il pouvait essayer de le faire évader. Style Prima Linea : comment ça se fait que les rouges, ils réussissaient certaines choses, et qu'eux, au contraire, ils se plantaient toujours ? Le Froid vota contre l'exécution. La découverte des armes, ils pouvaient y échapper de quelque manière, mais le problème de l'arsenal demeurait entier. Remettre mitraillettes, pistolets et fusils dans un autre dépôt était trop risqué. Chacun allait devoir s'occuper de ses armes. Il était exclu qu'ils puissent les garder chez eux. Il fallait trouver des caches sûres et des personnes fiables à qui refiler cette vérole. Et il était opportun d'éviter les échanges et la circulation de pistolets. Ainsi que leur recyclage. L'idéal était de se débarrasser des flingues brûlants aussitôt après usage. C'est comme pour les championnats de foot : c'est à la longueur du banc de touche qu'on gagne. Il fallait donc bien plus d'armes qu'ils n'avaient l'habitude d'en avoir. Moralité de la fable : au lieu de penser aux conneries, trouvez des armes et faites en sorte qu'on les découvre pas. Trentedeniers se rangea sur cette position, mais Nembo Kid la battit durement en brèche. Sur le plan du prestige du groupe – puisque Cochon Content avait outragé les femmes et que ça, c'était intolérable – et en tant que prise de position personnelle.

– J'ai décidé de le tuer et je le ferai ! Si vous venez pas, je le fais tout seul.

Ça se finit qu'ils résolurent à deux, l'Echalas et Botola, de collaborer.

Patrizia refusa de prêter sa maison. Ils eurent alors recours à Barbarella qui mit sur pied en deux coups de cuillère à pot une fête avec quelques copines et fit courir le bruit que oui, Cochon Content avait été un peu rude avec elle, mais quel homme ! Quelle puissance ! Et ainsi, lorsque l'Echalas lui porta le rameau d'olivier, le Cochon ne recula pas devant la perspective d'une orgie gratis. A sa place, n'importe qui d'autre aurait pris le premier vol pour Rio. Mais lui, il voyageait au speedball, trois doses de coke et une d'héro dans les veines, comme cet acteur américain, le gros, qui venait de clamser quelques jours plus tôt. Une poudre pour gicler dans la stratosphère et l'autre pour planer dans une infinie douceur. Il était ainsi fait qu'il pensa de cette invitation : ils me craignent ! Ils veulent me ménager !

Barbarella avait fait les choses en grand. Filles : les plus chouettes, dope : la plus fine, champagne : ultra glacé. A Cochon Content, il fut consenti d'arriver au seuil du plus bel orgasme de sa vie, puis l'Echalas l'arracha de force à sa rouquine et lui dit qu'on avait besoin de lui pour un petit boulot spécial.

Cochon Content, encore à moitié à poil, le suivit, confiant. Ils montèrent dans une Panda. Botola était derrière et plaisantait, il jouait le grand pote. Nembo Kid les attendait à Fregene. Cochon Content alla vers lui la main tendue. Nembo tira le premier coup de la poche de son trench, et Cochon Content tomba, une rotule fracassée. Aussitôt, Botola lui passa du fil de fer aux poignets et aux chevilles. L'Echalas flingua l'autre rotule. Tandis que le ver rampait en toussant et en implorant la pitié, ils se firent deux ou trois lignes en commentant la dernière prouesse de Falcao*. Cochon Content était presque arrivé à la Panda. Mais où croyait-il aller, le pauvre malheureux ? Ils le remirent sur pied, si l'on peut dire, en faisant attention à ne pas se tacher de sang, et ils l'attachèrent à un tronc. L'Echalas alluma la stéréo et y glissa une cassette de musique disco. Nembo Kid avait envie de se payer un peu de bon temps avec son couteau. A chaque entaille, sa raison :

– Ça, c'est pour Patrizia que tu as offensée. Ça, c'est pour Donatella, qui est choquée. Ça, c'est pour Barbarella, que tu as frappée, salaud. Ça, c'est parce que tu m'es antipathique. Et ça, c'est parce que j'ai envie de le faire.

Puis l'outil passa à l'Echalas, qui le céda enfin à Botola. Mais Botola refusa : quelqu'un devait rester faire le pet, au cas où surviendraient des imprévus. Au bout de quelque temps, ils en eurent assez. Cochon Content, la tête pendante et des flots de sang partout, on ne comprenait pas s'il vivait encore ou s'il était déjà cané. Pour plus de sûreté, ils lui déchargèrent trois balles chacun, puis ils portèrent le colis dans l'auto et allumèrent un beau feu de joie. Botola les ramena à la maison dans l'Audi de Nembo. Il conduisait avec une extrême prudence et se sentait un peu dégoûté.

---

* Joueur de foot de la Roma.

Le cadavre à demi carbonisé fut retrouvé le lendemain. Scialoja convoqua le Froid sous prétexte d'un entretien informel. Sans avocat.

– C'est une belle saloperie, ce que vous avez fait à ce malheureux !

– Cette fois, j'ai vraiment un alibi à l'épreuve des bombes ! rigola le Froid.

– Il y a ceux qui ordonnent et ceux qui exécutent.

– Si vous le dites...

– Mais c'est bizarre, vous savez ? Durant toutes ces années, je crois avoir appris un tas de choses sur votre compte... Vous, par exemple, vous êtes quelqu'un... je ne veux pas dire quelqu'un de bien... peut-être, si vous aviez fait des choix différents, en ce moment... Je ne vous vois pas torturer pendant trois heures un pauvre diable bourré de drogue...

– J'étais ici !

– C'est justement ça, le hic ! Vous êtes ici, mais les autres sont dehors. Vous êtes un chef...

– Mais qu'est-ce que vous racontez !

– Allons donc ! Vous êtes un chef, comme le Libanais était un chef... A l'époque du Libanais, une chose aussi... absurde ne serait jamais arrivée...

– Et on remet ça ! Tu me l'as déjà chantée cette chanson, poulet ! Si c'est une accusation, j'veux mon avocat, protesta le Froid.

Scialoja sourit.

– Là dehors, ils sont en train de perdre la boule. Ça arrive, savez-vous ? C'est comme une ivresse... Tôt ou tard, vous finirez par tous vous entretuer les uns les autres...

– Gardien ! beugla le Froid, en sautant sur ses pieds. Gardien ! Je veux sortir ! Je veux retourner en cellule !

Le gradé se hâta vers la petite salle des parloirs. Scialoja l'arrêta d'un geste brusque.

– Rappelez-vous que c'est celui qui est dans la rue qui commande. Et que celui qui est au trou... on a vite fait de l'oublier !

Le Froid retourna en cellule écumant de fureur noire. Oui, ce fils de pute avait la vue perçante. Et il cherchait toujours à les diviser. Comme s'il y en avait besoin ! L'histoire de Cochon

Content était une connerie. Pire. Ils s'étaient comportés comme ces gamins qui s'amusent à enfiler des pétards dans le cul d'un chat. Un enfantillage. Un enfantillage tragique. Ils voulaient se farcir cochon Content ? Une balle dans le cigare et passez muscade ! Quel besoin y avait-il de s'acharner ?

A l'oncle Carlo, en revanche, cette exécution rappela l'heureuse époque de la campagne contre les Palermitains. *Viddani*, ils les appelaient : abrutis de ploucs, chair à canon. Systématiquement exclus des décisions les plus importantes, les *viddani* avaient décidé de réagir. Se contenter de flinguer les Palermitains aurait été trop peu. C'était nécessaire, mais ce n'était pas assez. Arracher les ongles, brûler les tétons, leur fourrer les couilles dans la bouche, comme on fait avec les bêtes. Semer la terreur. La faire ramper jusque dans les salons baroques de leurs cercles discrets et sophistiqués. Il n'y avait pas d'autre langage possible.

Le Maître s'étonnait.

– Ils sont une puissance et ils font encore ces petits carnages !

– Il y a une chose, Maître. Chez nous, on dit : "*celui qui naît rond peut pas mourir carré*". Le sang est le sang, si vous voyez ce que je veux dire. Et si les gens ont les foies, c'est bon aussi. Ça donne satisfaction et ça soulage les couilles !

Une semaine avant le carnaval, en quarante-huit heures, ils trouvèrent au Tufello* trois toxicos avec la bave aux lèvres et la seringue dans la veine. Deux capotèrent, le troisième échappa miraculeusement à l'overdose. La presse fit tout un plat sur l'héroïne tueuse. Les policiers enfilèrent le costume de la plus honnête répression, et cinq ou six fourmis se retrouvèrent soudain à Rebibbia. Eux, ils convoquèrent le responsable de la zone, Bonne Pâte, qui tomba des nues... Les trois victimes ? De vieilles connaissances, mais ça faisait un bout de temps qu'ils achetaient plus. On disait qu'ils avaient fini sous la coupe d'un de ces curés qui gagnent leur paradis en sauvant l'âme des défoncés. Mais, visiblement, les choses ne se passaient pas comme ça. Quelqu'un cherchait à s'immiscer sur le marché. Bonne Pâte avait l'air nickel. On décida d'ouvrir une enquête. Trentedeniers, qui tenait les rênes du négoce, s'en chargea. Au bout de deux

---

* Quartier de Rome.

jours, grâce au mouchardage du toxico survivant, l'identité du traître fut démasquée.

– Devinez qui c'est, ce salopard ? Satan ! Et il vend trente pour cent de moins que nous !

Si le Froid n'avait pas été en taule, les choses se seraient passées différemment. Par la suite, ils auraient de quoi le regretter. Que Satan doive payer, ça faisait pas l'ombre d'un doute. Mais c'était pas le principal problème : tôt ou tard, ils se le seraient fait. C'est pourquoi, avant de bouger, ils auraient dû faire fonctionner leur cervelle. Le fait grave était la mort des toxicos. Y'a qu'un idiot pour s'en foutre, qu'un toxico meure. Rien à voir avec la pitié, c'est une loi du marché. Tout toxico mort est une source de profits qui se tarit. Ces deux pauvres bougres étaient morts d'avoir changé de fournisseur. C'est comme ça que les toxicos crèvent : en passant d'un type de dope à un autre, sans faire gaffe aux quantités. Tout ça parce que les toxicos ne pensent pas. Les toxicos sont des bêtes. Quelqu'un doit penser à leur place. Le Rat, goûteur officiel, avait fait savoir que l'héroïne de Satan avait un exceptionnel degré de pureté. A l'évidence, il y avait des canaux qui leur échappaient. Avant de tuer Satan, il fallait remonter au fournisseur. Découvrir s'il avait des associés, connus ou inconnus. Lui faire vider son sac. Voilà ce qu'aurait imposé le Froid s'il n'avait pas été au trou, les mains liées. Et au contraire, dehors, l'heure était à l'excitation et à l'odeur du sang. Nembo Kid les entraînait et le Dandy laissait faire. Ils avaient Satan ? Ils devaient l'effacer ! Par-dessus le marché, il restait ce vieux compte de l'époque du Libanais à régler avec lui. Il aurait mille fois mieux fait, Satan, de rester à Rieti, ou au diable. Ils savaient qu'il fréquentait un tapis dans la zone du Tufello. Ils y allèrent un soir, le jeudi de carnaval. Leurs mitraillettes et leurs revolvers en firent de la chair à pâtée. La touche de classe suggérée par Nembo Kid : les trois du commando, Nembo lui-même, l'Echalas et Œil Fier, portaient un masque. Ainsi les témoins purent juste dire : que d'une Audi étaient descendus Dingo, Pluto et Donald, et ils avaient buté Satan. Amen.

4

Après ces récentes petites boucheries, ce qui couvait en Nembo Kid tourna à la frénésie pure et simple. Ça avait commencé par des discours bizarres : sur les amis de Milan et ceux de Rome, qui n'étaient pas à la hauteur ; sur tel ou tel autre qu'il fallait baiser ; sur le fait que les vrais mecs n'ont aucune obligation et ne rendent de comptes à personne. Il forçait sur la coke. Il lui arrivait de perdre les pédales pour un rien : un soir, il fit un sort à un type qui l'avait bousculé par hasard dans un bar. Il attendit que le mec ait fini sa consommation, il se planta devant lui et il lui aurait détaché la tête à coups de pompe si Trentedeniers n'était intervenu. Le type revint avec deux potes et un vieux Lüger d'avant-guerre. Nembo Kid était avec le Dandy. Le Lüger s'enraya au moment opportun, et la chose s'arrêta là. Nembo Kid voulait organiser une expédition punitive. Vertement, le Dandy lui rappela que c'était lui qui avait commencé.

– Et puis j'en ai assez de tes conneries !

Donatella elle-même avait du mal à le reconnaître. Au lit, il demandait des trucs de plus en plus bizarres, et il sortait de leurs étreintes insatisfait et irrité. Lorsque l'oncle Carlo l'expédia à Milan, ils poussèrent tous un ouf de soulagement.

Milan. Cette fois-là, ce fut très différent du voyage précédent. D'abord, Donatella n'était pas là et ça, c'était insupportable. Ensuite, le Maître avait été catégorique : aucun contact, aucune rencontre, en particulier avec les vieux amis. Oublier certaines adresses et certaines petites réunions. Utiliser de faux papiers. S'arrêter dans les endroits le moins possible. Contacter immédiatement l'Allemand, qui amenait les instructions pour la phase opérationnelle de l'action. Et surtout : pas de coke et pas de coups de tête. Ils l'avaient pris pour un foutu moine ! Mais pourquoi est-ce qu'ils y avaient pas envoyé le Dandy, alors ? En tout cas, les conseils de l'oncle Carlo ne se discutaient pas. Nembo Kid ne tenait pas à le voir sourire. Pas de coke, donc. Le premier jour, il resta enfermé dans l'hôtel. Quand t'arrêtes la dope d'un coup, la réalité change de rythme. Le cours de la vie t'emporte tantôt à une vitesse hyperbolique, tantôt avec une lenteur liquide. Ta tête finit prise dans un cercle de fer et ton cœur se détache du thorax pour s'en aller pomper l'air de son côté. Nembo Kid se consola en se disant que cette abstinence était une nécessité momentanée. Le deuxième jour, il sortit se balader dans les rues du centre. Milan hagard, avec crachin et puanteur de bagnoles. Il voyait les immeubles pencher dangereusement, presque au point de l'écraser ; des arbres, des quelques misérables et chétifs arbres de Judée milanais, partaient des serres crochues prêtes à le happer. Le moindre regard cachait un piège. Le soir, à l'hôtel, il se persuada que, dans ces conditions, il n'irait pas loin. Il téléphona au Maître.

– Sans dope, j'y arrive pas.

– T'as appelé l'Allemand ?

L'Allemand était petit, brun et devait son surnom à une tante collaboratrice rasée par les partisans en 1945. Il lui donna des instructions et deux flacons de Valium. Dans l'un, il y avait le sédatif, dans l'autre la coke. Il sniffa avidement et le monde revint sur son axe. Le rendez-vous était fixé pour le lendemain. Dans l'après-midi, Nembo Kid dévalisa un magasin de lingerie à la Galerie. Il paya avec une carte de crédit en règle et se fit envoyer les paquets à l'hôtel. L'oncle Carlo n'avait pas dit : pas de femmes. Le concierge le mit en contact avec une agence d'hôtesses. Milan technologique et moderne. La fille qu'on lui envoya avait les yeux en amande : un joli petit lot, peut-être un peu fluette et avec des petits nichons, et guindée au début. Mais les billets et la coke la débridèrent, et Nembo Kid put s'offrir quelques caprices qu'il n'aurait pas pu demander à Donatella. A la fin, décidément satisfait, il lui fit cadeau d'une chemise de nuit en soie. Puis il appela le Maître.

– Merci. Ça va bien mieux. C'est pour demain.

– Fais gaffe. L'oncle Carlo y tient beaucoup.

L'Allemand conduisait une Suzuki de course. Nembo Kid admira la ligne du bolide et certaines modifications de carénage passionnément fignolées. Une super belle moto. Une fois les choses faites, il allait lui proposer un échange. Mais on avait le temps. L'Allemand avait un Browning semi-automatique et un revolver à canon long. Nembo Kid choisit ce dernier. Ils mirent leurs casques, montèrent les zips de leurs blousons et partirent.

La destination était une petite place aux abords du quartier des affaires. L'Allemand laissa le moteur au ralenti. Il lui indiqua une petite porte discrète, presque anonyme, gardée par un portier à épaulettes.

– Le Banquier est un homme d'habitudes. Tous les matins à huit heures pile, il sort par cette porte et monte dans sa voiture de fonction. Le chauffeur va arriver d'un instant à l'autre. Il se gare toujours en face. Il faut qu'on le chope pendant qu'il traverse la rue pour gagner l'auto. Ça fait quarante, cinquante pas. On n'a pas beaucoup de temps.

– Tout va bien.

La Thema blindée alla se ranger de l'autre côté de la rue à huit heures moins cinq. A huit heures moins une, la porte s'ouvrit et le portier se mit au garde-à-vous. L'Allemand mit les gaz, Nembo Kid empoigna le revolver et déverrouilla le cran de sûreté. Le Banquier passa devant le portier sans lui rendre son salut. C'était un petit homme à l'air hautain. L'Allemand s'élança. Nembo Kid chercha la bonne position, tendit le bras et, quand la moto fut si proche qu'on pouvait presque effleurer la cible, il tira deux fois coup sur coup. Le Banquier pirouetta et s'effondra. Il se releva aussitôt après, une main sur le bas-ventre. Il essayait de regagner la porte. Quelqu'un, quelque part, cria. L'Allemand fit pivoter la Suzuki. Nembo Kid mit en joue. Il devait l'achever. La coke qu'il avait prise à l'aube le rendait parfaitement lucide. Pas le moindre tremblement n'agitait son bras.

– Halte !

Qui avait crié ? D'où ? Il y avait un type en uniforme. Au milieu de la rue. Dos arqué, jambes écartées, il tenait une mitraillette à deux mains. Nembo Kid hésita. Un coup terrible l'arracha à la selle. L'arme lui avait échappé des mains. Du coin de l'œil, il vit l'Allemand décoller. Sans conducteur, la moto versa sur lui. Il tâtonna à la recherche du revolver. Dans sa poitrine, un feu le dévorait. Il essaya de s'appuyer sur ses coudes. Le deuxième coup le cloua à jamais, sans même lui donner le temps de formuler une ultime pensée.

5

Le petit théâtre mécanique avec la scène de la rencontre entre Tamino et Pamina était vendu aux enchères. Le Vieux était indifférent aux notes divines de la *Flûte enchantée* qui ravissaient le parterre où étaient assoupis les spectateurs occasionnels. Les collectionneurs, eux, assis sur les fauteuils de velours rouge, se disputaient ce précieux joyau qui avait égayé l'enfance du grand-duc du Palatinat et se foutaient de Mozart. Mayer leva la main. Le Vieux renchérit. Mayer leva de nouveau la main. Le Vieux leva la sienne rageusement, par deux fois. Un "ooh" chargé de tension monta du public.

– *Long distance call for you, sir.*

– *Italy?*

– *Yes, sir.*

– *I'll call back.*

– *They say it's very important, sir.*

– *Shut up!*

Le directeur se retira avec une courbette. Ce vieil Italien savait être intraitable. D'autres fois, il était invraisemblablement gentil. Le directeur retourna au téléphone et informa que pour l'instant le correspondant n'était pas disponible. Z, de Rome, le pria de réessayer. Le Vieux se décida finalement à répondre.

– J'espère que ce que vous avez à me dire est *réellement* de la plus extrême urgence!

– Ce matin à huit heures, le Banquier a été blessé lors d'une tentative de meurtre.

– Et alors?

– L'assassin à la manque a été abattu par un vigile qui passait par là. C'était un certain… Nembo Kid… ce nom ne vous dit rien?

– Vous avez suivi des cours d'humour, récemment? Diffusez une note officielle: le lâche attentat… l'attention des forces de l'ordre… la présence inquiétante d'un représentant notoire du milieu romain… bref, les trucs habituels.

– Autre chose?

– Ne vous avisez plus de me casser les couilles, Z.

Tandis qu'il retournait dans la petite salle des ventes, il croisa Mayer avec le petit théâtre sous le bras. Ils échangèrent un signe de salut.

– *Sorry. This time the winner it's me!* sourit l'Américain

– *Next time I'll be luckier!* répliqua courtoisement le Vieux.

Demeuré seul dans la suite présidentielle, il nota sur son carnet : *28 avril. Nous vivons une époque dégénérée. Même la mafia n'est plus ce qu'elle était. Toutefois, à quelque chose malheur est bon. Une autre tesselle s'ajoute à la mosaïque du chaos.*

6

Ce n'est pas n'importe quel tueur, mais l'un des chefs de la pègre romaine qui s'envole pour Milan afin de truffer de balles un gros bonnet de la finance. Le crime est décidé et programmé à Rome. La présence d'un boss du calibre de Nembo Kid a pour double fonction de rassurer les commanditaires sur le succès de l'entreprise et de sceller le pacte de sang d'une alliance entre pouvoirs. Milan est le pouvoir de l'argent. Rome, le Palais. Les comptes du Banquier étaient dans le rouge. Sa banque prenait ses ordres du Vatican. Le fleuve souterrain qui coulait entre Rome et Milan était un fleuve de sang et d'argent. Étudier, enquêter, décrypter, comprendre et frapper. Borgia et Scialoja revinrent de Milan pleins d'espoir et d'informations.

Durant les jours suivants, Scialoja travailla dans le plus grand secret à un rapport sur la mort de Nembo Kid. Dedans, il mit tout. La bande. Les espions. Le trafic de drogue. Le standard de l'hôtel permit de découvrir que Nembo, depuis Milan, avait été en contact avec un individu dont on n'avait jamais entendu parler avant. Ils l'appelaient "le Maître". Scialoja fit quelques investigations. Ce Maître avait commencé comme petit délinquant, puis, à un certain moment, brusque prise de galons. Propriétés immobilières. Terrains. Sociétés financières. Investissements en Sardaigne par le biais d'une petite banque qui n'avait que deux guichets : l'un à Milan, évidemment, l'autre à Palerme. Scialoja chercha un canal chez ses confrères siciliens. Il se heurta à un mur de méfiance. Il demanda l'aide de Borgia. Cela prit deux semaines et, à la fin, un coup de téléphone arriva de Palerme. Ils s'excusaient du retard, mais il avait été nécessaire, tout d'abord, "d'obtenir des informations".

– Ces connards m'ont fait passer l'examen antimafia et ont décidé que j'étais clean, déplora Borgia. En tout cas, l'information est succulente : votre Maître est le bras droit d'oncle Carlo.

– Et qui c'est, cet oncle Carlo ?

– Oncle Carlo ? En un mot, la mafia.

Scialoja ajouta cette donnée dans son rapport. Entre-temps, en parcourant les premiers résultats au sujet des armes trouvées dans le sous-sol du ministère, il maudit la race des experts tout entière. Entre deux dissertations sur l'épistémologie de la balistique, ces professeurs avaient réussi à tout faire foirer. A propos de certaines empreintes identificatoires qu'il fallait nécessairement analyser, une matière grasse et polluante avait surgi, qui détermine ce que l'on appelle le phénomène de la "tropicalisation". L'histoire de la balle tropicale faisait se bidonner les confrères de la Scientifique : un gai luron afficha au mur du bureau de Borgia un croquis d'un revolver en train de se prélasser sur un atoll en sirotant un drink. En fin de compte, on n'y pouvait pas grand-chose. C'était écrit noir sur blanc : les bons pistolets n'avaient jamais tiré et donc, ils étaient inutiles pour les comparaisons. Et ceux qui avaient tiré étaient tellement bousillés qu'on ne pouvait en tirer aucune information utile. Mais malgré tout, un miracle, il n'avait pas été possible d'en faire un : il y avait sous scellés des balles Winchester qu'une modification particulière rendait très rares. Elles correspondaient aux balles retrouvées dans le corps du Pou. Scialoja s'attarda sur cette circonstance. Le Pou, autre crime non résolu en dépit des flots de papier imprimé qui s'étaient déversés sur la revue à scandales qu'il dirigeait, sur ses liens avec les puissants et avec, tiens donc!, le "milieu des Services". Tu vas voir que le Pou aussi, c'est eux qui se le sont farci. Tu vas voir que lui aussi est victime d'un "échange de bons procédés". Il n'y avait aucune certitude : mais à la fin, il en sortit un volume de trois cents pages. Et pas si mal écrit, plaisanta Borgia.

– Il pourra toujours servir pour la postérité, répliqua sombrement Scialoja.

Cette fois, il avait soigneusement ajusté son tir. Il fallait s'attendre à une réaction des vipères. Une semaine après la remise du dossier, Scialoja reçut un coup de fil du Crapaud. Ils se rencontrèrent dans un parking au Prenestino, entre les roulottes de manouches et les va-et-vient de toxicos, sous un coucher de soleil embrasé. Ils se serrèrent la main.

– Alors, demanda Scialoja, ces nouvelles retentissantes ?

Le Crapaud lui passa une enveloppe en plastique pleine de dope.

– Celle-là, c'est vos amis Z et X qui vous l'envoient.

Scialoja jeta un coup d'œil perplexe. Le Crapaud lui fit signe de vérifier. Scialoja ouvrit l'emballage, plongea un doigt dans la cascade de cristaux blancs et goûta. Le Crapaud eut un sourire rusé.

– Péruvienne blanche. Cent grammes. Qualité pas exceptionnelle: vu que c'était fourni gratis, le Dandy a forcé sur les amphètes.

– Qu'est-ce que ça veut dire?

– Je vous appelle et vous accourez, parce que vous espérez apprendre quelque chose sur Patrizia…

– Ne disons pas de conneries, Crapaud…

– Non, écoutez-moi. Ils savent tout. Ces deux-là savent toujours tout. C'est vrai…

Scialoja alluma une cigarette. Son petit doigt lui disait qu'il pouvait faire confiance au Crapaud.

– Alors, Patrizia s'est laissée aller aux confidences, hein?

– C'est le type de l'hôtel, le mec de Positano… Ben, c'était pas vraiment Richard Cœur de Lion… et même pas un pote, d'ailleurs… et puis moi aussi, modestement, vous vous souvenez, j'avais deviné quelques petits trucs…

Son rictus, qui se voulait à la fois sensuel et complice, le rendait encore plus répugnant. On ne comprenait même pas comment il pouvait tenir debout, le Crapaud. Et il puait l'aigre et le parfum.

– Qu'est-ce qu'elle a à voir, Patrizia, dans cette histoire?

– Elle n'en sait rien. A sa manière, Patrizia est loyale. Ou déloyale, comme vous voulez…

– Où est-elle maintenant?

– Vous voulez vraiment le savoir?

– Oui.

– Elle s'est remise avec le Dandy… mais ne vous en faites pas, commissaire. Vous voyez Scarlett O'Hara? On comprend jamais si elle préfère ce merlan frit d'Ashley ou ce grand fils de pute de Rhett… En tout cas, ces deux cons d'espions ont un plan. Un truc de flics. Nous deux, on se rencontre, moi, j'ai un malaise, vous avez bon cœur, vous proposez de m'accompagner à l'hôpital, vous m'emmenez dans votre voiture, je glisse dedans l'enveloppe avec la dope, ensuite je me remets, nous nous saluons, merci beaucoup, flic, mais je t'en prie, ma belle tantouse. Vous vous en allez de votre côté. En bas de chez vous se trouve une patrouille. Un contrôle. Vous, vous éclatez de rire: allons, on est entre collègues… mais eux, brusques : nous avons un signalement… Vous pigez le coup ?… écoutez, je sais pas pourquoi, mais ces deux-là, ils vous en veulent à mort…

Scialoja lui passa la cigarette. Le Crapaud apprécia. Il tira deux bouffées et toussa. Il éteignit rageusement la cigarette. Perdit l'équilibre. Scialoja se précipita pour le soutenir. Le Crapaud lui sourit entre ses dents gâtées.

– Y'a même pas besoin de faire semblant, comme vous voyez…

– Pourquoi est-ce que tu m'aides ?

– Que voulez-vous que je vous dise ? Pour Patrizia, parce que j'en ai ras les couilles, parce que vous êtes un bel étalon, parce que chaque fois que je tousse, je crache des bouts de poumon, et le docteur dit qu'il y a des trucs qui vont pas dans mon sang, mais il arrive pas à savoir lesquels, parce que j'aime les films d'aventures et qu'à cette phase de mon existence, je me prends foutrement pour la divine Marlène dans *Shanghai Express*… vous voyez ? Qu'est-ce que tu as fait pendant tout ce temps, il lui demande. Et elle, battant des cils sous son grand chapeau, mystérieuse et suprêmement pute : c'est long, cinq ans en Chine… avec les *s* chuintés de Tina Lattanzi… vous savez, celle qui la doublait… Il y en a tant, des raisons. Choisissez celle que vous préférez !

Scialoja tenta de capter la fugace vérité de ce regard teigneux. Le Crapaud avait les mêmes yeux que Patrizia : ils étaient toujours autre part, ils étaient avec vous, mais c'était comme s'ils n'y étaient pas.

– Vous êtes prêt à les dénoncer ?

– Sauf votre respect, allez vous faire enculer, commissaire. La loi me dégoûte.

– Ils vont comprendre. Vous courez un gros risque.

– Je m'en fous. C'est trop marrant.

Scialoja eut une idée. Risquée, certes, mais comme venait juste de le dire son sauveur, trop marrante.

– Redonnez-moi l'enveloppe.

– Pour en faire quoi ?

– Redonnez-la-moi, allez !

Scialoja lui expliqua son plan.

– Vous les appelez d'ici, disons, une heure et demie. Vous leur dites qu'il y a eu un changement de programme. Que nous sommes allés chez moi. Entendu ?

Le Crapaud éclata de rire.

– Maintenant, je peux mourir content. J'ai enfin trouvé quelqu'un de plus chtarbé que moi. Dommage que vous n'aimiez pas les mecs, commissaire !

Scialoja rentra chez lui. Chemin faisant, il acheta un kilo de gros sel chez l'épicier de la piazza Bologna. Il se prépara un sandwich avec une demi-boîte de thon qui rancissait dans son frigo, déboucha la dernière bière et se consacra au tennis à la télé. Le tennis était le sport le plus débile du monde. La télé était l'appareil le plus débile du monde. Pris ensemble, ils constituaient l'antidote le plus efficace contre l'anxiété. Z et X enfoncèrent la porte quelques minutes avant minuit. Ils avaient amené avec eux une petite escadrille de gros bras en tenue de combat. Scialoja les accueillit avec un sourire sarcastique et se dit navré de ne rien pouvoir leur offrir de mieux que de l'eau du robinet. Z l'informa de son droit de se faire assister par un avocat. Scialoja haussa les épaules. La perquisition dura peu de temps. X alla direct dans la chambre à coucher, brandit l'enveloppe et cria "Bingo !". Z feignit d'examiner la pièce à conviction d'un œil critique. Il simula une stupeur exagérée. On aurait dit une scène des *Rues de San Francisco.*

– Michael Douglas a plus de style, les provoqua Scialoja.

– Tu sais ce qu'il y a de plus dégueulasse au monde, commissaire ? siffla Z faussement indigné. Un flic ripou !

– Saintes paroles, confirma Scialoja en le regardant droit dans les yeux.

Quelqu'un d'autre aurait compris, peut-être. Mais ces deux-là étaient trop survoltés pour s'offrir le luxe de penser. Ils l'embarquèrent et l'emmenèrent au QG, où les attendait un gradé du Groupe d'investigations scientifiques qui prit la drogue en consigne. Z appela le substitut du procureur de garde. Scialoja refusa l'avocat et alluma une cigarette. Z la lui fit voler des mains. Le substitut du procureur de service se présenta avec Borgia. Il l'avait réveillé en pleine nuit : politesse entre collègues, après tout, Scialoja était *son* policier. Borgia fit une scène aux espions, qui demeurèrent imperturbables.

– Et vous, vous ne dites rien ? hurla-t-il à Scialoja qui avait enfin réussi à allumer en paix sa cigarette.

– Je me prévaux de mon droit de ne pas répondre… je préfère attendre les résultats du Narcotest…

Borgia saisit le regard ironique de son compère, et il comprit. Z comprit aussi. Juge et espion se ruèrent hors de la pièce. A cet instant, le gradé, en blouse blanche, sortait du laboratoire, l'air visiblement embêté. Il ne reconnut pas, ou feignit de ne pas reconnaître Borgia, et pointa l'index contre Z.

– Jolie dope ! Tu me tires du lit, tu me fais allumer les machines et tout ça pour cent grammes de chlorure de sodium… passés au mixer, qui plus est… Tu t'es bien fichu de moi !

Z l'attrapa par un bras et le poussa dans le laboratoire. Il ferma la porte derrière lui, sans tenir compte des protestations de Borgia.

– T'as bien regardé ?

– Tu plaisantes ?

– On peut pas faire une contre-analyse ?

– Une carbonara qu'on peut faire avec ce sel !

– On peut vraiment rien faire ?

Le gradé toisa l'espion. Il considéra sa tenue de soirée pour gala de la police, le blouson griffé chicos, les rutilants mocassins de marque et les jeans qui soulignaient le paquet. Il aspira l'odeur d'après-rasage, trouva minables les cheveux coupés en brosse. Il se marra un bon coup et lui balança une bourrade.

– Eh Machin, combien c'est qu'ils vous filent de prime spéciale, à vous autres, espions ? Trois millions de rab par mois ? Tu sais ce que je t'filerais, moi ? Trois millions de coups de pied là où je pense !

Scialoja fut relâché avec de plates excuses. Borgia lui demanda pourquoi il n'avait pas tout de suite éclairci le malentendu.

– Je ne voulais pas rater la tête de Z à l'instant de la révélation.

– Vous me faites un petit rapport ?

– Tout le monde peut se tromper.

Borgia jura. Quelquefois, il avait envie de l'éclater contre le mur.

– J'aimerais savoir qui vous a sauvé la mise, cette fois-ci. Si ça se trouve, toujours cette Cinzia Vallesi ?

– Négatif, monsieur le juge. Disons que j'ai une dette envers la communauté gay !

1982-1983

Si vis pacem para bellum

1

Roberta l'attendait sur le pas de la porte. Le Froid, à contre-jour, fit quelques pas hésitants. Ils s'embrassèrent doucement. Elle embaumait les fruits, la bonne chaleur. Le Froid ravala dans sa gorge quelque chose d'humide et tenta de lui glisser sa langue entre les dents.

– Pas maintenant.

C'était la première fois que Roberta lui résistait. Le Froid la suivit dans la voiture sans dire un mot. Roberta se mit au volant de sa vieille Mini et prit prudemment la route.

– Je suis fatiguée.

– Bah, c'est fini.

– Jusqu'à quand ? Jusqu'à la prochaine fois qu'ils te chopent ?

Le Froid tripota la radio. On n'y parlait que des "cadavres exquis" de ces derniers jours. Ce n'était partout que réprobation pour Nembo et regrets pour le camarade Pio La Torre flingué à Palerme. S'il avait eu un téléphone sous la main, il les aurait appelés. Pour se défouler. Mais de quoi vous vous plaignez, connards, vous le savez pas qu'ainsi va le monde ?

– T'as entendu ce que je te dis ?

Roberta avait l'air sévère. Le Froid s'était attendu à un autre accueil. Il se referma dans sa coquille.

– T'en as assez mis de côté pour te retirer. Partons. Allons-nous-en d'ici. J'en peux plus de cette vie !

Il fut tenté de lui avouer que lui aussi, il était fatigué. Tôt ou tard, il faudrait bien qu'il fasse une peine définitive. S'ils s'arrêtaient aux petites choses, quatre-cinq ans. Mais s'il larguait tout, combien ça pouvait durer ? Eux deux, sans doute dans un pays étranger, sans une lire… sans la rue… sans les potes…

– Laisse-moi là. Je rentre plus tard.

Elle freina brutalement. Le Froid tenta d'ébaucher un vague sourire, mais n'exhiba qu'une sorte de rictus tordu. Roberta fila. Ça allait être dur, les prochains jours.

– Le Froid, mon pote !

Le Dandy était chez lui. Son décorateur était avec lui : une pédale dans la soixantaine, cheveux teints et colliers style hippie.

– Je vous déconseille fortement de mettre côte à côte un Mafai et un Vespignani… Ici, je verrais bien un Masson… Qu'en pensez-vous ?

– Ah, oui, eh bien… parlons-en un autre jour, maître. A présent, il y a ici mon ami que je n'ai pas vu depuis longtemps…

Le décorateur prit le chèque à six zéros signé du paraphe enluminé du Dandy et se retira avec une galante courbette.

– Qu'est-ce que t'en dis, Froid ?

– T'as grossi.

– Je parlais de la baraque !

Ah, le musée ! Avec toutes les belles pièces alignées, les murs encombrés de tableaux, une odeur mi-cire mi-encens, les haut-parleurs camouflés derrière les rideaux diffusant des mélodies du même genre qu'au baisodrome de Trentedeniers…

– En bas, j'ai fait installer une salle de billard… ça te dit, une partie ?

En bas se trouvait une vaste cave aménagée en taverne, pour les dîners, raouts et autres fiestas. Le Froid passa la craie sur la queue et remarqua la cage vide et désolée.

– Et ça ?

– Ça ? Ah, ça… pauvre Alonzo ! Il était devenu trop gros, il commençait à faire chier… Bref, j'ai dû le supprimer…

Il y avait tout le Dandy dans ce requiem. Hypocrisie et violence. Le Froid joua un coup distrait et alluma une cigarette. Il fixa son compère. Il avait la même tête qu'au dernier dîner avec le Libanais. Mais avec le Dandy n'existait plus l'affection d'autrefois. C'était à lui de se justifier.

– Bah, en somme, ça boume. Maintenant, toi aussi, t'es dehors, et donc…

Il faisait l'innocent mais il puait la gêne. Le Froid éteignit son mégot dans un cendrier avec un petit coq bleu. Le Dandy fronça les sourcils.

– Fais doucement, s'il te plaît. C'est une pièce originale… une céramique de Grottaglie… c'est le Pugliese qui me l'a offert… Ici, mon cher, y'a que des trucs classes !

– Ah, et c'est ça la classe ?

– Quoi, qu'est-ce qu'il y a qui va pas ? Faut bien s'élever !

– Et quand c'est, la dernière fois que tu t'es élevé? Quand vous avez lardé Cochon Content de coups de couteau? Ou quand vous avez buté Satan et que vous lui avez même pas demandé chez qui y prenait sa came? Tu sais ce qui se dit, sur Radio Zonzon? Qu'un soir, comme vous aviez les boules, vous avez flanqué le feu à un clodo...

– Ça, c'est une vraie connerie! éclata Dandy. Et j'en sais rien!

– Évidemment, manquerait plus que ça! T'irais plus te salir les mains, toi...

Le Froid était vraiment furax. Le Dandy essaya la guimauve.

– D'accord, Froid. Disons que les gars ont exagéré. Prends Nembo Kid: il nous a échappé des mains, le pauvre. C'était lui qui les entraînait. Et moi, qu'est-ce que je pouvais faire? En tout cas, il a fait la fin qu'il a faite...

– Et ça non plus, t'en sais rien, pas vrai?

– Si j'te l'dis...

– Rien de rien! Le mec part, y va à Milan, y s'installe dans un hôtel cinq étoiles avec un passeport diplomatique, y manque descendre un gros poisson de la finance, et t'en sais rien!

Ça tournait au vinaigre. Décidément, au Froid, la taule lui était restée en travers. On pouvait pas continuer à tergiverser. Le Dandy décida de jouer cartes sur table.

2

Le Froid expliqua aux fidèles entre les fidèles que le Dandy s'était mis à faire son Libanais.

– Il a des contacts et des affaires qu'y veut pas partager, mais comme y veut pas non plus qu'on lui casse les couilles, y propose de continuer avec la dope et la caisse commune pour les détenus et les familles. Pour le reste, on est libres.

– Même pour les investissements, on est libres ? demanda Œil Fier.

– Pour tout.

– A moi, plutôt que le Libanais, il me semble qu'il veut faire le Sarde ! observa l'un des Bouffons.

– Non, le corrigea le Froid. Le Sarde voulait commander, lui, il est en train de décrocher. C'est différent.

– Et qui nous dit qu'un jour ou l'autre, il nous organise pas une petite blague ? demanda l'Echalas.

– Genre celles auxquelles tu t'amusais avec Botola et Nembo ? le foudroya le Froid, qui le soupçonnait depuis l'histoire de Cochon Content.

L'Echalas baissa la tête.

– Froid, qu'est-ce tu veux que j'te dise… je sais pas ce qui m'a pris… C'était une connerie… mais moi, je suis avec toi !

– Et nous aussi ! dirent les Bouffons.

– Et ça se comprend ! dit Œil Fier.

– Et même le Buffle et Ricotta sont avec nous… tu parles que la rogne leur est pas passée ! s'enthousiasma l'Echalas.

– Lui, il a Botola.

– Botola et c'est tout…

– Eh ben, peut-être aussi Trentedeniers… parce qu'il fait tourner la dope…

– Et le Sec qui fait tourner le blé.

– Le Sec est pas dans le groupe. Il donne un coup de main quand y a besoin.

– Mais qu'est-ce tu racontes ! Si c'est lui qui a tout en main…

– Et Trentedeniers ? On est sûrs qu'il est de l'autre côté ?

– Et qui le sait avec qui il est, Trentedeniers ? Ce mec, il est comme une toupie…

– Et alors, qu'est-ce qu'on attend ? On fixe un rendez-vous et…

Le Froid jeta de l'eau sur le feu. Une guerre ne convenait à personne. Le Dandy n'avait pas lancé un défi. Et, somme toute, sa proposition était raisonnable. A l'Echalas, les bras lui en tombèrent.

– Raisonnable ? Alors quoi, faut qu'on lui passe tout, à ce salaud de merde ?

– Moi, je dis juste qu'une guerre est bonne pour personne. Pas maintenant…

– Et quand ?

Chaque instant pouvait être le bon, mais il se pouvait aussi que le bon moment n'arrive jamais. En d'autres termes, précisa le Froid, avec la drogue, il n'y avait jamais eu de problèmes. La mécanique fonctionnait et le fric entrait ponctuellement. Ça n'avait aucun sens de se mettre à se battre. La caisse commune aussi, il valait mieux la garder sur pied. Jusque-là, le Dandy et Botola avaient toujours versé régulièrement leur contribution aux dépenses.

– Mais alors, t'es en train de me dire qu'y s'est rien passé ?

Non. Il s'était passé ce qu'avait prévu le Libanais, paix à son âme. Il s'était passé qu'ils prenaient des chemins différents, mais tant que les engagements étaient respectés, on pouvait continuer. Comme des associés en affaires, et rien de plus.

– On peut vendre ensemble, acheter ensemble, flinguer ensemble et même investir ensemble, mais l'Évangile dit pas qu'y faut aussi coucher ensemble !

C'étaient les derniers mots du Dandy. La loyauté du groupe devenait loyauté des groupes : d'un côté celui du Dandy, de l'autre le leur. La saison des transferts était ouverte, naturellement. Pour le moment, ils avaient le nombre pour eux, mais on pouvait jamais savoir. Par conséquent : qu'ils trafiquent donc en paix avec les mafieux et les barbouzes, tant qu'ils filaient droit, pas de problème. Et sinon, ils leur feraient faire la fin du Sarde.

Le Buffle et Ricotta, informés en prison, adhérèrent au nouveau pacte. Trentedeniers fit savoir qu'il ne voulait pas s'en mêler. Lui, il était, et resterait toujours, l'ami de tout le monde. Quant au Sec, il alla trouver le Froid et lui dit que même le Buffle, il lui avait confié un peu de blé à placer.

– Il n'y a que toi, l'Echalas, Œil Fier et les Bouffons qui vous fiez pas encore à moi… Sauf que tes potes, ils ont pas un rond, et plus il leur en rentre, plus ils en dépensent… Toi, en revanche, si tu voulais…

Le Froid l'envoya se faire voir et le Sec, derrière son sourire humble, ne fut pas près de l'oublier. Il fit savoir au Dandy qu'ils tramaient quelque chose contre lui, mais il ne trouva pas de répondant : de ces quatre sous-merdes, répondit le Dandy, il en avait tout simplement rien à faire.

Après tout ce tintouin, le Froid se rabibocha avec Roberta qui était trop amoureuse de lui pour le perdre. Et lorsque, après avoir fait l'amour, elle lui demanda pour la énième fois pourquoi il faisait tout ça, il parvint à trouver une réponse sincère :

– Parce que comme ça, je me sens libre.

3

Entre deux mouvements de fonds, le Climax Seven était officiellement devenu propriété du Dandy et de Botola, et le Sec y détenait aussi des parts. Avec ce nouvel accord, il s'était instauré une tacite répartition des tâches. Le Froid et les siens tenaient le deal d'une poigne de fer et épluchaient les comptes de Trentedeniers. Le Dandy avait passé un contrat avec un type de Lecce rencontré par le biais de ses compatriotes vendeurs de haschisch, ils avaient ainsi mis un pied dans les machines à sous qui menaçaient de devenir l'affaire du siècle. Ensuite, ils avaient alpagué le Maigriot, une tête brûlée de Sicilien qui était en train de s'affirmer dans la zone de Primavalle. Le Maigriot était entré avec armes et fric dans l'héroïne et les parties de poker et, portant aussi un certain respect au Froid, il s'était aligné sur Trentedeniers : ami de tout le monde, associé sous toutes les bannières. Entre-temps, ils passaient d'une orgie pour le Mondial en Espagne à un petit souper intime que l'oncle Carlo jugea bon d'offrir pour célébrer dignement l'exécution de “ce très grand cornard de général Dalla Chiesa”. Un événement qui consola aussi énormément le Maître : ça faisait une petite année que les choses tournaient mal, en particulier à Milan où une paire de juges étaient en train de mettre le nez dans certaines listes qui devaient rester secrètes, et à Palerme, où les fumiers du parquet s'étaient fourré dans le crâne que les informations de l'un devaient aussi devenir celles de l'autre.

Au cours d'une de ces soirées, Me Vasta – qui, officiellement, ignorait la véritable identité du Sicilien – avait soutenu que tôt ou tard, ces juges, une bande de rouges notoirement acharnés, allaient payer la folle perversion de s'en prendre aux personnes en vue. Il s'agissait de prendre patience et on allait les remettre à leur place. L'oncle Carlo avait souri à ce dérapage. Vasta s'était empressé de préciser qu'il exprimait là une ligne théorique.

– Je veux dire : il existe les lois, les garanties démocratiques… Ils ne peuvent pas piétiner les droits de la défense… des choses comme ça…

L'oncle Carlo, quoi qu'il en soit toujours d'excellente humeur, avait ostensiblement acquiescé.

Tout le monde semblait avoir oublié ce pauvre Nembo Kid. Seule Donatella le pleurait jour et nuit. Elle était devenue sèche et maigre, une pâle ombre de l'impériale matrone d'antan. Patrizia eut la très mauvaise idée de l'inviter à une petite soirée avec quelques Arabes friqués. Donatella la griffa au visage, lacéra deux toiles originales et fondit en larmes sur l'oreiller.

– Mais on peut savoir quand tu vas arrêter ? lui demanda Patrizia en tamponnant son égratignure.

Donatella avait ouvert les vannes. C'était mon homme ! C'était une bête, il s'était mis dans la tête de faire des trucs sadomaso, mais c'était mon homme ! Quand on était ensemble, on était deux tigres déchaînés. Tout me manque de lui ! Les coups, les baisers et même les raclées qu'il fallait que je donne quand il s'amenait une pute au lit ! Mais c'était mon homme ! Y en aura jamais un autre comme lui ! Patrizia lui caressait les cheveux : ils étaient cassants, sales et humides. Ça, ça s'appelle vraiment de la passion ! Quelle chose étrange ! Il lui revint en mémoire le gentil transport de son flic. Elle songea aux tripotages du Dandy. Des hommes parmi les hommes, tellement semblables l'un à l'autre. Et elle, elle devait éternellement se laisser prendre. Qui sait où était la passion, dans quelle partie du corps. Pas entre les jambes, pas dans la tête, pas dans le cœur. Quelque part ailleurs, sûrement. Peut-être dans une glande que certains ont et d'autres pas.

– T'en trouveras un autre, dit-elle pour la consoler. Encore mieux que lui !

Et au plus profond de son cœur, elle l'enviait. Elle, cette glande, elle ne l'avait jamais sentie en elle.

4

Dans un premier temps, le Vieux avait décidé de laisser tomber. Le problème Scialoja, en définitive, concernait exclusivement Z et X. Et puis, il s'était ravisé et il avait donné l'ordre de lui amener le policier. Il avait changé d'idée parce que c'était une période tranquille. Le Vieux détestait la tranquillité, même relative. Les brigadistes fondaient comme neige au soleil. Il avait suffi d'un chouïa de taule dure pour les plier. Une infiltration circonspecte avait fait le reste. La rapidité avec laquelle ils rendaient les armes était symptomatique. Le problème des rouges avait toujours été le même : un navrant manque de couilles. Staline mis à part. Le seul à l'avoir vraiment fait trembler. Le Vieux admirait Staline. Même si ses préférences allaient au démoniaque petit Lavrenti Beria. En tout cas, le terrorisme de gauche avait épuisé sa fonction historique. Les sociologues au cœur tendre commençaient déjà à tramer la "récupération de la génération de la lutte armée". Bref, l'ennui mortel. Le Vieux, sans tables sur lesquelles déployer sa magique habileté de tricheur, se sentait un Raphaël sans palette, un Thomas Mann en proie à la panique de la page blanche. C'est pourquoi le Vieux se fit amener le policier dans un bureau de couverture avec une table jonchée de faux dossiers et de téléphones muets, et il lui remit l'original du rapport rédigé après la mort de Nembo Kid. Scialoja embrassa d'un coup d'œil ironique la vaste baie vitrée où s'encadrait la coupole de Saint Pierre, l'air apparemment détaché, et en réalité attentif, de Z et X, et le Vieux, massif et impénétrable, qui le fixait entre ses paupières mi-closes et dont les doigts grassouillets jouaient avec un minuscule lapis-lazuli. Il prit dans sa poche le sachet de cocaïne et le posa délicatement sur le bureau. Le Vieux fronça les sourcils.

– Elle y est encore toute. Elle a peut-être un peu pris l'humidité…

Le Vieux tourna imperceptiblement la tête en direction de Z. L'agent s'empressa d'empocher la dope.

– C'est celle qu'on paie avec les fonds réservés, vous vous souvenez ? se sentit obligé de préciser X.

– C'est le Dandy qui vous l'a donnée, ricana sèchement Scialoja.

Le Vieux trancha net l'ébauche de protestation de Z.

– Laissez-nous seuls.

Les deux espions débarrassèrent le plancher en laissant derrière eux un sillage de mauvaise humeur. Scialoja croisa les jambes.

– Je vois que vous aimez vous entourer de personnes de confiance.

Le Vieux attira à lui une grosse boîte en bois, il en tira deux cigares ventrus et en offrit un à Scialoja.

– Merci. Je préfère les toscans.

– C'est un tort. Allons, servez-vous. C'est un authentique Cohiba. C'est peut-être un lieu commun, que les cigares cubains sont les meilleurs du monde, mais il ne faut pas mépriser les lieux communs…

Scialoja céda. Il alluma le cigare. Il était fort, velouté, et embaumait la forêt et le vieux cognac.

– Excellent. Ne me dites pas que c'est Fidel en personne qui vous les envoie !

– *Touché**, gloussa le Vieux avec une petite moue qui, Dieu sait pourquoi, lui fit venir à l'esprit l'ignoble Crapaud.

– Ces deux-là, ils vous ont doublé, reprit Scialoja.

– Bah, grogna le Vieux. La chose ne me trouble pas. Ça fait partie des règles. Je déteste les gens de confiance. Quelqu'un de confiance est loyal et donc sans imagination. Si je m'étais entouré de personnes *de confiance*, à cette heure-ci, je serais sous terre depuis belle lurette…

– Et où êtes-vous donc, maintenant ? Sur la passerelle de commandement ? Dans la salle des boutons ? Sur la plus haute branche du séquoia ? Où diable êtes-vous ?

Le Vieux écarta les bras.

– Dans un bureau qui n'existe pas, dans un immeuble qui n'existe pas, occupé à une conversation qui n'existe pas… La réponse vous satisfait-elle ?

Scialoja feuilleta son rapport. Il était plein de soulignés, de notes en marge et de points d'exclamation.

---

* Les mots en italique suivis d'un astérisque sont en français dans le texte.

– Ces paperasses existent, après tout. Et tôt ou tard, quelqu'un sera appelé à en rendre compte !

– Peut-être bien que oui, peut-être bien que non… Vous savez, cette histoire du "tôt ou tard" me rappelle une vieille poésie de Corneille… "La Marquise". Cette marquise est une courtisane… vous voyez de quel genre de femme je veux parler, vous en connaissez un rayon, n'est-ce pas ?

– *Touché** !

Le Vieux apprécia le style. Il commençait à s'amuser.

– Bien, concéda-t-il, mais revenons-en à nous. Donc, Marquise est belle et jeune, et Corneille, au sommet de sa gloire, rêve de la posséder… Mais il est tellement laid et grincheux et vieux ! Bref, la Marquise lui rit au nez. Le poète décide de se venger. Il écrit une chanson : attention, Marquise, aujourd'hui, vous faites la maligne parce que vous êtes belle et fraîche, mais souvenez-vous qu'un jour, vous vieillirez vous aussi et sur votre visage apparaîtront ces rides que vous me reprochez aujourd'hui, et patati et patata… bref, un beau chant de mauvais augure, vous ne trouvez pas ? Mais écoutez-moi bien. Trois siècles plus tard… ou quatre, les dates ne sont pas mon fort vous savez… trois siècles plus tard, un bel esprit du nom de Tristan Bernard reprend la chanson de Corneille et rédige la réponse de la Marquise : d'accord, mon vieux Corneille, peut-être que les choses se passent comme tu dis, mais *en attendant*, moi j'ai vingt-six ans et de toi, je m'en fous ! C'est clair, vous ne croyez pas ?

Scialoja avait parfaitement compris, mais il décida de donner au Vieux un peu de fil à retordre.

– Non, le sens m'est quelque peu obscur, murmura-t-il en rallumant son cigare.

Le Vieux arbora un air dégoûté.

– Allons donc ! Tout est dans l'expression *en attendant*… Il est possible qu'un jour un tribunal décide de s'occuper sérieusement de certaines choses, possible que l'on en vienne à des procès, voire à des condamnations, mais *en attendant*… moi je ne serai certainement plus là… et *en attendant*… ce qui devait être fait aura été fait…

– Et qu'est-ce qui devrait être fait ? Des petites tueries ? Des petites bombes ? Des petits attentats ?

Le Vieux s'assombrit.

– Vous regretterez cette époque que vous jugez sombre en ce moment.

– Regretter Moro ? Le Pou ? Bologne ?

– Vous verrez. Vous avez la chance de vivre en relation étroite avec les derniers hommes véritables. Des hommes qui ont des passions et une identité. Mais tout cela aura hélas la vie brève ! L'aujourd'hui meurt et demain sera le domaine exclusif des banquiers et des technocrates. Ah, et naturellement de ces jeunes sous-crétins de la Télévision !

Scialoja éteignit son cigare.

– Vous m'avez fait venir mais vous ne me dites rien de neuf.

– Possible. Mais c'est votre problème, pas le mien. Vous vous obstinez à chercher un dessein là où il n'en existe aucun, une trame là où il n'y en a aucune. Laissez tomber ces prétentions absurdes. Le violon et le calendrier reposent côte à côte sur la table de l'anatomiste, et il n'est rien qui les relie, si ce n'est le hasard. Nous ne sommes plus au siècle de Hegel. Ce siècle est celui de Magritte !

Scialoja en avait assez. Le Vieux se laissa aller sur le dossier de son vaste fauteuil et ferma les yeux. Sa voix devint un murmure quasiment inaudible.

– Je vous donne ma parole d'honneur que l'appareil auquel je fais référence n'a pas la moindre responsabilité dans l'attentat de Bologne.

– Parole d'honneur ?

– Je comprends que la chose puisse susciter quelque perplexité, mais il en est réellement ainsi. Je vous assure ! Et je vous assure aussi que tôt ou tard... comme vous dites... tôt ou tard, la justice parviendra à mettre la main sur celui qui a mis cette maudite bombe...

– Et les commanditaires ?

– Ils coïncident souvent avec les exécutants matériels.

– Ça aussi, vous êtes prêt à le jurer sur votre honneur ?

– Là, vous m'en demandez trop ! rigola le Vieux en donnant une grande tape sur le bureau.

Scialoja était déjà sur le seuil lorsque le Vieux le rappela. Son ton était prévenant.

– Je vous fais raccompagner par Z et X?

– Il ne manquerait plus que ça! Vous savez ce qu'on dit: mieux vaut seul…

– Je vous comprends. Mais je vous garantis que, de ce côté-là, vous n'aurez plus d'ennuis. Et… j'aimerais bien bavarder avec vous une autre fois, commissaire.

– Étant donné que ce bureau n'existe pas, c'est vous qui devrez venir me chercher!

– Je le ferai, n'en doutez pas!

– Qu'est-ce que c'est, une offre de recrutement?

– Dieu du ciel! Je ne saurais que faire de quelqu'un comme vous!

– Merci.

– Mais je vous en prie!

Scialoja ferma la porte derrière lui. A mi-chemin du couloir désert, sur lequel s'ouvraient des portes fermées fraîchement repeintes, il se souvint qu'il avait encore une chose à dire au Vieux. Il revint sur ses pas. Il entra sans frapper. Le Vieux était en train de faire marcher une boîte à musique, un jouet ancien avec deux jolies dames qui dansaient gracieusement. L'intrusion l'avait pris par surprise: Scialoja le vit lancer un coup d'œil paniqué et fermer d'un coup sec la petite boîte mécanique: un gamin pris au beau milieu d'un jeu interdit.

– Je serais navré s'il arrivait quelque… accident à ce pauvre Crapaud.

Le Vieux se détendit.

– Vous pouvez être tranquille, coupa-t-il avec un petit sourire rusé.

5

Ces entrevues avec Scialoja devenaient une habitude, se dit le Froid. Le flic portait un pull rouge à col roulé. Il travaillait à les diviser, sans savoir que c'était parfaitement inutile. Car ils étaient déjà divisés. Ils y étaient arrivés tout seuls, à se tailler en pièces.

– Qu'avez-vous à me dire sur Terenzio Gemito?

Et que pouvait-il lui dire? Nicolino Gemito avait un neveu, Terenzio. C'était quelqu'un qui s'occupait de ses affaires et ne se mêlait pas de celles des autres. Il n'avait rien à voir avec la mort du Libanais. Pour confirmer le fait, Dandy et le Froid s'étaient même rencontrés devant la trattoria Agustarello, à Testaccio. Non qu'ils soient devenus une paire d'amis, mais tels ils s'étaient vus, tels ils s'étaient quittés: en paix.

– Rien, commissaire...

– Cette nuit, quelqu'un l'a abattu tandis qu'il rentrait chez lui...

– Je regrette, mais moi...

– Il est mort. Six balles de calibre 38. Il y a un témoin. Il a raconté que Gemito a été attaqué par un homme seul. Le tueur est décrit comme un individu petit, trapu, au visage rond...

– Pourquoi vous me dites ces trucs? J'suis pas une balance!

– Regardez là...

Le Froid se retrouva entre les mains un portrait-robot, et il dut faire appel à toutes ses ressources pour ne pas bondir sur sa chaise. Ce type était soit Botola, soit son jumeau. Or Botola était fils unique.

– Qui c'est? soupira-t-il d'un air ennuyé en rendant la feuille.

– Inutile de vous précipiter chez votre ami Botola, chuchota le policier avec un sourire las, tôt ou tard on le coincera. Pour ça et pour les autres affaires. On va tous vous coincer. Ne vous faites pas d'illusions. Si j'étais vous, je chercherais à sauver mes fesses tant qu'il est encore temps...

C'était une invite, une offre de délation. Le Froid alluma une cigarette et souffla la fumée à la figure de cette racaille.

– Je peux y aller, maintenant? Ou bien appelez-moi l'avocat...

Ils le relâchèrent sans commentaires. Sur la porte du commissariat, il se cogna dans le juge Borgia. Il passa outre en feignant de ne pas l'avoir remarqué. Alors, tout était combiné. Alors, ils cherchaient à le faire craquer nerveusement.

Le soir, il se présenta au Climax Seven. Fête d'anniversaire d'un démocrate-chrétien qui se culbutait je ne sais quelle pute du spectacle. Invité d'honneur, un chanteur célèbre. Le videur, un nouveau, ne voulait pas le laisser entrer, à cause du blouson et du jean qui risquaient de casser l'ambiance. Le Dandy résolut la situation et l'emmena dans le bureau. Sur la table gisaient des coquilles d'huîtres. Dans l'air, l'indicible parfum de Patrizia, un mélange d'essence florale exagérée et de sexe à l'état pur. Raides et bombant le torse, le Dandy et le Froid, plutôt qu'à de vieux compagnons d'armes, ressemblaient aux Arabes et aux Juifs à la table des négociations. Le Froid avait préparé un sermon bien lisse et bien sec. L'accord pouvait tenir si on respectait les bornes. La base était que les activités communes étaient toutes décidées d'un commun accord. Les Gemito étaient chose commune, et s'il fallait agir contre l'un des leurs, il fallait le décider tous ensemble. C'est pourquoi celui qui avait éliminé ce malheureux qui, de surcroît, n'avait jamais levé un doigt contre eux, avait violé les règles.

– Écoute, Dandy, si on n'a pas déjà pris des mesures avec Botola, c'est juste par respect pour toi…

Le Dandy soupira, il feuilleta quelque chose parmi les papiers qui encombraient le bureau et lui jeta à la figure une liasse de photos. Elles montraient Botola et le Maître en smoking. Botola et le Dandy avec une coupe à la main. Botola et Patrizia en robe longue. Dandy, le Maître et un gros homme habillé de gris, cheveux en brosse et inquiétant regard de renard.

– Qui est-ce ?

– On l'appelle le Vieux. C'est quelqu'un qui donne les ordres. Mais c'est un contact qui ne fait pas partie de la cause commune.

– Tant mieux pour toi. Tu m'as fait voir les photos, Dandy. Et alors ? Qu'est-ce que tu me dis de Botola ?

– Voilà ce que je te dis, Froid. Primo : hier soir ici, au Climax, il y avait l'ambassadeur américain. Tu vois, *stars & strips*? Ta-ta-ta-ta-tattaa… Deuzio : on était tous là. Tous là de sept à quatre heures du matin. Botola au premier rang. Si j'avais su qu'y se passerait quelque chose, je t'invitais toi aussi… Tercio : si Borgia casse les couilles, l'alibi, à Botola, c'est au moins trois cent cinquante invités qui lui font. Un véritable alibi, mon Froid, pas comme au bon vieux temps. Et quarto: fais gaffe, qu'avec tous ces soupçons, t'es en train de virer parano...

Sans l'ombre d'un doute, Botola était innocent. Et pareil pour le Dandy, et aussi tous les autres. Restait le fait que, grâce à cette belle pensée, tôt ou tard, ils allaient leur coller un meurtre qui, pour une fois, ne les concernait pas.

On fit une enquête. Il apparut que feu Terenzio Gemito était débiteur d'un lot de mauvaise cocaïne à un cheval de la zone d'Acilia, l'Embrouilleur. Un intrigant, petit et grassouillet. Exactement comme Botola. Trentedeniers, qui contrôlait la zone, lui offrit tout jovial un drink au bar des Marchés généraux.

– Alors, comment ça s'est passé, cette histoire du Gemito?

– Vous êtes pas fâchés, non?

– Nooon! Celui qui l'a buté nous a rendu service!

– C'est moi! Y payait pas! Il vous faisait du tort! Fallait le punir! En toute modestie, quand je m'y mets...

Par cette orgueilleuse revendication, l'Embrouilleur posait les bases pour son affiliation au groupe et signait sa condamnation à mort. Personne ne pouvait s'aviser de faire justice au nom et pour le compte du groupe sans permission.

Trentedeniers invita le condamné à un meeting avec les chefs, qui voulaient le remercier en personne de son appui. Ils se virent dehors, devant le bar de Franco. L'Embrouilleur, qui s'était mis en costard-cravate, fut invité à monter à bord d'une Alfetta volée. Le Froid était au volant. Derrière, l'Echalas et Trentedeniers. Le Napolitain avait insisté pour être de la partie. Même quelqu'un de moins futé que lui se serait rendu compte qu'il se préparait un règlement de comptes aux petits oignons. Et c'était justement les comptes, son problème. Ceux qu'il avait refilés au Froid avaient été adroitement nettoyés par un ami comptable de Fabio Santini. Mais un examen plus soigné aurait certainement mis en lumière la ponction systématique qui, depuis la mort du Libanais, était effectuée sur les achats et ventes de dope. Trentedeniers considérait que ces appropriations étaient une juste rétribution pour sa précieuse œuvre de gestion du deal et de la caisse commune. Mais les autres pouvaient penser différemment. Mieux valait, par conséquent, se montrer zélé et énergique, et détourner le moindre petit soupçon.

Ils roulaient en direction du nord, objectif la Femme morte, une route peu fréquentée, rendue d'une sûreté absolue en raison de cet après-midi hivernal glacé. A l'Embrouilleur, ils lui avaient dit qu'ils avaient été si impressionnés par sa performance qu'ils avaient décidé de le présenter à un clandestin. Ce crétin des Alpes jactait et jactait, vantant une envergure criminelle qui allait d'ici peu le transformer en miasme. A un certain moment, une Panda qui arrivait dans la direction opposée leur fit un appel de phares.

– Eh, y'a Botola ! s'écria Trentedeniers.

– Botola ! s'exclama l'Embrouilleur. Dis, le Froid, c'est vrai qu'on se ressemble comme deux gouttes d'eau ? Hein ? Mais t'imagines !

Le Froid se rangea au bord de la chaussée. Botola demanda où ils allaient. Le Froid haussa les épaules. Botola décida de les suivre.

– Ici ça va bien, dit Trentedeniers quelques kilomètres plus loin.

– Bien pour quoi ? interrogea l'Embrouilleur vaguement soupçonneux.

En un éclair, Trentedeniers lui enroula autour du cou un lacet qu'il avait apporté. L'Embrouilleur se mit à décocher des ruades, un coup de coude cassa la vitre, la pluie d'éclats blessa l'Echalas, qui devint mauvais.

– J'm'en charge, incapable !

Il se jeta sur l'Embrouilleur qui se démenait en râlant, et il lui trancha la gorge à la manière des Arabes. L'Embrouilleur s'affaissa avec un gargouillis. L'Echalas, pour plus de sûreté, enfonça deux-trois fois la lame avant de la retirer.

– C'est dégueulasse ! J'suis tout taché de sang !

Le Froid observa qu'ils auraient gagné du temps à lui flanquer une balle dans la tête. L'Echalas rétorqua que quand un salaud doit mourir, une méthode vaut l'autre. Botola arriva une fois les choses faites, il contempla le massacre et il fit remarquer son incroyable ressemblance avec le mort.

– T'as vu ? T'as eu du bol ! rigola Trentedeniers.

L'Echalas s'écarta avec le Froid.

– On se le fait.
– Qui ça?
– Botola.
– Maintenant?
– Maintenant, demain, qu'est-ce qu'on en a à foutre? De toute façon, t'as pigé comment y va finir...
Le Froid l'attrapa par les épaules. L'Echalas était trempé de sueur, les yeux réduits à deux têtes d'épingle. Il exhalait une puanteur âcre et douceâtre. Une petite bête indomptable. Garder la situation sous contrôle devenait chaque jour plus difficile.
– Combien tu t'en es fait, hein? Combien de dope t'as pris?
– Va te faire foutre, Froid! On se débarrasse de lui, avant qu'ils nous butent tous, lui et ce serpent de Dandy!
– Non.
– Mais pourquoi?
– Parce que quand on décidera de le faire, on devra les éliminer tous les deux. Botola et le Dandy. Sinon, c'est inutile!
L'Echalas baissa la tête. Vu qu'avec cette boucherie, l'Alfetta était inutilisable, pour rentrer à Rome, ils se firent ramener par Botola.
Quelque temps plus tard, un engin de fabrication anonyme dévasta le supermarché du Sec, sur la via Oderisi da Gubbio. Terrorisé, le Sec demanda sa protection au Dandy. On apprit que depuis quelques semaines, il était bombardé de coups de fil de menaces. Le Dandy mit à sa disposition une mansarde hyper contrôlée et quatre coupe-jarrets pêchés parmi les chevaux du Laurentino. Le Froid fit savoir qu'une enquête sur la provenance de cette bombe aurait été opportune. Le Sec, on ne pouvait vraiment pas s'y fier.
– Va savoir dans quel pétrin y s'est fourré, et avec qui. Fais gaffe, Dandy. Le Sec, c'est une grosse anguille.
Le Dandy réagit par un haussement d'épaules.
– Je te l'ai déjà dit, Froid. Tu deviens parano. En plus, tu vois des ennemis partout et tu t'aperçois pas quand c'est les potes qui te baisent...
– Qu'est-ce que tu veux dire?
– Qu'un d'ces quatre, tu devrais avoir une conversation avec le Rat.

1983

Salauds

1

Le Froid avait amené Aldo Bouffons à Castelporziano. Là où ils s'étaient parlés pour la dernière fois avec le Libanais, à l'endroit même où, avec le Noir, il était allé cuver sa douleur de la mort de son ami. Il l'avait choisi car c'était pour lui un lieu sacré. Aldo, qui s'était mis avec une petite chanteuse de revue brésilienne, était tout gominé et fringant. Une balade, lui avait proposé le Froid pour le convaincre de le suivre, une petite bavette, comme au bon vieux temps.

Le Froid se gara à l'abri des dunes et s'avança vers la mer. Dans la pâleur du crépuscule, on devinait un quartier de nouvelle lune. La mer Tyrrhénienne était une étendue plate où l'on entrevoyait à l'horizon quelques barques de pêcheurs.

– Alors, Froid, qu'est-ce que t'as à me dire ?

Aldo était impatient de retourner à Rome, où il avait programmé une petite soirée piquante avec sa Filly. Le Froid alluma un joint et le fit tourner au bout de deux bouffées. Aldo déclina avec une moue dégoûtée.

– Essaie ça, que ça te donnera un peu de couleur !

De la poche de son gilet, Aldo sortit une tabatière pleine de coke et une petite cuillère en argent. Il versa un peu de dope et sniffa avec volupté.

– Super camelote, le Froid ! Si je te dis combien ça m'a coûté chez Bulgari, une babiole comme ça…

Tabatière et cuillère passèrent au Froid.

– Où tu l'as prise, la coke, Aldo ?

– Et qu'est-ce que t'en as à foutre, Froid ! C'est notre dope, non ? Toute la dope de Rome est la nôtre… Quoi, tu savais pas ?

Le Froid souleva le petit couvercle, il resta un instant en contemplation devant les granulés rose vif puis, d'un geste sec, il renversa tout dans le sable.

– Mais t'es dingue !

Le Froid soupira, le fixant de ses yeux tristes.

– J'ai causé avec le Rat…

– Ce cornard !

– Y m'a tout dit…

– Que des conneries !

– Y compris le kilo que t'as étouffé l'autre semaine, Aldo ? Y compris le tour de con que t'as joué aux Calabrais ?

Aldo commençait à comprendre. Il regarda autour de lui, désespéré. La voiture était proche, mais les clés, c'est le Froid qui les avait. Et lui, il était désarmé. Il leva les mains, en signe de reddition.

– Maintenant je t'explique, Froid...

Le Froid l'arrêta d'un geste calme.

– Qu'est-ce que tu t'es fichu dans le crâne, Aldo ? Je t'ai déjà sauvé une fois...

– Je te rendrai tout... jusqu'à la dernière lire... je te le jure...

– Le problème... le problème, c'est que cette fois tout le monde le sait... le Dandy...

– C'est une couille molle, t'y fie pas !

– Et à qui je devrais me fier, Aldo ? A des potes comme toi ?

Il l'avait dit doucement, avec toute la douleur qu'il éprouvait. Aldo se jeta sur le sable, il se traîna à ses pieds.

Il se souvenait quand ils étaient gamins ? Qu'ils piquaient les carnets de tickets des matchs du derby et qu'ils allaient les revendre sous le nez des marchands à la sauvette officiels, et qu'ils allaient soutenir la Roma, sous les banderoles de la tribune... hein ? Il se rappelait Cudicini et l'autre, comment y s'appelait, l'Espingouin, ce petit mec teigneux... ah, oui, Del Sol, il s'appelait... Cudicini "l'araignée noire" et Del Sol... et quand le soir, ils allaient au tripot de maître Pepe, là-bas derrière le parc Ramazzini, et qu'il voulait pas les laisser entrer, parce qu'ils étaient trop minots... et eux, et Carlo, son Carletto, il l'appelait, ils faisaient un tel boxon qu'à la fin ils les admettaient dans ce temple du jeu de hasard, et eux, ils les remerciaient en volant la monnaie qui tombait sous les tables de séquinette... et les grands les regardaient et les laissaient faire, et le soir, à la maison, une bonne raclée... sûr qu'alors, c'étaient déjà vraiment des fils de pute, hein, Froid, tu t'en souviens pas, mon Froid ?

Le Froid entendait et n'entendait pas, il voulait être à des milliers de kilomètres et il voulait être là où il se trouvait, et aller jusqu'au bout de ce qu'il s'était fixé, ce qu'il était juste de faire, ce qui avait été décidé bien longtemps avant, avant qu'aucun d'entre eux puisse seulement dire : j'ai choisi... Et entre-temps, Aldo était passé à quand ils les avaient lourdés à Vitinia, hein, Froid ? Froid, tu t'en souviens du racket des goûters ? Mais si, en quatrième, que même moi, bon Dieu, je sais même pas comment on y était arrivés... oh, presque au brevet... Quand à l'entrée on se faisait donner les goûters par les petits et on leur revendait avec le concierge... Comment il s'appelait ? Cotecchia, Catecchia... Aide-moi, Froid...

– Cette fois je peux pas t'aider, Aldo...

Maintenant, Aldo pleurait. Mais si, si, il y a un moyen ! Il venait juste de l'avoir, l'idée... c'était l'idée qui sauvait tout, une vie humaine, putain, la précieuse vie humaine d'un ami, et la face, oui la face du Froid, qui était un chef, et bien sûr, lui, Aldo, il le comprenait bien qu'il y avait des raisons, sinon...

– Ramène-moi chez moi, Froid. J'ai un magot à gauche. Je prends Filly et ce soir même, on se prend les billets pour le Brésil. On s'en va et personne entendra plus jamais parler de nous.

– Personne te verra jamais plus dans le coin, mon pote.

– Merci, Froid, merci, t'es plus qu'un frangin pour moi, merci... Laisse-moi t'embrasser, Froid, mon frère !

Ils s'embrassèrent. Le Froid tira à travers la poche de son trench, avec le .357 à silencieux qu'il avait préparé avant leur rencontre.

Agrippé à ses épaules, Aldo eut un sursaut. Le Froid tira encore. Aldo glissa sur le sable. Le Froid commit l'erreur de le regarder en face. Il avait les yeux pleins de larmes et de stupeur. Il revit le visage de l'agneau, jeta l'arme au loin, que la mer le prenne, ce maudit pistolet, et cette maudite vie. Il se sentait plus dégueulasse qu'un traître.

Les frais de l'enterrement furent pris en charge par la caisse commune. Entre eux, il n'y avait pas lieu de parler de cette histoire. Le Dandy et Botola s'en foutaient éperdument. Trentedeniers, comme d'habitude, ne prenait pas position, même si, vu les circonstances, il cessa durant quelque temps ses petites ponctions. Le Buffle et Ricotta, quant à eux, avaient fait savoir qu'un associé de plus ou de moins était le cadet de leurs soucis. L'Échalas et Œil Fier, eux qui étaient là depuis le début, se présentèrent avec une bouteille de whisky et des sourires plaqués.

Ils comprenaient combien ça avait été dur pour le Froid : mais après tout, c'était lui qui s'était porté garant, c'était sa confiance qui avait été trahie, et c'était lui, donc, que cela concernait. Demeurait le problème de Carlo Bouffons. Un type qui s'était toujours comporté loyalement, mais on ne pouvait guère lui demander de continuer à faire des affaires avec les assassins de son jumeau. Le Froid alla le trouver deux jours après l'enterrement et lui fit un speech clair et concis.

– Le Dandy t'attend déjà au tournant. Prends ta part et retire-toi. Si tu veux, demain je t'apporte l'argent.

Carlo lui cracha au visage en le traitant de Judas. Le Froid ne moufta pas. Deux jours plus tard, Carlo retira ce qui lui revenait et acheta à sa femme et à la veuve deux licences de coiffeuse à Giardinetti.

2

L'expertise du Buffle durait depuis deux ans, et on n'avait toujours pas pris la moindre décision. A Trentedeniers, qui avait demandé à être rassuré, le professeur Cortina fit don d'une belle panique.

– L'un des experts, je l'ai en main, mais avec l'autre il n'y a pas moyen.

– Et donc ?

– Si tout va bien, on aura l'irresponsabilité partielle…

– C'est-à-dire ?

– Vingt ans de prison et cinq d'asile… au minimum.

– Oh, professeur, le Buffle y nous tue tous !

– Et qu'est-ce que j'y peux ? Le collègue ne lâche pas…

– Faut payer ?

– Surtout pas ! C'est un incorruptible…

– Et alors ? Il est où, le problème ?

– Il a peur.

– Mais de quoi ?

– De finir comme Grosse Tête !

– Mais c'est du passé, cette histoire ! On est différents…

– C'est vous qui lui expliquez, à mon confrère ?

Ils étaient dans une impasse. Trentedeniers et le Froid rendirent une petite visite au "grand ami" du juge, celui qui avait déjà encaissé vingt briques et ne répondait pas au téléphone. Afin d'obtenir audience, ils enfoncèrent la porte du bureau et, pour souligner combien ils étaient fâchés, ils accrochèrent le mec à la patère du mur et durant un quart d'heure ils le caressèrent chacun leur tour de baffes et de crachats. Il s'avéra que l'homme n'était qu'un intermédiaire. Pour être sûrs du résultat, ils devaient parler directement avec l'intéressé : un "très puissant fonctionnaire du tribunal" duquel "tout dépendait". Sitôt dit, sitôt fait : le Froid et Trentedeniers chargèrent dans l'auto le "grand ami" et l'escortèrent place du Palais. A l'entrée du tribunal, ils croisèrent le juge Borgia avec son incontournable garde rapprochée et tout le monde, y compris leur estafette morte de trouille, dut montrer ses papiers.

Le “très puissant fonctionnaire” se révéla être un ancien greffier. En contemplant les tableaux originaux et les tapis qui ornaient le vaste et luxueux bureau dans lequel ils avaient été reçus, le Froid ne put s’empêcher de songer à la pauvreté monacale de la petite pièce de Borgia. Si l’influence et le pouvoir se mesuraient à l’ostentation, ils pouvaient dormir sur leurs deux oreilles. C’était des pensées bizarres, étant donné le moment et l’occasion, mais le Froid s’en laissa bercer, se désintéressant de la négociation que Trentedeniers menait entre sourires et poignées de main. Ils sortirent du bureau avec une liste de requêtes qu’ils adressèrent immédiatement au Dandy. Le Dandy ne le prit pas bien.

– Une Rolex… un buste romain antique en marbre… deux ou trois fourrures… un sous-main en cuir… un miroir d’époque… Mais qu’est-ce qu’y s’est fichu dans le crâne, çui-là ? Et qui nous garantit que c’est pas du pipeau ?

Mais en attendant, il n’y pouvait rien. Tant que l’accord tenait, il devait raquer.

En plus, ces jours-ci, il était très occupé avec l’histoire de l’attentat chez le Sec. On avait appris qu’un explosif à base de poudre de mine et de dynamite avait été employé pour la bombe. Sollicité par Trentedeniers, Fabio Santini, prouvant qu’il savait mériter sa croûte, avait réussi à mettre la main sur certains rapports dans lesquels il apparaissait que la poudre pouvait appartenir à un stock volé quelques semaines auparavant dans une certaine carrière. Or, cette carrière se trouvait dans la zone où le Maigriot contrôlait le deal. Le Dandy demanda au Maigriot de faire quelques vérifications. Quelque temps plus tard, le Maigriot l’envoya chercher. Le Dandy, il aimait bien le Maigriot. Il était plus jeune que lui, résolu et peu bavard. Un Froid d’une autre époque, avant que ne se mettent à papillonner dans sa tête ses pensées de paranoïaque. Le Maigriot lui dit que la plainte pour vol était fausse et que le gérant de la carrière vendait l’explosif au marché noir. Tout le monde s’était servi, rouges, fachos, gros poissons et menu fretin. La plainte coïncidait avec un achat effectué par les frères Bordini. A cette information, le Sec tomba des nues. Jamais été en relation avec les Bordini, lui, sauf bonjour-bonsoir. L’idée d’une agression était inconcevable, celle de représailles encore plus, l’une comme l’autre sans le moindre fondement. Soit les Bordini avaient pété les plombs, soit le tuyau du Maigriot était bidon. Le Dandy, qui connaissait bien le Sec et que cet étonnement fleur bleue laissait passablement sceptique, mit les autres au courant. Le come-back de deux vieilles connaissances comme les Bordini, déjà soupçonnés à l'époque du meurtre du beau-frère du Puma, l'Angelot dont la mort demeurait un mystère, transformait cette affaire en un problème qui concernait le groupe entier. On décida de lancer les recherches sur les Bordini : une fois découverts, ils allaient avoir un paquet de justifications à fournir ! Ils dispatchèrent les messages aux fourmis, ils écumèrent tripots, boîtes et bouis-bouis, mais les jours passaient et des deux frangins, pas la moindre trace. Jusqu'à ce qu'un soir, une patrouille de police les trouve. Ils étaient au pied de l'Arbre à pipes, un gros chêne fréquenté par les cocaïnomanes et les tapineuses dans la cambrousse de l'aqueduc Felice. Tous les deux raides morts, tous les deux un revolver à la main. La mise en scène faisait penser à un duel dans les règles : et même si l'idée que les Bordini s'étaient entretués faisait sourire plus d'une tête pensante de la maison poulaga, l'affaire fut rapidement classée.

3

Roberta avait su, pour Aldo. Entre elle et le Froid s'était ouvert un vide glacial.

Roberta et Dorotea s'étaient fréquentées durant quelque temps, après ce soir d'il y a deux ans, le soir où elle avait sauvé la vie à Aldo. Dorotea et Aldo s'étaient séparés presque aussitôt après. La fille avait repris ses études d'art et s'était même essayée à faire un portrait du Froid. Un truc moderne qui l'avait d'abord fait rigoler. Puis, en réfléchissant à ce visage déformé et altéré, il avait été saisi par une sorte d'inquiétude.

– Tu me vois vraiment comme ça ? avait-il demandé à Dorotea.

– Je vois quelqu'un qui va mal.

Sur le moment, il s'en était sorti par un rire bête : mal, moi ? Je suis le roi de Rome ! Mais maintenant, après l'histoire d'Aldo, ces mots lui revenaient à l'esprit. La vérité est qu'il lui était resté une pierre sur le cœur qui n'était pas près de disparaître. Mille fois, il avait revécu la scène de cette accolade, et s'il avait encore cru en quelque chose, il aurait demandé une seule grâce : de revenir en arrière à ce maudit instant. D'en changer la fin. Et, plus que tout, une question le torturait : pourquoi ne l'avait-il pas laissé partir ?

Entre-temps, le Noir était sorti. En liberté surveillée pour raisons de santé. De son accrochage avec les carabiniers, il avait hérité cinq fragments de plomb qui, après un long vagabondage, s'étaient installés dans une zone molle de son cerveau. Il avait des problèmes d'équilibre, il était accablé d'un féroce mal de tête qu'il combattait tant bien que mal par des doses massives d'analgésiques. Le Froid le trouva amaigri et combatif.

– Mais je suis là, je suis encore là, camarade, et c'est ce qui compte !

Le Noir avait passé un accord directement avec le Vieux : protection en échange du silence, et plus de blagues. Son assurance vie était dans un mémoire déposé auprès d'une personne sûre et, en cas de mort violente ou inexpliquée, il serait adressé à qui de droit.

– Tu n'as pas peur qu'ils le trouvent d'abord ?

– Ils n'ont pas intérêt. Je sais respecter les accords, et ils le savent.

Pour ce qui était de sa situation judiciaire, il avait avoué deux braquages et quelques broutilles, genre recel, blanchiment et détention d'armes. Il comptait s'en tirer avec trois-quatre piges en tout et rester un max en liberté.

– Et toi ? Ça baigne ?

Le Froid lui ouvrit son cœur. Le Noir l'écoutait l'air affligé, son visage effilé tordu de temps à autre par une grimace de douleur.

– J'aurais fait comme toi, moi aussi... ou peut-être pas, en y repensant.

– Explique-toi.

– On est tous à parler de salauds, de trahisons, de Judas... mais peut-être que dans la trahison, il y a aussi une certaine beauté...

– Moi, je ne te trahirai jamais, Noir...

– Et comment tu peux le savoir ? Quand ta vie dépend de cinq minuscules parcelles de plomb qui dorment... ou font semblant de dormir dans ton cerveau... Quand rien qu'un bâillement ou un crachat peut t'expédier dans l'autre monde comme ça, à l'improviste, pendant que tu baises ou que t'es peinard dans ton lit... ben, mon pote, je t'assure que tu regardes les choses d'un tout autre œil !

– T'es en train de me dire que tu crois plus à rien ?

– Au contraire ! Avant, je croyais à rien. Tu te rappelles tous ces discours sur l'Idée... l'Idée par-ci, l'Idée par-là... rien que des conneries ! Maintenant, je crois à un tas de choses, Froid. Tu veux savoir quelle est la plus importante ? Être là, maintenant, avec toi...

Le Noir prépara un thé au hash et lui dit que, étant donné son état de santé, il était autorisé à détenir légalement une certaine quantité de drogue "à des fins thérapeutiques".

– Avec tout un paquet d'ordonnances, Froid ! Naturellement, on fait tourner les ordonnances par un ami de Vanessa et comme ça, on se procure un peu de dope fraîche et légale à revendre... une bricole, juste pour rester dans le coup...

Le Froid rit. Bienvenue, vieux Noir d'antan ! Survint un contrôle de police et le Froid se cacha dans les toilettes. Lorsque les policiers partirent, le Noir lui dit qu'il avait proposé au Dandy et au Sec d'investir dans l'informatique.

– Quoi ?

– L'électronique. Un business d'avenir. Imagine un réseau d'ordinateurs appliqué aux paris et aux machines à sous… Tu sais que le Dandy est entré en affaires avec les types des Pouilles, non ?

– J'aime pas le Dandy, et j'aime pas le Sec…

– Je te comprends, Froid. Mais tu dois quand même te décider : de quel côté tu es ?

– Comment ça, de quel côté ! Je suis avec moi-même, Noir…

– Toi, t'es mal avec toi-même, camarade.

Touché, le Froid détourna les yeux.

4

Une fois résolue la question des frères Bordini, le Sec était revenu faire des affaires au grand jour. Le Dandy l'alpagua dans le bureau du directeur de la banque, où ce gros lard, en dehors des horaires de bureau, plumait les interdits bancaires et damnait leur âme à trois cent pour cent par an.

– Dandy, mon ami ! Qu'est-ce que je peux faire pour toi ?

– Tu sais ce que c'est, ton problème, Sec ? La présomption !

– Qu'est-ce que tu racontes ?

– Toi, les autres, tu les prends tous pour des crétins. Tu te crois l'homme le plus intelligent de Rome, hein ?

Le Sec tenta d'ébaucher une protestation. Le Dandy, glacial et furieux, balaya de la table une petite pile de billets et de chèques antidatés. Le Sec commença à trembler. Le Dandy s'assit sur le bureau et alluma un cigare cubain : il s'était mis à en fumer après avoir vu un film avec Paul Newman et s'était même inscrit à un club de mordus de havanes.

– Maintenant, je vais te dire comment s'est passée l'histoire des Bordini…

Après le "duel", avec Botola et le Maigriot, ils avaient fait des enquêtes supplémentaires. Le gag des deux frangins qui s'entretuaient, les juges pouvaient y croire, mais pas les gens qui connaissent bien la rue. Il avait suffi de poser quelques questions aux bonnes personnes, celles qui, les Bordini morts et enterrés, n'avaient désormais plus rien à craindre d'eux.

– Je me suis demandé : mais comment ça se fait qu'à peine le bruit court qu'on cherche les Bordini, ces types ont la bonne idée qu'on les retrouve raides morts ? Quel sens de l'opportunité ! Comme ça, ils s'évitent un paquet d'emmerdes… un paquet de questions embarrassantes… parce que si nous, on les trouve, les Bordini, on sait comment les faire parler. Et alors, je m'interroge : qui les a tués ? C'est clair : quelqu'un qui a intérêt à pas les laisser causer. Mais pourquoi ? Parce que Dieu sait ce qu'y vont dire…

Le Sec s'agita sur sa chaise. Le Dandy lui fit voler sur son gilet un tronçon de cendre de son cigare, il sortit tranquillement un revolver de sa poche et se gratta le front avec le canon.

– Dehors, y'a Botola et le Maigriot. Si tu penses appeler un de tes amis, dans les dix secondes, t'es une bedaine crevée !

Le Sec s'affaissa, un masque de sueur sur le visage. Le Dandy aspira une longue bouffée.

– Par conséquent, écoute-moi. Toi, les Bordini et ce pauvre Angelot, vous trouvez un canal de dope que nous, on connaît pas. Et vous vous mettez à vendre. L'Angelot vous fait un coup fourré et vous le butez. Vous prenez Satan. Nous, on le dégomme et adieu Satan. Pas grave. Vous continuez. Jusqu'à ce que tu joues un tour de con aux Bordini, et eux, ils mettent la bombe. On vient à le savoir et tu descends les Bordini… Simple, non ?

– Dandy…

– Et tu sais d'où y te sont venus, les sous pour commencer ? Du trésor du Libanais, pauvre ami ! De là, y te sont venus…

– Dandy, moi… le fric, je l'ai toujours eu… c'est ma spécialité, non ?

– Mais jamais tout ce pacson à la fois, mon p'tit coco. Tu nous as baisés, Sec. Tu nous as joué un tour de con. Dis-moi ce que je dois faire…

– Dandy…

– Dandy, Dandy, Dandy… Ce que je pige pas, rugit le Dandy en l'attrapant par le plastron, ce que je pige pas, c'est pourquoi tu t'es mis à nous faire de la concurrence déloyale… Combien t'y gagnes, sur une affaire comme ça ? Des clopinettes… on sait que le marché est entre nos mains… Nous, on t'a couvert d'or… Mais si t'avais ton canal, pourquoi tu nous en as pas parlé ? On se mettait tous ensemble… Maintenant, dis-moi, Sec, qu'est-ce que je dois faire ? Qu'est-ce que je dois faire ?

Le Sec comprit qu'il était inutile de nier. Il écarta les bras et afficha son habituel sourire onctueux.

– Quelqu'un d'aussi bon que moi pour faire tourner le blé, t'en auras pas !

Le Dandy fit sauter le cran de sûreté et lui posa le canon sur la tempe.

– Conneries. Trouve mieux.

– On n'est pas tous pareils.

– Qui ?

– Les hommes.

– C'est-à-dire ?

– Je ne peux pas être sous quelqu'un comme le Froid.

– Je suis pas le Froid…

– C'est pour ça qu'on est en train de parler…

Lentement, le Dandy baissa le canon. Le Sec s'essuya le front avec un mouchoir brodé. Il avait des hommes, et des moyens. Et un canal chinois que personne n'avait jamais repéré. Sûr que c'était une erreur de pas s'être fié à lui, mais tout était la faute du Froid et de ses semblables, l'Echalas, les Bouffons, Ricotta, Œil Fier… des bandits de grand chemin, des coupe-jarrets à deux balles… Un jour ou l'autre, ils allaient tous, inexorablement, tomber. Des gens aussi goinfres que stupides. Si le Libanais était encore vivant, les choses se seraient passées différemment. Et lui, le Dandy, s'il était pas si "fidèle" à un lien qui n'existait plus, les choses se seraient aussi passées différemment… Les hommes ne sont pas égaux. Une poignée de minables ne peut pas contrôler Rome tout entière. Il faut avancer avec des accords, ne flinguer que quand c'est nécessaire, donner à chacun son espace…

– C'est pas nouveau, commenta le Dandy.

En attendant, le pistolet avait glissé dans sa poche, le Dandy s'était installé dans un fauteuil et, dans ses yeux, brillait une étincelle d'intérêt. Le Sec enfonça le clou.

– Tu l'as quand même pas dit aux autres, non ? Cette histoire, je veux dire, t'en as quand même pas parlé…

Le Dandy confirma, vaguement surpris par la question.

– Ça veut dire, triompha le Sec, que toi aussi, tu penses comme moi…

– Cause-moi de ce canal chinois, dit le Dandy en croisant les jambes.

1983

Autres salauds

1

Le soir où Gigio fit une overdose, Roberta était Dieu sait où et le Froid regardait à la télé Falcao et les autres qui fêtaient leur victoire au championnat. On apprit que c'était le Zonard, un cheval de Trentedeniers, qui avait trouvé le gosse avec l'aiguille encore dans la veine. A la place du Zonard, n'importe qui aurait tourné la tête de l'autre côté et se serait occupé de ses oignons. D'autant que l'illustre parentèle du gamin était connue dans le secteur, et tout le monde savait que le Froid avait interdit de lui vendre quelque dope que ce soit. Mais le Zonard, qui devait receler quelque chose ressemblant à un sentiment au fond de son âme noire, se pencha sur le corps qui était assis dans la position du boxeur entre deux piles de pneus qui servaient de porte à une casse abandonnée et s'aperçut que Gigio respirait. On était dans ces terres grises où le quartier de la Cassia cesse d'être un faubourg pour se faire campagne. Le Zonard avait prévenu Vanessa, et Gigio, en moins d'une heure, avait atterri à Villa del Mirto. Mais personne ne se sentait d'informer le Froid que son unique frère était plus mort que vif. Fallait quelqu'un qui ait des couilles. Le Noir y alla.

Le Froid le vit encadré par la lumière orangée et irréelle du visiophone, les traits tendus, qui lui disait doucement : "Descends, viens avec moi", et il le suivit sans poser de questions.

Le Noir lui expliqua la situation en quelques mots. Le Froid sentit poindre un mal ancien.

– Je dois appeler mon père, murmura-t-il.

– C'est fait, le rassura le Noir.

La clinique était aux Parioli, noyée dans une forêt de magnolias en fleur. Devant la porte se tenaient son père et sa mère. Le Noir et l'infirmière s'arrêtèrent à quelques pas. Le Froid se dirigea résolument vers la chambre. Sa mère avait un mouchoir entre les doigts et les yeux rouges. Son père lui barra le passage.

– Je veux le voir, dit le Froid.

Son père s'était mis entre la porte et lui : un petit homme usé, aux cheveux gris, le regard fier et douloureux.

– S'il te plaît, laisse-moi passer.

La mère lui effleura un bras. Le père se déplaça à peine. Dans la pénombre bleutée, Gigio avait les yeux fermés et les traits marqués par une résignation rageuse. Il ne le voyait pas depuis Roberta. De longues années de silence et d'hostilité. Le Froid passa délicatement les doigts sur ce front d'agneau, sur le nez effilé, il caressa la barbe inculte, les cheveux trempés de sueur. Il pleura. Vanessa s'encadra dans la porte.

– Le docteur Spadaro veut te parler.

Dehors, le Noir fumait appuyé à un mur plein de portraits de prêtres de toutes les races. Son père et sa mère se soutenaient mutuellement. Vanessa le conduisit dans les bureaux de la direction. Le docteur Spadaro était un homme de cinquante ans, l'air bien portant, avec de petits yeux injectés de sang.

– Votre frère est hors de danger. Je n'ai pas trouvé de marques de piqûres, je ne peux donc pas le considérer comme un toxicomane. De toute évidence, il a voulu goûter à la sensation du shoot, et ça s'est mal passé. Pour cette fois, il s'en tirera. Je vais le garder trois-quatre jours en observation, ensuite, il pourra rentrer chez lui.

Le Froid remercia et dit qu'il prendrait à sa charge tous les frais.

Spadaro renifla.

– Considérant certains faits qui m'ont été rapportés par Mlle Vanessa, nous avons jugé opportun de ne pas en informer les autorités…

Sur le chemin du retour, Vanessa lui expliqua que le médecin sniffait un demi-gramme par jour.

– Combien il demande ?

– Quinze briques pour les soins et son silence, et un peu de dope de temps en temps.

– Ok. Dis à Trentedeniers que je veux voir tous les chevaux et les fourmis. Demain à onze heures chez lui.

– Et à ton frère ?

– Quoi, à mon frère ?

– Quand il se réveille… je dois lui dire quelque chose ?

– Non.

Ses parents étaient encore devant la chambre. Le Noir s'était assis sur un fauteuil et feuilletait distraitement un hebdomadaire illustré. Le Froid évita son père et alla directement à sa mère.

– Il va bien, lui dit-il en la fixant dans les yeux.

La femme se jeta dans ses bras. Le Froid l'embrassa fort. Elle se mit à sangloter. Le Froid serra les poings. Il aurait voulu la consoler, il aurait voulu…

– Allez, on y va.

Le Noir avait posé sa main sur son épaule. Le Froid se libéra à grand-peine de l'étreinte de sa mère et le suivit le long du couloir qui menait à la sortie.

– On fait quelques pas ? proposa le Noir.

– Je veux rester seul.

– C'est normal.

– Noir…

– Oui ?

– Merci.

– Tu aurais fait la même chose pour moi. Penses-y et fais pas de conneries.

Les rues étaient pleines de supporters déchaînés. Quarante ans qu'ils l'attendaient, cette coupe. Quarante ans de souffrance sous le talon de ces cons du Nord. Voleurs, pourris, vendus. Ils avaient même craché sur cette victoire unique. Ils disaient que ç'avait été une décision de Grosses Mâchoires*. Voleurs. Les supporters se jetaient dans les fontaines, ils agitaient des banderoles, ils brisaient des vitrines. Les supporters pleuraient de joie : les supporters aiment souffrir presque autant que gagner. Le Froid était lui aussi pour la Roma. Et dans cette victoire, il avait longtemps perçu un sens confus de rédemption. Mais à présent, il était à des milliers de lieues de tout ça. Le visage de l'agneau continuait à le torturer. Il prit un bus de nuit. Ça faisait depuis qu'il avait quitté le lycée qu'il avait plus mis les pieds dans les transports en commun. Un truc de minable. Mais ce soir-là, les vibrations du moteur, le tintement des vitres aux arrêts… tout ça le rassurait. C'était comme rentrer à la maison après une longue absence. Revenir et trouver tout pareil. Comme si rien de merdique s'en était jamais mêlé. Durant un bout du trajet, ils furent seuls, le chauffeur et lui. Puis monta un ivrogne qui vint se coller à ses basques.

---

* « Macellone » : surnom de Mussolini.

– Oh, l'autre nuit, saint Gaspard m est apparu… ou c'était saint Vincent ? Dis, d'après toi, c'était le saint ou c'était une hallucination ?

Le Froid fouilla dans ses poches et fit mine de lui donner de l'argent. Le pochard refusa, indigné.

Deux jeunes supporters montèrent avec les yeux exorbités et des canettes de bière. Le pochetron se remit à vaticiner. Les deux gamins commencèrent à l'insulter. Le poivrot les ignorait, perdu dans son délire. Il y eut une poussée, puis une autre. L'ivrogne tituba et tomba pesamment entre deux sièges. Les deux gars foncèrent.

– Lâchez-lui la grappe, dit le Froid.

Les deux zigues se retournèrent, incrédules, et éclatèrent d'un rire grossier. Puis ils revinrent s'occuper de l'arsouille, qui tentait de récupérer la position debout. Le Froid s'élança en silence. Il prit le premier par les épaules, le fit pivoter, l'agrippa par son blouson et l'envoya valdinguer contre la machine des tickets. Il abattit l'autre d'un coup de pied entre les jambes.

– Maintenant, tu t'arrêtes et t'ouvres les portes, ordonna-t-il au chauffeur.

Ayant suivi la scène dans le rétro, celui-ci s'empressa d'obéir. Le Froid flanqua les deux loulous dans la rue.

– Repars.

Le bus reprit sa route. Le Froid aida le poivrot à se relever et lui glissa dans une poche tout le fric qu'il avait. Puis il fit encore arrêter le véhicule. Il en avait marre.

Le lendemain matin, chez Trentedeniers, il était à nouveau le Froid de toujours.

– Des merdes. Vous êtes des merdes. Vous avez même pas le courage de dire les choses telles qu'elles sont. Si y avait pas eu le Noir… le Noir qu'a cinq bouts de plomb dans le crâne… Des merdes.

Œil Fier, Trentedeniers et l'Echalas encaissaient tête basse. Fourmis et chevaux tremblaient de frousse. Même Botola semblait sincèrement désolé. Seul le Dandy coiffait ses récentes moustaches – une lubie de Patrizia – et s'en battait l'œil.

– Eh ben ? Ça s'est bien fini, non ? La prochaine fois, ton frangin fera plus gaffe !

– Il n'y aura pas de prochaine fois. Celui qui vend un seul gramme à Gigio est un homme mort. Et maintenant, je veux savoir qui lui a filé cette came !

2

Au début de l'été, le Buffle fut subitement transféré à l'asile de Montelupo Fiorentino. Les experts avaient décidé de le soumettre à un supplément d'observation psychiatrique "en thérapie sous assistance pharmacologique". Le soir même de son arrivée, le Comte Ugolino, un colosse de Viareggio dont on clamait qu'il avait à moitié saigné vif un concurrent déloyal en trafic de coke, lui expliqua le sens de cette obscure locution.

– On t'abrutit de médocs et on voit l'effet qu'ça fait !

– Ensuite ?

– Si tu restes comme d'hab', peau de balle. Mais si tu deviens trop calme... y t'écrivent "sain d'esprit" et tu l'as dans le cul !

– Et moi, je prends pas leurs pilules !

– C'est pas si facile ! Y z'ont des trucs, ces types-là, qu'y te fichent dans la bouffe, dans l'eau, et toi, tu les sens même pas...

– Alors, je suis baisé !

– Mais qu'esse-tu racontes, Romain ! Cantoche du dehors et deux doigts dans l'gosier, et c'est toi qui les baises !

Au début, le Buffle avait mal pris son transfert. C'était une chose de jouer la carte de l'irresponsabilité pour échapper à la prison, c'en était une autre d'atterrir en plein milieu des vrais dingues. Mais il se rendit bien vite compte que de véritables barjots, il y en avait fort peu, et presque tous internés pour des délits à se gondoler : un ex-gardien napolitain qui avait pour vice de se masturber sur les tombes fraîches parce que des voix le lui avaient ordonné ; un ivrogne qui payait de six piges le vol d'une caisse de Branca Hors d'Age et ne sortirait jamais car il était sans famille ; un toxico qui avait dépouillé un pote et qui, le lendemain, lui avait rendu son butin, et c'est probablement à cause de cette originalité qu'il avait été interné. Tous les autres pensionnaires de l'antique et austère bâtiment étaient comme lui plus ou moins fous et attendaient d'être déclarés irresponsables comme d'être reçus à un examen. Mais ils étaient mal conseillés. Ils jouaient les dingues comme dans les livres, tout en grimaces, rugissements et zizis au vent pour scandaliser les infirmiers qui s'en contrefoutaient. Même un expert débutant se serait aperçu au premier coup d'œil de leur simulation. Mieux valait rester au large, éviter de se fondre dans la masse. Mais alors, avec qui passer le temps, ce qui était en fait le problème principal?

A part le Comte Ugolino, vraiment un bon bougre tant que tu le foutais pas en rogne – il était capable de soulever le Buffle d'un seul bras –, le seul à pas trop barjoter semblait Turi Funciazza. Ce Sicilien, un garçon éveillé et peu bavard spécialisé dans la branche des extorsions, était l'un des meilleurs redresseurs de torts du gang de la piazza del Gesú. Embarqué après un petit massacre sur commande des alliés du clan Corleone, vendu par un traître dont ils avaient déjà effacé, littéralement, dans de l'acide chlorhydrique, deux cousins et trois neveux, Turi était courtois mais réservé, fermé et, selon le Buffle, vaguement arrogant. Avant son incarcération, il n'avait jamais quitté la Sicile ou, plus exactement, la province de Palerme et, sous son air gentil, on comprenait ce qu'il pensait: tout ce qui n'est pas la Cosa Nostra, soit c'est l'État, soit ça n'est pas, tout simplement. Le Buffle, qui chez lui était habitué au respect et à la terreur des subordonnés, s'évertuait à en rajouter, mais le Sicilien se contentait de hausser les épaules avec un petit sourire suffisant:

– Il faudra cinq cents ans pour que vous deveniez comme nous, collègue.

Cinq cents ans, expliquait Turi, parce que c'était depuis ce temps-là qu'existait Cosa Nostra. Depuis que trois frères nobles, Osso, Mastosso et Carcagnosso, avaient tué en duel régulier le frère du roi d'Espagne qui leur avait fait injure.

– Mais ce sale fumier à couronne les condamna à mort et Osso, Mastosso et Carcagnosso furent contraints de prendre la fuite. Et Osso débarqua à la Favignana et fonda ce que vous appelez la mafia... et Mastosso, à Naples, ce que vous appelez la camorra, et Carcagnosso fit la première *'ndrina* de Calabre... ensuite, il en est passé de l'eau sous les ponts!

Alors cause toujours, Romain, de toute façon, toi et tous tes semblables, il va vous falloir en bouffer, du pain noir... Puis, au nom du Dandy, Turi afficha une curieuse réaction et, deux jours plus tard, il se pointa avec un beau sourire franc et une chaleureuse poignée de main. Il avait pris des informations par la "famille". Le Buffle pouvait être considéré comme quelqu'un de sûr.

– Mais toi, collègue, t'aurais dû me le dire tout de suite que t'étais dans la bande du Dandy ! C'est un homme que l'onc' Carlo tient dans la paume de la main !

Et le Buffle devint ainsi reconnu et respecté parce qu'il était un ami du Dandy ! Lui qui lui aurait volontiers offert, au Dandy, un tête-à-tête avec le Comte Ugolino en pétard, pour voir si le Toscan aimait réellement tant que ça la chair humaine ! Le Dandy, l'enflure qui lui avait pourri la vie !

La révélation de Turi Funciazza força le Buffle à extirper son cerveau de l'inertie dans laquelle l'avait plongé l'effort prolongé de se faire passer pour fou. Le Dandy est dehors et fait des affaires avec la mafia, et Buffle est à l'asile et crève. Le Dandy se fait des milliards et le Buffle vit de la charité des collègues. Le Dandy monte et le Buffle descend. Le Dandy gagne et le Buffle perd. Buffle venge le Libanais et paie. Le Dandy se fout de la vengeance et paie que couic. On ne pouvait constater qu'une chose : le Dandy est un gros enculé et le Buffle un pauvre con. Le Dandy a bien fait de regarder devant lui, le Buffle a eu le tort de trop penser au passé.

Les vacances à Montelupo durèrent une quinzaine de jours. Corrompant un jeune sous-off, le Buffle apprit que le rapport final "confirmait les résultats de l'observation précédente". Tout avait été inutile, donc. Le soir précédent son retour à Rome, il demanda à Turi comment se serait comporté un homme d'honneur face à un rival trop envahissant mais aussi trop puissant pour pouvoir être affronté l'arme au poing.

– Avec ruse et humilité, collègue. Avec le sourire et le venin, telle fut la réponse.

3

Après l'entretien dans le “bureau-qui-n'existe-pas”, Scialoja avait rassemblé quelques renseignements sur le Vieux. Les sources étaient discordantes. Le Vieux était l'interlocuteur privilégié de la diplomatie parallèle qui liait étroitement l'Italie et les États-Unis. Le chantre de l'anticommunisme viscéral. Le Vieux était un modéré. Il tempérait les âpretés des extrémistes par sa sagesse tranquille. Il était bien vu aussi de l'autre côté du Rideau de fer. Non, le Vieux n'était pas qu'un débris, un survivant d'une autre époque, un miroir aux alouettes, un homme de paille que l'on gardait relégué dans un placard sans hommes ni moyens. Loin de là. Jamais comme dans le cas du Vieux, le rôle formel n'avait aussi peu correspondu au pouvoir effectif: le premier médiocre et périphérique, le second occulte et illimité. Le Vieux était un épouvantail qu'on agitait dans les moments de crise. Le Vieux était le carrefour de l'Histoire secrète de ce dernier quart de siècle. A certains détails récurrents, tour à tour amplifiés et faussés, comme dans les légendes populaires, Scialoja comprit que le premier propagateur de ces bruits était le Vieux lui-même. C'était lui qui alimentait les doutes inquiétants, les racontars loufoques, le respect empreint de crainte ou le petit rire ironique qui se déchaînaient immanquablement chez l'interlocuteur lorsque l'on citait son nom. Le Vieux était un anarchiste. Le Vieux s'amusait. Le Vieux, à sa façon, avait proposé un accord. On va te donner une bricole, ou un pékin, à te mettre sous la dent, mais tu viens pas jouer dans la cour des grands, t'es pas de taille. Les enquêtes déclenchées par son rapport vivotaient. Personne n'avait plus le courage de les juguler – les temps avaient changé. Mais entre un rare interrogatoire, un examen distrait des papiers et un article vite oublié dans les journaux de gauche, la trame s'estompait, éparpillée dans les mille ruisselets du jeu pervers des compétences. Il ne restait qu'à se concentrer une fois de plus sur les meurtres et sur les armes. Le Vieux lui avait fait comprendre que quelqu'un allait payer. Ceux qui s'obstinaient à rester dans la rue. Ou ceux qui n'étaient pas assez futés pour se débarrasser du passe-montagne et passer la veste croisée. Mais le

Vieux savait-il tenir les accords ? Z et X semblaient s'être dissous dans le néant. Officiellement en mission à l'étranger, avait-on pu lire quelque part. Le Crapaud n'avait pas eu d'ennuis. Scialoja était allé le ramasser un soir aux thermes de Dioclétien. Réduit à l'état de larve, il tapinait encore.

– C'est la loi du désir, beau gosse !

Pendant qu'ils buvaient un whisky dans un rade derrière la gare, Scialoja s'était demandé s'il existait au monde un pauvre diable disposé à le mettre dans son lit. Le Crapaud avait insisté pour payer la tournée.

– Patrizia m'a demandé de vous saluer.

– C'est tout ?

– Vous vous attendiez à quoi ? Une déclaration d'amour en bonne et due forme ? Allez la trouver et voyez ce que vous pouvez faire. Seigneur, vous, les mecs, vous êtes insupportables ! Faut toujours tout vous expliquer, tout de A à Z. Vous ne laissez jamais la moindre place à l'imagination, au mystère !

Ainsi, elle voulait le voir. Scialoja n'y alla pas. Il ne demanda même pas au Crapaud comment faire pour la trouver. Il ne remua pas le petit doigt pour la chercher. La blessure de Positano brûlait encore, mais c'était une douleur sourde, intermittente, en voie de guérison, espérait-il. Scialoja était en train d'interroger un déséquilibré de Cinecittà, un lascar qui avait violé, étranglé et brûlé une gamine de quatorze ans, lorsqu'elle lui téléphona au commissariat. Le Crapaud était mort. Scialoja maudit le Vieux, remua ciel et terre pour mettre la main sur le rapport du médecin légiste, et il rechigna à se rendre à l'évidence mais dut finalement se résigner. Non, il n'y avait aucun mystère. Le Crapaud avait pris une ceinture et s'était pendu à une poutre. Il avait décidé d'en finir, voilà tout. Quand on l'avait ouvert, on lui avait trouvé plus de maladies que dans un lazaret. Tout ce que l'on pouvait dire en matière de requiem, c'était qu'il avait décidé de tirer sa révérence avec panache quand il s'était rendu compte que son corps hideux ne répondait même plus aux commandes élémentaires.

Ils se retrouvèrent avec Patrizia à l'enterrement. Sous une pluie battante, un petit orchestre de huit instruments escortait le cercueil hissé sur une carriole à baldaquin en taquinant des airs de jazz. Scialoja reconnut *Oh When The Saints Go Marchin' In*, puis, à l'entrée dans Prima Porta*, une languide et poignante *Sophisticated Lady.* Jouez ce morceau, avait écrit le Crapaud dans sa dernière lettre à Patrizia, dans le fond je me suis toujours senti une "dame sophistiquée". Hormis les musiciens, il n'y avait qu'eux deux. Les seules personnes qui pouvaient se vanter, si l'on peut dire, d'avoir eu une relation avec lui. Ils attendirent en silence que l'on ferme le cercueil. Patrizia paya l'orchestre. La pluie avait cessé de tomber. Patrizia le prit par le bras.

– Je vois que tu vas bien.

– Moi pas. Tu as grossi, tu es trop maquillée, tu es couverte de bijoux tape-à-l'œil... Tu es en bonne voie pour devenir une de ces pétasses à mafieux...

– Tu n'es pas gentil. Tu m'en veux encore pour cette histoire de Positano...

– Pourquoi ? Il s'est passé quelque chose à Positano ?

Ils marchèrent ensemble jusqu'à la Maserati de Patrizia. Toujours bras dessus, bras dessous. Patrizia éclata d'un de ses rires de gorge.

– Le Crapaud aimait les bijoux. Il disait qu'avec mes bijoux, je ressemblais à Cléopâtre.

– Cléopâtre a mal fini.

– Ça ne m'arrivera pas.

Brusquement, elle prit son visage entre ses mains et chercha ses lèvres. De la tête, il lui fit signe que non et la repoussa délicatement. Aucune accélération rythmique du cœur. Pas le moindre émoi de désir, pas la plus petite épée lancinante dans le bas-ventre. Scialoja se sentit froid comme la pluie qui recommençait à tambouriner sur le toit de la luxueuse Maserati.

– Je suis vraiment devenue bonne à jeter ? minauda-t-elle.

– Les choses changent.

– Va te faire foutre, je veux baiser.

– Qu'est-ce qu'il se passe, le Dandy t'a donné quartier libre ?

Elle rit. Ses yeux se firent langoureux. Puis désespérés, puis à nouveau orgueilleux et méchants. Elle se jeta sur lui avec fureur, insoucieuse de la pluie. Elle lui mordit à fond une oreille.

– Le Froid veut buter le Rat, murmura-t-elle.

---

* Deuxième cimetière de Rome.

Puis elle se détacha, monta en voiture et partit sur les chapeaux de roues.

Plus tard, Scialoja s'aperçut que Patrizia lui avait glissé dans la poche une paire de clés.

4

Bien que le Froid ait essayé à maintes reprises, après sa sortie d'hôpital, Gigio s'était toujours refusé à le rencontrer. Il ne lui était plus resté qu'à envoyer un peu d'argent à sa mère et à la supplier de convaincre son frangin de faire un petit voyage à l'étranger. Gigio, finalement, avait cédé et à présent, il se trouvait à Londres : pour refaire sa vie, loin de ce merdier, espérait le Froid. Mais en attendant, impossible de mettre la main sur le salopard qui lui avait vendu la dose. Inutiles tous les appels et toutes les recherches, vaines toutes les tentatives de menace ou de séduction. Les autres n'étaient d'aucun secours. C'était une histoire de famille et il n'était même pas difficile de comprendre que, dans leur for intérieur, ils pensaient comme le Dandy : un toxico, que ce soit un habitué ou un occasionnel, ça lui pend au nez. Est-ce que c'était pas ce qu'il avait toujours pensé lui aussi, avant l'histoire de Gigio ? Mais à cause de ce qui s'était passé, quelqu'un devait payer.

Sa mère lui avait dit qu'à l'époque du shoot, Gigio n'avait pas un sou. A la sortie de la clinique, son frère n'avait plus son scooter, celui que le Froid lui avait offert un soir, plusieurs années auparavant. Il est probable que pour se payer la dose, il avait fourgué le deux-roues en échange. Le Froid fit courir le bruit que quelqu'un avait volé quelque chose qui lui appartenait. Pas question de traiter ça par-dessous la jambe : au bout d'une semaine se présenta chez le Froid un chapardeur de Centocelle. Mort de trouille, le gamin jura ses grands dieux qu'il ne savait pas, que s'il avait seulement imaginé, que l'engin lui paraissait clean, enfin, que c'était le Boiteux qui le lui avait vendu, un receleur plutôt estimé dans le secteur. Le Froid remercia le gamin et lui dit que, si les renseignements étaient bons, il pouvait garder le scooter. A son tour, le Boiteux se mit à sa disposition : le scooter, précisa-t-il, n'avait pas été volé et, quand le Rat le lui avait amené, il n'aurait pas soupçonné le moins du monde que... Merci, ça va, ça suffit comme ça.

Donc, c'était le Rat. Et alors, y devait payer. Les preuves ? Quel besoin y avait de preuves ? Tout était parfaitement clair, linéaire...

Quand il le vit devant le bar de Franco, le Rat comprit immédiatement que le Froid l'avait gaulé. Ses jambes devinrent flagada et son sourire mourut sur ses lèvres. Le troquet était plein de gens et le Froid n'avait aucune envie de se mettre dans le pétrin en le flinguant devant témoins.

– Viens avec moi, dit-il.

Le Rat le suivit docilement, secoué par un tremblement incontrôlable. Le Froid le fit monter dans la Golf, lui braqua l'arme contre le flanc et lui déclara tout net :

– Maintenant, allons chercher un bon endroit pour mourir.

A cet instant, il n'était plus un homme, mais une machine.

Mais il doit y avoir, quelque part, là-haut dans le ciel, un archange désœuvré disposé à étendre ses grandes ailes sur les salauds comme le Rat. Cet animal s'en était déjà sorti la première fois, quand il avait volé le sac du Libanais. Et le Froid lui-même, à une deuxième occasion, l'avait gracié pour l'histoire du pauvre Aldo Bouffons. Oui, fallait lui changer son nom, au Rat : à compter de cet après-midi, ils allaient l'appeler "là-haut quelqu'un m'aime". Car le Froid avait à peine pris l'autoroute pour Fiumicino qu'ils furent arrêtés par une Fiat banalisée de la police.

Le Rat, qui n'en croyait pas ses yeux, se mit à gueuler : "Attention, il est armé !" Dans les mains des poulets se matérialisèrent les Beretta d'ordonnance. Le Froid, qui savait perdre, remit avec un petit sourire son calibre 9. Arme clandestine avec numéro d'immatriculation limé. Et ce fut ainsi que l'assassin raté et sa victime rescapée se retrouvèrent à Regina Coeli, à ruminer sur la puissance des forces célestes.

Ni le Froid ni le Rat ne savaient que l'archange s'appelait Scialoja. Il en avait mis, du temps, pour repérer ce Rat, du menu fretin dont personne ne savait qui il était, mais finalement, l'idée de lui filer au train une paire de gars sûrs avait porté ses fruits. Scialoja se frottait les mains. Mise à part l'arrestation en soi, s'il arrivait à se le travailler comme il faut, ce Rat…

La capture du Froid mit mal à l'aise l'Echalas et Œil Fier, qui étaient et seraient toujours des amis sincères, mais aussi Trentedeniers : et dans son cas, l'amitié n'avait rien à voir, mais le regret pour la perte temporaire du Rat. Il n'allait pas être facile de remplacer un goûteur de son calibre ! Quant au Dandy, il y vit l'énième confirmation de la validité de sa stratégie de décrochage. Si même le Froid, le seul qui, par ses couilles et sa cervelle, pouvait donner quelque fil à retordre, divaguait derrière les lubies de son frangin camé, eh ben, il était clair que désormais, les autres et lui se trouvaient réellement sur des planètes différentes. Maintenant que l'accord avec le Sec lui assurait des hommes et des canaux alternatifs, surgissait le problème de larguer les amarres. Il s'agissait de saisir l'occasion propice. Mais le Dandy hésitait à déclencher une guerre. Si on voulait frapper, il fallait le faire de manière scientifique et définitive. Or avec le Froid, le Buffle et Ricotta au trou, il risquait de laisser derrière lui un dangereux reliquat. Le Froid était un adversaire digne de respect. Le Buffle était un type à tenir à l'œil… et puis le réseau de dealers était entièrement aux mains de Trentedeniers. Le Napolitain était quelqu'un avec qui on pouvait raisonner. Il n'était même pas dit que le plomb ait le dernier mot : ce ne serait ni le premier ni le dernier cas de dénouement consensuel dans le milieu. Pour le moment, les choses devaient rouler sur les rails habituels. Le canal chinois avait été mis en commun, bien que Le Dandy se soit réservé le contrôle exclusif des approvisionnements. Il prenait, disons, trois kilos et en déclarait deux à ses compères. Et c'est sur deux qu'il versait sa contribution à la caisse : le reste, ils se le partageaient fifty-fifty avec le Sec.

Le Sec était une véritable puissance : pas seulement doué, ce qu'on savait déjà, pour faire tourner le fric, mais aussi très habile pour avoir les bons contacts. Au fur et à mesure que leur entente prenait corps, le Dandy s'étonnait de constater de visu combien de gens le Sec était en mesure de contrôler : fonctionnaires, policiers, promoteurs, directeurs de banque, et même deux ou trois juges. Nombre d'entre eux étaient sur le livre de paie, d'autres subissaient un chantage à cause de leurs habitudes sexuelles ou remboursaient en nature les taux usuraires exorbitants du Sec. Les politiciens, ensuite ! Le Sec les arrosait généreusement, il allait dîner chez eux, il leur procurait des filles complaisantes, tissant de solides réseaux d'intérêts et de complicités, sorte de filet qu'au moment opportun, en pêcheur expérimenté, il n'hésiterait pas à tirer à lui. Le Sec, il était même connu d'un vieux renard comme l'oncle Carlo. Le Dandy l'avait accompagné pour visiter certains terrains sur le littoral de Sabaudia qui intéressaient les associés milanais de l'oncle. Il y avait aussi le Maître. L'oncle Carlo avait été critique à propos de la Ferrari jaune safran que le Dandy avait retirée trois jours plus tôt chez le concessionnaire.

– Trop voyante.

– Excuse-moi, oncle Carlo, mais le fric, ça sert aussi à jouir de la vie, non ?

– Fiston, fais gaffe, te monte pas la tête.

Dandy aurait volontiers répliqué, mais l'oncle Carlo était passé à autre chose. Ce matin-là, il était décidément de bonne humeur : à Palerme, ils venaient juste de dynamiter un autre cornard de magistrat qui s'était fichu dans le crâne d'organiser le travail des proc's avec des méthodes modernes. “Pool”, ils l'appelaient, ce groupe de têtes de nœud. Et l'oncle Carlo leur en avait servi, du modernisme. Quant au Sec, on en avait parlé en fin de journée.

– Un élément intéressant, avait averti le Maître, mais ne lui lâche pas trop la bride.

– La situation est parfaitement sous contrôle !

– C'est ce qu'on verra.

De quoi s'inquiétait le Maître ? Le Dandy savait fort bien que le Sec était faux jeton, douteux, traître par vocation. L'époque du Libanais et celle du Froid étaient définitivement révolues. Aujourd'hui, la loyauté était, si l'on peut dire, sur le marché : elle se renégociait d'un jour à l'autre.

Pour tirer les ficelles, le Dandy comptait sur sa capacité à manipuler les hommes. Le Sec, malgré tout son fric et sa diabolique habileté à traiter avec les puissants, connaissait que dalle à comment on raisonne dans la rue. Ses gars, ceux-là mêmes qui engraissaient grâce à ses idées, tout au plus ils le respectaient, ils ne l'aimeraient certainement jamais. Petit à petit, Dandy allait les attirer à lui. Le Sec n'y verrait que du feu. Le Sec était un homme seul. Le Sec pouvait ordonner un meurtre, mais il n'aurait jamais le courage d'affronter un ennemi à visage découvert. Le Sec n'avait ni le physique ni les tripes d'un chef. Et si un jour il commençait à faire chier, la balle dans le canon qui était retournée dans son chargeur l'autre soir l'attendait toujours…

5

Lors du premier interrogatoire après leur arrestation, le Froid avait raconté qu'il avait proposé au Rat de le déposer, qu'il le connaissait depuis l'époque du Libanais. Il ignorait naturellement que le gars détenait une arme, qui plus est clandestine. Sinon, étant donné ses antécédents et “l'attention” notoire dont il était l'objet de la part des forces de l'ordre, il se serait bien gardé de mettre à sa disposition sa voiture et, avait-il ajouté avec une ironie sacrément culottée, son “amitié”.

Le Rat avait avoué à Scialoja que le Froid voulait le tuer. Mais devant le proc', il s'était enfermé dans un mutisme obstiné. A l'isolement, où on l'avait gardé quatre jours et quatre nuits, il avait fait sa crise de manque. Quand il s'était senti plus calme, il avait demandé à voir le juge, le suppliant de le mettre en cellule avec un compagnon.

– Ou y vont penser que j'suis devenu une balance, que je m'suis mis à table…

Scialoja avait finement suggéré de le faire dormir avec le Froid. Le Rat était tombé dans les pommes et on avait dû le transporter d'urgence à l'infirmerie. Une autre enquête qui risque de mourir dans l'œuf, avait commenté Borgia. Mais Scialoja insistait : il fallait travailler sur le Rat. La circonstance était singulière. Qu'un criminel de l'envergure du Froid puisse proposer de le déposer à un zéro absolu comme le Rat et ignorer que ce dernier détient une arme était pure science-fiction. Et pourquoi le Rat aurait-il dû détenir une arme ? Le Rat était un camé au dernier degré, avec des petits antécédents pour vol et pour deal. Rien que le fait qu'il se trouve à bord de la même auto que le Froid était suspect. Non. Le Rat avait dit la vérité : le Froid voulait le descendre. L'intervention “fortuite” de la patrouille lui avait sauvé la peau. Il fallait découvrir pourquoi le Froid en voulait autant au Rat. Qu'est-ce qui liait l'un des chefs suprêmes à ce minable ? Quel était le mobile de la vengeance ?

– Mais ce type ne parle pas ! râla Borgia exaspéré. Je ne peux tout de même pas le torturer !

– Le Rat fait dans son froc de trouille. Relâchons-le.

– Le relâcher ? Vous délirez, Scialoja !

– Écoutez : c'est une occasion en or. Croyez-moi !

Une semaine après son arrestation, le Rat fut libéré, officiellement pour raisons de santé. Dès l'instant où il franchit le seuil de la pension Regina, il eut deux vétérans aux trousses vingt-quatre heures sur vingt-quatre. Une autre idée de Scialoja : garder, vétérans mis à part, l'opération strictement secrète. Ce fut pour cette raison que Fabio Santini ne réussit pas à prévenir Trentedeniers que le Rat était surveillé.

Mais le Rat, au début, fut une réelle déception. Ses anges gardiens référèrent que l'individu restait toute la journée claquemuré chez lui, portes et fenêtres barricadées. Un après-midi, profitant d'une très courte promenade, l'un des deux avait même pénétré dans la baraque. A ses yeux s'était offert un décor indescriptible de crasse et d'abandon : le Rat vivait pratiquement au milieu de ses ordures.

Borgia hésitait. Scialoja s'acharnait. Il était prêt à libérer aussi le Froid pour voir un peu comment ça se terminerait.

Puis le Rat, à de tout petits signes, s'était aperçu de l'intrusion. Et ses paranos s'étaient démultipliées. Il voyait le Froid partout. Il tremblait sous le soleil. S'il avait eu un chouïa de sang dans les veines, il se serait flingué. Tout, tout pourvu qu'on en finisse avec cette angoisse qui le dévastait.

Inquiet de son silence, Trentedeniers fut forcé de se bouger les miches. Le Napolitain chercha à être on ne peut plus rassurant : personne ne lui en voulait, et tant que le Froid serait au violon, la vie pouvait continuer normalement.

– Et quand y sort ?

– Et quand il sort, on en parle. Le Froid peut quand même pas faire tout ce qu'y veut, bordel !

Mais le Rat se méfiait encore. Trentedeniers joua la carte de l'héro.

– Cent grammes. Dope ultra pure. Quatre-vingts à vendre et vingt rien que pour toi !

Demeuré seul, le Rat fixait le paquet laissé par le Napolitain avec la tentation de tout balancer aux chiottes. Finalement, son avidité l'emporta et, après un bon shoot, il se sentit réconcilié avec le monde. Les deux policiers intervinrent lorsqu'ils le virent sortir bien propre et rasé de frais. Ils lui tombèrent dessus en gueulant: "Halte, police!", mais le Rat, rien qu'en les voyant devant lui, avait déjà tourné de l'œil. Ils le transportèrent chez lui et trouvèrent le sachet de dope étalé sur une table bancale. Le Rat reprit connaissance, il saisit la situation et la bête immonde qui l'avait saisi à la gorge s'envola. Il demanda à être amené au juge Borgia.

– J'ai l'intention de passer aux aveux complets. Depuis quelques années, je fais partie d'une vaste organisation criminelle ramifiée...

TROISIÈME PARTIE

1984

Tout le monde au trou

1

Le Rat dictait et Scialoja sténographiait.

Les nerfs, la volonté et l'espoir donnaient au garçon une force qu'il n'avait jamais au grand jamais imaginé posséder. Pour la première fois depuis des années, il entrevoyait une issue. Laisser derrière lui la vie d'accro et la parano. Et si ça passait pour une trahison, tant mieux. Qu'est-ce qui le liait au Froid et aux autres? Il n'éprouvait pas une once de pitié pour eux. Le premier nom qu'il balança fut celui de Fabio Santini.

– On peut rester là jusqu'à demain, si vous arrêtez pas la taupe, tout est inutile.

Ils suspendirent l'interrogatoire, ils firent porter au Rat des sandwichs et de la bière et s'enfermèrent à clé dans le bureau du juge. Borgia voulait flanquer sur-le-champ le flic ripou dans la prison militaire de Forte Boccea. Scialoja s'y opposa.

– On n'a contre lui que la parole du Rat. Tout est à vérifier. Il lui suffira de dire qu'il est victime de la vengeance d'un truand et il en sortira blanchi. Si on l'arrête maintenant, il va nous foutre l'enquête en l'air, notre ami.

– S'il reste libre aussi, il nous fout l'enquête en l'air.

– Ça dépend…

Scialoja exposa son plan. Le magistrat fut horrifié.

– Mais c'est illégal!

– Alors retournez là-bas et reprenez l'interrogatoire. Nous ne nous sommes jamais parlé. Si tout se passe bien, d'ici trois heures, le problème Santini est réglé.

– Et si ça se passe mal?

Scialoja ne répondit pas. Tandis qu'il longeait la rampe de l'escalier crasseux qui descendait aux locaux de garde à vue, Borgia se dit que le jeune juge idéaliste qu'il avait été jadis aurait envoyé Scialoja au diable. Pire: il l'aurait dénoncé. A présent, par son silence, il lui donnait implicitement le feu vert. Et ce n'était même pas la première fois qu'il protégeait ce branque. Sentiment de culpabilité? Pas l'ombre. Ils avaient en face d'eux des gens sans scrupules. Des assassins protégés par un réseau invisible et pernicieux. Les garanties démocratiques, à un certain stade, elles frisaient la complicité.

Scialoja remit à Fabio Santini son ordre de service dûment tamponné et signé.

– Salerne ? Et qu'est-ce que je vais faire à Salerne, commissaire ?

– Tu sais pas lire, Santini ? Tu vas chercher un brigadiste qui est en train de se mettre à table et tu l'emmènes à Rebibbia. D'ici demain matin.

– Mais c'est un truc pour l'Antiterrorisme !

– Ils sont à court d'effectifs et ils m'ont demandé mon aide.

– Et pile vous m'avez choisi ?

– Il me fallait un homme sûr ! coupa Scialoja avec un grand sourire.

Devant le commissariat, dans une voiture banalisée de la police, se trouvaient deux vieux briscards de la Criminelle. Ils étaient chargés de s'assurer que Santini partait effectivement pour son improbable mission. Les collègues de Salerne avaient pour ordre de perdre un peu de temps. Pendant que le policier ripou passait le péage de Rome Sud, deux autres agents entraient discrètement dans son appartement, au troisième étage d'un petit immeuble de la Garbatella.

Deux heures plus tard, Scialoja reçut un coup de fil. Borgia le vit reposer le combiné avec le rictus souriant du méchant flic.

– À Garbatella, on a trouvé quatorze grammes de cocaïne et un pistolet dérobé il y a deux mois à l'armurerie du commissariat Casilino. Mes hommes sont encore sur place.

Avec un soupir de soulagement, Borgia signa le mandat d'arrêt et celui de perquisition. Santini fut incarcéré à Forte Boccea, où il arriva avec un œil tuméfié et le nez enflé. Les deux vieux briscards de la police écrivirent dans leur rapport que le détenu, dans un élan de désespoir, s'était à plusieurs reprises tapé la tête contre une fenêtre dotée de vitres pare-balles.

Pendant ce temps-là, le Rat dictait et Scialoja sténographiait.

Vous avez chopé Santini ? Alors, allez prendre la dope. Tout part des cent grammes que vous m'avez confisqués au moment de mon arrestation. Brown sugar thaïlandaise. Comment faisait-il pour en être aussi sûr ? Qu'ils demandent dans le secteur : il n'y avait pas un nez ni une veine plus sensibles que le Rat dans tout Rome ! Le fournisseur ? Un petit entrepreneur de Terni, dit la

Barbiche. Il est en affaires avec Bangkok, des affaires propres, mais au moins deux fois par an, avec le coton et le riz pour les tablées de freak-brothers, il rapporte deux-trois kilos d'héro. Il file directement cent cinquante grammes à ses amis de cœur, tous camés jusqu'aux yeux. Le reste, Trentedeniers lui achète en bloc. Trentedeniers ne garde jamais la came chez lui, mais il se sert de Maurone, un marchand de pneus qui a un entrepôt au Quadraro. La dope est dans une niche en bois camouflée par un panneau avec les cotes du Tiercé.

Une mitraillette, voilà ce qu'était devenu le Rat. Scialoja envoya une équipe à Terni et trois agents spéciaux de l'Antigang – des types que pas grand-chose n'impressionne – chez Maurone du Quadraro. La Barbiche de Terni, lorsqu'il vit son pavillon encerclé par les agents, tenta de mettre les bouts par les toits. Mais une tuile disjointe tint à dire son mot et la Barbiche, après une méchante chute, atterrit sous surveillance à l'hôpital avec le fémur en petits morceaux : dans le salon, outre une toxico squelettique, se trouvaient les fameux cent cinquante grammes de brown sugar.

Maurone du Quadraro, un gibier de potence en liberté surveillée, accueillit les policiers avec un ricanement de dur. Ceux-ci, pour pas griller le tuyau, jouèrent d'abord un peu la comédie, jusqu'à ce que, “tout à fait par hasard”, ils tombent sur la niche. Et dedans, il y avait l'héro et, à côté de l'héroïne, un zeste de coke, et, histoire de pas déparer, un Beretta semi-automatique et un paquet de cartouches Lapua. Et ce fut ainsi que Maurone aussi, le sourire figé à la perspective d'un long séjour aux frais de l'État, finit menotté à l'hôtel Roma.

Pendant ce temps-là, le Rat dictait et dictait. Scialoja sténographiait et Borgia notait les passages marquants, traçait des diagrammes, intervenait pour éclaircir des détails en apparence insignifiants qui, au procès, pouvaient s'avérer décisifs.

Jusqu'à ce que, vers minuit le deuxième jour, le gamin, exténué, s'écroule. Plus de cent pages de procès-verbal avaient été remplies. Le commissaire fit apporter un pot de café et des croissants chauds. Mais le Rat avait sombré dans un sommeil comateux. Borgia se surprit à penser que Dieu sait depuis combien d'années ce pauvre bougre n'avait pas dormi d'aussi bon cœur.

Plus pragmatique, Scialoja lui rappela qu'au cours des dernières minutes, le Rat s'emberlificotait autour des mêmes déclarations.

– Il est épuisé. Inutile de continuer.

Le Rat fut dirigé vers le quartier spécial de Rebibbia, pour servir de compagnon aux terroristes bavards. Avant de monter dans l'Alfa blindée banalisée, le Rat regarda fixement Borgia dans les yeux.

– Je vous ai fait confiance, juge.

Borgia lui tendit la main en évitant son regard. Il savait qu'il ne pouvait pas faire grand-chose pour lui et, pour cette raison, en toute honnêteté, il avait été avare de promesses. Peut-être, s'ils s'étaient décidés à approuver cette loi sur les repentis dont on parlait depuis des années… Pour le terrorisme, ils s'étaient bougés en vitesse, mais le terrorisme donnait du souci aux politiciens et donc… En revanche, quand il s'agissait de mafia, inexplicablement, tout le monde traînait des pieds… L'Alfa partit sur les chapeaux de roues. Scialoja, qui avait suivi la scène, lui mit une main sur l'épaule.

– Et maintenant ?

– Et maintenant, on informe le procureur et on fonce avec les mandats.

2

Les équipes de Scialoja se déployèrent à l'heure la plus vache, quand les défenses s'abaissent et que le bruit sourd du choc des armes qui cognent contre la porte d'entrée vous fait maudire l'instant où vous avez choisi la mauvaise vie.

Ils emballèrent Œil Fier, qui après tant d'ardeurs sexuelles s'était fiancé pour de bon, alors qu'il était enlacé à sa promise, une brunasse emperlousée propriétaire d'un restaurant de Fiumicino.

– Où est-ce qu'ils t'emmènent, mon amour?

Tandis que, mélodramatique, elle tordait ses doigts couverts de rubis, son homme se cachait en sautillant en quête désespérée d'une chemise et d'un pantalon, psalmodiant un chapelet d'injures. Un spectacle!

Lorsqu'ils enfoncèrent la porte, l'Echalas, qui dormait avec son pistolet sous l'oreiller, leva les mains et se déclara prisonnier politique. Le chef de patrouille éclata de rire et lui flanqua un bon coup de pied dans les tibias. L'Echalas baissa les bras et haussa les épaules: il n'avait jamais brillé par son sens de l'humour.

Chez Trentedeniers se trouvait une belle fille à l'air ingénu et épouvanté. Le Napolitain dit qu'elle était son infirmière personnelle, appelée d'urgence pour une colique. Les policiers vérifièrent ses papiers et la laissèrent partir. D'ailleurs, dans ses déclarations, le Rat n'avait jamais parlé d'une certaine Vanessa. Trentedeniers offrit à boire, et les policiers refusèrent. Il cita le nom de Fabio Santini, et ceux-ci l'informèrent qu'il avait déjà été incarcéré à Forte Boccea. Il tenta alors de les corrompre, et il se morfla une paire de mandales. Résigné, il prépara une mallette pleine de certificats médicaux et les suivit.

Botola, qui habitait encore avec sa mère, essaya de se cacher dans un placard, mais il fut trahi par un éternuement. Carlo Bouffons, quand ils forcèrent au pied de biche le rideau de fer du magasin familial, protesta à corps et à cris. Non seulement il était hors du coup depuis des mois, le pauvre zigue, mais associer son nom à celui des bâtards qui avaient buté son jumeau, c'était carrément une offense! Déclaration tout aussi révélatrice que dangereuse, à bien y regarder, qui du reste, sur le moment, ne fut pas évaluée à sa juste mesure. Les poulets, implacables, avaient un seul ordre : les flanquer tous au trou. Et ils l'emmenèrent donc lui aussi. Et de la phrase incriminée, il ne resta pas trace sur les procès-verbaux.

Seul le Dandy échappa au coup de filet. D'après le Rat, le Dandy avait un point de chute à deux pas de la Foire de Rome. Officiellement, c'était le domicile de Patrizia, mais il y allait et venait à sa guise. Pas de porte blindée, aucun détail offusquant. Depuis qu'elle était allée en taule, Patrizia haïssait les verrous. D'ailleurs, à Rome, il était pas encore né, le cinglé qui aurait osé importuner la femme du chef. Scialoja y entra grâce aux clés qu'elle lui avait glissées dans la poche à l'enterrement du Crapaud. Malgré sa dangereuse situation, il ne put s'empêcher un regard admiratif autour de lui. Du blanc partout et quelques meubles design : un tel dépouillement était-il l'œuvre d'un architecte, ou du temps ? Scialoja éteignit toutes les lumières, alluma une cigarette et s'installa sur un canapé face à la porte d'entrée. Elle en avait fait du chemin, sa tourterelle, depuis l'époque de Porta Maggiore. Pourtant, il l'aurait juré, elle conservait encore quelque part le petit écrin avec les objets qui incarnaient ses pauvres rêves ordinaires et rapaces : de la menue monnaie, des bagues, la photo de Raquel Welch, le catalogues des bijoux Bulgari, le dépliant qui promettait des vacances idylliques dans les mers du Sud… Quoi qu'il en soit, pendant que ses hommes ratissaient les chefs, lui, il avait décidé de capturer le Dandy tout seul. Borgia aurait qualifié cela de bravade stupide. Et ça l'était peut-être. Mais c'était aussi quelque chose où se mêlaient des chaînes qui se brisent, des héritages qu'on délaisse, des jeux pervers qui soit s'interrompent soit vous entraînent dans Dieu sait quel gouffre. Un choix vital. L'instinct de conservation. Scialoja avait découvert qu'il en possédait une bonne réserve la fois où il avait acheté à un accessoiriste de cirque un flacon d'huile de hasch afghan. A la première taffe, il s'était senti se dédoubler. A la deuxième, il avait eu la sensation que son cœur partait se balader dans la pièce. Il n'y avait jamais eu de troisième, puisque la dope avait atterri aux chiottes. Il avait seize ans. Depuis lors, il ne s'était plus jamais fait un pétard digne de ce nom. L'instinct de conservation. Pour justifier ce coup de tête, il avait expliqué à ses collègues qu'étant donné la dangerosité extrême du Dandy, il valait mieux procéder de manière calme, sans grabuge ni précipitation. Mais tandis qu'il glissait dans la torpeur inquiète de l'attente, il se surprit à caresser avec une sensation rassurante, voire affectueuse, la crosse de son Beretta d'ordonnance. Le Dandy était certainement armé. Et s'il opposait de la résistance ? Il ôta le cran de sûreté. Il pouvait se trouver face à la nécessité de l'abattre. Cette perspective, songea-t-il avec un frisson, ne le dérangeait guère. D'ailleurs, rien ne garantissait que le Dandy déciderait justement cette nuit-là de se servir de son doux repaire. Auquel cas, à l'aube, il allait devoir procéder suivant les modalités ordinaires. Il aurait juste perdu un peu de temps, c'est tout. Mais quelle solution hypocrite ! Il alluma une cigarette, une deuxième, puis une autre. Et s'il rentrait avec Patrizia ? Il chassa cette pensée par une énième cigarette. Lorsque le Dandy se pointa enfin, à trois heures passées, il tomba sur un Scialoja vigilant, sombre, et pistolet braqué. Le Dandy portait un blouson noir et des bottes en cuir. Il avait encore grossi et commençait à perdre ses cheveux. D'instinct, il chercha une voie de fuite. Scialoja se contenta de hausser le canon, mettant en joue sa tête. Le Dandy écarta les bras.

– Tourne-toi et lève les mains.

Le Dandy s'exécuta. Scialoja le fouilla en tenant l'arme posée contre sa nuque. Le Dandy sentait l'eau de Cologne avec une vague trace de sueur. Et il était sans armes. Son ton était goguenard.

– Qu'est-ce que tu crois ? Que je me trimbale encore avec l'artillerie ?

Scialoja l'informa qu'il était en état d'arrestation. Il avait le droit de prévenir son avocat. Il avait le droit de passer un coup de fil à ses proches. Il s'apprêtait à lui notifier son mandat d'arrêt quand le Dandy partit d'un éclat de rire paillard.

– Et t'avais besoin de tout ce bastringue ? Ah, j'ai pigé… c'est à cause de Patrizia, non ?

Scialoja recula d'un pas, comme sidéré par l'évidence de la chose. Le Dandy en profita pour baisser les bras. Scialoja brandit son arme. Le Dandy sourit.

– Tu voudrais tout de même pas flinguer un homme désarmé, hein ?

– C'est toi qui me dis ça !

– Qu'est-ce que ça a à voir ! T'es la loi, bordel ! Y'a des trucs que tu peux pas faire… Tu dois même pas y penser, à certains trucs… du genre je bute le Dandy et je saute sa gonzesse… Parce que c'est de ça qu'il s'agit, non ?

– Bouge pas !

– Mais qui bouge ? J'veux juste dire, avant que tu te fâches… qu'y a façon et façon de résoudre les choses… Tu veux Patrizia ? Eh, tu te la prends, beau gosse ! Moi, je me tire d'ici et quand Patrizia arrive, elle est toute à toi ! Et on est quitte. Qu'esse-t'en dis, hein ?

– Tu es un porc, Dandy !

– Et tu crois que tu vaux mieux que moi ? Tu dérailles, mon pote !

Le Dandy continuait à parler et avançait, pas à pas. Et le commissaire reculait à chaque pas. Jusqu'à ce qu'il se retrouve écrasé contre le canapé, perde l'équilibre, cherche à s'appuyer sur la gauche et que le Dandy démarre. Un coup de genou sec, au bas-ventre, et Scialoja se plia de douleur. Un uppercut au menton, sa tête gicla en arrière et le pistolet lui tomba des mains. Scialoja tenta de réagir, mais c'était comme si la volonté lui manquait. L'effet des gnons, bien sûr, ou peut-être un sortilège plus subtil, un à-coup de cette chaîne qu'il n'était pas parvenue à briser. Le Dandy fut instantanément sur lui, il fouilla dans ses poches, trouva les menottes et les lui passa aux poignets. Alors qu'il se relevait, parfaitement calme, il lui flanqua un petit coup de pied dans les côtes. Quasiment une pichenette affectueuse. Le Dandy récupéra le pistolet.

– Tu sais, reprit-il en lui posant le canon sur la tempe, tu sais que je me verrais drôlement bien te descendre maintenant ! Eh, *dotto'*, j'ai vu quelqu'un qui rôdait dans la maison, j'ai tiré… légitime défense, non ? Va savoir que c'était un policier… et pour un mandat, en plus, alors que, au bas mot, quand y'a un mandat pour le Dandy, on déplace les gardes à cheval avec toute leur fanfare… Et ce type, y vient tout seul dans l'antre du loup… Ah oui, ce serait chouette… Mais c'est pas possible !

Le Dandy se redressa, il enclencha le cran de sûreté, retira le chargeur de la crosse du semi-automatique. Sa voix exprimait un regret authentique.

– C'est pas possible ! Il a raison, mon pote… tirer sur les flics attire que des emmerdes… Et moi, au contraire, je veux sortir de cette histoire propre comme un enfant de chœur… et Patrizia sera avec moi ! Bon, p'tit con : le Dandy prend son chapeau et te salue. Quoique, avant… une p'tite satisfaction…

Le coup de pied le prit de biais, au niveau de la carotide. Scialoja sentit le goût amer du vomi et du sang, il roula des yeux, eut le temps d'attraper une lueur du sourire de l'autre, puis tout fut noir.

Il fut réveillé par un parfum fruité, avec un fond aigre-doux de cannelle. Patrizia était au-dessus de lui. Scialoja perçut la lumière du matin qui filtrait par les fenêtres. Combien de temps avait-il dormi ?

– Enlève-moi ces menottes…

Il essaya de gigoter, mais un atroce élancement au côté le recloua au sol. Scialoja ferma les yeux. Sa tête lui faisait mal.

– Patrizia…

– Plus tard.

Il rouvrit les yeux. Patrizia lui souleva délicatement les bras et fit passer sa chemise par-dessus les mains menottées. Chaudes et rapides, ses doigts couraient sur les muscles de son dos. Ils s'attardaient dans le creux des aisselles.

– Tu as maigri.

– Toi aussi.

– J'ai suivi ton conseil. J'ai pas envie de jouer à la pépée du gangster.

– Tu es la pépée du gangster. Et tu devrais redevenir brune. En blond, tu fais vulgaire.

– Exagère pas, maintenant. J'ai les clés de tes menottes.

3

Garder son calme. Attendre que la tourmente passe. Le temps jouait pour eux.

A entendre l'avocat Vasca, le diable n'était pas aussi noir qu'on le peignait. Bien sûr, il fallait faire face à un flot d'inculpations, et cette fois-ci, il faudrait bien payer quelque chose. Mais trois fois rien : les faits les plus spécifiques, entendons-nous bien. L'accusation les avait noyés dans l'océan du délit d'association. Et ils allaient patiemment les isoler, les sortir du tas, les disséquer et les massacrer un par un.

Adepte convaincu du "diviser pour régner", Vasta garda la défense du Buffle, du Froid, de l'Echalas et d'Œil Fier, et passa les autres, des deuxièmes grades, rangs et rôles, à un bataillon de collègues plus ou moins couillus. Quant au Dandy, tant qu'il jouait les filles de l'air, inutile de s'en inquiéter. On prendrait une décision au moment opportun.

Pendant un bon mois, les gradés virent les couloirs sillonnés par une théorie de pros en loden, veste croisée à carreaux et attaché-case en cuir. Ils passaient tous par les longs interrogatoires de Borgia, et tous en sortaient le sourcil fier et le sourire à fleur de lèvres. Il se fichait le doigt dans l'œil, le juge, s'il croyait confirmer les accusations en les faisant se contredire : il n'y avait pas de balances, parmi eux. A part le Rat, naturellement, mais ça, c'était une autre histoire. Pour leur part, ils ne parvenaient pas, sinon à grand-peine, à suivre le conseil de Vasta : profil bas, renoncer au sarcasme, au pire nier mordicus. A force de se retrouver devant ce juge de plus en plus sombre et déterminé, la nature revenait au galop. Ils se mirent à déconner à en écrouler les murs massifs de Rebibbia. Le Froid justifiait baraques et bagnoles par l'héritage d'un oncle d'Amérique. Le Buffle se déclarait opposé, pour des motifs religieux, à toute consommation de drogue, tabac inclus, et prétendait que sa déclaration avait été enregistrée, alors qu'il soufflait au nez du juge la fumée d'une énième Marlboro. Œil Fier qui avait chez lui un revolver au numéro limé "parce qu'avec tous ces voyous qui traînent dans le coin…" et Botola sur lequel ils avaient trouvé deux cents briques cash, "la pension de maman" et ce genre de choses. Et lorsque Borgia, devant le Buffle qu'il avait surpris à réciter, l'air inspiré, le Notre-Père, se fâcha tout rouge, Vasta fut forcé d'intervenir et, à partir de ce moment-là, afin d'éviter les accidents de parcours, ce fut un défilé de "je fais usage de mon droit de ne pas répondre", et le rythme des interrogatoires ralentit.

Plus le temps passait et mieux se précisaient les contours du problème. Vasta ne cachait pas son optimisme. Vint le moment de passer au deuxième acte. Le sacrifice des pions en vue de l'échec et mat.

Les avocats du menu fretin, à la suggestion de Vasta, réclamèrent une confrontation entre leurs clients et le Rat. Tous les chevaux et les fourmis accusèrent le repenti : il n'y avait pas un gramme de toute la came qui avait été confisquée, de celle qu'ils avaient fourguée, de celle qu'ils avaient sniffée ou shootée qui ne soit passé par les mains du Rat. Il était le moteur de tout. Ils admettaient un peu de deal et enfonçaient le joker de l'accusation. Une semaine après la dernière confrontation, Trentedeniers demanda à être interrogé. Il avoua l'achat du lot de brown sugar, balançant allégrement la Barbiche, et s'empressa de préciser que le Rat était son détaillant de confiance. Il avait tout fait tout seul. Il était, précisa-t-il avec sa gentillesse coutumière, un homme d'affaires à son compte. Si association il y avait, elle existait uniquement avec le Rat. Et il ne lui en voulait même pas, à ce pauvre garçon, si seul au monde et réduit à un tel état que, pour essayer la dope, il faisait venir chez lui des toxicos et leur faisait directement les fixes. Y compris des mineurs, monsieur le juge. Et quant à lui, il avait compris la leçon : la drogue est une saloperie, la drogue fait du mal. Des projets pour l'avenir ? Payer sa dette avec la justice et refaire sa vie. Inutile de dire que la Barbiche, "confronté à l'évidence des faits", passa aux "aveux complets et détaillés". Oui, il avait rapporté un kilo de dope de Thaïlande. Oui, il l'avait en partie cédé à Trentedeniers. Mais il ne savait rien d'autre. Ce Rat ? Jamais entendu parler, je le jure sur ce que j'ai de plus cher au monde.

Avec ses paperasses à la main, Vasta frappa à la porte du procureur. En ce qui concernait le triangle Trentedeniers-Barbiche-Rat, on pouvait dire que l'instruction était terminée. Il s'agissait d'un simple épisode de deal, même s'il était coton. La requête : clôture et renvoi immédiats de l'instruction. Et pour ceux qui étaient passés aux aveux, résidence surveillée. Le procureur convoqua Borgia.

– Vasta a raison. Sur cette histoire, on peut déjà aller au procès. Pour le reste, le niveau probatoire est faiblard. Ton repenti ne parle des meurtres que par ouï-dire. Les accusés se taisent. Je le sens pas.

Borgia dégaina les plus belles pièces de son arsenal dialectique. Il passa en revue tous les faits sanglants de ces dernières années. Il enfla la furieuse recherche des comparaisons qu'il faisait, vanta des "résultats inespérés". A la fin, il arracha quelques jours de renvoi. Le soir, il se présenta chez Scialoja. Le commissaire l'invita à entrer avec un sourire embarrassé. Depuis que le Dandy s'était fait la malle, ils ne s'étaient pratiquement plus parlé. Le rapport sur l'arrestation ratée s'était envolé du quatrième étage du Palais de justice. Scialoja avait attribué cette perte à un courant d'air providentiel. Quant aux éraflures et aux contusions, il s'agissait d'un accident fortuit dû à l'éclatement d'un pneu. Borgia était passablement las des lubies du policier, mais dans son for intérieur, il lui enviait son absence de scrupules. A condition d'arriver à des résultats, bien sûr. En tout cas, il n'était pas disposé à se faire foutre de sa gueule. Or ils étaient dans le même bateau. Il fallait se résigner : Scialoja était à prendre tel qu'il était, avec son éthique tordue de flic et ses tempêtes hormonales récurrentes. En plus, ce soir-là, il avait besoin d'un ami. Un véritable ami. Borgia tira de son cartable une bonne bouteille de grappa et jura qu'il ne lèverait pas le siège avant d'en avoir vu le fond.

– Ce que je ne digère pas, c'est que j'ai l'impression d'avoir trahi ce pauvre Rat !

– Ne vous en faites pas, le consola Scialoja. Ce gars-là n'est pas un saint… Ensuite, il ne nous a pas tout dit…

– Qu'est-ce que vous en savez ?

– C'est toujours comme ça, avec les repentis. Ils alignent les amis et enfoncent leurs ennemis. Il faut retrancher la tare et croiser les doigts…

– Le poids de l'expérience contre le courage de l'inconscience ? ironisa Borgia piqué.

Scialoja laissa courir. Il arrivait toujours un moment où le magistrat, même le meilleur, se souvenait qu'il était monsieur le juge.

4

Non, il n'avait pas tout dit, le Rat. Muet sur le baron Rosellini : par intérêt, puisque, même pour deux coups de fil passés de Florence, il risquait une inculpation de complicité d'enlèvement et d'homicide. Muet sur Vanessa : pour cet antique amour qui avait prévalu au dernier moment sur l'instinct de vengeance. Muet sur le Maigriot, muet sur l'oncle Carlo et sur le Maître, muet sur le Sec, de même que sur le Noir : parce qu'un zéro tel que lui, ces trucs, il les savait pas et, en y réfléchissant, ç'avait été un bien, de l'avoir tenu en marge, ce salopard.

Le Dandy se planquait au Monte Circeo. Un ami du Sec, un constructeur napolitain lié aux Casalesi, louait à l'année une résidence de deux étages sur l'avenue du bord de mer à Sabaudia. Le Sec et le Maigriot le tenaient constamment informé des développements de l'enquête. Mais l'isolement était vraiment chiant. Par la baie vitrée de la terrasse, on voyait les villas des intellectuels de gauche. Désertes toute la semaine, elles se peuplaient durant le week-end de visages connus. Un soir où ils fêtaient Dieu sait quel prix, le Dandy se présenta avec un magnum de champagne. Il prétendit être un industriel. Il les admirait beaucoup. La culture est tout. Passé le moment de gêne, ils sortirent les coupes et l'invitèrent à se joindre à un toast. Le Dandy coinça un réalisateur célèbre et lui avoua que le cinéma avait toujours été son rêve. Le réalisateur considéra avec un vague dégoût cette espèce de parvenu et s'informa poliment des rôles qu'il préférait.

– Je ne suis pas acteur. Le film, je veux le produire.
– Il faut des milliards, mon cher.
– L'argent n'est pas un problème.
– Et quel film avez-vous en tête ?
– Une histoire sur la pègre.
– C'est le truc des Américains, coupa le réalisateur.

Et alors, réfléchit le Dandy, en rentrant fou furieux chez le Napolitain, ça veut dire que j'irai en Amérique et que j'achèterai Hollywood ! Ç'a avait été une couillonnade, d'accord, mais la solitude lui pesait foutrement. Z, en lui procurant des papiers sûrs, lui avait conseillé de quitter le pays. Ben, mon colon ! Si c'est pour finir criblé de balles comme le Noir ! Non, il ne songeait pas réellement à la cavale, le Dandy. Il patienta un mois et, un matin, il se pointa chez Patrizia.

– Mais t'es dingue ? Tu sais qu'ils te cherchent… Ils font une perquisition tous les jours ici…

– Ferme les yeux !

Patrizia obéit. Dandy passa derrière elle et elle sentit quelque chose de froid glisser autour de son cou.

– Tu peux regarder, maintenant.

– Magnifique, concéda-t-elle en admirant le collier de perles. Mais comment t'as fait ?

Le Dandy arbora son sourire des grandes occasions.

– Un détail. Désape-toi. J'explose.

– D'abord la douche.

– Comme la première fois, tu te souviens ?

Un sourire attendri échappa à Patrizia. Elle devait admettre, bien malgré elle, qu'il lui avait manqué. Le Dandy revint de la salle de bain humide, nu et déjà prêt. Patrizia s'allongea sur les draps noirs, écarta les jambes et ferma les yeux. Le Dandy se jeta sur elle en grognant. Ils restèrent au lit trois heures. Enfin, le Dandy se détacha avec un très long baiser. Il ne savait pas s'il reviendrait ni quand, mais après ces retrouvailles, il était Superman qui vient de tomber les nippes de Clark Kent.

Dans l'après-midi, il passa au cabinet de Vasta et lui signa sa désignation. A sept heures, il était dans la villa du Maître. L'oncle Carlo le bénit du haut de ses quatorze ans de cavale.

– Reste planqué, te fie à personne et si ça sent mauvais, rappelle-toi : mieux vaut une honnête prison qu'une bastos impromptue.

Le Dandy prit des nouvelles du petit Danilo. Le Maître rayonna.

– Il a pas cinq ans et il apprend déjà à lire ! Je lui ai pris une nurse américaine, parce que de nos jours, si tu causes pas l'english, t'es personne. Mon fils est un surdoué, je le sens !

L'oncle Carlo toussota discrètement. C'était le moment de passer aux choses sérieuses. De l'affaire des terrains en Sardaigne, ils avaient tiré un bénéfice de deux cents plaques.

– Tu les prends ou on les réinvestit, Dandy ?

– Moitié-moitié. Il faut un peu de cash pour les avocats.

– Comme je te comprends, soupira l'oncle Carlo. Les avocats sont comme les putes. Ils te sucent l'âme et la bite !

Le Maître informa qu'il y avait deux kilos de dope à placer. Le Dandy demanda une semaine pour réorganiser le secteur, démantelé par les arrestations. Le Maître s'offrit pour faire monter une dizaine de gars de Palerme. Le Dandy n'était pas convaincu.

– Et qu'est-ce qu'y z'en savent, de comment Rome fonctionne ? A peine y mettent les pieds dans la rue qu'ils les coffrent.

L'oncle Carlo approuva. Semaine accordée. Mais pas un jour de plus : laisser le marché trop longtemps à découvert risquait de titiller des appétits indésirables.

– J'y arriverai, promit le Dandy.

– Je n'en doute pas, dit l'oncle Carlo.

Le Sec, le Noir, le Maigriot et Vanessa l'attendaient à Villa Candy. Touche de classe du Sec, l'achat de la demeure du défunt Cravatier. Le Noir fit un rapport sur les secteurs des jeux de hasard et des machines à sous : tout était régulier, les paris marchaient comme d'habitude et les encaisseurs payaient ponctuellement. Le Sec commenta la situation générale. Les révélations du Rat avaient grillé le réseau entier du deal dans la zone centre-sud, de Trastevere-Testaccio à Palocco, Infernetto, Ardeatino, jusqu'à Ostie. Mais le secteur Rome nord-Flaminio était pratiquement intact.

– Oui, sur le papier, intervint Vanessa. Mais les toxicos font dans leur froc et la came est en train de moisir !

– Il faut les convaincre de reprendre la vente, observa le Dandy.

– Je m'en charge, assura le Maigriot.

– Tu penses y arriver ?

– Garanti. Je commence poliment et si ça marche pas, on passe aux manières fortes.

– Et on double le prix, suggéra le Sec. Ça fait quarante jours qu'on voit pas une dose à Rome. Dans la rue, ils deviennent branques.

Le Dandy repensa au bon vieux temps. A la sagesse du Libanais.

– Pas question. On leur met le paquet et à moitié prix. Pendant une semaine, ce sera le pays de cocagne. Ils doivent tous revenir chez nous. Et tous ensemble. Et puis on augmente petit à petit.

– Comme ça, on tourne à perte, protesta le Sec.

– Non, pas si y'a beaucoup de came et à flot continu.

– Et qui l'aurait, toute cette dope ? Les canaux sont secs…

– C'est mon affaire, déclara fermement le Dandy, en le fixant dans les yeux.

Le Maigriot sourit.

– Je suis avec toi, Dandy.

– Moi aussi, dit le Noir.

Le Sec ne désarmait pas.

– Mais pourquoi ? Comme ça, on inonde le marché… Où est l'urgence ?

– Il nous faut des contacts, Sec, expliqua calmement le Noir qui s'était mis sur la même longueur d'ondes. Ceux qui sont en taule sont en rogne.

– Ah, ceux qui sont en taule ! commenta le Sec méprisant.

– Trentedeniers n'a pas encore vu une lire, intervint Vanessa.

Le Dandy fixa le Noir. Le Noir indiqua le Sec d'un signe de tête. Le Sec, pris par une subite envie de comptabilité, sortit sa calculette de sa poche et se mit à pianoter furieusement.

– Laisse-nous seuls, Vanessa, ordonna le Dandy tranquillement.

La fille sortit en se déhanchant. Le Dandy arracha la calculette des mains du Sec et l'envoya s'écraser contre un mur.

– Ne me dis pas que t'as pas payé les frais de ceux qui sont au trou…

– Dandy, il y a eu des difficultés…

– Ne me dis pas que t'as pas filé leur fade aux familles…

– Allez, Dandy…

Le Dandy lui allongea une mandale. Le Sec s'agita en cherchant à garder l'équilibre. Le Dandy frappa encore. Le Sec s'effondra.

– Dandy, ça suffit ! dit le Noir.

Le Dandy eut du mal à se dominer.

– Quand l'un des nôtres atterrit en taule, ça crée des obligations, Sec. Des obligations incontournables. Demain matin, tu fais partir les chèques et tu distribues leur part aux familles. C'est clair ?

Aidé du Noir et du Maigriot, le Sec se releva péniblement. Ses yeux étincelèrent d'un éclair de haine pure. Mais la prudence prit le dessus. C'était pas le moment d'insister. Le Sec se fit petit, humble et gentil.

– T'as raison, j'ai déconné. J'ai pensé que tant que tu revenais pas, valait mieux laisser les choses telles quelles… Pour une question de respect, Dandy, crois-moi…

Le Noir étouffa un petit rire mi-dédaigneux mi-admiratif. Voyez-moi ça, le Sec ! Le Magnifique rhéteur de l'Athénée des serpents !

– Conneries ! J'vais t'le dire, moi, ce que t'as pensé. T'as pensé qu'eux, y sont au trou et nous dehors. Qu'y z'aillent se faire foutre ! T'as pensé à faire la guerre au pire moment, Sec. Quand on est faibles et qu'on a besoin de rester unis… et si le Buffle pète les plombs et se met à table ? Et si le Froid se repent ? Tu y as pensé à ces trucs, hein ? Et à Botola, qui est des nôtres, tu y as pensé, à Botola ?

– Ça va, Dandy, j'ai pigé la leçon, s'agenouilla le Sec en tendant la main. Amis comme avant ?

Le Dandy ignora l'offre.

– Moi, je retourne à la mer, déclara-t-il en s'adressant aux deux autres. Je compte sur vous.

Et avant de s'en aller, il cracha par terre. Le Sec ferma les yeux : il aurait pu parier sa baraque, ses dépôts à la banque, son magasin, ses boîtes et tout ce qu'il avait accumulé, qu'un jour ou l'autre, il le lui ferait payer.

1984

Solitudes. Détestations

1

Siamo ragazzi di oggi / anime nella città / dentro i cinema vuoti / seduti in qualche bar / e camminiamo da soli / nella notte piú scura / anche se il domani / ci fa un po' paura... *

Le directeur avait autorisé deux heures supplémentaires de télévision. C'était la première fois que le Froid se mêlait à la vie commune depuis que Borgia avait levé les interdictions de visite. Les détenus étaient accourus en masse pour la finale du festival de Sanremo. Il n'y avait pas une seule place de libre. Les autres étaient tous au premier rang. Le Buffle tchatchait avec le Minot. Trentedeniers et Botola se partageaient une cigarette. L'Echalas et Œil Fier foutaient le souk en accompagnant de lazzi et de coups de sifflet les prestations des chanteurs. Le Froid resta debout au fond de la salle, absorbé par les images qui défilaient sur l'écran.

Finché qualcosa cambierà / finché nessuno ci darà / una terra promessa / un mondo diverso / dove crescere i nostri pensieri / noi non ci fermeremo / non ci stancheremo di cercare / il nostro cammino... **

Le gamin était très jeune et il avait un fort accent romain. Il arrachait les notes de sa guitare avec une énergie effrayante. Le rythme de cette mélancolie pleine de violence contenue pénétrait dans le cœur du Froid. *Siamo ragazzi di oggi / zingari di professione...* *** Roberta ne répondait pas à ses lettres. Elle n'avait pas encore demandé de permis de parloir. De l'autre côté de l'écran, le garçon semblait le fixer avec une expression de raillerie hargneuse. Moi, j'ai ma guitare, ma rage et ma ruse, lui disait-il,

* Nous sommes des jeunes d'aujourd'hui / des âmes dans la ville / dans les cinémas vides / assis dans les bars / et nous marchons tout seuls / dans la nuit la plus noire / même si l'avenir / nous fait un peu peur...
** Tant que rien ne changera / que personne ne nous donnera / une terre promise / un monde différent / où faire vivre nos idées / nous ne nous arrêterons pas / nous ne nous lasserons pas de chercher / notre voie...
*** Nous sommes des jeunes d'aujourd'hui / des gitans de métier...

et toi, qu'est-ce que t'as ? Toi qui te prends pour le Roi de Rome, qu'est-ce que t'as ?

Una terra promessa/un mondo diverso/dove crescere i nostri pensieri...

– Oh, le Froid est là ! Eh Froid, amène-toi !

Œil Fier l'avait repéré et à présent, il gesticulait en lançant des sifflets de chevrier. Le Froid agita une main en signe de salut.

– Eh Froid, on te libère une chaise !

Œil Fier dit quelque chose à un Marocain assis à côté de lui. L'Africain secoua vigoureusement la tête. Œil Fier lui flanqua un ramponneau. Le Marocain atterrit contre l'Echalas. Les deux compères lui prirent jambes et bras et le firent voler jusqu'aux rangées de derrière. Quelqu'un protesta. Œil Fier se retourna et gueula une bordée d'injures. Le silence se fit. Le Marocain se releva, meurtri et vert de trouille. Les matons regardaient et n'intervenaient pas. Eux non plus n'avaient pas assez de couilles pour se mettre à dos les maîtres de la prison.

– Alors ? s'écria l'Echalas en soulevant bien haut la chaise fraîchement conquise.

Le Froid s'approcha d'un air nonchalant. Le jeune Romain s'inclinait sous le tonnerre d'applaudissements du public.

– Éros Ramazzotti ! *Terre promise* ! bramait le présentateur.

Le Froid échangea au vol un salut avec Botola et Trentedeniers, et lorsqu'il arriva devant le Buffle, il lui tendit la main. Le Minot s'était levé en marque de respect. Le Buffle ne broncha pas. Il se contenta de hocher la tête en lui décochant un coup d'œil amusé.

– Alors, t'en as marre de nous jouer la Belle au bois dormant !

Le Froid lui ficha sous le nez sa paume ouverte. Le Buffle se décida à la serrer. Le Froid prit enfin place entre l'Echalas et Œil Fier.

– Qu'est-ce qu'il a, le Buffle ? demanda-t-il dans un soupir.

– Il a les boules, dit à voix haute l'Echalas.

– C'est nouveau ! commenta Œil Fier.

– Il a les boules qu'on soit tous au trou et pas le Dandy, précisa l'Echalas.

– J'aime pas ça.

– Tu sais comment il est, le Buffle. Après, ça lui passe.

A présent, sur la scène noyée sous un flot d'œillets, se produisait une chanteuse avec une figure ronde et une petite voix de chatte en chaleur. Le Froid cessa de suivre l'émission. Le Buffle en avait après le Dandy, après lui, après le monde entier. Le Buffle commençait à devenir un problème sérieux. Pile au moment où il fallait rester unis... Mais qu'importait ? Avaient-ils jamais été réellement unis ? Oui, autrefois, peut-être, quand il y avait le Libanais, pauvre pote... et puis... le désir de Roberta se fit lancinant. Comment disait ce gamin ? Une terre promise, un monde différent... Le Froid sentit qu'on le pinçait à la base de la nuque et se tourna vers la gauche. Le Buffle le fixait avec un sourire qui se payait sa tête. Pointant l'index et le pouce de la main gauche, il faisait le pistolet.

2

Le Dandy était fumasse. Les recours avaient été récusés. Ils restaient tous en taule.

– Tribunal de la liberté, qu'on l'appelle! Liberté, mon cul! C'est un peloton d'exécution!

Vasta tenta de le calmer.

– Vous savez ce qu'on dit? Les chiens ne se dévorent pas entre eux... Ce sont des gens de Rome, il faut les comprendre... Ils n'ont pas eu le courage de se mettre le parquet à dos... J'ai déjà préparé le pourvoi en cassation. Vous verrez que là, ce sera un autre son de cloche, complètement différent!

– Possible. En attendant, on paye. Et tant qu'on paye, arrange-toi pour gagner ta croûte!

Mais Borgia avait dû mettre le paquet, parce qu'en cassation, les choses ne se passèrent pas très différemment. Au contraire. A la lecture du réquisitoire, quatorze petites pages bien serrées de sarcasmes et de baffes à Vasta, au barreau et à eux tous, il semblait qu'il n'y ait réellement plus d'espoir. "Déclarations on ne peut plus dignes de foi." "Collaboration obtenue par un profond travail intérieur..." "Très haut degré probatoire des acquis par présomption..." "Vérifications extrinsèques à la citation pour complicité..."

Le Dandy était hors de lui.

– M'enfin, y canonisent les enflures, maintenant?

Une fois de plus, Vasta tenta de le ramener au calme. Ils se trouvaient face à un revirement de jurisprudence, aussi inattendu que malencontreux. Selon toute probabilité, les récentes affaires de terrorisme et le regain d'inquiétude au sujet de la mafia sicilienne avaient raidi les esprits. Ce réquisitoire était tout bonnement inqualifiable: ils payaient cette exaspération du climat politique. Ces juges avaient rendu un mauvais service à la justice, mais il ne s'agissait que d'une phase transitoire. Il fallait prendre patience. Les délais s'allongeaient, mais à la fin, tout allait rentrer dans l'ordre de la logique juridique. Et sur ce terrain, Borgia allait connaître sa énième amère défaite.

Le Dandy ne voulait pas entendre raison. Si Vasta s'était mis à causer en langue de bois, ça voulait dire que les choses tournaient vraiment au vinaigre. Il fallait chercher d'autres moyens. Tout ce putain de verbiage, à ses yeux, ne voulait dire qu'une seule chose : Vasta avait fait son temps. De derrière ses épaisses lunettes, l'avocat le fixa de ses petits yeux glacés et gélatineux.

– Vous voulez changer ? Faites donc. Il y a plus d'avocats à Rome que de juges dans toute l'Italie…

Le Dandy s'adressa à Z et X. Les barbouzes gagnèrent du temps et demandèrent des instructions au Vieux.

Le Vieux, pour une fois, était passablement indécis. En toute lucidité, on pouvait conclure que la situation générale était en train de se normaliser. Les communistes avaient été repoussés dans l'opposition et, même s'ils étaient grande gueule, leur influence était en nette régression. L'inéluctable déclin était déjà en marche : une question de quelques années, et les drapeaux à la faucille et au marteau finiraient aux puces de Porta Portese. Le terrorisme, rouge coco et noir facho, était entré dans un tourbillon autodestructeur dont il ne reviendrait pas. Entre les confessions, les délations, les défections et les arrestations, la génération de 1970 avait de fait été anéantie. Quant à la mafia, elle n'avait jamais représenté un véritable problème. La mafia était plus qu'une institution : c'était une nécessité historique. Un accord, en fin de compte, on parvenait toujours à en trouver un. L'Italie faisait tranquillement voile vers les années 90, mollement bercée par le rythme de comédie du vieux quadrille des pouvoirs en éternel conflit. Oui, *la nave va* : et si le vaisseau avance, qui donc a besoin des pirates ? En toute lucidité, il fallait se débarrasser, une fois pour toutes, de cette vulgaire clique de gangsters blanchis. Mais c'était juste un aspect du dilemme : le plus apparent, le plus banal. Le Vieux répugnait aux raisonnements en toute lucidité. La spirale du serpent dans un pré rougi de sang était le logo héraldique qu'il préférait. L'uruburo, le serpent qui se mord la queue, un symbole qui le faisait rêver. Le chœur du Falstaff de Verdi – tout n'est que farce, tout homme se fait berner –, la plus grande manifestation de sagesse jamais conçue par l'esprit humain. Oui, tout n'est que farce. Tout homme se fait berner. Tenir les ficelles. Garder les associés dans la danse, même les plus gênants. Parce qu'on ne sait jamais ce qui peut se passer demain et que quelques pirates de secours peuvent toujours s'avérer utiles. Mais aussi pour l'amour de l'art, si l'on peut dire : pour préserver, à l'intention des générations futures, ce courant d'air sans raison ni formation qui était la base la plus solide de son pouvoir. Un pouvoir unique, sans origine et sans issue. La plus parfaite et la plus aboutie des formes d'anarchie. C'était son invention, mais il n'y aurait aucun legs à la postérité. Une fois le Vieux mort, le système mourrait aussi. L'éternité était le seul ennemi qu'il ne parviendrait jamais à vaincre. Les rides se multipliaient sur son visage. Lui aussi, il allait finir comme la Belle Hélène dans les dialogues de Lucien : un crâne vide, délaissé même par les vers. En attendant, il fallait continuer à jouer. En attendant, il fallait aider et protéger le Dandy. Avec un œil sur son propre intérêt. Les automates, sur le marché des collectionneurs, avaient atteint des cotations hyperboliques. Il avait réussi depuis peu à s'assurer un modèle en parfait état de marche de la Machine à lecture qu'Agostino Ramelli avait dessinée en 1598 et qu'un étonnant artiste polonais avait réalisée quatre siècles plus tard. Pas un original et, à bien y regarder, un hors-série par rapport aux autres pièces de sa collection. Pourtant, la beauté de ce bidule en bois et vis qui vous feuilletait sous le nez, par une simple pression des pédales, deux cents livres anciens ! D'accord, c'était un caprice. Mais que la vie est chose mesquine, sans les caprices ! En tout cas, ses fonds étaient à sec. Par conséquent, le Dandy, s'il voulait de l'aide, il devait casquer.

3

Ricotta arriva à Regina Coeli mi-mars et trouva une situation effroyable. L'Echalas et Œil Fier formaient un groupe et Botola se tenait sur la réserve. Le Buffle ne parlait qu'avec le Minot, et le Froid restait presque toujours enfermé dans sa cellule à compter les blattes sur les murs. Ça tirait la gueule, ça râlait et ça s'envoyait chier de partout. Ricotta était foncièrement un brave type. En les voyant si tristes, fâchés et flapis, il souffrait réellement. Il parla avec le Buffle et parla avec le Froid, il recausa avec le Buffle et puis encore avec Botola et avec le Froid, et à la fin, après avoir manœuvré un maton complaisant, il parvint à les mettre tous autour d'une table.

– Mais en somme, les mecs, qu'est-ce qui vous prend ? Ceux du dehors ont tout repris en main. Rome est toujours à nous, comme autrefois. Le fade est payé régulièrement, et pour nous deux, le Buffle, qui sommes au trou depuis plus longtemps, c'est double fade. On peut savoir ce qui va pas, bordel ?

– Je veux voir le Dandy au gnouf. Comme tout le monde, rugit le Buffle.

– Mais c'est une obsession ! explosa Botola. Mais tu vas l'entraver, que c'est une manne pour nous tous, que le Dandy soit dehors ? S'ils l'emballent, qui y reste, dehors ? Trentedeniers ? Le Noir ? Tout seuls, ça suffit pas, y z'ont pas les couilles…

– Au moins, bougonna le Buffle, Trentedeniers, sa taule, y se l'est faite… et Vasta l'a même fait sortir !

– Buffle, tu te calmes ! Tu nous les casses, avec cette histoire du Dandy !

– Tu me parles autrement, toi, lèche-cul !

Botola bondit sur ses pieds. Le Buffle cracha par terre.

– Qu'esse-t'as, tu veux te battre ?

Œil Fier et l'Echalas voulaient pas s'en mêler. Ricotta s'interposa entre eux deux et fit des excuses à Botola au nom du Buffle. Puis il lança un coup d'œil désespéré au Froid. Le Froid secoua la tête, il se leva et quitta la réunion sans dire un seul mot. Ricotta n'avait de cesse de tenter de faire la paix. Mais ils lui firent vite comprendre que c'était du temps perdu. Ricotta, qui ne supportait pas la solitude et le silence, se lia d'amitié avec le Tonkinois, un brigadiste de la vieille garde aux yeux en amande.

Chose étrange, car eux, les terroristes, surtout les rouges, à la fois ils les plaignaient et ils les méprisaient un peu. Mais le Tonkinois était différent. C'était quelqu'un d'ouvert, le Tonkinois. Il jouait des chansons bizarres à la guitare et il lisait un monceau de bouquins. Il avait deux peines sur le dos et une vingtaine de procédures en cours. Il était très pauvre, si pauvre que Ricotta, mû par la pitié, lui refilait régulièrement, en cachette des autres, une part de son fade.

Un jour, Ricotta le surprit en train de recopier quelque chose dans un livre.

– Qu'est-ce que c'est ? Encore une proclamation de lutte armée ?

– De la poésie, répondit l'autre sèchement.

– De la poésie ?

– Eh, Rico', de la poésie ! Même Mao écrivait des vers !

– C'est pas vrai ?! Ah, j'ai pigé : comme avec les mitraillettes, vous l'avez eu dans l'os, maintenant, la révolution, vous la faites avec la poésie !

Le Tonkinois rit et lui balança le livre.

– Tiens, fais-toi une culture !

Ricotta reluqua le titre et s'illumina totalement.

– Ah, Pasolini ! Je le connaissais. Un chouette mec !

– Tu sais qu'il était communiste ?

– Si tu vas par là, il était même pédé. Mais chacun ses goûts, non ? Et puis qu'est-ce que ça a à voir avec la révolution !

– Je ne le sais pas moi-même, répliqua le Tonkinois songeur, mais je sais qu'en taule, on tente d'annihiler ma nature d'homme. Et la poésie m'aide à me rappeler que j'existe. Que je suis encore là, en somme…

Ricotta laissa échapper une moue rigolarde. Ma nature d'homme ! Mais, après tout, le brigadiste pouvait s'avérer utile.

– Écoute un peu, toi qui connais la poésie… Rends-moi un service : écris une lettre pour moi !

Le Tonkinois se fit tout gentil.

– T'as une nana ?

– Hélas ! Mais peut-être que si tu me donnes un coup de main, j'en trouve une…

Ça faisait un petit bout de temps qu'il pensait à Donatella. Belle femme, toute flamme et passion. Nembo Kid lui avait joué un sale tour en se faisant cribler de balles comme un poulet à Milan. Mais peut-être qu'elle aussi, elle s'était lassée de son veuvage. Et parfois, deux petits mots choisis, dits au moment choisi…

– D'accord, allons-y : qu'est-ce que tu veux que j'écrive ?

– Ben… c'est-à-dire, je sais : qu'au trou, c'est une vie de merde, que si je pense à toi, y me vient un truc entre les jambes comme un drôle… Qu'esse-t'en dis ? J'y vais un peu fort pour commencer ?

– Laisse-moi travailler, voyou ! rigola le Tonkinois.

Lorsqu'elle lut la première lettre, Donatella piqua une colère. Qu'est-ce qu'il se croyait, cet animal de Ricotta qu'aucune bonne femme aurait pu approcher, vu la frousse et l'odeur ! Mais Ricotta n'était pas du genre à s'avouer vaincu facilement, et les lettres pleuvaient, et le Tonkinois était vraiment un poète. Et patati et patata, et que je t'enfonce le clou, à la fin Donatella demanda un parloir, et Ricotta, elle le trouva moins laid qu'elle s'en souvenait, presque gentil, et même un peu gauche dans la timidité fruste des premières avances. Bref, entre une lettre et un baiser volé, au bout de deux mois, ils s'étaient mis ensemble. Ricotta, dans un élan de sincère dévotion, allongea au Tonkinois son fade entier du mois. Le brigadiste remercia et l'invita à dîner le soir même. En milieu d'après-midi, à l'improviste, le Tonkinois fit son sac et fut chargé dans un camion cellulaire. Destination inconnue. Ricotta en resta pétrifié. Une semaine plus tard, ils lurent dans tous les journaux qu'il s'était repenti et que, par ses déclarations, il avait fait tomber la totalité du réseau des irréductibles Turinois. Tu vas voir, bougonna Ricotta, que la bonne idée, c'est moi qui la lui ai donnée. Mais il n'arrivait pas à lui en vouloir : après tout, il lui devait Donatella.

4

Lorsque X et Z lui avaient fait part de la proposition du Vieux, le Dandy avait aussitôt eu les glandes.

– Donc, si je comprends bien cette daube : votre chef, il lui faut certains papiers et, comme ces papiers sont dans un endroit où y peut pas aller, le Vieux, y t'organise un p'tit fric-frac…

– Disons une récupération, plutôt, répliqua Z piqué.

– Excuse-moi, camarade, à l'école, j'étais pas bien fort en italien… Où j'en étais ? Ah, ouais, la récupération… Bref, y mettent quelques gars sur le coup et on organise la récupération… L'accord est clair : à vous le fric, à moi les faffes. Sauf qu'au moment crucial, le chef de ces récupérateurs, il s'enquille les papelards et il commence à magouiller avec vous autres…

– T'as pigé le problème, concéda Z.

– Oui, il a pigé ! confirma X.

– Et alors maintenant, z'avez besoin de mézigue. Pour récupérer la récupération…

– Précisément.

– Et qui c'est, ce sujet ?

– On l'appelle le Larinais.

– T'imagines !

– Tu le connais ?

– Y'a une vie, on était ensemble au collège…

– Alors : oui ou non ?

Le Dandy alluma une cigarette, perplexe.

– Ce que je me demande, c'est : si ce gonze vous les casse tellement, pourquoi vous vous en chargez pas ?

– Ça, ça te regarde pas.

Le Dandy mastiqua son chewing-gum avant de le cracher dans un geste de profond mépris. Il avait une furieuse envie de les envoyer se faire mettre. Pourquoi pas avec une noble sortie du style "le Dandy trahit pas les vieux potes". Le Larinais, en réalité, il s'en tapait pas mal. Un fils de pute, un malfrat en marge du vrai milieu. Il avait eu une bonne occasion et il avait pas su la jouer. Ça le défrisait, en fait, que le Vieux et ses sbires continuent à le traiter comme le marlou qu'il avait été jadis et qu'il n'accepterait plus jamais d'être. Un pion qui serait sacrifié un jour ou l'autre. Il ne voulait plus dépendre de personne. Il voulait sortir blanchi de cette histoire et de toutes les autres. Le Vieux était le seul qui pouvait l'aider.

– D'accord. On se parle une fois les choses faites.

Accepter avait été un choix obligatoire. Mais il fit ce boulot à contrecœur, souhaitant quasiment qu'un truc foire au dernier moment. La chose, en soi, ne présentait pas de grandes difficultés. Le Larinais ne prenait pas de précautions particulières, et il ne se séparait jamais de la mallette où, probablement, étaient rangés les documents qui intéressaient le Vieux. Le Dandy n'eut qu'à épousseter son vieux passe-montagne, se procurer un flingue limé, voler une voiture, attendre que le Larinais finisse de se payer du bon temps avec sa copine, une Polonaise qu'il venait retrouver tous les vendredis à Torvajanica, balancer la purée deux fois à bout portant et parachever la "récupération de la récupération". Il démonta le pistolet et jeta les morceaux dans la mer. Le Larinais s'en sortirait peut-être. Il l'avait laissé en train de râler. Il n'avait pas tiré pour tuer, mais au petit bonheur, sans viser. Il remit la mallette à Z avec un rictus méprisant. L'action ne lui avait procuré aucun frisson : tout au plus une ombre de peur, l'angoisse de tomber sur un barrage de flics, la rage impuissante d'avoir été rétrogradé au rôle de tueur à gages. Lui, le Dandy ! Le soir, dans son refuge de Sabaudia, il apprit au journal télévisé que le Larinais ne s'en était pas sorti. Pour la première fois depuis des années, le Dandy se sentit une merde et il but comme un trou.

Au cours des jours suivants, Z et X lui donnèrent à lire un opuscule et, une semaine plus tard, il fut convoqué dans un immeuble qui donnait sur la Villa Balestra. Il fut introduit dans une pièce sombre et bombardé de questions idiotes par une congrégation d'encagoulés. Le Dandy récita de mémoire les formules qu'il avait apprises dans la brochure, tandis que de petits rires polis soulignaient ses plus énormes fautes de grammaire. Puis il jura trois fois fidélité à un certain grand architecte et à la fin, les lumières s'allumèrent, les hôtes se décagoulèrent et de joyeux applaudissements fêtèrent cette initiation du nouvel adepte. Le Dandy regarda autour de lui, déçu et passablement ennuyé par cette bouffonnerie. Z et X lui présentèrent les autres frères : un politicien, un acteur, un professeur d'université, un médecin et Miglianico et Grattantini, deux avocats, des têtes assez connues au Palais de justice. Vasta, une fois, les avait qualifiés de "garde-boue de luxe". Le Dandy se demanda s'il n'avait pas commis une tragique erreur. Z lui offrit à boire dans un verre en carton. Dandy lorgna avec dégoût le muscat à deux balles : c'est pour cette saloperie qu'il avait descendu le Larinais ? Miglianico le prit par le bras.

– Une cérémonie frugale dans l'esprit de la Confraternité...

– Elle m'a coûté cher !

– J'ai rencontré un de tes amis, il y a quelque temps... Nembo Kid... lui aussi était un frère...

– Et il a eu une fin de merde !

– Oh, mais ça se passera mieux pour toi, ne t'inquiète pas.

Le Dandy se gratta. L'avocat rit et lui ficha une claque sur l'épaule.

– Aie confiance. Tout a une solution !

Le Dandy fit savoir à ceux qui étaient en taule qu'on changeait d'avocat. Le Buffle et le Froid restèrent fidèles à Vasta. Tous les autres le suivirent. Dix jours après la cérémonie des encagoulés, le juge d'instruction mit Trentedeniers en résidence surveillée. D'accord, la ruse était d'une farine tirée du sac de Vasta et, pour être honnête, c'est lui qui avait mis en place toute cette procédure. Mais cette singulière séquence temporelle parut au Dandy un signe du destin. Un signe positif, enfin. Vanessa faisait de son mieux, et le Maigriot se décarcassait comme un beau diable, mais reprendre en main ces abrutis de toxicos était une entreprise désespérée. Avec Trentedeniers en circulation, c'était tout autre chose. Maintenant oui, le deal pouvait repartir. Le Larinais fut oublié fissa : le Dandy, comme d'habitude, avait fait ce qu'il fallait.

5

La RAI passait en direct l'enterrement d'Enrico Berlinguer. Le chef des communistes s'était fait péter une veine durant un meeting. Une vie au service de la démocratie, disaient les commentaires. Mort de stress. Une attaque, et terminé. Exactement comme la balle qui t'attend au bout de la rue en rentrant chez toi. De toute façon, c'est toujours la même histoire. Le finale est obligatoire. Le Froid suivait la retransmission dans la salle commune, et il se demandait ce qui pouvait bien pousser cent mille personnes à s'arracher les cheveux pour un bout de chair morte. Jusqu'à Giorgio Almirante, le fasciste, qui avait rendu hommage à son irréductible adversaire de toujours. Qui avait été cet homme ? Qu'avait-il fait ? Pourquoi son cercueil était-il entouré de tant d'amour, de tant de regrets ? S'il songeait à son enterrement, il lui venait à l'esprit le visage austère de son père, les larmes de la mamma, et il se demandait si Gigio s'y pointerait… Depuis quand n'avait-il pas de ses nouvelles ? Depuis quand avait-il commencé à se sentir si désespérément seul ? Qu'est-ce qui rend un homme heureux et aimé et qu'est-ce qui le fait devenir un salopard ? Le maton lui tapa discrètement sur l'épaule.

– Parloir. Y'a une visite pour vous.

– L'avocat ?

– Une visite. J'en sais pas plus.

Le Froid le suivit de mauvais gré. Puis il la vit et ses genoux flageolèrent, il dut s'appuyer sur l'épaule du sous-off.

– Vous vous sentez bien ?

– Ça va, chef, dit-il en se ressaisissant.

Mais son ton bravache trahissait une intonation indécise : désir, peut-être espoir, peur à coup sûr.

Roberta était assise, pâle et contrite, de l'autre côté du verre séparateur.

– Comment vas-tu ? lui demanda-t-elle.

Elle était vêtue de blanc.

Le Froid posa ses mains sur la vitre. Et ne pas pouvoir la toucher. Ne pas pouvoir toucher ses yeux qui brûlaient de lassitude, de regret, de déception.

– On fait aller, soupira-t-il enfin en s'affalant sur la chaise. Et toi ?

– Comme ça.

– T'es avec quelqu'un ?

Roberta se raidit.

– Tu crois qu'à Rome, y'a quelqu'un qui est prêt à se mettre avec la femme du Froid ?

Un dédain voilé, un reproche. Pourtant, il n'y avait jamais eu de violence entre eux. Elle savait qu'il n'y en aurait jamais.

– Mais tu voudrais… un autre, je veux dire…

– Non. Mais je ne veux plus être la femme du Froid…

– Je me l'étais imaginé. Tout ce temps…

– J'ai trouvé un travail…

– Quel travail ?

– Certainement pas celui de tes copines ! Un vrai travail… et j'ai repris mes études…

– Bien. Bonne chance.

Dans un élan rageur, elle s'élança contre la vitre.

– Mais tu comprends pas que pour toi… pour nous… tant que t'es en taule… y'a pas… y'a pas…

Elle avait du mal à retenir ses larmes. De vilains plis amers dévastaient les coins de sa bouche naguère si fraîche. Le Froid remarqua les boutons, recouverts tant bien que mal d'une patine de fard passé en vitesse.

– D'avenir. Y'a pas d'avenir, acheva-t-il. Mais c'est ma vie, Roberta.

Le Froid appela le gradé et se fit ramener en cellule. Mieux valait se quitter comme ça, sans gaspiller d'autres mots. Il ne pouvait endurer plus longtemps ce supplice.

Dans le couloir de l'aile 3, ils virent le Buffle leur barrer le passage.

– Juste deux minutes, chef…

Le maton s'écarta discrètement. Le Froid mit les mains en avant.

– C'est pas le moment, Buffle…

Le Buffle secoua sa grosse tête.

– Je sais, je sais. Roberta est venue et maintenant t'es en vrac. Je voulais juste te dire que je te comprends… et je suis désolé…

– Merci.

Le Buffle alluma un joint et le lui passa. Le gradé écarta les bras. Buffle lui fit signe de rester tranquille : avec ce qu'ils lui filaient tous les mois, il devait comprendre quand c'était le moment de fermer un œil.

– Je t'en veux pas, Froid. Je voulais te le dire.

Le Froid acquiesça. Il étouffait de l'intérieur.

– Tu dis que le Dandy, il se porte pas mal, hein ?

– Non. Y se porte pas mal.

– Eh ben, faut trouver un accord, non ?

– L'accord, il est déjà fait, Buffle. C'est nous, l'accord.

– T'as peut-être raison, Froid. En tout cas…

Le gradé s'approcha, à cran.

– Écoutez, d'un instant à l'autre, y'a l'inspection qui passe…

Le Buffle éteignit le joint et souffla la fumée. Puis, tout à coup, il se jeta sur le Froid et l'étreignit fortement. Le Froid eut envie de l'éclater au mur et répondit sans conviction. Le gradé, enfin, parvint à l'entraîner. Astuce, patience, venin, ricana Le Buffle dans son coin, en tirant de sa poche un autre stick. On est juste au début. Le mur ne s'effondre pas à coups de corne.

Ce soir-là, le Froid fit amener Ricotta dans sa cellule.

– Dis à Donatella qu'il faut que je parle à Vanessa. Le plus vite possible.

Ricotta assura qu'il allait passer le message au parloir du vendredi.

1984-1985

Le passé et l'avenir

1

Le train sauta dans un tunnel. Cela faisait juste un an que le Rat s'était mis à table. Le train sauta. Quinze morts et trente blessés. Le JT interrompit le marathon des festivités. Des éditions spéciales giflaient la table dressée. Le train sauta. L'oncle Carlo se versa un verre de *zibibbo*[*] et sourit.

– Joyeux Noël et meilleurs vœux. Et *Padre, Figghiu e Spirito santo*!

Le Maître avait la frousse. Bien qu'il fût habitué à ne pas poser de questions, la curiosité prévalut sur le respect des règles. Au début, l'oncle Carlo l'ignora et, lorsque le Maître revint à la charge, il cessa de sourire, le fixa dans les yeux et siffla un proverbe en pur sicilien. Si ton ami n'entend pas la première fois, inutile de répéter la question. Le Maître avait la frousse. Sa pensée vola vers le petit Danilo. L'enfant grandissait, en bonne santé, robuste, intelligent, très intelligent même. Une fleur de serre diaprée qui brouillerait à la lueur de ses qualités le souvenir de ses origines incertaines. Mais tout ça risquait de s'écrouler face à une inculpation pour attentat. Son fils pouvait avoir le cerveau d'Einstein, il resterait pour toujours, pour tout le monde, le fils d'un assassin. Le Maître avait la frousse. L'oncle Carlo n'avait rien laissé transpirer, durant les jours précédents. Pas le moindre petit signal d'inquiétude. Ils l'avaient tenu à l'écart de cette affreuse histoire. Il n'en savait rien, il n'y était pas mêlé le moins du monde. Mais va leur expliquer, aux juges ! L'oncle Carlo s'étira et alluma un cigare.

– Ces cornards nous cassaient les couilles ! Maintenant, y z'y réfléchiront !

Le Maître avait de plus en plus la frousse. Pour la première fois, et cela faisait des années et des années qu'ils bossaient ensemble, il se surprenait à considérer l'oncle Carlo comme un cinglé.

Le Vieux réagit aussi à cette nouvelle avec une profonde inquiétude. Il était impensable que l'on puisse mener à bien une

---

[*] Vin blanc doux.

action de ce genre sans qu'il en soit informé. L'absence de revendication pouvait signifier une implication de la droite. A la différence des rouges, perpétuellement plongés dans la rédaction de documents prolixes et très ennuyeux, les fachos prônaient et pratiquaient la mystique du geste, l'idée sans les mots. Mais dès le premier instant, ses sources démentirent cette hypothèse. Geste de détraqué, alors, suivant une horrible expression à la mode? Peu probable. La bombe faisait preuve d'une technologie avancée. Patrimoine de quelques spécialistes très raffinés, dont les prestations étaient réservées à un cercle restreint de clients choisis. En tout cas, il y avait une faille dans son système de sécurité intérieur. Ou bien les commanditaires étaient étrangers, et alors l'un de ses correspondants jouait un double jeu. Mais le téléphone du Vieux bouillait d'assurances et d'affirmations de mépris que les représentants des principaux services secrets s'étaient hâtés de lui faire parvenir. Les Israéliens se déclaraient horrifiés par tant de violence aveugle et gratuite. Les Arabes juraient et crachaient que les accords de non-belligérance sur le territoire national étaient plus que jamais valides. A l'Agence, ils tombaient des nues: la saison des bombes, en Italie, était finie depuis belle lurette. Et les légions de drapeaux rouges qui occupaient la place en hurlant, impuissantes, la rage de Bologne à nouveau meurtrie étaient juste très chiantes. Les autres services ne comptaient pas.

Z résolut l'énigme en quelques heures. Il s'agissait d'un groupe né autour de cette action. Y étaient impliqués des Siciliens et des Napolitains. La mafia et quelques francs-tireurs de la camorra. Le Vieux fronça les sourcils. D'après Z, c'était une sorte de stratégie de diversion: vu que les juges étaient en train de creuser trop profond, quelques cerveaux du crime organisé avaient décidé de cibler haut. Ainsi, pendant que tout le monde serait occupé à donner la chasse au nouveau terrorisme, eux, ils allaient pouvoir reprendre dans une paix royale le contrôle du territoire.

– Erreur, le corrigea le Vieux. L'objectif est autre.

– A savoir?

– Une négociation. Ils font le coup de feu pour plier l'État.

– Et qu'est-ce qu'ils y gagnent?

– Une protection. Des accords. Des affaires. Des lois plus indulgentes.

Quoi qu'il en soit, un scénario intéressant, une variante inédite, quasi colombienne. Somme toute, passionnante. Z demanda s'il devait préparer un rapport pour les juges de Bologne. Le Vieux poussa des cris d'orfraie.

– En aucun cas !

– On doit les aider ?

– Qui ?

– Eux… le groupe…

– Pas question.

– Et alors ?

– Et alors, soupira le Vieux, on reste à regarder. Naturellement, en suivant avec une attention extrême tous les développements de l'affaire !

Z esquissa un sourire futé. La nouvelle la plus jouissive, il se l'était gardée sous cape pour le grand finale.

– Le détonateur…

– Oui ?

– C'est l'œuvre du Hollandais. Ils lui ont filé un milliard.

S'il avait espéré le voir perdre son calme, Z en fut pour ses frais. Le Vieux se contenta de hausser les épaules.

– Vous connaissez la procédure. Bon travail !

2

Le Dandy, en revanche, n'éprouvait pas le moindre intérêt pour la bombe. Ça allait être un merveilleux Noël. Trentedeniers avait solidement repris en main le trafic. Le canal sicilien, les fournisseurs sud-américains et le Chinois avaient recommencé à tourner plein pot. Les ravitaillements étaient continus, la marchandise d'excellente qualité. Les réseaux démantelés par les révélations du Rat avaient été réactivés avec de nouveaux éléments : des gens du Maigriot et du Sec qui allaient s'ajouter à une bonne quantité de chevaux en résidence surveillée ou en liberté conditionnelle. Le Noir tenait sous contrôle les machines à sous et avait remis un pied dans les parties de poker. Le Full' 80 était plus que jamais *la* boîte à la mode. Le Sec avait misé sur deux magasins du centre et quelques terrains sur la périphérie est dont la valeur allait, paraît-il, grimper à toute allure. Même le sempiternel conflit avec le Buffle semblait s'acheminer vers une solution : le rigoureux respect des engagements et la générosité à distribuer le fade jouaient en sa faveur. Ceux qui étaient en taule n'avaient vraiment pas de quoi se plaindre et même les plus têtus, finalement, s'étaient convaincus qu'un jeu qui se déroulait dans les règles profitait à l'association entière. Mis à part Scialoja et Borgia, s'entend. Ces deux-là ne voulaient pas entendre parler de se résigner. Chaque jour tombait un nouveau mandat d'arrêt, y compris pour un ancien délit oublié, et qui plus est sans une ombre de preuve qui ne soit par présomption : Pierre est cul et chemise avec Paul, qui est un ennemi notoire de Jacques. Jacques meurt, par conséquent, c'est Pierre et Paul. Que cela se soit plus ou moins réellement passé ainsi n'était pas chose qui puisse intéresser un juge normal. Les preuves manquaient, et amen. Le fait est que Scialoja et Borgia n'étaient pas normaux. Il y avait quelque chose qui tournait pas rond dans leur tête. Le Dandy s'était souvent demandé si épargner ce policier n'avait pas été une tragique erreur. Puis il repensait aux sages conseils de l'oncle Carlo, il imaginait un avenir différent et il se résignait. Patience. Attente. Et à la fin, victoire. Même si les mandats d'arrêt fleurissaient. Même si la date des débats s'éloignait.

– Inutile d'en parler avant au moins la fin de l'année prochaine, prophétisa Miglianico. Même Vasta est d'accord.

– Tu connais Vasta ?

– Bien sûr. Un excellent confrère. Mais encore naïf. Il n'a toujours pas compris que les procès se gagnent en dehors du tribunal.

Le Dandy espérait arriver libre à l'acquittement, mais il était paré à toute éventualité. Il circulait désarmé, afin d'éviter le risque d'un échange de coups de feu, et il portait toujours sur lui une enveloppe avec les analyses et le diagnostic concocté avec le frère médecin. Il avait vraiment pensé à tout, le Dandy ! Mais la nuit de Noël, il ne put résister et se présenta chez Patrizia. Tiré à quatre épingles, parfaitement rasé, son cou taurin qui explosait dans le smoking et le nœud pap. Patrizia s'y attendait, à cette visite. Elle fit en sorte de se trouver seule, en robe longue. Ils dansèrent enlacés, ils sniffèrent un peu de coke, ils firent l'amour, puis ils passèrent à table. Tous les deux seuls, avec une petite musique de fond enjôleuse, une longue table, des chandelles et un buffet divinement raffiné de Ruschena : langoustes, huîtres, Crystal et Chablis, strudel et mousse au chocolat. Lorsque les flics en tenue de combat enfoncèrent la porte, Patrizia était en train de lui exposer son projet de salon de beauté et fitness dans le quartier de la via Veneto.

Le Dandy, encerclé par les agents, fit ses compliments au chef de patrouille. Le type s'écarta d'un air sombre et, derrière lui, dans l'encadrement de la porte, se détacha la silhouette dégingandée de Scialoja. Il avait eu du mal à convaincre les autres. Il avait dû se fendre d'un tuyau inexistant. Il avait juré que le soir de Noël, le Dandy irait chez sa femme. Il avait parié et gagné. Mais il n'y avait eu aucun indic. La vérité était que lui aussi, cette nuit-là, il s'était mis sur la bonne longueur d'ondes.

– Qu'est-ce qu'on fait de la femme ? demanda le chef de patrouille.

– Rien, répondit Scialoja en fixant Patrizia.

Elle détourna le regard. Le Dandy ébaucha une légère courbette, goba une ultime Marennes-Oléron et les suivit avec un sourire narquois sur la tronche.

Lorsque Miglianico lui parla de cancer, Borgia éclata d'un rire sonore. L'avocat fit la tête indulgente et contrite du solliciteur qui se heurte à un pouvoir aveugle et obtus, mais qui, au fond de lui, est parfaitement conscient de la justice morale de ses requêtes.

– Le cancer est une maladie insidieuse, monsieur le juge. Il couve dans les replis de notre organisme et frappe à l'improviste, parfois sans laisser d'issue…

– Et en l'occurrence ?

– En l'occurrence, nous sommes aux prises avec une forme rarissime de tumeur pseudo Hodgkin… presque toujours mortelle…

– Presque toujours.

– Certes, le moment est difficile… Ces horribles images de la bombe sur le train sont encore imprimées dans mes yeux… Je comprends vos justes préoccupations au sujet de la protection de la collectivité, mais… je ne voudrais pas que mon client, gravement malade, se retrouve à payer des fautes qui ne sont pas siennes…

Trop malade même pour subir un interrogatoire, au dire de l'illustre oncologue le Pr Gustavo Blinis, le Dandy était à l'article de la mort, quasi à l'agonie. Peut-être, s'il avait été correctement soigné, soumis à une très intense et très onéreuse thérapie, assisté par un staff de valeur vingt-quatre heures sur vingt-quatre, il serait possible de retarder… Mais seulement retarder, hein, certainement pas éviter… l'issue inévitable…

Borgia avait sous les yeux une autre vérité. Celle d'un grand criminel d'un mètre quatre-vingts, quatre-vingt-douze kilos, couvert de joyaux au moment de son arrestation, courtois et cordial avec les agents qui avaient interrompu sa cavale dorée, une demeure de rêve, une femme bigote et une maîtresse putain, mais pute haut de gamme, et par-dessus tout riche à faire peur. Il avait sous les yeux, Borgia, l'image des applaudissements spontanés par lesquels l'aile 3 avait salué l'entrée du Dandy : des applaudissements qui s'étaient mués en ovation lorsqu'il avait levé un bras en signe de salut, puis qui, de l'ovation, étaient passés au battement rythmique des gamelles contre les barreaux en fer des cellules… Un concert pour le Dandy… et pour son avocat… Miglianico, un homme au passé controversé à cheval entre subversion et extorsion, inculpé, à l'époque, pour avoir obtenu par fraude tant son inscription au barreau que son diplôme d'avocat. Acquitté pour insuffisance de preuves, comme presque tous ses clients. Pourtant, sa médiocre familiarité avec les codes et les pandectes était notoire. Acquittement par d'autres voies, donc. Des voies que le Dandy avait choisi de parcourir en quittant ce bon Vasta, un type de la vieille école, une charogne, mais clean dans le fond… Le Dandy a changé de cordée, se dit Borgia, le Dandy a pris du galon… Qui est avec lui ? Qui a quitté Vasta pour ce tartuffe parfumé de Miglianico ? Que se passe-t-il dans la bande ?

– En second lieu, *dottore*, et par extrême tutiorisme défensif, je réclame pour mon client une expertise médico-légale et je nomme dès à présent en tant que consultant pour la défense le professeur Blinis…

Borgia rendit un avis contraire à la libération pour raisons de santé et s'opposa aussi à ce qu'on lui concède la résidence surveillée. Un cancer ! Mais il y avait les papiers – ce qu'ils s'y entendaient, ces gars-là, à trafiquer les papiers ! – et le juge d'instruction, d'autorité, ordonna l'expertise.

De l'isolement, le Dandy fut transféré directement à l'infirmerie. Il y entra alors que le Buffle en sortait après l'un des contrôles périodiques. Ils restèrent à se fixer, embarrassés tous les deux. Puis le Buffle brisa le silence.

– Désolé qu'ils t'aient chopé, Dandy.

Le Dandy renifla et émit un petit sifflement méprisant.

– Dis pas d'conneries…

Le Buffle demeura un instant pensif, puis il fit semblant de lui flanquer un coup de poing.

– Pour tout te dire, il me tardait qu'ils te baisent toi aussi…

– Maintenant je te reconnais !

Le Dandy rit. Buffle rit aussi. Ils signèrent la paix armée avec une demi-poignée de main. Le Buffle passa au Dandy deux joints et le Dandy, en retour, un sachet de coke. L'infirmerie était chaude et confortable. Les contrôles étaient risibles. Patrizia lui avait procuré une grosse boîte de cigares cubains et une caisse de champagne qu'il avait partagées avec médecins et infirmiers. Pour l'expertise, y avait le temps : Miglianico avait assuré que c'était chose certaine. L'important était que les affaires, dehors, tournent rond, mais quant à ça, elles étaient en de bonnes mains : parole de Donatella qui, une fois signée la déclaration de concubinage avec Ricotta, allait et venait à sa guise comme une bonne petite messagère des Brigades rouges. Il ne s'agissait que de rester à attendre. Calmement, et sans faire de conneries. La situation intérieure s'améliorait. Le Buffle avait arrêté de faire chier. Avec l'Echalas, Œil Fier et Ricotta, ils avaient pris l'habitude du petit poker du soir. Ricotta les plumait régulièrement : il avait du mal à discerner un brelan d'une suite, mais pour ce qui est du cul, il l'avait bordé de nouilles. Le Froid, néanmoins, demeurait un fantôme indéchiffrable. Il s'était pointé une seule fois à l'infirmerie. Hâve, squelettique, il était resté sur le seuil, à fixer le quatuor des joueurs, indifférent à leurs appels. Après avoir échangé un vague signe de salut avec le Dandy, il était rapidement reparti en cellule.

– Mais qu'est-ce qui lui a pris ? avait demandé le Dandy.

– Mal d'amour, avait répondu Ricotta en ramassant la mise du dernier pli. Roberta l'a plaqué.

– Mal de poisse, avait précisé l'Echalas. Il cherche un moyen de sortir mais ça tombe à l'eau.

– Lui aussi, y veut faire le malade, s'immisça Œil Fier. Mais tout le monde a pas le cul de se trouver un beau cancer comme celui du Dandy !

Ils avaient tous rigolé. Le Dandy avait offert une tournée de cigares. Ricotta avait touché un poker servi sur un pot. Bref, ils se la coulaient douce comme au bon vieux temps. Dommage pour les gonzesses, mais peut-être que si le gradé fermait un œil... Oui, ils se la coulaient douce. Jusqu'à ce qu'un putain de jour, ils incarcèrent le Sec, et leur histoire à tous prit une autre tournure.

3

C'était l'affaire des terrains de l'est qui l'avait perdu. Tout était parti du Barracuda, jadis mac, puis blanchi par son mariage avec une riche veuve, à présent mû par des aspirations nettement au-dessus de sa portée. Les terrains appartenaient à un vieux noble gâteux qui demandait la lune. Puis le marquis, ou comte, ou va savoir quoi, avait perdu la tête pour l'une des greluches de l'ex-écurie du Barracuda, une Brésilienne aussi chaude que dispendieuse, et, de la lune, ses prétentions étaient tombées à un plus raisonnable demi-milliard. L'affaire était alléchante : l'espoir résidait dans la constructibilité des sols, donnée pour imminente même par le *Messaggero.* Le mirage était un énorme centre de services avec de grands bureaux à louer à prix d'or au domaine public. Du tout cuit. A bien y regarder, une histoire ordinaire de parpaings et de pots-de-vin, un classique romain, la plus banale des spéculations. Sauf que pour le Barracuda, cinq cents patates, c'était un objectif hors d'atteinte. Et donc, il s'était démené comme un dingue pour chercher un associé. Le Sec l'avait jaugé au premier coup d'œil : une couille molle, un cave à l'air de toujours pisser fissa, un con breveté. Mais en attendant, des cuisses de son ancienne pupille était sorti un acte préliminaire, dit vulgairement promesse de vente, et ce papier en main rendait le Barracuda à la fois faible, car fauché, et très fort, car sans lui, l'affaire sautait. Le Sec s'était présenté dans son rôle public de dispensateur de crédits et d'amitiés, et en deux temps trois mouvements, il avait mis sur pied une société pour l'exploitation des terrains. Le Barracuda apportait le papelard, le Sec le liquide et, pour les bénéfs, on faisait cinquante-cinquante. Mais le Sec ne songeait pas le moins du monde à partager. Il pouvait rester sur un pied d'égalité avec le Dandy tant que ce casse-couille était le plus fort sur la place, mais tenir la parole donnée à un couillon comme le Barracuda aurait été une inadmissible faute de goût. Le Sec était un artiste du jeu à la hausse et le cash son arme la plus dangereuse. Il commença par une modeste augmentation de capital : des frais imprévus pour un adjoint goulu, se justifia-t-il auprès du Barracuda. Et son associé, pour se mettre au niveau, hypothéqua la baraque de la veuve. Trois mois passèrent et l'on notifia la nécessité d'une nouvelle augmentation, plus consistante : cette fois-ci, c'était la faute du Comité régional de surveillance, qui voulait dire son mot sur la modification du POS. Les banquiers auxquels il s'était adressé jugèrent les possibilités de réussite de l'affaire trop incertaines et refusèrent au Barracuda son financement. Le Sec, un véritable ami, lui dit de ne pas s'en faire et prit en charge la totalité de l'augmentation de capital. En échange, le Barracuda lui céda vingt-cinq pour cent de ses parts. Enfin, pile le jour où la municipalité approuvait la modification en terrains constructibles, le Sec asséna le coup de massue final : un super dessous-de-table de trois cents bâtons. Au désespoir, le Barracuda avoua son intention de faire appel aux usuriers. Le Sec, qui était le chef reconnu de la corporation, l'en dissuada avec des manières affables. Après une bouteille d'*Est ! Est !! Est !!!** et quelques larmes, le reliquat de vingt-cinq pour cent de la société avait changé de mains. Au Barracuda restaient l'hypothèque et l'espoir de pouvoir la rembourser un jour en vendant le misérable box que le Sec lui avait permis de garder dans le futur centre commercial. Sa énième victoire au Monopoly était montée à la tête du Sec, qui commença à se vanter autour de lui d'avoir plumé cette andouille. Le bruit circula, sans cesse enrichi de nouveaux détails. Et comme on ne pouvait pas dire que le Sec fût entouré d'une affection unanime, quelqu'un qui avait une dent contre lui se chargea de raconter au Barracuda le détail le plus piquant : que les banquiers, ces fourbes qui avaient refusé le crédit pour une affaire archi sûre, étaient tous, sans exception, sur le livre de paie de son ex-associé. Le Barracuda se souvint d'avoir été naguère un demi-dur, il se présenta chez le Sec et le colla au mur. Le Sec échappa à la raclée grâce à son habitude d'avoir toujours en laisse quelques redresseurs de torts. Mais il était méchamment fumasse, le Sec. Et d'abord, il envoya deux gars brûler l'auto du Barracuda, puis il racheta l'hypothèque sur le domicile conjugal et en réclama la jouissance immédiate. Le Barracuda acheta aux puces de Porta Portese un revolver de troisième main et se mit à tournicoter autour du Sec, jurant *urbi*

* Excellent vin blanc de Montefiascone, dans le Latium.

et orbi qu'il allait lui faire la peau. Le Sec fit courir le bruit que le Barracuda avait pété les plombs : dommage, parce qu'il avait une belle femme et deux enfants, et ce serait terrible si un jour, en proie à un accès de folie, il leur faisait du mal. Le Barracuda reçut le message, il jeta son flingue au fleuve et se tint tranquille durant quelque temps. Puis l'honneur prévalut : il expédia femme et enfants chez un parent en Australie et, un beau jour, cravaté comme pour un enterrement, il passa le portail de la via Genova et commença à se déboutonner avec un ami policier. Pendant les mois durant lesquels il avait été en contact étroit avec le Sec, il avait eu l'occasion d'écouter, de voir, d'enregistrer, de remarquer, de deviner. Il en avait, des choses à raconter : il commença par l'élimination de l'Angelot, passa au trafic de drogue, aux mystérieuses origines de la fortune du Sec, pour finir en beauté avec le tour de con qu'il lui avait joué dans l'histoire des terrains. Ce dernier était en fin de compte l'unique charge sérieuse, la seule qui impliquait directement le plaignant. Des poudres blanches, lui, le Barracuda, il n'en avait jamais vu ; on causait de bandit dix-huit carats, mais en rencontrer un, tintin. Tout reposait sur des on-dit. Il suffirait au Sec de soutenir que l'accusation venait du ressentiment d'un entrepreneur en faillite envers un homme d'affaires à succès et on le libérerait le soir même. Mais le Sec ignorait tout des arrestations, perquisitions, mandats et prisons. Le Sec avait un casier judiciaire vierge. Il avait une trouille bleue des menottes. Lors du premier interrogatoire, entre les demi-aveux, le lâcher de noms éminents, les menaces et les larmes, il se fourra tout seul dans la merde. Le juge d'instruction, Morales, un vieux renard initialement enclin à liquider l'affaire en deux mots, commença à considérer avec un intérêt plus grand les déclarations du Barracuda. Il fut disposé à une confrontation. Le Barracuda pérorait, clair et déterminé ; le Sec vomissait des injures, transpirant et haletant. Son avocat lui conseillait de se taire et le Sec l'envoyait paître. Le juge lui posait une question et le Sec répondait en maudissant le Barracuda et ses aïeux. Les choses se présentaient mal. Lorsqu'il l'apprit, le Dandy entra dans une fureur noire. Il était clair que le Sec perdait les pédales. Pour l'instant, le Barracuda n'avait pas évoqué leur relation. Le Dandy ne savait même pas comment il était fait, ce grand fils de pute.

Pour l'instant. Et s'il se souvenait tout d'un coup d'une conversation ? D'un coup de fil ? D'une allusion ? Ça ne suffisait pas que le cerveau financier du groupe atterrisse en taule : il fallait aussi une crise d'hystérie ! Le Dandy se mit en contact avec les frères de l'extérieur. Mais ceux-ci, par l'intermédiaire de Miglianico, lui firent savoir qu'ils avaient les mains liées. Le juge Morales était inapprochable. Toutes les requêtes étaient repoussées. Le juge Morales avait deviné que le Sec était sur le point de s'écrouler et il le gardait au plus strict isolement. Depuis sa cellule, l'autre écrivait lettres sur lettres à ses influents amis d'autrefois. Lettres qui restaient immanquablement sans réponse. Le juge Morales s'était douté que, de la petite arnaque des terrains, pouvait naître une grande enquête. Le Sec joua une carte désespérée et promit vingt millions au détenu balayeur, le seul admis dans le quartier d'isolement, s'il lui flanquait deux baffes et quelques coups de pied dans les couilles. Le balayeur n'eut pas envie de risquer un supplément de peine à la veille de sa libération. Mais le bruit circula. Le Buffle raqua et parvint à pénétrer dans la cellule du Sec.

– Qu'est-ce que c'est, cette histoire que si je te cogne, tu me payes ?

– Il faut que je sorte d'ici. Je deviens fou !

– Et tu veux finir à l'hosto ?

– A l'infirmerie. Je veux aller à l'infirmerie. Voir des gens. Penser. Si je reste encore une semaine là-dedans, je…

– Qu'esse-tu fais ? Tu te mets à table ?

– Je me tuerai plutôt !

Le Buffle alluma un joint. Le Sec déclina l'offre.

– Je ne veux pas me défoncer, Buffle. Je veux sortir !

– Fais-toi aider par le Dandy, alors. Vous êtes tellement cul et chemise…

Le Sec se mit à insulter le Dandy. Un play-boy. Un incapable. Il s'était fait gauler comme un cave parce qu'il était pas foutu de rester loin de sa putain. Un dictateur. Si le Buffle savait comment il parlait d'eux, des autres gars…

– Pourquoi ? Comment il parle de nous ? dit le Buffle subitement intéressé.

Le Sec lut dans son esprit, comprit qu'il y avait peut-être encore un espoir et prit une expression inspirée.

– Buffle… sans moi… lui, il vous laissait moisir au trou !

– Toi ? Et qu'esse-t'as fait, toi ?

– Qui c'est, tu crois, qui a imposé le fade aux taulards ? Moi ! Et qui tu crois qui contrôle votre blé jusqu'à la dernière lire ? Moi ! Il m'a même frappé, le salaud !

Le Buffle n'y crut pas l'ombre d'une seconde. Le Dandy était trop roublard pour s'exposer à un moment aussi critique. Tout le monde savait comment l'histoire s'était passée. S'il y avait un serpent, peut-être plus venimeux que le Dandy, c'était bien le Sec. Néanmoins, une chose est de croire parce qu'on est couillon, une autre de croire parce qu'on veut y croire. En particulier lorsque les blessures continuent à suinter du sang frais. En particulier lorsque, avec l'aide d'un serpent, l'avenir t'offre une occasion qui ne se représentera pas.

– Explique-moi : tu veux être cogné…

– Oui, Buffle, oui ! Mais tu y vas mollo, hein ?

– Dans les limites du possible, mon pote ! rigola le Buffle en retroussant les manches.

Le Sec ferma les yeux dans l'attente du premier gnon.

4

Pour une question de quelques centaines de mètres, la compétence territoriale pour les enquêtes sur la bombe de Noël revenait au parquet de Florence. Des mètres qui pouvaient s'avérer fatals pour le Vieux et son entourage, vu que depuis quelque temps leur influence dans ce secteur avait décliné. Deux cadors de l'Antiterrorisme étaient parvenus à mettre la main sur le Hollandais avant que Z ne le localise. Le Hollandais avait entrebâillé sa valise de secrets compromettants. Le nom de l'oncle Carlo avait été cité. Un matin de mars, après quinze ans de cavale, ils l'avaient alpagué dans une villa sur l'Appia Antica et, avec lui, était aussi tombé son fidèle Maître. Dans le carnet d'adresses extrêmement ordonné que le mafieux tenait dans un vieux cahier à carreaux, ils avaient découvert un numéro de téléphone crypté. Toutes les tentatives d'obtenir de l'oncle Carlo – au moment de son arrestation, pour couper court aux formalités, il avait fait semblant d'être sourd comme un pot – une quelconque forme de collaboration étant inutiles, les hommes de l'Antiterrorisme s'étaient adressés à un célèbre spécialiste, grand expert en l'art des casse-tête. Le code avait été décrypté en un après-midi et le numéro, enfin dévoilé, s'était avéré correspondre à une société immobilière fantôme dans la zone des Castelli. Un escadron en tenue de combat y avait fait irruption. Ils y avaient surpris X en train de surveiller l'endroit. Le barbouze en avait appelé à la solidarité entre collègues et avait obtenu de se servir du téléphone. Mais au lieu de la voix, même furax, du Vieux, il s'était heurté à une ligne muette. Tandis que la perplexité initiale des agents se muait en une forme très dangereuse et croissante de curiosité suspicieuse, et que les questions fleurissaient, X avait frénétiquement tenté de retrouver Z. Vain effort. Il s'était alors mis en quête des autres, des collègues moins connus, descendant, coup de fil après coup de fil, toute l'échelle hiérarchique jusqu'à ses propres subordonnés. Inutilement. C'était comme s'ils l'avaient rayé de la liste. Un homme qui n'existait plus. Même le standard "public" de l'organisation sonnait dans le vide. Lorsque enfin un type de la patrouille avait nerveusement chuchoté le mot "attentat", X avait demandé qu'on le mette en contact avec le policier.

– Je n'ai rien à voir avec cette bombe, explique-le-leur, avait imploré X quand, enfin, vers minuit, ils avaient retrouvé Scialoja.

– Pourquoi moi ?

– Parce que toi, ils te croiront. Ils savent qu'on est pas copains. J'ai rien à y voir, je te le jure ! Nous, les bombes, on ne les a jamais mises…

– Faudrait que je te croie ?

– Fais comme tu veux, mais tire-moi de là !

– Pourquoi ?

– Parce qu'en échange, je peux te donner une chose à laquelle tu tiens beaucoup.

– A savoir ?

– Le Dandy !

– Et puis ?

– Le Vieux. Je t'offre un lien. Une connexion. Tu deviendras célèbre. Le plus célèbre policier d'Italie…

Scialoja alluma une cigarette et la lui passa. L'espion aspira avidement deux bouffées.

– Comment tu penses réussir, X ?

– Avec l'aide du Larinais, paix à son âme…

Quand il le vit débouler chez lui à l'aube, trempé de pluie et les yeux hallucinés, Borgia pensa que Scialoja était en train de péter les plombs. Indignée par cette incroyable violation d'intimité, son épouse s'était barricadée dans sa chambre à coucher avec les enfants qui pleurnichaient. Borgia supputa avec un sourire amer l'inévitable suite : querelles, mauvaise humeur durable, ambiance domestique pesante, pénibles tentatives de réconciliation, l'accusation vibrante de négliger sa famille pour son travail et tout le tralala, et il se sentit haïr ce fêlé de missionnaire en trench. Il tenta de le persuader de remettre leur entretien, il essaya même, sans trop de conviction, de le mettre à la porte. Mais Scialoja le catapulta dans un affreux fauteuil style mobilier suédois des années 60 et ne l'autorisa pas à remuer un muscle tant qu'il n'avait pas fini.

– Le Larinais est un remarquable faussaire, un des meilleurs sur la place. Il est sur le livre de paie du Vieux. Ils s'en servent pour certains petits boulots pas propres. Pendant l'enlèvement de Moro, ils l'ont engagé pour organiser la fausse piste du lac de la Duchesse. Vous vous souvenez de ce fameux communiqué apocryphe des Brigades rouges qui a envoyé la moitié de la police italienne chercher le cadavre du président dans le lac gelé? Eh bien, c'est lui qui l'a fait. Le fait est que la Duchesse est aux environs de la commune de Gradoli. Il fallait couvrir une autre indication, vraie, celle-là: Gradoli était le nom de la rue où, dans un appartement ignoré par les perquisitions, se cachaient les chefs brigadistes. Et ce n'est pas tout. Après le chef-d'œuvre du communiqué, le Larinais retourne dans l'ombre. Jusqu'à ce qu'un beau jour, ils lui demandent un autre service: monter un casse. Le but apparent est le butin, mais il s'agit en réalité de subtiliser certains documents dont le Vieux a besoin. Le Larinais met sur pied une bande de bric et de broc et exécute le coup. Mais au lieu de remettre les documents, il les garde et essaie de faire chanter le Vieux. Alors le Vieux se fâche. Il appelle le Dandy et lui ordonne de supprimer le Larinais et de récupérer les documents. Il fait ainsi d'une pierre deux coups: il rentre en possession de ce qui lui tient à cœur et se débarrasse d'un témoin gênant...

– Et comment tu as appris tout ça? exhala Borgia, passant sans s'en rendre compte au tutoiement.

– X. C'est lui ma source.

Borgia ferma les yeux. L'histoire se tenait. Elle expliquait quelques mystères de ces dernières années. Elle fournissait une clé de lecture. Elle s'encastrait à la perfection dans la mosaïque. Cette histoire se tenait fichtrement bien. Borgia désira une existence moins tumultueuse: un transfert au civil, le concours du notariat, une modeste charge universitaire.

– Il faudra informer le procureur... murmura-t-il.

– On le lâche pas! s'écria Scialoja. Frappons maintenant! Aujourd'hui même! X est une piste chaude. Il a des noms, des dates, des adresses, des comptes chiffrés... Ne lui donnons pas le temps de se réorganiser! Frappons maintenant, tout de suite...

– Il faut des vérifications...

– On les fera... mais avant, il faut neutraliser le Vieux...

– Si le Dandy ne confirme pas...

– On lui propose un accord!

– Scialoja, ici, on n'est pas en Amérique!

– Nom d'une pipe, ce n'est pas le moment de s'embarrasser de scrupules!

Borgia ferma les yeux. Il sentait que quelque chose lui échappait. Peut-être pour toujours. Il aurait dû seconder le policier. Suivre son intuition. Couvrir sa stratégie d'attaque. Mais il n'avait pas le courage, voilà tout.

– Préparez-moi un rapport, ordonna-t-il sèchement.

1985-1986

Épidémies

1

La dégelée qui avait expédié le Sec à l'infirmerie fut attribuée au détenu balayeur. D'ailleurs, qui d'autre sinon lui aurait pu violer l'isolement? Le chef de poste confirma qu'il n'y avait pas eu de mouvements étranges: à l'exception des dix-quinze minutes durant lesquelles le balayeur avait nettoyé la cellule, personne d'autre n'avait eu de contacts avec le Sec. Et c'était là qu'avait eu lieu le forfait. Le mobile, le Sec lui-même le balbutia, s'extrayant tant bien que mal de la torpeur des sédatifs: un mot de trop que, dans un de ses récurrents moments de faiblesse, il avait laissé échapper face au refus d'un service non précisé. La puanteur de magouille coupa le souffle au juge Morales. Il chercha par tous les moyens à faire cracher le morceau au balayeur, mais il fit chou blanc. Entre six-huit mois de taule supplémentaires et la vengeance du milieu, le choix du sortant était inévitable. L'homme avoua une vieille rancune pour ce gros lard, il encaissa la condamnation ainsi que les vingt briques que le Sec avait de toute façon déjà fait passer à sa femme, et l'embrouille fut dans le sac. Morales chercha par tous les moyens à faire révoquer l'assignation à l'infirmerie. Mais les médecins exprimèrent un avis contraire; le directeur s'y opposa de toutes ses forces; deux nonnes au cœur tendre versèrent trois larmes et finalement le juge dut s'incliner. Cette histoire, le Dandy la digérait pas non plus. D'un côté, ses nouvelles conditions d'incarcération mettaient le Sec à l'abri d'ultérieures pernicieuses crises d'hystérie. D'un autre, la dynamique des événements ne le préoccupait pas qu'un peu. Car avec le Dandy, le Sec nia tout coup monté: oui, il était disposé à payer pour se faire tabasser, mais certainement pas par le Buffle. Il avait agi seulement et uniquement de sa propre initiative. Le coup de tête d'un fou dangereux.

– Et on peut savoir pourquoi?

– Mais qu'est-ce que j'en sais! pleurnichait le Sec. Il a commencé à m'insulter… et à t'insulter toi… le Buffle te hait, Dandy! Il dit qu'on lui a piqué son fric, mais Dieu sait si c'est vrai qu'il manque pas un seul centime! Ensuite… ensuite, j'ai plus rien compris et il m'a roué de coups… *Mamma mia*, qu'est-ce que j'ai morflé! Un cinglé, je te dis, un cinglé!

Cinglé pour les juges, peut-être. Mais pas pour le Dandy qui ne le connaissait que trop bien. Le Buffle était en train de méditer un truc. Il avait fait mine de se résigner, mais en dedans, couvait toujours la même, solide vieille haine. Le Dandy décida que cette histoire devait être éclaircie à tout prix, avant que les conséquences ne retombent sur eux tous. Botola, l'Echalas et Œil Fier se lancèrent en quête d'un contact avec le Buffle. Mais ils furent pris de court. Le Buffle était déjà parti pour l'asile judiciaire. Finalement, il avait été déclaré mentalement irresponsable dans l'affaire des frères Gemito.

Si la situation avait été résolue, tout le mérite en revenait à un bon travail d'équipe, à la roublardise de Vasta et, comme toujours en ce bas monde, à la chance.

Il s'était passé que Baldissera, le psychiatre qui ne voulait pas lâcher, qui était convaincu mordicus de l'habileté à simuler du Buffle, avait fait une demande pour un poste de chef de clinique dans le Nord. Président de la commission d'examen, cela va sans dire, l'éminent professeur Cortina. Baldissera s'était présenté devant son collègue la queue entre les jambes.

– Je ne voudrais pas que cette visite soit interprétée comme une tentative de recommandation personnelle…

– Mais tu penses bien! avait souri Cortina. Devant un spécialiste de ton envergure, moi je tire mon chapeau…

– D'un autre côté, je ne voudrais pas non plus que les divergences que nous avons eues finissent par peser outre mesure sur ta décision…

– Sois tranquille! Entre gens intelligents, on trouve toujours un terrain d'entente…

Trois jours après cet entretien, Baldissera donna sa démission du collège d'experts pour “incompatibilité d'opinion”: d'un seul coup, d'un seul, il sauvait la face et foutait en l'air l'expertise. Pour comprendre si le Buffle était plus ou moins fou, il fallait tout recommencer depuis le début. Pris entre Borgia qui le tarabustait et Vasta qui lui suggérait la prudence, le juge d'instruction en avait plein les burnes. Il réserva sa décision.

Alors, Vasta monta au créneau. Le Buffle, à part l'affaire des frères Gemito, avait sur le dos une autre douzaine d'inculpations. L'une d'elles, un vieux braquage de l'époque où ils ne se fréquentaient même pas avec le Libanais, un truc de la nuit des temps, par une bizarre sarabande de compétences, avait échappé des mains de Borgia et végétait à présent entre un procureur de l'Antiterrorisme et un vieux juge d'instruction flagada. Vasta expliqua qu'il croyait que son client était fou. Et s'il était fou pour le meurtre, il ne pouvait être sain d'esprit pour le braquage. Par conséquent, y compris pour cette vieille affaire, il fallait établir une expertise psychiatrique. Le juge trouva la proposition raisonnable et fixa l'audience pour la nomination de l'expert. Trentedeniers et le Noir rendirent une petite visite à l'influent personnage qu'ils arrosaient depuis deux ans sans résultats. Dans une main, ils apportaient une fourrure et une Rolex, et dans l'autre des flingues. L'influent personnage assimila promptement l'ultimatum et, à l'audience, l'expert nommé fut le *dottor* Polistena. Un jeune psychiatre fraîchement spécialisé par une docte thèse sur les schizophrénies paranoïdes inspirée par les classiques du genre : au tout premier chef, le Cortina, édition 1971. Polistena ausculta le Buffle, son assistante le soumit aux tests et le diagnostic fut administré en un amen : schizophrénie paranoïde, naturellement, et totale irresponsabilité mentale. Vasta frappa chez le juge de l'affaire Gemito et renversa son raisonnement : si le Buffle était fou pour le braquage, comment pouvait-il être sain d'esprit pour le meurtre ? Le juge convoqua Polistena et un autre ignare et, *ipso facto*, il concéda trente jours pour un complément d'expertise. En l'espace d'un mois, le Buffle fut déclaré pour la deuxième fois incapable de discernement ou de contrôle de ses actes. Un chef-d'œuvre. Le gros procès demeurait, mais l'accusation la plus grave avait été annulée. Borgia écumait de rage. Et rageusement, il rédigea un pourvoi en appel envers lequel il nourrissait fort peu d'espoir. Il savait qu'une fois ouverte la brèche de l'irresponsabilité mentale, la réaction en chaîne risquait de s'avérer dévastatrice. Le Buffle fut embarqué de nuit dans le panier à salade, avec l'assistance de médecins et d'infirmières, ainsi qu'une offre de Valium qu'il refusa dédaigneusement. Fou, mais certainement pas gaga. Il allait revoir les autres à l'audience. Il allait tromper l'attente en fignolant l'accord en béton qu'il avait passé avec le Sec. Son fric était en sûreté. Et tôt ou tard, il aurait la peau du Dandy.

2

Le Noir apprit par Vanessa les problèmes du Froid. Les règles de prudence déconseillaient les contacts directs, mais il fallait bien faire quelque chose pour un pote en carafe. Le Noir se souvint de Mainardi. Ils s'étaient fréquentés quelque temps à l'époque du lycée, pour des bricoles : genre nettoyer la baraque des parents pendant qu'ils étaient en week-end ou casser du crâne rouge à coups de bâton. Rien d'exaltant, en plus depuis peu il s'était rangé des voitures. La dernière fois qu'ils s'étaient vus, c'était à l'occasion du curetage de la petite amie d'un des vieux copains de l'EUR. Mainardi, en seconde année de médecine, ne s'était pas débiné. A présent, grâce à l'appui de son père, un célèbre chirurgien esthétique, il travaillait dans une clinique hors de Rome. Lorsque le Noir alla le trouver, Mainardi fit tout d'abord une moue dédaigneuse. Le Noir fut forcé de lui rafraîchir la mémoire et le toubib rabattit son caquet. Il se présenta au Froid avec un permis sanitaire spécial échafaudé par l'influent personnage.

– Qui t'envoie ?

– Le Noir.

– Comment il va ?

– Il te salue. Il m'a dit de me mettre à ta disposition. Qu'est-ce que je peux faire pour toi ?

– Faut que je sorte.

Mainardi promit qu'il allait étudier la situation. Mais même un étudiant de première année se serait rendu compte que la santé du Froid était d'une robustesse proprement écœurante. Quant à une hospitalisation, à moins d'un faux criant sur lequel il risquait de jouer sa carrière, inutile d'en parler. Il concocta néanmoins un rapport suffisamment ambigu pour persuader Borgia d'ordonner son transfert à l'infirmerie "pour des contrôles". Le Froid atterrit ainsi à côté des grands malades le Dandy et le Sec. Ils n'avaient pas l'air de mourir d'envie de le revoir. L'Echalas et Œil Fier qui, bien que n'étant pas souffrants, étaient à l'infirmerie comme chez eux, l'accusaient ouvertement de bien trop s'occuper de sa propre merde. Le Sec lui adressait des saluts mielleux, et dès qu'il avait le dos tourné, il en disait pis que pendre. Curieusement, le plus expansif fut le Dandy. Mais il y avait une raison : il était préoccupé, quasi obsédé par le Buffle. Et il cherchait des informations, des nouvelles, voire un appui. Le Froid ne mâcha pas ses mots pour lui dire qu'Œil Fier et l'Echalas avaient raison.

– A savoir ?

– A savoir que je m'occupe de mes affaires et que je cherche pas d'emmerdes. Vos histoires, je veux pas y entrer.

Le Dandy avait toujours pensé que les vrais mecs se reconnaissent aux moments les plus durs. Il y avait eu une époque où, question courage et cervelle, personne ne pouvait rivaliser avec le Libanais et le Froid. Ensuite, le Libanais s'était fait buter et, de jour en jour, le Froid devenait une larve. Au moment le plus dur, il avait flanché. Broyé par la taule. Accroché au rêve d'une fuite impossible. Croupi avant l'âge. C'était un spectacle qui, en même temps, l'attristait et l'exaltait. Parfois, le souvenir des temps révolus le plongeait dans une humeur mélancolique, presque crépusculaire. Mais le Dandy était un homme du présent, pas du passé. D'où l'exaltation : après la chute du Froid, il n'y avait personne, à part le Buffle, qui puisse l'inquiéter. Même le Sec était trop pleutre pour représenter un danger. Quant aux autres, c'était de simples suiveurs.

– Foutez-lui la paix, ordonna-t-il.

Le Froid les observait du fond d'un lit qu'il quittait de plus en plus rarement et de mauvaise grâce. Il se laissait dévorer par le temps, incapable du moindre sursaut d'énergie. Il se consumait dans un désir brûlant qu'il n'arrivait à deviner que confusément : Roberta, quelque chose de chaud et de durable, air pur, être loin de cette horreur, de vrais mecs, des potes et pas des lavettes qui grillent d'envie de s'enculer à qui mieux mieux. Il observait et il notait. Le Sec faisait tourner les cartes avec une dextérité de prestidigitateur. Quand tu n'agis pas, tu comprends. Déjà l'Echalas et Œil Fier, les pauvres cons, regardaient le Dandy d'un air différent. Le Sec était en train de les monter lentement, inexorablement, les uns contre les autres. Le Sec s'amusait à les diviser pour ensuite se becqueter le gâteau tout seul. Et le Dandy était trop imbu de lui-même pour s'apercevoir de ses mouvements. Au moment du bilan… car le moment du bilan viendrait forcément… il lui resterait seulement Botola. Un chien fidèle, cérémonieux, fiable. Mais les autres ! Les autres étaient prêts à le trahir lui, puis pourquoi pas le Sec, et puis eux-mêmes. Il lui revenait en mémoire la sinistre prophétie du Puma. Il avait volé, tué, jeté sa vie aux quatre vents. Une nuit, alors que le Dandy dormait, le Sec leva sa bouille de son habituelle et pléthorique lettre de doléances et lui adressa un signe amical. Le Froid s'approcha de lui. Il avait décidé de clarifier le problème.

– Froid, j'ai une affaire en vue…

– Ah oui ? Intéressant.

– Une affaire solide…

– T'en as parlé au Dandy ?

Le Sec prit un air renfrogné. Sa voix monta d'un octave, une plainte quasiment féminine.

– Je ne veux pas parler à ce type ! C'est un con ! Toi, plutôt…

Le Froid le saisit à la gorge et, de l'index, il lui fit signe de se taire. Le Sec laissa échapper un gargouillis écumeux.

– Écoute-moi bien, tas de merde : avec moi, tes petites combines accrochent pas. Dis un autre mot, un seul, et je t'arrache ta langue de vipère et je te la fais bouffer à coups de pompe… Je suis clair ?

Le Sec acquiesça frénétiquement. Le Froid le lâcha et s'en alla dormir.

3

Les juges, se disait le Vieux tandis que Borgia lui tendait poliment la main, ne devraient pas être trop intelligents. C'est ce que son père disait toujours. Son père était un grand officier de la Marine. Un héros de guerre. Sur le palier en face de chez eux, dans le centre de Naples, habitait un juge. Un vieil homme grand, cheveux blancs, au port bien droit, toujours maussade et habillé avec une extrême recherche. Jamais un poil déplacé, des couleurs tendres bien assorties, une gestuelle rigide et assez hautaine. Le Vieux tentait de se rappeler son nom. Maggiulli... Massulli... Maioli, oui, le juge Stefano Maioli. Grand chasseur et bridgeur émérite. Son père le lui avait indiqué avec un mélange de respect et de condescendance. Maioli : excellent juge et en tant qu'homme, un tantinet couillon. C'est ainsi que doivent être les juges : un tantinet couillons et pas trop intelligents. Maioli n'aurait jamais songé à le convoquer à neuf heures du matin. A l'époque de Maioli, une chose de ce genre aurait été inadmissible. Notamment, un homme de la classe de Maioli ne se serait jamais présenté en pull à col roulé et avec une barbe de deux jours.

– Vous excuserez mon aspect, *dottore*, mais si j'étais passé chez moi me changer, je me serais écroulé sur le lit et vous auriez été contraint à un voyage pour rien. Le fait est que cette nuit, mon fils... l'aîné, j'ai deux enfants, vous savez... Mirko et Teresa... Donc Mirko a eu une otite aiguë... Pauvre petit, comme il pleurait ! Bref, nous l'avons amené aux urgences sur le coup de cinq heures passées et, entre une chose et l'autre, il n'y a qu'une demi-heure...

Le Vieux acquiesça, un sourire compréhensif sur ses lèvres minces. Maioli ne se serait jamais permis d'alléguer un prétexte aussi vulgaire. Au contraire, maintenant qu'il y pensait : le juge Maioli ne se serait même pas permis d'avoir des enfants.

– La raison qui vous a conduit ici... Dans les papiers... des références apparaissent... il faut établir... Voulez-vous une cigarette ?

Tact, éducation, un certain style. Et beaucoup, beaucoup trop de flou. Le Vieux commençait à éprouver une certaine sympathie pour Borgia. C'était encore un jeune homme. Les juges comme Maioli, en revanche, naissent déjà avec les cheveux blancs et une moue de dédain.

– Je vous saurais gré de m'épargner les préliminaires...

– Une vente de vos fameux automates ? dit une voix moqueuse derrière lui.

Le Vieux ne prit même pas la peine de se retourner. Il se contenta d'écarter les bras dans un geste hiératique.

– Le commissaire Scialoja... attaqua Borgia, passablement gêné.

– Nous avons déjà été présentés, coupa le Vieux avec un petit sourire méprisant. Oui, commissaire. Précisément. Feurbrunner met en vente un modèle exceptionnel du "Joueur d'échecs de Frankfort", de 1787. Je souhaiterais vivement y être...

Scialoja fit le tour du bureau et alla s'asseoir à côté du juge. Borgia l'observait d'un air plutôt perplexe.

– Avez-vous entendu parler d'un individu connu sous le nom du Larinais ?

– Vaguement.

Scialoja se lança dans une attaque aussi véhémente qu'inconsidérée, que le Vieux cessa vite d'écouter. Il préférait se concentrer sur les physionomies. Sur Borgia, comme sur bien d'autres, le Vieux avait un volumineux dossier. Des informations confidentielles, des bruits de couloir, des analyses des dispositions, les inévitables écoutes téléphoniques et microphoniques. Il savait par exemple qu'avec Borgia, l'habituel petit jeu de l'accusation de philo-communisme ne marcherait jamais. Le substitut n'avait aucun lien avec les rigolos de Magistrature démocratique. C'était un homme d'ordre. Un moraliste politiquement décoloré. Ce qui constituait sa force, mais aussi sa limite. Quant à Scialoja, il s'agitait, ébouriffé, dans son complet des grands magasins qui contenait difficilement sa masse de muscles. Cigare éteint entre les dents. Dégaine de dur récuré. Front haut, yeux foncés, pénétrants. Un beau sujet, mais ça, il l'avait déjà constaté. Un pur, ce qui était aussi notoire, qui plus est affecté d'une louable tendance à se contrefoutre de la procédure. La première fois qu'ils s'étaient rencontrés, il l'avait comparé à saint Georges terrassant le dragon. Un guerrier avec Dieu de son côté. A présent qu'il l'étudiait avec une plus grande attention, il lui semblait découvrir de nouvelles lueurs, sourdant d'une flamme froide. Moins de fureur et plus de rationalité. Avec un parfum de cynisme. Le garçon grandissait, il devenait un homme, il perdait son innocence. Il apprenait avec d'excellents résultats, l'enfoiré. Dans l'ensemble, le juge et son flic formaient un beau couple. Mais ce n'était pas suffisant pour baiser le Vieux. Pas cette fois, tout au moins. C'est qu'il leur manquait quelque chose à tous deux. Pour user d'une synthèse rude mais incisive qui n'aurait pas déplu à ses partenaires de l'Agence, Scialoja avait les couilles, mais il lui manquait le pouvoir. Et Borgia avait le pouvoir, mais il lui manquait les couilles. En définitive, ils n'étaient que des hommes à une seule dimension. Loyaux serviteurs de l'État. Pouah.

– Vous avez terminé? s'informa poliment le Vieux en profitant d'une pause de Scialoja. Oui? Bon. A présent, si vous avez la patience, *dottore* Borgia, je vais vous raconter une autre histoire... la véritable histoire...

Le Vieux, avec une lenteur étudiée, fit jouer la serrure de sa mallette et s'affaira sur un mince dossier.

– Je pourrais parler pendant des heures d'un agent à mon service que j'ai été forcé d'éloigner à cause d'une série de graves défaillances et parce qu'affecté d'une dépression nerveuse diagnostiquée... de son ressentiment... des calomnies qu'il répand désormais depuis des mois sur mon compte... Je me contenterai de vous remettre ces documents. Étudiez-les avec la diligence que tous vous reconnaissent et vous verrez que l'affaire entière vous apparaîtra dans sa dimension réelle: une colossale bulle de savon!

Borgia s'était retranché derrière un petit sourire intimidé qui avait tout l'air d'une tacite excuse. Il y a un peu de Maioli dans tout juge, après tout. Scialoja, le prolétaire, gueula de toute la rage qu'il avait dans le corps.

– Vous avez couvert les assassins de Moro! Vous avez fait descendre le Larinais! X a parlé! Vous n'arriverez pas à le faire passer pour fou!

– Maintenant ça suffit, Scialoja! s'insurgea Borgia et, au Vieux, d'un ton indulgent: naturellement, *dottore*, il ne s'agit que d'une hypothèse d'investigation qui...

– Je vous remercie de cette précision, monsieur le juge. Je ne voudrais pas que votre habile collaborateur… dont j'ai eu l'occasion par le passé d'apprécier les multiples qualités… se laisse trahir par un accès d'improvisation et d'impulsivité…

Scialoja lança un coup d'œil enflammé au juge, qui détourna prudemment le regard. Le Vieux fixait Scialoja. Si celui-ci avait pu lire le message implicite dans ses paroles, il l'aurait décrypté ainsi : pas maintenant, mon garçon, et pas tout. Tu sais quelque chose, mais pas assez. Tu es un bras collatéral du fleuve. Contente-toi d'y rester un bout de temps, n'exagère pas. Mais le policier était possédé par un de ces démons hargneux que la raison peine à contrôler. Le Vieux éprouva un intense désir de le faire entrer dans son jeu. Tout ce bon parfum d'idéalisme offensait ses narines délicates. Le Vieux se promit d'intervenir incessamment. Un peu de saine pourriture ne ferait pas de mal à ce freluquet.

L'entretien touchait à sa fin. Borgia compulsait les documents et, sur son visage amaigri et marqué, deux expressions opposées se peignaient : conscience et soulagement. Borgia savait que Scialoja avait tapé dans le mille. Mais le Vieux lui fournissait une explication satisfaisante. Le manque de preuves l'exemptait du devoir de procédure. Scialoja saisit la situation, il se pétrifia et sortit en claquant la porte. Pauvre petit juge ! Le Vieux fut tenté de lui expliquer où était le micmac. Il était évident que l'arrestation du Hollandais allait déclencher une réaction en chaîne. Lui, il avait su bouger à temps : il avait sacrifié X, le maillon faible. Un gambit réussi. L'unique inconnue était le facteur temps. Borgia et Scialoja avaient enquêté de manière propre. Trop propre. Ils lui avaient donné ce dont il avait besoin : du temps. S'ils s'étaient pointés avec un mandat avant qu'il ait eu le temps de fabriquer le dossier sur l'agent renvoyé… Le Vieux se souleva, s'appuyant sur les bras du fauteuil. Pour Borgia, il évoqua à ce moment-là un pachyderme harassé dans les yeux aqueux duquel se noyait le regret de son ancien dynamisme volatilisé.

– Mais qui êtes-vous réellement ?

Le Vieux battit de ses longs cils blancs, il baissa la tête et ne répondit pas. En fin de compte, c'était là la seule question qui ait un sens.

Vingt-quatre heures plus tard, le procureur général retirait l'enquête à Borgia pour la confier à un jeune collègue. Dans les dix jours surgirent des informateurs, des noms, des dates et des chiffres. Six repris de justice de bas étage furent arrêtés coup sur coup. Ils avouèrent tous avoir participé à un gros braquage organisé par le Larinais, mais, dirent-ils, celui-ci avait violé les accords en gardant une partie du butin. On ne sut jamais lequel d'entre eux avait tiré les coups de feu fatals, mais l'affaire fut en tout cas résolue. X fut disculpé de toutes les accusations et déclaré incapable de discernement ou de contrôle de ses actes. Lorsque le calme fut retombé, le Vieux fit parvenir à Borgia une copie dédicacée de *Coup d'État, théorie et pratique* d'Edward Luttwak. Texte daté, mais non exempt de vitalité. A la page 33, une phrase était soulignée: "Le coup d'État consiste dans l'infiltration d'un secteur limité, mais critique, de l'appareil d'État et de son maniement dans le but de soustraire au gouvernement le contrôle des secteurs restants." C'était la réponse à la question de Borgia. Ce que le Vieux faisait depuis toute sa vie. Contrôler. Voilà ce qu'était le Vieux. Un contrôleur. Ni de droite, ni de gauche. Sans gouvernements à évincer et à remplacer par de pâles photocopies. Juste pour lui-même. Pour toujours contre l'humanité bâtarde qui se refusait à comprendre et à accepter. Un contrôleur anarchique.

4

Le Noir ne se résignait pas. Il devait bien y avoir un moyen de sauver le Froid. Une fois de plus, il eut recours à Mainardi. Mais le toubib ne voulait rien savoir.

– Je me suis renseigné ! J'ai parlé avec l'avocat ! Toutes les conneries qu'on a faites quand on était gosses… ben, y'a prescription ! Je ne risque rien et je ne veux plus rien savoir de cette histoire !

Ils étaient dans le penthouse de Mainardi, à Fleming. Le Noir ouvrit en grand la baie vitrée et emmena le petit docteur faire quelques pas sur la terrasse. Mainardi continuait à renauder. Le Noir le souleva et lui fit chevaucher la balustrade avec le buste.

– Combien de mètres tu crois qu'il y a, d'ici à la rue ?

– Repose-moi ! T'es dingue ?

– Dis-moi un peu, toi qu'es toubib : tu crois que t'y resterais ?

L'autre criait à l'aide et se démenait, mais le Noir, implacable, continuait à pousser, centimètre après centimètre.

– Peut-être que tu vas t'en tirer avec quelques fractures… Imagine la poisse si tu restes paralysé ! Toute ta vie sur un fauteuil roulant… Bof, peut-être que ce sera pas si tragique… Qu'est-ce que je devrais dire, moi, avec tout le plomb que je me trimbale !

– Repose-moi, salaud ! Je ferai tout ce que tu veux !

– Voilà qui me botte, camarade !

Deux nuits plus tard, le Froid s'injecta directement dans la jugulaire une seringue de sang infecté. Il venait d'un Arabe couvert de bosses auquel on ne donnait pas plus de six mois à vivre. Les médecins du San Camillo le trouvèrent gonflé de ganglions lymphatiques et attestèrent de la crédibilité de la lamelle. Le Froid souffrait d'un adénocarcinome diffus du système lymphatique. Scialoja alla le voir à l'hôpital.

– Je ne sais pas comment vous avez fait, mais je sais pourquoi vous l'avez fait. Parce que vous en avez marre de la taule, marre de votre vie, marre de tout… Ça se comprend… même un flic le comprend. Je veux juste vous dire qu'il y a des méthodes moins sanglantes pour libérer sa conscience… en admettant que vous en aillez une…

Le Froid se retourna de l'autre côté. A San Camillo, il n'était pas question de le garder : seize hommes de garde, la salle assiégée, les autres malades qui protestaient, le risque de représailles, la pagaille… Ne restaient que deux alternatives : la liberté conditionnelle ou la résidence surveillée dans un établissement de soins. Mainardi mit à disposition la clinique où il travaillait. Tout était prêt pour la sortie du Froid lorsque surgit un léger problème. Ils n'étaient disposés à prendre le Froid que si, en échange, la clinique recevait… au titre de donation… d'un ou de plusieurs bienfaiteurs… certain outillage coûteux…

– C'est-à-dire ?

– Quarante… quarante-cinq, pour être précis.

– Imagine qu'un soir tu sors de chez toi et un… comment dire ? un chauffard te renverse avec son auto…

– Ça ne dépend pas de moi, s'empressa de préciser Mainardi. C'est une décision du conseil d'administration… D'ailleurs, c'est à prendre ou à laisser…

Le Noir décida de prendre et tapa Trentedeniers.

– Tu veux payer sur la caisse commune ?

– C'est à ça qu'elle sert, non ? A aider les camarades en difficulté… Allez, aboule la tune !

Mais Trentedeniers tergiversait. La somme était importante. Il fallait d'abord en parler aux autres. Dernièrement, pour le Froid, ils avaient déjà beaucoup casqué. Entre le fade et les frais de santé divers et variés, sa part était pratiquement épuisée…

– T'es en train de me dire que le Froid est fauché ?

– C'est vrai !

– Rien qu'en machines à sous, il entre ici soixante-dix briques par jour et t'as le culot de me refuser trois ronds pour le Froid !

– T'échauffe pas, Noir ! Peut-être qu'une dizaine de plaques, on peut les dégoter…

Le Noir perdit patience.

– J'aimerais jeter un coup d'œil aux comptes, Trentedeniers !

Le Napolitain réagit en homme humilié et vexé. Le Noir l'arrêta avant qu'il puisse se lancer dans son baratin habituel. Tout le monde savait que, depuis que le Sec était au trou et que Trentedeniers tenait la caisse, il s'était honteusement enrichi. Qu'il fasse pas trop le malin. Même les cailloux s'en étaient rendu compte. Et la villa à Capri. Et l'appart' à Positano. Et les trois bagnoles dans le garage. Et les semaines à Pointe Rouge avec la petite infirmière. Et le bateau à Fiumicino…

– Mais tu délires, Noir ! Moi, j'ai des ennuis avec la justice qui…

– Quels ennuis, bouffon ! Au procès, t'as joué ta petite scène, y t'ont collé six piges et maintenant t'es même libre ! Casque, et ferme-la !

Trentedeniers casqua. La machine fut achetée. Mainardi téléphona au Noir.

– C'est fait. Ton ami est à Villa Poggioli.

– T'as sauvé ta peau, chéri !

– Je peux te poser une question ?

– Je vous en prie, *dottore*, faites donc !

– T'as fait des pieds et des mains pour sortir ce Froid… On peut savoir pourquoi ?

Le Noir soupira.

– Tu peux pas comprendre. C'est pas dans tes cordes…

Le soir où ils convoyèrent le Froid à la clinique, le Sec poussa un soupir de soulagement. Avec sa loyauté inoxydable, ce drôle risquait de devenir un sérieux problème.

A peine arrivé à l'hosto, le Froid écrivit à Roberta : *je suis dehors, je t'aime, viens.*

5

Vaille que vaille, le Sec trouva quelqu'un disposé à répondre à ses appels désespérés. Une paire de politicards, alléchés par l'histoire des terrains de la périphérie est, intriguèrent pour le faire transférer dans un centre médical au nord. Ambiance calme et feutrée, surveillance aimable, possibilité de communiquer avec l'extérieur *ad libitum*. Bref, une vraie planque. L'antichambre de la résidence surveillée, si ce n'est de la liberté. Le Sec en profita pour amorcer de tièdes contacts avec le Barracuda. Le grand accusateur était encore et toujours fâché, et il le resterait toujours. Mais l'instruction traînait en longueur et le Sec, courrier après courrier, œuvrait sans cesse à l'adoucir, lui promettant monts et merveilles. Seul le Dandy se fit baiser avec son histoire de cancer : malade oui, décrétèrent les médecins, mais pas gravement au point de ne pouvoir être correctement soigné dans un cadre pénitencier. Le Dandy ne se bila pas plus que ça. Le procès allait commencer. Et il était déjà gagné : dehors et dans la salle. Garanti Miglianico. Il sortirait par la porte principale. Tête haute. Acquitté. Ou, dans la pire des hypothèses, avec une peine légère. Mais une fois le Sec parti, l'Echalas et Œil Fier cessèrent de fréquenter l'infirmerie du jour au lendemain. Le Dandy s'en alla vadrouiller en pyjama en quête d'informations et se cogna dans Ricotta.

– Ils t'en veulent.

– De nouveau ? Qu'est-ce qui s'est passé, cette fois ?

– Les histoires habituelles. Ils disent que tu paies mal, que tu joues les pingouins…

– T'as déjà manqué de quelque chose avec moi ?

– Non, jamais, mais…

– Mais quoi ?

– Tu sais comment ils sont faits…

– Mal, ils sont faits. Mal. Mais cette fois, j'en ai ma claque, Rico'. Pas une lire de plus. Et si y'a quelque chose qui va pas, qu'ils s'en prennent à Trentedeniers, puisque maintenant, c'est lui qui tient la caisse !

Ricotta détourna le regard. Le Dandy avait ses raisons. Mais les autres le travaillaient au corps toute la sainte journée, lui qui voulait être l'ami de tous.

Durant quelques jours, le Maître transita lui aussi par l'infirmerie. Depuis qu'ils l'avaient pris, il bouclait les acquittements l'un après l'autre. Il ne lui restait qu'une vague association de malfaiteurs, mais elle aussi allait vite se résoudre. C'était une autre histoire pour l'oncle Carlo, avec déjà deux condamnations à perpète et une inculpation pour attentat.

– Mais lui, c'est un type d'une autre race. Il regarde *La Pieuvre* à la télé et il se bidonne quand un flic saute en l'air.

Le Dandy lui confia ses angoisses. Le Maître lui conseilla de se méfier du Sec.

– Il a pas les couilles pour se mettre contre moi ! répliqua le Dandy d'un air suffisant.

– Les couilles peut-être pas, mais la cervelle et le venin, il en manque pas. Fais gaffe !

Se pouvait-il que le Maître ait raison ? Que le Sec... Se pouvait-il que tout se soit déroulé sous ses yeux sans qu'il en ait eu la moindre perception ? Maintenant, en y repensant, la signification de certains coups d'œil, de certains petits rires, de certaines vannes à double sens devenait évidente. Ils avaient travaillé dans l'ombre pour l'isoler. Mais qu'est-ce qu'ils lui reprochaient ? D'être plus malin qu'eux ? De ne pas avoir dilapidé tout le capital en orgies et en conneries ? Ingrats ! Incapables ! Idiots ! Et lui qui avait bataillé avec le Sec pour les entretenir, pour garder le groupe uni... Il aurait mieux fait de les abandonner à leur sort... Des merdes, des lavettes... et le Sec, un bâtard ! Mais s'il croyait faire tenir debout une organisation avec cette bande de voleurs de poules... Si seulement le Froid, le seul qui raisonnait encore, s'était pas fait choper par la déprime...

Le procès commença enfin. Ricotta se mit dans le box avec l'Echalas et Œil Fier. Le Buffle, engraissé, souriant et bronzé, les rejoignit le deuxième jour, accueilli par de chaleureuses embrassades. Ils évitaient le Dandy et Botola comme s'ils avaient la gale. Ils échangèrent juste un vague signe de salut avec le Froid. Le Dandy lui envoyait des messages à la chaîne via Botola, mais le Froid arrivait et repartait en civière et, pendant toute la durée de l'audience, il restait allongé sous une mauvaise couverture à l'ourlet numéroté de l'administration. Indifférent à tout le barouf des juges, greffiers, salauds, avocats, épouses, petites amies...

Le Rat parla trois jours d'affilée, confirmant point par point toutes les accusations. Le Buffle ne l'écoutait pas. Il étudiait le Dandy, il étudiait Botola, il étudiait le Froid, et de temps en temps, il se lançait dans des conciliabules à voix basse avec Ricotta.

A la fin de l'interrogatoire, tandis qu'ils attendaient leur transfert en taule dans les cellules du sous-sol du Palais de justice, le Buffle proposa de buter le Dandy.

– Et comment ? s'informa Œil Fier. A mains nues ?

Avec un rictus perfide, le Buffle tira de son pantalon un long poinçon en acier à l'extrémité bien polie.

– Cadeau d'un pote, rigola-t-il en clignant de l'œil. Le Comte Ugolino !

– Celui de Dante Alighieri ! intervint Ricotta.

Il faisait le pitre pour étouffer la panique qui l'envahissait.

– Quand ? demanda l'Echalas.

– Même demain.

– J'en suis.

– Moi aussi, se joignit Œil Fier.

– Et Botola ? hasarda Ricotta.

– Eh Rico', s'il bronche pas, que dalle, sinon... on se le farcit lui aussi !

Ricotta tenta de les faire changer d'avis. C'était une folie. Tous autant qu'ils étaient, ils allaient se choper une foutue perpète. Ou bien ils croyaient faire passer ça pour un accident ?

– Qu'esse-j'en ai à foutre ? Je suis mentalement irresponsable !

– Pas moi, bordel ! s'acharna Ricotta.

Le Buffle haussa les épaules.

– Y'a ceux qui en sont, et ceux qui en sont pas, c'est leurs oignons...

Mais l'argument perpète avait ouvert une brèche. Œil Fier suggéra d'y réfléchir un peu. Ricotta frappa sur les barreaux pour réclamer l'attention d'un agent.

– Chef, je dois aller aux toilettes !

Dans le hall, en attente, le Froid stationnait sur sa civière. En deux mots, il le mit au courant de la proposition du Buffle. Le Froid secoua la tête.

– T'en es pas, hein ? Moi non plus ! C'est vraiment une saloperie ! Quoi, on buterait comme ça un mec comme le Dandy ? J'ai l'impression que le Buffle est branque pour de bon !

– Je m'en tape, le glaça le Froid. C'est vos oignons.

Le Froid rentra à la clinique. Il trouva Roberta en train de l'attendre. Elle portait un pull en cachemire et une mini-jupe écossaise, des collants blancs et des chaussures basses. Le Froid ressentit un coup au cœur et esquissa un sourire gêné. Les agents de son escorte l'installèrent sur son fauteuil roulant. Le Froid les pria de les laisser seuls. Les agents sortirent. Roberta restait debout dans le coin opposé de la pièce. Elle était belle, Dieu qu'elle était belle. Elle ne lui avait jamais paru aussi belle et désirable. Roberta indiqua le fauteuil roulant et ses yeux se voilèrent de larmes. Le Froid regarda autour de lui, puis il rejeta la couverture et se souleva d'un geste athlétique.

– Mais tu marches !

– Bien sûr que je marche. Même si officiellement je suis sous chimio...

– Je croyais que... que t'étais en train de mourir...

Le Froid s'approcha d'elle, il lui prit une main et se la passa sur le visage.

– C'était la seule manière de te faire revenir...

Roberta s'élança dans ses bras. Ils échangèrent un long baiser plein de choses non dites. Mais lorsqu'il chercha à glisser une main sous sa jupe, elle le repoussa.

– Mon amour...

– Non, non, laisse-moi... ça ne peut pas marcher... Il n'y a pas d'avenir...

– Je sortirai d'ici ! rugit le Froid. Le procès va finir bientôt... Je vais sortir, tu verras... et alors...

– Et alors, tu te démerderas pour trouver un flingue... Tu recommenceras à traîner dans les rues... Tu reverras tes anciens copains...

– J'ai rompu avec eux...

Roberta fondit en sanglots. Le Froid lui caressait doucement les cheveux, il respirait son parfum doux et délicat, il se sentait envahi d'une force nouvelle. Il y arriverait. Ils y arriveraient. Tous les deux ensemble. Derrière la porte, il entendit toussoter discrètement. Le Froid retourna sur son fauteuil roulant et se couvrit les jambes avec la couverture. Un agent s'encadra dans la porte.

– Vous vous sentez mal, madame ? Vous avez besoin de quelque chose ?

Roberta fit signe que non. L'agent se retira. Roberta et le Froid se regardèrent et éclatèrent de rire à l'unisson. Ils y arriveraient. Tous les deux ensemble.

Ricotta, en attendant, avait pris une décision. De retour au trou, il se fit porter pâle.

– Dandy, ça sent mauvais !

– Le Buffle ?

Ricotta acquiesça. Le Dandy le remercia, il promit une brique à l'infirmier de garde et, du téléphone interne, il appela le cabinet Miglianico.

– J'ai des emmerdes. Préviens Z.

– Je m'en occupe, sois tranquille.

1986

Précipices, cavales

1

Une jeune fille en justaucorps noir vint lui ouvrir. Grande, mince, deux grands yeux noisette, un essaim de minuscules taches de rousseur qui enluminait la fente entre les seins généreux. Confus, Scialoja cherchait à trousser une explication lorsque apparut Patrizia. Elle aussi était en justaucorps.

– Tout va bien, Palma. C'est un vieil ami !

La fille s'écarta avec un coup d'œil perplexe. Patrizia lui expliqua que Palma était sa prof de yoga.

– On finit le cours et je suis à toi tout de suite, chéri. Fais comme chez toi.

Les deux filles s'éloignèrent, laissant derrière elles une pénétrante odeur de femme et de sueur à vous faire venir de mauvaises pensées. Scialoja s'assit lourdement sur un petit canapé inconfortable. Le décor avait changé. Des bois tendres avaient pris la place du marbre massif. Les toiles originales avaient été remplacées par des batiks qui illustraient la guerre des Pandava. Partout flottait un vague soupçon d'encens. Patrizia était dans sa période orientale. Pendant quelque temps après l'arrestation du Dandy, ils s'étaient vus régulièrement. Tels des amants clandestins chevronnés, ils avaient passé des après-midi de sexe électrique sans presque échanger un mot. Ils s'étaient servis des hôtels, des motels et des apparts de relations. Jamais, par accord tacite, de cette maison. Puis il s'était imposé de ne plus la désirer. Sous l'œil réprobateur d'Arjuna, Scialoja alluma machinalement une cigarette. Il en aspira la moitié dans un soupir rageur. Sa moyenne oscillait entre deux et trois paquets par jour. Les week-ends, il passait au cigare. Il n'allait pas au gymnase depuis des mois. De plus en plus souvent, il remarquait au fond de ses poumons un sifflement inquiétant. Il regarda autour de lui, cherchant vainement un cendrier. Rien. Même les bibelots semblaient avoir disparu, à l'exception d'un petit bouddha ventru et rigolard qui avait l'air de donner sa bénédiction du haut d'une vitrine, par ailleurs déserte. Il éteignit son mégot et l'empocha. Guidé par l'écho d'un halètement étouffé, il entra dans une pièce. Sur un tapis déroulé au sol, les donzelles étaient dans la “position du chien" : bras étendus en avant, buste arqué, fessier en l'air. Quasi une invite. Il lui sembla cueillir un coup d'œil malicieux de Patrizia et il s'empressa de détourner le regard. Palma se releva brusquement, visiblement énervée.

– Ça ne va pas, comme ça. On manque de concentration!

Scialoja se retira prudemment. Les filles se pointèrent aussitôt après. Palma faisait la gueule.

– On peut continuer demain, s'excusa Patrizia.

– Demain, j'ai un interrogatoire.

Palma se cassa sans daigner le saluer. Scialoja avait assisté à la scène depuis sa position incommode sur le canapé. Patrizia s'approcha de lui et l'embrassa délicatement sur le front, l'enveloppant de son odeur.

– Je prends une douche et je suis à toi.

Il lui serra fort un bras.

– Je pars.

– Tu prends des vacances, enfin?

– Je suis transféré à Gênes.

– Pour quoi faire?

– Chef de la Digos*.

– Ah, la police politique! Tu peux peut-être tuyauter Palma. Tu sais, elle était dans les Brigades rouges, et maintenant, elle cherche… comme on dit… à se réinsérer… Je lui file un coup de main…

– Vous êtes amies?

– Très.

– Elle est jalouse de toi.

– La taule joue de drôles de tours.

Patrizia s'assit sur ses genoux. Il plongea dans sa poitrine. Elle lui caressa les cheveux. Ils restèrent ainsi, abandonnés l'un à l'autre, durant un temps infini. Ils lui avaient donné quarante-huit heures pour décider. A en juger par la lettre d'affectation, ils devaient le considérer comme une sorte de sauveur de la patrie. L'offre: promotion d'adjoint du préfet de police; un bureau de

* Police politique: sorte de renseignements généraux qui mettraient plus souvent la main à la pâte pour la répression directe (matraquages et interpellations).

direction ; beaucoup de paperasses et de relations publiques. Coordonner le travail des subordonnés. Référer directement aux deux ou trois excellences de service. Hors de la mêlée, projeté vers des objectifs extrêmement ambitieux. La nouvelle s'était vite répandue. Ses collègues le regardaient d'un œil torve. Scialoja : l'exemple typique d'une carrière fulgurante constellée d'échecs. Ils pensaient à une manœuvre de Borgia. A des protections occultes. Des nèfles. La vérité était qu'à Gênes, il se trouvait quelqu'un qui l'estimait. C'était tout.

– Tu as quelques cheveux blancs, dit-elle à l'improviste.

– Et tu es redevenue brune.

– Tu as remarqué ! rit-elle, heureuse.

La main de Patrizia glissa sous sa chemise. Scialoja se mit à lécher les petites gouttes humides autour de son cou, jusqu'au creux musqué des aisselles. Patrizia gémit. Il repensa au sourire du Dandy lorsqu'il l'avait interrogé sur la mort du Larinais. Un sourire bienveillant, presque de camaraderie. La camaraderie de deux hommes qui couchent avec la même femme. Tout était faussé. Tout était faussé depuis la première fois. Ils firent l'amour avec une étrange tendresse. Il savoura en elle un doux abandon qui évoquait la paix, les mers limpides, une liberté sans limites. Après, il aurait voulu lui demander : je vais te manquer ? Mais il se retint. C'était bien comme ça. Patrizia prétendit lui tirer le Yi King.

– Je ne comprends vraiment pas ce que vous pouvez tous chercher en Orient, éclata-t-il. Peut-être une religion qui vous permette d'en prendre à votre aise en faisant taire la voix de la conscience !

– Le Noir dit que le yoga est mère de toutes les vertus.

– Le Noir est un assassin.

– Tu vois des assassins partout.

– Et toi, tu fais semblant de ne pas les voir !

– En tout cas, depuis que je fais du yoga, je dors très bien et je baise mieux.

– Visiblement, tu as trouvé ta voie.

Patrizia se recula, blessée par son amertume. Il eut envie de s'excuser. De la prendre dans ses bras et de la bercer jusqu'à la faire redevenir une petite fille. Ou l'un de ces animaux en peluche qu'il avait vus tant d'années plus tôt dans la tanière d'une personne tellement différente, et pourtant si semblable. De lui dire, simplement : ça va, ça va, je ne te demanderai plus rien… Il attrapa les piécettes et les lança les yeux fermés.

– Regarde ! *Siao Kouo*… La prépondérance du petit !

– Qu'est-ce que ça signifie ?

– Lis.

– "La persévérance est avantageuse. On peut faire de petites choses, on ne peut pas faire de grandes choses. L'oiseau qui vole apporte le message : il n'est pas bon de s'efforcer de monter. Il est bon de demeurer en bas. Grande fortune."

– C'est un signe de repli, expliqua Patrizia.

– Quelque chose comme : laisse tomber ?

– Ça dit : celui qui, dans une époque d'événements extraordinaires, ne sait pas s'arrêter aux petites choses, mais veut anxieusement toujours aller de l'avant, s'attire le malheur de la part des dieux et des hommes, car il s'éloigne de l'ordre de la nature…

– Conneries ! Pourquoi tu ne demandes pas à ton livre sacré si je fais bien de partir ?

Patrizia le fixa dans les yeux, tout à coup sérieuse.

– Ici, il est dit qu'avant, tu devrais dire deux mots à Trentedeniers.

2

Jour après jour, le Froid devenait de plus en plus pauvre.

Entre les honoraires de Vasta, la pension saignante de la clinique, les bakchichs aux policiers qui fermaient un œil, et plus souvent les deux, il avait déjà vendu deux grosses bagnoles, un 4×4, sa moto et même sa Rolex. C'était la Truffe, un brancardier cocaïnomane, qui se chargeait de fourguer la marchandise. Brave type à sa façon, qui se contentait de ne rogner que quinze pour cent sur le bénéfice net. Il lui restait deux baraques et la villa de ses parents. Mais ça, on ne pouvait pas y toucher. C'était exclu. A ce train-là, il allait pas tarder à devoir bosser ! Trentedeniers lui avait réduit son fade de trente pour cent. Motif officiel : le foin qu'avaient fait les autres pour l'achat des "appareillages sophistiqués". A prendre ou à laisser. Trentedeniers jouait les chacals. Mais le Froid s'en fichait. Fric mis à part, la vie n'était pas si mal. Les contrôles étaient discrets ; les visites médicales, coordonnées par Mainardi, à l'eau de rose. Le Froid avait définitivement rompu avec ses compagnons encagés. Depuis le jour du retour de Roberta, il avait renoncé à assister aux audiences. Il envisageait l'avenir. Et s'il y avait un point douloureux, c'était bien celui-là. Roberta venait le voir tous les jours, dès qu'elle avait quitté le boulot. Ils faisaient l'amour, ils regardaient la télé, ils fumaient un joint, ils se faisaient porter à dîner par un restaurant, ou elle se pointait avec un carton de pizzas et le Froid plongeait les dents dans la Pettinicchio* fondante et buvait de la bière chaude avec l'enthousiasme du gamin qu'il n'avait jamais été. Mais inévitablement, le dialogue finissait toujours sur le même sujet.

– Partons, disait-elle. Fais-toi aider par tes amis et partons.

– Et où ?

– Où tu veux. Vends les baraques…

– Pas question !

– J'ai un peu d'argent de côté…

* D'après les Romains de l'époque, la meilleure mozzarella du monde.

– Alors, on se retrouve sur la liste des recherchés et c'en est fini de nous… Tu connais pas ces gens. Ils me pourchasseraient au bout du monde !

– Tu te fais faire une chirurgie faciale.

– Et toi, tu vois trop de films américains !

Pour Roberta, la cavale était devenue une obsession. Elle n'arrivait vraiment pas à comprendre pourquoi il était si têtu. Mais le Froid voulait s'en tirer blanchi. Vasta lui avait garanti un verdict indulgent. Il sortirait tête haute. Ils allaient recommencer ensemble. Dans leur ville. A Rome. Le Froid ne parvenait à s'imaginer nulle part ailleurs.

Un jour, le Noir vint le voir. Roberta et lui ne se connaissaient pas. Le Froid les présenta en plaisantant.

– Roberta, mon seul ami. Noir, ma seule femme !

Roberta examina avec une certaine froideur ce gentil jeune homme bien élevé qui perdait par moments l'équilibre à cause du plomb qu'il avait dans le corps. Pour elle, tout ce qui appartenait au passé du Froid était un danger.

– Faut que je te parle, dit le Noir sérieusement.

Le Froid regarda Roberta. Elle ramassa son sac et prit la porte sans dire au revoir.

– Belle femme, commenta le Noir.

– Je t'ai pas encore remercié pour…

– Je crois qu'on a déjà tenu ce discours un paquet de fois, Froid.

Le Froid lui offrit à boire. Le Noir fit signe que non. Ils demeurèrent quelques instants en silence. Le Noir avait quelque chose d'important à lui dire. Il était en train de chercher la meilleure manière de se lancer. Le Froid alluma une cigarette. Le Noir se décida.

– Pars.

– Quoi ?

– Pars. Casse-toi. En deux jours, je peux te procurer les passeports. Si t'as quelque chose à vendre, je m'en occupe.

– Mais qu'esse-tu racontes ? Vasta m'a assuré…

– Vasta raconte des conneries, siffla le Noir tranchant. Tu veux savoir comment va se terminer le procès ? Le Dandy et Botola vont prendre quelques petites années et le Buffle, dans le pire des cas, l'irresponsabilité partielle. Tous les autres, vous allez être ensevelis sous les peines. Ça sent mauvais, Froid.

– Oui, je sais, le Buffle et le Dandy, et toutes les autres histoires… Mais je suis en dehors, maintenant…

– T'es pas en dehors tant que tu restes en taule, Froid. Là, le sang va couler. Et à la fin, le plus roublard se bâfrera le gâteau. Crois-moi. Prends ta femme et disparais !

– Tout est fini, hein ?

– Exactement.

Le Froid se sentit soulagé. Bizarre. Autrefois, l'idée que tout puisse pourrir l'aurait rempli d'indignation. Mais à présent, comme tout ça était loin !

– Noir, je…

– Va-t'en, Froid. Tu n'es pas un marchand, t'es un guerrier. Casse-toi tant qu'il est temps.

– Toi, t'as déjà choisi, pas vrai ?

Le Noir fit un geste vague. Ils s'embrassèrent.

– Je t'aime bien, Noir.

– Moi aussi. Mais fous le camp.

3

Le Dandy revint au procès après deux mois d'absence. Il les avait passés terré dans l'infirmerie, gardé à vue jour et nuit par Botola et deux Marocains qui lui coûtaient une brique par jour et ne servaient que de décor scénique : ils savaient tous que si le Buffle avait décidé d'une action en force, ils se seraient débinés en le laissant dans sa merde. Et les coups de fil à l'avocat lui coûtaient une autre brique. Il se saignait aux quatre veines, mais la partie était décisive. La querelle devait se vider de quelque manière. Il avait besoin de quelque chose à jeter sur la table de négociations. Dehors, les choses partaient à vau-l'eau. D'après le Noir, Trente-deniers se sucrait désormais à pleines mains. Il avait flairé le climat de la prison. Il songeait à sa retraite, la canaille. Mais le Buffle ne donnait pas signe de vie. Finalement, ses collègues s'étaient pas sentis de faire ça.

– Disons que la condamnation à mort est suspendue, avait résumé Œil Fier.

Le Buffle écumait de rage. Il aurait mieux fait de lui trouer la panse au vol dès le premier jour. Tout seul. Sans aucun pétochard dans les pattes. Non que le Dandy n'ait pensé à son tour à frapper le premier. Mais Miglianico continuait à lui dire de rester tranquille. Z travaillait pour trouver une solution. Le Dandy revint au procès le jour où Borgia entamait son réquisitoire. Le soir précédent, Z lui avait donné le feu vert. Le Dandy se fit mettre dans le même box que les autres. Bougonnements et ricanements accueillirent son entrée. Œil Fier fit le geste de trancher la gorge. Le Buffle se toucha entre les jambes. Ricotta fit barrière entre eux et lui.

– T'es pas dingue ?

– Moi, maintenant j'vais aux chiottes. Venez un par un.

– Le Buffle aussi ?

– Non. Pas lui.

Le Dandy appela l'escorte et se fit ouvrir le box. Tandis qu'il descendait les marches qui menaient au sous-sol, il vit Ricotta en plein conciliabule avec les autres. Le Buffle secouait vigoureusement la tête. Mais finalement, un par un, tous le suivirent. Le gardien-chef les laissa seuls dans l'entrée des gogues.

– Alors, qu'esse-tu veux, bordel ?

– Oui, qu'esse-tu veux, salaud ?

– Voleur.

– Suce-bites.

– Je t'ouvre en deux, connard !

– Bâtard.

Le Dandy les laissa se défouler, puis il annonça d'un ton posé que l'un d'eux pouvait s'évader. Ils en restèrent tous sur le cul. Le premier à se ressaisir fut Ricotta.

– Un ? Et pourquoi pas tous ?

– Parce que ceux qui m'aident peuvent pas faire plus.

– Et qui c'est, ces "ceux-qui-m'aident" ?

– Des amis. Des gens du dehors. Alors ?

– Pourquoi tu l'as pas demandé au Buffle ? provoqua l'Echalas.

– Parce que lui, il va prendre l'irresponsabilité partielle et dans cinq ans, il est dehors. Nickel.

– C'est du pipeau, gronda l'Echalas, il est en train de nous enculer !

– Tu sais que c'est justement à toi que je pensais filer ce coup de pouce ! ironisa le Dandy.

– Pourquoi justement à moi ?

– Parce que comme ça, t'arrêtes de déblatérer des conneries. Et parce que je t'ai toujours trouvé sympa…

L'Echalas en resta coi. Mais il était clair que la proposition les alléchait. En attendant, ils avaient cessé de l'insulter. C'était comme si l'ancienne emprise qu'il exerçait sur eux tous avait, durant un instant, brillé à nouveau. Ricotta s'ébroua.

– Dandy… mais si… supposons que je me tire… ensuite, qu'est-ce qui m'arrive ?

– Du moment que t'es sorti, c'est tes oignons. Ici, en tout cas, le verdict est certain. Mais on peut jongler avec les remises de peine et le cumul… Et puis, y'a la nouvelle loi sur la prison qui arrive… C'est à toi de choisir…

– C'est ton avocat qui te l'a dit ?

Le Dandy acquiesça. Ricotta était angoissé par cette alternative.

– S'ils me collent, mettons, trente ans… combien il me fait enlever, ton avocat ?

– Compte quinze, seize ans de moins…

– A quelque chose près, je reste…

L'Echalas l'écarta d'une bourrade.

– C'est un piège, les mecs ! L'écoutez pas ! Peut-être bien qu'il en fera sortir un, et puis dès qu'il est dehors, ils le butent !

– Et qu'est-ce que j'y gagne ?

– Et qu'esse-t'y gagne à me faire évader ? Pourquoi t'y vas pas toi, alors, si c'est tellement béton, ce truc-là ?

– Parce que je vais être acquitté, répliqua le Dandy tranquillement. Ou au max, je me prends trois-quatre ans…

– T'as pigé le caïd ! Le verdict est même pas sorti, et lui, il a déjà gagné le procès !

– Les procès se gagnent dans le couloir, Echalas.

– Et comment ça se fait que t'y vas tout seul, dans le couloir, et que nous autres, on se tape la salle ?

– Visiblement, je suis meilleur. Maintenant, tu me les casses. Décide-toi.

– J'y vais moi, dit Œil Fier.

Dandy dit que pour lui, c'était kif-kif. Il aurait préféré l'Echalas, un ennemi plus teigneux, plus déterminé. Mais c'était bien comme ça. L'Echalas sortit encore deux conneries. Œil Fier l'envoya aux pelotes. Borgia venait juste de demander la perpétuité. Désormais, sa décision était prise.

– Et pour quand ce serait ?

– Aujourd'hui. Écoute-moi bien…

A la fin de l'audience, au lieu des gros bracelets avec une chaîne, on mit à Œil Fier une paire de menottes ordinaires. Disons qu'on les lui posa, sans les fermer à clé : en deux temps trois mouvements, on pouvait s'en débarrasser tout seul. Les détenus se dirigèrent vers le sous-sol. Œil Fier fermait la marche. Dans l'entrée des chiottes, là où ils s'étaient mis d'accord avec le Dandy, Œil Fier resta en arrière. Personne ne se soucia de lui. Il attendit que la troupe s'éloigne, retira les menottes et retourna dans la salle. Juges, avocats, militaires et public s'étaient dispersés. Dans le foutoir de papiers déchirés, la puanteur de clopes et de pieds, ne se tenaient plus que deux hommes. Ils l'attendaient. Ils ouvrirent les grilles du box avec une clé flambant neuve, ils le mirent entre eux et le remorquèrent nonchalamment hors du tribunal, passant sous les yeux ennuyés des policiers de garde. Un troisième homme les attendait sur le parking du Palais, au volant d'une Peugeot discrète. Ils lui firent signe de s'installer sur le siège arrière.

– Alors, s'informa gaiement le conducteur en mettant le contact, où est-ce qu'on va, Echalas ?

– Moi, je suis Œil Fier, tu sais !

L'homme changea immédiatement d'expression. Il échangea un coup d'œil inquiet avec les deux autres, marmonna un juron à mi-voix et se glissa nerveusement dans la circulation engorgée de l'après-midi. Œil Fier prit peur et se recroquevilla tout contre le siège. Mais il ne se passa rien. Une demi-heure plus tard, ils le laissèrent à Torrimpietra et lui dirent que, s'il était repris, il ne devait pas parler d'eux. Il avait profité d'une distraction de la surveillance et s'était fait la malle tout seul. Voilà tout. D'un téléphone public, Œil Fier appela sa veuve éplorée.

– C'est moi. Je suis libre !

Son évasion fit les titres des JT du soir. Fil conducteur : l'effroi suscité par le pouvoir exorbitant du crime organisé. Ricotta déboucha pour le Dandy une bouteille de champagne.

– Mon pote, t'es grand ! Le premier qui dit un mot contre toi, je lui coupe la bite !

L'Echalas et le Buffle s'engueulèrent méchamment et cessèrent de se parler. De honte et de rage, l'Echalas se taillada les avant-bras et passa la nuit à l'hosto. Borgia téléphona au Vieux, mais une charmante secrétaire l'informa que le *Dottore* était à Istanbul pour un sommet européen élargi sur la sécurité. Le lendemain, au procès, le procureur accusa publiquement les services secrets. Sur son trône, entre Botola et Ricotta, le Dandy, chaque fois qu'il croisait le regard du Buffle, lui décochait un petit rire gouailleur.

4

Le Froid s'évada la nuit où le monde s'interrogeait anxieusement sur le nuage de Tchernobyl. Depuis une semaine, Borgia avait remplacé tous les agents par des types coriaces. Il subodorait peut-être quelque chose. Ces trois derniers jours, le Froid n'avait pas bougé de son lit. Ils lui avaient passé l'urinal. Il refusait la nourriture. Il râlait. Dans son délire, il invoquait le Libanais et la *mamma*. Il mastiquait des graines de ricin et de tabac procurées par l'infirmier la Truffe pour faire monter la fièvre. Mainardi l'auscultait toutes les trois heures. Il sortait de la chambre en secouant la tête. En présence du gardien-chef, à voix suffisamment haute, il informa Roberta que le malade était en phase terminale. Roberta joua la scène de l'aspirante veuve en larmes. Emu, le gardien-chef s'offrit d'envoyer chercher les parents. Roberta l'aspergea de sanglots et, touche de classe, elle obtint qu'un agent la raccompagne chez elle : la pauvre, c'était trop lui demander que de supporter tant de douleur. Le chef rédigea un rapport de service détaillé et prit contact avec le procureur pour avoir des instructions en vue de l'autopsie désormais proche. Quand ce fut le moment, le Froid boucha les waters avec un ballot de chiffons, il se mit deux doigts dans la gorge et vomit sur ses couvertures. Puis il laissa échapper un hurlement interminable et déchirant. L'escorte se précipita, appeler Mainardi. Le Froid continuait à vomir. Le docteur dit qu'il y avait des toilettes installées au rez-de-chaussée. Le Froid fut mis sur une civière et transporté en bas. Mainardi entra avec lui dans les chiottes. Le Froid retira son pyjama. Il portait un jean et une chemise propre. Il ne voulait pas se présenter crasseux à son grand rendez-vous avec la liberté. Il serra la main de Mainardi, le frappa à la mâchoire, assez fort pour laisser une belle marque. Il enjamba la fenêtre. Le Noir l'attendait dans une voiture sur l'esplanade. Le toubib avait laissé un chemin de terre ouvert et sans surveillance. Et allez zou, dans un printemps qui fleurait le gaz d'échappement et les amandiers en fleur. L'odeur de la résurrection.

Les journaux passèrent de l'effroi à la franche dérision. Justice passoire, sécurité zéro, et la faute de tout, naturellement, c'était les juges. Il y avait trop de laxisme. Trop de droits de l'hommisme. Mais comment avaient-ils pu croire à la maladie d'un boss ? Eh oui : avant, ils étaient tous à déchirer leurs vêtements avec des trémolos humanitaires sur ce pauvre type cachectique... Et maintenant que le Froid s'était tiré, les mêmes étaient prêts à jurer qu'ils avaient tout de suite compris, vous pensez bien ! Et si ça dépendait d'eux... Le plus furax était le procureur général. Sur une histoire de ce genre, il risquait sérieusement son fauteuil. Il convoqua Borgia et lui passa un savon. Il n'avait pas l'intention d'être pris pour un con.

– Il fallait instaurer des contrôles plus rigoureux. Deux évasions en un mois. C'est un scandale. Tout le monde se fout de nous !

– Nous ferons des recherches.

Ils firent des recherches. Ils détachèrent à temps plein une équipe mixte carabiniers-police. Ils placèrent des micros. Ils écoutèrent les communications. Ils filèrent proches et amants. Même à l'avocat Vasta, ils allèrent casser les burnes, mais glacial, celui-ci les envoya au diable : le Froid n'était qu'un client, or il ne couchait pas avec ses clients. Tout fut inutile, donc. Roberta se présenta au commissariat et déclara la disparition de son fiancé. Elle était inquiète. Elle craignait, dit-elle, que ses anciens amis ne l'aient éliminé. L'agent de garde téléphona à Scialoja. Scialoja dit d'enregistrer la déclaration et de la laisser partir. Lorsqu'il l'apprit, Borgia entra dans une colère noire. On l'entendit gueuler qu'il fallait l'arrêter, l'inculper de recel de malfaiteur, la cuisiner, nom de Dieu. Il envoya chercher Scialoja. Celui-ci fit répondre qu'il était en service à l'extérieur. L'autre le harcela de messages. Pas de réponse. Scialoja n'avait pas de temps à perdre. Pas avec Borgia. Ce n'était pas pour perdre son temps qu'il avait renoncé à Gênes. Ils avaient été près, tout près du cœur du système. Si près qu'ils pouvaient distinctement en renifler le relent pourri. Et à ce moment-là, Borgia avait reculé. Le juge ne pouvait pas croire que cette puanteur terrible existait réellement. Il s'était refusé à la reconnaître. Et Borgia était l'un des meilleurs ! Parviendrait-il à lui pardonner ? Ça n'avait pas d'importance. La bonne question était : la prochaine fois, comment se comporterait-il ? Scialoja échafaudait une stratégie moins directe. Ce serait la force des choses qui l'amènerait à nouveau au Vieux. Une fois de plus : au cœur du système. Et là, il n'y aurait plus de place pour les hésitations. Sa carte s'appelait Trentedeniers. Il était allé le voir. Une fois, deux fois. Il avait lu dans ses yeux : la peur, la trahison. Mais lorsque, violant toutes les règles, arrachant ce résidu de légalité auquel il se sentait encore appartenir, il lui avait proposé un accord, le Napolitain avait secoué la tête.

– Hors de question, *dotto'*, ils sont encore les plus forts !

Ainsi parla Trentedeniers. Il allait le démentir. Avec l'état-major en taule, Trentedeniers était resté le maître absolu de la situation. En avait-il profité ? Probable : le sens de l'éthique ne devait pas être sa principale qualité, en admettant qu'il en ait une seule. Mais ce n'était pas ça l'important : c'était qu'ils croient qu'il les volait. Scialoja savait qu'ils tenaient la prison sous contrôle. Il avait repéré deux ou trois matons bavards et les avait mis face à la dure réalité : collaborer ou gicler. Les matons n'avaient pas eu grand choix. A présent, Radio Zonzon accusait ouvertement Trentedeniers de vol. Deux hommes d'absolue confiance le suivaient comme son ombre. L'ordre : surveiller, ne pas intervenir, en aucun cas. Le cocotier avait été secoué. Dès qu'il serait mûr, le fruit allait tomber. C'est pour cela qu'il avait renoncé à Gênes. Pour ça. Et pour elle, naturellement.

5

Eux aussi, ils cherchaient le Froid. Le Dandy comme le Buffle se décarcassèrent pour trouver un contact avec le fugitif. Le Froid libre était un sacré atout à jouer dans la partie encore ouverte. Un allié précieux ou un ennemi dangereux : il fallait établir lequel des deux. Pour Roberta commença une intense période de visites. Le Buffle lui envoya la sœur de l'Echalas, le Dandy, par le truchement de Ricotta, Donatella.

– Je ne sais rien, répondait-elle immanquablement. Je regrette.

Trentedeniers, en revanche, s'y rendit en personne, après un long détour pour semer les agents qui étaient perpétuellement à ses basques. Depuis que le Froid était sorti, il vivait dans la terreur. La visite du policier n'avait fait que porter son angoisse à son paroxysme. Ces derniers temps, il avait ratiboisé la caisse commune. Avec Œil Fier, il n'y avait pas de problèmes. Celui-ci était passé encaisser une belle part et il s'était tiré. Maintenant, il était à l'étranger, sur la Côte d'Azur. Tôt ou tard, son fric serait éclusé et il repointerait son nez. Mais le Froid, c'était une autre paire de manches. Le Froid était pas un mec à gober ses conneries. Trentedeniers songeait sérieusement à larguer tout le bataclan. Son cousin Bacchantes-en-fonte lui avait parlé d'une hacienda au Brésil. Soleil, bananes, coke et plages tropicales. Avec ce qu'il avait de côté, il pouvait même se trisser demain. Pourvu qu'il parvienne à arriver vivant à l'aéroport. Pourvu que le Froid ne soit pas sorti avec la volonté claire de le descendre. Mais peut-être y avait-il encore un moyen de trouver un accord. Roberta le laissa dire, et à lui, contrairement aux autres, elle ne répondit ni oui ni non. Trentedeniers était venu avec une mallette pleine de tunes. Ça pouvait servir. Le Froid lui avait donné des instructions précises. Elle se fit laisser la mallette et promit que, si elle avait des nouvelles, elle l'appellerait.

Le Froid reprenait des forces à Trastevere, dans la mansarde du camarade l'Allumette. L'Allumette était un vieux pote du Noir. Un insoupçonnable. Un camarade, l'Allumette, c'en était vraiment un. Par quel biais il était devenu un pote du Noir, c'était un mystère. L'Allumette avait un job régulier mais il s'était mis en disponibilité. L'Allumette savait qui était le Froid, mais il ne posait pas de questions. L'Allumette était un dépressif : sa femme l'avait plaqué. Il passait des heures à regarder la télé et à faire des réussites. Le Froid attendait que la tempête se calme. Il avait les passeports et un peu de cash. Le Noir avait pourvu aux traveller's chèques. L'Allumette rencontrait par hasard Roberta le long de certains trajets préétablis dans le métro, ou bien il ramassait distraitement un exemplaire du *Messaggero* abandonné sur un banc public de Villa Pamphili, il lisait le message de Roberta, le détruisait, le rapportait. Le Froid était devant l'écran lorsque le verdict fut annoncé. Comme l'avait prévu le Noir, le groupe du Dandy s'en tirait avec une peine minimum. Le Buffle avait à nouveau été déclaré fou. Pour le reste, un carnage. Trente ans à Ricotta. Vingt-six à l'Echalas. Entre cinq et huit pour les chevaux et les fourmis. Œil Fier et lui, jugés par contumace, en avaient pris dix-huit par tête de pipe. Le Puma quinze, comme Carlo Bouffons. Et il s'en était encore bien tiré : la majeure partie des meurtres s'était soldée par une insuffisance de preuves. Il est clair que les juges avaient chargé sur l'association de malfaiteurs et la drogue. Seule consolation : la Cour avait cartonné comme il faut sur ce salaud de Rat. Le Froid n'avait plus de rancœur. Si, au moment opportun, il avait été plus chanceux, le Rat n'aurait mis personne dans le pétrin, et sa vie même aurait pris un tour différent. Mais est-ce que ç'aurait été un bien ? A la mi-été, le Noir se pointa chez l'Allumette.

– Les filatures sont suspendues. C'est pour demain.

– On ne va plus se revoir…

– Je l'espère pour toi !

Roberta l'embarqua à neuf heures dans une BM de location. L'Allumette, pour ses services, n'avait pas voulu une lire. Il était juste triste de retourner à sa solitude. Ils passèrent la frontière suisse et gagnèrent Francfort. Le Froid s'était éclairci les cheveux. L'employé de l'aéroport se concentra sur ce Sud-Américain maigre et blond. El señor Neto-Alves, disait le passeport. Quelque chose l'avait intrigué dans les gestes nerveux de la femme élégante qui l'accompagnait. Le Froid ébaucha un sourire, indiquant la pendule. De la file qui serpentait derrière eux monta un chœur de protestations. L'employé rendit les passeports en secouant la tête.

Roberta ne se détendit que lorsque le Boeing eut quitté la piste. Alors, elle lui prit la main et la serra fort.

– Tu regrettes ?

– Non.

– Tu as tout perdu…

– Je t'ai.

– On est pauvres !

– On est richissimes, mon amour.

5

Une fois l'acquittement obtenu, le Buffle avait été réexpédié à l'asile. Avant de quitter Rebibbia, il était passé saluer Ricotta, très déprimé par le coup de massue des trente piges.

– Eh ben, Rico', maintenant que la loi Gozzini est passée, tu vas voir qu'une petite réduc, ils te la font à toi aussi!

– C'est aussi ce que dit le Dandy...

– Joli coco, çui-là!

– Qu'esse-tu veux que je te dise? D'après moi, tu te goures, Buffle!

– Possible. En tout cas, je voulais te dire merci!

– Je croyais que t'étais fâché avec moi!

– Mais qu'esse-tu racontes! Tu m'as sauvé!

Le Buffle lui déclara qu'il avait eu mille fois raison de s'opposer à son plan. Descendre le Dandy en taule aurait été une sinistre connerie.

– Moi, c'est pas que je manque d'idées, avoua-t-il dans un élan de sincérité. C'est que je vais trop vite. Et quand je m'arrête pour cogiter, je me rends compte que, si j'y réfléchis une seconde...

– Bah, c'est de l'histoire ancienne, s'illumina Ricotta plein d'espoir. C'est le moment de faire la paix, moi je dis...

– Pour moi peut-être, soupira le Buffle, mais l'Echalas est fou de rage!

– Je vais lui parler!

– D'acc', porte-toi bien, mon frère!

– Toi aussi!

La paix, ouais! Ricotta était vraiment naïf. Le fait est que les choses se font comme il faut, ou il vaut mieux ne pas les faire. Ce sont les demi-mesures qui bousillent le monde. C'est l'impulsivité. Mais d'un autre côté, un Buffle sans impulsivité, quel Buffle ce serait? Il fallait faire la paix, oui: mais avec soi-même. Trouver un accord entre l'envie de faire et les moyens à disposition. La première fois ça avait fini en couilles. La deuxième devait être la bonne. Il n'y en aurait pas de troisième. Ruse, venin. Et patience. Il devait apprendre du Sec. A l'asile, il retrouva le Comte Ugolino et Turi Funciazza. Le Toscan pliait bagages. Au bout de cinq ans, ils avaient décidé qu'il n'était plus dangereux socialement. Le Buffle se retrouva quasiment broyé par la puissante étreinte. Il sortait le vendredi, le Comte, et il avait déjà programmé son petit fric-frac du samedi soir.

– Un richard avec la villa à Versilia... Tu sais c'que c'est : je suis à cours de liquide !

Turi Funciazza, en revanche, était plutôt abattu. Lui, le juge lui avait refusé cinq malheureux jours de permission. La faute à son casier judiciaire. Le Buffle, prudemment, lui fit savoir qu'il serait éventuellement disposé à investir dans de l'héroïne.

– Ça peut se faire, acquiesça le Sicilien, mais pas d'ici dedans...

– Bien sûr, concéda le Buffle. Il faut être en liberté. Et pas seulement pour ça !

Miglianico se frottait les mains, revendiquant le mérite d'un succès historique.

Le Dandy admit que si l'appel confirmait aussi le premier verdict, le délai de préventive prendrait fin dans sept-huit mois. Et avec une peine presque complètement purgée. Pourtant, il n'était pas du tout satisfait de la sentence.

– Eh bien, je m'attendais à plus de gratitude !

– Et pourquoi ? Le Buffle a été jugé fou parce qu'il était déjà fou avant. Ricotta était fichu de toute façon parce qu'ils l'ont pris en flagrant délit. Le Froid et les autres, ils les ont salement dérouillés. Si c'était pour cette brillante réussite, autant valait garder Vasta !

Miglianico eut l'air vexé.

– Mais à quoi tu t'attendais ? A quoi vous vous attendiez tous ?

– T'as dit que t'avais entre les mains tous les juges de Rome !

– Pas tous. Certains. Pas ceux-là, par exemple.

– On n'a pas gagné, avocat. On gagnera seulement quand l'association de malfaiteurs tombera...

Parce que, songeait le Dandy, maintenant qu'il s'était fait un nom, maintenant que le Buffle était retourné croupir à l'asile et que le Froid, à en croire le Noir, prenait son pied au soleil des Caraïbes... maintenant, cette association devait mourir. Et il lui fallait une mort véritable, dans tous les sens du terme. Y compris sur le plan légal : il fallait une attestation noir sur blanc qu'ils n'avaient jamais été une bande. Ce n'était qu'ainsi que ses projets auraient un avenir. Miglianico commençait à comprendre.

– Tu me demandes un peu trop…

– Avec tout ce que je te raque, ça me paraît le minimum. Tu prétends que t'es un frère ? Active-toi, non ?

Ce fut à cause de cette décision que, lorsqu'il apprit l'acquittement du Sec, Le Dandy envoya un message au Noir.

– Fais-lui mes amitiés. De vraies amitiés.

Après tout ce qu'il lui avait fait, il avait décidé de l'épargner une deuxième fois. Il avait besoin de lui. Il y avait un rôle bien précis pour le Sec dans la nouvelle vie qu'il avait en tête pour lui, pour Patrizia, pour ceux qui lui étaient proches. En attendant, tant qu'il n'était pas sorti, tout devait rouler comme avant. Les épisodes déplaisants comme celui du Buffle ne se reproduiraient plus. Il fallait préserver l'apparence de la fiabilité maximum. En taule, de méchants bruits couraient sur le dos du Napolitain. Il était temps d'intervenir. Il confia donc au Noir un autre message.

– Trentedeniers. Il a besoin d'une leçon. Il exagère.

Trentedeniers était d'humeur noire. L'histoire du Froid était un beau tour de con. Il avait craint qu'il veuille le tuer, et au contraire, cet enfoiré lui avait gratté deux cents plaques et maintenant il se gobergeait à sa santé. Il s'était retrouvé le policier entre les pattes deux ou trois fois. Au café. Sur la via Laurentina, pile quand il cherchait un cheval rétif pour lui étriller l'échine. Il se contentait de lui sourire avec un petit air de se foutre de lui, grimaçant : comme pour dire, *curre, curre, ma 'ddo vaje ?* tu cours, tu cours, mais où tu vas ? Tôt ou tard, *acca' 'a ferni'*, tu finiras là. Non, il fallait qu'il se tire, il était vraiment temps. Mais Vanessa était réticente. Elle avait peur de rester et peur de partir. Peur du présent et de l'avenir. Peur de tout, y compris de son ombre. Et c'était une peur paralysante. Ça ne pouvait pas continuer comme ça. Les jours filaient dans la tension. Il insistait pour la convaincre, et elle mettait en avant toutes sortes de prétextes. Un soir, alors qu'il rentrait après avoir pointé au commissariat, on lui tira dessus depuis une voiture de course. S'ils avaient voulu le buter, ils n'auraient pas visé si haut. Dans l'habitacle, il lui avait semblé discerner une silhouette bien connue. Le lendemain matin, il alla voir le Noir. Il le trouva en train de faire du yoga, immergé dans les effluves écœurants de l'encens, et il tenta de lui servir le scénario qu'il avait gambergé au cours d'une longue nuit de parano, en sniffant et en buvant comme un forcené. En substance : il est possible que, ces derniers temps, les comptes aient été quelque peu en désordre. Mais ils l'avaient laissé si seul ! Seul avec la responsabilité de la caisse et de la gestion du deal, et avec tout le boxon qui était en train de se passer en prison... mais sa loyauté ne pouvait être mise en doute. Et s'il y avait quelque chose qui clochait, pourquoi ne pas en parler ouvertement, comme il est d'usage entre hommes d'honneur ? Le Noir le laissa s'épancher, finit ses exercices, puis le fixa de ses yeux froids.

– Mais qu'esse-tu racontes, Trentedeniers ? Je te comprends pas...

– Hier soir, on m'a tiré dessus.

– Vraiment ? Ça devait être des pochetrons... D'ailleurs, quand quelqu'un respecte les engagements, il a rien à craindre !

Trentedeniers pigea que la situation prenait vilaine, voire très vilaine tournure. Il décida d'accélérer les choses. Si Vanessa ne voulait pas le suivre de son plein gré, il l'enlèverait. Il y avait un dernier lot à fourguer, huit cents grammes de Peshawar qu'il avait stockés chez un cave de Tor Bella Monaca, Caboche Pourrie. Dope de l'association, mais après tout ce qu'ils lui avaient fait, ils ne méritaient pas une lire. Il avait la caisse, il avait la dope, il avait les faffes. Mais qu'esse qu'il attendait encore ? Il téléphona à Caboche Pourrie et lui dit de vendre illico, avant la nuit, aux Calabrais de Montagano.

– Mais ils vont nous en donner la moitié !

– On s'en branle ! A minuit, je veux le fric chez moi. Allez, bouge-toi !

Trentedeniers ne savait pas que depuis quelque temps, Scialoja accordait aussi ses “attentions” à Caboche Pourrie. L'agent préposé aux écoutes capta l'appel à sept heures et demie. A neuf heures et quart, une patrouille partie de Giardinetti frappa chez Caboche Pourrie. Le voyou leva les mains, prit la came dans le réservoir de la chasse d'eau et dit une seule phrase, dévastatrice :

– Moi, je suis qu'un petit poisson, *dotto'*. Çui qui raque, c'est Trentedeniers.

– Tu m'en diras tant ! rétorqua Scialoja avec un sourire de squale.

Ils l'embarquèrent la nuit même. Lorsqu'il vit sa demeure envahie par les policiers sous les ordres de Scialoja, le Napolitain se souvint du miracle de San Gennaro. Ce sang a l'air en brique, pourtant vient toujours le moment où il se liquéfie. Un signe de Dieu.

– Amenez-moi chez le juge, supplia-t-il.

Borgia déboula au commissariat à l'aube. Il trouva pour l'accueillir Scialoja, le visage de pierre. Les deux hommes se fixèrent longuement, puis Borgia tendit la main droite. Scialoja la serra avec une vigueur chaleureuse. Les commentaires étaient inutiles. Ça repartait.

– *Dotto'*, sourit Trentedeniers, moi je vous dis tout, mais vous, Vanessa, vous devez l'oublier !

1987

Individus et société

1

TRIBUNAL CIVIL ET PENAL DE ROME
Section spéciale pour le réexamen des dispositions en matière de liberté des inculpés et des personnes mises en examen.
Procédure pénale n° 5/87 RGPM.

LE TRIBUNAL

statuant sur la requête de réexamen proposée par les défenseurs de *(coupe)* à l'encontre du mandat d'arrestation n° 5/87 exécuté le *(coupe)*, après avoir entendu les parties, observe :

L'objet du présent réexamen s'achève sur l'appréciation des déclarations de *(coupe)*, dit – de manière significative – TRENTEDENIERS, avec une référence évidente au personnage de l'Évangile responsable de la trahison de notre seigneur Jésus-Christ – individu impliqué avec ténacité et opiniâtreté dans plusieurs délits graves, et aussi subitement qu'obscurément animé d'une soudaine volonté inopinée de "collaboration" avec les forces de l'ordre.

Excepté que, s'il n'est dû à un véritable éveil de sensibilité et de maturité sociales et morales, non démontré dans l'affaire examinée, et si tant est que ce ne sont pas des mensonges débités aux juges, ce vrai ou présumé "repentir" se réduit à la permutation entre sa liberté et celle d'autrui (dénonciation de renseignements véridiques), et donc à un avantage personnel, amplement inspiré par l'opposition de son propre intérêt à celui de tiers, et par conséquent, il n'est en soi qu'une autre manifestation de cette même attitude mentale qui était à l'origine du choix criminel.

Ce qui impose une extrême prudence dans l'appréciation des déclarations en question et implique de douter scrupuleusement de leur véracité *(coupe)*.

Il doit être établi que la recherche de "bénéfices" et d'avantages n'a pas engendré de fausses références à des individus considérés comme étant d'un intérêt particulier pour les enquêteurs *(coupe)*.

Il faut refouler la désagréable mais inévitable sensation que le “collaborateur” a saisi l’occasion pour exercer lui-même sa vengeance sur des ennemis réels ou supposés *(coupe)*.

Une enquête ponctuelle et rigoureuse est nécessaire sur chacun des points mis en préambule dans les révélations *(coupe)*, sachant qu’aucun indice valable de crédibilité ne peut être déduit de la gravité et du nombre des faits rapportés par l’informateur, ceux-ci s’étant avérés véridiques: comment peut-on savoir avec certitude combien de faits connaît réellement l’informateur et combien il en a tu, et s’il a tu les faits les plus importants et qui lui sont les plus préjudiciables?

(coupe) De nombreuses discordances significatives apparaissent entre la constatation judiciaire récemment effectuée par la cour d’assises de cette ville et certaines déclarations de *(coupe)* dit TRENTEDENIERS, au point de faire naître le très légitime soupçon que ces mêmes déclarations ne sont pas tant destinées à favoriser la justice qu’à entraver les procès en cours.

On peut encore moins *(coupe)* tirer une preuve de véracité de la minutie des récits et de la présence de nombreux détails véridiques ou vraisemblables, y compris là où ils correspondent à des modalités attestées des événements décrits en question, puisque, de toute façon, il n’y a pas d’éléments de vérification directe et immédiate des rôles attribués à chacun par le déclarant.

(coupe) Il ne suffit pas de dire que Pierre ou Paul possédait certaine voiture qui fut effectivement remarquée aux abords de l’homicide de Jacques pour en déduire que Pierre et Paul ont participé, d’après ce qui est rapporté, à l’homicide en question.

(coupe) Il s’avère enfin que des correspondances sur des lieux, modalités, durées de l’exécution des forfaits, ainsi que sur des rencontres et contacts entre divers individus, peuvent constituer des éléments carrément fallacieux, induisant l’enquête à tourner autour du véritable objet sans jamais y pénétrer et à rechercher la vraisemblance en perdant de vue la vérité *(coupe)*.

Pour ces motifs
le Tribunal révoque

les mandats d’arrestation émis par le juge d’instruction vis-à-vis de *(coupe)*.

Trentedeniers n'était pas crédible car c'était un malfrat et qu'il n'avait aucune morale. Trentedeniers n'était pas crédible, un point c'est tout. Il fallait enquêter sur les mobiles psychiques ! Eh oui, comme si un repenti était une timide jouvencelle. Si c'était une jouvencelle, qu'est-ce qu'il pouvait bien avoir à raconter ? Mon cul ! Il était précieux justement parce que c'était une ordure, corrompu de l'intérieur, pourri, immonde. Plus il s'était sali les mains et plus il en enfonçait. Comment se faisait-il qu'avec les terroristes, cette logique marchait et quand il s'agissait de grand banditisme, ils se transformaient tous en autant de pucelles effarouchées ? Borgia se rendit compte qu'il avait commis une erreur décisive. Lorsqu'il avait eu entre les mains le Napolitain, il s'était consacré à son boulot corps et âme. Il y avait cru. Il s'était remis à croire en la justice, et donc, en définitive, en lui-même. Il avait accumulé des nuits et des nuits, creusant avec sa femme un sillon très dangereux, à un cheveu de se retrouver plaqué. Il avait respiré un vent de rédemption, et qui sait, la chance de récupérer les fils de ce discours interrompu par la vérité de complaisance qu'il s'était laissé concocter par le Vieux… Tragique, ineffaçable erreur. Quatre mois d'enquêtes ultra pointilleuses annulées par un misérable bout de papier. Et une fois de plus, tout le monde dehors. A part les condamnés. Mais eux, si ça se trouve, ils allaient se pourvoir en appel. Et, pour les cas extrêmes, en cassation. Il avait appris que l'oncle Carlo ne ratait pas un épisode de *La Pieuvre*. On l'avait entendu dire que Silvia Conti, c'était une femelle qui en avait. Dans un moment de découragement, à l'annonce de la cinquième ou sixième perpète, il avait murmuré qu'en cas de réincarnation, il se ferait procureur. Mais le raisonnement pouvait être inversé. C'était lui, Borgia, qui s'était trompé de métier. Il aurait dû se faire mafieux. Belles pépées, richesse, villas, yacht. Et surtout approbation sociale. Dîners somptueux avec des gens insoupçonnables. Pourquoi pas dans le célèbre restaurant où, disait-on, le Vieux avait fait installer un équipement sophistiqué pour faire chanter les invités de marque. Et jouissance suprême : tenir les avocats par les couilles, leur écrabouiller la tronche, à ces vers.

Las d'acquiescer à cet interminable épanchement, Scialoja lui conseilla de prendre des vacances.

– Des vacances? Je démissionne demain. Mais avant, je vais chez ces fins exégètes du droit et je les colle au mur.

– Ne dites pas d'âneries. Je ne voudrais pas être obligé de vous arrêter.

– Vous ou un autre… Peut-être que si je suis coupable, je m'en tire. Ou plutôt, c'est parce que je suis coupable que je m'en tire. Vous vous souvenez de l'histoire de Pinocchio et du juge?

– Prenez une semaine. Allez à Pointe Rouge avec madame…

– C'est peut-être une idée. Mais d'abord, il faut que je réussisse le concours…

– Quel concours?

– Celui du notariat. Demain, je commence les cours.

Scialoja esquissa un vague sourire.

– Vous voulez être notaire! Vous!

– Pourquoi, qu'y a-t-il de si saugrenu? Les notaires gagnent bien et en général, ils vivent longtemps. Personne ne pense à organiser un référendum pour s'en débarrasser. Personne ne les attend en bas de chez eux pour les truffer de plomb. Je suis arrivé à l'âge où il faut songer à sa famille! Et en ce qui me concerne, l'enquête est morte!

2

L'enquête était morte, d'accord. Mais le salaud avait bon pied bon œil. Il devait être supprimé. Chaque jour de vie de ce bâtard était une insulte à eux tous. Tous, sans exception. Devant un tel salopard, il y avait pas de discussions qui tiennent. Œil Fier était revenu exprès de la Côte d'Azur. Le Maigriot et lui faisaient le gué devant la villa bunker des environs de Morlupo où Trentedeniers jouissait de la résidence surveillée. Ils étaient armés jusqu'aux dents. Œil Fier était excité par l'odeur de la bataille. Le Maigriot, juste libéré, était dans une fureur noire. Mais l'entreprise semblait désespérée. Borgia avait disposé quatre bagnoles pleines à ras bord de flics qui se relayaient toutes les six heures. Deux agents habitaient par roulement avec Trentedeniers. Ils faisaient ses courses, contrôlaient quiconque approchait à moins de cent pas de la villa. Une authentique forteresse. Le Maigriot s'alluma un joint.

– Il faudrait faire comme Cutolo, quand il a flanqué une bombe au salaud qui était en train de lui creuser sa fosse.

– Tu y étais?

– C'était mon secteur, oublie pas.

– Mais tu tétais encore ta mère!

– Ça veut dire que j'ai commencé tôt!

Ils reprirent leur observation. Si seulement ils avaient pu découvrir une brèche dans le système de sécurité... La plus insignifiante distraction pouvait constituer une précieuse occasion... Il en fallait pas beaucoup... Quelques minutes suffisaient... Même s'ils auraient tous adoré prendre tout leur temps...

– Mes amis là-haut, à Milan, quand ils chopent un salaud, ils lui coupent d'abord une main, et puis l'autre. Après, ils lui coupent la bite et ils la lui fourrent dans la bouche. A ce stade, si y sont de bonne humeur, ils accordent le coup de grâce...

– Et sinon?

– Et sinon y pissent un bon coup et y balancent le colis dans l'acide chlorhydrique. Les balles coûtent cher.

– Très juste. C'est comme ça qu'il faut faire, dit Œil Fier.

– Quelquefois, ensuite, on découvre que ce con était clean...

– Mais alors…

– Alors, rien. Il y avait en tout cas un soupçon. Le soupçon, c'est plus que suffisant, tu crois pas ?

– Bah, avec Trentedeniers, ça m'étonnerait vraiment qu'il y en ait pas !

– Non, y'a pas de doute… Eh, regarde qui arrive !

C'était Vanessa. Trentedeniers se l'était bichonnée comme un bébé. Pas un mot sur elle dans tous les procès-verbaux, or elle en aurait eu des choses à raconter ! Mais Borgia qui, bien qu'étant juge, en avait un bon paquet, l'avait également pincée, comme eux tous. Et ainsi, l'infirmière avait bénéficié, comme eux tous, de la bienveillance du Tribunal de la liberté. A présent, ils l'avaient à portée de tir. Le Maigriot arma son flingue.

– Du calme. A cette distance, tu risques de la rater !

– J'ai jamais raté un coup de ma vie !

– Mais qu'est-ce qu'on en sait, si elle est dans le coup ?

– Qu'est-ce qu'on en a à foutre ! Ils baisent ensemble, non ? Qu'esse-tu veux d'autre ?

Le Maigriot visa soigneusement. Un agent s'interposa entre sa cible et lui. Le portail de la villa s'entrebâilla. Un autre agent passa la tête, attrapa la femme et l'attira à l'intérieur. Le Maigriot laissa retomber son arme.

– Maintenant, faut qu'on attende qu'elle sorte.

Mais Œil Fier n'était pas convaincu. Le Maigriot le regarda avec un air de commisération.

– J'ai pigé. Tu veux pas buter une gonzesse !

– Qu'esse-tu racontes ? Moi… ben, je l'ai jamais fait…

– Si tu vas par là, moi non plus. Mais qu'esse ça veut dire ? C'est pas n'importe qui. C'est la femme de ce salaud !

– Peut-être qu'il vaut mieux en causer au Dandy…

– Si tu le sens pas, va te coucher. Je m'occupe de tout.

– Tu crois que j'ai pas les couilles ?

Le portail se rouvrit au bout de deux heures. Les agents répétèrent leur pantomime. Vanessa marchait dans une petite rue tortueuse. Le Maigriot et Œil Fier avaient repéré l'Alfetta de la femme, et ils attendaient dans leur Range Rover. Vanessa fit marche arrière et prit la direction de Rome. Ils la suivirent tous feux éteints.

– Peut-être qu'elle a une escorte elle aussi !

– T'aimerais bien, hein, Œil Fier ?

Vanessa les ramena à l'ancien domicile de Trentedeniers.

– C'est dingue. Soit elle se sent en sécurité, soit elle est inconsciente !

– J'aime pas ça. J'y vais. Toi, tu restes en couverture. S'il se passe quelque chose, casse-toi.

Le Maigriot força la serrure et monta au deuxième étage. Il frappa à poings fermés.

– Police, madame…

Vanessa se dépêcha d'ouvrir, enveloppée dans une serviette rose. Elle vit le Maigriot, le canon du semi-automatique, elle pâlit et tenta de refermer la porte. Le Maigriot la poussa de côté et fut à l'intérieur. Dans la manœuvre, la serviette était tombée. Le Maigriot se pétrifia. Il ne se l'était pas imaginée si belle. Un châssis à faire péter les boutons de braguette. Une odeur de femelle à vous tourner la tête.

– J'ai rien à voir ! Je voulais pas ! C'est lui qui a tout fait… Je voulais vous prévenir, mais ils m'ont chopée… Maigriot, dis-le-leur, aux autres… Je ferai tout ce que tu veux… je t'en prie !

– Viens ici.

Vanessa fit un pas hésitant. Le Maigriot rengaina son arme.

– Viens ici, n'aie pas peur…

Le Maigriot commença à déboutonner sa chemise. Vanessa ébaucha un timide sourire. Le Maigriot se dirigea vers elle et plongea son visage entre ses seins généreux.

Œil Fier s'était endormi dans la Range Rover. Le Maigriot cogna à la vitre. Œil Fier sursauta en empoignant son pistolet. Le Maigriot se fit reconnaître. Œil Fier aperçut la fille et s'assombrit.

– On fait ça ailleurs ?

– Tout va bien, le rassura le Maigriot. Elle est clean. Et elle est avec moi !

Œil Fier éclata de rire. S'il avait imaginé que tout ça finirait par des roucoulades, il serait resté sur la Côte d'Azur.

3

Le Dandy et Botola furent libérés par le verdict en appel. Les condamnations avaient été confirmées, mais les flics avaient désormais épuisé leur bonus. Peine entièrement purgée, et salut la compagnie. Botola aurait volontiers abandonné la partie.

– Je me garde mon jugement et c'est marre !

Le Dandy avait autre chose en tête. Changer de vie. Comme l'avait fait le Froid. Mais sans précipitation. Et sans cavale. En riche, pas en traîne-misère. En homme respecté, pas en fugitif pourchassé par toutes les polices du monde. Tous les ronds accumulés durant des années d'administration intelligente et avisée ne devaient servir qu'à un seul but : l'effacement de la marque du malfrat. Depuis le dernier raid de Borgia, il croyait aveuglément en Miglianico et son équipe. La fin misérable des déclarations de Trentedeniers était un signe éloquent de la force de ses nouveaux alliés. Il fallait se pourvoir en cassation pour faire tomber l'association de malfaiteurs. Son casier judiciaire devait redevenir immaculé. Le Dandy était fatigué des contrôles et des perquisitions. Des prête-noms voraces. De toujours se trimbaler avec de faux certificats et des flacons de pilules salvatrices à agiter sous le nez des perdreaux en cas d'arrestation imprévue. Il ne retournerait plus jamais en taule. Le Dandy voulait gérer lui-même toutes ses activités. Et ce serait des activités légales. Ou presque. D'ici un laps de temps raisonnable. Au début, il y aurait encore une certaine zone grise, et puis par la suite… En attendant, il fallait trancher dans le vif avec son passé. Certains moments seraient plus difficiles que d'autres. Mais le Dandy se tenait en trop haute estime pour s'inquiéter des complications.

Deux jours après sa sortie de Rebibbia, il convoqua une réunion au Full' 80. S'y trouvaient le Sec, plus flasque et onctueux que jamais ; le Noir, tout perclus de douleurs qui le faisaient souffrir au changement de saison ; Botola, avec un borsalino à pisser de rire ; le Maigriot et Vanessa, qui étaient désormais un couple établi. Il expliqua en deux mots la situation.

– La société est dissoute. Le deal passe au Maigriot.

– Tu prends combien ? demanda le Maigriot.

– Rien.

– Rien ?

– Rien. Tu te prends le réseau et les fournisseurs, et tu te les gères à ta façon. Y compris les contacts du Sec et tout autre canal sur le marché. Mais à partir de maintenant, ceux qui sont au trou, c'est ton affaire. C'est toi qui décides si tu leur file le fade et dans quelle mesure. Tu fais comme tu veux. Nous, on est en dehors. A compter d'aujourd'hui, la drogue c'est plus notre problème.

Avant d'accepter, le Maigriot se fit expliquer certains détails. Le Dandy lui dit qu'ils restaient amis et qu'à l'occasion, ils pouvaient se filer un coup de main. Mais plus de caisse commune. Plus d'affaires ensemble. Plus d'obligations réciproques. Ils se donnèrent l'accolade. Le Dandy embrassa Vanessa sur les joues.

Le Noir demanda des éclaircissements sur les machines à sous.

– Tout comme avant, le rassura le Dandy.

Le Noir acquiesça. Le Dandy resta seul avec le Sec. Le Dandy s'alluma un clope et lui souffla la fumée dans la figure. Il savait combien le Sec détestait l'odeur du tabac. Le Sec toussa.

– On est en train de renoncer à un paquet de fric, Dandy.

– L'histoire de la drogue, tu veux dire ? On n'en a plus besoin. Les jeux de hasard rendent mieux et on risque pas vingt ans de taule… Laisse-moi jeter un coup d'œil aux comptes…

Le gros lard étala un imposant registre et commença à baratiner investissements, prêts, garanties, cautions, crédits à récupérer, actions mirobolantes. Le Dandy lui demanda à combien exactement se montait le capital.

– Je ne comprends pas ta question…

– Si aujourd'hui je décidais de tout vendre, combien ça me ferait ?

Le Sec lança un chiffre. Le Dandy fronça les sourcils.

– Si peu ?

– Tu sais que si on classe les Italiens friqués, on est parmi les premiers…

– On est ?

Le Sec essuya une goutte de sueur.

– Je parlais de notre fric, naturellement.

– Et moi juste du mien, naturellement… Y'a combien à toi et combien à moi ?

– Mais comme ça, au pied levé, comment veux-tu…

– Écoute-moi bien : la moitié exacte de tout… et je dis de tout… tu la transfères sur un compte étranger au nom de Gina. Quand tout est prêt, je te l'amène ici et on la fait signer. Le reste, tu continues de le faire tourner comme d'habitude. Mais la moitié de chaque lire qui entre de chaque vieille ou nouvelle affaire atterrit sur ce fameux compte… C'est clair ?

– Eh non, ça, c'est du vol ! éclata le Sec.

– Ouh ! T'as vu le Sec ! Tu touches à son larfeuille et v'là qu'il a les boules ! Qu'esse-tu ferais pas pour du blé, hein, le Sec ? Traître !

Le Sec ferma les yeux et s'agrippa aux bras de son fauteuil. Mais le Dandy n'avait pas la moindre intention de porter la main sur cet ignoble tas de graisse. Il se marrait, le Dandy, et il s'allumait une autre cigarette. Le Sec s'efforça de trouver les mots justes. Sa voix se fit humble et gentille.

– T'es encore en pétard pour l'histoire de la taule…

– Moi ?

– Mais tu sais, j'avais pas le choix ! Tu sais bien comment il est, le Buffle ! J'ai fait semblant d'être de son côté pour éviter des pires emmerdes… Dandy, moi, vraiment, la taule je peux pas !

– Pauv' chochotte !

– Bah, maintenant que t'es là… tout va bien, non ? On va faire comme tu dis, et…

Le Dandy cessa de rire. Son regard se fit glacial.

– Rappelle-toi que t'es vivant seulement parce que j'ai besoin de toi, tas de merde. Et tant que j'ai besoin de toi !

Avec le Maître, en revanche, il n'y eut rien à faire. Ils étaient dans un cinéma de quartier, presque seuls spectateurs d'*Il était une fois en Amérique.* Le Dandy l'avait choisi sur la suggestion de son avocat. Miglianico avait raison : le film n'était pas très nouveau et bourré de lenteurs exaspérantes. Mais il parlait d'eux. Au bout d'une heure, il avait pigé comment ça allait finir. James Woods allait le mettre dans le cul à Robert De Niro. L'amère loyauté de De Niro lui avait foutu les glandes. Il puait la défaite. On aurait vraiment dit que le réalisateur s'était inspiré du Froid. Le Dandy se voyait comme le vainqueur. La fin était nulle, par contre. Tout cet étalage de remords ! S'il arrivait à se tirer d'affaire comme James Woods, tu parles de remord ! Patrizia avait amené une copine. Le Maître n'avait pas daigné lui accorder un coup d'œil. Étrange homme. Ultra fidèle à sa bourgeoise, une petite bonne femme insignifiante qui se montrait rarement en public. Si elle avait pensé le mettre de bonne humeur par le sexe, elle s'était plantée dans ses calculs.

A la sortie, les filles avaient été chargées dans un taxi. Le Dandy et le Maître allèrent se prendre un mauvais whisky place Navone. Le Dandy déclara qu'il songeait souvent au cinéma. Il n'avait pas plaisanté du tout, des années plus tôt, avec ce célèbre réalisateur.

– Tu veux être producteur ?

– Et pourquoi pas ? Ça pourrait être bien pour vous aussi. Un moyen propre et élégant de faire tourner le fric.

– Le cinéma est en crise. On y perd et c'est tout.

Le Dandy alignait un projet après l'autre, et le Maître les lui descendait tous inexorablement. Le Dandy commença à penser que ce serait plus dur que prévu. Le Maître le fixa d'un air perplexe.

– En d'autres termes, tu veux te défiler !

– Mais qu'esse-tu racontes ! Je...

Le Maître alluma une cigarette et soupira.

– Je te comprends. Réellement. C'est une idée que j'ai eue, moi aussi. Combien de fois ! Pourquoi crois-tu que je sois tellement préoccupé par mon fils ? Se défiler... mais c'est pas possible. On peut pas !

Le Maître lui expliqua que les rapports avec ses vieux camarades ne l'intéressaient pas le moins du monde.

– Mais avec nous, c'est différent. C'est un problème qui me concerne au premier chef. Je me suis porté garant de toi...

– Écoute, l'affaire des terrains reste sur pied. Le fric n'est pas en question. Tout marchera comme avant. Mais...

– Mais, l'interrompit-il fermement, tu ne veux plus te salir les mains...

Le Dandy acquiesça. Le Maître disposa son mégot sur le cendrier et sirota son whisky.

– Si demain on t'ordonne de fourguer un kilo de came, tu dois le faire. Et s'il est nécessaire de rendre un service à quelqu'un...

n'importe quel genre de service, et à qui que ce soit… tu dois le faire…

– Je connais les règles, Maître, mais…

– Et si tu ne le fais pas, si tu ne te comportes pas bien, quelqu'un d'autre doit le faire à ta place. En général, c'est celui qui s'est porté garant pour toi. Et même dans ce cas, il n'est pas dit qu'après… pour tous les deux… le garant et le garanti… ça ne se finisse pas mal !

– Tu oublies que je ne suis pas un affilié !

– C'est justement pour ça que tu ne peux pas dire non…

– Et si quelqu'un prenait ma place ?

– Qui ?

– Le Maigriot… je lui ai passé le négoce de la dope…

– Le Maigriot n'est pas bien. Il est trop impulsif. Et les chefs ne l'aiment pas. Il y a eu des histoires là en bas… Ce n'est pas possible. Je regrette, Dandy…

Le Dandy comprit qu'aussi haut qu'il grimpe, il ne pourrait jamais rompre les mailles de ce filet. Et il fut pris d'un accès de rage impuissante. Le Maître lui lança une bouée.

– Je ferai part de ta situation. Peut-être qu'ils te laisseront choir. C'est déjà arrivé. Mais toi, fais pas de conneries !

– C'est vraiment pas dans mes plans !

– Et autre chose…

– Dis-moi.

– Tu as bien de la chance, mon frère. Si l'oncle Carlo était encore en circulation, demain tu te réveillerais à Prima Porta !

4

CORRIERE ROMANO

LA MAFIA ? ELLE ARRANGE BIEN L'ÉTAT !

Le commissaire Scialoja de la police judiciaire se confie à notre journaliste Sandra Reynal

Rome, 27 décembre 1987.

Le commissaire Scialoja, directeur de la police judiciaire, arrête le garçon et commande son troisième Martini de la soirée. Une foule de starlettes provocantes prend d'assaut l'Hemingway, le bar de la via delle Coppelle devenu depuis quelque temps un des repaires favoris de la nomenklatura ciné-politique de la capitale. Scialoja décoche un coup d'œil intéressé à une top-modèle blonde enlacée à un producteur célèbre. Le garçon arrive. Scialoja ingurgite d'un coup son cocktail et en commande illico un autre. Compliments, vous tenez bien l'alcool, commissaire ! J'allume le magnétophone.

Q. Commissaire Scialoja, vous vous obstinez depuis des années à monter des procès contre ce que l'on appelle la "mafia romaine". Il y a quelques mois, le parquet a libéré d'un seul coup quarante personnes que vous aviez fait arrêter, en soutenant que les accusations étaient invraisemblables. Qui a raison ? Vous ou les juges ?

R. Si le Tribunal de la liberté avait appliqué la même règle de jugement aux terroristes, aujourd'hui Moretti serait libre. Ces juges n'ont pas su lire les documents. Ou pire, ils les ont lus et ont décidé de regarder ailleurs.

Q. Ce sont de graves accusations.

R. Ce qui s'est passé est grave. D'ailleurs, je comprends votre question. Vous êtes habituée à penser que l'erreur judiciaire consiste à arrêter un innocent, ou pire, à le condamner. Or il se passe en revanche tous les jours exactement le contraire : on remet en liberté d'authentiques canailles.

Q. Je comprends votre point de vue. Après tout, vous êtes policier. Mais je préfère continuer à croire qu'il vaut mieux cent coupables en liberté qu'un innocent en prison !

R. Je respecte toutes les opinions.

Q. Encore heureux! Quoi qu'il en soit, on déplore de toutes parts une dégringolade générale des garanties démocratiques. Les gens n'aiment pas vivre dans un État policier. C'est pourquoi beaucoup applaudissent à l'imminente entrée en vigueur du nouveau code…

R. Beaucoup? Beaucoup qui? Les mafieux qui sont déjà à la fête. Les politiciens complices qui vont enfin pousser un soupir de soulagement. Les avocats qui vont se faire des millions en glissant dans les failles de la procédure… Je vous les recommande, les fans du procès juridictionnel!

Q. Pourtant, grâce à cette nouvelle procédure, l'Italie va s'aligner sur les standards européens les plus avancés…

R. Vous voulez savoir quand nous serons véritablement européens? Quand nous nous débarrasserons de la connexion perverse entre politique, milieu, entrepreneurs marrons, services secrets dévoyés… Lorsque ce cancer sera éradiqué… s'il est éradiqué…

Q. Ça va vraiment aussi mal, commissaire? Vous savez qu'il n'y a pas quelques mois, l'Italie est devenue la cinquième puissance industrielle du monde occidental!

R. Si vous le dites…

Q. Est-ce que ce n'est pas que vous en voulez à votre pays car, si tout marche droit, un policier ambitieux a moins de possibilités de se mettre en avant?

R. Écoutez-moi bien. On était à un doigt du cœur pourri de l'affaire. Un doigt, un seul. Nous y étions arrivés par hasard, en enquêtant sur le meurtre d'un malfrat de second plan. Nous avons découvert des choses incroyables. Un fil qui partait de ce que j'appelle la "mafia romaine", qui passait par l'assassinat de Moro, l'attentat de Bologne, dix ans d'homicides, et menait au bunker d'un service spécial dépendant directement des appareils de l'État. Une section qui n'existe pas officiellement, avec un chef fantôme qui est le carrefour de tous les plus grands mystères de l'histoire récente. Et nous, cette Histoire, nous étions sur le point de la réécrire… Et puis… et puis quelqu'un a fait marche arrière. Les noms n'ont pas d'importance. On nous a fait comprendre qu'il ne nous serait pas possible d'aller au-delà d'une certaine limite. Ce quelqu'un a entendu le message et il s'est comporté en conséquence. Et maintenant, on en est à notre point de départ. Ce pays est peut-être riche, comme vous dites, mais il est pourri de l'intérieur, croyez-moi !

Q. Réécrire l'Histoire ! Quel objectif ambitieux ! Mais vous ne trouvez pas que le projet de réécrire l'Histoire n'est pas du ressort d'un juge ou d'un policier ?

R. Étant donné que personne d'autre ne le fait…

Q. On est en pleine théorie du complot, alors. On croirait entendre un représentant de l'opposition. Vous savez pourtant que cela fait des années qu'un bord politique s'obstine à suivre les "carnages de l'État". Mais sans résultats…

R. Écoutez, je suis un serviteur de l'État. Je ne vois pas l'État poser des bombes et faire exploser les avions. Mais une chose est sûre : lorsqu'un événement retentissant se passe, les appareils dont nous parlons sont en mesure de reconstituer le scénario et d'établir les responsabilités en un rien de temps. En supposant qu'ils ne le sachent pas avant. En tout cas, quel devrait être le comportement responsable… légal… d'un corps d'État qui vient à connaissance de graves crimes de sang ? Prévenir, si possible ; réprimer, si la prévention n'a pas marché. La première chose à faire serait de mettre toutes les informations à la disposition du parquet…

Q. Et ce n'est pas le cas ?

R. Jamais. S'ils savent avant, ils n'interviennent pas. S'ils savent après, ils couvrent. Si vraiment ils ne peuvent pas faire autrement, ils nous inondent de blabla : paperasses sans intérêt, documents ambigus, fausses pistes…

Q. Mais ne se pourrait-il que ce soit juste un problème de piètre qualité technique, d'impréparation, de superficialité ? Vous savez qu'il existe toute une littérature édifiante sur nos services de sécurité…

R. C'est une fichue arnaque. Ils se font passer pour des cons pour donner le change. En réalité, c'est la crème des salauds.

Q. Mais pourquoi devraient-ils faire cela ?

R. Dans les grandes lignes, il s'agit de politique. Maintenir l'ordre. Garder la mainmise sur la situation. Pour que rien ne change. Les poseurs de bombes pourraient être utiles. Ils les laissent faire. Ils s'en servent. Ils les bichonnent. Tout découle de l'anticommunisme. L'élan initial a été la peur des rouges.

Personnellement, j'ai cessé de voter depuis des années. Je suis horrifié à l'idée que pour tenir à l'écart des gens comme Amendola et Berlinguer*, on doive fricoter avec des assassins. Protéger les trafiquants de drogue. Payer les terroristes néo-fascistes. Laisser les mains libres à la mafia.

Q. C'est ce qu'ils font?

R. Oui. Quiconque a une force de frappe à introduire sur le marché est aussitôt coopté. Ensuite, quand ils ne savent plus qu'en faire, ils le larguent. Ceci, disais-je, dans les lignes générales. Et puis il y a aussi ceux qui participent au jeu, pour ainsi dire par amour de l'art.

Q. Rien que ça!

R. Écoutez, à certains niveaux, l'exercice du pouvoir devient un art, une fin en soi. On avance par inertie, ou parce qu'on ne peut plus revenir en arrière, ou parce qu'on s'amuse trop à bouger les pions sur l'échiquier. Les objectifs… en admettant qu'il en ait jamais existé… se décolorent, ils s'évanouissent, on les perd de vue. Ce qui survit n'est qu'un grand jeu tragique… Si je pense à certains dirigeants que j'ai eu l'occasion de rencontrer… des gens qui vivent dans l'ombre et s'habillent en gris… la seule comparaison qui me vient à l'esprit, c'est avec le docteur Folamour… Vous vous souvenez du film de Kubrick, non? La bombe pour la bombe, quelque chose comme ça…

Q. Possible. Mais revenons un peu au concret. Que pensez-vous de l'opinion récurrente selon laquelle la mafia… les mafias, si vous préférez, sont des réalités endémiques avec lesquelles il faut cohabiter?

R. On ne va pas dîner avec le cancer. On l'éradique.

Q. Pensez-vous qu'on puisse le faire?

R. C'est une autre question qu'il faut poser: pensez-vous qu'on ait envie de le faire?

Q. Un tantinet provocateur, vous ne trouvez pas?

R. La mafia est bien commode. Beaucoup sont en affaires avec elle.

Q. Mais, écoutez, quelqu'un comme vous qui voit tout en noir… avez-vous jamais sérieusement songé à changer de métier?

R. C'est hors de question! Je reste à mon poste et j'avance!

---

* Dirigeants du PC italien.

Q. Et avec quelles perspectives, si je puis me permettre ?
R. Choper le plus de salopards possible.

Nicola Scialoja, commissaire en chef de la police judiciaire, est un homme qui ne connaît pas le doute. D'après lui, l'Italie est une démocratie à souveraineté limitée, dominée par une oligarchie de personnages corrompus, de tueurs et de mafieux liés par le ciment de l'anticommunisme. Sa détermination est impressionnante. Sa foi dans ses propres capacités professionnelles paraît aussi inébranlable que mal récompensée, à en juger par les résultats. L'histoire italienne, l'histoire d'un pays qui a l'air solide, uni, riche et prospère dans la dernière décennie de ce siècle, se déroule à côté de lui, et lui, indifférent, la retourne selon sa vision très personnelle. Scialoja est un homme obsédé par le Mal. Nous pouvons le comprendre – il doit tellement en avoir vu, dans sa vie professionnelle ! – mais sûrement pas le justifier.

En tant que citoyenne, je redoute l'idée qu'un tel homme ait le pouvoir de décider de mon sort.

Sandra Reynal

5

Deux heures après la sortie du supplément dominical du *Corriere Romano*, Scialoja avait été suspendu de ses fonctions. Ses déclarations avaient déclenché un tollé institutionnel. Des interrogations parlementaires s'annonçaient. Les sommets des services de sécurité avaient diffusé des notes furibondes. Le président de la Commission attentats faisait pression pour une audition immédiate. Des collègues de Palerme et de Milan, protégés par l'anonymat, avaient fait savoir que, bien que critiques à l'égard de la forme, ils partageaient en substance ses paroles. L'avocat dégoté en catastrophe par le syndicat des policiers conseillait un démenti sec, suivi d'une plainte contre la journaliste. Scialoja lui avait expliqué que ce n'était pas possible : l'article était fidèle. La rencontre avait eu lieu. Lui, il avait levé le coude et il avait dit ces choses. Il les avait dites parce qu'il les pensait.

– Dans ces conditions, nous n'avons pas la moindre chance de nous en tirer. Je peux faire traîner en longueur, mais tôt ou tard, il faudra payer.

Scialoja avait décroché le téléphone. A présent, le lit était imprégné du parfum de Patrizia. Il faisait froid, mais il n'avait pas voulu allumer les radiateurs. Il faisait nuit, mais il préférait rester lumière éteinte. Patrizia s'était précipitée chez lui après avoir vu le journal télévisé de l'après-midi. Elle portait un pull rouge à col roulé qui mettait en valeur la ligne coquine des seins et une souple jupe écossaise. Les cheveux rassemblés sur la nuque, sans une ombre de maquillage, elle ressemblait à la classique jeune fille de la porte à côté. Une brave, gentille jeune fille de la porte à côté au cœur tendre, occupée à consoler le héros affligé. La tête enfouie dans son giron, Scialoja lui avait raconté le minimum indispensable. Il était une fois Sandra Belli. Elle avait fait fortune à Paris. Elle était revenue avec un nouveau nom et un boulot prestigieux, envoyée par un important quotidien. Elle l'avait remercié pour un certain service qu'il lui avait rendu par le passé. Il avait esquivé. Ils avaient passé ensemble une agréable soirée, peut-être un peu trop alcoolisée. Elle l'avait méchamment assaisonné. Il était foutu.

– Mais pourquoi elle a fait ça ? Tu l'avais aidée…

– Peut-être que quelqu'un le lui a demandé. Si ça se trouve un de tes amis.

– Ce n'est pas le cas. Je l'aurais su.

– Ou peut-être qu'elle n'arrivait pas à supporter l'idée de me devoir quelque chose…

– Tu devrais lui casser la gueule.

– Et à quoi ça servirait ? Maintenant, c'est fait !

Patrizia ne parvenait pas à comprendre sa résignation. On l'aurait presque dit heureux, comme délivré d'un poids.

– Et maintenant, qu'est-ce que tu vas faire ?

– Je ne sais pas.

– Prenons des vacances. Partons ensemble. Comme l'autre fois, à Positano…

Scialoja lui caressa une joue.

– Patrizia, dit-il dans un murmure, quand j'ai revu Sandra après toutes ces années… ma première pensée a été de coucher avec elle. J'aurais donné dix ans de ma vie pour me la faire…

Dans l'obscurité, il la sentit se raidir. Il sentit son envie de le fuir. Il l'attrapa par les poignets. Il serra fort.

– Je pensais à nous deux, elle et moi, au pieu. Dans ce lit, ou à l'hôtel, ou sous un porche, sur le siège d'une bagnole… peu importe. Pendant toute la soirée, je n'ai pensé qu'à ça. Elle qui revient et moi qui la baise. Et Sandra n'est pas la seule. Ça m'arrive tout le temps, tu sais. De plus en plus souvent. Avec toutes les femmes que je rencontre. Je voudrais coucher avec toutes…

Patrizia le repoussa résolument.

– J'ai pas envie de t'écouter…

– Tu dois, pourtant, reprit-il toujours sur le même ton, parce que moi, dans toutes les autres, je ne vois qu'une seule femme. Toi.

– Je veux une cigarette, dit-elle doucement. Je veux boire.

– Tu es la seule que je veux.

– Tu peux m'avoir quand tu veux.

– Mais jamais je n'arriverai à devenir ce qu'il y a de plus important dans ta vie.

Elle glissa en frissonnant hors du lit. Elle ramassa sa fourrure et son sac, et s'alluma une cigarette.

– Tu sais où me trouver, déclara-t-elle sèchement.

Il la laissa s'en aller.

Deux gaillards de Campo de' Fiori la rendirent au Dandy au cœur de la nuit. L'œil gauche, à demi fermé, était gonflé et bleuâtre.

– Elle se donnait en spectacle avec un marin et heureusement que le barman l'a reconnue, sinon les flics auraient fini par l'embarquer. On a dû employer la manière forte parce qu'elle voulait pas décrocher…

Le Dandy considéra avec une certaine révulsion le pull distendu, les bas lacérés et la pénétrante odeur acide et douçâtre, puis il donna sa bénédiction aux blancs-becs.

– Autre chose, Dandy…

– Qu'esse qu'y a encore ?

– La Jaguar… regarde ce carnage !

– Les sièges sont complètement éventrés.

– L'autoradio est arraché.

– Et quelqu'un a pissé à l'intérieur.

Le Dandy fronça un sourcil.

– Ça va, j'ai pigé, maintenant dégagez !

Soûle au-delà de toute décence. Complètement shootée. Un sourire fou, méchant, qui altérait ses traits. Et cette phrase, qu'entre un rire et un rot elle ne cessait de répéter :

– Ce qu'il y a de plus important dans ma vie ! Ce qu'il y a de plus important dans ma vie !

Le Dandy savait que, dans certains cas, mieux vaut ne pas intervenir. Il la laissa se défouler : de toute façon, combien ça pouvait durer, dans l'état où elle était ? Au bout de dix minutes de cette litanie, Patrizia se fracassa sur la moquette. Le Dandy la dévêtit et la mit au lit. En la voyant à poil, crasseuse, les lèvres fissurées, les cheveux secs et le souffle haletant… elle qui tenait tant aux apparences, même qu'elle l'expédiait sous la douche chaque sacro-sainte fois… il lui vint une envie carabinée. Il commença à se désaper. Elle était sa chose, après tout, non ? Puis Patrizia se lamenta doucement, presque un gémissement de gamine, et l'envie se dissipa en une espèce de regret attendri. Il s'en alla hiverner sur le canapé de deux mètres qu'il venait juste de retirer du mobilier de la via del Pelligrino. Mais l'intérieur de la Jaguar, elle devrait le rembourser. Et avec son fric.

1988

La certitude du droit

1

Le Maigriot fit savoir à ceux en taule qu'en ce qui les concernait, l'accord pouvait être considéré comme encore en vigueur. Mais qu'ils oublient la belle vie d'autrefois. La trahison de Trentedeniers n'était pas restée sans conséquences. Les toxicos ne sont pas particulièrement héroïques. L'un s'était perdu en route. D'autres étaient partis pour le long voyage aller simple via le shoot. Le réseau du deal était en train d'être réorganisé et intégré par des gars de Primavalle. Le fade cessa brusquement. L'Echalas refusa dédaigneusement l'aumône et se mit à chercher des gens disposés à faire le sale boulot. L'Echalas jouissait encore d'un certain prestige, mais il n'y en avait pas un qui l'écoutât. Le Dandy était intouchable. Ils dirent tous non, même les Marocains pouilleux, même les gitans sans foi ni loi. Même les toxicos les plus pourris et les psychopathes diagnostiqués. Il les avait tous mis d'équerre, le pingouin. Il était le number one. Le seul et l'unique. Pendant un transfert pour motifs de procédure, l'Echalas se retrouva dans le même fourgon que le Buffle.

– Moi, quand je sors, je le bute.

– Si tu sors… Combien y t'ont collé ?

– On s'en tape. On attend la cassation.

– Putain, l'Echalas, qu'est-ce que t'es méchant ! Dommage qu'avant, quand fallait mordre, tu sois resté à aboyer !

– Et toi qui causes tant, qu'esse-tu fais ? Tu renonces ?

– Peut-être que je suis devenu pacifiste !

L'Echalas avait toujours eu la langue trop bien pendue. Mais les menaces sont inutiles, si on ne sait pas ensuite comment les mettre en pratique. Menacer ne sert qu'à allumer l'ennemi. Le Buffle avait ses plans. Le Sec le tenait informé de la situation. Le Dandy était en train de se monter le bourrichon à fond de train. Parfait, parfait. Le Sec casquait. Généreusement et sans poser de questions. D'ailleurs, c'était son fric. Qu'il essaye seulement de me faire une crasse ! Non, non, avec le temps, tout va rentrer dans l'ordre. En attendant, la peine de sûreté s'écoulait allégrement. La cassation ne l'effrayait plus autant : au maximum, ils confirmeraient les dix ans. Cinq étaient déjà presque passés. A l'asile, il était le patron. Il n'avait pour égal que le Comte Ugolino, qui allait et venait, et Turi Funciazza, qui espérait en une ultime chicane procédurière pour échapper à une incontournable perpète. Les trois mousquetaires. Champagne, coups de fil, et deux fois par mois, putes procurées par le Toscan. Comme ça, pour garder la pêche. Pour le reste, il suivait scrupuleusement les prescriptions de la commission médicale, il ne chopait plus de punition depuis 1986 et, à la fin de chaque séance, les docteurs se félicitaient de ses progrès. Il la sentait déjà dans ses tripes, l'odeur de la liberté. Et cette vilaine épine dans le dos qui l'avait tourmenté quand il était jeune lui faisait jour après jour de moins en moins mal.

Œil Fier se fit gauler comme un con chez sa veuve. Perdu par une belle paire de nichons puisque tel était vraiment son destin. Bonjour la Côte d'Azur ! Il demanda à aller aux toilettes, il se dégomma un dernier rail de coke restant du soir précédent et suivit avec un sourire goguenard la patrouille en tenue de combat.

– Ah, commissaire, vous m'avez joué le replay, mais tout' façon, c'te fois, je décarre vite fait.

– Y'a pas deux sans trois, Œil Fier !

Il s'était chopé le seul policier spirituel de Rome !

Ils le mirent en cellule avec Ricotta, qui, pauvre chochotte, arrivait pas à se résigner.

– Je peux pas croire que le Dandy m'ait fait un truc pareil ! C'est rien qu'une idée du Maigriot, ce Sicilien de mes deux !

– T'es là depuis une vie et t'as toujours pas pigé ? Le Dandy est un tas de merde !

– Mais il t'a fait sortir !

– Et ils m'ont rechopé. Et alors ? Un partout et balle au centre !

– En tout cas, moi j'y crois pas !

Il chargea Donatella de ses doléances. Ils se virent chez Patrizia. Ce jour-là, le Dandy était en grande forme. Il balançait vanne sur vanne et cherchait frénétiquement la bonne chemise à assortir avec une invraisemblable cravate oxford.

– Il s'est mis dans le crâne de se lancer en politique, soupira Patrizia d'un air railleur, en se limant les ongles.

– Eh ben ? Qu'est-ce qu'il y a de bizarre ? Si la Cicciolina* y est arrivée, je peux y arriver aussi…

Donatella réprima un éclat de rire et introduisit prudemment le sujet pognon. Le Dandy fut fraternel, rassurant. En premier lieu, qu'elle passe son bonjour à Ricotta. Un véritable ami, de ceux qu'on n'oublie pas. Il allait parler avec le Maigriot et tout allait s'arranger. En attendant, comme preuve de bonne volonté, qu'elle accepte une trentaine de briques. Hors fade, plutôt un dédommagement pour ce malentendu. Ricotta se frotta les mains et dédia à Œil Fier un sacro-saint bras d'honneur.

– Tiens ! Et toi qui disais que c'était un tas de merde !

– Eh ben ? Il t'a fait une gracieuse concession…

– Laisse tomber, va !

– Rico', t'es vraiment naïf ! Ce mec, y fait comme les Horace et les Curiace : aujourd'hui à toi et demain à moi, et à la fin, il nous encule tous autant qu'on est !

* Célèbre actrice porno élue députée du parti radical italien.

2

LA COUR SUPRÊME DE CASSATION
LA COUR D'ASSISES D'APPEL DE ROME
(coupe)

Le grand inquisiteur Tomas De Torquemada, en 1460, s'était lancé dans une série de dissertations sur la confession et la citation du complice : *legitima, vitiosa, libera, coacta, simplex, qualificata**. Ces définitions visaient à clore de manière définitive le procès : et ce indépendamment du fait que la confession ou l'accusation correspondent à la vérité. Et, ce qui est plus grave, il légitimait, et même souhaitait, l'emploi de la torture.

Et voici le triomphe de la torture : légalisée et soumise à un cérémonial complexe, raffiné et très détaillé aux fins d'arracher l'aveu et les accusations aux complices *(coupe)*.

L'expérience de la Colonne d'infamie, le chemin de croix du commissaire à la Santé Guglielmo Piazza qui, après avoir résisté à la torture, mû par une promesse d'impunité ou de réduction de peine, indiqua comme "colporteur de la peste" le cordonnier Mora, évidemment innocent, *(coupe)* démontre que ce n'est qu'au cours du procès inquisitorial de type moyenâgeux que la confession et l'accusation des complices prennent un aspect saillant déterminant *(coupe)*, alors qu'avec l'actuelle renaissance du respect de la personnalité humaine, on parvient enfin à affirmer combien est peu intéressante, pour l'établissement de la vérité, but ultime et effectif du procès, la délation.

(coupe) Mais quel est donc le "repenti" dans le présent procès ? Qui est ce *(coupe)*, dit "Rat" à la parole duquel nous devrions confier la liberté de bon nombre d'inculpés ?

Celui-ci, criminel congénital et toxicomane, consommateur avoué de cocaïne, d'héroïne et de toute autre substance psychotrope possible et imaginable, de par ses aveux mêmes et la conduite manifestée à l'intérieur de la prison, ainsi que par l'ensemble de son comportement lors de ses rencontres avec les

* Légitime, viciée, libre, contrainte, simple, qualifiée.

enquêteurs, exprime une caractérisation mentale anormale et assurément déséquilibrée. Les difficultés d'adaptation manifestées depuis sa plus tendre enfance, sa scolarité déplorable, son incapacité à obtenir ou conserver, quand il l'avait obtenu, un travail digne, la réticence exprimée envers une maturité affective, son inaptitude à fonctionner comme un citoyen responsable, à accepter les normes sociales, son penchant pour les activités illégales, ses multiples arrestations, les troubles de sa sphère émotive, avec de fréquents épisodes maniaco-dépressifs jusqu'à ses tentatives de suicide en prison, sa tendance irresponsable à la toxicomanie, tout cela sont les composantes d'un faible d'esprit avec des traits de caractère antisociaux qui confirment amplement une anormalité psychique à un stade grave, rendue encore plus aiguë par des influences néfastes dans son entourage sous-tendues d'un déficit intellectuel qualifiable de “débilité mentale”.

(coupe) Pas plus que ne plaide en faveur d'un diagnostic favorable de développement cérébral normal de ce sujet cette circonstance rapportée par l'individu lui-même, qu'il est d'usage d'employer en tant que cobaye des toxicomanes afin de “tester” la pureté du stupéfiant qu'il entendait écouler, activité à laquelle le prévenu n'était du reste à titre personnel pas étranger.

Les nombreuses anomalies présentes dans la déposition du *(coupe)*, dit “Rat”, bien que l'on ne puisse exclure une propension du sujet au mensonge et à l'affabulation, laissent suspecter, vu l'inhabituelle consistance des récits, la quantité des divulgations accusatoires, les contradictions du discours, la confusion d'idées montrée aussi lors des activités quotidiennes dans l'étroitesse carcérale, une logorrhée paroxystique accompagnée d'une perte des idées et un état de faiblesse d'esprit de ce personnage.

Il est connu que dans la logorrhée accusatoire, le mythomane conçoit les idées de manière si rapide qu'il ne parvient pas à les dominer, donnant ainsi libre cours à une façon de penser désordonnée, où les représentations varient continuellement sans qu'un pouvoir de concentration supérieur et des tendances déterminantes soient en mesure d'exercer l'action directive qui leur incombe selon les normes de pensée logique.

(coupe) Et par conséquent, pour autant que la confusion d'idées soit considérée comme différente de la perte des idées, il

est vrai aussi que dans l'un et l'autre cas – et le *(coupe)* dit “Rat” présente ces deux aspects déviants – le résultat est un indice de conscience non lucide, d'idéation obsessionnelle, d'état délirant, de confusion dissociée et, quoi qu'il en soit, implique le manque total de fiabilité quant à l'affabulateur et à ses récits imprécis et déformés.

3

Miglianico et Vasta se trouvaient côte à côte pour la lecture du verdict lorsque les juges établirent qu'il n'avait jamais existé aucune association de malfaiteurs. Vasta se rua dicter une déclaration à la presse.

– C'est un beau jour pour moi, mais aussi pour la justice. Pour la énième fois, il a été démontré que les théorèmes construits sur les déclarations de tel ou tel repenti ne résistent pas au crible de la meilleure jurisprudence. J'espère que la leçon servira d'avertissement à tous ceux qui s'obstinent encore à persister dans des méthodes obsolètes et condamnées par l'Histoire… et je souhaite que l'imminente entrée en vigueur du nouveau code de procédure, basé sur le principe juridictionnel, mette définitivement le mot fin à l'ignoble abus de l'institution de la citation en complicité…

Les chroniqueurs notèrent diligemment. Miglianico prit Vasta par le bras, avec un petit sourire malin.

– Cher confrère, je me félicite de cet énième triomphe de la légalité…

– C'est moi qui te félicite, cher confrère, considérant que tu suis ce procès depuis quatre ans et que tu n'as jamais daigné lire un papier…

– Cher confrère, avec ton expérience, tu devrais savoir que les papiers ne valent pas grand-chose, en ce bas monde…

– Si j'étais toi, je prendrais bien garde de ne pas m'attribuer des lauriers qui ne m'appartiennent pas… en particulier en dehors de notre milieu, cher confrère…

– Mais tu plaisantes ?! Si tu savais combien m'a coûté ce procès !

– Foutaises, éminent confrère. Tu n'as pas déboursé une lire. Le verdict est clean.

– Me traiterais-tu de vantard, très cher ?

– Évidemment, très cher.

– Tu devrais être plus sportif, très cher, étant donné que la seule peine définitive, c'est toi qui te l'es récoltée !

– A dire vrai, très cher, toi aussi tu t'es pris une belle déculottée…

– Entièrement prévue, cher confrère, entièrement calculée !

– Bien le bonjour, confrère.

– A bientôt, confrère.

Mais si le délit d'association était tombé, le mérite n'en revenait ni à Vasta ni à Miglianico, ni à la légalité ni à la confraternité, ou quel que soit le nom dont on l'affuble. Le mérite en appartenait purement et exclusivement à feu ce cher Libanais. Le Dandy en était convaincu mordicus. C'était le Libanais qui avait fait table rase de toutes ces conneries qui rendaient les Calabrais et les mafieux bons pour la camisole. Piqûres d'épingle, incisions au couteau, tatouages rituels, images brûlées, coulées de cire, serments sur tous les saints du paradis... un truc du Moyen Age... Le Libanais était un homme pratique, quelqu'un qui pensait à l'avenir. Et, en effet, les juges s'étaient mis sur la même longueur d'ondes. Car dans la motivation du verdict était écrit : mais quel genre d'association est-ce si ces membres ne jurent pas ? S'ils se tuent allégrement les uns les autres ? S'ils n'ont même pas un siège social, et quand ils doivent programmer un meurtre, qu'ils se retrouvent au bistrot du coin ? Une association romaine, aurait répondu le Libanais avec son sourire inoubliable, on n'est pas des gens de chapelle et de *lupara**, nous autres ! Mais les juges, ensuite, étaient allés au-delà de toutes les perspectives agréables. Le dépôt d'armes ? Oui, peut-être y en avait-il qui s'en servaient, mais cela prouvait tout au plus que certains malfrats avaient trouvé un réceptacle commode pour leur artillerie. Et le Rat et Trentedeniers : traités comme deux charognes putréfiées. Sûr qu'un capot aussi définitif, même lui il ne s'y attendait pas ! Dans l'océan de certitudes du droit s'était aussi noyée la came de la Barbiche. Le Rat avait dit : allez-y. Mais si le Rat était taré, alors cette drogue, qui l'avait donnée à la Barbiche ? Le Saint-Esprit ? Non. La vérité est que les repentis dégoûtaient tout le monde. Y compris certains juges. Les bons. Ceux qui raisonnaient justement en vrais hommes. On aurait parfois dit qu'entre ces deux mondes, celui de la rue et celui des palais, il n'y avait pas une si grande distance. C'était aussi pour cela que le Dandy était anxieux de faire le grand saut. Dans le fond, on pouvait être égaux. Il suffisait de se mettre d'accord sur les prémisses. Le Dandy se

* Fusil à canon scié, jadis outil de base de la mafia.

versa une coupe de Crystal et trinqua à son juge idéal. Un type avec qui boire un bon coup, voire tirer un bon coup. Il vivait le plus bel anniversaire de sa vie. La villa du Sec, réquisitionnée pour l'occasion, resplendissait d'illuminations hollywoodiennes. Le Dandy s'amusait à humilier son associé par tous les moyens. Il avait biché un max devant son expression sidérée de maître de maison déclaré *persona non grata*. L'orchestre se démenait sur l'estrade et, aux morceaux plus durs, succédaient les ballades du pianiste. Sur l'organisation, ç'avait été tendu avec Patrizia. Elle s'était entichée de Venditti. Elle disait que ces chansons romantiques lui fichaient un je-ne-sais-quoi dans le corps. Lui, il aurait voulu Amedeo Minghi. En plus, avait-il bougonné, Venditti y m'plaît pas : c'est un foutu rouge. Patrizia lui avait fait écouter *Grazie Roma* et le Dandy, ému aux larmes, avait décidé de réexaminer la question. Mais lorsqu'il fit son offre au médiateur du médiateur de quelqu'un qui se disait ami personnel de la star, il s'entendit répondre qu'Antonello n'acceptait pas d'engagements pour les fêtes privées. Le Dandy songea que ç'aurait été marrant de s'acheter la maison de disques et de le virer à coups de pied au cul. Il revint chez Patrizia avec la proposition du Calife. Elle insistait : Venditti ou personne. A la fin, ils renoncèrent aux grands noms, se repliant sur quelque chose de moins astreignant. Pas pour économiser, mais pour éviter les emmerdes. D'ailleurs, ces types étaient tous d'excellents professionnels, procurés par son vieil ami Surtano. Le Dandy n'avait pas renoncé à l'idée de s'adonner au cinéma. Il finançait Surtano, qui avait une certaine expérience dans le secteur, pour mettre sur pied son projet. Ce serait une histoire de sexe et de violence. Elle parlerait de la rue. Un moyen de faire du fric en racontant l'aventure d'une poignée de mecs avec des couilles. Des gens prêts à tout. A la fin, un seul s'en tirerait. Le meilleur. Lui. Pour le rôle du héros, il avait pensé à Al Pacino. Et à ce qu'il pouvait coûter ! En attendant, Surtano avait dégoté pour la soirée une flopée de starlettes. Probable que certaines soient aussi putes à temps partiel, mais les invités avaient bien le droit de prendre leur pied. Le Dandy raquait. Il pouvait se le permettre. Le Maître se promenait tout seul dans le jardin. Le Dandy lui offrit à boire. Depuis cette soirée de l'année précédente, ils ne s'étaient pratiquement plus vus. Mais personne, côté Sicile, ne s'était jamais pointé. Le Maître le protégeait en silence. Le Maître broyait du noir. Il prit la coupe de champagne et esquissa un sourire mélancolique.

– C'est vrai que le Froid et Ricotta se sont fait baiser ?

– Le Froid s'est tiré sans payer le dernier versement et ce gentleman de Vasta lui a fait tomber son recours. Et Ricotta... ben, avec l'histoire des frères Gemito, il était fichu. Maintenant que c'est définitif, on va voir ce qu'on peut faire avec la loi Gozzini et les cumuls... un truc comme ça...

– Et les autres ? Le Buffle, l'Echalas...

– L'Echalas est en train d'achever un vieux cumul. Œil Fier doit encore payer son évasion. De toute façon, les autres comptent pas.

– Bref, mieux que ça...

– On dirait !

– Je voudrais bien pouvoir dire la même chose, moi aussi...

Le Maître était inquiet, angoissé plutôt. Il protégeait le Dandy en se protégeant lui-même. En bas, il y avait des gens qui étaient en train de perdre la boule.

– Mais en définitive, Maître, on peut savoir ce qui te ronge ? C'est ce hippie qu'ils se sont farci à Trapani ? Celui de Lotta Continua, qui causait à la radio ?

– Non. Ça, ça vient pas de nous, non...

– Réellement ?

– Juré. Non. Le problème, c'est ce juge qu'ils ont tué l'autre semaine...

– C'est pas le premier. En plus, il paraît qu'il l'a pas volé, non ?

– Oui, je crois moi aussi... Le jury était pratiquement sur le livre de paie de ceux d'en bas. Lui, il s'en est aperçu et tu sais ce qu'il a fait ? Il a barricadé les portes de la salle de délibération et les a séquestrés jusqu'à ce qu'ils donnent le verdict qu'il voulait...

– Ben alors...

– Eh, mais son fils handicapé, qu'est-ce qu'il avait à voir ?

– Ils l'ont buté lui aussi ?

Le Maître acquiesça pensivement. Il lui dit que l'oncle Carlo, quand on lui avait annoncé la nouvelle, s'était exclamé : "Le Seigneur soit loué ! Cette pauvre créature aurait dû rester seule ?"

En somme, d'après le Maître, l'oncle Carlo exagérait. Le Dandy se prétendit d'accord. Mais il était trop survolté pour se laisser coincer par son blues. Il lui offrit poliment un autre champagne, une fille, une ligne de coke, bref ce qu'il voulait pourvu qu'il arrête ses pleurnicheries. Mais le Maître, tout aussi poliment, déclara qu'il préférait rentrer chez lui.

– Ç'a été une journée difficile. Et demain, Danilo a son audition de piano.

Le Dandy le vit s'éloigner, courbé, croulant sous les soucis et les pensées. Sûr et certain que plus son fils grandissait et plus le Maître devenait gaga de lui. Lui, il n'en voulait pas, de ce genre de préoccupation. Sinon, il n'aurait pas choisi quelqu'un comme Patrizia.

4

Le DJ du Full' 80 mixa *La isla bonita* avec une musique disco déchaînée. Rossana sembla se réveiller de sa torpeur.

– J'ai envie de danser.

– A tes ordres, princesse!

Le docteur Mainardi la suivit sur la piste. Sa démarche était un spectacle. Ils s'étaient connus à une fête. Elle l'avait toisé de haut en bas. Il avait remarqué sa tendance à forcer sur l'alcool. A minuit, Rossana avait du mal à tenir debout. Mainardi était parvenu à l'isoler au bord de la piscine.

– Tu es un cocktail de jument pur-sang et de panthère aux moustaches tachées du sang de sa dernière proie…

Telle était sa phrase de préambule. Rossana avait incliné la tête d'un côté, ébauchant un petit sourire idiot. Mainardi avait pensé qu'elle était complètement beurrée. Trop pétée pour lui résister. Il l'avait attrapée par la taille et était en train de chercher à forcer ses lèvres quand, d'une ferme bourrade, elle l'avait balancé à la flotte.

– Rafraîchis-toi les idées, crétin! Jument, panthère… j'aime pas les animaux!

Mainardi ne s'était pas avoué vaincu. D'autant que le gros lot à la clé était de ceux qui peuvent vous changer la vie. Rossana était la fille d'Ugo Lepore. Le professeur Lepore. Propriétaire et administrateur unique des Maisons associées: onze cliniques de grand luxe réparties entre Rome, Florence et Bologne, plus une série d'homologues en Espagne et en Grèce. Un authentique empire de la gaze et de la curette qui un jour, en bonne partie, au moins pour un tiers, allait revenir à cette blonde de rêve qui se contorsionnait dans le cercle des lumières psychédéliques sous les yeux vicelards de bœufs de concours.

Le rattrapage avait été lent et pénible, mais il était finalement parvenu à l'apprivoiser. Le mariage était fixé pour le mois de novembre. Mainardi visait le grand chelem. Lepore éprouvait une certaine sympathie pour lui. Le Noir – après tout, mieux valait l'avoir pour ami, un type comme ça – lui avait fait comprendre que certains de ses associés seraient intéressés à investir dans les cliniques. Si la situation s'avérait propice. S'il se trouvait l'interlocuteur adapté. Mainardi s'imaginait déjà sur le pont de commandement. Il avait en tête un plan qui le caserait pour le restant de ses jours. En attendant, communauté de biens. Ensuite, après un laps de temps raisonnable, un divorce sans histoires, en personnes civilisées. Il n'avait jamais songé à passer toute sa vie à ses côtés. Il n'aimait pas Rossana. Elle ne lui était même pas sympathique. Au contraire, pour tout dire, il l'exécrait profondément. D'accord, au pieu, c'était une force de la nature. Mais à part ça… un véritable condensé des pires côtés de l'âme féminine. Cossarde, toujours ennuyée, avide de sensations fortes, inconstante, disposée à flirter avec toutes les drogues possibles et imaginables… La classique enfant gâtée d'un self-made man plus habitué à manier la massue que le bistouri. Ce soir-là, de surcroît, Rossana était plus insupportable que jamais. Problèmes de fourches et avec l'ourlet de sa jupe, problèmes de fard et avec le parfum de chez Chanel, problèmes avec une copine et avec une vente d'art, problèmes avec son père et avec ses études, perpétuellement en suspens. Problèmes avec l'univers entier qui ne se résolvait pas à se plier à l'instant à ses désirs. Eh, mais lui il allait la lui mettre, la corde au cou! Ensuite, du balai! Avec une nana pareille, tu t'en sors vivant que par une action de commando, genre prends l'oseille et tire-toi. En attendant, la danse semblait l'avoir un tantinet délestée de ses démons. Mainardi lui sourit. Il détestait danser, mais cela aussi faisait partie de son dur parcours vers les sommets. Le jeune play-boy qui virevoltait depuis quelques minutes à côté d'eux choisit ce moment pour lui atterrir sur les pieds.

– Excusez-moi!

– Faites attention!

Le jeune homme, avec un sourire triste, avait quasiment fait une courbette de regret. Mainardi prit Rossana par un bras et la traîna quelques mètres plus loin. Malgré la musique frénétique, Rossana semblait un pantin, un sourire errant sur son visage. Mainardi ne connaissait que trop bien ce sourire. C'était un signal de danger. Rossana avait remarqué quelque chose… ou quelqu'un… et ce quelque chose… ou ce quelqu'un… avait battu en brèche son éternel spleen exténué… Il suivit la direction de son regard et alla pratiquement s'écraser sur la figure du jeune play-boy. A force de mouvements et de petits pas, il avait de nouveau débarqué entre leurs pattes et cherchait à présent carrément à s'insinuer à l'intérieur de leur couple...

– J'en ai ras-le-bol! gueula-t-il dans la vaine tentative de dominer le vacarme obsédant de la rythmique.

– Je ne comprends pas!

– On s'en va?

– Pourquoi? Moi, je m'amuse!

Ça se finit que Rossana amena le play-boy à leur table.

– Je ne voudrais pas déranger...

– Mais vous plaisantez! Buvons quelque chose ensemble, quel mal y a-t-il?

– Vous préférez peut-être rester seuls...

– Mais non, venez donc, asseyez-vous!

Il devait en plus faire bonne figure. Rossana aimait le provoquer autant qu'elle détestait être contrariée. Il aurait volontiers effacé à coups de latte le sourire mielleux de la frimousse imberbe de ce mouflet siglé Giorgio Armani. Mais il ne pouvait se permettre de faire une scène. Elle ne lui aurait pas pardonné. Ç'aurait été comme marquer dans ses buts à la quatre-vingt-dixième minute. Le minet était petit, sans un poil ou un cheveu pas à sa place, naturellement charmant. Il déclara s'appeler Pietro. Étudiant en droit, deuxième année en auditeur libre. Rossana rit et commanda du champagne.

– Si vous permettez, vous êtes mes invités, s'empressa le drôle, mais auparavant... si vous voulez bien m'excuser... je dois passer un coup de fil.

Mainardi le suivit du regard. Comme il se l'était imaginé, le type se dirigea vers les toilettes.

– Je reviens tout de suite.

– Qu'est-ce qu'il y a? ricana Rossana. C'est l'heure de la prostate?

Ah, ah, ah. Marre-toi, marre-toi, ma belle. Je vais te l'arranger, ton jeune étudiant. Le type était en train de s'essuyer les mains. Il le vit arriver dans le miroir et se retourna avec une expression embarrassée. Mainardi s'approcha tout souriant et, lorsqu'il fut à sa portée, il l'envoya valdinguer contre le lavabo. Dans les yeux du gamin passa un éclair de méchanceté authentique. Mainardi était trop pris par sa mission pour y faire gaffe.

– Écoute-moi bien, connard. Tu fais chier. C'est clair ?

Le jeune homme vérifia que sa veste n'avait pas subi de dommages, il passa une main sur ses noirs cheveux raides et écarta les bras.

– Vous pouviez me le dire plus gentiment...

– Tu nous lâches la grappe. Maintenant. C'est clair ?

– Peut-être que la demoiselle n'est pas de votre avis...

– T'es encore là ? Tu vas piger, oui ou non ? Ouste, de l'air ! *Raus!*

Le garçon ne semblait pas troublé le moins du monde. Au contraire, il avait l'air de s'en payer une bonne tranche. Voilà un développement que Mainardi n'avait pas prévu. D'ailleurs, une bourrade était une chose, un corps à corps une autre. L'accrochage physique n'était pas son fort. Si ça se trouve, le drôle était ceinture noire de karaté. Et puis se bagarrer aurait été hautement inconvenant : il ne pouvait risquer une scène, on imagine une rixe ! Mais il était désormais allé trop loin. Un autre faux pas et ce nabot allait lui rire ouvertement au nez. Et comment le prendrait Rossana ? Il décida de changer de méthode.

– Écoute, dit-il tout sucre et tout miel, mets-toi à ma place... T'es en train de passer une bonne soirée en agréable compagnie quand, tout d'un coup, déboule un petit con qui se met à faire du plat à ta fiancée...

– Ben, c'est vous qui m'avez invité ! soupira suavement le jeune homme.

Mainardi se fâcha pour de bon.

– Maint'nant tu me les casses ! J'appelle illico le Noir et je te fais virer à coups de pied au cul !

– Le Noir !

– Oui. C'est le proprio. Et c'est quelqu'un qui plaisante pas, cher étudiant de mes deux !

Le garçon réfléchit un instant puis il haussa les épaules et lui tendit la main.

– Ça va. J'ai fait une connerie. Excusez-moi. Sans rancune ?

Sans rancune. Mainardi retourna à sa table tout ragaillardi. Rossana n'avait même pas touché au champagne.

– Et ce garçon ?

– Ah, lui… Il te salue, mais il a dû s'en aller…

– C'est toi !

– Moi ? Mais qu'est-ce que tu racontes ! Je l'ai croisé et il m'a prié de te dire… Mais où vas-tu ?

Rossana avait attrapé son sac et s'était levée brusquement. Mainardi balança sur la nappe trois billets de cent et lui courut après. Dans la rue, il la retrouva à l'oreille, guidé par le claquement de ses pas furieux sur le pavé.

– Rossana, mon amour !

Le coup vint par derrière, à la base de la nuque. Il tomba sur les genoux, assourdi comme si on lui avait tiré directement dans les oreilles un pétard du nouvel an et, une seconde plus tard, il sentit dans sa bouche quelque chose de métallique. Un objet dur, avec un goût écœurant d'huile rance. C'était le canon d'un pistolet. Mainardi tenta désespérément de relever la tête, mais il prit un deuxième coup, puis un troisième, et l'arme lui écrasait la gorge, et il manqua s'étouffer avec une montée de vomi.

– Fais gaffe à pas me salir, andouille !

Le garçon avait retiré le pistolet et était en train de vérifier qu'il n'avait pas été atteint par quelque éclaboussure. Mais tout était parfaitement en ordre. Le jeune homme arma le pistolet et le lui posa sur la tempe. Mainardi vomit encore.

– A présent, écoute-moi bien. Si je te bute pas tout de suite, c'est juste parce que j'ai pas envie de tacher mes sapes. C'est un beau costard et j'aimerais pas l'abîmer. Tu sais, le sang, ça passe, mais les bouts de cervelle, eux, ils s'en vont vraiment pas !

Mainardi se mit à chialer. Le drôle soupira et mit le cran de sûreté.

– Allons, allons, courage ! Pour cette fois, tu t'en tires à bon compte. Mais si je te revois une autre fois, t'es un toubib mort. Et va te laver, que t'es dégueulasse !

Le garçon le prit par les aisselles et l'aida à se relever.

– Autre chose. Si tu vois le Noir, dis-lui que le Minot lui envoie le bonjour !

Mainardi chercha Rossana du regard. Elle était appuyée à sa Volvo, une clope au bec. Elle ne semblait pas le moins du monde choquée par le spectacle auquel elle venait d'assister. Le gars rengaina son pistolet et s'approcha d'elle.

– T'as la frousse ?
– Pas du tout !
– Je te raccompagne chez toi ?
– Si vite ?
– Propose, alors...
– Je veux voir la mer !
– J'aime bien la mer...
– On peut prendre ma voiture...
– Tu mérites quelque chose de mieux.

Le Minot taxa pour elle la Testarossa jaune d'un Arabe et l'amena à Fregene. Ils se promenèrent sur la plage main dans la main. Le Minot lui raconta son histoire. Elle lui dit qu'à quatorze ans, elle avait fugué de chez elle avec une copine. Elles avaient vécu ensemble pendant trois mois. Sa copine se shootait. Pour se payer la dope, elles avaient fait le tapin et un film porno.

– Je suis riche, déclara-t-elle.
– Moi aussi. J'aime le fric...
– Et à part le fric ?
– Un tas d'autres choses. Les bagnoles. Les fringues. Danser. Les chats. La dope. L'odeur de la mer. L'émotion. Les belles femmes. Mais je te préviens : je suis infidèle et un peu branque.
– Je pense qu'on va bien s'entendre, nous deux !

Ils firent l'amour dans la pinède. A l'aube, il la ramena chez elle, puis il gara la Testarossa à l'endroit où il l'avait prise.

Mainardi se pointa chez le Noir avec la tête bandée. Rossana était introuvable. Son père lui avait dit qu'elle avait quitté la maison. Le Noir se cogna ses jérémiades en soupirant et, à la fin, il lui communiqua froidement que ses malheurs le laissaient complètement indifférent.

– Je suis pas un entremetteur, toubib...
– Mais c'est ma femme !
– C'était. Maintenant, elle est avec le Minot.
– Qu'est-ce que je dois faire ?
– C'est à moi que tu demandes ? Reprends-la, si t'en es capable. Mais si tu veux un conseil, laisse tomber. Le Minot est un type qui a le cœur à droite !

5

Les deux individus qui étaient venus le chercher une heure auparavant – tout petits, taciturnes, vénéneux et probablement manouches – le déposèrent devant une porte dont la plaque mentionnait “privé”, lui faisant comprendre que leur tâche s'achevait à ce moment précis. Scialoja fouilla dans ses poches, comme s'il cherchait de la monnaie pour le pourboire. Quelque chose dans le regard tranchant du gitan le plus petit lui suggéra qu'il était préférable de pas trop faire d'humour. Il entra sans frapper.

– Viens t'asseoir, ordonna le Dandy.

Scialoja alluma une cigarette. Quelques mètres en dessous d'eux, dans le luxueux restaurant du Full' 80, assassins et puissants travaillaient de la fourchette fraternellement côte à côte, en attendant de se transférer dans la discothèque contiguë. Avant qu'ils ne l'escortent chez le boss, il avait vu une princesse de sang royal partager pain et sel avec Botola. Le Noir, en tête à tête avec un présentateur connu de la télévision, avait ironiquement levé son verre en signe de salut, pour se remettre ensuite aussi sec à chipoter avec les restes d'une coupe de caviar. Et encore : deux cover-girls, si l'on peut dire, qui faisaient mine de se tordre de rire aux vannes incompréhensibles d'un gros Arabe à lunettes polaroïd. Un ministre en exercice, visiblement pompette, qui pelotait deux dames aux nichons débordants. Une légion de gardes du corps qui bivouaquaient dans les étroits recoins du restaurant, sans s'efforcer le moins du monde de passer inaperçus. Un gamin au visage net l'avait regardé fixement dans les yeux en murmurant quelque chose de spirituel à une blonde à l'air ennuyé. Elle s'était esclaffée : un rire rauque, de gorge. Un éclat de rire bruyant.

– Viens t'asseoir ! répéta le Dandy comme quelqu'un qui épuise sa déjà chiche réserve de patience.

Scialoja tentait de se rappeler où il avait déjà vu ce blanc-bec. Un visage trop sage pour être vrai. Mais il avait beaucoup bu, durant l'après-midi, il arrivait à grand-peine à mettre au point les images, et même s'il s'en était souvenu, à quoi ça aurait servi ? Il resta debout, savourant une bouffée après l'autre. Le Dandy soupira.

– Comme tu veux. Donc, il s'agit de ce…

– Laisse-moi deviner : tu as décidé de te repentir et t'es sur le point de vider ton sac…

– Et je le ferais avec toi ? rigola le Dandy. Mais tu t'es regardé ? On dirait un clodo !

Scialoja considéra son pull pendouillant, ses jeans qui avaient un besoin urgent de passer à la machine, sa barbe de deux jours. Le Dandy n'avait pas tort. Dernièrement, il s'était laissé aller. Il continuait à se répéter qu'il ne s'agissait que d'une phase transitoire. Mais lui le premier, il commençait à en douter. Il regarda autour de lui et élut un fauteuil en cuir rouge voisinant avec un bureau d'époque.

– Oh, enfin ! Donc, je n'ai pas beaucoup de temps, alors écoute-moi bien : les mecs qui vous cassent les couilles, soit on les achète, soit on les élimine…

Le Dandy citait Machiavel !

– Et ça, d'où ça sort ? le provoqua-t-il.

– De l'expérience. Et de cette cervelle ! rugit le Dandy en s'effleurant la tempe de l'index. Mais qu'est-ce que je perds mon temps avec toi ! Avec tout c'que j'ai à faire… donc : éliminer un type comme toi, à l'heure actuelle, c'est pas très glorieux. T'es pratiquement cassé. Fini. Foutu. T'as deux condamnations en appel et une tripotée en souffrance. On t'a saisi jusqu'à ton matelas. En tant que policier et en tant qu'homme, tu vaux pas un kopeck. Et tu l'as pas volé, parce que t'en as fait chialer un paquet ! A ta place, je m'tirerais une balle et salut la compagnie ! Ensuite, t'acheter, c'est pas non plus franchement une affaire. Pourtant, dans tout ça, t'as aussi une sacrée veine. Parce que, comme disait le film, “là-haut quelqu'un m'aime”… et bref, tu me comprends, non, poulet ?

Dandy tapa de la main sur le bureau.

– Je t'achète. En deux mots : j'ai décidé que tu vas bosser pour moi !

Scialoja éclata de rire. Le Dandy se détendit contre son dossier.

– Rigole, rigole, *che mamma ha fatto gli gnocchi !*[*] Oh, mais rien de sérieux, hein, nous montons pas la tête ! Après tout, t'es

---

[*] “Puisque maman a fait les gnocchis” : façon éminemment romaine de dire “Tu fais bien de rigoler !”

toujours un traître! Si tu savais la plaie que ç'a été de convaincre les autres! Mais en fin de compte, quand le Dandy se met un truc dans le crâne… Des petits boulots, comme ça, juste pour te payer la chatte que t'aimes tant…

Scialoja ferma les yeux et tenta d'évaluer froidement la situation. Il avait envie de crever le bide de ce gros bâtard. Une envie lancinante, presque douloureuse. Il devait bien y avoir un flingue quelque part. Lui sauter dessus. L'immobiliser. Chercher l'arme, ou se faire dire où elle était. S'en servir. Le buter là, dans sa tanière. Là où il se sentait le plus en sûreté. Et puis merde. Il pouvait invoquer la légitime défense. La voix du Dandy s'estompa en un murmure malin.

– Je sais à quoi tu penses. Tente seulement le coup. Et t'es mort. Cette fois-ci, c'est pas comme chez Patrizia. Accepte, et j'te sauve la vie deux fois. Essaye et… pan pan… t'es mort!

Le Dandy mima le geste du pistolet. Scialoja serra les poings. Personne ne croirait jamais à la légitime défense. Ils lui fileraient perpète. Un de ses potes l'égorgerait sous la douche. Il devait survivre. Un photogramme de Patrizia – sa façon de raccrocher son soutien-gorge, après l'amour – lui arracha un vague sourire.

– Alors?

– J'y réfléchirai.

C'était elle le bref triomphe et elle la longue dérive. Quelque part, chez lui, il devait y avoir une bouteille. Le Dandy s'était plongé dans une espèce de grand registre. Il leva un regard distrait.

– Et quand tu seras décidé, envoie-moi une carte postale!

Au bar de la discothèque, on lui annonça qu'il était invité par la maison. Il insista pour payer son double whisky. Les gitans se matérialisèrent derrière lui. Il les suivit, docile. Au centre de la piste battue par les lumières psychédéliques, il tomba nez à nez avec le minet et la blonde sophistiquée.

– Je te connais, cria-t-il en cherchant à dominer le vacarme du disco.

– Pardon?

– Tu es le type qu'on appelle le Minot.

– Je ne vous entends pas!

Il s'agrippa à la blonde.

– Votre petit ami est un assassin, vous savez ?

Elle secoua la tête avec un sourire gêné. Les manouches le soulevèrent par les épaules. Quelque part chez lui, il devait y avoir une bouteille.

1989

La liberté

1

Ainsi va la vie. Telle est Rome. A la place du troquet où t'étais le roi, un snack bondé de morveux qui s'en tamponnent de toi. Au cercle, des visages nouveaux qui, quand tu leur adresses le bonjour, t'esquivent pire que si t'étais séropositif. Coups d'œil à la dérobée, rires sous cape. Tous à faire leurs petites affaires, le doigt sur la couture sous la botte du Dandy, ce très grand bâtard. C'est la vie. C'est Rome. T'es au trou et tu te dis : dès que je sors, je vous remets au pas. Tu sors et t'es plus personne. Le respect meurt avec la taule. Avec deux ronds dans ta sacoche et en dedans une telle rage que, si un serpent à sonnettes te mord, c'est lui qui crève. L'Echalas se sentait comme le Russe de Porta Portese qui lui avait vendu le flingue : un survivant. Ce mec fuyait le communisme, lui la chance. Et le passé. Oui, un rescapé. Avec des pièces au fond de sa culotte. Avec sa baraque sous séquestre. Contraint à dormir dans des foyers derrière la gare. Le Makarov et un sachet plein de cartouches lui avaient coûté presque tout son liquide. Il n'aurait pu trouver mieux qu'en échangeant sa Rolex. Mais plutôt mourir avec sa Rolex que vivre sans. D'abord, il frappa chez le Sec. Le Sec lui rappela que la société était dissoute. Pour les problèmes de fade, qu'il s'adresse au Maigriot.

– Et qu'esse-tu dis si maintenant j'te bute ?

– Et qu'esse-t'y gagnes ? Ici, tu trouveras pas de cash. T'as plus vite fait de monter un braquage !

– Je le tue, ce bâtard. File-moi un coup de main, Sec !

– Je vais y réfléchir. Toi, en attendant, fais pas de conneries.

A peine l'Echalas sorti, le Sec prévint le Dandy. Et qu'esse-t'y gagnes à sponsoriser un zéro comme l'Echalas ? Il suffit de voir l'état où il est réduit pour piger qu'il lui reste de quoi vivre pour deux, maximum trois jours. Le Dandy allait lui être reconnaissant pour le tuyau. Cette manifestation de loyauté l'impressionnerait favorablement. Petit à petit, sa méfiance était en train de se relâcher. Le coup final… car il ne faisait pas de doute que tôt ou tard, il y aurait un coup final… devait arriver comme l'ange de la fable, qui passe et dit amen, et le méchant gamin reste la bouche ouverte, sans plus pouvoir la fermer…

Le Dandy envoya Botola parlementer. L'Echalas était maigre à faire peur, la barbe longue et les yeux hallucinés. Botola lui passa une dizaine de plaques. L'Echalas cracha sur le fric et flanqua le feu à un billet de cent.

– Avec cette misère, tu veux m'acheter, Botola ? Putain, t'es salement dans la mouise ! Le pingouin et toi, on dirait Don Quichotte et Sancho Pança !

– Qu'est-ce que tu veux exactement ?

– Je veux trente pour cent, un passeport et un billet pour l'Amérique du Sud...

– Tu veux te tirer... comme le Froid, hein ?

– Plutôt se casser que lécher le cul de ton patron !

– Trente, c'est trop, Echalas...

– La liberté coûte cher !

– Trente, c'est une vacherie, Echalas...

– Un bout de plomb, c'est encore pire, Botola !

Botola rapporta fidèlement le message. Voir un vieux camarade réduit à une telle dèche l'avait apitoyé. Il eut un mot gentil pour l'Echalas.

– Pour moi, c'est juste un défoncé. On lui file deux cents briques, on le met sur le premier vol pour Rio et adieu Berthe !

Le Sec eut recours à sa douce perfidie.

– Mais oui, il est isolé, il ne fait peur à personne... Il trouvera pas un clebs pour le suivre... Il doit être drôlement dans la panade ! Toutes ces menaces... Sûr, Dandy, qu'il doit vraiment pas te porter dans son cœur ! Bref, un moitié cinoque pareil, est-ce qu'il faut le laisser en circulation ?

Dandy fixa le Noir.

– Moi, ça m'est égal. Je dis seulement que ce qui doit être fait doit être vite fait. Et bien.

– C'est un vieux camarade... insistait Botola.

Dandy comprit que la décision lui appartenait à lui et rien qu'à lui. D'ailleurs, il était le chef. Comment se seraient comportés à sa place le Libanais et le Froid ? Question oiseuse. Le Libanais et le Froid n'auraient jamais dissous la société. Il avait raison, Botola : l'Echalas était un vieux camarade. Mais combien de vieux camarades étaient tombés chemin faisant par la main d'autres vieux camarades ? Y avait-il encore quelqu'un pour les regretter ? Qui se souvenait de Satan ? Et Trentedeniers, le salaud ? Est-ce qu'il n'était pas lui aussi un vieux camarade ? Et il n'avait pas hésité à les trahir ! Vieux camarade est une expression privée de sens. Juste camarade, c'est déjà autre chose. Mais qui est dans le juste, et qui dans le faux ? Le Froid n'y avait pas réfléchi à deux fois avant de descendre le jumeau Bouffons. Ouais. Mais le jumeau Bouffons truandait. Le jumeau Bouffons violait les règles. L'Echalas, lui, le pauvre, se sentait victime… Mais victime de quoi ? Vite vu : le Dandy avait fait fortune et lui, il était resté un minable. Et qu'il s'en prenne à Dieu le Père qui avait lésiné sur sa cervelle ! Est-ce qu'ils le lui avaient pas fait comprendre par tous les moyens, que pour aller de l'avant, il faut raisonner, investir, faire tourner le fric… Ce malfrat de mes deux, il s'était sniffé plus de coke qu'un éléphant et maintenant, de quoi il se plaignait ? S'il était venu humble et penaud demander de l'aide, à la rigueur… Et en revanche… cette arrogance… cet air de défi… Il se disait peut-être, l'Echalas, que comme il s'apprêtait à devenir un citoyen respecté, le Dandy avait oublié ce qu'est la rue ? Il le croyait ramollo parce que ça faisait des années qu'il s'était pas servi d'un flingue ? Et alors ? Tirer, c'est comme conduire une bagnole : t'apprends une fois et c'est pour toujours. Et trêve de blabla, d'abord ! Il était le chef. Il avait décidé.

– Ou nous ou lui, conclut le Dandy, mais faut qu'on étudie bien notre coup. On sera les premiers suspects. On le fait d'ici deux jours. Le Maître loue le Full pour l'anniversaire de son fils…

Les carabiniers débarquèrent à l'Alberone un quart d'heure après le crime. L'Echalas était encore chaud et il y avait même un témoin oculaire, un petit vieux qui sortait de l'épicerie avec un litre de lait et n'en finissait plus de pleurnicher de trouille. Il dit qu'une moto de grosse cylindrée était arrivée. Les deux hommes dessus avaient des combinaisons noires et un casque intégral. Celui de derrière avait tiré deux fois dans le dos et le monsieur tout maigre était tombé et il ne s'était plus relevé. L'enquête atterrit sur la table du substitut de service, un papy qui n'avait même pas pris la peine de se bouger les miches pour le repérage rituel. Avec Scialoja en disgrâce et Borgia aux trousses des boutiquiers coupables de gratter sur les taxes, un meurtre tel que celui-ci, tout le monde s'en foutait. Trentedeniers, qui avait lu la nouvelle dans un entrefilet du *Messaggero*, écrivit une lettre au procureur: c'est le Dandy. L'Echalas était sorti de taule pauvre comme Job et voulait se venger. Les autres ont agi avant. D'autres macchabées allaient suivre. Mais Trentedeniers était, notoirement, un témoin peu fiable, disqualifié, psychopathe et *tutti quanti*. Deux agents vérifièrent tout de même. Le Dandy, trouvé en pleine soirée au Full' 80, très aimable, offrit à boire et leur balança dans les gencives la vidéocassette de la fête d'anniversaire: pendant que l'Echalas avalait son bulletin de naissance, l'état-major de l'empire du Mal trinquait à la santé du gamin. S'ensuivit un preste archivage "les auteurs du délit demeurant inconnus".

Œil Fier termina sa peine juste le jour de l'enterrement. Avant de retirer son sac et sa paie, il passa saluer Ricotta. Ricotta pleurait son ami mort. Œil Fier lui asséna une bourrade sur l'épaule.

– Mais vous ne vous parliez plus!

– Qu'esse ça a à voir! C'était toujours un pote!

– On dit que le Dandy a envoyé deux gars du dehors... des Napolitains, il paraît. Il leur a filé cinquante plaques et ils ont fait le boulot.

– J'y crois pas. Le Dandy peut pas avoir fait un truc pareil!

– Pfff... tu vas voir que maintenant, l'Echalas y s'est suicidé!

– Pas le Dandy. Il est juste... Je connais ceux qu'il a autour... des bâtards!

Œil Fier se marra un bon coup.

– 'O Rico'... tu sais que tu me rappelles le Libanais? Une fois, on était en train de parler de Mussolini...

Ricotta fronça le nez.

– Eh, le Libanais! C'est sûr qu'il était vachement fan de Mussolini!

– Hein! Bref: le Libanais causait, et causait, et le Duce par-ci, et le Duce par-là, et il a fait les chemins de fer, et il a fait les assainissements, et la bataille du blé, et les maisons, et les quartiers... Oh Libanais, je lui ai dit, mais s'il était si fort ce Mussolini, comment ça se fait qu'ils l'ont pendu comme une génisse? Et lui, tu sais ce qu'il m'a répondu?

– Qu'esse qu'il t'a répondu?

– Et il m'a répondu: c'est ceux qu'il avait autour! Ils l'ont trahi! Lui, certains trucs, il les savait même pas... il avait pas le temps ! Lui, il pensait au destin de la Nation… Et moi, tu sais ce que je lui ai dit ? Je lui ai dit : écoute, Libanais, ça s'est peut-être passé comme ça, mais si un chef sait pas choisir ses hommes… alors, c'est sa merde !

– Je sais pas, Œil Fier… Moi je dis que si le Libanais était encore là, une chose pareille, elle arrivait pas non plus… et si le Froid était là, elle arrivait pas non plus… Il me semble que ceux qui viennent derrière sont de pire en pire…

– Oh, Rico', on dirait que toi, Pasolini, il t'a pas fait du bien !

Ils s'embrassèrent.

– Maintenant, qu'esse-tu fais ? demanda Ricotta.

– Je décarre. Après, on voit !

Lorsqu'il apprit pour l'Echalas, le Buffle écarta les bras.

– Il parlait trop !

– Amen ! rigola le Comte Ugolino.

Et il attaqua d'une puissante morsure le cuissot de sanglier qui sortait juste du four des cuisines.

2

Ça commença par un élancement au bras droit. Puis il y eut la perte d'équilibre, le tourbillon dans les yeux, et enfin la chose la plus dure à supporter : l'évanouissement de ce sentiment d'invulnérabilité, de cette perspective d'éternité qui ne l'avait jamais abandonné tout au long de sa plutôt longue vie. Le Vieux eut de la chance : sa secrétaire avait passé la tête pour lui dire bonsoir. Elle le vit cyanosé et râlant, une main sur l'automate du Joueur d'échecs et l'autre sur la piazza del Popolo de Piranèse, et une demi-heure plus tard, le directeur de l'unité de réanimation le déclara hors de danger. En définitive, une chose légère. Une défibrillation n'avait même pas été nécessaire.

– Maintenant, repos, j'insiste. Repos absolu. Annulez tous vos engagements et ne vous laissez pas prendre par des idées bizarres. Cette fois-ci, vous vous en êtes tiré, mais la prochaine fois pourrait être la bonne !

Malédiction. Avec toutes ces choses qu'il avait encore à faire. Toutes celles qu'il n'avait jamais faites et qu'il reportait sans cesse. Toutes les occasions ratées, les regrets cachés au fond d'un recoin du cœur… Au mot cœur, il fut saisi d'un accès de fureur. L'avertissement était comme un coup bas à la clepsydre, une brutale accélération vers le précipice, un déchirement palpable de sa peau de chagrin… Y avait-il un sens à tout cela ? Était-ce la voix de Dieu qui frappait à sa conscience ou la banale usure d'un vieux machin corrodé par le temps ?

Z alla le trouver le troisième jour. Bien qu'il se montrât prévenant, on voyait qu'il était déçu de sa prompte guérison. Z aspirait à sa succession. Pour lui glisser une peau de banane, il était même prêt à virer à gauche. Mais le Vieux reprenait crânement des forces. Il s'était persuadé qu'en fait, derrière le signal, il y avait un message. Dépêche-toi, disait cette voix. Hâte-toi autant que tu peux. Mais fais juste ce que tu veux vraiment. Des années auparavant, si on lui avait posé la question fatidique, il aurait répondu sans hésiter : je veux tout et tout de suite. Le monde entier. Le pouvoir absolu. L'éternité. Avec le temps, la gamme de ses ambitions s'était dangereusement rétrécie. Mais l'intensité de son désir s'était démesurément dilatée. Il éprouvait parfois une violente douleur physique, aiguë. Voilà où les extrêmes se rejoignaient, et son infarctus devenait une injonction désespérée. Dépêche-toi. A présent, il voulait de la jeune chair fraîche. Il voulait une collection de tableaux d'époque à pouvoir admirer tout seul, dans le silence ouaté de son bureau. Il voulait une Coppélia grandeur nature, avec un mécanisme à rouleau incorporé jouant les musiques originales de Léo Delibes. Il voulait se baigner nu à Marrakech. Il voulait s'en aller dans une grande bâfrée de plaisir, avec un ultime éclat de rire charognard. Tout ce qu'il voulait avait un prix. Des plus élevés. Et surtout, il voulait jouer, nom de Dieu, jouer. Le Vieux se fit amener un téléphone.

Le premier cercle à être fermé fut celui de la via Merulana. Les machines à sous furent mises sous séquestre et sous scellés, le gérant, un vieux voleur avec trente ans de taule sur le dos, inculpé d'exercice des jeux de hasard et de violation de la liberté surveillée. En l'espace d'une semaine tombèrent l'Ostiense, Pietralata, via Livorno, les Prati Fiscali et les Orti di Trastevere. Hors de lui, le Dandy fit une scène à Miglianico. L'avocat rencontra Z dans le parc du Jardin botanique. Le barbouze fumait un long cigare cubain et était d'une humeur de dogue.

– Je suis en dehors de cette histoire. Ordres du Vieux. Faut que vous parliez avec le Poilu.

– Comment va le Vieux ?

– Il disjoncte. Heureusement que la retraite est proche.

Le Poilu était le dernier chef-d'œuvre du Vieux. Moitié camorriste : récuré juste ce qu'il fallait pour ne pas déparer dans certains milieux mais avec un fond de brutalité innée qui le rendait précieux en cas de négociations, disons, compliquées. Lorsque le Dandy apprit de vive voix que, pour assurer une protection aux cercles, le Poilu exigeait vingt pour cent du bénéfice net sur les machines à sous, il le colla au mur. Le Poilu se libéra par une prise de judo qui expédia le Dandy de tout son long sur le sol. Ils étaient dans le cabinet de Miglianico. Le Dandy se releva en brandissant un lourd cendrier en onyx. L'avocat s'interposa. Qu'ils essaient d'être raisonnables. De trouver un accord. La guerre ne profitait à personne. Ni au Dandy, qui risquait de voir sérieusement compromise sa principale source de revenus, ni au

Poilu et sa bande, car si les cercles débarrassaient le plancher, le préjudice serait réciproque.

– Si la vache ne donne pas de lait, que boit le paysan ? conclut Miglianico en se remémorant ses lointaines origines de Ciociaria.

Mais le Dandy ne lâcha pas. Le Poilu prit congé en levant le majeur et garantit qu'ils auraient de ses nouvelles. Le Dandy chercha par tous les moyens un contact direct avec Z, mais celui-ci déserta même deux réunions de la confrérie. Une semaine plus tard, ils arrêtèrent le Noir et lui collèrent un prétendu blanchiment. Le Dandy comprit que l'autre était le loup, et il se rendit chez le Poilu avec la mine de l'agneau.

– C'est bon. Mais entre-temps, comme t'as été un gros vilain, les vingt d'avant sont devenus trente pour cent.

Le Dandy raqua. Il écumait de rage, mais le Poilu n'était pas l'Echalas. Le Poilu, on ne pouvait pas y toucher. Le Poilu, d'un certain point de vue, était un associé. Mais qu'est-ce que ça lui pesait ! La vie d'homme d'affaires était en train de devenir pleine de désagréables surprises. Il songeait parfois que, criminel, il vivait bien mieux. Mais il lui fallut peu de temps pour se remettre de l'histoire du Poilu. La valeur des terrains en Sardaigne avait enfin explosé. Toutes les ventes avaient été conclues. Le Maître lui avait proposé de réinvestir sa part des bénéfices.

– Ça roule aussi si tu te retires. A Palerme, ils disent qu'il n'y a pas de problème.

– Alors, si tu permets, je me retire.

Qui aurait renoncé à pareille occasion ? Un autre pas vers la liberté !

3

La liberté ? C'est ne pas avoir de limites.

Le Buffle sortit de l'asile le jour où les jeunes Allemands mettaient en morceaux le Mur de Berlin. Cinq jours de permission, obtenus grâce à l'intercession d'une nonne sensible et à l'autorisation du professeur Cortina, qui jurait sans vergogne de l'absence de dangerosité sociale. L'étreinte du comte Ugolino le broya presque. Turi Funciazza se contenta d'une demi-poignée de main. Le Sicilien flippait. La cassation était proche. La perpète se profilait. Le Buffle lui offrit un dernier flacon de coke. Ils se firent une ligne, puis le Buffle déclara qu'il avait besoin de ses conseils pour une question de règles.

– Allons-y, concéda le Sicilien d'un air ennuyé.

– Turi, qu'est-ce qui se passe si quelqu'un qui n'est pas de la famille tue quelqu'un de la famille ?

– Et qui c'est, ce con ?

– C'est pour dire… Qu'est-ce que vous lui faites ?

– Et y'a besoin de demander ? La famille, c'est la famille, et ceux qui sont en dehors, c'est de la merde. Putain, romain, parle clair !

– Le Dandy, scanda le Buffle en le fixant dans les yeux.

Turi laissa échapper une espèce de grognement perplexe.

– Le Dandy n'est pas de la famille…

– Alors, aucun problème…

– Mais c'est un ami de la famille…

– J'ai compris. Faut une autorisation ?

– Quelquefois oui, quelquefois non. Faut demander…

– Ben, moi, je te le demande à toi !

– Qu'est-ce qu'il faut que je te dise ? Le Dandy est un ami de l'oncle Carlo, mais l'oncle Carlo est au trou… et tout le monde à Palerme pense pas comme lui… Dehors, maintenant, la chose est aux mains du Maître… Faut parler avec lui… Quelquefois, on te dit que c'est pas la peine d'insister… Ou alors, la famille te rend ce service et toi, tu dois rendre un service à la famille… Je te tiens au courant…

Dehors l'attendait une Mercedes flambant neuve. Cadeau du Sec. Le Buffle refila son sac à dos au gitan balafré qui l'avait salué d'un signe respectueux et se dirigea à pied au Bar de la Lune. Deux ans et demi de taule. Six d'asile. Les procès. Les verdicts. La rage. La résignation. Encore une nouvelle rage, plus résolue. La pensée. L'enseigne du petit bistrot l'attirait comme un aimant. Durant six longues années, il l'avait observée depuis la fenêtre de la salle commune. Il avait vu vieillir et se courber le vieux taulier. Sa femme, une petite dame vêtue de noir, avait un jour disparu. Pendant une semaine, le bar était resté fermé. Une affiche cernée de deuil sur le rideau de fer. Puis le tenancier avait rouvert, plus courbé et marqué que jamais. Les matons entraient en groupe et sortaient en se grattant entre les jambes. Le soir, avant la fermeture, une putain triste s'arrêtait pour compter les sous de sa dernière grappa. Étés, printemps, hivers, automnes... soleil et neige... saisons passées à observer. A rêver. Le goût du vin, il le sentait déjà dans son cœur. La liberté est une cuite. Devant l'entrée, le Buffle hésita. La liberté est comme une cuite. Il écarta le rideau, comme pour lorgner à l'intérieur, puis il le laissa retomber. Il n'avait pas envie de boire. Le peu de temps qui lui avait été concédé, il voulait le dilater à l'infini. Il voulait récupérer le temps qui lui avait été volé. Tout le temps du monde, il voulait. Une permission n'est pas la liberté. Quant au passé, que tout reste comme il l'avait imaginé. Dans son souvenir. Cuite comprise. Le Buffle revint à la Mercedes. Une lassitude infinie rendait ses mouvements d'une lenteur exténuante.

– Amène-moi voir le Sec, ordonna-t-il au manouche.

Puis il régla le dossier et ferma les yeux. Durant tout le voyage, ils n'échangèrent pas un mot. Le gitan avait mis une cassette de musique flamenca. Bercé par violons et guitares, charmé par les voix plaintives de femmes pleines de fougue, le Buffle plongea dans un pesant sommeil sans rêves.

Le Sec l'étreignit, en mimant pour rire le geste d'une torgnole.

– Situation comptable.

Le Sec lança un chiffre. Le Buffle alluma une cigarette.

– Si peu ?

Le Sec attaqua son habituelle litanie. Avec tout ce qui se passait, c'était un miracle qu'ils n'en soient pas réduits à la famine. Le Dandy était devenu une bête. On pouvait plus le raisonner. Il vérifiait jusqu'à la dernière lire, il fourrait son nez partout, il pensait qu'à ses affaires, et aux autres, il leur laissait que des miettes. Il était pire qu'à l'époque du Sarde. Pire que dans la nuit des temps. Et ceux qu'étaient pas d'accord finissaient comme ce pauvre Echalas. Un dictateur : voilà qui était désormais le chef. A ce train-là, tout ce qu'ils avaient bâti allait se réduire à un tas de ruines. Le Buffle le coupa d'un geste résolu.

– Je veux cinquante pour cent cash et des papiers en ordre.

– Tu rentres pas ?

– Non.

– Ils vont te rechercher...

– Combien de temps tu mets pour tout me procurer ?

– Deux, trois jours...

– C'est bon. D'ici trois jours. Au Champignon. Envoie-moi le manouche. Je le trouve sympa.

Le Sec essuya une goutte de sueur.

– Et... le Dandy ?

– Envoie-lui le bonjour. Dis-lui que pendant quelque temps je prends l'air. Je veux pas créer de problèmes.

Le Sec jouait son rôle de médiateur réconcilié, mais la déception transpirait de sa bouche en cul de poule, des petits tics de cette bouille florissante.

– Autre chose : envoie-moi deux putes.

Les filles arrivèrent dans l'après-midi. Elles durent frapper longtemps avant que le Buffle ne se réveille. Il découvrit les deux blondes plantureuses en minijupe et bas résille. Elles lui dirent qu'il n'y avait pas de limites : ni de temps ni de prestations. Le Buffle sortit deux billets de cent mille et les renvoya chez elles en s'excusant pour le dérangement.

– Mais on a déjà été payées !

– C'est parfait comme ça.

Chez lui, tout seul, il se sentait plus en sûreté. Il avait encore un chez-lui, après tout. Une femme payée par le Sec lui faisait le ménage. Dans le réfrigérateur, il y avait de la nourriture fraîche. Dans la soirée, il passa pointer chez les carabiniers, puis il entra dans le premier cinéma. Ils donnaient une comédie sexy. Il dormit pendant presque toute la durée de la séance. Il dormait encore quand l'ouvreuse le secoua sans ménagements. Il dormit durant ses cinq jours de permission. Il ne sortit que pour pointer et pour retirer le paquet que le gitan, ponctuel et silencieux, lui remit devant le Champignon. Il dormit tant que ne s'était pas écoulé le délai de son retour manqué. Ce ne fut que lorsque le JT annonça la nouvelle de son évasion qu'il se sentit enfin libre.

4

Appuyé à une élégante canne à tête de lévrier, auréolé par les flammes qui s'élevaient de la cheminée surmontée d'un Vermeer – un authentique Vermeer ou le chef-d'œuvre d'un faussaire talentueux –, le Vieux lui fit savoir qu'il n'avait été concédé qu'à quelques privilégiés de mettre les pieds dans sa retraite.

– Je devrais me sentir flatté ? murmura Scialoja glacial.

– Vous devriez évaluer froidement la situation. Il y a un mois, vous étiez une espèce de débris humain, un alcoolique qui se traînait d'un boui-boui à un pont. Aujourd'hui, vous êtes un homme prêt.

Il aurait dû rétorquer : prêt à quoi ? Il se contenta de soulever d'un air ironique sa tasse de thé.

– Alors, à ma renaissance !

Le Vieux s'empara avec une certaine peine d'un long bouffadou et se pencha pour arranger les tisons. Éprouvé par l'effort, le souffle court, il se laissa choir sur un fauteuil boursouflé recouvert d'une coquette étoffe rose. Il avait maigri. Il avait les joues rouges et creusées. Il haletait. Un homme à l'orée du grand saut, songea Scialoja.

– Je n'attends pas de gratitude. Comme je vous l'ai déjà dit une fois, la gratitude est un sentiment que j'abhorre. Mais je souhaite… j'exige que vous m'écoutiez. Ensuite, à la fin, ce sera à vous de décider !

Scialoja posa sa tasse sur le guéridon, entre la lampe surmontée d'un angelot licencieux et la photo encadrée du Vieux jeune, avec l'uniforme et le béret basque des paras. Avait-il vraiment eu le choix ? Un mois plus tôt, un type nommé le Poilu l'avait arraché de vive force à son dernier litre d'Olevano doux. Depuis lors, il était l'hôte de cette chaumière mi-rustique mi-prétentieuse qui donnait sur la douce campagne ombrienne. Deux hommes et une femme, une sorte de domestique à ce qu'il avait pu comprendre, l'avaient surveillé en alternance. Il lui avait été interdit de boire de l'alcool et de fumer. Il avait été forcé de parcourir tantôt dix, tantôt vingt kilomètres dans la campagne, suivi par ses gardiens à bord d'un 4×4. Des gardiens armés : il n'avait pas douté un instant que, si seulement il leur en donnait l'occasion, ils se feraient un plaisir d'expérimenter l'efficacité de leurs pistolets. Les premiers jours s'étaient passés dans une espèce de brouillard alcoolique. Il avait opposé un minimum de résistance passive. Ne serait-ce que parce qu'il était clair que sa condition était, en fin de compte, celle d'un prisonnier. Lorsque le désir d'alcool s'était fait moins pressant, il s'était mis à regarder autour de lui en quête d'un moyen de s'évader. Il avait tenté d'avoir ses gardiens par la ruse, en jouant sur la sympathie humaine. Inutile. A partir du quinzième jour, son corps s'était remis à rugir, comme au bon vieux temps. Il commençait à se réveiller tout seul, à l'aube, quelques minutes avant que ses geôliers ne viennent le tirer du lit par une rude secousse. Il avait recommencé à se raser. Il s'était surpris à désirer ces longues balades entre pentes et clairières, l'odeur de la terre en hiver, les soudaines averses de pluie, l'éclair lointain de la foudre. Un des derniers jours, au coucher du soleil, il était entré en osmose avec le carillon des bêtes qui rentraient des pâturages. Leurs meuglements avaient provoqué en lui une sensation étrange, à moitié entre le regret de quelque chose qui disparaissait pour toujours et le battement de cœur qu'enfant, il éprouvait à l'idée des aventures uniques et merveilleuses que lui offrirait le lendemain. Il avait confusément cherché à communiquer cette sensation au moins borné des gardiens. Celui-ci, pour la seule et unique fois, lui avait souri. A présent, le Vieux, protégé par son fauteuil, disait qu'il ne savait que faire de sa gratitude.

– Je vous écoute.

Le Vieux acquiesça.

– Question infarctus, j'en suis au deuxième, *dottor* Scialoja. Ainsi que question mises en examen. Mais là n'est pas le problème…

Le Vieux était agacé par les réactions à la chute du Mur de Berlin. Il s'irritait du climat de lever de rideau dans lequel risquaient de sombrer les plus exaltantes années de son existence. L'austère et tragique jeu anarchique, à la construction duquel il avait consacré chaque gramme de sa redoutable énergie, transformé en une joyeuse opérette en costumes. Obtus magistrats dévoués à une stupide foi légalitaire qui bavaient au fond de leur cœur de passer à l'Histoire, tels de futés Sherlock Holmes qui avaient enfin résolu le mystère de la Grande Énigme italienne. Communistes qui bramaient au rapt de la démocratie. Faucons chrétiens-démocrates qui revendiquaient l'anticommunisme militant sous la couverture de l'OTAN. Colombes chrétiennes-démocrates qui s'interrogeaient au confessionnal sur les distorsions de l'Alliance atlantique. Socialistes qui flanquaient des coups de massue à droite et à gauche, tout en fonçant direct sur leur route pavée de lingots. Et tous en procession à sa porte : mais pourquoi ne démissionnez-vous pas ? Mais pourquoi ne profitez-vous pas des conditions ultra avantageuses qui vous ont été proposées ? Une retraite plus que digne... un splendide isolement...

Et tout le monde de se demander, la panique dans le blanc des yeux : parlera-t-il ? A-t-il laissé quelque chose d'écrit quelque part ? Et s'il décidait de vider son sac ? Vers de terre. Immondes vers répugnants. Figurants de comédie à l'italienne !

On retirait leur douleur aux victimes et leur honneur aux assassins. Comme ça, gaiement. Italiennement.

Et ce ballet de beaux esprits qui déchaîne l'orgasme des journaleux du régime... Edito & grande-signature : comment j'ai contribué à la chute du Mur. Modeste proposition pour en édifier un autre, plus robuste et plus résistant. Et humanitaire, cela va de soi ! Mais qu'est-ce qu'ils en savent, qu'est-ce qu'ils en savent...

Le Vieux n'allait pas parler. Et cela le rendait à la fois un peu triste et un peu gai. Il se l'emporterait dans la tombe, cette joie cruelle de savoir, et de savoir qu'on est le seul à savoir... Le Vieux et ses secrets... les rouges et les fachos... pouah ! Ils devaient se ronger les sangs de son silence, ces sous-hommes... Mais quelque chose devait pourtant être perpétué. Un legs, un héritage, non, plutôt un patrimoine...

Puis, soudain, dans un élan violent et tendre, le Vieux lui avait paternellement serré la main.

– Il faut que vous fassiez quelque chose pour moi.

5

Œil Fier était rentré parce qu'il n'avait plus une lire, et le Buffle avait été sa planche de salut. Le Minot en avait soupé de Rossana: trop collante. De plus, il aimait l'aventure. Un point, c'est tout. Ils prenaient la came chez le frère de Turi à Palerme et chez le Turc. Pippo Funciazza faisait des prix d'ami. Le Turc était un contact du Comte Ugolino. Gamin, il avait été un idéaliste des Loups gris*. Il se vantait de connaître personnellement Ali Agca. Il avait des peines pour trois cents piges de taule. Il avait été déclaré officiellement mort dans une fusillade. La police avait exhibé un cadavre défiguré. Mais le Turc avait passé un accord avec les Services. Ils lui avaient fourni une nouvelle identité, des armes et du fric. En échange, il avait promis la peau du chef des séparatistes kurdes. Un bobard gros comme une maison. Le blé encaissé, le Turc avait supprimé son contact et s'était réfugié dans les Balkans. Il faisait passer des armes pour les nombreux mouvements plus ou moins nationalistes et plus ou moins libertaires qui étaient en train de couver le massacre yougoslave. Depuis que le communisme était tombé, les routes des Balkans étaient devenues des autoroutes où passait de tout. Le riche Occident se fournissait de toutes sortes de bonnes choses au supermarché des affaires sales. Putes et main d'œuvre sous-payées pour les parents. Came en tout genre et de tous les niveaux pour les rejetons. Le Turc était peu fiable et cherchait par tous les moyens à les entuber. Le Buffle déclara que tôt ou tard, il allait le payer. Mais en attendant, il les aidait à se maintenir à flot. Au total, le Buffle et les siens faisaient tourner deux-trois kilos de dope par mois. Ils ne vendaient qu'en Toscane, en s'appuyant sur certains amis du Comte Ugolino. Le Buffle se tenait à distance de Rome. A cause du Dandy, disait-il. Le Minot n'avait rien de personnel contre le Dandy. Ils s'étaient frôlés, sans jamais devenir potes. Mais si le Buffle avait décidé de le supprimer, c'était bien comme ça. Le Minot aimait l'action au-delà de tout. Et il ne pigeait pas les raisons de tant de prudence.

* Organisation d'extrême droite turque dont était membre l'agresseur du pape.

– Le Dandy te fait chier? Et où est le problème? On y va et on s'en débarrasse!

Mais le Buffle disait d'attendre. Ce qu'ils attendaient, lui seul le savait. En tout cas, une fois déduites les parts de Pippo Funciazza et du Turc, il en restait assez pour s'adonner à la belle vie. C'était ce que faisait le Minot: une femme différente chaque soir, grandes beuveries, sniffs de coke à s'en faire péter le nez, courses à contresens sur l'autoroute. Il n'était pas une bizarrerie qui ne l'attirât. Le Minot, il était foncièrement bizarre. Quand il était pris d'une lubie, il devenait incontrôlable. Un Buffle jeune plus propre et plus vache. Un soir, ils l'avaient chopé avec un travelo. Œil Fier s'était foutu de sa gueule à mort: il avait donc pas peur du sida? Le Minot avait dégainé son pistolet. Le Buffle l'avait fixé droit dans les yeux. Le Minot avait la honte, mais il était décidé à tenir tête. Le travesti se carapatait avec un vagissement de terreur. Le Minot lui avait tiré dans une jambe. Le travelo avait poussé un hurlement et avait fait sous lui. Le Buffle s'était approché du Minot et lui avait balancé un coup de pompe entre les jambes. Le Minot était resté debout en serrant les dents. Le Buffle l'avait provoqué.

– Si t'étais un homme, c'est sur moi que tu devrais tirer.

Le Minot avait baissé son pistolet. Ils avaient rempli les poches du travelo d'argent et ils l'avaient déposé devant l'hôpital. La bagnole, toute tachée de sang, avait été brûlée. Ça n'avait pas été drôle. Le Buffle avait persuadé Œil Fier de s'associer. Ils passaient régulièrement du fric au Sec. Le coursier était le Minot. Lui, il pouvait aller et venir à sa guise. Il avait payé son dû à la justice. Un parfait exemple de réinsertion réussie, toujours impeccable, toujours gentil. Mais de là à devenir un homme… Chaque fois qu'il revoyait Rossana, il avait la nausée. Mais ils baisaient toujours. Il n'en avait pas trouvé une qui sache mieux se débrouiller qu'elle au plumard. Puis un jour, la raffinerie fut découverte et Pippo Funciazza se fit la malle en cavale. De son refuge de Cinisi, il envoya un gars avec un message urgent. Il lui fallait deux kilos de dope. Le coursier était déjà prévenu. Si le Buffle parvenait à résoudre la situation, la famille lui en serait grandement reconnaissante. Le Buffle contacta le Turc. Ils décidèrent de se retrouver à deux kilomètres de l'aéroport de Ronchi dei Legionari. Le jeune était sacrément nerveux. C'était visible que Pippo était dans une mauvaise passe, s'il était forcé de recourir à ce genre de raclure. Le Turc fut ponctuel au rendez-vous. Il devait avoir subodoré quelque chose, car il dit qu'il avait la came, mais que le prix avait doublé. Le garçon répondit que c'était de l'extorsion et l'invita à réfléchir : il avait tort de se mettre contre eux. Le Turc cracha un glaviot de catarrheux sali de tabac.

– J'ai pas peur. Ritals de merde. A prendre ou à laisser.

Le Minot fit un mouvement. Le Buffle lui mit une main sur l'épaule et serra fort. Il savait que le gars avait dans la poche de son trench un pistolet avec une balle dans le canon.

– C'est bon. On accepte. Où est la came ?

– Où est l'oseille ?

Buffle fit un signe au jeune. Le jeune fit sauter la serrure de la mallette. Le Turc acquiesça, il se fendit d'un sourire de triomphe et les invita à le suivre. La dope était dans la bagnole, à cent mètres. Tandis qu'ils approchaient, le gars prit le Buffle à part.

– Pourquoi t'as dit oui ? C'est trop cher ! Pippo va se fâcher…

– Laisse-moi bosser, petit con.

Le Turc ouvrit le coffre et sortit deux sachets de brown sugar.

– Le fric ?

Buffle sortit son revolver et lui perça un trou dans le front.

– Putain ! bredouilla le jeune.

Et il se mit à dégueuler.

Œil Fier ramassa les sachets. Le Buffle attendit que le gars se soit calmé, il lui passa les sachets et la mallette, et lui dit de transmettre son bonjour à Pippo.

Plus tard, pendant qu'ils rentraient en Toscane, le Minot fit ses excuses au Buffle.

– Pour cette histoire du pédé…

– C'est du passé.

Deux jours plus tard, Pippo Funciazza fit savoir que, concernant le Dandy, la famille s'en lavait les mains. Le Buffle les invita tous à dîner dans un luxueux restaurant. Pour la première fois depuis qu'il était sorti de l'asile, on le vit rire. Il but presque une demi-bouteille de Veuve Clicquot à lui tout seul et annonça solennellement que le *dies irae* était proche. Il ne restait plus qu'à attendre la sortie du Comte Ugolino : question de semaines, peut-être seulement de jours.

6

À peine un pied dans son nouveau bureau, Scialoja ressentit un désir aigu de boire. Il regarda autour de lui en quête d'une bouteille. Pour se calmer, il s'imposa quarante flexions. Ascèse. Pureté. Être à la hauteur de la tâche. Il avait des toilettes personnelles. Le miroir lui renvoya l'image d'un quadragénaire endurci, cheveux en brosse, regard limpide, un zeste indifférent. Collègues et subalternes vinrent en procession lui rendre hommage. Il s'en libéra avec la dose nécessaire de disponibilité et de courtoisie. Dans l'après-midi, on lui remit un petit mot de Borgia. Bienvenue, monsieur l'adjoint du préfet. Il éprouva un secret plaisir qu'il s'efforça de ne pas montrer, en particulier au juge. Il dîna d'un yaourt et de jambon cru.

Les plaintes avaient été retirées. Les actions civiles abandonnées. La procédure pour calomnie classée. La suspension du service transformée en promotion au champ d'honneur. Adjoint du préfet de police Scialoja Nicola *dr.* Être à la hauteur de la tâche. C'était le Vieux qui lui avait envoyé Sandra Belli. Le Vieux qui l'avait plongé dans la pourriture. Le Vieux qui l'avait empoigné par les cheveux et remis en selle. Une leçon. Une intrigue. Un jeu. Celui que le Vieux lui demandait : prendre en main la partie. La mener à ses ultimes conséquences. Les faire danser, sauter, griller, s'écrouler.

– À présent, vous êtes prêt. Vous aurez des hommes, des moyens, de l'assistance. Portes ouvertes partout et aucun obstacle.

Le Vieux avait été impressionné par son interview. La comparaison avec le docteur Folamour l'avait flatté.

– Il y aura bientôt des changements. Exploitez-les. Vous serez l'électron libre. Ne donnez de justifications à personne, fichez-vous de tout et de tout le monde. Il va y avoir des changements, puis tout redeviendra comme avant. Pire qu'avant. Cette sale humanité ne changera jamais. En attendant… vous vous rappelez ? *En attendant…* gagnez des positions. Grimpez les échelons. Affranchissez-vous de toute forme de tutelle…

– Y compris la vôtre ?

– Oh, moi, je continuerai à vous donner un coup de pouce même quand je ne serai plus sur cette terre…

Le Vieux lui avait fait ses adieux avec une sorte de caresse gênée.

– Baiser le plus de bâtards possible…

Tels avaient été ses derniers mots.

Il devait tout au Vieux. S'il en avait eu le temps, il le lui aurait revalu en le crucifiant. Mais la mort aurait été inexorablement plus rapide.

Il commanda un ordinateur de la dernière génération et chargea deux secrétaires fiables d'y rentrer les archives complètes des enquêtes, depuis l'enlèvement du baron jusqu'à l'évasion du Buffle. Lorsqu'ils lui remirent la bécane, il se passa une envie qu'il couvait depuis des années. Il pénétra dans la mémoire centrale et tapa le mot "Rolex". La machine se mit au travail en ronflant et sortit une liste de trois cent quinze documents. Il n'y avait pas un suspect arrêté ou perquisitionné qui n'en ait exhibé une. Sans parler des cadavres. Mister Rolex. La marque authentique, le tatouage rituel qui obsédait tant les juges de la cassation. S'ils n'étaient pas là, Bandiera & Bedetti pourraient fermer boutique. Mais il y avait des choses plus sérieuses à faire. Le nom de Patrizia apparaissait dans deux ou trois rapports. Il fut sidéré de réaliser que cela ne provoquait en lui aucune émotion. Il y avait des choses plus sérieuses à faire. Il passa des heures à recouper frénétiquement les données. Au cours des derniers mois, la brigade financière avait fait un excellent travail. Un nouveau juge était en train de suivre le flux des capitaux des jeux de hasard. Il se promit de lui rendre visite. De nombreux fils apparemment séparés s'étiraient du Dandy pour converger sur le Sec. Dandy sort, le Sec entre. Le Dandy cherchait à se défiler. Il était en train de se construire une image d'entrepreneur au-dessus de la mêlée. Le Sec était l'homme de l'avenir. Le Buffle en liberté : un électron libre. Il sourit : il avait utilisé le même jargon que le Vieux. Il commença à rédiger un rapport sur les biens du Sec. Il demanderait la saisie sur la base d'une vieille loi antimafia. Frapper au cœur : à savoir au portefeuille. A l'aube d'une nuit où il s'était sereinement passé de sommeil, il se concentra à nouveau sur ces trois noms. Sec-Dandy-Buffle. Sec-Dandy-Buffle. Sec entre, Dandy sort… Un élan qu'il ne pouvait dominer… pas encore, tout au moins… l'amena au téléphone. Le Dandy répondit à la dixième sonnerie.

– Qui est-ce ?

– Scialoja.

– Ah, te voilà ! Si c'est pour la place, c'est trop tard. Je me suis déjà chargé d'un autre raté…

– Si j'étais le Sec, je demanderais un service au Buffle.

– Ah, oui ? Et quel service ?

– Ta tête.

– Ces deux-là, qu'ils me taillent une pipe.

– Tous mes vœux, Dandy.

– Va te faire foutre, poulet.

Il se l'imaginait tandis qu'il raccrochait le combiné, il s'ébouriffait les cheveux, jetait un coup d'œil à sa Rolex, puis il allait peut-être sauter Patrizia. La froide indifférence qu'il ressentait au fond de son cœur lui fit peur.

7

Turi Funciazza avait parlé avec le Maître. Le Maître avait adressé le message à Palerme. De Palerme, aucune réponse. Le Maître savait que ce silence signifiait une seule chose. Techniquement, l'histoire avait cessé de le regarder au moment même où l'affaire des terrains avait été conclue et la société dissoute. Peut-être que les Siciliens avaient été contrariés par les tentatives d'esquive du Dandy. Mais le Maître était un sentimental. Il éprouvait une vive sympathie pour le Dandy. C'était un fat, il s'était monté le bourrichon, il prenait des airs de grand seigneur, il frôlait parfois le ridicule avec son aspiration obsessionnelle, assez grotesque, à une inaccessible respectabilité. Mais en tout cas, celui qui allait le remplacer ne serait certainement pas meilleur que lui. Techniquement, il aurait dû garder une attitude neutre. La même attitude neutre et indifférente qu'avait choisie la famille. Mais il ne violait aucune règle s'il tentait de le mettre en garde. Le Maître cherchait le Dandy quand ils l'alpaguèrent pour une vieille histoire d'extorsion. Un financier de Milan, un quidam qu'ils avaient élevé, arrosé, sauvé deux ou trois fois de la banqueroute, s'était chopé des scrupules de conscience et avait mis dans le pétrin la moitié de la famille. Confiné à l'isolement, le Maître avait une seule chance : la confrérie. Il en causa au parloir avec l'avocat.

– Le Dandy est en danger. Faut que tu parles avec le Vieux.

Mais le Vieux lui fit dire de s'adresser au *dottor* Scialoja et refusa de le recevoir. Le Vieux radotait. Impossible de savoir pourquoi on n'arrivait pas à se débarrasser de lui. Il devenait de jour en jour plus cinglé et ingérable. Le lien qui l'accolait au policier était incompréhensible. Et dangereux. Le Vieux radotait et la patate bouillante avait atterri dans ses mains. Étant donné le contexte, l'avocat Miglianico décida que la politique la plus sage était celle de l'autruche. Dans le fond, l'intérêt du Maître était purement personnel. Dans le fond, le Vieux était parti. Dans le fond, le Dandy était un arrogant et son sort le laissait parfaitement indifférent.

Lorsque le Comte Ugolino fut déclaré officiellement guéri et congédié de l'asile, le Buffle alla trouver le Sec et lui dit qu'il souhaiterait une rencontre rapprochée avec ce bon vieux Dandy. Le Sec réclama du temps. Minimum dix jours. Il fallait bidouiller les comptes pour récupérer le plus possible. Il fallait mettre au point un mécanisme complexe de sociétés et de facturations. Une part du patrimoine finirait de toute façon aux héritiers du Dandy, mais le plus gros pouvait encore être sauvé. De plus, depuis qu'il s'adonnait à la belle vie, le Dandy était inapprochable. Il fallait aussi un peu de temps pour repérer ses déplacements. Il avait même cessé de fréquenter le bureau du Sec.

– La seule chose de sûre, c'est qu'on le voit souvent au Pagnottone...

Le Pagnottone était un restaurant de poissons à Parioli. Le Minot vint y déjeuner avec Rossana et rapporta qu'il n'y avait aucun problème.

– On peut même y aller ce soir.

– Gaffe que c'est plein de monde à toutes les heures! protesta Œil Fier.

– Eh beh? Faut juste quatre kalachnikovs et tu vas voir comment y va finir ton bonhomme!

– Y'a aussi des familles avec des enfants! Alors, on flingue les mômes?

– Tu connais la chanson? *Mieux vaut mourir petit...*

Le Buffle s'opposa à ce plan. Aucun scrupule moral, mais si tu butes un gamin, on te le fait payer cher. Les gamins sont sacrés. Tout comme les flics, les juges et les curés. Le Minot encaissa le sermon, mais il n'était pas convaincu pour un sou. Le Buffle lui dit que parfois, il était bon de se fier à l'expérience. Y'a des choses qui peuvent se faire et d'autres qui peuvent pas se faire. Y'a des gens qui peuvent tout se permettre et d'autres qui doivent s'arrêter à temps. Les limites te sauvent la vie.

– Putain, Buffle! A l'asile, tu t'es fait une culture... On voit que tu manquais pas de temps, hein?

– Tu veux rire? Tu sais qui me l'a apprise, cette chose? Le Dandy, eh oui!

Le Sec mit dix jours à nettoyer le registre des comptes. Un samedi matin, il téléphona au Buffle, qui dormait dans un hangar sur la via Laurentina.

– Il passe aujourd'hui signer les dernières procurations. Et ce soir, à sept heures, il va retirer deux vitraux chez Savona, l'antiquaire de la via dei Coronari.

1990

Dandy's blues

1

Au matin de son dernier jour, en train de mariner dans son jacuzzi, le Dandy se sentait plein d'une énergie sans bornes. Le moment était venu de se libérer de toutes les scories du passé. C'était le début d'une nouvelle vie. Il avait trimé dur, mais à présent l'engrenage était en mesure de fonctionner par ses seules forces. Le fric blanchi dépassait les rentrées des bénéfs usuraires et des machines à sous. Il pouvait tout larguer sans y perdre. Les gains des terrains avaient été investis au grand jour. Deux fabriques de jeans, une chaîne de lavomatics, un hôtel à Abano Terme, un lotissement dans le Gargano, un village touristique de rêve auquel s'intéressaient certains nababs du pétrole. La liste des propriétés qu'il contrôlait directement ou par personne interposée s'allongeait de jour en jour. Il pouvait se permettre de reprendre, par pur caprice, un restaurant au bord de la faillite dans le centre historique. Juste parce que les proprios lui étaient sympathiques, deux petits vieux avec un pied dans la tombe qui s'échangeaient mots d'amour et petits noms tendres. Il pouvait tout se permettre. Il était le number one. Le Dandy songeait à un avenir de voyages et de joyeuse sérénité. Il pensait toujours au cinéma. Il avait licencié du jour au lendemain cette andouille de Surtano, tout juste bon à pomper du fric qui finissait dans ses insatiables narines. Il s'était pointé chez un vrai producteur avec un paquet d'oseille et une offre sensationnelle. Les négociations étaient en cours. Le cinéma ! Plus jamais de flingue. Plus jamais de taule. Se retirer ? Et pourquoi pas ? Il avait tant donné à tout le monde, il était juste qu'il en goûte les fruits… Plus de machines à sous. Plus d'usure ni de parties truquées. Il serait généreux dans la passation comme il l'avait été dans le triomphe. L'unique, l'invincible, le prédestiné. Le Dandy pensait à une liberté sans conditions. Le domestique philippin lui annonça la visite du Noir. Le Dandy le reçut en peignoir, allongé sur sa nouvelle *chaise longue*[*] en cuir de pécari.

– Pas mal, hein ? Elle appartenait à Rock Hudson. Il s'en servait pour sauter ses mignons…

– Il a mal fini.

– Je ne suis pas superstitieux, rigola le Dandy, et puis, on a des goûts différents ! Je peux t'offrir quelque chose ?

– Un thé. Sans sucre.

Sur un signe du Dandy, le Philippin s'éloigna silencieusement. Le Noir lui remit la mallette avec les recettes de la semaine et s'installa sur le bout du canapé B & B.

– On a un problème dans le quartier Nomentano. Un policier a relevé la tête. Botola a cherché un accord, il pensait à une question de bakchich, et le mec l'a arrêté. Naturellement, Miglianico l'a sorti de là aussitôt, mais en attendant, le cercle est sous séquestre…

Le Dandy fit un geste vague.

– Je crois que tu devrais en toucher deux mots au Poilu… conclut le Noir.

Ramon servit le thé. Le Noir but une longue gorgée de liquide bouillant. Le Dandy lui annonça qu'il se retirait de l'affaire des cercles.

– Tu parles sérieusement ?

– Je passe aujourd'hui chez le Sec signer les procurations. Mais pour vous, ça ne change rien. Au contraire : vous avez une bouche de moins à nourrir !

– T'as l'air bien sûr de toi…

– Tout à fait sûr ! Et fais pas cette tronche… Viens, je vais te faire voir un truc…

Le Dandy prit le Noir par le bras et l'amena à l'étage en dessous.

– Tu veux savoir pourquoi j'ai acheté ce palais ? Pour la simple raison que maman… Dieu l'ait en Sa gloire… s'est rompu l'échine à faire briller les escaliers de quelques marquis de mes deux… une sorte de dédommagement, disons. Rien que la rénovation m'a coûté un demi-milliard… Regarde, voilà le salon de réception…

Le Noir ne put s'empêcher d'admirer. Toutes les pièces du décor étaient authentiques, et toutes disposées avec extrêmement de goût. Il en avait fait du chemin, ce vieux brigand ! Le Dandy capta le message et sourit.

– Comme tu vois, à la fin j'y suis revenu, à Tor di Nona. Et en patron !

Au rez-de-chaussée, juste à côté de la porte cochère XVIIe, le Dandy avait réaménagé les anciens logements des domestiques. Et il jouissait à présent d'une rutilante *salle de jeu** avec gymnase équipé, billard, baisodrome d'urgence – au cas où un pote aurait envie de tirer sa crampe – avec des miroirs circulaires et des draps de satin noir, discothèque avec emplacement pour le DJ et piste, salle de projection avec écran géant.

– Pour se farcir une toile dans une paix royale… Oh, quand tu veux, chez moi t'es chez toi, Noir ! Et pour finir, une collection entière de livres anciens et rares… Il y a même un exemplaire de celui que m'avait donné le Professeur… Tu t'en souviens, du Professeur ?

– *Les Protocoles des Sages de Sion…*

– Bravo. Ça vaut un paquet de fric. J'en ai même lu un peu… Noir : mais tu y croyais vraiment, à ces trucs ?

Le Noir ne répondit pas. Le Dandy en avait marre de son humeur maussade.

– Ben, Noir, si y'a rien d'autre… Aujourd'hui, j'ai un tas d'obligations…

– Le Buffle est revenu.

– Tant pis pour lui. Il va se faire choper.

– Le rendez-vous chez Savona…

– Et alors ?

– Moi, je n'irais pas. Il est pas sûr.

– Qui ? Savona ? Mais je l'ai sauvé de la faillite ! Mais non, Savona est clair…

– Le Buffle est furieux, Dandy.

– Le Buffle, le Buffle, le Buffle… tu me fais penser à ce flic, Scialoja… le Buffle doit remercier la Madone de pas encore avoir fini sous un mètre de terre…

– En attendant, il est là. Et avec lui, il y a Œil Fier et le Minot…

– Avec Œil Fier, on est quittes. Et le Minot… qui c'est ce Minot ?

– Un type capable de tout.

En somme, le Noir avait vraiment décidé de lui flanquer le bourdon ! S'il n'était pas un vieux camarade…

– Mais tu vas le comprendre que ces quatre tarés me font pas peur ? Ils peuvent rien contre moi ! Ils puent la charogne ! Je suis le Dandy… Dandy, tu piges ? Moi, j'ai donné une voie et une sécurité à une masse de voyous… Moi, j'ai Rome ! Et tu sais pourquoi je l'ai ? Parce que c'est moi qui l'ai faite, Rome. Parfaitement ! Avant moi, rien n'existait ici, tout le monde pâturait, tout le monde… Siciliens, Calabrais, Marseillais, minets, et vous quatre vous léchiez servilement l'os sous la table des riches… Avant moi, il y avait seulement des usuriers de quatre sous et des coupe-jarrets prêts à se faire dessus devant le premier pandore avec des couilles… et toi aussi, Noir ! Avec toutes ces conneries, et l'Idée, et le Geste, et la Révolution… Toi aussi, tu as atterri sur mon livre de paie… comme les ministres, les avocats, les juges, les commandants avec leurs beaux uniformes… S'ils se figurent que j'ai la trouille de quatre trous du cul…

Il gueulait, le Dandy. Il était pas habitué à être contredit. Il gueulait de plus en plus fort, il gueulait tant qu'on l'entendait dans tout le Trastevere. Mais le Noir ne paraissait pas du tout impressionné.

– On se voit à sept heures chez Savona. J'emmène Botola. Mieux vaut être sur nos gardes.

– Si je te vois, je te tire dessus, Noir. Sérieux.

– Ça fait combien que tu portes plus de flingue, Dandy ?

– Oh Noir, fais gaffe à toi !

– C'est toi le chef. Mais je reste dans le coin. Je t'appelle après.

Enfin seul, le Dandy enfila son jean Armani, la chemise de Battistoni à monogramme, les lunettes polaroïd et une veste avec l'écusson du Club de canotage, la Rolex ainsi que la chaîne avec l'image de la Vierge dans un ovale en or et la phrase gravée : *"Veille sur les miens"*. Il prit la mallette et les clés de la moto. Dehors brillait un beau soleil de mars. Don Dante était sur le parvis de la cathédrale.

– Je vous baise les mains, mon père.

– Béni sois-tu, fils ! Je t'ai dit mille fois de ne pas te servir de ces mots…

– Alors je baise votre soutane, monseigneur !

Don Dante chassa deux gamins en loques qui jouaient au ballon dans l'entrée et l'entraîna dans la sacristie. Le Dandy retira de sa poche le chèque déjà rédigé et le remit, le regard baissé et la main tremblante d'humilité. Gina ne voulait rien savoir d'un divorce. Miglianico lui avait dit de se méfier de la vengeance d'une femme blessée et de surcroît affligée de manies religieuses. La seule voie était le tribunal de la sainte Rotte. Et elle passait par ce cupide religieux hypocrite.

– Mais voyons, mon fils!

– Pour les pauvres…

– Ah, les pauvres! Si tu savais combien c'est dur pour un pauvre prêtre… Tous les jours à batailler pour arracher ces malheureuses créatures à la domination de Satan!

Le prêtre happa le chèque. Il lut le chiffre. Il pâlit.

– J'ai beaucoup de péchés à me faire pardonner, mon père…

– Ta demande a été entendue, murmura don Dante en se dépêchant de cacher le chèque dans un sous-main en maroquin. L'audience de la sainte Rotte est fixée au mois prochain…

Patrizia était encore au lit.

– Une soirée de merde. Trois Latinos bourrés de coke. Des potes du Maigriot, ils ont dit. Y'a des pedzouilles, on sait pas ce qu'ils cherchent, c'est genre touche-moi-ce-paquet… Et ils ont joui en deux minutes en giclant partout et ils voulaient pas entendre parler de mettre les voiles…

Quand Botola lui avait appris qu'elle s'était remise à son art, il l'avait rouée de baffes. Patrizia n'avait même pas songé à nier.

– Je m'ennuyais. T'as pris du bide.

Il ne la materait jamais complètement. Chaque fois que, pris par ses affaires, il baissait la garde, elle lui glissait entre les doigts. Putain par vocation. La seule personne dans tout Rome qui pouvait tranquillement l'envoyer paître. Sa femme. Mais c'était un beau combat. Et à la fin, il obtiendrait gain de cause. Comme toujours.

– Qu'est-ce que tu fais? J'ai sommeil…

Il était excité, le Dandy. Par l'odeur du lit et de la fatigue, la fatigue vigilante de Patrizia. Il la prit violemment.

– En juin, on se marie. Et t'arrêtes de bosser.

Patrizia se raidit et le repoussa.

– Pas question. Tu sais ce que j'en pense…

– Tu vas être la femme du Dandy. Et la femme du Dandy fait pas la pute.

Patrizia passa une main sur ses longs cheveux. Un soupir amusé secoua son petit sein.

– Si je suis une pute, alors paie-moi comme il faut!

Le Dandy attrapa la mallette et lui renversa dessus une cascade de billets chiffonnés. Ce répugnant fric sale passé par les mains de misérables employés et de spécialistes hautains. Patrizia prenait les billets par poignées et se les fourrait dans la bouche, sous ses aisselles parfaitement épilées, entre les jambes.

– Dis que t'en as jamais vu autant, murmura-t-il d'une voix rauque en la retournant sur le ventre.

Il la prit à nouveau, et cette fois-ci Patrizia sembla participer avec plus d'ardeur.

– Dis que tu coucheras plus qu'avec moi ! râla-t-il tout en jouissant.

Patrizia se le vira de dessus avec un sourire malicieux.

– Ça veut dire qu'avec les autres, j'irai le faire à la cave… ou aux chiottes ! Elle le mit à la porte : j'attends l'ambassadeur, déclara-t-elle, celui qui veut être fouetté.

– Et si je lui tire entre les jambes ?

– Tu te rappelles même pas comment est fichu un pistolet !

C'était la deuxième fois qu'on le lui disait en quelques heures. Voulaient-ils lui faire comprendre quelque chose ? Mais le Dandy était trop aux prises avec sa liberté pour songer à sa vie. Il revint chez lui. Sur le répondeur, il y avait deux messages de Miglianico et un du Noir. L'avocat le convoquait à une réunion de la Confrérie. Son camarade le conjurait de le rappeler une heure avant le rencard chez Savona. Il allait en tout cas laisser un message chez Patrizia. Le Noir était parano. Mais peut-être pouvait-il allonger quelques bricoles au Buffle pour qu'il lui lâche la grappe. Fugace pensée. Le Dandy ne négociait plus. Le Dandy n'avait peur de rien ni de personne. Pour la réunion chez Miglianico, il choisit un complet en cuir de Versace, des pompes sur mesure made in London, un pardessus léger et, à l'auriculaire droit, bien visible, l'anneau de la loge. L'avocat avait l'air inquiet. Le Dandy remarqua qu'un flot de gouttelettes de sueur tachait son impeccable bronzage à la lampe. Il sortit d'un coffre-fort un capuchon noir, la robe et l'épée, et l'invita à le suivre dans le petit salon moisi qu'il réservait aux clients sans le sou.

– Viens. On n'attend plus que toi.

Ils étaient quatre. Le Dandy échangea un signe de salut glacial avec le Poilu. Jamais vu les trois autres. Physique culturisé, tronches de bellâtres, rides visibles sous une hâtive couche de fond de teint. Des frères de Milan, dit l'avocat, et il ajouta qu'étant donné les circonstances, on pouvait surseoir au rituel.

– Oui, mais allons-y.

L'un des trois nouveaux, celui qui semblait le plus influent, le chef en somme, arbora le typique sourire du marchand de tapis, étala un calque et se mit à expliquer.

– En vue des Championnats du monde de foot, qui auront lieu comme chacun sait dans quelques mois, le consortium que je représente, et qui regroupe un pool d'entreprises spécialisées dans la réalisation d'infrastructures de haute technicité…

Le Dandy lui fit signe d'abréger. Le Milanais s'embrouilla. Miglianico prit la situation en main.

– Il s'agit de restructurer une station de métro, ainsi que de construire et équiper quatre immeubles de service. Les frères en ont obtenu l'adjudication.

– Tous mes vœux. Et moi, qu'est-ce que je viens faire?

Le Milanais s'éclaircit la voix.

– Le contrat est déjà signé. Malheureusement, le consortium que nous représentons traverse momentanément une crise de liquidité…

– Ah, j'ai pigé! ricana le Dandy. Z'avez pas un rond pour les travaux!

– Un tantinet brutal, soupira le Milanais, mais exact!

Bref, ils étaient en train de lui proposer une association à perte. Les bouffeurs de polenta mettaient les papiers signés et lui, le flouze. Le Dandy alluma une cigarette. Il souffla la fumée au nez de l'avocat.

– Où en sont les travaux?

– Nous devrions démarrer dans la semaine…

– Dis donc, l'avocat: ces types en sont encore à tirer des plans sur la comète et y veulent livrer pour le Mondial? Ils sont pas sortis de l'auberge!

Miglianico se frotta les mains.

– Qui parle de livrer? L'essentiel est de débuter..

– Et d'après toi, ils vont gober cette arnaque?

– L'Italie va gagner le Championnat et ils passeront sur certains petits détails.

– L'Italie, je m'en tape. Pour moi, y'a que la Roma qui compte.

Éclat de rire général. L'avocat prit dans son secrétaire un parapheur plein de feuillets et invita Dandy à signer. Risque zéro. Couverture à trois cent soixante degrés sur tous les fronts : politique, bancaire, judiciaire. Quand il s'y mettait, Miglianico savait être convaincant. Le Dandy commença à entrevoir le bon côté des choses.

– J'y réfléchis et je vous tiens au courant.

Le sourire s'éteignit sur le visage du Lombard et il s'épanouit sur celui de l'avocat.

– Cher ami, mon frère… l'oseille ne pousse pas sans eau… et s'il pleut trop tard, l'oseille meurt…

Le Dandy signa. Déjà, par le passé, il s'était fié à Miglianico et il ne l'avait pas regretté. Il partit sans saluer. Le Poilu sortit derrière lui. Le Dandy feignit de ne pas le voir et hâta le pas.

– Un mot, Dandy…

– Si c'est pour les cercles, vois avec le Sec. Moi, j'ai arrêté.

– C'est pas les cercles. Y'a un problème…

– Encore ?

– Tu te souviens de l'histoire du Pou ?

– Tout Rome sait que j'ai rien à voir avec le Pou…

– Ben, j'ai entendu dire qu'il y a un juge qui pense pas comme ça…

Ça avait l'air d'un truc sérieux, dit le Poilu. Le juge était un type de la nouvelle génération. Un communiste. Totalement incontrôlable. Il paraissait qu'il s'était acoquiné avec Scialoja. De nouvelles enquêtes plus approfondies avaient été ordonnées.

– Mais ça peut s'étouffer au niveau des rapports de police judiciaire. Sauf qu'il faut faire en vitesse…

– C'est-à-dire ?

– En quatrième vitesse…

Le Dandy déploya son carnet de chèques. Le Poilu poussa les hauts cris.

– Un chèque ? Mais t'es dingue ?

– Oh, Poilu, tu fais chier ! Passe chez Botola demain…

– Demain, ça pourrait être trop tard…

Le Poilu mit à sa disposition le radio-téléphone installé sur son Alfetta.

– T'as pas peur d'être écouté ?

– Et par qui ? Par moi-même ?

Le Dandy appela Botola et lui demanda de préparer trente briques pour le Poilu.

– D'ici une demi-heure, Poilu.

– Une demi-heure, ça va.

– Je passe un autre coup de fil.

– Fais comme chez toi, déclara le Poilu en s'éloignant.

Le Dandy appela le Noir. Pas de réponse. Il essaya alors chez Patrizia. Elle répondit à la dixième sonnerie. Voix traînante, très sèche.

– C'est moi…

– Et t'as besoin de le dire ? Qu'est-ce qu'il y a ? Je bosse…

– J'ai envie de toi.

– Désolée, j'ai vraiment pas un trou de libre.

– Pas un seul ?

– Pas aujourd'hui, je suis complètement naze…

– Quelqu'un a appelé pour moi ?

– Je suis pas ta secrétaire.

– Si le Noir appelle…

– Si le Noir appelle, je l'invite à boire un quinquina.

Patrizia raccrocha avec un profond rire de gorge. Le Dandy éprouva une pointe d'agacement. Patrizia charriait. Beau combat, certes, mais à condition que ce soit lui le gagnant. Attends que je t'amène à l'autel, ma belle… Chez le Sec aussi, il eut à signer une flopée de paperasses. Après la dernière filouterie, le Sec servit le champagne et proposa un toast à l'amitié. Le Dandy trempa à peine ses lèvres. Le Sec arborait deux nouvelles dents en or. Il portait une chemise rose et un œillet à la boutonnière. Le Dandy lui demanda s'il savait quelque chose de l'histoire du Buffle.

– Il était ici, dit le Sec en le regardant droit dans les yeux.

– J'en tremble encore !

Le Sec rit.

– Tu sais comment il est, le Buffle… Il prétend qu'il a une affaire en Grèce… Je lui ai fait un prêt… D'après moi, ses petits copains et lui, ils sont déjà partis…

– Ton pèze, j'espère !

– Bien entendu, Dandy, je ne me serais jamais permis…

– Ben voilà, bravo, continue comme ça et tu vivras cent ans…

A sept heures et quart – il était passé chez lui pour une autre séance de jacuzzi –, il trouva le Noir devant sa porte.

– Oh, Noir, paraît que le Buffle s'est tiré.

– Ouais. Je l'ai entendu dire moi aussi…

– Le Poilu dit qu'y a des soucis pour l'histoire du Pou.

– Je lui parlerai.

– Alors, à demain, Noir…

– Ciao, Dandy.

Poignée de main. De nouveau la moto. Dix minutes jusqu'au rendez-vous. Savona encaissait et passait chez le transporteur. La livraison des vitraux était prévue vers onze heures. Ramon s'en chargerait. Le Dandy avait dans l'idée de donner une petite leçon à Patrizia. Oui, elle avait exagéré. Une petite leçon, avant de mettre Rome à ses pieds. Les vitraux étaient sublimes. Un rêve. La touche de classe qui manquait. Il les attendait depuis six mois. Ils se trouvaient chez une actrice célèbre, Sarah Bernhardt, la maîtresse du grand D'Annunzio. Poète et légionnaire, un type qui se débrouillait aussi bien avec la plume qu'avec l'épée. Peut-être un jour ferait-il un film sur lui. Il devait se souvenir de dire au réalisateur de les filmer. Quand il ferait son film. Bientôt. Très bientôt.

A sept heures moins une, il pénétra à contresens dans la via dei Coronari. Œil Fier fit jouer deux fois le klaxon de sa Fiat Tipo. Du côté opposé de la rue, une Honda 750 s'approcha tous phares éteints. Le Minot conduisait. Le Comte Ugolino, assis derrière, visa. Le Dandy passa sous le halo de lumière d'une enseigne. Lorsqu'il entendit le coup de feu, le Buffle sourit à peine et s'alluma une cigarette.

2

BASILIQUE DES SAINTS AMÉTISTE ET TODARIAIN

Très révérende Éminence,

Répondant au souhait de la *nobildonna* Gina ****, je me permets de demander au Vicariat de Rome le *nulla obstat* afin que le défunt mari de cette personne puisse être enseveli dans l'une des chambres mortuaires sises dans les souterrains de la basilique en objet.

L'ouvrage de sépulture sera exécuté par des artisans et des ouvriers spécialisés dans ce secteur, ayant déjà travaillé pour l'enterrement des derniers souverains pontifes au Vatican.

Le défunt s'est montré généreux pour aider les pauvres qui fréquentent la basilique, ainsi que les prêtres et les séminaristes, et en sa mémoire, la *N.D.* Gina **** continuera d'exercer ses bons offices, notamment en contribuant à la réalisation d'œuvres diocésaines.

Le défunt ****, figure populaire de la ville sous son surnom de "Dandy", est décédé à Rome voici maintenant quelques jours.

Vous présentant mes respects avec toute ma révérence, je sollicite Votre sainte bénédiction pour les prêtres qui collaborent au service paroissial de la basilique, les pauvres que nous assistons, ainsi que pour moi-même.

Don Dante Decenza, recteur

VICARIAT DE ROME
Prot. n° 4456/90 RSE

Le Vicariat déclare que *nulla obstat*, pour ce qui ressort de sa compétence, à l'ensevelissement de la dépouille de ****, dit "Dandy", décédé à Rome, dans l'une des chambres mortuaires sises dans les souterrains de la basilique des saints Amétiste et Todariain.

Signature
(x) le Vicaire

3

Le Buffle, Œil Fier et le Minot fêtèrent ça par une virée à Amsterdam. Quelques jours avant, le Minot avait dragué une blonde en discothèque. Ils s'étaient plu. Rossana lui avait fait une scène. Le Minot l'avait envoyée sur les roses. Rossana faisait franchement chier. Gherda n'avait soulevé aucune objection quand il lui avait demandé si elle pouvait héberger deux potes à lui pour quelques jours. Pendant toute la durée du trajet, ils avaient biché en évoquant l'action. Les deux bagnoles avec Œil Fier et le Buffle qui barraient la rue, prêtes à intervenir en cas d'erreur du tireur d'élite. La moto du Dandy qui avançait en se contrefoutant du sens interdit. La balle unique tirée par le Comte Ugolino, un “tir d'estocade” qui avait touché sa cible au cœur. Le Dandy avait encore parcouru une quinzaine de mètres avant de s'effondrer. Moto conduite par un macchabée : une touche de classe qui n'aurait pas déplu à notre cher défunt.

La petite Hollandaise avait amené deux copines. Noires mais bonnes. Elles se laissaient tripoter et gloussaient dans l'arrière-salle du coffee-shop bourré de défoncés de toutes les races et de tous les âges. Le Buffle et Œil Fier n'entravaient pas un mot, pas comme le Minot qui baragouinait un anglais potable. La situation était excitante. Ils fumaient des pétards et se soûlaient de thé à la marie-jeanne. En Hollande, tout le monde le faisait. Pratiquement sous les yeux de la police. Il suffisait de pas exagérer. Œil Fier déclara que la Hollande était son pays préféré.

– C'est là que je veux vivre et là que je veux mourir !

Le Buffle lui flanqua une tape sur la nuque.

– Parce que t'es bête. Le jour où la dope sera en vente au tabac du coin, nous, on fermera boutique !

Le Minot dit qu'il aimerait envoyer une carte postale au juge Borgia.

– Oui, bravo, grommela le Buffle, comme ça, demain y'a Interpol qui déboule.

– Moi, je lui refilerais bien un joint, à Borgia, rigola Œil Fier. Peut-être qu'il commencerait à piger ce qu'est la vie !

– Et mets aussi deux taffes pour Scialoja, concéda le Buffle.

L'idée du juge pété les fit délirer. Ils se mirent à se marrer sans pouvoir s'arrêter. Ils contaminèrent les filles. Ça dura comme ça une semaine. Mais ça pouvait pas durer éternellement. Il fallait songer aux affaires.

4

– Oh mon Dieu mon Dieu ! Ils me l'ont tué ! C'est le Froid, ce bâtard ! braillait le Sec au solennel enterrement en s'arrachant les cheveux.

Et la version du gros lard était passée comme une lettre à la poste, tandis que don Dante prononçait l'homélie et que Gina, en luxueuse étole de vison, regardait autour d'elle et recevait d'un œil froid l'hommage de la Rome, bonne ou mauvaise, qui compte. Étaient présents *er*[*] Baveux, *er* Petit Baveux, Crotte-de-nez, Pue-de-la-gueule et Friture. Il y avait Cacochyme avec Ordure, Tit'miette avec *er* Pilon, Striozzo avec la Vieille. Il y avait aussi *er* Zèbre, Fraise-des-bois, *er* Maigre et *er* Bamboula ; le Kilowatteur, la Chevrette et le Petit-balourd, Canappa, *er* Tadù, Caisson-à-pétard, Mellé, Baleine, Staccaplume. Et puis Trippe, *er* Cocu, Minou, Nuerga, *er* Pippetto ; Taureau, Capot et Plouc, *er* Grosnénés, Lablanquette et *er* Bighimeo, Hibou, Caciotta et Marisa-les-roberts, Fiasque, Caboche, Derrière, Adolfo dit le Furère à moustaches, Picsou, Tison et Laviolette. *Er'* Zagheria, *er* Zamondo et Baron. Coquelet, Mirella-l'albinos, Pietro Pue-le-baron et *er* Louveteau ; et Suint, Couilles-sèches et Gianni-la-vache et tant et tant d'autres, ainsi qu'une garde d'honneur de manouches et d'autres gens que personne n'avait jamais vus. C'était une froide matinée, fine bruine et vent coupant qui vrillait les tempes. Depuis un appartement du deuxième étage sur la vieille place, avec des jumelles de précision, Scialoja suivait la comédie humaine de la douleur pendant que ses hommes observaient, notaient, filmaient. Il leur avait donné l'ordre de se tenir éloignés de la scène. La longue traque était finie. Le Dandy avait été un chef. Un homme qui, à sa façon, avait un projet. Il méritait un certain respect. Il épinglerait ses assassins. Ce serait l'ironique et tardive main de la vengeance. Le Vieux apprécierait. Oui, ils étaient vraiment tous là. Les squales, les sardines et le plancton. Il manquait juste Patrizia. Scialoja était sûr qu'il n'avait

---

[*] L'italien *il* (en français, *le*) est prononcé et écrit *er* dans la langue populaire romaine.

même pas été besoin de négocier avec cette veuve-là. Elle arrivait à comprendre toute seule que sa présence n'était pas souhaitée. Botola ne parvenait pas à retenir ses larmes. Le Maigriot était entouré d'un escadron de loubards en noir. Donatella portait la couronne signée par Ricotta. Ricotta avait chialé en regardant le JT. Parce que d'un côté, il était clair qu'après ce qu'il avait fait a l'Echalas, personne ne pouvait dire un mot en faveur du Dandy. Mais d'un autre côté, avec sa mort, le film finissait mal, et Ricotta, les films qui finissaient mal, ils lui restaient méchamment sur l'estomac. Et il y avait, naturellement, le Noir, qui ne faisait attention à personne, et le seul sur lequel il fixa son regard, ce fut le Sec, droit dans les yeux. Et le Sec trembla : il avait compris que l'autre savait et qu'il lui suffirait d'un seul mot pour le baiser. Le Noir fut sur le point de le dire, ce mot, mais il se ravisa, et au dernier moment il tourna la tête de l'autre côté et demeura silencieux. Il aurait dû expliquer d'abord pourquoi il avait fait semblant de gober le bobard de la fuite du Buffle en Grèce. Pourquoi il n'avait pas prévenu Botola. Pourquoi il n'avait pas protégé son chef jusqu'au bout. Pourquoi, lors de leur dernière rencontre, il ne l'avait pas arrêté. Pourquoi il avait foncé chez Patrizia et ils s'étaient installés avec une petite musique de fond et un bon quinquina, et lui, il lui avait parlé de l'Histoire et de la Vie, et de l'Homme du destin, et il lui avait dit qu'il n'existe aucun Homme du destin, que tout est inscrit dans le fleuve sacré de la vie, qui coule, coule inexorablement et emmène avec lui pour toujours le Bien et le Mal... Ils n'avaient même pas baisé. Patrizia tombait de sommeil. Lorsqu'il avait compris qu'elle ne l'écoutait plus, le Noir était parti sur la pointe des pieds. Dans le fond, le Sec et lui étaient du même acabit. Ils ne croyaient à rien. Ils détestaient les rêves. Cet unique rêve qui avait d'abord baisé le Libanais, puis le Froid et enfin le Dandy. Le rêve de bâtir quelque chose qui soit destiné à durer. Mais on ne construit pas sur du néant. Ce ne sont pas les héros jeunes et beaux qui gagnent la partie. Celui qui gagne la partie, c'est celui qui reste en lice quand les autres en ont eu assez. Et, en général, ceux qui résistent une seconde de plus sont les rabougris, les boules de suif, les comptables, les mesquins à qui on filerait pas un rond. Tout est inscrit dans la vie. Tout le monde cherchait le Froid, mais personne ne savait où il était. On se mit en embuscade. On suivit les parents. On retourna Rome comme une chaussette. Rien. Le Minot rentra et pigea en un rien de temps qu'il n'y avait aucun problème. Personne n'imaginait que c'était eux qui avaient envoyé le Dandy *ad patres*. Et tout le monde cherchait le Froid. Le Minot était sur le point d'apporter la bonne nouvelle à ses camarades quand Rossana lui arracha un dernier rendez-vous. Ils se virent au Zodiaco. Rossana était bourrée de sédatifs et d'alcool. Bouffie et les cheveux en désordre, pas très propre sur elle, avec des relents de journées au lit et de chèvre qui dégoûta le Minot. Plus elle se frottait à lui, plus il se demandait comment il avait pu éprouver un jour du désir pour un tel cadavre. Le Minot avait carrément honte de se faire voir avec une gonzesse pareille. Il la traîna hors de l'établissement alors qu'elle ne tenait presque plus debout. Ils se baladaient sur la via Panoramica lorsque, subitement, elle lui griffa une joue. Le Minot tenta de se dominer et se contenta de la repousser. Mais Rossana revint à l'attaque. Le Minot la souleva d'un bloc et la balança n'importe où. Rossana défonça la balustrade en bois et tomba sur la route en dessous. Un camion passait. Il n'eut pas le temps de freiner. Le Minot la vit se désintégrer sous l'impact de cette masse imposante et comprit que l'atmosphère se faisait pesante. Ils avaient été vus ensemble. Sa famille à elle était au courant de leur relation. Le Minot était sincèrement désolé. Il aurait préféré une fin différente, mais il était désormais trop tard pour les regrets. Le soir même, de l'aéroport, il appela le père de Rossana et tenta de lui expliquer qu'il ne s'agissait que d'un malheureux accident. Une semaine plus tard, à Amsterdam, il s'embarqua pour le Kenya.

Tout le monde cherchait le Froid. Carlo Bouffons trouva Gigio.

5

Le Froid laissa tomber l'appareil et se passa une main sur le front. Il avait grande envie de pleurer. Mais il ne pouvait pas le faire. Pas ici, devant les Sud-Américains friqués et les touristes européens qui se pressaient à la Paloma Blanca pour savourer les lasagnes arrosées de robuste vin chilien. Pas devant Roberta qui triait en souriant les commandes et échangeait des propos avec les plus fidèles clients. L'Allumette leva la tête des livres de comptes et lui adressa une question muette.

– Je rentre à la maison, expliqua-t-il. On se voit demain.

Sa mère au téléphone avait hurlé jusqu'à en perdre le souffle. On avait retrouvé Gigio à moitié calciné dans la carcasse d'une Alfetta, sous le pont Mammolo. Le Noir disait qu'il avait été vu en compagnie de Carlo Bouffons. Mais il ne l'aurait jamais répété sous serment. Sa mère l'avait maudit. Le Froid marchait dans la nuit douce en évitant les bandes d'ivrognes qui beuglaient des chansons en faisant tinter les bouteilles contre les vieux murs fissurés de Managua. Le Froid s'imaginait la scène. Gigio qui implorait grâce et Carlo qui levait son couteau et le plantait dans sa tendre jeunesse d'agneau. Parce que le Froid n'avait pas eu pitié d'Aldo, et voilà quelle était la monnaie de sa pièce. Frangin, mon frère, et je ne t'ai même pas dit adieu !

Il gagna en chancelant le lit surmonté de la grande moustiquaire et s'affala sur les draps frais de lavande. Les domestiques devaient avoir flairé l'atmosphère de tempête, car on ne les entendait pas aller et venir comme d'habitude, ils avaient fait taire leurs voix perpétuellement altérées. Les frissons commencèrent. Les sueurs froides. Le docteur disait qu'il n'y avait pas de quoi s'inquiéter. Pas pour le moment, du moins. Il fallait en tout cas surveiller. Mais le Froid, les ganglions, il les sentait grossir de jour en jour. Ils grossissaient, et un jour ils allaient exploser. Le sang infecté qu'il s'était injecté pour échapper à la taule coulait dans ses veines. Depuis un an, Roberta et lui se servaient du préservatif. Il n'y avait pas eu d'autres femmes. Il n'y en aurait jamais. Mais pourquoi Gigio était-il revenu ? Le téléphone sonna. Dolores se présenta. Quelqu'un cherchait el señor Alvarez. Le

Froid la chassa d'un geste ferme. El señor Alvarez. C'était comme ça qu'on l'appelait, maintenant. Il avait été Alves, et Neto, et Tabarron. Il avait appris l'espagnol et le portugais. Il était resté six mois avec Bacchantes-en-fonte à La Frontera pour surveiller ses chargements de coke. Mais il s'était vite rendu compte que ce n'était plus son affaire. Et il avait laissé tomber. Il avait croisé un petit groupe de vieux camarades du Noir, des tortionnaires qui passaient d'une dictature à l'autre avec leurs moustaches noires, les lunettes polaroïd et une caravane de *putas* malodorantes. Ils ne s'étaient pas appréciés. A Roberta, ils lui rappelaient les crânes peints sur les drapeaux des pirates. A présent, il avait le restaurant et des papiers en règle que l'Allumette lui avait procurés au nom de l'ancienne solidarité avec les sandinistes. L'Allumette avait ensuite réellement tenté de se suicider. On l'avait sauvé à temps, mais il avait perdu la parole. Il faisait tourner le restaurant avec Roberta et lui. Avec Roberta, il n'y avait jamais eu de problèmes. Juste une discussion, bien des années auparavant. Avait déboulé à la Paloma un Chilien en exil. C'était un type petit et dodu. Il prétendait être écrivain.

– Et quel livre écrivez-vous ? avait demandé Roberta.

– Une histoire d'amitié entre un chat et une mouette. Le chat élève la petite mouette, et celle-ci croit qu'elle est elle aussi un chat. Alors, le chat lui fait comprendre qu'une mouette n'est pas un chat. Et il lui apprend à voler.

Roberta avait pris une mine rêveuse et avait insisté pour offrir le dîner au Chilien et à sa compagne. Plus tard, le Froid lui avait dit que, d'après lui, cette histoire de chat ne tenait pas debout.

– T'y comprends rien. T'es bête.

– Mais enfin ! C'est un conte pour les mômes…

Au mot "mômes", Roberta avait fondu en larmes. Le Froid avait compris qu'aussi fort que soit leur amour, il y aurait toujours ce poids entre eux. Il était devenu encore plus tendre. Et au bout de quelque temps, ça s'était tassé. Mais c'était de l'histoire ancienne. C'était du passé. A présent, il n'existait plus que le visage défiguré de l'agneau et son immense douleur. Il est des choses auxquelles on ne peut échapper. Tôt ou tard, tout finit par se payer. Le Froid alla au téléphone et demanda la ligne pour l'Italie.

Lorsqu'on l'informa du coup de fil, Scialoja ne fut pas plus déconcerté que ça. Il connaissait le Froid, il les connaissait tous. Il pouvait prévoir leurs mouvements les yeux fermés. Le Froid n'avait rien à voir dans cette histoire. Le Froid leur avait dit adieu depuis des années. Il n'était qu'un bouc émissaire. La mort de Gigio en était la preuve. La vérité était autre : le Dandy sort, le Buffle ouvre la porte, le Sec entre. La trace menait au Nicaragua. Pays teigneux, possible que le Froid réussissait à s'y faire passer pour un réfugié politique. Il envoya des dépêches via Interpol. La police de Managua alla frapper à la porte du respectable señor Alvarez. Un banal contrôle de routine, dit l'officier, quasi effrayé d'une telle intrusion.

– Laissez tomber. C'est moi, déclara le Froid.

Scialoja s'envola en grand secret pour Managua.

– Vous, je n'ai rien à vous dire. Je veux voir Borgia.

Le commissaire revint à Rome. Borgia avait été impitoyablement saqué à deux concours de notaire, et il s'était résigné à vivoter de délits financiers. Lorsqu'il vit surgir le policier devant lui, il menaça de le flanquer par la fenêtre. Scialoja referma doucement la porte du bureau, il retira sa veste et défit sa ceinture.

– Avec tout le respect que je vous dois, *dottore*, là vous faites vraiment chier !

Le vol pour l'Amérique du Sud partait à six heures de l'après-midi. Borgia passa prendre son fils à la sortie du Lycée français. Le gamin bavardait avec un copain.

– Papa, voilà Danilo. Il gagne tous les premiers prix !

Le petit lui tendit la main d'un geste exagérément guindé.

– Danilo, et puis… ? rit Borgia, intrigué par ce grand gosse à la coiffure très soignée et au regard serein.

Lorsqu'il entendit le nom, Borgia pâlit. Il leva les yeux et se retrouva nez à nez avec le Maître, impeccable dans son pardessus haute couture.

Épilogue

Rome, 1992

Un samedi après-midi de septembre, au coucher du soleil, Scialoja et Patrizia se rencontrèrent aux Tre Scalini sur la place Navone.

– Je suis contente de te revoir, dit-elle avec le sourire, en l'embrassant sur la joue.

– Moi aussi.

– Tu es visiblement en grande forme !

– Toi aussi.

Les pigeons voletaient. Les touristes les frôlaient, indifférents. Le disque mourant du soleil rougissait au-dessus des fontaines. Le flic était en veste croisée foncée. Elle portait une robe gris tourbe d'Armani et de rares bijoux du dernier chic. Un couple tranquille de cadres à la fin d'une journée de boulot. Elle chipotait autour d'un *tartufo* au chocolat. Il sirotait distraitement une orange pressée. Elle lui annonça qu'elle s'était mise à étudier. Elle lisait des livres. Elle n'exerçait plus. Elle avait à présent un gymnase dans le centre. Un endroit sélect et très bien fréquenté.

– Ça me fait plaisir, approuva-t-il.

Elle arborait les marques d'un bronzage éternel sous une fraîche coupe au carré. Elle était redevenue blonde. Sa peau, artificiellement lisse, suggérait l'œuvre d'un habile chirurgien. Mais peut-être, se disait Scialoja, peut-être n'avait-elle même pas eu besoin de bistouri. Tout a glissé sur elle sans laisser de traces. Pensée fugace. Patrizia parlait, parlait. Elle avait repris son vrai nom. Le passé était enterré. Son ton gai et excité révélait une joie authentique de cette rencontre. Lui, il n'avait pas grand-chose à dire. Elle se laissa accompagner un bout de chemin. Quand ils arrivèrent à la Jaguar garée sur la via dell'Anima, il reconnut le modèle et la plaque. C'était l'une des perles du parc automobile du Sec. D'ici deux mois, le tribunal allait se prononcer sur la demande de saisie.

– Alors, tu es avec le Sec !

Elle roula des yeux, avec l'expression d'une petite fille coquine.

– Il a peu de prétentions et résout bien des problèmes. Et puis… la vie continue, non ?

– Ouais, commenta-t-il sèchement.

– Pour toi, la porte est toujours ouverte, poulet !

Elle avait cherché sa bouche. Il l'avait embrassée sans enthousiasme. Elle lui avait remis un trousseau de clés. Comme l'autre fois, à l'enterrement du Crapaud.

– Mais appelle-moi une demi-heure avant, avait-elle ajouté, pratique.

En la voyant s'en aller, il avait réalisé qu'il ne reconnaissait plus son odeur. Mêlée, désormais, à celle des dizaines de femmes qu'il aimait collectionner. Avec la même dévotion maniaque que le Vieux avait consacrée à ses automates. Mais le Vieux était fidèle à ses amours, alors que lui, il s'en débarrassait au bout d'une nuit. Juste une nuit : c'était la règle. Il se délesta des clés en les jetant dans une poubelle. Plus tard, tandis qu'il se changeait pour le dîner chez le ministre de l'Intérieur, il repensa au bon vieux temps et il se demanda comment il avait pu souhaiter perdre son âme pour Patrizia. C'était du passé, en tout cas. Dix mois plus tôt, son troisième infarctus avait eu raison du Vieux. Quelque temps après, Scialoja avait reçu un paquet anonyme. Il contenait les carnets du Vieux. La carte qui l'accompagnait disait : "Bonne partie !" Bonne partie ! Oui, le Vieux avait raison. La partie était infiniment plus exaltante que toute autre aventure. Il lui avait suffi de dispenser quelques allusions, un propos distrait, un clin d'œil opportun… et celui qui devait comprendre avait compris. Lui, il avait les carnets du Vieux ! Il était le dépositaire de l'histoire secrète de la République ! Il pouvait faire sauter des ministres, rôtir sur le grill d'insoupçonnables hommes d'affaires, provoquer des scandales inouïs. Il pouvait pratiquement tout. Il avait le pouvoir. Il était le pouvoir. Un vent de panique avait soufflé. Scialoja avait émis de rassurantes insinuations. On allait faire le ménage, certes, mais judicieusement. Certaines affaires ne pourraient être résolues. D'autres ne toléreraient qu'une vérité partielle. La continuité des intentions n'était pas remise en question, la loyauté institutionnelle encore moins. Ils l'avaient cru, ou avaient fait mine de le croire. Ils n'avaient pas le choix. Il avait le pouvoir. Il était le pouvoir.

Pendant qu'il nouait sa cravate, il se demanda s'il devait accepter l'offre du ministre – directeur des services secrets, ou chef de la police, comme il vous plaira – ou se réserver jusqu'aux prochaines élections politiques, que l'opposition espérait remporter haut la main. Les juges de Milan s'agitaient. Il feignait de s'en désintéresser. Un séisme se profilait dans les hautes sphères. Mais comme l'avait dit le Vieux, il y aurait des changements, puis tout rentrerait dans l'ordre. Il suivrait la ligne du Vieux. Rester dans l'ombre. Dans un bureau à l'écart, protégé par un sigle anodin, avec une poignée de coupe-jarrets prêts à bondir au moindre battement de cil. Ah, ce jeu, ce jeu ! Tous les étreindre entre ses doigts, être l'arbitre anonyme et indifférent de leur sort !

Mais tandis qu'il pénétrait dans l'ascenseur, après avoir vérifié une dernière fois son nœud de cravate, il éprouva un petit pincement douloureux au fond du cœur. Une piqûre d'épingle, rien de plus. Bizarre. A l'instant du triomphe, de quels obscurs recoins du passé affleurait cette indicible sensation de défaite ?

Générique de fin

Le Froid fut extradé en Italie et collabora avec la justice. Au cours des mois suivants, Œil Fier, Ricotta et Donatella choisirent aussi la voie des repentis.

Le Buffle fut arrêté quelques mois plus tard. Une voiture de patrouille le surprit à bord d'une auto bourrée d'armes. On ne sut jamais à quoi elles devaient servir.

Sur la base des déclarations des repentis, le Buffle, Botola, le Noir, le Sec, Carlo Bouffons et bien d'autres furent condamnés à de lourdes peines de prison.

Le patrimoine du Sec fut saisi. Le Sec en constitua un nouveau en peu de temps.

Le Maître, Z et le Poilu furent lavés de toutes les inculpations.

Le Comte Ugolino est mort du sida.

L'avocat Miglianico continue d'exercer la profession avec succès. L'avocat Vasta est à la retraite.

Le Rat vit sous un faux nom dans une autre ville.

Trentedeniers a été assassiné alors qu'il sortait d'un bar.

Le Minot n'a jamais été capturé.

Patrizia continue de gérer son gymnase et présente une émission de fitness sur une chaîne de télévision privée.

Le meurtre du Pou n'a jamais été élucidé.

Le juge Borgia a été muté dans une section civile de la cour d'appel.

Le *dottor* Nicola Scialoja dirige le Bureau logistique et informations sur la criminalité au ministère de l'Intérieur. Il vit dans un luxueux penthouse de la via Chiana. Il ne s'est jamais marié.

Table

Cet ouvrage a été composé par
Atlant'Communication
aux Sables-d'Olonne (Vendée)

Achevé d'imprimer sur les presses de

BUSSIÈRE
GROUPE CPI

à Saint-Amand-Montrond (Cher)
en décembre 2005

N° d'édition : 3001001 – N° d'impression : 054454/1
Dépôt légal : janvier 2006

Imprimé en France